Das Buch

Der Band »Nachts« vereinigt - neben dem autobiographischen Prolog »Kurz vor Mitternacht« - die beiden umfangreichen Erzählungen »Der Bibliothekspolizist« und »Zeitraffer«. In einer Vorbemerkung zu » Der Bibliothekspolizist« bekennt Stephen King, daß er als Kind schreckliche Angst vor eben diesen (eingebildeten) Polizisten gehabt habe -« diesen anonymen Vollstreckern, die tatsächlich zu einem nach Hause kamen, wenn man seine überfälligen Bücher nicht zurückbrachte. Das war schon schlimm genug...aber was passierte, wenn man die fraglichen Bücher nicht fand, wenn diese seltsamen Gesetzeshüter auftauchten?« Genau um diese bohrenden und zugleich fesselnden Fragen, die scheinbar längst überwundene Kindheitsängste aufrühren, geht es in der vorliegenden Geschichte: Ein Anwalt, der die in einer öffentlichen Bibliothek ausgeliehenen Bücher versehentlich vernichtet hat, beginnt Höllenqualen zu leiden ... Als Bindeglied zwischen den beiden längeren Romanen »Stark - The Dark Half« und »In einer kleinen Stadt - Needful Things« entstand »Zeitraffer«, eine Geschichte über Kameras und Fotografieren. Am 15. September war Kevins 15. Geburtstag, und er bekam genau das, was er sich gewünscht hatte: eine Polaroidkamera. Aber einerlei, welches Motiv er wählt, die Kamera zeigt immer nur das Bild eines Hundes. Es hilft Kevin wenig, daß er die Kamera umzutauschen versucht. Der Hund entwickelt sich zu einem peinigenden Alptraum, der alsbald reale Gestalt annimmt und Kevin mit seinem Haß verfolgt.

Der Autor

Stephen King alias Richard Bachman gilt weltweit unbestritten als der Meister der modernen Horrorliteratur. Seine Bücher haben eine Weltauflage von 100 Millionen weit überschritten. Seine Romane wurden von den besten Regisseuren verfilmt.
Stephen King lebt mit seiner Frau, der Schriftstellerin Tabitha King, und drei Kindern in Bangor/Maine.

STEPHEN KING

NACHTS

Aus dem Amerikanischen
von Joachim Körber

WILHELM HEYNE VERLAG
MÜNCHEN

HEYNE ALLGEMEINE REIHE
Nr. 01/09697

Titel der Originalausgabe
THE LIBRARY POLICEMAN und THE SUN DOG
aus: FOUR PAST MIDNIGHT

Der erste Teil des Buches ist unter
dem Titel »Langoliers« mit der
Band-Nr. 01/10472 erschienen.

Umwelthinweis:
Dieses Buch wurde auf
chlor- und säurefreiem Papier gedruckt.

3. Auflage

Taschenbuchausgabe 10/99
Copyright © 1990 by Stephen King
Copyright © der deutschsprachigen Ausgabe 1991
Wilhelm Heyne Verlag GmbH & Co. KG, München
Printed in Germany 1999
Umschlagillustration: Ferenc Regös
Umschlaggestaltung: Werbeagentur Hauptmann & Kampa,
CH-Zug
Druck und Bindung: Elsnerdruck, Berlin

ISBN 3-453-09220-1

http://www.heyne.de

In der Wüste
Sah ich ein Geschöpf, nackt, bestialisch,
Welches, am Boden kauernd,
Sein Herz in Händen hielt
Und davon aß.

Ich sagte: »Ist es gut, Freund?«
»Es ist bitter-bitter«, antwortete er;
»Aber ich mag es,
Weil es bitter ist,
Und weil es mein Herz ist.«

Stephen Crane

I'm gonna kiss you, girl, and hold ya,
I'm gonna do all the things I told ya
In the midnight hour.

Wilson Pickett

Inhalt

KURZ
VOR
MITTERNACHT

Eine Vorbemerkung

Nun, sieh einer an – wir sind alle da. Wir haben es wieder einmal geschafft. Ich hoffe, Sie freuen sich nur halb so sehr darüber, wieder hier zu sein, wie ich. Allein das zu sagen, erinnert mich an eine Geschichte, und da ich Geschichten erzähle, um meinen Lebensunterhalt zu verdienen (und nicht den Verstand zu verlieren), möchte ich sie weitergeben.

Anfang dieses Jahres – ich schreibe dies Ende Juli 1989 – saß ich vor der Glotze und sah das Spiel der Boston Red Sox gegen die Milwaukee Brewers. Robin Yunt von den Brewers trat aufs Schlagmal, und die Berichterstatter aus Boston fingen an, über die Tatsache zu staunen, daß Yount erst Anfang Dreißig ist. »Manchmal scheint es, als hätte Yount schon Abner Doubleday geholfen, die allerersten Foul-Linien zu ziehen«, sagte Ned Martin, während Yount in die Box trat und sich Roger Clemens stellte.

»Jawoll«, stimmte Joe Castiglione zu. »Ich glaube, er kam gleich nach der Schule zu den Brewers – er spielt seit 1974 für sie.«

Ich richtete mich so schnell auf, daß ich fast eine Dose Pepsi-Cola verschüttete. *Moment mal!* dachte ich. *Einen verdammten Moment mal! 1974 habe ich mein erstes Buch veröffentlicht! So lange ist das noch nicht her! Was soll der Mist von wegen Abner Doubleday helfen, die ersten Foul-Linien zu ziehen?*

Dann fiel mir auf, daß die Wahrnehmung, wie die Zeit verrinnt – ein Thema, das in den nachfolgenden Geschichten immer wieder auftaucht –, eine höchst individuelle Angelegenheit ist. Es stimmt, die Veröffentlichung von *Carrie* im Frühjahr 1974 (das Buch wurde tatsächlich zwei Tage vor Beginn der Baseball-Spielzeit veröffentlicht, als ein Teenager namens Robin Yount sein erstes Spiel für die Milwaukee Brewers ausfocht) scheint mir selbst noch nicht lange her zu sein – kaum mehr als ein rascher Blick zurück über die Schulter –, aber es gibt andere Möglichkeiten, die Jahre zu zählen, und manche sprechen dafür, daß fünfzehn Jahre wahrhaftig eine lange Zeit sein können.

1974 war Gerald Ford Präsident, und der Schah hatte im Iran noch das Sagen. John Lennon lebte noch, ebenso Elvis Presley. Donny Osmond sang mit hoher Säuselstimme mit seinen Brüdern und Schwestern. Videorecorder waren bereits erfunden, aber nur in einigen wenigen Geschäften erhältlich. Fachleute sagten voraus, daß Sonys Beta-Maschinen binnen kürzester Zeit das als VHS bekannte Konkurrenzsystem in Grund und Boden stampfen würden. Es war noch unvorstellbar, daß die Leute einmal Filme ausleihen könnten, wie sie früher Romane in öffentlichen Bibliotheken ausgeliehen hatten. Die Benzinpreise waren geklettert: elf Cent pro Liter Normalbenzin, dreizehn für bleifreien Sprit.

Die ersten weißen Haare auf meinem Kopf und in meinem Bart waren noch nicht da. Meine Tochter, die mittlerweile das College besucht, war vier. Mein ältester Sohn, der inzwischen größer ist als ich, Blues-Harp spielt und wallende, schulterlange Sammy-Hagar-Locken trägt, war gerade von Windeln zu normalen Höschen übergewechselt. Und mein jüngster Sohn, der heute als Werfer und erster Schläger für eine Jugendliga-Mannschaft spielt, sollte erst drei Jahre später geboren werden. Die Zeit hat so eine seltsame Plastikeigenschaft, und alles, was geht, kommt wieder. Wenn man in den Bus steigt, denkt man, daß er einen nicht weit bringt – vielleicht quer durch die Stadt, nicht weiter –, und auf einmal ist man schon auf dem nächsten Kontinent. Finden Sie diesen Vergleich ein wenig naiv? Ich auch, aber der Knaller ist: Das spielt gar keine Rolle. Das grundlegende Rätsel der Zeit ist so perfekt, daß selbst triviale Beobachtungen wie die, die ich gerade angestellt habe, eine seltsam schallende Resonanz bekommen.

Eines hat sich im Lauf dieser Jahre nicht geändert – was

meines Erachtens der Hauptgrund dafür ist, daß es mir (und Robin Yount wahrscheinlich auch) manchmal so vorkommt, als wäre überhaupt keine Zeit verstrichen. Ich mache immer noch dasselbe: Geschichten schreiben. Und das ist für mich immer noch mehr als nur das, was ich kann; es ist das, was ich liebe. Oh, verstehen Sie mich nicht falsch – ich liebe meine Frau, und ich liebe meine Kinder, aber es ist immer noch ein Vergnügen, diese speziellen Nebenstraßen zu suchen, sie zu befahren und festzustellen, wer dort lebt, was sie machen, mit wem sie es machen und vielleicht sogar warum sie es machen. Ich finde immer noch Gefallen daran, wie seltsam das alles ist – und an den überwältigenden Augenblicken, wenn das Bild klar wird und Ereignisse sich zu einem Muster zusammenfügen. Und Geschichten haben immer einen langen Schwanz. Das Tier ist schnell, und manchmal bekomme ich es nicht zu fassen, aber *wenn* ich es zu fassen bekomme, klammere ich mich daran fest . . . und das Gefühl ist großartig.

Wenn dieses Buch 1990 veröffentlicht wird, bin ich sechzehn Jahre im Geschäft des schönen Scheins. Auf halbem Weg durch diese Jahre, als ich durch einen Prozeß, den ich immer noch nicht völlig verstehe, zum literarischen Schreckgespenst Amerikas geworden war, veröffentlichte ich ein Buch mit dem Titel *Frühling, Sommer, Herbst und Tod*. Es handelte sich um eine Sammlung von vier bis dahin unveröffentlichten Kurzromanen, von denen drei keine Horror-Stories waren. Der Verleger hat das Buch frohen Herzens akzeptiert, aber ich glaube, auch mit einigen geistigen Vorbehalten. Ich hatte auf jeden Fall welche. Wie sich herausstellte, hatten wir beide keinen Grund zur Sorge. Manchmal veröffentlicht ein Schriftsteller ein Buch, das einfach von Natur aus Glück hat, und ich glaube, mit *Frühling, Sommer, Herbst und Tod* war es bei mir so.

Eine Geschichte (›Die Leiche‹) wurde verfilmt *(Stand By Me)*, und zwar recht erfolgreich . . . die erste wirklich erfolgreiche Verfilmung eines meiner Werke seit *Carrie* (ein

Film, der in die Kinos kam, als Abner Doubleday und Sie-wissen-schon-wer die ersten Foul-Linien gezogen haben). Rob Reiner, der bei *Stand By Me* Regie geführt hat, ist einer der mutigsten, klügsten Filmemacher, die ich je kennen-gelernt habe, und ich bin stolz auf meine Zusammenarbeit mit ihm. Er hat vor, *Sie* zu verfilmen, nach einem wirklich ausgezeichneten Drehbuch von William Goldman; ich bin schon sehr gespannt auf das Ergebnis. Und ich durfte amüsiert feststellen, daß die Firma, die Mr. Reiner nach dem Erfolg von *Stand By Me* gegründet hat, Castle Rock Productions heißt, ein Name, der meiner Stammleser-schaft nicht unbekannt sein dürfte.

Die Kritiker mochten *Frühling, Sommer, Herbst und Tod* im großen und ganzen auch. Fast jeder hat eine Novelle in Grund und Boden gedonnert, aber da sich jeder eine an-dere Geschichte zum Bombardieren ausgesucht hat, dachte ich mir, daß ich mich dreist über alle hinwegsetzen könnte, und das habe ich auch getan. Aber ein solches Verhalten ist nicht immer möglich. Als sämtliche Bespre-chungen von *Christine* einhellig zum Ergebnis kamen, daß es wirklich ein gräßlicher Roman sei, habe ich mir wider-willig überlegt, daß er vielleicht wirklich nicht so gut ge-worden ist, wie ich gedacht hatte (was mich freilich nicht daran gehindert hat, die Tantiemenschecks einzulösen). Ich kenne Schriftsteller, die behaupten, daß sie ihre Re-zensionen nicht lesen, oder falls doch, daß die Verrisse sie nicht verletzen, und von allen glaube ich zweien das so-gar. Ich gehöre zur anderen Kategorie – ich denke beses-sen über die Möglichkeit schlechter Besprechungen nach und brüte darüber, wenn ich sie lese. Aber sie machen mich nicht lange fertig; ich bringe einfach ein paar Kinder und alte Omas um, und dann stehe ich wieder da wie eine Eins.

Am wichtigsten aber ist, den *Lesern* hat *Frühling, Som-mer, Herbst und Tod* gefallen. Ich kann mich an keinen ein-zigen Brief aus der Zeit erinnern, in dem ich gescholten worden wäre, weil ich etwas anderes als Horror geschrie-ben habe. Die meisten Leser wollten mir sogar sagen, daß eine der Geschichten in irgendeiner Weise ihre Gefühle angesprochen, sie zum Nachdenken gebracht oder *Empfindungen* in ihnen ausgelöst hat, und solche Briefe sind der wahre Lohn an den Tagen (und das sind eine ganze Menge), wenn das Schreiben schwerfällt und die Inspiration dünn bis nicht vorhanden ist. Gott segne und erhalte mir meine Stammleser; der Mund kann sprechen, aber es gibt keine Geschichte, wenn nicht auch ein interessiertes Ohr zum Zuhören vorhanden ist.

Das war 1982. Das Jahr, in dem die Milwaukee Brewers ihren einzigen Siegerwimpel der American League gewannen – angeführt von (ja, Sie haben es erraten) Robin Yount. Yount schaffte neunundzwanzig Home Runs und wurde zum besten Spieler der American League gewählt.

Es war ein gutes Jahr für uns zwei alte Halunken.

Frühling, Sommer, Herbst und Tod war kein geplantes Buch; es kam einfach zustande. Die vier darin enthaltenen Geschichten entstanden in unregelmäßigen Abständen über einen Zeitraum von fünf Jahren hinweg; es waren Geschichten, die zu lang waren, sie als Kurzgeschichten zu veröffentlichen, aber ein klein wenig zu kurz für eigene Bücher. Wie bei einem Fehlschlag oder einem Kampf um den Zyklus (einen Einser, Zweier, Dreier und Home Run in einem einzigen Spiel) war es kein geplanter Spielzug, sondern mehr eine statistische Absonderlichkeit. Der Erfolg und die Aufnahme des Buches haben mir viel Spaß gemacht, aber ich empfand eine gewisse Traurigkeit, als das Buch schließlich bei Viking Press eingereicht wurde. Ich wußte, es war gut; ich wußte auch, daß ich so ein Buch wahrscheinlich nie mehr in meinem Leben machen würde.

Wenn Sie erwarten, daß ich jetzt sage: *Nun, ich habe mich geirrt*, dann muß ich Sie enttäuschen. Das Buch, das Sie jetzt in Händen halten, unterscheidet sich grundlegend von dem früheren Buch. *Frühling, Sommer, Herbst und Tod* bestand aus drei ›Mainstream‹-Novellen und einer Geschichte des Übernatürlichen; die beiden Geschichten in diesem Buch sind Horror-Geschichten. Sie sind etwas länger als die Geschichten in *Frühling, Sommer, Herbst und Tod*, und sie wurden in den zwei Jahren geschrieben, als ich eigentlich eine Schreibpause machen wollte. Vielleicht sind sie deshalb anders, weil sie von einem Verstand ersonnen wurden, der sich zumindest vorübergehend dunkleren Themen zuwandte.

Zum Beispiel der Zeit und dem verderblichen Effekt, den sie auf das menschliche Herz haben kann. Und der Vergangenheit und den Schatten, die sie auf die Gegenwart wirft – Schatten, in denen manchmal unangenehme Dinge wachsen und sich noch unangenehmere Dinge verstecken . . . und dick und fett werden.

Aber nicht alle meine Sorgen haben sich verändert, und die meisten meiner Überzeugungen sind nur fester geworden. Ich glaube immer noch an die Unverwüstlichkeit des menschlichen Herzens und den essentiellen Wert der Liebe; ich glaube immer noch, daß Beziehungen zwischen Menschen geknüpft werden können und die Seelen, die in uns wohnen, einander manchmal berühren. Ich glaube immer noch, daß die Kosten dieser Beziehungen schrecklich, unvorstellbar groß sind . . . und ich glaube auch noch, daß die Belohnung, die wir dafür bekommen, diesen Preis bei weitem übersteigt. Ich glaube, denke ich, immer noch daran, daß das Gute siegt und man einen Platz finden muß, um sein letztes Gefecht zu führen . . . und daß man diesen Platz mit seinem Leben verteidigen muß. Das sind altmodische Sorgen und Überzeugungen, aber ich wäre ein Lügner, wenn ich nicht zugeben würde, daß sie mich immer noch beschäftigen. Und ich sie.

Ich schätze auch immer noch eine gute Geschichte. Ich höre gerne eine, und ich erzähle gerne eine. Sie wissen vielleicht, oder auch nicht (und vielleicht ist es Ihnen auch egal), daß ich eine Riesenmenge Geld bekommen habe, damit ich dieses Buch (und die beiden nachfolgenden) veröffentliche; aber wenn Sie es wissen und es Sie interessiert, dann sollten Sie auch wissen, daß ich keinen Cent bekommen habe, um die Geschichten in diesem Buch zu *schreiben*. Wie alles andere, das von alleine passiert, steht auch der Vorgang des Schreibens außerhalb jeglicher Währung. Geld ist wirklich toll, wenn man es hat, aber wenn es um etwas Schöpferisches geht, sollte man besser nicht zu sehr daran denken. Es verdirbt den ganzen Prozeß.

Auch die Art, wie ich meine Geschichten erzähle, hat sich ein wenig verändert, glaube ich (ich hoffe, ich bin besser geworden, aber das ist selbstverständlich etwas, das jeder Leser für sich selbst entscheiden sollte und wird), doch das war eigentlich zu erwarten. Als die Brewers 1982 den Siegerwimpel gewannen, hat Robin Yount Shortstop gespielt. Jetzt ist er im Mittelfeld. Das bedeutet wohl, er ist ein wenig langsamer geworden . . . aber er fängt fast immer noch alles, was in seine Richtung geworfen wird.

Das genügt mir. Es genügt mir ganz und gar.

Weil viele Leser neugierig zu sein scheinen, woher die Geschichten kommen, oder sich fragen, ob sie in ein größeres Schema passen, an dem der Schriftsteller arbeiten mag, habe ich jeder eine kurze Anmerkung vorangestellt, wie sie entstanden ist. Diese Anmerkungen amüsieren Sie vielleicht, aber Sie müssen sie nicht lesen, wenn Sie nicht wollen; dies ist, Gott sei Dank, keine Schularbeit, und es werden im Anschluß keine Fragen gestellt.

Abschließend möchte ich sagen, wie schön es ist, wieder hier zu sein, zu leben, sich wohl zu fühlen und wieder einmal mit Ihnen zu sprechen . . . und wie schön es ist zu wissen, daß *Sie* immer noch da sind, leben, sich wohl fühlen und darauf warten, an einen anderen Ort gebracht zu werden – möglicherweise einen Ort, wo die Wände Augen und die Bäume Ohren haben und etwas *wirklich* Unangenehmes versucht, vom Dachboden dorthin herunterzukommen, wo die Menschen sind. Dieses Ding interessiert mich immer noch . . . aber neuerdings glaube ich, die Menschen, die darauf warten, oder auch nicht, interessieren mich mehr.

Bevor ich gehe, sollte ich Ihnen noch verraten, wie das Baseballspiel ausgegangen ist. Die Brewers haben die Red Sox geschlagen. Clemens hat es Robin Yount am Schläger zunächst einmal gegeben ... aber dann hat Yount (der Ned Martin zufolge schon Abner Doubleday geholfen hat, die ersten Foul-Linien zu ziehen) dem Grünen Monster im linken Feld einen Hochwurf abgetrotzt und zwei Home Runs geschafft.

Ich glaube, Robin ist mit dem Spielen noch lange nicht am Ende.

Ich auch nicht.

Bangor, Maine
Juli 1989

DER
BIBLIOTHEKSPOLIZIST

*Für das Personal und die
Gönner der öffentlichen Bibliothek von
Pasadena.*

Vorbemerkung zu
›Der Bibliothekspolizist‹

Am Morgen, als diese Geschichte ihren Anfang nahm, saß ich mit meinem Sohn Owen am Frühstückstisch. Meine Frau war schon nach oben gegangen, um zu duschen und sich anzuziehen. Das lebenswichtige Zubehör morgens um sieben war ordnungsgemäß verteilt worden: Rührei und die Zeitung. Willard Scott, der an fünf von sieben Tagen auf unserer Mattscheibe zu Besuch ist, erzählte uns von einer Dame in Nebraska, die gerade hundertvier geworden war, und ich glaube, Owen und ich hatten zusammen ein ganzes Augenpaar offen. Mit anderen Worten, ein typischer Wochentagmorgen *chez* King.

Owen riß sich gerade so lange von der Sportseite los, um mich zu fragen, ob ich heute ins Einkaufszentrum gehen würde – ich sollte ihm ein Buch für einen Schulaufsatz mitbringen. Ich weiß nicht mehr, was es war – es könnte *Johnny Tremain* oder *April Morning* gewesen sein, Howard Fasts Roman über die amerikanische Revolution –, auf jeden Fall eines der Bücher, die man in Buchhandlungen nie bekommt, weil sie entweder gerade vergriffen sind oder erst demnächst wieder neu aufgelegt werden.

Ich schlug vor, Owen sollte es in der Stadtbücherei versuchen, die ziemlich gut ist. Ich war sicher, daß sie es haben würden. Er murmelte eine Antwort. Ich verstand nur ein Wort, aber angesichts meiner Neigung reichte dieses eine Wort aus, mein Interesse zu wecken. Es war »Bibliothekspolizei«.

Ich legte meine Hälfte der Zeitung weg, brachte Willard mit Hilfe der Fernbedienung mitten in seinen ekstatischen Ausführungen über das Georgia Peach Festival zum Schweigen und bat Owen, das eben Gesagte freundlicherweise noch einmal zu wiederholen.

Er zögerte, aber ich war beharrlich. Schließlich sagte er mir, daß er die Bibliothek nicht gerne benütze, weil er sich wegen der Bibliothekspolizei Sorgen machte. Er wußte, es *gab* keine Bibliothekspolizei, fügte er hastig hinzu, aber es handelte sich um eine dieser Geschichten, die sich im Unterbewußtsein vergruben und irgendwie immer dort lauerten. Er hatte sie – als er sieben oder acht und wesentlich leichtgläubiger war – von seiner Tante Stephanie gehört, und seither machte sie ihm zu schaffen.

Ich freilich war entzückt, denn ich hatte als Kind auch Angst vor der Bibliothekspolizei gehabt – diesen anonymen Vollstreckern, die *tatsächlich zu einem nach Hause kamen*, wenn man seine überfälligen Bücher nicht zurückbrachte. Das war an sich schon schlimm genug ... aber was passierte, wenn man die fraglichen Bücher nicht fand, wenn diese seltsamen Gesetzeshüter aufkreuzten? Was dann? Was würden sie mit einem machen? Was mochten sie als Ersatz für die verlorenen Bücher mitnehmen? Es war lange her, seit ich an die Bibliothekspolizei gedacht hatte (ich kann mich deutlich erinnern, wie ich mich vor sechs oder acht Jahren mit Peter Straub und seinem Sohn Ben darüber unterhalten habe), doch jetzt fielen mir diese ganzen gräßlichen und doch zugleich irgendwie fesselnden Fragen wieder ein.

Ich dachte die nächsten drei oder vier Tage über die Bibliothekspolizei nach, und dabei fiel mir der Umriß nachfolgender Geschichte ein. So ist das bei mir normalerweise mit Geschichten, aber für gewöhnlich dauert die Zeit des Nachdenkens viel länger als im vorliegenden Fall. Als ich anfing, trug die Geschichte den Arbeitstitel »Die Bibliothekspolizei«, und ich hatte keine klare Vorstellung, was ich daraus machen würde. Ich dachte mir, es würde vielleicht eine komische Geschichte werden, eine Art Vorstadtalptraum, wie sie der verstorbene Max Shulman immer zusammengeschustert hat. Schließlich *war* die Vorstellung zu komisch, oder etwa nicht? Ich meine, eine Bibliothekspolizei! Wie absurd!

Aber mir wurde eines klar, das ich schon wußte: Kindheitsängste sind tückisch beharrlich. Schreiben ist ein Akt der Selbsthypnose; in diesem Zustand findet oft eine Art völliger emotionaler Erinnerung statt, und Schrecken, die längst tot sein sollten, stehen wieder auf und wandeln.

Während ich an dieser Geschichte arbeitete, ging mir das so. Als ich anfing, wußte ich, daß ich die Bibliothek als Kind geliebt hatte – warum auch nicht? Nur dort konnte ein vergleichsweise armer Junge wie ich alle Bücher bekommen, die er wollte –, aber beim Schreiben ging mir dann die Wahrheit auf: Ich hatte auch Angst davor gehabt. Ich hatte Angst gehabt, mich zwischen den dunklen Reihen zu verirren, ich hatte Angst, ich könnte in einer dunklen Ecke des Lesesaals vergessen und die Nacht über eingeschlossen werden, ich hatte Angst vor der alten Bibliothekarin mit den blauen Haaren und der Hornbrille und dem fast lippenlosen Mund, die einem mit ihren langen, blassen Fingern in den Handrücken kniff und »*Pssst!*« flüsterte, wenn man vergaß, wo man war, und anfing zu laut zu reden. Ja, und ich hatte auch Angst vor der Bibliothekspolizei gehabt.

Was mir bei einem viel längeren Werk, dem Roman *Christine*, passiert war, wiederholte sich hier. Nach etwa dreißig Seiten war die Situation plötzlich nicht mehr komisch. Und nach etwa fünfzig Seiten schlug die Geschichte plötzlich mit wehenden Fahnen nach links in die dunklen Orte aus, die ich so oft bereist habe und über die ich immer noch so wenig weiß. Schließlich fand ich den Typen, den ich gesucht hatte, und konnte lange genug den Kopf heben, um ihm in die unbarmherzigen silbernen Augen zu sehen. Ich habe versucht, eine Skizze von ihm für Sie, mein Dauerleser, zurückzubringen, aber sie ist vielleicht nicht sehr gut.

Sehen Sie, meine Hände haben ziemlich gezittert, als ich sie gemacht habe.

KAPITEL EINS

EINSTAND

1

Alles, überlegte sich Sam Peebles später, war die Schuld dieses gottverdammten Akrobaten. Hätte sich der Akrobat nicht ausgerechnet zum ungünstigsten Zeitpunkt betrunken, wäre Sam der ganze Ärger erspart geblieben.

Nicht schlimm genug, dachte er voll möglicherweise gerechtfertigter Verbitterung, *daß das Leben ein schmaler Balken über einen endlosen Abgrund ist, ein Balken, auf dem wir mit verbundenen Augen schreiten müssen. Das ist schlimm, aber nicht schlimm genug. Manchmal werden wir auch noch gestoßen.*

Aber das war später. Vorher, noch vor dem Bibliothekspolizisten, kam der betrunkene Akrobat.

2

In Junction City war der letzte Freitag eines jeden Monats »Speaker's Night« in der hiesigen Rotarians' Hall. Am letzten Freitag im März 1990 sollten die Rotarier Amazing Joe hören und sich von ihm unterhalten lassen, einen Akrobaten von Curry & Trembo's All-Star Zirkus und Fliegendem Jahrmarkt.

Das Telefon auf Sam Peebles Schreibtisch im Makler- und Versicherungsbüro von Junction City läutete am Donnerstagnachmittag um fünf nach vier. Sam nahm ab. Sam nahm immer ab – entweder Sam persönlich oder Sam auf dem Anrufbeantworter, denn er war Besitzer und einziger Angestellter des Makler- und Versicherungsbüros von Junction City. Er war kein reicher Mann, aber hinreichend glücklich. Er erzählte den Leuten gerne, daß sein erster Mercedes noch in ferner Zukunft lag, aber er hatte einen fast neuen Ford und ein eigenes Haus in der Kelton Avenue. »Zudem sorgt das Geschäft dafür, daß mir Bier und Kegel nicht ausgehen«, fügte er gerne hinzu ... obwohl er in Wahrheit seit dem College nicht mehr viel Bier getrunken hatte und nicht sicher war, was Kegel waren. Er dachte, es könnten Brezeln sein.

»Junction City Makler und Vers ...«

»Sam, hier spricht Craig. Der Akrobat hat sich das Genick gebrochen.«

»*Was?*«

»Du hast schon richtig verstanden!« rief Craig Jones in zutiefst aufgebrachtem Tonfall. »Der Akrobat hat sich das Scheißgenick gebrochen!«

»Oh«, sagte Sam. »Herrje.« Er dachte einen Moment darüber nach, dann fragte er vorsichtig: »Ist er tot, Craig?«

»Nein, er ist nicht tot, aber was uns betrifft, könnte er es ebensogut sein. Er ist drüben in Cedar Rapids im Krankenhaus und hat den Hals mit schätzungsweise zwanzig Pfund Gips zugekleistert bekommen. Billy Bright hat mich gerade angerufen. Er sagte, der Mann ist heute sturzbetrunken zur Nachmittagsvorstellung erschienen, hat einen Salto rückwärts versucht und ist außerhalb der Manege gelandet, den Hals auf der Begrenzung. Billy hat gesagt, er konnte es oben auf der Tribüne hören, wo er saß. Er sagte, es hätte sich angehört, als wäre man in eine zugefrorene Pfütze getreten.«

»Autsch!« sagte Sam und zuckte zusammen.

»Überrascht mich nicht. Ich meine – Amazing Joe. Was ist das für ein Name für einen Zirkuskünstler? Im Ernst – Amazing Randix, okay. Amazing Tortellini, auch nicht schlecht. Aber Amazing *Joe*? Ich finde, das hört sich nach einem Musterbeispiel für einen Gehirnamputierten in Aktion an.«

»Herrgott, das ist schlimm.«

»Eine verdammte Scheiße auf Toast ist das. Wir haben für morgen abend keinen Redner, alter Freund.«

Sam wünschte sich allmählich, er hätte das Büro pünktlich um vier verlassen. Dann hätte es Craig jetzt mit Sam, dem Anrufbeantworter, zu tun, und der leibhaftige Sam hätte etwas mehr Zeit zum Nachdenken gehabt. Er spürte, daß er bald Zeit zum Nachdenken *brauchen* würde. Und er spürte, daß Craig Jones ihm keine geben würde.

»Ja«, sagte er. »Das stimmt wohl.« Er hoffte, daß er sich philosophisch, aber hilflos anhörte. »Zu dumm.«

»Kann man wohl sagen«, meinte Craig und ließ dann die Katze aus dem Sack. »Aber ich weiß, du wirst mit Freuden einspringen und die Lücke ausfüllen.«

»*Ich?* Craig, das kann nicht dein Ernst sein! Ich kann nicht mal einen Purzelbaum, geschweige denn einen Salto rück . . .«

»Ich dachte mir, du könntest darüber sprechen, wie wichtig unabhängige Unternehmen im Kleinstadtleben sind«, drängte Craig Jones unbarmherzig weiter. »Und wenn dir das nicht zusagt, haben wir immer noch Baseball. Und wenn dir *das* nicht zusagt, kannst du immer noch die Hosen runterlassen und mit deinem Ding-Dong ins Publikum wedeln. Sam, ich bin nicht nur Vorsitzender des Rednerkomitees, das wäre schon schlimm genug. Seit Kenny weggezogen ist und Carl nicht mehr kommt, *bin* ich das Rednerkomitee. Du mußt mir helfen. Ich *brauche* einen Redner für morgen abend. Es gibt im ganzen Club vielleicht fünf Leute, denen ich rückhaltlos vertrauen kann, und du bist einer davon.«

»Aber . . .«

»Außerdem bist du der einzige, der in einer derartigen Situation noch nicht eingesprungen ist, und damit bist du auserkoren, Freundchen.«

»Frank Stephens . . .«

». . . ist für den Typen von der Truckergewerkschaft eingesprungen, als der von der Staatsanwaltschaft wegen Betrugs vorgeladen worden ist und nicht kommen konnte. Sam – du bist an der Reihe. Du kannst mich nicht hängen lassen, Mann. Du bist mir was *schuldig*.«

»Ich leite eine *Versicherungsagentur*!« schrie Sam. »Wenn ich keine Versicherungspolicen schreibe, verkaufe ich Farmen. Meistens an Banken! Die meisten Leute finden das *langweilig*! Und die es nicht langweilig finden, finden es *widerlich*!«

»Das spielt alles keine Rolle.« Craig machte sich zum tödlichen Biß bereit und stampfte Sams schwache Einwände mit eisenverstärkten Stiefeln in Grund und Boden. »Nach dem Abendessen sind alle betrunken, das weißt du so gut wie ich. Am Samstagmorgen werden sie sich an kein einziges Wort mehr erinnern, das du gesagt hast, aber bis dahin *brauche ich jemand, der sich hinstellt und eine halbe Stunde redet, und du bist derjenige*!«

Sam erhob noch ein Weilchen Einwände, aber Craig berief sich auf die Befehlsformen, die er unbarmherzig betonte. *Mußt. Kannst nicht. Schuldest.*

»Na gut«, sagte er schließlich. »Schon gut, schon gut. Genug!«

»Mein Freund!« rief Craig aus. Plötzlich war seine Stimme voll Sonnenschein und Regenbogen. »Vergiß nicht, es sollte nicht länger als dreißig Minuten gehen, plus vielleicht zehn für Fragen. *Falls* jemand Fragen hat. Und du kannst ja wirklich mit deinem Ding-Dong wedeln, wenn du willst. Ich bezweifle zwar, daß es tatsächlich jemand *sehen* könnte, aber . . .«

»Craig«, sagte Sam, »das reicht.«

»Oh! *Entschuldige!* Ich Klappe halten.« Craig meckerte beschwingt vor Erleichterung vor sich hin.

»Hör mal, warum beenden wir das Gespräch nicht?« Sam griff nach der Rolle Tums, die er in der Schreibtischschublade hatte. Plötzlich dachte er, daß er in den nächsten achtundzwanzig Stunden eine ganze Menge Tums brauchen würde. »Sieht so aus, als müßte ich eine Rede schreiben.«

»Du hast es kapiert«, sagte Craig. »Und vergiß nicht – Abendessen um sechs, Rede um halb acht. Wie sie in *Hawaii Fünf-Null* immer zu sagen pflegen: Sei da! Aloha!«

»Aloha, Craig«, sagte Sam und legte auf. Er sah das Telefon an. Er spürte, wie langsam heißes Gas durch die Brust in den Hals emporstieg. Er machte den Mund auf und gab ein saures Rülpsen von sich – Produkt eines Magens, der bis vor fünf Minuten hinreichend ruhig gewesen war.

Er aß die beiden ersten Tums von wahrlich vielen, die noch kommen sollten.

3

Anstatt an diesem Abend zum Bowling zu gehen, wie er vorgehabt hatte, schloß sich Sam Peebles daheim mit einem Block gelben Kanzleipapiers, drei gespitzten Bleistiften, einer Packung Zigaretten Marke Kent und einem Sechserpack Jolt in seinem Arbeitszimmer ein. Er zog den Telefonstecker heraus, zündete sich eine Zigarette an und betrachtete den gelben Block. Nachdem er ihn fünf Minuten lang betrachtet hatte, schrieb er in die oberste Zeile des obersten Blattes:

KLEINSTADT-UNTERNEHMERTUM: DAS HERZ AMERIKAS

Er sagte es laut, und ihm gefiel, wie es sich anhörte. Nun, es *gefiel* ihm vielleicht nicht unbedingt, aber er konnte damit *leben*. Er sagte es lauter, und da gefiel es ihm noch besser. Ein *wenig* besser. Eigentlich war es gar nicht *so* gut; ein anrüchiger Ausdruck für übelriechende braune Ausscheidungen wäre nicht unangemessen gewesen, aber es war immer noch Klassen besser als »Kommunismus: Bedrohung oder Gefahr?« Zudem hatte Craig recht – die meisten würden Samstagmorgen so verkatert sein, daß sie sich sowieso nicht mehr daran erinnerten, was sie am Freitagabend gehört hatten.

Gelinde ermutigt fing Sam an zu schreiben.

»Als ich 1984 aus der mehr oder weniger blühenden Metropole Ames nach Junction City zog . . .«

».. . und darum bin ich heute, wie damals an jenem strahlenden Sommermorgen des Jahres 1984, der festen Überzeugung, daß Kleinunternehmen nicht nur das Herz Amerikas sind, sondern lebenswichtige Bausteine der gesamten westlichen Welt.«

Sam verstummte, drückte eine Zigarette im Aschenbecher seines Büroschreibtischs aus und sah Naomi Higgins hoffnungsvoll an.

»Und? Was meinen Sie?«

Naomi war eine hübsche junge Frau aus Proverbia, einer vier Meilen westlich von Junction City gelegenen Stadt. Sie lebte in einer Ruine von einem Haus am Proverbia-Fluß mit der Ruine von einer Mutter. Die meisten Rotarians kannten Naomi, und von Zeit zu Zeit wurden Wetten abgeschlossen, welche Ruine zuerst zusammenfallen würde, Haus oder Mutter. Sam wußte nicht, ob so eine Wette je angenommen worden war, falls ja, war der Ausgang noch unentschieden.

Naomi hatte ihren Abschluß am Business College von Iowa City gemacht und konnte wahrhaftig vollständige lesbare Sätze aus ihrer Kurzschrift herausklauben. Da sie die einzige Frau mit dieser Fähigkeit in Junction City war, war die Nachfrage im kleinen Kreis von Geschäftsleuten der Stadt entsprechend groß. Zudem hatte sie wahnsinnig tolle Beine, was auch nicht schadete. Sie arbeitete an fünf Wochentagen halbtags für vier Männer und eine Frau – zwei Anwälte, ein Banker, zwei Makler. Nachmittags kehrte sie in ihre Ruine von einem Haus zurück, und wenn sie sich nicht um ihre Ruine von einer Mutter kümmerte, tippte sie die Diktate ab, die sie aufgenommen hatte.

Sam Peebles nahm Naomis Dienstleistungen jeden Freitagmorgen von zehn bis zwölf in Anspruch, aber heute hatte er seine Korrespondenz beiseite gelegt – obwohl sie teilweise dringendst beantwortet werden müßte – und Naomi gefragt, ob sie sich etwas anhören würde.

»Klar, warum nicht«, hatte Naomi geantwortet. Sie sah ein wenig besorgt drein, als befürchtete sie, Sam – mit dem sie ein paarmal ausgegangen war – könnte ihr einen Heiratsantrag machen. Als er ihr erklärte, daß Craig Jones ihn als Ersatzmann für den verletzten Akrobaten verpflichtet hatte und sie sich nur seine Rede anhören sollte, entspannte sie sich und hörte sich das ganze Ding – alle sechsundzwanzig Minuten – mit zunehmendem Interesse an.

»Scheuen Sie sich nicht, ehrlich zu sein«, fügte er hinzu, noch ehe Naomi mehr als auch nur den Mund aufmachen konnte.

»Nicht schlecht«, sagte sie. »Ziemlich interessant.«

»Nein, keine Bange – Sie müssen keine Rücksicht auf meine Gefühle nehmen. Spucken Sie's aus.«

»Das *habe* ich. Es ist wirklich gut. Außerdem, bis Sie anfangen zu reden sind sie . . .«

»Ja, sind sie alle blau, ich weiß.« Diese Aussicht hatte Sam anfangs getröstet, aber jetzt enttäuschte sie ihn ein wenig. Als er sie selbst laut vorgelesen hatte, war er auch der Meinung gewesen, daß die Rede ziemlich gut war.

»Aber da wäre eines«, sagte Naomi nachdenklich.

»Ja?«

»Sie ist irgendwie . . . Sie wissen schon . . . *trocken*.«

»Oh«, sagte Sam. Er seufzte und rieb sich die Augen. Er war bis ein Uhr in der Nacht aufgeblieben und hatte erst geschrieben und dann das Manuskript überarbeitet.

»Aber das läßt sich leicht ausmerzen«, beruhigte sie ihn. »Gehen Sie einfach in die Bücherei und holen Sie so ein paar Bücher.«

Sam verspürte einen plötzlichen stechenden Schmerz im Unterleib und griff nach seiner Rolle Tums. Recherchen für eine dumme Rede im Rotary Club? *Bibliotheks*recherchen? Er war noch nie in der Stadtbibliothek von Junction City gewesen und sah keinen Grund, jetzt hinzugehen. Aber Naomi hatte aufmerksam zugehört, Naomi versuchte, ihm zu helfen, und es wäre unhöflich, sich nicht wenigstens anzuhören, was sie zu sagen hatte.

»Was für Bücher?«

»Das wissen *Sie* doch – Bücher mit Sachen drin, um Ansprachen aufzulockern. Sie sind wie . . .« Naomi überlegte. »Nun, Sie kennen doch die scharfe Soße, die man im China Light bekommt, wenn man sie will?«

»Ja . . .«

»So sind die Bücher. Sie enthalten Witze. Und dann ist da das eine Buch, *Best Loved poems of the American People*. Wahrscheinlich könnten Sie darin etwas für den Schluß finden. Etwas Aufmunterndes.«

»In diesem Buch stehen Gedichte über die Bedeutung von Kleinunternehmertum für das amerikanische Leben?« fragte Sam zweifelnd.

»Wenn Sie Gedichte zitieren, *muntert* das die Leute *auf*«, sagte Naomi. »Es interessiert doch niemand, *worum es geht*, geschweige denn, *wofür* es ist.«

»Und sie haben Witzbücher speziell für Ansprachen?« Das konnte Sam fast nicht glauben, obwohl es ihn nicht im geringsten überrascht hätte zu hören, daß die Bibliothek Esoterika wie Bücher über die Reparatur von Kleinmotoren und Perückenpflege führte.

»Ja.«

»Woher wissen Sie das?«

»Als Phil Brakeman für das State House kandidiert hat, mußte ich ständig Reden für ihn tippen«, sagte Naomi. »Er hatte so ein Buch. Ich kann mich nur nicht mehr an den Titel erinnern. Mir fällt nur *Die besten Klowitze* ein, aber *das* wäre selbstverständlich nicht das richtige.«

»Nein«, stimmte Sam zu und dachte, daß ein paar ausgewählte Kleinodien aus *Die besten Klowitze* ihn wahrscheinlich zum bejubeltsten Erfolgsredner machen würden. Aber er sah ein, worauf Naomi hinauswollte, und der Gedanke gefiel ihm trotz seines Widerwillens, die hiesige Bibliothek zu besuchen, nachdem er sie jahrelang links liegen gelassen hatte. Ein wenig Würze für die olle Rede. Verschönt Ihre Reste, macht Ihr Hackfleisch zur Köstlichkeit. Und schließlich war eine Bibliothek nur eine Bibliothek. Wenn man nicht wußte, wo man fand, was man suchte, mußte man nur die Bibliothekarin fragen, oder nicht? Fragen zu beantworten, gehörte zu ihren Aufgaben, richtig?

»Sie *könnten* sie natürlich auch lassen, wie sie ist«, sagte Naomi. »Immerhin werden alle stockbetrunken sein.« Sie sah Sam freundlich, aber gestreng an, dann schaute sie auf die Uhr. »Sie haben noch über eine Stunde Zeit – möchten Sie ein paar Briefe diktieren?«

»Nein, ich glaube nicht. Warum tippen Sie mir statt dessen nicht die Rede ab?« Er hatte bereits beschlossen, die Mittagspause in der Bibliothek zu verbringen.

KAPITEL ZWEI

DIE BIBLIOTHEK (I)

1

In den Jahren, seit er in Junction City wohnte, war Sam Hunderte Male an der Bibliothek vorbeigegangen, aber heute *betrachtete* er sie zum erstenmal, und er stellte etwas recht Erstaunliches fest: Er haßte das Gebäude schon beim Ansehen.

Die öffentliche Bibliothek von Junction City lag an der Ecke State Street und Miller Avenue, ein eckiger Granitklotz von einem Bauwerk mit so schmalen Fenstern, daß sie wie Schießscharten wirkten. Ein Schieferdach bedeckte alle vier Seiten des Hauses, und wenn man sich ihm von vorne näherte, verliehen die schmalen Fenster und die vom Dach geworfene Schattenlinie dem Gebäude das finstere Gesicht eines Roboters aus Stein. Das war ein verbreiteter Stil der Architektur in Iowa, so verbreitet, daß ihn Sam Peebles, der seit fast zwanzig Jahren Immobilien verkaufte, ihm einen Namen gegeben hatte: Mittelwesten-Scheußlich. Im Frühling, Sommer und Herbst dämpften die Ahornbäume, die eine Art Hain darum bildeten, das bedrohliche Äußere des Bauwerks, aber jetzt, am Ende eines strengen Iowa-Winters, waren die Ahornbäume noch kahl, und die Bibliothek sah wie eine überdimensionale Gruft aus.

Sie gefiel ihm nicht; sie erfüllte ihn mit Unbehagen; er wußte nicht warum. Schließlich war es nur eine Bibliothek, nicht der Kerker der Inquisition. Dennoch stieg ein weiterer saurer Rülpser in seiner Brust empor, während er den Steinplattenweg entlangschritt. Der Rülpser hatte einen merkwürdig süßlichen Beigeschmack, der ihn an etwas erinnerte . . . möglicherweise etwas, das schon lange zurück lag. Er schob sich ein Tum in den Mund, zerkaute es und traf unvermittelt eine Entscheidung. Seine Rede war so, wie sie war, gut genug. Nicht großartig, aber gut genug. Schließlich ging es hier um den Rotary Club, nicht um die Vereinten Nationen. Er würde ins Büro zurückkehren und einen Teil der Briefe erledigen, die er heute vormittag liegengelassen hatte.

Er wollte sich umdrehen, da dachte er: *Das ist dumm. Wirklich dumm. Möchtest du dumm sein? Okay. Aber du hast zugestimmt, die verdammte Rede zu halten; also warum hältst du keine gute?*

Er stand auf dem Fußweg zur Bibliothek und runzelte unentschlossen die Stirn. Er machte sich gern über den Rotary Club lustig. Craig auch. Und Frank Stephens. Die meisten jungen Geschäftsleute in Junction City lachten über die Treffen. Aber sie versäumten selten einmal eines, und Sam glaubte, den Grund zu kennen: Es war ein Ort, wo man Beziehungen knüpfen konnte. Ein Ort, wo ein Mann wie er die nicht-mehr-so-jungen Geschäftsleute in Junction City kennenlernen konnte. Typen wie Elmer Baskin, dessen Bank vor zwei Jahren mitgeholfen hatte, ein Einkaufszentrum in Beaverton aufzubauen. Typen wie George Candy – dem man nachsagte, daß er mit einem Telefonanruf drei Millionen Dollar Baugeld locker machen konnte . . . wenn er sich dazu entschloß.

Es waren Kleinstadtbewohner, High-School-Basketballfans, Männer, die sich bei Jimmy die Haare schneiden ließen, die Boxershorts und Träger-T-Shirts statt Pyjamas im Bett trugen, ihr Bier immer noch aus der Flasche tranken, die sich an einem Abend in Cedar Rapids nicht wohl fühlten, wenn sie nicht in volle Cleveland-Montur gekleidet waren. Darüber hinaus waren sie die Macher von Junction City – und wenn man es recht überlegte, ging Sam nicht genau darum Freitag abends immer hin? Wenn man es genau überlegte, hatte Craig nicht darum so panisch angerufen, nachdem sich der dumme Akrobat den dummen Hals gebrochen hatte? Man wollte von den Machern bemerkt werden . . . aber nicht, weil man etwas versaut hatte. *Sie werden alle betrunken sein*, hatte Craig gesagt, und Naomi hatte diese Überzeugung bekräftigt, aber jetzt fiel ihm ein, daß er Elmer Baskin noch nie etwas Stärkeres als Kaffee trinken gesehen hatte. Nicht einmal. Und er war wahrscheinlich nicht der einzige. Manche waren vielleicht betrunken ... aber nicht alle. Und diejenigen, die nicht betrunken waren, mochten gut und gerne die sein, auf die es ankam.

Wenn du das ordentlich machst, Sam, könnte es dein Schaden nicht sein. Wäre nicht unmöglich.

Nein. Das nicht. Selbstverständlich unwahrscheinlich, aber nicht unmöglich. Und da war noch etwas anderes, abgesehen von den schattenhaften politischen Hintermännern, die einen freitagabendlichen Vortrag im Rotary Club besuchten: Er hatte sich stets damit gerühmt, daß er alles so gut wie möglich machte. Es war nur eine dumme kleine Rede. Na und?

Und es ist nur eine dumme Kleinstadtbibliothek. Wo liegt das Problem? Es wachsen nicht einmal Büsche an den Seiten.

Sam schritt wieder den Gehweg entlang, aber jetzt blieb er stirnrunzelnd stehen. Das war ein merkwürdiger Gedanke, der aus dem Nichts gekommen zu sein schien. Es wuchsen also keine Büsche an den Seitenwänden der Bibliothek, was machte das denn schon aus? Er wußte es nicht ... aber er wußte, es hatte eine fast magische Wirkung auf ihn. Sein untypisches Zaudern fiel von ihm ab, und er schritt wieder weiter. Er ging die vier Steinstufen hinauf und verweilte einen Moment. Irgendwie schien das Gebäude verlassen zu sein. Er streckte die Hand nach dem Türgriff aus und dachte: *Ich wette, es ist abgeschlossen. Ich wette, sie haben Freitag nachmittags geschlossen.* Dieser Gedanke hatte etwas seltsam Beruhigendes.

Aber die altmodische Klinke gab unter dem Druck seines Daumens nach, die schwere Tür schwang lautlos nach innen. Sam betrat ein kleines Foyer mit Marmorboden – ein Schachbrettmuster schwarzer und weißer Quadrate. In der Mitte dieses Vorzimmers stand eine Staffelei; die Botschaft bestand aus einem einzigen Wort in sehr großen Buchstaben.

RUHE!

lautete sie. Nicht

SCHWEIGEN IST GOLD

oder

BITTE STILL SEIN

sondern nur dies eine starrende, böse Wort:

RUHE!

»Auf jeden Fall«, sagte Sam. Er murmelte die Worte nur, aber die Akustik des Saals war ausgezeichnet; sein leises Murmeln wurde zu einem griesgrämigen Grollen verstärkt, bei dem er sich unwillkürlich duckte. Es schien wahrhaftig von der hohen Decke zu ihm zurückgeworfen zu werden. Im Augenblick war ihm zumute, als wäre er wieder in der vierten Klasse und würde von Mrs. Glasters zur Ordnung gerufen werden, weil er sich genau im falschen Augenblick danebenbenommen hatte. Er sah sich unbehaglich um und rechnete fast damit, eine ungehaltene Bibliothekarin würde aus dem Hauptsaal gestürmt kommen, um festzustellen, wer es gewagt hatte, die Stille zu entweihen.

Um Gottes willen, hör auf damit. Du bist vierzig Jahre alt. Die vierte Klasse ist schon lange her, Kumpel.

Nur schien sie noch nicht so lange her zu sein. Hier drinnen nicht. Hier drinnen schien die vierte Klasse zum Greifen nah zu sein.

Er ging links an der Staffelei vorbei über den Marmorboden und verlagerte das Gewicht dabei unbewußt auf die Schuhspitzen, damit die Absätze nicht klackten, dann betrat er den Hauptsaal der Bibliothek von Junction City.

Eine Anzahl Glaskugeln hingen von der Decke (die mindestens sechs Meter höher war als die Decke des Foyers), aber keine war eingeschaltet. Zwei große, schräge Oberlichter spendeten Helligkeit. An einem sonnigen Tag hätten sie ausgereicht, das Zimmer zu erhellen; vielleicht hätten sie es sogar fröhlich und anheimelnd gemacht. Aber dieser Freitag war bewölkt und verhangen, das Licht trüb. Düstere Schattengeflechte füllten die Ecken des Saals.

Sam Peebles empfand ein Gefühl, als würde etwas *nicht stimmen*. Es war, als wäre er nicht nur durch eine Tür und ein Foyer gegangen, sondern als hätte er eine andere Welt betreten, die keinerlei Ähnlichkeit mit der Kleinstadt in Iowa hatte, die er manchmal mochte, manchmal haßte, größtenteils aber einfach als naturgegeben hinnahm. Hier drinnen schien die Luft dicker als normale Luft zu sein, und sie schien das Licht auch nicht so gut zu leiten wie normale Luft. Die Stille war so dick wie eine Wolldecke. Und so kalt wie Schnee.

Die Bibliothek war verlassen.

Rings um ihn herum verliefen Bücherregale. Als er zu den Oberlichtern mit dem Gitter ihrer Drahtverstärkung aufsah, wurde Sam ein wenig schwindlig und er sah eine flüchtige Illusion: Ihm war, als wäre er verkehrt herum aufgehängt worden, als hinge er – die Füße nach oben – über einer tiefen, von Büchern gesäumten Grube.

Hier und da lehnten Leitern an den Wänden, die auf einer Schiene montiert waren und auf Gummirädern über den Boden rollten. Zwei Holzblöcke unterbrachen das Meer offenen Raums zwischen der Stelle, wo er stand, und dem Ausgabeschalter am anderen Ende des großen, hohen Saals. Bei einem handelte es sich um ein langes Zeitschriftenregal aus Eiche. Zeitschriften hingen in durchsichtigen Schutzhüllen aus Plastik an Holzhaken. Sie glichen den Häuten seltsamer Tiere, die in diesem stillen Raum zum Trocknen aufgehängt worden waren. Ein über dem Regal angebrachtes Schild befahl:

ZEITSCHRIFTEN WIEDER RICHTIG EINORDNEN!

Links vom Zeitschriftenregal befand sich eines mit brandneuen Romanen und Sachbüchern. Ein Schild über diesem Regal verkündete, daß man sie nur maximal sieben Tage ausleihen konnte.

Sam ging den breiten Gang zwischen dem Zeitschriften- und dem Neuheitenregal entlang, und seine Absätze klackten und hallten, obwohl er sich so sehr bemühte, leise zu sein. Er wünschte sich, er wäre seinem ersten Impuls gefolgt, einfach umzukehren und wieder ins Büro zu gehen. Es war unheimlich hier. Obwohl eine kleine, abgeschirmte Mikrofilmkamera auf dem Schreibtisch summte, war niemand – nicht Mann noch Frau – da, der sie bediente. Auf einer kleinen Plakette auf dem Schreibtisch stand

A. LORTZ

– aber es war keine Spur von A. Lortz oder sonst jemand zu sehen.

Ist wahrscheinlich auf dem Klo und blättert die neueste Ausgabe des Library Journal *durch.*

Sam verspürte den irren Impuls, den Mund aufzumachen und zu schreien: »Klappt alles, A. Lortz?« Er verging rasch wieder. Die öffentliche Bibliothek von Junction City förderte Übermut nicht gerade.

Plötzlich fiel Sam ein kurzer Vers aus seiner Kindheit wieder ein. *Laßt Lachen und das Blödeln sein, kommt zum Quäkertreffen rein. Läßt du deine Zähne sehen, mußt du Strafe zahlen gehen.*

Läßt man hier drinnen die Zähne sehen, muß man dann seine Strafe bei A. Lortz bezahlen? fragte er sich. Er drehte sich noch einmal um, ließ seine Nervenenden die mißbilligende Eigenheit der Stille spüren und dachte, daß man ein Buch darüber schreiben könnte.

Sam, der längst nicht mehr daran interessiert war, ein Witzbuch oder *Best Loved Poems of the American People* zu bekommen, sondern sich unwillkürlich von der losgelösten, verträumten Atmosphäre der Bibliothek faszinieren ließ, ging zu einer Tür rechts vom Regal mit den Sieben-Tage-Büchern. Auf einem Schild über der Tür stand, daß es sich hier um die Kinderbibliothek handelte. Hatte er die Kinderbibliothek besucht, als er in St. Louis aufgewachsen war? Er glaubte es, aber diese Erinnerungen waren fern, verschwommen und schwer zu fassen. Dennoch hatte er ein seltsam gequältes Gefühl, als er sich der Tür der Kinderbibliothek näherte. Es war fast, als würde er heimkehren.

Die Tür war geschlossen. Ein Bild von Rotkäppchen war darauf zu sehen, die den Wolf in Großmutters Bett ansah. Der Wolf trug Großmutters Nachthemd und Nachthaube. Er fauchte. Geifer tropfte zwischen seinen entblößten Zähnen hervor. Ein Ausdruck fast erlesenen Schreckens verzerrte Rotkäppchens Gesicht, und das Plakat schien nicht nur zu verkünden, sondern festzuschreiben, daß das glückliche Ende dieser Geschichte – wie aller Märchen – eine bequeme Lüge war. Eltern glaubten diesen Schmu vielleicht, sagte das gräßlich erschrockene Gesicht von Rotkäppchen, aber die Kleinen wußten es besser, oder nicht?

Hübsch, dachte Sam. *Mit so einem Plakat an der Tür kommen bestimmt viele Kinder in die Kinderbibliothek. Ich wette, das gefällt den Kleinen ganz besonders.*

Er machte die Tür auf und streckte den Kopf hinein.

Das Gefühl des Unbehagens fiel von ihm ab; er war auf der Stelle verzaubert. Das Plakat an der Tür war selbstverständlich vollkommen falsch, aber was hinter der Tür lag, schien ganz richtig zu sein. *Selbstverständlich* hatte er als Kind die Bibliothek benützt; ein Blick in diese maßstabsgetreue Welt reichte aus, die Erinnerungen wieder aufzufrischen. Sein Vater war jung gestorben. Sam war ein Einzelkind gewesen und von einer arbeitenden Mutter großgezogen worden, die er selten sah, höchstens an Sonn- und Feiertagen. Wenn er das Geld für einen Kinobesuch nach der Schule nicht aufbringen konnte – und das war oft –, mußte die Bibliothek genügen, und der Raum, den er jetzt vor sich sah, brachte ihm diese Tage inmitten einer plötzlichen Woge der Nostalgie zurück, die süß und schmerzvoll und auf eine seltsame Weise furchterregend war.

Es war eine *kleine* Welt gewesen, und dies war eine kleine Welt; es war eine hell erleuchtete Welt gewesen, selbst an den grimmigsten, regnerischsten Tagen, und das war auch diese hier. In diesem Raum gab es keine hängenden Glaskugeln; hier hingen Neonröhren hinter Ornamentglasscheiben an der schwebenden Decke, die alle Schatten vertrieben, und alle waren eingeschaltet. Die Tischplatten waren nur sechzig Zentimeter vom Boden entfernt; die Stühle waren noch niedriger. In dieser Welt wären Erwachsene Eindringlinge, nervöse Fremde. Sie würden die Tische auf den Knien balancieren, wenn sie versuchen würden, dort Platz zu nehmen, und wahrscheinlich würden sie sich die Schädel einschlagen, wenn sie versuchten, aus dem Trinkbrunnen an der hinteren Wand zu trinken.

Hier erstreckten sich die Regale nicht tückisch in die Höhe, so daß einem schwindlig wurde, wenn man zu lange darauf hinaufsah; die Decke war so tief, daß es gemütlich wirkte, aber nicht so tief, daß man sich als Kind niedergedrückt fühlen mußte. Hier standen nicht reihenweise düstere Einbände, sondern Bücher, die förmlich in grellen Primärfarben schrien: Hellblau, Rot, Gelb. In dieser Welt war Dr. Seuss König, Judy Blume Königin, und sämtliche Prinzen und Prinzessinnen besuchten die Sweet Valley High-School. Hier verspürte Sam das alte Gefühl wohltuender Heimeligkeit nach der Schule; es war ein Ort, wo die Bücher förmlich danach bettelten, berührt, genommen, betrachtet, erforscht zu werden. Und doch hatten diese Empfindungen alle einen eigenen dunklen Beigeschmack.

Aber seine deutlichste Empfindung war ein fast sehnsüchtiges Vergnügen. An einer Wand hing eine Fotografie eines Welpen mit großen, nachdenklichen Augen. Unter dem ängstlich-hoffnungsvollen Gesicht des Welpen stand eine der großen Wahrheiten dieser Welt geschrieben: ES IST SCHWER, GUT ZU SEIN. An der anderen Wand hing ein Gemälde, das Stockenten auf dem Weg zum überwucherten Ufer zeigte. MACHT PLATZ FÜR ENTEN! trompetete das Plakat.

Sam sah nach links, und das milde Lächeln auf seinen Lippen zuckte und verschwand. Da hing ein Plakat mit einem großen schwarzen Auto, das von einem, wie er vermutete, Schulhaus wegraste. Ein kleiner Junge sah zum Beifahrerfenster heraus. Er hatte die Hände an die Scheibe gedrückt und den Mund zu einem Schrei aufgerissen. Im Hintergrund kauerte ein Mann – nur ein vager, geheimnisvoller Schemen – über dem Lenkrad und gab Gas, was das Zeug hielt. Die Worte unter dem Bild lauteten:

FAHRE *NIEMALS* MIT FREMDEN!

Sam wurde klar, daß das Rotkäppchen-Plakat auf der Tür der Kinderbibliothek und dieses hier dieselben primitiven Angstgefühle ansprachen, aber das hier fand er wesentlich beunruhigender. *Natürlich* sollten Kinder nicht mit Fremden mitfahren, und selbstverständlich mußte man ihnen das beibringen; aber war *dies* die richtige Methode, es ihnen klarzumachen?

Wie viele Kinder, fragte er sich, *hatten dank dieser kleinen Warnung des öffentlichen Dienstes eine Woche lang Alpträume?*

Ein weiteres Plakat, das auf die Front der Ausgabetheke geklebt war, verschaffte Sam eine Gänsehaut wie der kälteste Januar auf dem Rücken. Es zeigte einen kläglichen Jungen und ein Mädchen, beide sicher nicht älter als acht, die vor einem Mann mit Trenchcoat und grauem Hut zurückschreckten. Der Mann schien mindestens drei Meter groß zu sein; sein Schatten fiel auf die emporgewandten Gesichter der Kinder. Die Krempe des Schlapphuts aus den vierziger Jahren warf ihrerseits einen Schatten, und aus diesen dunklen Tiefen glommen die Augen des Mannes im Trenchcoat unbarmherzig. Sie sahen wie Eissplitter aus, während sie die Kinder studierten und mit dem grimmigen Blick der AUTORITÄT maßen. Er hielt eine Kennkarte mit einem daran festgesteckten Stern hoch – einem seltsamen Stern mit mindestens neun Zacken. Vielleicht sogar einem ganzen Dutzend. Der Text darunter lautete:

VERMEIDET DIE BIBLIOTHEKSPOLIZEI!
BRAVE JUNGS UND MÄDCHEN BRINGEN IHRE
BÜCHER
PÜNKTLICH ZURÜCK!

Und wieder war der Geschmack in seinem Mund. Dieser süße, unangenehme Geschmack. Und ein befremdlicher, beängstigender Gedanke kam ihm: *Ich habe diesen Mann schon einmal gesehen.* Aber das war selbstverständlich lächerlich. Oder nicht?

Sam überlegte sich, wie ihn so ein Plakat als Kind eingeschüchtert haben würde – wieviel schlichte, ungetrübte Freude es dem sicheren Hafen der Bibliothek genommen hätte –, und spürte Mißbilligung in seiner Brust emporsteigen. Er trat einen Schritt näher an das Plakat, um sich den seltsamen Stern eingehender zu betrachten, und nahm gleichzeitig die Rolle Tums aus der Tasche.

Er steckte gerade eines in den Mund, als eine Stimme hinter ihm sagte: »Oh, hallo!«

Er schreckte hoch, drehte sich um und war zum Kampf mit dem Bibliotheksdrachen bereit, nachdem sich dieser endlich gezeigt hatte.

2

Aber es kam kein Drache. Nur eine dickliche, weißhaarige Frau um die Fünfundvierzig, die ein Wägelchen mit Büchern auf lautlosen Gummirollen schob. Das weiße Haar rahmte das offene, glatte Gesicht mit hübschen Dauerwellen ein.

»Ich nehme an, Sie haben nach mir gesucht«, sagte sie. »Hat Mr. Peckham Sie hier reingeschickt?«

»Ich habe überhaupt niemand gesehen.«

»Nicht? Dann ist er schon nach Hause gegangen«, sagte sie. »Das überrascht mich nicht, schließlich ist es Freitag. Mr. Peckham kommt jeden Morgen um elf, um abzustauben und die Zeitung zu lesen. Er ist Hausmeister – selbst-

verständlich nur halbtags. Manchmal bleibt er bis eins –
montags meist bis halb zwei, weil der Staub und die Zeitung da am dicksten sind –, aber Sie wissen ja, wie dünn
die Freitagszeitung ist.«

Sam lächelte. »Ich nehme an, Sie sind die Bibliothekarin?«

»Das bin ich«, sagte Ms. Lortz und lächelte ihn an. Aber
Sam fand, daß ihre *Augen* nicht lächelten; ihre Augen
schienen ihn argwöhnisch, fast kalt zu betrachten. »Und
Sie sind . . .?«

»Sam Peebles.«

»Ach ja! Makler und Versicherungsvertreter! Das ist *Ihr*
Metier.«

»Schuldig im Sinne der Anklage.«

»Tut mir leid, daß sich niemand im Hauptteil der Bibliothek aufhält – Sie müssen gedacht haben, wir hätten
geschlossen und jemand hätte aus Versehen die Tür offen-
gelassen.«

»Tatsächlich«, sagte er, »ist mir der Gedanke gekommen.«

»Von zwei bis sieben haben wir zu dritt Dienst«, sagte
Ms. Lortz. »Wissen Sie, ab zwei ist der Unterricht an den
Schulen zu Ende – Grundschule um zwei, Mittelschule
um halb drei, High-School um Viertel vor drei. Die Kinder
sind unsere treuesten Kunden – und was mich betrifft die
liebsten. Ich mag die Kleinen. Ich hatte eine Assistentin
ganztags, aber letztes Jahr hat der Stadtrat unser Budget
um achthundert Dollar gekürzt und . . .« Ms. Lortz legte
die Hände zusammen und stellte einen Vogel dar, der
fortflog. Es war eine amüsante, bezaubernde Geste.

Warum, fragte sich Sam, *bin ich dann nicht amüsiert oder
bezaubert?*

Die Plakate, vermutete er. Er versuchte immer noch,
Rotkäppchen, das schreiende Kind im Auto und den
grimmig blickenden Bibliothekspolizisten mit dieser lä-
chelnden Kleinstadtbibliothekarin in Einklang zu bringen.

Sie streckte die linke Hand – eine kleine Hand, rund

und plump wie alles an ihr – in perfektem, ungezwunge-
nem Selbstvertrauen aus. Er betrachtete den dritten Finger und sah, daß sie keinen Ring trug. Die Tatsache, daß
sie eine alte Jungfer war, kam ihm völlig typisch, völlig
kleinstädtisch vor. Im Grunde genommen fast eine Karikatur. Sam schüttelte die Hand.

»Sie waren noch nie in unserer Bibliothek, Mr. Peebles,
oder?«

»Nein, leider nicht. Und bitte nennen Sie mich Sam.« Er
wußte nicht, ob er von dieser Frau wirklich mit Sam ange-
redet werden wollte oder nicht, aber er war Geschäftsmann in einer Kleinstadt – Händler, wenn man es genau
nahm –, daher bot er den Vornamen automatisch an.

»Oh, danke schön, Sam.«

Er wartete darauf, daß sie entsprechend reagieren und
ihm ihren Vornamen nennen würde, aber sie sah ihn nur
erwartungsvoll an.

»Ich habe eine Art Verpflichtung auf mich genommen«,
sagte er. »Unser planmäßiger Redner im Rotary Club
heute abend hatte einen Unfall und . . .«

»Oh, das ist schlimm.«

»Für ihn und für mich. Ich wurde bestimmt, ihn zu ver-
treten.«

»Oh-oh!« sagte Ms. Lortz. Ihre Stimme klang teilnahms-
voll, aber in ihren Augen blitzte es schalkhaft. Und Sam
konnte sich immer noch nicht für sie erwärmen, obwohl
er normalerweise schnell mit anderen Menschen warm
wurde (wenn auch nur oberflächlich); er war der Typ
Mann, der wenig Freunde hatte, sich aber trotzdem veranlaßt sah, in Fahrstühlen ein Gespräch mit Fremden anzufangen.

»Ich habe gestern abend eine Rede geschrieben und sie
heute morgen der jungen Frau vorgelesen, die Diktate
aufnimmt und meine Korrespondenz tippt . . .«

»Ich wette, das ist Naomi Higgins.«

»Ja – woher wissen Sie das?«

»Naomi ist Stammkundin. Sie leiht jede Menge Liebes-
romane aus – Jennifer Blake, Rosemary Rogers, Paul Shel-

don, solche Schriftsteller.« Mit flüsternder Stimme fügte sie hinzu: »Sie sagt, sie sind für ihre Mutter, aber ich glaube, sie liest sie selbst.«

Sam lachte. Naomi hatte *wahrhaftig* die verträumten Augen einer heimlichen Liebesromanleserin.

»Wie dem auch sei, ich weiß, in einer Großstadt würde man sie Büroteilzeitkraft nennen. Hier in Junction City dürfte sie die gesamte Sekretärinnenbranche darstellen. Es schien einleuchtend, daß sie die junge Frau ist, von der Sie gesprochen haben.«

»Ja. Meine Rede hat ihr gefallen – hat sie jedenfalls gesagt –, aber sie fand sie ein wenig zu trocken. Sie hat vorgeschlagen . . .«

»Den *Speaker's Companion*, jede Wette!«

»Nun, an den genauen Titel konnte sie sich nicht erinnern, aber es hört sich an, als wäre es das.« Er verstummte, dann fügte er ein wenig besorgt hinzu: »Stehen da Witze drin?«

»Nur etwa dreihundert Seiten«, sagte sie. Sie streckte die rechte Hand aus – die ebensowenig Ringe trug wie die linke – und zupfte damit an seinem Ärmel. »Ich werde all Ihre Probleme lösen, Sam. Ich kann nur hoffen, es wird nicht wieder eine Krisensituation erforderlich sein, Sie in unsere Bibliothek zu bringen. Sie ist klein, aber fein. Finde ich jedenfalls, aber ich bin selbstverständlich voreingenommen.«

Sie traten durch die Tür in die mißbilligenden Schatten des Hauptsaals der Bibliothek. Ms. Lortz drückte auf drei Schalter neben der Tür, worauf die hängenden Kugeln einen weichen gelben Schein verbreiteten, der den Raum sichtlich gemütlicher machte.

»Wenn es bewölkt ist, wird es so *düster* hier drinnen«, sagte sie mit einer vertraulichen Wir-sind-jetzt-in-der-eigentlichen-Bibliothek-Stimme. Sie zupfte Sam immer noch fest am Ärmel. »Aber Sie wissen ja, wie sich die Stadtverwaltung über die Stromrechnung einer Institution wie dieser hier beschwert . . . vielleicht auch nicht, aber dann können Sie es sich bestimmt *denken*.«

»Kann ich«, sagte Sam, der ebenfalls beinahe flüsternd sprach.

»Aber das ist eine Kleinigkeit gegen das, was sie im Winter über die Heizkosten zu sagen haben.« Sie verdrehte die Augen. »Öl ist so *teuer*. Daran sind diese Araber schuld . . . und denken Sie nur, was sie *jetzt* vorhaben – sie versuchen, Killer anzuheuern, um *Schriftsteller* zu töten.«

»Das scheint mir *wirklich* ein wenig drastisch zu sein«, sagte Sam, der wieder an das Plakat mit dem großen Mann denken mußte – den mit dem seltsamen Stern an der Kennkarte, dessen Schatten so bedrohlich über die aufwärts gerichteten Gesichter der Kinder fiel. Über sie fiel wie ein Blutfleck.

»Und ich habe mir selbstverständlich in der Kinderbibliothek zu schaffen gemacht. Wenn ich dort bin, verliere ich jedes Zeitgefühl.«

»Wirklich ein interessanter Saal«, sagte Sam. Er wollte fortfahren und sie nach den Plakaten fragen, aber Ms. Lortz kam ihm zuvor. Sam wurde klar, wer das Sagen bei diesem außergewöhnlichen Ausflug an einem ansonsten gewöhnlichen Tag hatte.

»Auf jeden Fall! Und jetzt warten Sie einen Augenblick.« Sie hob die Arme und legte ihm die Hände auf die Schultern – dazu mußte sie sich auf die Zehenspitzen stellen –, und Sam hatte einen Moment die absurde Vorstellung, daß sie ihn küssen würde. Statt dessen drückte sie ihn auf eine Holzbank, die am Regal der Neuerscheinungen entlang verlief. »Ich weiß genau, wo die Bücher sind, die Sie suchen, Sam. Ich muß nicht einmal in die Kartei sehen.«

»Ich könnte sie selbst holen . . .«

»Das *weiß* ich«, sagte sie, »aber sie sind in der Abteilung für spezielle Nachschlagewerke, und ich mag es nicht, daß Leute sich dort herumtreiben, wenn ich es verhindern kann. Diesbezüglich bin ich ziemlich streng, aber ich weiß *immer*, wo ich finde, was ich suche . . . jedenfalls da hinten. Die Leute sind so *schlampig*, sie haben so wenig Sinn für Ordnung, Sie wissen ja. Kinder sind am schlimmsten, aber selbst Erwachsene werden zu Schlampern, wenn man sie läßt. Machen Sie sich keine Sorgen. Ich bin in Null Komma nichts wieder da.«

Sam hatte nicht die Absicht, weitere Einwände zu erheben, und selbst wenn, hätte er gar keine Zeit dazu gehabt. Sie entschwand. Er saß auf der Bank und kam sich wieder wie ein Viertkläßler vor ... diesmal wie ein Viertkläßler, der etwas Unrechtes getan hatte, der zum Schlamper geworden war und deshalb nicht mit den anderen Kindern zum Spielen hinausdurfte.

Er konnte hören, wie sich Ms. Lortz im Zimmer hinter dem Ausgabeschalter bewegte, und sah sich nachdenklich um. Außer Büchern war nichts zu sehen – nicht einmal ein alter Rentner, der die Zeitung las oder eine Zeitschrift durchblätterte. Das kam ihm seltsam vor. Er hatte nicht damit gerechnet, daß eine Kleinstadtbibliothek wie diese hier *blühende* Geschäfte an einem Werktagnachmittag machte, aber gar keine?

Nun, da war Mr. Peckham, dachte er, *aber der hat die Zeitung fertiggelesen und ist nach Hause gegangen. Schrecklich dünn, die Freitagsausgabe, Sie wissen ja. Und der Staub ist auch dünn.* Und dann wurde ihm klar, er hatte lediglich das Wort von Ms. Lortz, daß Mr. Peckham tatsächlich dagewesen war.

Stimmt – aber warum sollte sie lügen?

Er wußte es nicht und bezweifelte stark, daß sie gelogen hatte, aber allein die Tatsache, daß er die Aufrichtigkeit einer netten alten Dame in Frage stellte, die er gerade erst kennengelernt hatte, warf ein Licht auf das zentrale Rätsel dieses Zusammentreffens: Er konnte sie nicht leiden. Nettes Gesicht hin oder her, er konnte sie überhaupt nicht leiden.

Die Plakate sind schuld. Du kannst NIEMANDEN leiden, der solche Plakate in einem Kinderzimmer aufhängt. Aber das ist unwichtig, denn mehr als ein Abstecher ist es nicht. Nimm die Bücher und hau ab.

Er drehte sich auf der Bank, sah in die Höhe und erblickte ein Motto an der Wand.

Wenn du wissen möchtest, wie ein Mann Frau und Kinder behandelt, sieh zu, wie er seine Bücher behandelt.

– Ralph Waldo Emerson

Auch an *diesem* kleinen Sinnspruch lag Sam nicht übertrieben viel. Warum, das wußte er nicht genau . . . vielleicht war er nur der Meinung, man sollte erwarten, daß ein Mann, auch ein Büchernarr, seine Familie doch ein wenig besser behandelte als seine Lektüre. Der Spruch, der mit Goldbuchstaben auf ein poliertes Stück Eichenholz geschrieben war, funkelte dennoch böse auf ihn herab und schien ihn aufzufordern, es sich noch einmal genau zu überlegen.

Aber bevor er das konnte, kam Ms. Lortz zurück, hob eine Klappe in der Ausgabetheke, kam heraus und klappte sie ordentlich wieder hinter sich zu.

»Ich glaube, ich habe gefunden, was Sie brauchen«, sagte sie fröhlich. »Ich hoffe, Sie sind auch der Meinung.«

Sie gab ihm zwei Bücher. Eines war der *Speaker's Companion*, herausgegeben von Kent Adelmen, das andere war *Best Loved Poems of the American People*. Der Inhalt des letzteren Buches war, wie der Schutzumschlag, der seinerseits in eine schützende Zellophanhülle geschlagen war, verkündete, von einer Hazel Felleman *ausgewählt* worden. »Gedichte über das Leben!« versprach der Schutzumschlag. »Gedichte über Heim und Mutter! Gedichte über Lachen und Launen! Die Gedichte, die sich die Leser des *New York Times Book Review* am häufigsten gewünscht haben!« Weiter wurde darauf hingewiesen, daß es Hazel Felleman gelungen war, »den Finger an den poetischen Puls des amerikanischen Volkes zu halten«.

Sam sah sie zweifelnd an, und sie las seine Gedanken mühelos.

»Ja, ich weiß, sie sehen altmodisch aus«, sagte sie. »Besonders heutzutage, wo Help-yourself-Bücher der letzte Schrei sind. Ich könnte mir vorstellen, wenn Sie in eine Buchhandlung im Einkaufszentrum von Cedar Rapids gehen würden, würden Sie ein Dutzend Bücher finden, die dem angehenden öffentlichen Redner helfen sollen. Aber keines wäre so gut wie die hier, Sam. Ich bin der aufrichtigen Überzeugung, dies sind die besten Hilfen für Männer und Frauen, die in der Kunst öffentlicher Vorträge noch nicht bewandert sind.«

»Mit anderen Worten, Amateure«, sagte Sam grinsend.

»Nun, ja. Nehmen Sie zum Beispiel *Best Loved Poems*. Der zweite Teil des Buches – er beginnt auf Seite fünfundsechzig, wenn mich mein Gedächtnis nicht im Stich läßt – trägt den Titel ›Inspiration‹. Dort können Sie mit ziemlicher Sicherheit etwas finden, das als Krönung Ihrer kleinen Ansprache dient, Sam. Und Sie werden feststellen, daß sich Ihre Zuhörer an einen hübschen Vers erinnern, auch wenn sie alles andere vergessen. Besonders wenn sie ein wenig . . .«

»Betrunken sind«, sagte er.

»*Ausgelassen* wäre meine Wortwahl gewesen«, sagte sie leicht strafend, »obwohl ich vermute, daß Sie sie besser kennen.« Doch sie maß ihn mit einem Blick, der deutlich machte, daß sie das aus reiner Höflichkeit sagte.

Sie hielt den *Speaker's Companion* hoch. Der Schutzumschlag zeigte die Skizze eines mit Girlanden geschmückten Saals. Kleinere Gruppen Männer in altmodischen Abendanzügen saßen an Tischen und hatten Drinks vor sich stehen. Sie hielten alle Maulaffen feil. Der Mann hinter dem Podium – der ebenfalls einen Abendanzug trug und eindeutig der Redner des Abends war – grinste triumphierend auf sie herunter. Es war deutlich, daß er phänomenalen Erfolg gehabt hatte.

»Gleich zu Anfang kommt ein Kapitel zur *Theorie* der Tischrede«, sagte Ms. Lortz, »aber da Sie mir nicht wie ein Mann vorkommen, der so etwas *hauptberuflich* machen will . . .«

»*Da* haben Sie recht«, stimmte Sam heftig zu.

». . . schlage ich vor, Sie befassen sich gleich mit dem zweiten Teil, der den Titel ›Fesselnd sprechen‹ trägt. Dort finden Sie Witze und Geschichten in drei Kapitel unterteilt: ›Entspanne sie‹, ›Mach sie weich‹ und ›Mach sie fertig‹.«

Hört sich wie ein Handbuch für Gigolos an, dachte Sam, sagte es aber nicht laut.

Sie las seine Gedanken wieder. »Wirkt ein wenig zweideutig, ich weiß, aber dieses Buch wurde zu einer einfacheren, unschuldigeren Zeit veröffentlicht. Ende der dreißiger Jahre, um genau zu sein.«

»Wahrlich, viel unschuldiger«, sagte Sam und dachte an verlassene Farmen im Dürregebiet, kleine, in Mehlsäcke gekleidete Mädchen und rostige, zusammengewürfelte Hoovervilles, welche von Polizisten mit Schlagstökken umgeben waren.

»Aber beide sind noch *gültig*«, sagte sie und klopfte nachdrücklich darauf, »und darauf kommt es schließlich an, Sam, oder nicht? Auf das Ergebnis!«

»Ja . . . wird wohl so sein.«

Er sah sie hoffnungsvoll an, worauf Ms. Lortz die Brauen hochzog – möglicherweise ein wenig defensiv. »Ein Penny für Ihre Gedanken«, sagte sie.

»Ich habe darüber nachgedacht, daß dies ein seltenes Vorkommnis in meinem Leben war«, sagte er. »Nicht unerhört, nichtsdergleichen, aber *selten*; ich bin hierhergekommen, weil ich ein paar Bücher wollte, um meine Rede aufzulockern, und Sie scheinen mir genau das gegeben zu haben, weshalb ich gekommen bin. Wie oft geschieht so etwas in einer Welt, wo man normalerweise nicht einmal ein gutes Lammfleisch beim Metzger bekommt, wenn man Appetit darauf hat?«

Sie lächelte. Es schien ein aufrichtig fröhliches Lächeln zu sein . . . aber Sam fiel wieder auf, daß ihre *Augen* nicht lächelten. Er glaubte nicht, daß sich deren Ausdruck überhaupt einmal verändert hatte, seit er in der Kinderbibliothek über sie gestolpert war – oder sie über ihn. Sie hatten ihn immer nur beobachtet. »Ich glaube, ich habe gerade ein Kompliment bekommen!«

»Ja, Ma'am, so ist es.«

»Ich danke Ihnen, Sam. Ich danke Ihnen von ganzem

49

Herzen. Man sagt, mit Schmeichelei kommt man überall durch, aber ich fürchte, ich muß von Ihnen trotzdem zwei Dollar verlangen.«

»Wirklich?«

»Das ist die Gebühr dafür, eine Leihkarte für Erwachsene auszustellen«, sagte sie, »aber die gilt dann drei Jahre und die Verlängerung kostet nur fünfzig Cent. Also abgemacht, oder was?«

»Hört sich gut an.«

»Dann kommen Sie hier entlang«, sagte sie, worauf Sam ihr zum Ausgabeschalter folgte.

3

Sie gab ihm eine Karte zum Ausfüllen; darauf schrieb er Namen, Adresse, Telefonnummern und die Büroanschrift.

»Wie ich sehe, wohnen Sie in der Kelton Avenue. Hübsch!«

»Nun, *mir* gefällt es dort.«

»Die Häuser sind schön und groß – Sie sollten heiraten.«

Er zuckte ein wenig zusammen. »Woher wissen Sie, daß ich nicht verheiratet bin?«

»Genauso wie *Sie* wissen, daß ich es nicht bin«, sagte sie. Ihr Lächeln war etwas verschlagen und katzenhaft geworden. »Nichts am dritten Finger.«

»Oh«, sagte er emotionslos und lächelte. Er glaubte nicht, daß es sein gewohnt strahlendes Lächeln war, und seine Wangen fühlten sich etwas warm an.

»Zwei Dollar, bitte.«

Er gab ihr zwei Dollarnoten. Sie ging zu einem kleinen Schreibtisch, auf dem eine uralte, skelettähnliche Schreibmaschine stand, und tippte ganz kurz etwas auf eine grell orangefarbene Karte. Diese brachte sie zum Ausgabeschalter, unterschrieb sie schwungvoll am unteren Rand und schob sie zu ihm herüber.

»Bitte lesen Sie sie durch und bestätigen Sie, daß alle Angaben korrekt sind.«

Sam gehorchte. »Alles bestens.« Ihr Vorname, sah er, war Ardelia. Ein hübscher, recht ungewöhnlicher Name.

Sie nahm seinen neuen Leihausweis zurück – den ersten, den er seit dem College besaß, fiel ihm bei näherem Nachdenken ein, und schon den damaligen hatte er so gut wie nie benützt – und legte ihn unter dem Mikrofilmaufzeichner neben die Karte, die sie aus einer Lasche hinten in jedem Buch herauszog. »Die können Sie nur eine Woche behalten, weil sie aus der Abteilung für spezielle Nachschlagewerke sind. Das ist eine Kategorie, die ich selbst erfunden habe – für Bücher, die sehr gefragt sind.«

»Hilfen für angehende Redner sind sehr gefragt?«

»Die, und dann Bücher über Sachen wie Klempnerei, einfache Zaubertricks, gesellschaftliche Umgangsformen . . . Sie wären überrascht, nach welchen Büchern die Leute verlangen, wenn sie in der Klemme stecken. Ich weiß es.«

»Das kann ich mir vorstellen.«

»Ich bin schon lange, lange Zeit in diesem Metier tätig, Sam. Und diese Bücher kann man nicht verlängern, also achten Sie darauf, daß Sie sie bis zum sechsten April zurückbringen.« Sie hob den Kopf, das Licht spiegelte sich in ihren Augen. Sam tat fast als Funkeln ab, was er gesehen hatte . . . aber es war kein Funkeln. Es war ein Glanz. Ein kalter, harter Glanz. Einen Moment sah Ardelia Lortz aus, als hätte sie eine Silbermünze in jedem Auge.

»Oder?« fragte er, und plötzlich kam ihm sein Lächeln gar nicht mehr wie ein Lächeln vor – mehr wie eine Maske.

»Sonst muß ich Ihnen den Bibliothekspolizisten auf den Hals schicken«, sagte sie.

Einen Augenblick sahen sie einander direkt in die Augen, und Sam glaubte die *echte* Ardelia Lortz zu sehen, und *diese* Frau hatte ganz und gar nichts Bezauberndes oder Sanftes oder Altjüngferlich-Bibliothekarinnenhaftes an sich.

Diese Frau könnte tatsächlich gefährlich werden, dachte er, doch dann verdrängte er verlegen diesen Gedanken. Der düstere Tag – und möglicherweise die Belastung der bevorstehenden Rede – setzten ihm zu. *Sie ist nicht gefährlicher als ein Dosenpfirsich . . . und es liegt auch nicht am düsteren Tag oder den Rotariern heute abend. Es liegt an diesen verfluchten Plakaten.*

Er hatte den *Speaker's Companion* und *Best Loved Poems of the American People* unter dem Arm, und sie waren schon fast unter der Tür, als ihm klar wurde, daß sie ihn hinauskomplimentierte. Er trat fest mit den Füßen auf und blieb stehen. Sie sah ihn überrascht an.

»Kann ich Sie etwas fragen, Ms. Lortz?«

»Selbstverständlich, Sam. Darum bin ich ja hier – um Fragen zu beantworten.«

»Es geht um die Kinderbibliothek«, sagte er, »und die Plakate. Einige haben mich überrascht. Fast schockiert.« Er rechnete damit, daß es sich anhören würde wie etwas, das ein Baptistenprediger über eine Ausgabe des *Playboy* zu sagen hatte, die er unter anderen Zeitschriften auf dem Kaffeetisch eines Schäfchens seiner Gemeinde entdeckte, aber es hörte sich ganz und gar nicht so an. *Weil*, dachte er, *es nicht einfach nur eine Floskel ist. Ich war schockiert. Nicht nur fast.*

»Plakate?« sagte sie stirnrunzelnd, doch dann wurde ihre Stirn wieder glatt. Sie lachte. »Oh! Sie müssen den Bibliothekspolizisten meinen . . . und natürlich den Einfaltspinsel.«

»Einfaltspinsel?«

»Sie erinnern sich doch an das Plakat mit der Aufschrift FAHRE NIEMALS MIT FREMDEN? So nennen die Kinder den kleinen Jungen auf dem Plakat. Den, der ruft. Sie nennen ihn Einfaltspinsel – ich nehme an, sie empfinden Verachtung für ihn, weil er so etwas Dummes getan hat. Ich finde, das ist vollkommen normal, Sie nicht?«

»Er ruft nicht«, sagte Sam langsam. »Er *schreit*.«

Sie zuckte die Achseln. »Rufen, schreien, wo ist da der Unterschied? Hier drinnen hören wir beides nicht. Die Kinder sind sehr brav – sehr respektvoll.«

»Mit Sicherheit«, sagte Sam. Inzwischen waren sie wieder im Foyer, und er betrachtete das Schild auf der Staffelei, das Schild, auf dem nicht stand

SCHWEIGEN IST GOLD

oder

BITTE STILL SEIN

sondern nur ein einziger Befehl, der keine Widerworte duldete:

RUHE!

»Außerdem – alles ist eine Frage der Interpretation, oder nicht?«

»Wahrscheinlich«, sagte Sam. Er spürte, daß er – überaus geschickt – in eine Lage manövriert wurde, in der er kein moralisches Standbein mehr haben und das Feld der Dialektik ganz Ardelia Lortz gehören würde. Sie vermittelte ihm den Eindruck, als wäre sie daran gewöhnt, das zu machen, und das wiederum machte ihn störrisch. »Aber sie scheinen mir doch recht extrem, diese Plakate.«

»Wirklich?« fragte sie höflich. Sie waren vor der Außentür stehengeblieben.

»Ja. Furchteinflößend.« Er riß sich zusammen und sprach aus, was er wirklich dachte. »Nicht angemessen für einen Ort, wo sich kleine Kinder treffen.«

Er fand, daß er sich immer noch nicht zimperlich oder selbstgerecht anhörte, was eine Erleichterung für ihn war.

Sie lächelte, und dieses Lächeln brachte ihn auf. »Sie sind nicht der erste, der diese Meinung zum Ausdruck bringt, Sam. Erwachsene ohne Kinder gehören nicht zu den regelmäßigen Besuchern der Kinderbibliothek, aber von Zeit zu Zeit kommen sie *doch* einmal – Onkel, Tanten, der Freund einer alleinstehenden Mutter, dem aufgetragen wurde, etwas abzuholen . . . oder Leute wie Sie, Sam, die mich suchen.«

Leute in der Klemme, sagten ihre kühlen blaugrauen Augen. *Leute, die hierherkommen und Hilfe brauchen, und hier bleiben, wenn ihnen geholfen worden IST, um Kritik an der Art zu üben, wie wir die Sache hier in der öffentlichen Bibliothek von Junction City anpacken. Wie ich die Sache in der öffentlichen Bibliothek von Junction City anpacke.*

»Sie denken, es war falsch, daß ich die Klappe aufgerissen habe«, sagte Sam gutmütig. Aber ihm war nicht gutmütig zumute; plötzlich fühlte er sich überhaupt nicht mehr gutmütig, aber auch das gehörte zu den Tricks seines Berufs, daher legte er die Gutmütigkeit jetzt wie einen schützenden Mantel um sich.

»Ganz im Gegenteil. Sie verstehen nur nicht. Letzten Sommer haben wir eine Umfrage gemacht – als Teil des jährlichen Sommerleseprogramms. Wir nennen das Programm Junction Citys Sommerknüller, und jedes Kind bekommt einen Punkt für jedes Buch, das es liest. Das ist eine Strategie, die wir im Lauf der Jahre entwickelt haben, um Kinder zum Lesen anzuregen. Sehen Sie, das ist nämlich eine unserer wichtigsten Aufgaben.«

Wir wissen, was wir machen, verriet ihm ihr starrer Blick. *Und ich bin ausgesprochen höflich, oder nicht? Wenn man bedenkt, daß jemand, der in seinem Leben noch nie hier gewesen ist, einfach den Kopf hereinsteckt und anfängt, mit Kritik um sich zu ballern.*

Sam fühlte sich in die Ecke gedrängt. Das dialektische Schlachtfeld gehörte noch nicht dieser Lortz – jedenfalls noch nicht völlig –, aber ihm war die Tatsache bewußt, daß er sich auf dem Rückzug befand.

»Laut Umfrage war der Lieblingsfilm der Kinder letzten Sommer *Nightmare on Elm Street, Teil 5*. Ihre Lieblingsrockgruppe heißt Guns n' Roses – zweiter war jemand namens Ozzy Osbourne, der, wie man mir gesagt hat, im Ruf steht, bei seinen Konzerten lebenden Tieren den Kopf abzubeißen. Ihr Lieblingsroman war ein Taschenbuch mit dem Titel *Nach dem Ende der Welt* von einem Mann namens Robert McCammon. Wir können es nicht in unserem Bestand halten, Sam. Sie lesen jede neue Ausgabe binnen weniger Wochen in Fetzen. Ich hatte eine Ausgabe binden lassen, aber die wurde natürlich gestohlen. Von einem bösen Kind.«

Sie kniff die Lippen zu einer schmalen Linie zusammen.

»Auf dem zweiten Platz lag ein Horror-Roman über Inzest und Kindesmord mit dem Titel *Blumen der Nacht*. Das war fünf Jahre nacheinander Favorit. Ein paar haben sogar *Peyton Place* genannt!«

Sie sah ihn streng an.

»Ich selbst habe nie einen der *Nightmare on Elm Street*-Filme gesehen. Ich habe nie eine Platte von Ozzy Osbourne angehört und verspüre auch keinen Wunsch danach, ebensowenig danach, einen Roman von Robert McCammon, Stephen King oder V. C. Andrews zu lesen. Begreifen Sie, worauf ich hinauswill, Sam?«

»Ich denke ja. Sie wollen damit sagen, es wäre nicht richtig . . .« Er brauchte ein passendes Wort, suchte danach und fand es. ». . . den Geschmack der Kinder zu mißachten.«

Sie lächelte strahlend – nur ihre Augen nicht, in denen wieder Silbermünzen aufblitzten.

»Das ist *ein* Grund, aber nicht der *alleinige*. Die Plakate in der Kinderbibliothek – die hübschen und diejenigen, die Sie aus der Fassung gebracht haben – wurden uns von der Iowa Library Association zugeschickt, die wiederum Mitglied der National Library Association ist, und die wiederum wird größtenteils aus Steuergeldern finanziert. Von Otto Normalverbraucher – also von mir. Und Ihnen.«

Sam trat von einem Fuß auf den anderen. Er wollte den Nachmittag nicht mit einem Vortrag darüber verbringen, wie die öffentliche Bibliothek arbeitete; aber hatte er es nicht herausgefordert? Vermutlich. Ihm war nur eines felsenfest klar, daß er Ardelia Lortz immer weniger ausstehen konnte.

»Und die Iowa Library Association schickt uns jeden Monat ein Rundschreiben mit Abbildungen von über vierzig Plakaten«, fuhr Ms. Lortz unbarmherzig fort. »Fünf können wir kostenlos auswählen, weitere kosten drei Dollar pro Stück. Ich sehe, Sie werden unruhig, Sam, aber Sie haben eine Erklärung *verdient*, und jetzt kommen wir auch zum Kernpunkt der Frage.«

»Ich? Ich bin nicht unruhig«, sagte Sam unruhig.

Sie lächelte ihn an und entblößte so ebenmäßige Zähne, daß es sich nur um eine Zahnprothese handeln konnte. »Wir haben ein Komitee für die Kinderbibliothek«, sagte sie. »Und wer gehört dem an? Nun, selbstverständlich Kinder! Insgesamt neun. Zwei Schüler der High-School, zwei der Mittelschule, zwei der Grundschule. Als Qualifikation muß jedes Kind einen Notendurchschnitt von zwei aufweisen können. Sie wählen einen Teil der neuen Bücher aus, die wir bestellen, sie haben die neuen Tapeten und Tische ausgesucht, als wir letztes Jahr renoviert haben . . . und sie wählen selbstverständlich die Plakate aus. Das macht, wie sich eines unserer jüngsten Komiteemitglieder einmal ausgedrückt hat, ›am meisten Schpaß‹. *Begreifen* Sie jetzt?«

»Ja«, sagte Sam. »Die Kinder haben Rotkäppchen und den Einfaltspinsel und den Bibliothekspolizisten ausgesucht. Die haben ihnen gefallen, weil sie *gruslig* sind.«

»Richtig«, strahlte sie.

Plötzlich hatte er genug. Es lag an der Bibliothek. Nicht an den Plakaten oder der Bibliothekarin, sondern an der Bibliothek selbst. Plötzlich war die Bibliothek wie ein schmerzhafter, nervtötender Splitter, den man sich tief in eine Pobacke gerammt hatte.

»Ms. Lortz, haben Sie eine Videokassette von *Nightmare*

on Elm Street Teil 5 in der Kinderbibliothek? Oder eine Auswahl von Platten von Guns n' Roses oder Ozzy Osbourne?«

»Darum geht es nicht, Sam«, begann sie geduldig.

»Was ist mit *Peyton Place*? Haben Sie eine Ausgabe davon in der Kinderbibliothek, nur weil ein paar Kinder es gelesen haben?«

Und noch beim Sprechen dachte er: *Liest ÜBERHAUPT JEMAND diese alte Schwarte noch?*

»Nein«, sagte sie, und nun stellte er fest, daß ihre Wangen eine erboste Rottönung annahmen. Diese Frau war nicht daran gewöhnt, daß ihr Urteilsvermögen in Frage gestellt wurde. »Aber wir *haben* Bücher über Einbruch, Kindesmißhandlung und Diebstahl. Ich spreche natürlich von ›Goldlöckchen und die drei Bären‹, ›Hänsel und Gretel‹ und ›Jack und die Bohnenstange‹. Ich hätte gedacht, daß ein Mann wie Sie etwas einsichtiger ist, Sam.«

Einem Mann, dem du aus der Klemme geholfen hast, wolltest du sagen, dachte Sam, *aber scheiß drauf, Lady – wirst du von der Stadt nicht genau dafür bezahlt?*

Dann riß er sich zusammen. Er wußte nicht genau, was sie mit »ein Mann wie er« meinte, und war nicht sicher, ob er es wissen *wollte*, aber ihm war klar, die Unterhaltung würde jeden Moment außer Kontrolle geraten – und zu einem Streit werden. Er war hierhergekommen, weil er eine Auflockerung für seine Rede suchte, und nicht, um einen Streit mit der Chefbibliothekarin um die Kinderbibliothek vom Zaun zu brechen.

»Wenn ich Sie in irgendeiner Form beleidigt habe, möchte ich mich dafür entschuldigen«, sagte er, »und jetzt sollte ich wirklich gehen.«

»Ja«, sagte sie. »Das finde ich auch.« *Ihre Entschuldigung wird nicht angenommen*, telegrafierten ihre Augen. *Sie wird nie und nimmer angenommen.*

»Ich glaube«, sagte er, »ich bin wegen meines Rednerdebüts etwas nervös. Und ich habe bis spät in die Nacht daran gearbeitet.« Er lächelte sein altes gutmütiges Sam-Peebles-Lächeln und nahm die Aktentasche hoch.

Sie gab nach – etwas, aber ihre Augen waren immer noch eingeschnappt. »Verständlich. Wir sind hier, um zu Diensten zu sein, und selbstverständlich sind wir immer an konstruktiver Kritik seitens der Steuerzahler interessiert.« Sie betonte das Wort *konstruktiv* kaum merklich, um ihn wissen zu lassen, vermutete er, daß *seine* alles andere gewesen war.

Jetzt, wo es vorbei war, verspürte er den Drang – fast das Bedürfnis –, alles zu glätten wie die Steppdecke auf einem ordentlich gemachten Bett. Er vermutete, daß auch das zu den Gepflogenheiten eines Geschäftsmanns gehörte . . . oder zu den Schutzmaßnahmen eines Geschäftsmanns. Ein seltsamer Gedanke kam ihm – eigentlich sollte er heute abend über seine Begegnung mit Ardelia Lortz reden. Sie sagte mehr über Herz und Seele der Kleinstadt aus als seine ganze geschriebene Rede. Es war nicht alles schmeichelhaft, aber ganz bestimmt nicht trocken. Und dabei würde etwas deutlich werden, was man in den freitagabendlichen Reden im Rotary Club sehr selten zu hören bekam – der unmißverständliche Klang der Wahrheit.

»Nun, wir sind einen Moment regelrecht aneinandergeraten«, hörte er sich selbst sagen und sah, wie er die Hand ausstreckte. »Ich glaube, ich habe meine Grenzen überschritten. Ich hoffe, Sie tragen es mir nicht nach.«

Sie berührte seine Hand. Es war eine kurze, gezwungene Berührung. Kalte, glatte Haut. Irgendwie unangenehm. Als würde man einem Schirmknauf die Hand geben. »Überhaupt nicht«, sagte sie, aber ihre Augen erzählten wieder eine ganz andere Geschichte.

»Nun denn . . . ich gehe jetzt.«

»Ja. Vergessen Sie nicht – die hier nur eine Woche, Sam.« Sie hob einen Finger. Deutete mit einem ordentlich manikürten Nagel auf die Bücher, die er hielt. Und lächelte. Für Sam hatte dieses Lächeln etwas äußerst Beunruhigendes, aber er hätte es nicht genau benennen können, selbst wenn sein Leben davon abhängig gewesen wäre. »Ich möchte nicht den Bibliothekspolizisten hinter Ihnen herschicken müssen.«

»Nein«, stimmte Sam zu. »Das möchte ich auch nicht.«
»Richtig«, sagte Ardelia Lortz immer noch lächelnd.
»Auf gar keinen Fall.«

5

Als er den Fußpfad entlanglief, fiel ihm das Gesicht des
schreienden Kindes
*(Einfaltspinsel, sie nennen ihn Einfaltspinsel, ich finde das
völlig normal, Sie nicht)*
wieder ein, und damit kam ihm ein Gedanke – so einfach und logisch, daß er auf der Stelle stehenblieb. Es
war folgender: Wenn sie die Möglichkeit hatten, so ein
Plakat auszusuchen, würde ein Komitee aus Kindern das
möglicherweise tun ... aber würde eine Library Association, ob aus Iowa, dem Mittelwesten oder dem ganzen
Land, es tatsächlich verschicken?

Sam Peebles dachte an die flehentlich gegen das un-
überwindliche Gefängnis aus Glas gepreßten Hände,
den schreienden, qualvollen Mund, und plötzlich konnte
er es kaum noch glauben. Er konnte es *unmöglich* glauben.

Und *Peyton Place*. Was war damit? Er vermutete, daß
die meisten *Erwachsenen*, die die Bibliothek besuchten,
das Buch vergessen hatten. Glaubte er allen Ernstes, daß
manche ihrer Kinder – die so jung waren, daß sie noch in
die Kinderbibliothek gingen – dieses alte Relikt neu entdeckt hatten?

Das glaube ich auch nicht.

Er wollte sich keiner zweiten Dosis von Ardelia Lortz'
Zorn aussetzen – die erste reichte aus, und er hatte den
Eindruck, als wäre ihr Potential noch längst nicht erschöpft –, doch diese Gedanken waren so übermächtig,
daß er sich umdrehte.

Sie war nicht mehr da.

Die Tür der Bibliothek war geschlossen, ein vertikaler
Mundschlitz in dem düsteren Granitgesicht.

Sam blieb noch einen Augenblick stehen, wo er war, dann eilte er zu seinem Auto, das am Bordstein geparkt war.

KAPITEL DREI

SAMS REDE

1

Sie war ein rauschender Erfolg.

Er begann mit seiner eigenen Version zweier Anekdoten aus dem ›Entspanne sie‹-Teil des *Speaker's Companion* – eine handelte von einem Farmer, der versuchte, seine eigenen Produkte direkt zu vertreiben, die andere vom Versuch, Eskimos Tiefkühlmenüs zu verkaufen – und griff in der Mitte auf eine dritte zurück (die wirklich reichlich derb war). Eine weitere gute fand er im Teil mit der Überschrift ›Mach sie fertig‹ und wollte sie schon herausschreiben, als ihm Ardelia Lortz und *Best Loved Poems of the American People* einfielen. *Sie werden feststellen, daß sich Ihre Zuhörer an einen hübschen Vers erinnern, auch wenn sie alles andere vergessen*, hatte sie gesagt, und Sam fand ein hübsches kurzes Gedicht im Teil ›Inspiration‹, wie sie es vorhergesagt hatte.

Er sah in die ihm zugewandten Gesichter seiner Rotarier und sagte: »Ich habe versucht, Ihnen einige der Gründe darzulegen, weshalb ich in einer Kleinstadt wie Junction City lebe und arbeite, und ich hoffe, sie waren wenigstens ein wenig logisch. Wenn nicht, stecke ich echt in Schwierigkeiten.«

Das Grollen gutmütigen Gelächters (und ein Schwall einer Mischung von Scotch und Bourbon) schlug ihm entgegen.

Sam schwitzte stark, fühlte sich aber ziemlich wohl und kam zur Überzeugung, daß er dies alles unbeschadet überstehen würde. Das Mikrofon hatte nur einmal ein Rückkopplungspfeifen von sich gegeben, und niemand war rausgegangen, niemand hatte mit Essensresten geworfen, und es war kaum gepfiffen worden – und wenn, dann humorvoll.

»Ich glaube, ein Dichter namens Spencer Michael Free hat das, was ich sagen wollte, besser ausgedrückt, als ich es je könnte. Sehen Sie, fast alles, was wir in unseren Kleinstadtgeschäften verkaufen, kann in Einkaufszentren von Großstädten und Supermärkten billiger angeboten werden. Diese Einrichtungen prahlen gern damit, daß man dort sämtliche Waren und Dienstleistungen bekommen kann, die man nur wünscht, und obendrein noch kostenlos parken kann. Und ich schätze, damit haben sie fast recht. Dennoch haben Kleinstadtgeschäfte etwas zu bieten, was die Supermärkte und Einkaufszentren nicht haben, und das ist genau das, wovon Mr. Free in seinem Gedicht spricht. Es ist nicht besonders lang, sagt aber eine Menge aus. Und es lautet folgendermaßen:

Nur Menschlichkeit zählt in dieser Welt,
Die Berührung unserer Hände
Bedeutet dem schwachen Herzen viel mehr
Als Obdach, Trank und Speise;
Denn das Obdach ist fort, ist die Nacht vorbei,
Und die Speise reicht nur einen Tag,
Doch ein Händedruck und ein freundliches Wort
Sind die ewige Labsal der Seele.«

Sam sah von seinem Text auf und stellte zum zweitenmal an diesem Tag fest, daß ihm jedes Wort, das er gerade gesprochen hatte, ernst war. Plötzlich war sein Herz voll Glück und schlichter Dankbarkeit. Es tat gut, herauszufinden, daß man noch ein Herz *hatte*, daß die gewöhnliche Routine gewöhnlicher Tage es nicht abgenutzt hatte; aber es war noch schöner festzustellen, daß dieses Herz immer noch durch den Mund sprechen konnte.

»Wir Kleinstadt-Geschäftsleute bieten diese menschliche Seite. Einerseits ist das nicht viel . . . aber andererseits ist es das A und O. Ich weiß für mich, daß ich es so und nicht anders will. Ich wünsche dem ursprünglich eingeplanten Redner, Amazing Joe, eine baldige Genesung; ich möchte mich bei Craig Jones bedanken, daß er mich an seiner Stelle eingeladen hat; und ich möchte Ihnen allen danken, daß Sie meiner langweiligen kleinen Rede so geduldig zugehört haben. Also... vielen herzlichen Dank.«

Der Beifall setzte ein, bevor er den letzten Satz zu Ende gesprochen hatte; er schwoll an, während er die paar Textseiten nahm, die Naomi getippt und die er im Verlauf des Nachmittags eingeübt hatte; er stieg zu einem Crescendo an, während sich Sam, von dieser Reaktion erstaunt, setzte.

Das liegt nur am Fusel, dachte er. *Sie hätten applaudiert, wenn du ihnen erzählt hättest, wie es dir gelungen ist, mit dem Rauchen aufzuhören, nachdem du während einer Party zu Jesus Christus gefunden hast.*

Dann standen sie auf, und er dachte, er mußte zu lange gesprochen haben, wenn sie es so eilig hatten, den Saal zu verlassen. Aber sie applaudierten weiter, und dann sah er, wie ihm Craig Jones zuwinkte. Nach einem Moment begriff Sam. Craig wollte, daß er aufstand und sich verbeugte.

Er ließ den Zeigefinger über dem Ohr kreisen: *Du bist verrückt!*

Craig schüttelte nachdrücklich den Kopf und hob die Hände so überschwenglich, daß er aussah wie ein Erweckungsprediger, der seine Gemeinde ermuntert, lauter zu singen.

Also stand Sam auf und war fassungslos, als sie ihm wahrhaftig *zujubelten*.

Nach wenigen Augenblicken ging Craig zum Rednerpult. Als er ein paarmal ans Mikrofon geklopft und damit ein Geräusch erzeugt hatte, als würde eine in Watte gewickelte Faust an einen Sarg klopfen, verstummten die Jubelrufe.

»Ich glaube, wir sind uns alle einig«, sagte er, »daß Sams Rede den Preis für das Gummi-Huhn mehr als wettgemacht hat.«

Das löste eine erneute herzliche Runde Beifall aus.

Craig wandte sich zu Sam und sagte: »Wenn ich gewußt hätte, daß du das in dir hast, Sammy, hätte ich dich von vorneherein gebucht.«

Auch das erntete Händeklatschen und Pfiffe. Ehe dies abklingen konnte, hatte Craig Jones Sams Hand ergriffen und schüttelte sie heftig auf und ab.

»Das war großartig!« sagte Craig. »Wo hast du es abgeschrieben, Sam?«

»Gar nicht«, sagte Sam. Seine Wangen waren warm, und obwohl er nur einen Gin Tonic getrunken hatte – einen schwachen –, bevor er seine Rede hielt, fühlte er sich ein klein wenig betrunken. »Sie stammt von mir. Ich habe mir zwei Bücher aus der Bibliothek ausgeliehen, die waren hilfreich.«

Jetzt drängten sich auch andere Rotarier um sie; Sams Hand wurde immer wieder geschüttelt. Er kam sich vor wie die städtische Pumpe während einer sommerlichen Dürreperiode.

»Großartig!« schrie ihm jemand ins Ohr. Sam drehte sich zu der Stimme um und sah, daß sie Frank Stephens gehörte, der eingesprungen war, als der Mann von der Truckergewerkschaft wegen Betrugs angeklagt worden war. »Das hätten wir auf Band aufnehmen sollen, dann könnten wir es den verdammten Jungmanagerschulen verkaufen! Verflucht, das war eine gute Rede, Sam!«

»Damit solltest du auf Vortragsreise gehen!« sagte Rudy Pearlman. Sein rundliches Gesicht war rot und verschwitzt. »Ich hätte echt fast geheult! Bei Gott! Wo hast du dieses Gedicht gefunden?«

»In der Bibliothek«, sagte Sam. Er fühlte sich immer noch benommen ... aber seine Erleichterung darüber, daß er es mit Anstand hinter sich gebracht hatte, wurde langsam von einem verhaltenen Entzücken verdrängt. Er dachte, daß er Naomi ein Geschenk machen mußte. »In einem Buch mit dem Titel ...«

Aber ehe er Rudy sagen konnte, welchen Titel das Buch hatte, hatte Bruce Engalls ihn am Ellbogen gepackt und führte ihn zur Bar. »Die verdammt beste Rede, die ich seit zwei Jahren in diesem albernen Club gehört habe!« verkündete Bruce. »Vielleicht seit fünf! Und wer braucht überhaupt einen elenden Akrobaten? Ich will Ihnen einen Drink spendieren, Sam. Scheiß drauf, ich spendiere Ihnen zwei!«

2

Bevor er sich davonmachen konnte, mußte Sam sechs Drinks zu sich nehmen, alle umsonst, und er beendete den triumphalen Abend damit, daß er, kurz nachdem Craig Jones ihn vor seinem Haus in der Kelton Avenue abgesetzt hatte, auf seine eigene Fußmatte mit der Aufschrift WILLKOMMEN kotzte. Als sein Magen das Handtuch warf, hatte Sam gerade versucht, den Schlüssel in die Eingangstür seines Hauses zu bekommen – was nicht leicht war, da drei Schlösser und vier Schlüssel vorhanden zu sein schienen –, und er hatte einfach keine Zeit mehr, es in den Büschen seitlich der Treppe zu erledigen. Als es ihm schließlich gelungen war, die Tür aufzumachen, hob er einfach die WILLKOMMEN-Matte auf (vorsichtig, an den Seiten, damit die Kotze in der Mitte zusammenlief) und warf sie seitlich in die Büsche.

Er holte sich eine Tasse Kaffee zur Ausnüchterung, und während er sie trank, klingelte zweimal das Telefon. Weitere Glückwünsche. Der zweite Anruf kam von Elmer Baskin, der nicht einmal *dort* gewesen war. Er kam sich ein wenig wie Judy Garland in *A Star Is Born* vor, aber es fiel ihm schwer, das Gefühl zu genießen, während sein Magen noch Wassertreten übte und sein Kopf ihn allmählich ob seiner Selbstgefälligkeit zu strafen anfing.

Sam schaltete den Anrufbeantworter im Wohnzimmer ein, um weitere Anrufe abzufangen, dann ging er nach oben ins Schlafzimmer, zog den Telefonstecker neben dem Bett heraus, nahm zwei Aspirin, zog sich aus und legte sich hin.

Sein Bewußtsein schwand schnell – er war nicht nur blau, sondern auch müde –, doch ehe ihn der Schlaf übermannte, konnte er noch denken: *Das meiste verdanke ich Naomi ... und dieser unangenehmen Frau in der Bibliothek. Horst. Borscht. Wie sie auch geheißen haben mag. Vielleicht sollte ich ihr auch ein Geschenk machen.*

Er hörte, wie unten das Telefon anfing zu läuten, dann schaltete sich der Anrufbeantworter ein.

Guter Junge, dachte Sam schläfrig. *Tu' deine Pflicht – ich meine, immerhin bezahle ich dich dafür.*

Dann versank er in Schwärze und kam erst am Samstagvormittag um zehn Uhr wieder zu sich.

3

Er kehrte mit übersäuertem Magen und leichten Kopfschmerzen ins Land der Lebenden zurück, aber es hätte viel schlimmer sein können. Die WILLKOMMEN-Matte tat ihm leid, aber er war froh, daß er wenigstens einen Teil des Fusels abgeladen hatte, ehe dieser seinen Kopf noch schlimmer aufblähen konnte, als es ohnedies der Fall war. Er stellte sich zehn Minuten unter die Dusche, führte allerdings nur zum Schein Waschbewegungen aus, dann trocknete er sich ab, zog sich an und ging mit einem um den Kopf geschlungenen Handtuch nach unten. Das rote Signallicht am Anrufbeantworter blinkte. Als er den PLAY-Knopf drückte, spulte das Band nur ein kleines Stück zurück; offenbar war der Anruf, den er kurz vor dem Einschlafen gehört hatte, der letzte gewesen.

Piep! »Hallo, Sam.« Sam, der gerade das Handtuch abnehmen wollte, hielt stirnrunzelnd inne. Es war eine Frauenstimme, die er kannte. Wessen? »Ich habe gehört, Ihre Rede war ein großer Erfolg. Ich freue mich so für Sie.«

Es war diese Lortz, wurde ihm klar.

Und wie hat sie meine Nummer bekommen? Aber dafür waren selbstverständlich Telefonbücher da ... und er hatte sie auch auf seine Bibliothekskartei geschrieben, oder nicht? Ja. Ohne ersichtlichen Grund lief ihm ein leichter Schauer über den Rücken.

»Achten Sie darauf, daß Sie die ausgeliehenen Bücher bis zum sechsten April zurückbringen«, fuhr sie fort, und dann spöttisch: »Denken Sie an den Bibliothekspolizisten.«

Ein Klicken, als die Verbindung unterbrochen wurde. An Sams Anrufbeantworter leuchtete das Lämpchen SÄMTLICHE ANRUFE ABGESPIELT auf.

»Du bist ein kleines Miststück, Lady, was?« sagte Sam in das leere Haus, dann ging er in die Küche und machte sich Toast.

4

Als Naomi am Freitagvormittag eine Woche nach Sams triumphalem Debüt als Tischredner um zehn Uhr hereinkam, gab Sam ihr einen weißen Umschlag, auf dem ihr Name stand.

»Was ist das?« fragte Naomi argwöhnisch, während sie den Mantel auszog. Draußen regnete es in Strömen, ein prasselnder, verdrießlicher Vorfrühlingsregen.

»Machen Sie auf und sehen Sie nach.«

Sie gehorchte. Es war eine Dankeschön-Karte. Ein Porträt von Andrew Jackson war eingeklebt.

»Zwanzig Dollar!« Sie sah ihn argwöhnischer denn je an. »Warum?«

»Weil Sie meinen Hals gerettet haben, als Sie mich zur Bibliothek geschickt haben«, sagte Sam. »Die Rede ist gut angekommen, Naomi. Man könnte wohl zu Recht sagen, sie war ein großer Hit. Ich hätte fünfzig reingetan, wenn ich gewußt hätte, daß Sie sie nehmen.«

Jetzt begriff sie und war unverkennbar erfreut, versuchte aber dennoch, das Geld zurückzugeben. »Freut mich wirklich, daß es geklappt hat, Sam, aber ich kann do . . .«

»Doch, Sie können«, sagte er, »und Sie werden. Sie würden ja auch Provision nehmen, wenn Sie als Vertreterin für mich tätig wären, oder nicht?«

»Aber das mache ich eben nicht. Ich könnte nie etwas verkaufen. Als ich bei den Pfadfinderinnen war, hat meine Mutter immer als einzige Kekse von mir gekauft.«

»Naomi. Meine Teuerste. Nein – sehen Sie nicht gleich wieder so nervös und besorgt drein. Ich werde Ihnen keinen Antrag machen. Das haben wir vor zwei Jahren hinter uns gebracht.«

»Auf jeden *Fall*«, stimmte Naomi zu, sah aber weiterhin nervös drein und vergewisserte sich, daß sie einen freien Fluchtweg zur Tür hatte, falls sie ihn brauchen sollte.

»Ist Ihnen klar, daß ich seit dieser verdammten Rede zwei Häuser verkauft und Policen über fast zweihunderttausend Dollar ausgestellt habe? Sicher, die meisten waren gewöhnliche Lebensversicherungen mit kleinen Raten und hohen Renditen, aber es läuft letztendlich doch auf den Preis eines neuen Autos hinaus. Wenn Sie die zwanzig nicht nehmen, werde ich mich beschissen fühlen.«

»Sam, *bitte*!« sagte sie und sah ihn pikiert an. Naomi war gläubige Baptistin. Sie und ihre Mutter gingen in eine kleine Kirche in Proverbia, die fast so eine Ruine war wie das Haus, in dem sie wohnten. Er wußte es; er war selbst einmal dort gewesen. Aber er war glücklich zu sehen, daß sie auch erfreut aussah . . . und ein wenig entspannter.

Im Sommer 1988 war Sam zweimal mit Naomi ausgegangen. Beim zweitenmal hatte er Annäherungsversuche gemacht. So gehörig wie ein Annäherungsversuch nur sein konnte, aber nichtsdestotrotz ein Annäherungsversuch. Hatte ihm nicht eben viel genützt; wie sich herausstellte, waren die Abwehrtechniken von Naomi besser als die des Mittelfelds der Denver Broncos. Nicht, daß sie ihn nicht mochte, erklärte sie; sie war nur zur Überzeugung gelangt, daß sie beide ›damit‹ nie zurechtkommen würden.

Sam hatte sie bestürzt gefragt, warum nicht. Naomi hatte lediglich den Kopf geschüttelt. *Manches ist schwer zu erklären, Sam, aber deshalb ist es nicht weniger zutreffend. Es würde nie funktionieren. Glauben Sie mir, unmöglich.* Und mehr hatte er nicht aus ihr herausbekommen können.

»Tut mir leid, daß ich geflucht habe, Naomi«, sagte er jetzt zu ihr. Er sagte es zerknirscht, obwohl er irgendwie bezweifelte, daß Naomi nur halb so zimperlich war, wie sie sich immer gab. »Ich wollte sagen, wenn Sie die zwanzig nicht nehmen, werde ich mich angekotet fühlen.«

Sie steckte den Schein in die Tasche und machte sich dann daran, mit einem Ausdruck würdiger Prüderie zu ihm aufzusehen. Sie schaffte es fast ... aber ihre Mundwinkel bebten ein klein wenig.

»So. Zufrieden?«

»Ich hätte Ihnen lieber fünfzig gegeben«, sagte er. »Würden Sie fünfzig nehmen, Omes?«

»Nein«, sagte sie. »Und nennen Sie mich bitte nicht Omes. Sie wissen, daß ich das nicht leiden kann.«

»Bitte um Entschuldigung.«

»Entschuldigung akzeptiert. Könnten wir das Thema jetzt bitte fallenlassen?«

»Okay«, sagte Sam einlenkend.

»Ich habe von verschiedenen Leuten gehört, daß Ihre Rede gut war. Craig Jones hat förmlich *Loblieder* gesungen. Glauben Sie im Ernst, dies ist der Grund dafür, daß Sie mehr Geschäfte gemacht haben?«

»Ist der Papst ...« begann Sam, verkniff sich dann aber eine Anzüglichkeit und fing noch einmal an. »Ja. Das glaube ich. So läuft es eben manchmal. Komisch, aber es stimmt. Die olle Verkaufskurve ist diese Woche steil nach oben geklettert. Natürlich wird sie wieder runtergehen, aber ich glaube, nicht ganz so weit. Wenn den neuen Kunden gefällt, wie ich mein Geschäft führe – und ich glaube, das wird es –, dann werden sie mich weiterempfehlen.«

Sam lehnte sich auf dem Stuhl zurück, verschränkte die Finger hinter dem Kopf und sah nachdenklich zur Decke hinauf.

»Als Craig Jones angerufen und mir den Schwarzen Peter zugeschoben hat, war ich bereit, ihn zu erschießen. Ohne Flachs, Naomi.«

»Ja«, sagte sie. »Sie haben ausgesehen, als hätten sie sich eine schlimme Vergiftung geholt.«

»Tatsächlich?« Er lachte. »Ja, kann schon sein. Komisch, wie sich manchmal etwas entwickelt – reines Glück. *Wenn es einen Gott gibt, fragt man sich manchmal doch, ob Er alle Schrauben an der großen Maschine festgezogen hat, ehe Er sie in Gang setzte.*«

Er rechnete damit, daß Naomi ihn ob seiner Respektlosigkeit schelten würde (es wäre nicht das erstemal gewesen), aber heute nahm sie die Herausforderung nicht an. Statt dessen sagte sie: »Sie haben mehr Glück, als Sie denken, wenn Ihnen die Bücher aus der Bibliothek wirklich geholfen haben. Normalerweise macht sie freitags nämlich erst um fünf Uhr auf. Ich wollte es Ihnen sagen, hatte es aber vergessen.«

»Ach?«

»Sie müssen Mr. Price angetroffen haben, weil er noch Papierkram erledigen mußte oder so.«

»Price?« fragte Sam. »Meinen Sie nicht Mr. Peckham? Den zeitungslesenden Hausmeister?«

Naomi schüttelte den Kopf. »Ich habe hier nur von einem Peckham gehört, dem alten Eddie Peckham, und der ist schon vor Jahren gestorben. Ich spreche von Mr. *Price*. Dem *Bibliothekar*.« Sie sah Sam an, als wäre er der begriffsstutzigste Mensch auf der Welt. Zumindest aber in Junction City, Iowa. »Großer Mann. Schlank. Um die Fünfzig?«

»Nee«, sagte Sam. »Ich hatte eine Dame namens Lortz. Klein, dick, irgendwo in dem Alter, wo Frauen dauerhafte Beziehungen mit hellgrünem Polyester eingehen.«

Eine Abfolge seltsamer Ausdrücke huschte über Naomis Gesicht – Überraschung folgte Argwohn; Argwohn folgte eine Abart leicht verzweifelter Heiterkeit.

Diese spezielle Folge von Gesichtsausdrücken deutet stets auf eines hin: Jemandem wird klar, daß er ziemlich auf den Arm genommen wird. Unter gewöhnlichen Umständen hätte sich Sam vielleicht darüber gewundert, aber er hatte sich die ganze Woche mit einem großen Landverkauf beschäftigt und als Folge dessen selbst genügend Papierkram aufzuarbeiten. Sein Denken hatte sich dem bereits zugewandt.

»*Oh*«, sagte Naomi und lachte. »Miss *Lortz*, richtig? Das muß ja lustig gewesen sein.«

»Stimmt, sie ist reichlich seltsam«, sagte Sam.

»Jede Wette«, stimmte Naomi zu. »Sie ist sogar absolut . . .«

Hätte sie beendet, was sie sagen wollte, hätte sie Sam Peebles wahrscheinlich einiges zu denken gegeben, aber der Zufall spielte – wie er selbst gerade festgestellt hatte – eine absurd große Rolle im menschlichen Leben, und der Zufall griff jetzt ein.

Das Telefon läutete.

Es war Burt Iverson, geistiges Oberhaupt des kleinen Anwaltsstammes von Junction City. Er wollte über ein echt *riesiges* Versicherungsgeschäft sprechen – das neue medizinische Zentrum, Personenversicherung, noch im Planungsstadium, aber Sie wissen ja, wie groß das werden könnte, Sam –, und als Sam sich wieder Naomi zuwenden konnte, waren sämtliche Gedanken an Ms. Lortz vergessen.

Er wußte wahrhaftig, wie groß das werden konnte; es konnte ihn doch noch ans Steuer eines Mercedes-Benz bringen. Und er wollte wirklich nicht darüber nachdenken, wieviel von diesem unerwarteten Segen er auf diese dumme kleine Rede zurückführen konnte, wenn er sich anstrengte.

Naomi *wußte*, daß sie auf den Arm genommen wurde; sie wußte ganz genau, wer Ardelia Lortz war, und dachte, daß Sam es auch wußte. Immerhin war die Frau Mittelpunkt der übelsten Angelegenheiten der letzten zwanzig Jahre in Junction City gewesen . . . vielleicht seit dem Zweiten Weltkrieg, als der Junge der Moggins' ganz verdreht aus dem Pazifik nach Hause gekommen war und seine gesamte Familie umgebracht hatte, ehe er sich selbst den Lauf seiner Dienstwaffe ans Ohr hielt und auch sich selbst ein Ende machte.

Ira Moggins hatte das vor Naomis Zeit gemacht; sie dachte nicht daran, daß *l'affair Ardelia* sich zugetragen hatte, lange bevor Sam nach Junction City gekommen war.

Wie auch immer, sie dachte nicht mehr an die ganze Sache, und als Sam den Hörer auflegte, überlegte sie, ob sie Stouffer's Lasagne oder etwas von Lean Cuisine zum Mittagessen machen sollte. Er diktierte ihr bis zwölf Uhr ununterbrochen Briefe, dann fragte er Naomi, ob sie mit ihm auf einen Happen zu McKenna's kommen wollte. Naomi lehnte dankend ab und sagte, sie müßte sich um ihre Mutter kümmern, deren Zustand sich im Lauf des Winters ERHEBLICH VERSCHLECHTERT hatte. Von Ardelia Lortz wurde nicht mehr gesprochen.

An *diesem* Tag.

KAPITEL VIER

DIE VERLORENEN BÜCHER

1

Unter der Woche war Sam kein begeisterter Frühstücker – ein Glas Orangensaft und ein Vollkornbrötchen reichten ihm vollauf –, aber am Samstagmorgen (jedenfalls an den Samstagen, an denen er nicht mit einem Rotary-verschuldeten Kater zu kämpfen hatte) stand er gerne etwas später auf, schlenderte zu McKenna's am Platz und verzehrte langsam seine Bestellung, Steak und Eier, während er die Zeitung *las*, statt sie nur zwischen zwei Terminen zu überfliegen.

Diesem Ablauf folgte er am nächsten Morgen, dem siebten April. Der Regen des Vortags hatte sich verzogen, der Himmel war makellos hellblau – das Ebenbild des Vorfrühlings. Sam machte nach dem Frühstück einen Umweg nach Hause und verweilte, um nachzusehen, wessen Tulpen und Krokusse schön wuchsen und wessen ein wenig spät waren. Zehn Minuten nach zehn war er wieder bei sich zu Hause.

Die PLAY-Lampe an seinem Anrufbeantworter leuchtete. Er drückte den Knopf, holte eine Zigarette heraus und zündete ein Streichholz an.

»Hallo, Sam«, sagte die leise und völlig unverwechselbare Stimme von Ardelia Lortz, und das Streichholz verharrte zehn Zentimeter von Sams Zigarette entfernt. »Ich bin sehr enttäuscht von Ihnen. Ihre Bücher sind überfällig.«

»Ah, *Scheiße*!« rief Sam aus.

Etwas nagte schon die ganze Woche in ihm, so wie ein Wort, das man sucht, die Zunge als Trampolin benützt und gerade außer Reichweite herumhüpft. Die Bücher. Die gottverdammten *Bücher*. Die Frau würde ihn zweifellos genau als die Art von Philister betrachten, die sie in ihm sehen wollte – er mit seinen anmaßenden Bemerkungen, welche Plakate in die Kinderbibliothek gehörten und welche nicht. Die Frage war nur, ob sie ihre Schelte auf Band gesprochen hatte oder wartete, bis sie ihn leibhaftig vor sich hatte.

Er schüttelte das Streichholz aus und warf es in den Aschenbecher neben dem Telefon.

»Ich glaube, ich hatte Ihnen erklärt«, fuhr sie mit ihrer sanften und ein ganz klein wenig zu vernünftigen Stimme fort, »daß der *Speaker's Companion* und *Best Loved Poems of the American People* aus der Abteilung für spezielle Nachschlagewerke der Bibliothek stammen und nicht länger als eine Woche ausgeliehen werden können. Von Ihnen hätte ich mehr Verständnis erwartet, Sam. Wirklich.«

Zu seiner unsagbaren Verlegenheit mußte Sam feststellen, daß er mit einer unangezündeten Zigarette zwischen den Lippen hier in seinem eigenen Haus stand und Schamesröte der Schuld ihm in Hals und Wangen stieg. Er war wieder einmal unerbittlich in die vierte Klasse zurückversetzt worden – diesmal saß er auf einem Hocker, Gesicht zur Ecke, und hatte eine Eselsmütze fest auf dem Kopf.

Im Tonfall, als würde sie einen großen Gefallen gewähren, fuhr Ardelia Lortz fort: »Aber ich habe beschlossen, Ihnen einen Aufschub zu gewähren; Sie haben bis Montagnachmittag Zeit, die ausgeliehenen Bücher zurückzubringen. Bitte helfen Sie mir, auf unangenehme Maßnahmen zu verzichten.« Eine Pause. »Denken Sie an den Bibliothekspolizisten, Sam.«

»Der Witz wird langsam alt, Ardelia-Baby«, murmelte Sam, aber er sprach nicht einmal mehr zu der Aufzeichnung. Sie hatte aufgelegt, nachdem sie den Bibliothekspolizisten erwähnt hatte, und die Maschine schaltete lautlos ab.

Sam nahm ein frisches Streichholz, um seinen Glimmstengel anzuzünden. Er atmete noch den ersten Zug aus, als ihm eine Vorgehensweise einfiel. Diese war vielleicht ein wenig feige, würde aber sein Saldo bei Ms. Lortz ein für allemal ausgleichen.

Er hatte Naomi *ihre* rechtmäßige Belohnung gegeben, jetzt würde er dasselbe für Ardelia tun. Er setzte sich an den Schreibtisch im Arbeitszimmer, wo er die berühmte Rede verfaßt hatte, und zog den Notizblock zu sich.

Unter den Aufdruck *(Büro SAMUEL PEEBLES)* kritzelte er nachfolgende Notiz:

Liebe Ms. Lortz,
ich möchte mich dafür entschuldigen, daß ich Ihre Bücher zu spät zurückgebracht habe. Dies ist eine aufrichtige Entschuldigung, da mir die Bücher bei der Vorbereitung meiner Rede eine unschätzbare Hilfe waren. Bitte nehmen Sie dieses Geld als Gebühr für säumige Bücher. Den Rest behalten Sie bitte als Ausdruck meines Dankes.

Mit vorzüglicher Hochachtung
Ihr

Sam Peebles
Sam Peebles

Sam las den Brief noch einmal durch, während er eine Büroklammer aus der Schublade kramte. Er überlegte sich, ob er ». . . daß ich Ihre Bücher« in ». . . daß ich die Bücher der Bibliothek« umwandeln sollte, beschloß dann aber, es so zu lassen. Ardelia Lortz hatte ganz den Eindruck auf ihn gemacht, als würde sie der Philosophie *l'etat c'est moi* folgen, auch wenn *l'etat* in diesem Fall nur die örtliche Bibliothek war.

Er nahm einen Zwanzigdollarschein aus der Brieftasche und befestigte ihn mit der Büroklammer an dem Brief. Danach zögerte er noch einen Moment und trommelte mit den Fingerspitzen unruhig auf der Schreibtischplatte.

Sie wird es als Bestechung auffassen. Wahrscheinlich wird sie beleidigt und wütend wie der Teufel sein.

Das mochte stimmen, aber Sam war es einerlei. Er wußte, was hinter dem gemeinen Anruf dieser Lortz heute morgen steckte – hinter *beiden* Anrufen wahrscheinlich. Er war ihr wegen der Plakate in der Kinderbibliothek ein wenig zu sehr auf die Füße getreten, und jetzt zahlte sie es ihm heim – oder versuchte es. Aber dies war nicht die vierte Klasse, er war kein herumwuselndes, zu Tode geängstigtes kleines Kind (jedenfalls nicht mehr) und würde sich nicht einschüchtern lassen. Nicht von dem unhöflichen Schild im Bibliotheksfoyer und auch nicht vom Du-bist-einen-Tag-zu-spät-mit-deinen-Büchern-Gekeife der Bibliothekarin.

»Scheiß drauf!« sagte er laut. »Wenn du das verdammte Geld nicht willst, gib es dem Verteidigungsetat der Bibliothek, oder so was.«

Er legte den Brief mit dem festgeklammerten Zwanziger auf den Schreibtisch. Er hatte nicht die Absicht, ihn persönlich abzugeben, damit sie ihm dumm kommen konnte. Er würde die beiden Bücher mit Gummiband zusammenbinden und den Umschlag mit dem Geld dazustecken. Und dann würde er ganz einfach das Paket in den Rückgabebriefkasten werfen. Er lebte seit sechs Jahren in Junction City und hatte Ardelia Lortz noch nie getroffen; mit etwas Glück würden wieder sechs Jahre vergehen, bis er ihr über den Weg lief.

Jetzt mußte er nur noch die Bücher finden.

Auf dem Schreibtisch lagen sie nicht, soviel stand fest. Sam ging ins Eßzimmer und sah auf den Tisch. Dort verstaute er für gewöhnlich Sachen, die zurückgebracht werden mußten. Zwei Videokassetten lagen da, die in Bruce's Video Stop gebracht werden mußten, ein Umschlag, auf dem *Paperboy* geschrieben stand, zwei Hefter mit Versi-

cherungspolicen darin . . . aber kein *Speaker's Companion*.
Und auch kein *Best Loved Poems of the American People*.

»Scheiße«, sagte Sam und kratzte sich am Kopf. »Wo, zum Teufel . . .?«

Er ging weiter in die Küche. Auf dem Küchentisch lag nur die Morgenzeitung; er hatte sie dorthin gelegt, als er hereingekommen war. Er warf sie geistesabwesend in den Pappkarton beim Herd, während er auf der Arbeitsplatte nachsah. Dort lag lediglich die Verpackung, aus der er das Tiefkühlmenü gestern abend genommen hatte.

Er ging langsam nach oben und sah in den Zimmern im ersten Stock nach, aber allmählich wurde ihm ziemlich mulmig zumute.

3

An diesem Nachmittag um drei Uhr hatte sich das mulmige Gefühl drastisch verschlimmert. Tatsächlich schlotterte Sam Peebles. Nachdem er das Haus zweimal von oben bis unten durchsucht hatte – beim zweitenmal sah er sogar im Keller nach –, war er ins Büro gegangen, obwohl er ziemlich sicher war, daß er die Bücher mit nach Hause gebracht hatte, als er letzten Montag spät von der Arbeit zurückgekommen war. Selbstverständlich hatte er dort nichts gefunden. Und jetzt war er, nachdem er einen wunderschönen Frühlingssamstag fast völlig mit einer vergeblichen Suche nach zwei Büchern aus der Bibliothek vergeudet hatte, keinen Schritt weiter.

Er konnte ihren schadenfrohen Tonfall nicht vergessen – *Denken Sie an den Bibliothekspolizisten, Sam* – und mußte daran denken, wie glücklich sie sein würde, wenn sie wüßte, daß ihm dieser Satz unter die Haut gegangen war. Wenn es *wirklich* einen Bibliothekspolizisten gäbe, dachte Sam, würde ihm die Frau zweifellos mit größtem Vergnügen einen auf den Hals schicken. Je länger er darüber nachdachte, desto panischer wurde er.

Er ging ins Arbeitszimmer zurück. Der Brief an Ardelia

Lortz, an dem der Zwanziger festgesteckt war, starrte ihm mit leerem Blick vom Schreibtisch entgegen.

»*Mist!*« schrie er und hätte sich fast wieder wie ein weißer Wirbelwind an die Hausdurchsuchung gemacht, doch dann riß er sich zusammen. Das würde nichts bringen.

Plötzlich hörte er die Stimme seiner schon lange verstorbenen Mutter. Sie klang leise und hinreichend vernünftig. *Wenn man etwas nicht finden kann, nützt es normalerweise gar nichts, wenn man herumrennt und danach sucht. Setz dich lieber hin und denk nach. Gebrauche den Kopf und schone die Füße.*

Als er zehn war, war das ein guter Rat gewesen; er überlegte sich, daß es jetzt, mit vierzig, immer noch ein guter Rat war. Sam setzte sich hinter seinen Schreibtisch, machte die Augen zu und versuchte, die Spur dieser gottverdammten Bibliotheksbücher von dem Augenblick an nachzuvollziehen, als Ms. Lortz sie ihm gegeben hatte, bis . . . nun ja, wann auch immer.

Von der Bibliothek hatte er sie ins Büro mitgenommen; unterwegs war er kurz in Sam's House of Pizza gewesen, wo er sich eine Peperonipizza mit einer doppelten Portion Pilzen geholt hatte, die er dann an seinem Schreibtisch gegessen hatte, während er den *Speaker's Companion* auf der Suche nach zweierlei durchblätterte: nach guten Witzen und wie man sie einsetzte. Er erinnerte sich, wie sorgsam er darauf bedacht gewesen war, kein winziges Fleckchen Pizzasauce auf die Bücher zu bringen – was irgendwie komisch war, wenn man die Tatsache bedachte, daß er jetzt keins von beiden mehr finden konnte.

Er hatte fast den ganzen Nachmittag an der Rede gearbeitet, hatte die Witze eingefügt und den ganzen letzten Teil umgeschrieben, damit das Gedicht besser paßte. Als er am Freitagnachmittag spät nach Hause gegangen war, hatte er die Rede mitgenommen, nicht aber die Bücher. Da war er ganz sicher. Craig Jones hatte ihn abgeholt, als es Zeit für das Abendessen im Rotary Club war, und später hatte Craig ihn wieder abgesetzt – gerade rechtzeitig, daß Sam die WILLKOMMEN-Matte taufen konnte.

Am Samstagmorgen hatte er seinen leichten, aber verdrießlichen Kater gepflegt; den Rest des Wochenendes war er zu Hause geblieben, hatte gelesen, ferngesehen und – geben wir es ruhig zu, Leute – sich in seinem Triumph gesonnt. Das Wochenende über war er nicht einmal in die Nähe des Büros gekommen. Todsicher.

Okay, dachte er. *Jetzt kommt der schwierige Teil. Konzentriere dich.* Aber er stellte fest, daß er sich doch nicht so sehr konzentrieren mußte.

Montagnachmittag hatte er das Büro Viertel vor fünf verlassen wollen, doch dann hatte das Telefon geläutet und ihn zurückgerufen. Es war Stu Youngman, der wollte, daß er eine Hausversicherungspolice über eine erhebliche Summe ausstellte. Das war der Anfang des Goldregens dieser Woche gewesen. Während er mit Stu gesprochen hatte, war sein Blick auf die beiden Bücher gefallen, die immer noch auf dem Schreibtisch lagen. Als er zum zweitenmal gegangen war, hatte er die Aktentasche in der einen und die Bücher in der anderen Hand gehabt. Auch dessen war er sich sicher.

Er hatte vorgehabt, an diesem Abend zur Bibliothek zu gehen, aber dann hatte Frank Stephens angerufen, ob er mit ihm und seiner Frau und ihrer Nichte, die aus Omaha zu Besuch war, zum Abendessen gehen wollte. (Wenn man als Junggeselle in einer Kleinstadt lebt, hatte Sam festgestellt, wurden selbst flüchtige Bekannte zu unbarmherzigen Kupplern.) Sie waren im Brady's Ribs gewesen, spät nach Hause gekommen – gegen elf, spät für werktags –, und als er wieder daheim war, hatte er die Leihbücher vergessen gehabt.

Danach hatte er sie völlig aus den Augen verloren. Erst als diese Lortz angerufen hatte, hatte er wieder daran gedacht, sie zurückzubringen – vorher hatte das unerwartet florierende Geschäft ihn völlig mit Beschlag belegt gehabt.

Okay – wahrscheinlich habe ich sie seitdem nicht mehr bewegt. Sie müssen genau dort sein, wo ich sie hingelegt habe, als ich Montagnachmittag spät nach Hause gekommen bin.

Einen Augenblick verspürte er einen Hoffnungsschub –

vielleicht waren sie noch im Auto! Doch als er gerade aufstehen und nachsehen wollte, fiel ihm ein, wie er die Aktentasche in die Hand genommen hatte, mit der er die Bücher hielt. Das hatte er gemacht, damit er den Hausschlüssel aus der rechten Hosentasche holen konnte. Er hatte sie demnach doch nicht im Auto gelassen.

Was hast du damit gemacht, als du drinnen warst?

Er sah sich die Küchentür aufschließen, eintreten, die Aktentasche auf einen Küchenstuhl stellen, die Bücher in den Händen drehen ...

»O *nein*«, murmelte Sam. Das mulmige Gefühl stellte sich schlagartig wieder ein.

Auf dem Regal neben seinem kleinen Holzofen in der Küche stand ein mittelgroßer Karton, die Art, wie man sie in Spirituosenläden bekam. Der stand jetzt schon ein paar Jahre dort. Manchmal verpackten Leute kleinere Habseligkeiten in solchen Kartons, wenn sie umzogen, aber die Kartons waren auch hervorragende Behältnisse. Sam stapelte Zeitungen in dem neben dem Herd. Er legte jede Tageszeitung in diesen Karton, wenn er sie gelesen hatte; er hatte auch die heutige Zeitung erst vor kurzem hineingeworfen. Und einmal im Monat oder so ...

»Dirty Dave!« murmelte Sam.

Er stand vom Schreibtisch auf und hastete in die Küche.

4

Der Karton, der Johnny Walkers Bin-ich-nicht-knorke-Bildnis mit Monokel auf der Seite hatte, war fast leer. Sam wühlte die dünne Schicht Zeitungen durch und wußte, daß er nichts finden würde, suchte aber trotzdem, so wie Menschen, wenn sie verzweifelt sind, fast überzeugt sind, wenn sie sich etwas nur ausreichend *wünschen*, wird es dasein. Er fand die *Gazette* vom Samstag und die Freitagausgabe. Keine Bücher dazwischen oder darunter, natürlich nicht. Sam stand einen Moment da, dachte schwärzeste Gedanken und ging dann zum Telefon, um Mary

Vasser anzurufen, die ihm jeden Donnerstagvormittag das Haus putzte.

»Hallo?« antwortete eine leicht besorgte Stimme.

»Hi, Mary. Hier spricht Sam Peebles.«

»Sam?« Noch besorgter. »Stimmt etwas nicht?«

Ja! Montagnachmittag wird das Miststück, das die hiesige Bibliothek leitet, hinter mir her sein! Wahrscheinlich mit einem Kreuz und ein paar sehr langen Nägeln!

Aber so etwas konnte er natürlich nicht sagen, nicht zu Mary; sie gehörte zu den unglücklichen Menschen, die unter einem bösen Stern geboren wurden und ständig in ihrer ureigenen dunklen Wolke düsterer Vorahnungen leben. Die Mary Vassers dieser Welt glauben, daß eine ganze Menge großer schwarzer Tresore drei Stockwerke über einer ganzen Menge von Gehwegen baumeln, lediglich von einem ausgefransten Drahtseil gehalten werden und nur darauf warten, daß das Schicksal einen Hoffnungslosen in die Gefahrenzone führt. Wenn kein Tresor, dann eben ein betrunkener Autofahrer, eine Flutwelle (in Iowa? Ja, in Iowa); wenn keine Flutwelle, dann eben ein Meteor. Mary Vasser gehörte zu den geschlagenen Menschen, die *immer* wissen wollten, ob etwas nicht stimmt, wenn jemand anruft.

»Nein«, sagte Sam. »Alles in Ordnung. Ich habe mich nur gefragt, ob Sie Dave am Donnerstag gesehen haben.« Die Frage war rein rhetorisch; schließlich waren die Zeitungen fort, und Dirty Dave war der einzige Altpapiersammler in Junction City.

»Ja«, sagte Mary. Sams vollmundige Versicherung, daß alles in Ordnung war, schien sie noch panischer gemacht zu haben. Jetzt vibrierte eindeutig kaum verhohlenes Entsetzen in ihrer Stimme mit. »Er war da und hat die Zeitungen geholt. War es nicht richtig, daß ich sie ihm gegeben habe? Er kommt schon seit *Jahren*, daher habe ich gedacht . . .«

»Überhaupt nicht«, sagte Sam. »Ich meine, ich weiß nicht. Es ist nur . . .« Da schoß ihm ein Einfall durch den Kopf. »Die Rabattmarken!« rief er überschwenglich. »Ich

habe am Donnerstag vergessen, die Rabattmarken auszu-
schneiden, daher . . .«

»*Oh!*« sagte sie. »Sie können meine haben, wenn Sie
wollen.«

»Nein, das kann ich nicht . . .«

»Ich bringe Sie nächsten Donnerstag mit«, schnitt sie
ihm das Wort ab. »Ich habe Tausende.« *So viele, daß ich sie
nie alle verwenden kann,* ließ ihre Stimme anklingen.
*Schließlich wartet da draußen irgendwo ein Tresor darauf, daß
ich unter ihn trete, oder ein Baum wartet darauf, bei Sturm um-
zustürzen und mich zu zerquetschen, oder in einem Hotel in
North Dakota wartet ein Fön darauf, vom Regal in die Bade-
wanne zu fallen. Meine Uhr ist so gut wie abgelaufen, wozu, um
Himmels willen, könnte ich da ein paar dumme Folger's Cry-
stals-Rabattmarken brauchen?*

»Na gut«, sagte Sam. »Das wäre prima. Danke, Mary,
Sie sind ein Schatz.«

»Sind Sie sicher, daß sonst alles in Ordnung ist?«

»Alles«, antwortete Sam vollmundiger denn je. Er
selbst fand, daß er sich wie ein fanatischer Frontsergeant
anhörte, der seine wenigen verbliebenen Männer anfeu-
ert, einen weiteren aussichtslosen Sturmlauf gegen eine
befestigte Maschinengewehrstellung zu unternehmen.
Vorwärts, Männer, ich glaube, daß sie schlafen.

»Na gut«, sagte Mary zweifelnd, und Sam war endlich
erlöst.

Er ließ sich auf einen Küchenstuhl fallen und betrachtete den fast leeren Johnny-Walker-Karton mit bitterem
Blick. Dirty Dave war gekommen, um die Zeitungen zu
holen, wie in jeder ersten Woche eines Monats, aber diesmal hatte er unwissentlich noch ein kleines Geschenk mitgenommen: Den *Speaker's Companion* und *Best Loved Poems of the American People.* Und Sam hatte eine klare
Vorstellung davon, was sie jetzt waren.

Papierbrei. Wiederaufbereiteter Papierbrei.

Dirty Dave war einer der funktionierenden Alkoholiker
in Junction City. Da es ihm nicht gelang, eine feste Anstel-
lung zu behalten, fristete er seinen Lebensunterhalt mit

den Abfällen anderer, und diesbezüglich war er ein einigermaßen nützlicher Mitbürger. Er sammelte Pfandflaschen und hatte wie der zwölfjährige Keith Jordan eine feste Papier-Route. Der Unterschied war der – Keith stellte die Junction City *Gazette* tagtäglich zu, Dirty Dave holte sie einmal im Monat bei Sam und weiß Gott wie vielen anderen Hausbesitzern im Stadtteil Kelton Avenue ab. Sam hatte ihn schon oft gesehen, wie er mit seinem Einkaufswagen voll grüner Plastikmüllsäcke durch die Stadt zur Wiederaufbereitungsanlage trottete, die zwischen dem alten Zugdepot und einem kleinen Obdachlosenasyl lag, wo Dirty Dave und ein Dutzend seiner *compadres* die meisten Nächte verbrachten.

Er blieb noch einen Augenblick sitzen, wo er war, trommelte mit den Fingern auf den Küchentisch, stand dann auf, zog eine Jacke an und ging hinaus zum Auto.

KAPITEL FÜNF

ANGLE STREET (I)

1

Der Schildermaler hatte zweifellos die allerbesten Absichten gehabt, aber seine Rechtschreibung ließ zu wünschen übrig. Das Schild war an einem Verandabalken des alten Hauses an den Schienen festgenagelt und lautete:

ANGLE STREET

Da Sam keinerlei Ecken, Angles, in der Railroad Avenue sehen konnte – sie war wie die meisten Straßen in Iowa schnurgerade –, ging er davon aus, daß der Schildermaler *Angel* Street gemeint hatte. Na und? Sam war der Meinung, daß die Straße der guten Absichten durchaus in die Hölle führen mochte, die Leute, die aber versuchten, in dieser Straße Schlaglöcher aufzufüllen, trotzdem ein paar gute Worte verdienten.

Angle Street war ein großes Gebäude, in dem, vermutete Sam, Büros der Eisenbahngesellschaft untergebracht gewesen waren, als Junction City *tatsächlich* noch ein Knotenpunkt des Eisenbahnverkehrs gewesen war. Heute wurden nur noch zwei Gleise benützt; beide verliefen in Ost-West-Richtung. Alle anderen waren rostig und von Unkraut überwuchert. Die meisten Querbalken waren abhanden gekommen und zweifellos von eben den Obdachlosen als Feuerholz verwendet worden, für die Angle Street da war.

Sam traf Viertel vor fünf ein. Die Sonne warf ein klägliches, spärliches Licht über die verlassenen Felder, die hier am Stadtrand begannen. Ein scheinbar endloser Güterzug rumpelte hinter den wenigen Gebäuden hier draußen vorbei. Eine Brise war aufgekommen, und als er das Auto geparkt hatte und ausstieg, konnte er das rostige Quietschen des alten Schilds JUNCTION CITY hören, welches über den verlassenen Bahnsteigen hin und her schwang, wo einst Passagiere die Züge nach St. Louis und Chicago bestiegen hatten – sogar den alten Sunnyland-Express, der auf dem Weg nach Westen zu den legendären Königreichen Las Vegas und Los Angeles in ganz Iowa lediglich in Junction City gehalten hatte.

Das Obdachlosenasyl war einmal weiß gewesen; jetzt präsentierte es sich in einem farblosen Grau. Die Vorhänge an den Fenstern waren zwar sauber, aber müde und schlapp. Unkraut versuchte, auf dem asphaltierten Hof zu wachsen. Sam dachte, daß es dem Unkraut im Juli vielleicht gelingen würde, Fuß zu fassen, aber momentan fristete es ein ziemlich karges Dasein. Neben den gesplitterten Stufen zur Veranda hinauf war ein altes rostiges Faß aufgestellt worden. Auf einem zweiten Schild, das an einem anderen Balken festgenagelt war, stand die Botschaft:

ALKOHOLVERBOT IN DIESER UNTERKUNFT!
WENN SIE EINE FLASCHE HABEN,
VOR BETRETEN HIER DEPONIEREN!

Er hatte Glück. Es war zwar Samstagabend und die Kneipen und Bierpinten von Junction City warteten, aber Dirty Dave war da und noch nüchtern. Er saß sogar mit zwei anderen Wermutbrüdern auf der Veranda. Sie waren damit beschäftigt, irgendwelche Parolen auf große rechteckige Pappkartons zu malen, und dabei in unterschiedlichem Maße erfolgreich. Der Typ, der am gegenüberliegenden Rand der Veranda auf dem Boden saß, hielt sich mit der linken Hand das rechte Handgelenk, um einem schlimmen Zittern Einhalt zu gebieten. Dem in der Mitte lugte beim Arbeiten die Zungenspitze aus dem Mund; er sah aus wie ein zu alt geratener Erstkläßler, der sich allergrößte Mühe gibt, einen Baum zu malen, der ihm einen Goldstern als Belohnung einbringt, den er Mama zeigen kann. Dirty Dave, der bei der Verandatreppe auf einem gesplitterten Schaukelstuhl saß, war zwar ganz locker, aber alle drei sahen zerknautscht, knittrig und verstümmelt aus.

»Hallo, Dave«, sagte Sam und ging eine Stufe hoch.

Dave sah auf, blinzelte und entbot ein schüchternes Lächeln. Sämtliche Zähne, die er noch hatte, waren vorne. Beim Lächeln entblößte er alle fünf.

»Mr. Peebles?«

»Ja«, sagte er. »Wie geht es Ihnen, Dave?«

»Oh, ganz gut, denk ich. Ganz gut.« Er sah sich um. »He, ihr Typen. Sagt Mr. Peebles guten Tag! Er ist Anwalt!«

Der Bursche mit herausgestreckter Zungenspitze sah auf, nickte knapp und machte sich wieder über sein Plakat her. Ein langer Rotzfaden hing ihm aus dem linken Nasenloch.

»Eigentlich«, sagte Sam, »ist Grundstücksmaklerei mein Gewerbe, Dave. Maklerei und Versi . . .«

»Hast du meinen Slim Jim?« fragte der Mann mit dem Zittern unvermittelt. Er sah nicht auf, doch sein konzentriertes Stirnrunzeln wurde noch verbissener. Sam konnte von seiner Position aus das Plakat sehen; es war mit großen orangefarbenen Krakeln bedeckt, die vage an Worte gemahnten.

»Bitte?« fragte Sam.

»Das ist Lukey«, sagte Dave mit gedämpfter Stimme. »Ist heute nicht sein bester Tag, Mr. Peebles.«

»Hast du meinen Slim Jim, hast du meinen Slim Jim, hast du meinen verdammten Slim Jim?« sang Lukey, ohne aufzusehen.

»Äh, tut mir leid . . .« setzte Sam an.

»Er hat keine Slim Jims!« brüllte Dirty Dave. »Halt die Klappe und mach dein Plakat, Lukey! Sarah will sie um sechs haben! Sie kommt extra hierher!«

»Ich *krieg* einen verdammten Slim Jim«, sagte Lukey mit leiser, durchdringender Stimme. »Wenn nicht, freß ich wahrscheinlich Rattenscheiße.«

»Beachten Sie ihn gar nicht, Mr. Peebles«, sagte Dave. »Was liegt an?«

»Nun, ich habe mich nur gefragt, ob Sie vielleicht zwei Bücher gefunden haben, als Sie letzten Donnerstag die Zeitungen geholt haben. Ich habe sie verlegt und wollte mich nur vergewissern. Sie sind in der Bibliothek überfällig.«

»Haben Sie 'nen Vierteldollar?« fragte der Mann mit der Zungenspitze plötzlich. »Wie heißt das Zauberwort? Thunderbird!«

Sam griff automatisch in die Tasche. Dave streckte die Hand aus und berührte ihn fast unterwürfig am Handgelenk.

»Geben Sie ihm kein Geld, Mr. Peebles«, sagte er. »Das ist Rudolph. Er braucht keinen Thunderbird. Der Bird bekommt ihm nicht mehr. Er braucht nur eine Nacht Schlaf.«

»Tut mir leid«, sagte Sam. »Ich bin blank, Rudolph.«

»Klar, wer ist das nicht«, sagte Rudolph. Als er sich wieder seinem Plakat zuwandte, murmelte er: »Wie teuer? 'n Zweuer.«

»Ich habe keine Bücher gesehen«, sagte Dirty Dave. »Tut mir leid. Ich hab' nur die Zeitungen geholt, wie üblich. Missus V. war da, die kann's Ihnen bestätigen. Ich hab' nix Falsches gemacht.« Aber seine vorwurfsvollen, unglücklichen Augen verrieten, er ging nicht davon aus, daß Sam das glaubte. Im Gegensatz zu Mary lebte Dirty Dave Duncan nicht in einer Welt, wo das Verhängnis hinter der nächsten Ecke lag; er war davon umgeben. Und er lebte mit dem bißchen Würde darin, das er aufbringen konnte.

»Ich glaube Ihnen.« Sam legte Dave eine Hand auf die Schulter.

»Ich hab' nur Ihre Zeitungskiste in einen meiner Säcke gekippt, wie immer«, sagte Dave.

»Wenn ich tausend Slim Jims hätte, würd ich sie alle essen«, sagte Lukey unvermittelt. »Ich würd die Scheißdinger *runterschlingen*. Die sind *lecker*! Die sind *lecker*! Die sind *Leckerschmecker*!«

»Ich glaube Ihnen«, wiederholte Sam und tätschelte weiter Daves schrecklich knochige Schulter. Er fragte sich,

Gott stehe ihm bei, ob Dave Flöhe haben mochte. Diesem unfreundlichen Gedanken folgte ein anderer auf den Fuß: Er fragte sich, ob andere Rotarier, diese kernigen und gutmütigen Burschen, bei denen er vor einer Woche so großen Eindruck hinterlassen hatte, in letzter Zeit einmal an diesem Ende der Stadt gewesen waren. Er fragte sich, ob sie Angle Street überhaupt kannten. Und er fragte sich, ob Spencer Michael Free an Männer wie Lukey und Rudolph und Dirty Dave gedacht hatte, als er schrieb, daß die Menschlichkeit in dieser Welt zählte – die Berührung deiner und meiner Hand. Sam verspürte einen plötzlichen Schwall Schuldgefühle, als er sich an seine Rede erinnerte, die so voll von unschuldigen Prahlereien und Lobeshymnen auf die einfachen Freuden des Kleinstadtlebens gewesen war.

»Das ist gut«, sagte Dave. »Dann kann ich nächsten Monat wiederkommen?«

»Klar. Sie haben die Zeitungen zur Wiederaufbereitungsanlage gebracht, richtig?«

»Hm-hmm.« Dirty Dave deutete mit einem Finger, dessen Nagel gelb und unebenmäßig gebrochen war. »Genau dorthin. Aber die haben zu.«

Sam nickte. »Was machen Sie?« fragte er.

»Och, nur die Zeit vertreiben«, sagte Dave und drehte das Plakat herum, damit Sam es sehen konnte.

Es zeigte eine lächelnde Frau, die einen Teller mit Brathähnchen hielt, und Sam sah sofort: Es war gut – echt gut. Wermutbruder hin oder her, Dirty Dave hatte Talent. Über dem Bild stand in fein säuberlichen Druckbuchstaben folgendes:

HÄHNCHENESSEN IN DER 1st METHODIST
CHURCH
ZUGUNSTEN DES OBDACHLOSENASYLS
›ANGLE STREET‹
SONNTAG, 15. APRIL
18.00 BIS 20.00 UHR
ZAHLREICHES ERSCHEINEN IST ERWÜNSCHT

»Das ist vor dem AA-Treffen«, sagte Dave, »aber von den AA kann man nichts auf das Plakat schreiben. Ist irgendwie ein Geheimnis.«

»Ich weiß«, sagte Sam. Dann fragte er nach einer Pause: »Sie gehen zu den AA? Sie müssen nicht antworten, wenn Sie nicht wollen. Ich weiß, es geht mich eigentlich nichts an.«

»Ich gehe hin«, sagte Dave, »aber es ist schwer. Ich hab' mehr weiße Chips als Carter Lebertabletten. Ich schaffe es einen Monat oder zwei, und einmal war ich fast ein Jahr lang trocken. Aber es ist schwer.« Er schüttelte den Kopf. »Manche Menschen kommen mit dem Programm nicht klar, sagen sie. Zu denen muß ich gehören. Aber ich gebe nicht auf.«

Sams Augen wurden wieder zu der Frau mit dem Hähnchenteller gezogen. Das Bild war so detailliert, daß es keine Karikatur oder Skizze sein konnte, aber es war auch kein Gemälde. Dirty Dave hatte es eindeutig in aller Eile gemacht, aber er hatte die gütigen Augen und eine Andeutung von Humor um den Mund herum gut getroffen. Das Seltsamste war, die Frau kam Sam vage bekannt vor.

»Gibt es diese Frau wirklich?« fragte er Dave.

Daves Lächeln wurde breiter. Er nickte. »Das ist Sarah. Eine tolle Frau, Mr. Peebles. Ohne sie hätte dieses Haus hier schon vor fünf Jahren zugemacht. Sie treibt Geldgeber auf, wenn wir die Steuern nicht aufbringen können oder das Haus so herrichten sollen, daß es die Gebäudeinspektoren abnehmen. Sie nennt die Geldgeber Engel, aber in Wirklichkeit ist *sie* der Engel. Wir haben das Haus wegen Sarah so genannt. Tommy St. John hat sich natürlich bei dem Schild verschrieben, aber er hat es gut gemeint.« Dirty Dave verstummte einen Moment und betrachtete sein Plakat. Ohne aufzusehen fügte er hinzu: »Jetzt ist Tommy natürlich tot. Ist letzten Winter gestorben. Seine Leber hat's nicht mehr gemacht.«

»Oh«, sagte Sam und fügte dann hilflos hinzu: »Das tut mir leid.«

»Nicht doch. Er hat's überstanden.«

»Leckerschmecker!« rief Lukey aus und stand auf. »Leckerschmecker! Ist das nicht ein verdammter Leckerschmecker!« Er brachte sein Plakat zu Dave. Unter die orangefarbenen Krakel hatte er eine Monsterfrau gemalt, deren Beine in Haifischflossen übergingen, die, überlegte Sam, wohl Schuhe sein sollten. Auf einer Hand balancierte sie einen unförmigen Teller, auf dem etwas lag, das wie blaue Schlangen aussah. Mit der anderen hielt sie einen zylinderförmigen braunen Gegenstand umklammert.

Dave nahm Lukey das Plakat ab und untersuchte es. »Das ist *gut*, Lukey.«

Lukey fletschte die Lippen zu einem erfreuten Lächeln. Er deutete auf das braune Ding. »Schau mal, Dave! Die hat 'nen abgefahrenen Scheiß-Slim Jim!«

»Tatsächlich. Ziemlich gut. Geh rein und schalt den Fernseher ein, wenn du willst. *Raumschiff Enterprise* fängt gleich an. Wie kommst du klar, Dolph?«

»Wenn ich blau bin, kann ich besser malen«, sagte Rudolph und gab Dave sein Plakat. Darauf war ein gigantischer Hähnchenschlegel zu sehen, Strichmännchen und -frauen standen darum herum und sahen zu ihm empor. »Eine Fantasy-Variante«, sagte Rudolph zu Sam. Er sagte es einigermaßen trotzig.

»Gefällt mir«, sagte Sam. Doch Rudolphs Plakat erinnerte ihn an einen Cartoon im *New Yorker*, den er manchmal nicht verstehen konnte, weil er zu surrealistisch war.

»Schön.« Rudolph sah ihn eindringlich an. »Ganz sicher, daß Sie keinen Vierteldollar haben?«

»Ganz«, sagte Sam.

Rudolph nickte. »In gewisser Weise ist das gut«, sagte er. »Aber in anderer Hinsicht ist es echt wie ins Bett geschissen.« Er folgte Lukey nach drinnen, wenig später konnte man die Titelmelodie von *Raumschiff Enterprise* durch die offene Tür hören. William Shatner erzählte den Wermutbrüdern und Ausgebrannten der Angle Street, daß es seine Mission war, kühn dorthin zu gehen, wo nie ein Mensch gewesen war. Sam überlegte sich, daß einige Zuschauer bereits dort waren.

»Außer uns und ein paar AAs aus der Stadt kommt kaum jemand zu diesen Veranstaltungen«, sagte Dave, »aber wir haben wenigstens etwas zu tun. Lukey spricht kaum noch was, wenn er nicht grad malt.«

»Sie sind echt gut«, sagte Sam zu ihm. »Wirklich, Dave. Warum machen Sie nicht . . .« Er verstummte.

»Warum mache ich was nicht, Mr. Peebles?« fragte Dave leise. »Warum mache ich nicht etwas Geld mit meiner Begabung? Aus demselben Grund, weshalb ich keinen regelmäßigen Job habe. Ich war mit anderen Sachen beschäftigt, bis es zu spät war.«

Sam wußte nicht, was er darauf sagen sollte.

»Aber ich hab's mal versucht. Haben Sie gewußt, daß ich die Lorillard School in Des Moines mit Stipendium besucht habe? Die beste Kunstakademie im Mittelwesten. Ich hab' schon das erste Semester versaut. Fusel. Egal. Möchten Sie auf eine Tasse Kaffee mit reinkommen, Mr. Peebles? Eine Weile warten? Sie könnten Sarah kennenlernen?«

»Nein, ich sollte lieber wieder gehen. Ich muß noch etwas erledigen.« So war es.

»Na gut. Sicher, daß Sie nicht wütend auf mich sind?«

»Nicht die Spur.«

Dave stand auf. »Schätze, dann geh ich auch 'n Weilchen rein«, sagte er. »Es war ein herrlicher Tag, aber langsam wird es frisch. Schönen Abend noch, Mr. Peebles.«

»Okay«, sagte Sam, aber er bezweifelte, daß er *diesen* Samstagabend viel Spaß haben würde. Doch seine Mutter hatte noch ein anderes Sprichwort gehabt: Eklige Medizin schluckt man am besten so schnell man kann. Und genau das hatte er vor.

Er ging die Stufen von Angle Street hinunter, während Dirty Dave Duncan hineinging.

Sam ging fast bis zum Auto zurück, dann bog er in Richtung Wiederaufbereitungsanlage ab. Er schritt langsam über den unkrautüberwucherten Aschenboden und sah einem langen Güterzug nach, der in Richtung Camden und Omaha verschwand. Die roten Lämpchen des Bremswagens funkelten wie sterbende Sterne. Aus irgendwelchen Gründen fühlte er sich immer einsam, wenn er Güterzüge sah, und jetzt, nach seiner Unterhaltung mit Dirty Dave, fühlte er sich einsamer denn je. Die paarmal, die er Dave gesehen hatte, wenn dieser die Zeitungen holte, schien er ein fröhlicher, fast alberner Mensch zu sein. Sam dachte, daß er heute hinter die Maske gesehen hatte, und was er gesehen hatte, machte ihn unglücklich und hilflos. Dave war ein verlorener Mensch, gelassen, aber eindeutig verloren, der sein unverkennbares, nicht unerhebliches Talent dazu benützte, Plakate für ein Kirchenessen zu malen.

Sam näherte sich der Wiederaufbereitungsanlage durch verschiedene Abfallzonen – zuerst vergilbte Anzeigenbeilagen, die alten Ausgaben der *Gazette* entkommen waren, dann zerrissene Plastikmüllsäcke, schließlich ein Asteroidengürtel zerdepperter Flaschen und zerdrückter Dosen. Die Jalousien der kleinen Baracke waren heruntergelassen. Auf einem Schild, das an der Tür hing, stand nur: GESCHLOSSEN.

Sam zündete sich eine Zigarette an und wollte zum Auto zurück. Er war erst ein paar Schritte gegangen, als er etwas Bekanntes auf dem Boden liegen sah. Er hob es auf. Es war der Schutzumschlag von *Best Loved Poems of the American People*. Die Worte EIGENTUM DER ÖFFENTLICHEN BIBLIOTHEK JUNCTION CITY waren daraufgestempelt.

Jetzt wußte er es sicher. Er hatte die Bücher auf die Zeitungen im Johnny-Walker-Karton gelegt und dann vergessen. Auf die Bücher hatte er die nachfolgenden Zeitungen gelegt – Dienstag, Mittwoch und Donnerstag. Donnerstagvormittag war dann Dirty Dave gekommen und hatte die ganze Sammlung in seinen Plastikmüllsack ge- kippt. Der Sack war auf den Einkaufswagen gewandert, der Einkaufswagen hierher, und jetzt war nur noch das hier übrig – ein Schutzumschlag mit der schwachen Täto- wierung einer schmutzigen Turnschuhsohle.

Sam ließ den Schutzumschlag aus den Fingern flattern und ging langsam zu seinem Auto zurück. Er hatte noch etwas zu erledigen, und es war recht und billig, daß er es zur Abendessenszeit erledigte.

Es sah so aus, als hätte er noch einen dicken Brocken zu schlucken.

KAPITEL SECHS

DIE BIBLIOTHEK (II)

1

Auf halbem Weg zur Bibliothek kam ihm plötzlich ein Einfall; es war so offensichtlich, er konnte kaum fassen, daß er nicht schon früher darauf gekommen war. Er hatte zwei Bücher aus der Bibliothek verloren; er hatte herausgefunden, daß sie vernichtet worden waren; er würde sie bezahlen.

Und das war alles.

Ihm kam der Gedanke, daß Ardelia Lortz ihn erfolgreicher dazu gebracht hatte, wie ein Viertkläßler zu denken, als ihm selbst bewußt gewesen war. Wenn ein Kind ein Buch verlor, war das das Ende der Welt; es duckte sich ohnmächtig im Schatten der Bürokratie und wartete darauf, daß der Bibliothekspolizist aufkreuzte. Aber es *gab* keine Bibliothekspolizei, das wußte Sam als Erwachsener ganz genau. Es gab nur städtische Angestellte wie Ms. Lortz, die ihre Stellung manchmal zu wichtig nahmen, und Steuerzahler wie ihn selbst, die manchmal vergaßen, daß sie die Hunde waren, die mit dem Schwanz wedelten, und nicht umgekehrt.

Ich gehe rein, ich entschuldige mich, und dann bitte ich sie, mir die Rechnung für die Ersatzexemplare zu schicken, dachte Sam. *Und das ist alles. Aus und vorbei.*

So einfach, es war kaum zu fassen.

Er war immer noch ein wenig nervös und verlegen (hatte diesen Sturm im Wasserglas aber viel besser unter Kontrolle), als er gegenüber der Bibliothek am Straßenrand parkte. Die Droschkenlaternen, welche den Haupteingang flankierten, waren eingeschaltet und warfen einen weichen weißlichen Schein auf die Stufen und die Granitfassade des Gebäudes. Der Abend verlieh dem Bauwerk eine gütige und herzliche Atmosphäre, die es bei seinem ersten Besuch eindeutig nicht gehabt hatte – vielleicht lag es aber auch nur daran, daß der Frühling mittlerweile eindeutig seinen Einzug hielt, was an jenem verhangenen Märztag, als er den Drachen, der hier hauste, zum erstenmal gesehen hatte, eindeutig nicht der Fall gewesen war. Das abweisende Gesicht des steinernen Roboters war dahin. Es war wieder nur eine öffentliche Bibliothek.

Sam wollte aus dem Auto steigen, dann verharrte er. Ihm war *eine* Erleuchtung gewährt worden; jetzt hatte er plötzlich *noch* eine.

Das Gesicht der Frau auf dem Plakat von Dirty Dave fiel ihm wieder ein; die Frau mit dem Teller voll Brathähnchen. Die Dave Sarah genannt hatte. Diese Frau war Sam bekannt vorgekommen; plötzlich schloß sich ein obskurer Stromkreis in seinem Gehirn:

Es war Naomi Higgins.

2

Auf der Treppe überholte er zwei Kinder in JCHS-Jacken und erwischte die Tür, ehe sie wieder ganz zufallen konnte. Er betrat das Foyer. Als erstes fiel ihm der Lärm auf. Im Lesesaal jenseits der Marmorstufen war es keinesfalls ungebührlich laut, aber er war auch nicht die ruhige Oase des Schweigens, die Sam am Freitagnachmittag vor über einer Woche begrüßt hatte.

Nun, heute ist Samstagabend, dachte Sam. *Es sind Kinder hier, die wahrscheinlich für Klassenarbeiten lernen.*

Aber würde Ardelia dieses Schwatzen dulden, wie gedämpft es auch sein mochte? Die Antwort schien ja zu sein, dem Lärm nach zu urteilen, aber es schien eindeutig nicht zu ihr zu passen.

Das Zweite hatte etwas mit dem knappen Befehl zu schweigen zu tun, welcher auf der Staffelei zu lesen gewesen war:

RUHE!

Das Schild war nicht mehr da. An seiner Stelle befand sich ein Bild von Thomas Jefferson. Darunter stand folgendes Zitat:

>*Ich kann ohne Bücher nicht leben.«*
– Thomas Jefferson (in einem Brief an John Adams)
vom 10. Juni 1815

Sam betrachtete das alles einen Moment und dachte bei sich, daß dieser kleine Unterschied die Atmosphäre völlig veränderte, wenn man sich anschickte, die Bibliothek zu betreten.

RUHE!

erzeugte Gefühle wie Schüchternheit und Unbehagen (wenn einem zum Beispiel der Magen knurrte oder man merkte, daß ein Anfall nicht notwendigerweise lautloser Blähungen bevorstand).

>*Ich kann ohne Bücher nicht leben«,*

dagegen löste Empfindungen wie Entspannung und Vorfreude aus – man fühlte sich so, wie hungrigen Männern und Frauen zumute ist, wenn das Essen endlich gebracht wird.

Sam rätselte noch darüber, wie solch eine Kleinigkeit eine so gewaltige Veränderung bewirken konnte, als er die Bibliothek betrat . . . und wie vom Donner gerührt stehenblieb.

3

Im Hauptsaal war es viel heller als bei seinem ersten Besuch, aber das war nur eine Veränderung von vielen. Die Leitern, welche sich zu den vagen Höhen der höchsten

Regale erstreckt hatten, waren verschwunden. Es bestand keine Notwendigkeit mehr für sie, da die Decke sich nur noch zweieinhalb bis drei Meter über dem Boden befand, statt neun oder zehn. Wollte man ein Buch von einem der oberen Regale holen, mußte man dazu nur einen der zahlreichen Hocker nehmen, die überall verteilt standen. Die Zeitschriften waren einladend im Halbkreis auf einem großen Tisch beim Ausgabetresen verteilt. Das Eichenregal, von dem sie wie die Häute toter Tiere gehangen hatten, war nicht mehr da, ebensowenig das Schild mit der Aufschrift

ZEITSCHRIFTEN WIEDER RICHTIG EINORDNEN!

Das Regal mit Neuerscheinungen war noch da, aber das Schild mit der siebentägigen Ausleihfrist war von einem ersetzt worden, auf dem stand:

LIES EINEN BESTSELLER – NUR SO ZUM SPASS!

Leute – hauptsächlich junge Leute – kamen und gingen und unterhielten sich gedämpft. Jemand kicherte. Es war ein entspannter, beiläufiger Laut.

Sam sah zur Decke hinauf und versuchte verzweifelt aufzuklären, was hier passiert war. Die schrägen Oberlichter waren nicht mehr da. Der obere Bereich des Saales war mittels einer modernen Schwebedecke verborgen. Die altmodischen kugelförmigen Leuchten hatten Neonröhren weichen müssen, welche in die neue Decke eingelassen worden waren.

Eine Frau, die mit einer Handvoll Krimis zum Hauptschalter ging, folgte Sams Blick zur Decke, sah dort nichts Außergewöhnliches und betrachtete statt dessen Sam neugierig. Einer der Jungs, die an einem langen Tisch rechts vom Magazintisch saßen, stieß seinen Nebenmann an und deutete auf Sam. Ein anderer klopfte sich an die Stirn, worauf sie alle kicherten.

Sam bemerkte weder die Blicke noch das Kichern. Er merkte nicht einmal, daß er einfach nur im Eingang zum

Hauptlesesaal stand und mit offenem Mund zur Decke gaffte. Er bemühte sich, dieser Herausforderung im Geiste Herr zu werden.

Nun, wahrscheinlich haben sie die Schwebedecke eingezogen, seit du zum letzten Mal hier gewesen bist. Na und? Spart wahrscheinlich Heizkosten.

Ja, aber diese Lortz hat nichts von Umbauten gesagt.

Nein, aber weshalb sollte sie ihm davon erzählen? Sam war kein Stammgast der Bibliothek, oder?

Aber sie hätte aus dem Häuschen sein müssen. Mir schien sie durch und durch konservativ zu sein. Das hier hätte ihr nicht gefallen. Ganz und gar nicht.

Das stimmte, aber da war noch etwas, etwas Beunruhigenderes. Eine Schwebedecke einzuziehen, war eine größere Umbaumaßnahme. Sam war nicht klar, wie das in nur einer Woche hätte bewerkstelligt werden können. Und was war mit den hohen Regalen und den ganzen Büchern darauf? Wohin waren die Regale verschwunden? Wohin waren die *Bücher* verschwunden?

Jetzt sahen auch andere Leute Sam an; sogar eine Bibliotheksassistentin musterte ihn hinter dem Ausgabeschalter. Das lebhafte, gedämpfte Murmeln im Saal war weitgehend zum Erliegen gekommen.

Sam rieb sich die Augen – rieb sich wahrhaftig die Augen – und sah noch einmal zu der eingezogenen Schwebedecke mit den versenkten Neonleuchten hoch. Sie war immer noch da.

Ich bin in der falschen Bibliothek! dachte er überschwenglich. *Das ist es!*

Sein verwirrter Verstand stürzte sich zuerst auf diesen Gedanken und ließ dann wieder davon ab wie ein Kätzchen, das verleitet worden ist, einen Schatten anzuspringen. Junction City war, gemessen an den Maßstäben von Iowa, ziemlich groß mit rund fünfunddreißigtausend Einwohnern, aber der Gedanke, es könnte zwei Bibliotheken unterhalten, war lächerlich. Außerdem stimmten Standort des Gebäudes und Anlage des Hauptsaals . . . nur alles andere stimmte nicht.

Sam fragte sich einen Augenblick, ob er den Verstand verlor, doch dann tat er den Gedanken ab. Er sah sich um und bemerkte zum erstenmal, daß alle anderen in ihrem Tun innegehalten hatten. Alle starrten ihn an. Er verspürte den vorübergehenden, irrwitzigen Impuls zu sagen: »Machen Sie sich wieder an Ihre Arbeit – mir ist nur eben aufgefallen, daß die ganze Bibliothek diese Woche anders ist.« Statt dessen schlenderte er zum Zeitschriftentisch und nahm sich die Ausgabe von *U. S. News & World Report*. Er blätterte das Heft durch und mimte größtes Interesse, während er aus den Augenwinkeln beobachtete, wie die Anwesenden sich wieder ihren Tätigkeiten zuwandten.

Als er der Meinung war, er könne sich wieder bewegen, ohne ungebührliche Aufmerksamkeit zu erregen, legte Sam die Zeitschrift auf den Tisch zurück und schlenderte zur Kinderbibliothek. Er kam sich ein wenig wie ein Spion vor, der feindliches Territorium durchquert. Das Schild über der Tür war genau dasselbe, Goldbuchstaben auf anheimelndem dunklem Eichenholz, aber das Plakat war anders. Rotkäppchen in ihrem gräßlichen Augenblick der Erkenntnis war Donald Ducks Neffen Tick, Trick und Track gewichen. Diese trugen Badeanzüge und tauchten in einen Swimmingpool voller Bücher. Darunter stand:

KOMMT REIN! LESEN IST PRIMA!

»Was geht hier *vor*?« murmelte Sam. Sein Herz schlug zu schnell; er konnte spüren, wie ihm Schweiß auf Armen und Rücken ausbrach. Wäre es nur das Plakat gewesen, hätte er mutmaßen können, daß die Lortz gefeuert worden war ... aber es *war* nicht nur das Plakat. Es war *alles*.

Er machte die Tür der Kinderbibliothek auf und sah hinein. Er sah dieselbe gefällige kleine Welt mit ihren niederen Tischen und Stühlen, dieselben hellblauen Vorhänge, denselben Trinkbrunnen an der Wand. Aber jetzt entsprach die eingezogene Schwebedecke der im Hauptlesesaal, und sämtliche Plakate waren ausgewechselt worden. Das schreiende Kind in der schwarzen Limousine

(Einfaltspinsel, sie nennen ihn Einfaltspinsel, sie empfinden Verachtung für ihn, ich finde, das ist vollkommen normal, Sie nicht)

war nicht mehr da, ebensowenig der Bibliothekspolizist mit seinem Trenchcoat und dem seltsamen Stern mit den vielen Zacken. Sam wich zurück, drehte sich um und ging langsam zum Hauptausgabeschalter. Ihm war zumute, als hätte sich sein ganzer Körper in Glas verwandelt.

Zwei Bibliotheksassistenten – ein Junge und ein Mädchen im College-Alter – sahen ihm entgegen. Sam selbst war nicht so aufgewühlt, daß er nicht bemerkt hätte, wie nervös sie aussahen.

Sei vorsichtig. Nein ... sei NORMAL. Sie denken schon, daß du ein halber Irrer bist.

Plötzlich dachte er an Lukey, und ein schrecklicher, destruktiver Impuls wollte über ihn kommen. Er sah sich selbst, wie er den Mund aufmachte und diese beiden nervösen jungen Leute aus voller Lunge anschrie, sie sollten ihm ein paar verdammte Slim Jims geben, denn die waren *lecker*, die waren *lecker*, die waren *Leckerschmecker*.

Statt dessen sprach er mit leiser, gefaßter Stimme.

»Vielleicht können Sie mir weiterhelfen. Ich muß die Bibliothekarin sprechen.«

»Herrje, das tut mir leid«, sagte das Mädchen. »Am Samstagabend ist Mr. Price nicht da.«

Sam sah auf die Schreibtischplatte. Wie bei seinem ersten Ausflug in die Bibliothek, stand auch jetzt ein kleines Namensschild neben dem Mikrofilmgerät, aber es stand nicht mehr

A. LORTZ

darauf. Jetzt hieß es

MR. PRICE

Im Geiste hörte er Naomi sagen: *Großer Mann. Um die fünfzig?*

»Nein«, sagte er. »Nicht Mr. Price. Und auch nicht Mr. Peckham. Die andere. Ardelia Lortz.«

Junge und Mädchen wechselten einen verwirrten Blick. »Hier arbeitet niemand namens Ardelia Lord«, sagte der Junge. »Sie müssen eine andere Bibliothek meinen.«

»Nicht Lord«, sagte Sam zu ihnen. Seine Stimme schien aus weiter Ferne zu kommen. »*Lortz.*«

»Nein«, sagte das Mädchen. »Sie müssen sich wirklich irren, Sir.«

Sie sahen wieder argwöhnisch drein, und obwohl Sam beharrlich bleiben und ihnen sagen wollte, daß Ardelia Lortz *selbstverständlich* hier arbeitete, daß er sie erst vor *acht Tagen* hier getroffen hatte, lenkte er ein. In gewisser Weise paßte alles total zusammen, oder nicht? Es paßte im Rahmen eines völligen Irrsinns zusammen, zugegeben, aber das änderte nichts an der Tatsache, daß die innere Logik intakt war.

Ardelia Lortz existierte ganz einfach nicht mehr, so wie die Plakate, die Oberlichter und das Zeitschriftenregal.

Wieder hörte er im Geiste Naomi sprechen: *Oh. Miss Lortz, richtig? Das muß ja lustig gewesen sein.*

»*Naomi* hat den Namen gekannt«, murmelte er.

Jetzt sahen ihn die Bibliotheksassistenten mit identischen Mienen der Konsterniertheit an.

»Bitte um Entschuldigung«, sagte Sam und versuchte zu lächeln. Es schien sein Gesicht zu verzerren. »Heute ist anscheinend nicht mein Tag.«

»Nein«, sagte der Junge.

»Echt nicht«, sagte das Mädchen.

Sie halten mich für verrückt, dachte Sam, *und soll ich euch mal was verraten? Ich kann es euch nicht verdenken.*

»Sonst noch etwas?« fragte der Junge.

Sam machte den Mund auf, um nein zu sagen – wonach er einen hastigen Rückzug angetreten hätte –, doch dann änderte er seinen Entschluß.

Er steckte sowieso schon bis zum Hals drin, jetzt konnte er auch noch weiter gehen.

»Wie lange ist Mr. Price schon Chefbibliothekar?«

Die beiden Assistenten wechselten wieder einen Blick. Das Mädchen zuckte die Achseln. »Seit wir hier sind«, sagte sie, »aber das ist noch nicht lange, Mr. . . . ?«

»Peebles«, sagte Sam und streckte die Hand aus. »Sam Peebles. Tut mir leid. Ich scheine nicht nur den Verstand, sondern auch meine Manieren verloren zu haben.«

Sie entspannten sich beide ein wenig – es war etwas Undefinierbares, aber es war da, und das half Sam, sich gleichfalls zu entspannen. Durcheinander oder nicht, es war ihm gelungen, wenigstens einen Teil seiner nicht unerheblichen Gabe, Menschen zu beschwichtigen, zu behalten. Ein Makler und Versicherungsvertreter, dem das nicht gelang, sollte sich besser nach einem neuen Job umsehen.

»Ich bin Cynthia Berrigan«, sagte sie und schüttelte ihm zögernd die Hand. »Dies ist Tom Stanford.«

»Freut mich, Sie kennenzulernen«, sagte Tom Stanford. Er sah nicht aus, als wäre das hundertprozentig sein Ernst, aber er schüttelte Sams Hand ebenfalls hastig.

»Pardon«, sagte eine Frau mit Kriminalromanen. »Könnte mich bitte jemand bedienen? Ich komme zu spät zu meinem Bridge-Spiel.«

»Das mach' ich«, sagte Tom zu Cynthia und schritt den Tresen entlang, um die Bücher der Frau zu notieren.

Sie sagte: »Tom und ich besuchen das Chapelton Junior College, Mr. Peebles. Dies ist ein Aushilfsjob. Ich bin jetzt seit drei Semestern hier – Mr. Price hat mich letztes Frühjahr eingestellt. Tom ist im Sommer gekommen.«

»Ist Mr. Price der einzige Vollzeitbeschäftigte?«

»Hm-hmm.« Sie hatte reizende braune Augen, in denen er jetzt eine Spur Besorgnis sehen konnte. »Stimmt etwas nicht?«

»Ich weiß nicht.« Sam sah wieder auf. Er konnte nicht

anders. »Ist diese Schwebedecke hier, seit Sie angefangen haben?«

Sie folgte seinem Blick. »Ich habe nicht gewußt, daß man das so nennt«, sagte sie, »aber die Antwort ist ja, die ist schon da, seit ich hier bin.«

»Wissen Sie, ich hatte gedacht, hier wären Oberlichter.«

Cynthia lächelte. »Aber klar doch. Ich meine, man kann sie von außen sehen, wenn man um das Gebäude herumgeht. Und man kann sie selbstverständlich vom Hauptmagazin aus sehen, aber sie sind zugenagelt. Ich glaube, das ist schon seit Jahren so.«

Seit Jahren.

»Und Sie haben nie von Ardelia Lortz gehört?«

Sie schüttelte den Kopf. »Tut mir leid.«

»Was ist mit der Bibliothekspolizei?« fragte Sam, einer Eingebung folgend.

Sie lachte. »Nur von meiner alten Tante. Sie hat mir erzählt, der Bibliothekspolizist würde mich holen, wenn ich meine Bücher nicht rechtzeitig zurückbringe. Aber das war in Providence, Rhode Island, als ich noch ein kleines Mädchen war. Das war aber schon vor langer Zeit.«

Klar, dachte Sam. *Vielleicht ganze zehn, zwölf Jahre. Damals, als noch Dinosaurier auf der Erde lebten.*

»Nun«, sagte er, »danke für die Informationen. Ich wollte Sie nicht irritieren.«

»Haben Sie auch nicht.«

»Ich glaube doch, ein wenig. Ich war nur einen Moment verwirrt.«

»Wer ist diese Ardelia Lortz?« fragte Tom Stanford, der zurückkam. »Wenn ich den Namen höre, läutet ein Glöckchen, aber ich habe keine Ahnung, warum.«

»Genau das ist es. Ich weiß es nicht«, sagte Sam.

»Nun, morgen haben wir geschlossen, aber Mr. Price wird Montagnachmittag und Montagabend hier sein«, sagte er. »Vielleicht kann er Ihnen sagen, was Sie wissen wollen.«

Sam nickte. »Ich glaube, ich komme und frage nach ihm. Bis dann – und nochmals danke.«

»Wir sind da, um zu helfen, wenn wir können«, sagte Tom. »Ich wünschte nur, wir hätten Ihnen mehr helfen können, Mr. Peebles.«

»Ich auch«, sagte Sam.

4

Er riß sich zusammen, bis er beim Auto war, und als er die Fahrertür aufschloß, schienen sämtliche Muskeln in Beinen und Unterleib abzusterben. Er mußte sich mit einer Hand auf dem Autodach abstützen, damit er nicht stürzte, während er die Tür aufmachte. Er stieg nicht einfach ein; er brach förmlich hinter dem Lenkrad zusammen, saß dann schwer atmend da und fragte sich erschrocken, ob er ohnmächtig werden würde.

Was geht hier vor? Ich komme mir vor wie eine Figur in dieser alten Fernsehserie von Rod Serling. »*Zu Ihrer Begutachtung herbeigeholt, ein gewisser Sam Peebles, ehemals Bewohner von Junction City, verkauft heute Grundstücke und Lebensversicherungen in . . . der Twilight Zone.*«

Ja, genau so war es. Aber im Fernsehen zu sehen, wie Menschen mit unerklärlichen Ereignissen fertig wurden, machte irgendwie Spaß. Sam mußte feststellen, daß das Unerklärliche seine Faszination ziemlich verlor, wenn man *selbst* damit konfrontiert wurde.

Er sah über die Straße zur Bibliothek, wo Leute im sanften Schein der Droschkenlampen kamen und gingen. Die alte Dame mit den Kriminalromanen ging die Straße hinunter, wahrscheinlich zu ihrer Bridge-Partie.

Zwei Mädchen kamen lachend und schwatzend die Treppe herunter und drückten Bücher an ihre knospenden Brüste. Alles sah völlig normal aus . . . und das war es selbstverständlich auch. Die *abnorme* Bibliothek war die, die er vor einer Woche betreten hatte. Er vermutete, daß ihm die Absonderlichkeiten nur deshalb nicht aufgefallen waren, weil er in Gedanken nur mit seiner verdammten Rede beschäftigt gewesen war.

Denk nicht daran, befahl er sich, vermutete aber, daß sein Verstand schlicht und einfach nicht auf diesen Befehl reagieren würde.

Mach es wie Scarlett O'Hara und denk morgen darüber nach. Wenn die Sonne scheint, wird alles viel logischer erscheinen.

Er legte den Gang ein und dachte den ganzen Heimweg darüber nach.

KAPITEL SIEBEN

NÄCHTLICHE SCHRECKEN

1

Als erstes, nachdem er eingetreten war, überprüfte er den Anrufbeantworter. Sein Herz schlug schneller, als er das NACHRICHT EMPFANGEN-Lämpchen leuchten sah.

Ich wette, sie ist es. Ich weiß nicht, wer sie wirklich ist, aber langsam glaube ich, sie wird erst zufrieden sein, wenn sie mich völlig meschugge gemacht hat.

Dann hör es einfach nicht ab, sagte ein anderer Teil seines Verstands, und jetzt war Sam so verwirrt, daß er nicht entscheiden konnte, ob das ein vernünftiger Einfall war oder nicht. Er *schien* vernünftig zu sein, aber auch ein wenig feige. Im Grunde genommen . . .

Er bemerkte, daß er schweißüberströmt dastand, Fingernägel kaute und plötzlich grunzte – ein leiser, verzweifelter Laut.

Von der vierten Klasse in die Klapsmühle, dachte er. *Aber der Teufel soll mich holen, wenn das so laufen wird, Teuerste.*

Er drückte auf den Knopf.

»Hi!« sagte die whiskyrauhe Stimme eines Mannes. »Mr. Peebles, hier spricht Joseph Randowski. Mein Künstlername ist Amazing Joe. Ich wollte mich nur bedanken, daß Sie für mich beim Treffen der Kiwanis eingesprungen sind, oder was es war. Ich wollte Ihnen mitteilen, daß es mir schon viel besser geht – mein Hals war nur verrenkt, nicht gebrochen, wie sie zuerst gedacht haben. Ich schicke Ihnen einen ganzen Stapel Freikarten für die Vorstellung. Verteilen Sie sie an Ihre Freunde. Geben Sie gut auf sich acht. Nochmals danke. Tschüs.«

Das Band hielt an. Das ALLE NACHRICHTEN ABGE-SPIELT-Lämpchen leuchtete auf. Sam schnaubte verächtlich über seine Nervosität – falls Ardelia Lortz wollte, daß er vor seinem eigenen Schatten Angst bekam, hatte sie ge-

nau erreicht, was sie wollte. Er drückte den Rücklauf-
knopf, und dabei kam ihm ein neuer Gedanke. Das Band
zurückzuspulen, auf dem die Nachrichten waren, entsprach seiner Gewohnheit, und das bedeutete, daß die alten Nachrichten unter den neuen verschwanden. Die
Nachricht von Amazing Joe hatte die frühere von Ardelia
gelöscht. Jetzt war sein einziger Beweis fort, daß die Frau
tatsächlich existierte.

Aber das stimmte nicht, oder? Er hatte seinen Bibliotheksausweis. Er hatte vor diesem gottverdammten Ausgabeschalter gestanden und ihr zugesehen, wie sie seinen
Namen mit großen, geschwungenen Buchstaben geschrieben hatte.

Sam holte die Brieftasche heraus und wühlte sie dreimal durch, bis er sich eingestand, daß auch der Bibliotheksausweis nicht mehr da war. Und er wußte auch
warum. Er konnte sich vage daran erinnern, wie er ihn in
den Umschlag von *Best Loved Poems of the American People*
gesteckt hatte.

Zur Sicherheit.

Damit er ihn nicht verlor.

Prima. Echt prima.

Sam setzte sich aufs Sofa und stützte die Stirn auf die
Hände. Er bekam Kopfschmerzen.

2

Fünfzehn Minuten später machte er eine Suppendose auf
dem Herd warm, in der Hoffnung, etwas Warmes würde
die Kopfschmerzen beseitigen, als er wieder an Naomi
denken mußte – Naomi, die der Frau auf Dirty Daves Plakat so ähnlich sah. Die Frage, ob Naomi unter dem Namen
Sarah ein geheimes Leben führte, war gegenüber etwas,
das zumindest momentan ungleich wichtiger erschien, in
den Hintergrund getreten: Naomi hatte gewußt, wer Ardelia Lortz war. Aber ihre Reaktion auf den Namen . . .
die war etwas seltsam gewesen, oder nicht? Einen oder

zwei Augenblicke war sie erschrocken gewesen, dann wollte sie einen Witz machen, dann hatte das Telefon geläutet, es war Burt Iverson gewesen und . . .

Sam versuchte, die Unterhaltung im Geiste durchzuspielen, und stellte mißfällig fest, an wie wenig er sich erinnern konnte. Naomi hatte gesagt, daß Ardelia merkwürdig war, so weit, so gut; diesbezüglich war er sicher, aber sonst nicht. Damals schien es nicht weiter wichtig zu sein. Wichtig war gewesen, daß seine berufliche Laufbahn einen Quantensprung nach vorne gemacht hatte. Und das war immer noch wichtig, schien jedoch gegenüber dieser anderen Sache zur Zwergenhaftigkeit zu schrumpfen. In Wahrheit schien dagegen *alles* zur Zwergenhaftigkeit zu schrumpfen. Seine Gedanken kreisten immer wieder um diese moderne, greifbare Schwebedecke und die niedrigen Regale. Er glaubte nicht, daß er übergeschnappt war, ganz und gar nicht, aber er dachte allmählich, wenn er diese Sache nicht in die Reihe bekam, könnte er es *werden*. Es war, als hätte er mitten in seinem Kopf ein Loch entdeckt – so tief, daß man etwas hineinwerfen konnte und nicht hörte, wann es unten platschte, wie groß die Gegenstände auch sein mochten und wie lange man mit gespitzten Ohren auf das Geräusch wartete. Er ging davon aus, daß das Gefühl vorübergehen würde – vielleicht –, aber vorläufig war es gräßlich.

Er drehte den Brenner unter der Suppe auf niederste Stufe, ging ins Arbeitszimmer und schlug Naomis Telefonnummer nach. Es läutete dreimal, dann sagte eine brüchige, ältere Stimme: »Wer ist da, bitte?« Sam erkannte die Stimme sofort, obwohl er die Person seit fast zwei Jahren nicht mehr persönlich gesehen hatte. Es war Naomis Ruine von einer Mutter.

»Hallo, Mrs. Higgins«, sagte er. »Hier spricht Sam Peebles.«

Er hielt inne und wartete, daß sie *Oh, hallo Sam* oder vielleicht *Wie geht es Ihnen?* sagen würde, aber er hörte nur das keuchende Emphysem-Atmen von Mrs. Higgins. Sam hatte nie zu ihren Lieblingen gehört, und es sah nicht so aus, als wäre sie ihm nach der längeren Abwesenheit milder gesonnen.

Da sie nicht fragte, überlegte Sam, daß er es tun könnte. »Wie geht es Ihnen, Mrs. Higgins?«

»Ich habe gute Tage und schlechte.«

Einen Moment war Sam ratlos. Das war eine der Bemerkungen, auf die es keine passende Antwort zu geben schien. *Tut mir leid, das zu hören* wäre unpassend, aber *Großartig, Mrs. Higgins!* wäre noch schlimmer.

Er begnügte sich mit der Frage, ob er Naomi sprechen könnte.

»Die ist heute abend ausgegangen. Ich weiß nicht, wann sie zurückkommt.«

»Könnten Sie sie bitten, mich zurückzurufen?«

»Ich gehe zu Bett. Und verlangen Sie nicht von mir, ihr einen Zettel zu schreiben. Meine Arthritis ist ziemlich schlimm.«

Sam seufzte. »Ich ruf morgen noch mal an.«

»Morgen früh sind wir in der Kirche«, verkündete Mrs. Higgins mit derselben tonlosen, abweisenden Stimme, »und morgen nachmittag findet das erste Jugendpicknick der Baptisten dieses Jahr statt. Naomi hat versprochen, daß sie helfen wird.«

Sam beschloß, die Sache abzublasen. Es war deutlich, daß Mrs. Higgins beschlossen hatte, nicht viel mehr als Name, Dienstgrad und Dienstausweisnummer preiszugeben. Er wollte sich schon verabschieden, doch dann überlegte er es sich anders. »Mrs. Higgins, sagt Ihnen der Name Lortz etwas? Ardelia Lortz?«

Das gequälte Pfeifen ihres Atems verstummte mitten im Keuchen. Einen Augenblick herrschte völlige Stille in der Leitung, dann fuhr Mrs. Higgins mit leiser, tückischer Stimme fort. »Wie lange werdet ihr gottlosen Heiden uns diese Frau noch vorhalten? Finden Sie das *komisch*? Finden Sie das *geistreich*?«

»Mrs. Higgins, Sie verstehen nicht. Ich wollte doch nur wissen . . .«

Ein heftiges Klicken ertönte in seinem Ohr. Es hörte sich

an, als hätte Mrs. Higgins einen kleinen trockenen Zweig über dem Knie gebrochen. Dann wurde die Verbindung unterbrochen.

3

Sam aß seine Suppe, danach versuchte er eine halbe Stunde lang fernzusehen. Es ging nicht. Seine Gedanken schweiften immer wieder ab. Das konnte mit der Frau auf dem Plakat von Dirty Dave anfangen oder mit dem schlammigen Fußabdruck auf dem Schutzumschlag von *Best Loved Poems of the American People* oder mit dem entfernten Plakat von Rotkäppchen. Doch wo es auch anfing, es führte immer wieder zur selben Stelle: zu dieser völlig anders konstruierten Decke im Hauptlesesaal der öffentlichen Bibliothek von Junction City.

Schließlich gab er auf und kroch ins Bett. Es war einer seiner schlimmsten Samstage seit Gedenken, möglicherweise der schlimmste Samstag seines Lebens. Jetzt wollte er nur noch eine möglichst schnelle Reise ins Land traumloser Bewußtlosigkeit.

Aber der Schlaf kam nicht.

Statt dessen kamen die Schrecken.

An erster Stelle die Angst, daß er den Verstand verlor. Sam war nie klar gewesen, wie schrecklich diese Vorstellung sein konnte. Er hatte Filme gesehen, in denen ein Typ zum Psychiater ging und sagte: »Ich glaube, ich verliere den Verstand, Doc«, während er sich dramatisch den Kopf hielt. Sam stellte fest, daß er den Beginn geistiger Unausgeglichenheit mit Excedrin-Kopfschmerzen gleichsetzte. Aber es war ganz anders, wurde ihm klar, während sich die langen Stunden dahinzogen und der 7. April allmählich zum 8. wurde. Es war eher so, als würde man nach unten greifen, um sich an den Eiern zu kratzen, und dort eine gewaltige Schwellung vorfinden – eine Schwellung, bei der es sich wahrscheinlich um einen irgendwie gearteten Tumor handelte.

Die Bibliothek *konnte* sich in nur einer Woche nicht so radikal verändert haben. Er *konnte* die Oberlichter nicht vom Lesesaal aus gesehen haben. Das Mädchen Cynthia Berrigan hatte gesagt, daß sie zugenagelt waren, und zwar schon seit sie vor über einem Jahr eingestellt worden war. Dies mußte eine Art Nervenzusammenbruch sein. Oder ein Gehirntumor. Oder wie wäre es mit der Alzheimerschen Krankheit? *Das* war ein angenehmer Gedanke. Er hatte irgendwo gelesen – wahrscheinlich in *Newsweek* –, daß die Opfer der Alzheimerschen Krankheit immer jünger wurden. Vielleicht war der ganze Zwischenfall ein Anzeichen für schleichende, vorzeitige Senilität.

Eine unangenehme Reklametafel füllte sein Denken aus, eine Reklametafel, auf der drei Worte mit fettigen, wie rote Lakritze gefärbten Buchstaben geschrieben standen. Diese Worte lauteten:

ICH VERLIERE MEINEN VERSTAND.

Er hatte ein gewöhnliches Leben voll gewöhnlicher Freuden und gewöhnlicher Sorgen gelebt; ein ziemlich unscheinbares Leben. Sicher, er hatte seinen Namen nie in den Schlagzeilen gesehen, aber er hatte auch noch nie Grund gehabt, an seiner geistigen Gesundheit zu zweifeln. Und nun lag er in seinem zerwühlten Bett und fragte sich, ob man so seinen Abschied aus der wirklichen, vernünftigen Welt nahm. Ob es so anfing, wenn man

DEN VERSTAND VERLOR.

Der Gedanke, der Engel des Obdachlosenasyls von Junction City könnte Naomi sein– Naomi mit einem Pseudonym –, war ebenfalls ein irrsinniger Einfall. Das konnte einfach nicht sein . . . oder doch? Er fing sogar an, den plötzlichen Aufschwung seines Geschäfts in Zweifel zu ziehen. Vielleicht hatte er Halluzinationen gehabt und sich die ganze Sache nur eingebildet.

Gegen Mitternacht schweiften seine Gedanken zu Ardelia Lortz ab, und da wurde es dann echt schlimm. Er dachte, wie schrecklich es wäre, wenn Ardelia sich in seinem Schrank verstecken würde oder gar unter seinem Bett. Er sah sie vor sich, wie sie im Dunkeln heimlich und glücklich grinste und das Gesicht zu einer unheimlichen furchteinflößenden Maske verzerrte. Er stellte sich vor, wie seine Knochen sich in Gallerte verwandeln würden, wenn sie anfing, ihm etwas zuzuflüstern.

Sie haben die Bücher verloren, Sam, also muß der Bibliothekspolizist kommen . . . Sie haben die Bücher verloren . . . Sie haben sie verlooooooren . . .

Schließlich, gegen halb eins, hielt Sam es nicht mehr aus. Er setzte sich auf und tastete in der Dunkelheit nach dem Nachttischlämpchen. Und dabei überkam ihn ein neues Hirngespinst, so lebensecht, daß es beinahe an Gewißheit grenzte: Er war nicht allein in seinem Schlafzimmer, aber der Besucher war nicht Ardelia Lortz. O nein. Sein Besucher war der Bibliothekspolizist von dem Plakat, das nicht mehr in der Kinderbibliothek hing. Er stand hier im Dunkeln, ein großer, blasser Mann im Trenchcoat, ein Mann mit pickeliger Gesichtshaut und einer weißen, gezackten Narbe auf der linken Wange, unter dem linken Auge und über dem Nasenrücken. Diese Narbe hatte Sam auf dem Gesicht des Plakats nicht gesehen, aber nur deshalb nicht, weil der Künstler sie nicht abgebildet hatte. Trotzdem war sie da. Sam wußte, daß sie da war.

Mit den Büsssen hassst du dich geirrt, würde der Bibliothekspolizist mit seiner leisen Lispelstimme sagen. *Es wachssen Büssse an den Sseiten. Viele Büssse. Und wir werden sssie erforsssen. Wir werden sie gemeinsam erforsssen.*

Nein! Aufhören! Bitte . . . AUFHÖREN!

Als seine zitternde Hand schließlich das Lämpchen ertastet hatte, quietschte eine Bodendiele im Zimmer, worauf Sam einen atemlosen leisen Schrei ausstieß. Er verkrampfte die Hand um den Schalter. Das Licht ging an. Einen Augenblick glaubte er den großen Mann sage und schreibe zu *sehen*, doch dann merkte er, daß es nur ein

Schatten war, der an die Wand neben die Kommode geworfen wurde.

Sam schwenkte die Füße aus dem Bett und verbarg das Gesicht einen Moment in den Händen. Dann griff er nach der Packung Kent auf dem Nachttisch.

»Du mußt dich zusammenreißen«, murmelte er. »Verdammt, was hast du dir gedacht?«

Ich weiß nicht, antwortete die Stimme in ihm wie aus der Pistole geschossen. *Und überhaupt will ich es gar nicht wissen. Nie. Das mit den Büschen ist schon lange her. Ich muß mich nie wieder an die Büsche erinnern. Oder an den Geschmack. Diesen süßlichen, süßlichen Geschmack.*

Er zündete eine Zigarette an und inhalierte tief.

Das Schlimmste war: Nächstesmal *sah* er den Mann im Trenchcoat vielleicht wirklich. Oder Ardelia. Oder Gorgo, Hochkaiser von Pellucidar. Denn wenn es ihm gelungen war, eine lückenlose Halluzination wie den Besuch in der Bibliothek und seine Begegnung mit Ardelia Lortz zu erschaffen, konnte er *alles* halluzinieren. Wenn man anfing, über Oberlichter nachzudenken, die gar nicht da waren, und Menschen, die gar nicht da waren, schien alles möglich. Wie konnte man einer Rebellion im eigenen *Verstand* Herr werden?

Er ging in die Küche hinunter, schaltete auf dem Weg alle Lichter ein und widersetzte sich dem Impuls, über die Schulter zu schauen, ob ihm jemand nachgeschlichen kam. Zum Beispiel ein Mann mit einer Marke in der Hand. Er überlegte sich, daß er wahrscheinlich eine Schlaftablette brauchte, aber da er keine hatte – nicht einmal eines der rezeptfreien Mittel wie Sominex –, würde er eben improvisieren müssen. Er schüttete Milch in einen Topf, machte sie heiß, schenkte sie in eine Kaffeetasse und fügte einen kräftigen Schuß Weinbrand hinzu. Auch das hatte er im Kino gesehen. Er kostete, verzog das Gesicht, schüttete das garstige Getränk fast in den Ausguß, sah dann aber auf die Uhr an der Mikrowelle. Viertel vor ein Uhr morgens. Es war noch lange bis zur Dämmerung, zuviel Zeit, sich über Ardelia Lortz und den Bibliothekspolizisten Gedanken zu machen, die mit zwischen die Zähne geklemmten Messern die Treppe heraufgeschlichen kommen mochten.

Oder mit Pfeilen, dachte er. *Mit langen, schwarzen Pfeilen. Ardelia und der Bibliothekspolizist kommen die Treppe heraufgeschlichen und haben lange, schwarze Pfeile zwischen die Zähne geklemmt. Wie sieht diese Vorstellung aus, Freunde und Nachbarn?*

Pfeile?

Warum Pfeile?

Er wollte nicht darüber nachdenken. Er hatte die Gedanken satt, die wie gräßliche, stinkende Frisbees aus der bislang unvermuteten Dunkelheit in seinem Inneren angezischt kamen.

Ich will nicht darüber nachdenken. Ich werde nicht darüber nachdenken.

Er trank seine Weinbrandmilch aus und ging wieder ins Bett.

4

Er ließ das Nachttischlämpchen an, was ihn etwas beruhigte. Er fing langsam an zu glauben, daß er irgendwann einmal vor dem Hitzetod des Universums einschlafen würde. Er zog die Bettdecke bis zum Kinn, verschränkte die Arme hinter dem Kopf und sah zur Decke.

Ein TEIL muß wirklich passiert sein, dachte er. *Es kann nicht ALLES eine Halluzination gewesen sein ... es sei denn, dies gehört auch dazu und ich bin wirklich in einer Gummizelle drüben in Cedar Rapids, habe eine Zwangsjacke an und stelle mir vor, daß ich hier in meinem eigenen Bett liege.*

Er *hatte* seine Rede gehalten. Er *hatte* die Witze aus dem *Speaker's Companion* und Spencer Michael Frees Gedicht aus *Best Loved Poems of the American People* benützt. Und da er keines der beiden Bücher in seiner eigenen bescheidenen Sammlung hatte, mußte er sie aus der Bibliothek geholt haben. Naomi hatte Ardelia Lortz gekannt – jedenfalls ihren Namen –, und Naomis Mutter ebenfalls. Und wie! Es war, als hätte er einen Kracher unter ihrem Rollstuhl hochgehen lassen.

Ich kann mich umhören, dachte er. *Wenn Mrs. Higgins den Namen kennt, werden ihn auch andere kennen. Keine Studenten vom Chapelton, vielleicht, aber Leute, die schon lange in Junction City sind. Vielleicht Frank Stephens. Oder Dirty Dave . . .*

An dieser Stelle döste Sam schließlich ein. Er überquerte die fast nahtlose Grenze zwischen Wachsein und Schlafen, ohne es zu bemerken; seine Gedanken hörten nicht auf, sondern krümmten sich vielmehr zu noch seltsameren und phantastischeren Gebilden. Die Gebilde wurden zu einem Traum. Und der Traum wurde zum Alptraum.

Er war wieder in Angle Street, die drei Männer saßen auf der Veranda und mühten sich mit ihren Plakaten ab. Er fragte Dirty Dave, was er machte.

Och, nur die Zeit totschlagen, sagte Dave und drehte dann schüchtern das Plakat herum, damit Sam es sehen konnte.

Es war ein Bild vom Einfaltspinsel. Dieser war über offenem Feuer auf einem Pfahl aufgespießt. Mit einer Hand umklammerte er einen großen Klumpen schmelzender roter Lakritze. Seine Kleidung brannte, aber er lebte noch.

Er schrie.

Über diesem gräßlichen Bild standen die Worte:

KINDERESSEN IN DEN BÜSCHEN DER
ÖFFENTLICHEN BIBLIOTHEK
ZUGUNSTEN DES FONDS DER BIBLIOTHEKSPOLIZEI
MITTERNACHT BIS ZWEI UHR
ZAHLREICHES ERSCHEINEN ERWÜNSCHT
»DAS SIND LECKERSCHMECKER!«

Dave, das ist furchtbar, sagte Sam in dem Traum.

Überhaupt nicht, entgegnete Dirty Dave. *Die Kinder nennen ihn Einfaltspinsel. Sie essen ihn gern. Ich finde das ganz normal, Sie nicht?*

Seht doch! schrie Rudolph. *Seht doch, es ist Sarah!*

Sam sah auf und erblickte Naomi, die über das müll-
übersäte, unkrautbewachsene Grundstück zwischen Angle Street und der Wiederaufbereitungsanlage ging. Sie
ging ganz langsam, weil sie einen Einkaufswagen voll mit
Ausgaben von *Speaker's Companion* und *Best Loved Poems
of the American People* schob. Hinter ihr ging die Sonne mit
einem düsteren Ofenlodern roten Lichts unter, und auf
den Gleisen donnerte langsam ein langer Güterzug dahin,
der in die Einsamkeit des westlichen Iowa fuhr. Er bestand aus mindestens dreißig Waggons, und jeder Wag-
gon war schwarz. Krepppapier flatterte in den Fenstern.
Es war ein Begräbniszug, wurde Sam klar.

Sam drehte sich wieder zu Dirty Dave um und sagte: *Sie
heißt nicht Sarah. Das ist Naomi. Naomi Higgins aus Proverbia.*

Überhaupt nicht, sagte Dirty Dave. *Da kommt der Tod, Mr.
Peebles. Der Tod ist eine Frau.*

Da fing Lukey an zu wimmern. Im Ausmaß seines Entsetzens hörte er sich wie ein menschliches Schwein an. *Sie
hat Slim Jims! O mein Gott, sie hat alle verdammten Slim Jims!*

Sam drehte sich um, um festzustellen, wovon Lukey
sprach. Die Frau war nähergekommen, aber es war nicht
mehr Naomi.

Es war Ardelia.

Sie hatte einen Trenchcoat von der Farbe winterlicher
Sturmwolken an. In dem Einkaufswagen befanden sich
keine Slim Jims, wie Lukey behauptet hatte, sondern Tausende ineinander verschlungener roter Lakritzeschlan-
gen. Vor Sams Augen riß Ardelia ganze Hände voll hoch
und steckte sie sich in den Mund. Sie hatte kein Gebiß
mehr im Mund; ihre Zähne waren lang und verfärbt. Sam
fand, daß sie wie Vampirzähne aussahen, spitz und
schrecklich kräftig. Sie verzerrte das Gesicht und biß auf
einen Mundvoll Süßigkeiten. Hellrotes Blut spritzte heraus, spritzte als rosa Wolke in den Sonnenuntergang und
troff ihr vom Kinn. Mehrere Stücke Lakritze fielen immer
noch blutend zu Boden.

Sie hob die Hände, die zu gekrümmten Klauen geworden waren.

»*Siiiee haben die BÜÜÜÜÜÜÜÜÜCHER verlooooooren!*«
schrie sie Sam an und lief ihm entgegen.

5

Sam erwachte mit einem atemlosen Ruck. Er hatte die
Bettdecke herausgezogen und kauerte als verschwitzter
Ball am Fußende des Betts darunter. Draußen lugte das erste spärliche Licht des neuen Tages unter den heruntergelassenen Jalousien herein. Die Uhr auf dem Nachttisch
zeigte 5 Uhr 53.

Er stand auf, spürte die kühle Schlafzimmerluft auf der
Haut, ging ins Bad und urinierte. Er hatte vage Kopfschmerzen, entweder als Folge der nächtlichen Dosis
Weinbrand oder durch die Belastung des Traums. Er
machte das Medizinschränkchen auf, nahm zwei Aspirin
und schlurfte wieder zum Bett zurück. Er zog die Decke so
gut er konnte hoch und spürte die Überreste seines Alptraums in jeder feuchten Spalte des Tuchs. Er würde nicht
wieder einschlafen – das wußte er –, aber er konnte wenigstens still daliegen, bis sich der Alptraum verflüchtigte.

Als sein Kopf das Kissen berührte, wurde ihm plötzlich
klar, daß er noch etwas wußte, das so überraschend und
unerwartet kam wie seine Erkenntnis, daß die Frau auf
dem Plakat von Dirty Dave seine Teilzeitsekretärin war.
Auch diese neue Erkenntnis hatte mit Dirty Dave zu
tun . . . und mit Ardelia Lortz.

Es war im Traum, dachte er. *Dort habe ich es herausgefunden.*

Sam fiel in einen tiefen, natürlichen Schlaf. Er hatte
keine Träume mehr, und als er aufwachte, war es fast elf
Uhr. Kirchenglocken riefen die Gläubigen zum Gebet,
draußen war ein herrlicher Tag. Beim Anblick des Sonnenscheins auf dem frischen neuen Gras ging es ihm mehr
als gut; er fühlte sich fast wie neugeboren.

KAPITEL ACHT

ANGLE STREET (II)

1

Er machte sich Frühstück – Orangensaft, ein Omelett aus drei Eiern mit einer Ladung grüner Zwiebeln, starken Kaffee – und überlegte, ob er in die Angle Street zurückkehren sollte. Er konnte sich noch an den Augenblick der Erleuchtung erinnern, den er während der kurzen Periode des Wachseins gehabt hatte, und war überzeugt, daß die Einsicht richtig war, fragte sich aber, ob er diese verrückte Angelegenheit wirklich noch weiter treiben wollte.

Im hellen Licht des Frühlingsmorgens schienen seine Ängste der vergangenen Nacht fern und absurd zugleich zu sein, und er verspürte die ausgeprägte Verlockung – fast ein Bedürfnis –, die Sache einfach auf sich beruhen zu lassen. Er dachte, daß etwas mit ihm geschehen war, wofür er keine vernünftige, rationale Erklärung hatte. Die Frage lautete: Was nun?

Er hatte von solchen Sachen gelesen, von Gespenstern und Vorahnungen und Besessenheit, aber sie waren nur von geringem Interesse für ihn gewesen. Ab und zu sah er gerne einmal einen Gruselfilm an, aber weiter reichte es nicht. Er war ein praktischer Mensch und sah keinen praktischen Nutzen in paranormalen Vorfällen ... wenn sie tatsächlich stattfanden. Er hatte etwas erlebt ... nun, man konnte es in Ermangelung eines besseren Wortes ein *Erlebnis* nennen. Jetzt war das Erlebnis vorbei. Warum sollte man es nicht dabei belassen?

Weil sie gesagt hat, daß sie die Bücher bis morgen wiederhaben will.

Aber jetzt schien das keine Macht mehr über ihn zu haben. Trotz der Nachrichten, die sie auf seinem Anrufbeantworter hinterlassen hatte, glaubte Sam nicht mehr so richtig an Ardelia Lortz.

Dagegen interessierte ihn seine eigene Reaktion auf das Geschehene *sehr*. Er erinnerte sich an eine Biologiestunde am College. Der Lehrer hatte als Eröffnung betont, daß der menschliche Körper eine überaus wirkungsvolle Methode hatte, mit eingedrungenen Fremdorganismen fertig zu werden. Soweit Sam sich erinnern konnte, hatte der Lehrer gesagt, weil schlechte Nachrichten – Krebs, Grippe, durch Geschlechtsverkehr übertragene Krankheiten wie Syphilis – immer in die Schlagzeilen kamen, glaubten die Leute, sie wären viel anfälliger für Krankheiten, als dies in Wirklichkeit der Fall war. »Der menschliche Körper«, hatte der Lehrer gesagt, »hat seine eigene Spezialtruppe zur Verfügung. Wenn der menschliche Körper von etwas Außenstehendem angegriffen wird, meine Damen und Herren, ist die Reaktion dieser Truppe schnell und unbarmherzig. Es wird kein Pardon gegeben. Ohne diese Armee ausgebildeter Killer wären Sie alle vor Erreichen des ersten Lebensjahres schon zwanzigmal gestorben.«

Die erste Technik, derer sich der Körper bediente, um Eindringlinge loszuwerden, war Isolation. Die Eindringlinge wurden zuerst umzingelt und von den Nährstoffen abgeschnitten, die sie zum Überleben brauchten, und dann wurden sie entweder aufgefressen, geschlagen oder ausgehungert. Jetzt fand Sam heraus – glaubte er zumindest –, daß der Verstand genau dieselben Techniken anwandte, wenn er angegriffen wurde. Er konnte sich erinnern, wie oft er geglaubt hatte, er würde eine Erkältung bekommen, doch als er am nächsten Morgen aufwachte, war es ihm prächtig gegangen. Der Körper hatte seine Arbeit getan. Während er schlief, war ein erbitterter Krieg losgebrochen, und die Invasoren waren bis zum letzten Mann – oder Bazillus – ausgerottet worden. Sie waren aufgefressen, geschlagen oder ausgehungert worden.

Letzte Nacht hatte er das Äquivalent einer aufziehenden Erkältung gehabt. Heute morgen war der Eindringling, die Bedrohung für seine klaren, rationalen Wahrnehmungen, umzingelt worden. Von seinen Nährstoffen abgeschnitten. Jetzt war es nur noch eine Frage der Zeit. Und ein Teil von ihm warnte den anderen Teil, daß er dem Feind Nahrung zuführen konnte, wenn er die Angelegenheit weiter verfolgte.

So geht das, dachte er. *Darum ist die Welt nicht voll von Meldungen über seltsame Vorkommnisse und unerklärliche Phänomene. Der Verstand erlebt sie . . . wirbelt eine Zeitlang durcheinander . . . und geht dann zum Gegenangriff über.*

Aber er war neugierig. Das war das Entscheidende. Und sagte man nicht, daß Neugier der Katze Tod war, Befriedigung das Biest aber zurückbrachte?

Wer? Wer sagt das?

Er wußte es nicht . . . ging aber davon aus, daß er es herausfinden konnte. Sam lächelte verhalten, während er das Geschirr zum Spülbecken trug. Und stellte fest, daß er seine Entscheidung bereits getroffen hatte: Er *würde* diese verrückte Angelegenheit noch ein kleines bißchen weiter verfolgen.

Nur ein kleines bißchen.

2

Sam traf gegen halb eins wieder in der Angle Street ein. Es überraschte ihn nicht sehr, Naomis blauen Datsun in der Einfahrt parken zu sehen. Sam parkte dahinter, stieg aus, ging die baufällige Treppe hinauf und an dem Schild vorbei, das ihm befahl, jedwede Fuselflasche, die er bei sich haben könnte, hier in den Mülleimer zu werfen. Er klopfte, bekam aber keine Antwort. Er stieß die Tür auf und erblickte eine nüchterne Diele, die nicht möbliert war . . . wenn man den Münzfernsprecher auf halber Strecke nicht mitzählte. Die Tapete war sauber, aber verblaßt. Sam sah eine Stelle, wo sie mit Tesaband geklebt worden war.

»Hallo?«

Keine Antwort. Er trat ein, wobei er sich wie ein Eindringling vorkam, und ging den Flur entlang. Die erste

Tür links führte in den Gemeinschaftsraum. An diese Tür waren zwei Schilder getackert worden.

ZUTRITT NUR FÜR FREUNDE DES HAUSES!

lautete das obere. Darunter war noch eins, das Sam durch und durch sinnvoll und zugleich unsagbar dumm vorkam. Es lautete:

ZEIT KOSTET ZEIT.

Der Gemeinschaftsraum war mit verschiedenen Sesseln, die nicht zusammenpaßten, und einem langen Sofa möbliert, das ebenfalls mit Klebeband geflickt worden war – diesmal mit Isolierband. An einer Wand hingen weitere Sinnsprüche. Auf einem kleinen Tisch beim Fernseher stand eine Kaffeemaschine. Kaffeemaschine und Fernseher waren ausgeschaltet.

Sam ging an den Stühlen vorbei den Flur entlang und fühlte sich mehr denn je wie ein Eindringling. Er sah in drei andere Zimmer, die vom Flur wegführten. In jedem standen zwei schmucklose Kojen, alle waren unbewohnt. Die Zimmer waren makellos sauber, erzählten aber dennoch ihre Geschichten. Eines roch nach Musterole. Eine anderes roch unangenehm nach einer schweren Krankheit. *Entweder ist in diesem Zimmer vor kurzem jemand gestorben,* dachte Sam, *oder jemand wird bald sterben.*

Die ebenfalls menschenleere Küche lag am anderen Ende des Flurs. Es war ein großes, sonniges Zimmer mit einem verblichenen Linoleumboden, der unebenmäßige Berge und Täler bildete. Ein gigantischer Herd, eine Holz-Gas-Kombination, nahm einen Alkoven ein. Das Spülbekken war alt und tief, das Emaille von rostigen Flecken besudelt. An den Wasserhähnen befanden sich altmodische Propellergriffe. Neben der Vorratskammer standen eine vorsintflutliche Waschmaschine Marke Maytag und ein gasbetriebener Trockner Marke Kenmore. Die Luft roch schwach nach den gebackenen Bohnen des Vorabends.

Das Zimmer gefiel Sam. Es erzählte ihm von Pfennigen, die herumgedreht worden waren, bis sie schrien, aber es erzählte auch von Liebe und Fürsorge und sauer verdientem Glück. Es erinnerte ihn an die Küche seiner Großmutter, und die war ein guter Aufenthaltsort gewesen. Ein sicherer Aufenthaltsort.

Auf dem alten riesigen Amana-Kühlschrank befanden sich eine Magnetplakette, auf der stand:

GOTT SCHÜTZE UNSER ALKOHOLFREIES HEIM.

Sam hörte leise Stimmen draußen. Er durchquerte die Küche und sah zu einem der Fenster hinaus, das hochgeschoben worden war, damit soviel des milden Frühlingstages hereinkam, wie die sanfte Brise hereinlocken konnte.

Der Rasen im Garten von Angle Street zeigte die ersten Spuren von Grün; im hinteren Teil des Gartens warteten ein schmaler Ring gerade knospender Bäume und ein müßiger Gemüsegarten auf wärmere Tage. Links hing ein Volleyballnetz im sanften Bogen durch. Rechts befanden sich zwei Hufeisenwurfmulden, in denen gerade erstes Unkraut sproß. Es war kein ansprechender Garten – was um diese Jahreszeit kaum einer war –, aber Sam sah, daß er, seit der Schnee seinen winterlichen Griff gelockert hatte, mindestens einmal gerecht worden war, und es war keine Spur Ruß zu sehen, obwohl er den stählernen Glanz der Eisenbahnschienen keine fünfzig Schritte vom Garten entfernt sehen konnte. Die Bewohner von Angle Street hatten vielleicht nicht viel, um das sie sich kümmern konnten, aber um das, was sie hatten, kümmerten sie sich vorzüglich.

Etwa ein Dutzend Menschen saß auf Klappstühlen in einem ungefähren Kreis zwischen dem Volleyballnetz und den Hufeisenmulden. Sam erkannte Naomi, Dave, Lukey und Rudolph. Einen Augenblick später erkannte er auch Burt Iverson, den wohlhabendsten Anwalt von Junction City, und Elmer Baskin, den Banker, der seine Rede vor den Rotariern zwar nicht gehört, später aber nichtsdestotrotz angerufen und ihm gratuliert hatte. Eine Bö wehte die anheimeligen karierten Vorhänge des Fensters zurück, durch das Sam hinaussah. Sie zerzauste auch Elmers Haar. Elmer wandte das Gesicht der Sonne zu und lächelte. Sam rührte die schlichte Freude, die er nicht auf Elmers Gesicht sah, sondern *darin*. In diesem Augenblick war er nicht der reichste Banker einer Kleinstadt; er war der Inbegriff eines jeden Mannes, der je den Frühling nach einem langen, kalten Winter begrüßt hatte und froh war, noch am Leben, unversehrt und frei von Schmerzen zu sein.

Ein Gefühl des Unwirklichen kam über Sam. Es war seltsam genug, daß Naomi Higgins sich hier mit den obdachlosen Wermutbrüdern von Junction City abgab – noch dazu unter falschem Namen. Aber die Feststellung, daß der geachtetste Banker der Stadt und einer ihrer genialsten Rechtsverdreher auch hier waren, das war ein echter Hammer.

Ein Mann in zerschlissener grüner Hose und einem Sweatshirt mit der Aufschrift *Cincinnati Bengals* hob die Hand. Rudolph deutete auf ihn. »Mein Name ist John und ich bin Alkoholiker«, sagte der Mann im Bengals-Sweatshirt.

Sam wich hastig von dem Fenster zurück. Sein Gesicht war heiß. Jetzt kam er sich nicht nur wie ein Eindringling vor, sondern wie ein Spion. Er ging davon aus, daß sie ihre AA-Treffen Sonntag nachmittags für gewöhnlich im Gemeinschaftsraum abhielten – jedenfalls sprach die Kaffeekanne dafür –, aber heute war das Wetter so schön, daß sie die Stühle mit hinaus genommen hatten. Er wäre jede Wette eingegangen, daß es Naomis Vorschlag gewesen war.

Morgen früh sind wir in der Kirche, hatte Mrs. Higgins gesagt, *und morgen nachmittag findet das erste Jugendpicknick der Baptisten dieses Jahres statt. Naomi hat versprochen, daß sie helfen wird*. Er fragte sich, ob Mrs. Higgins wußte, daß ihre Tochter die Nachmittage mit den Anonymen Alkoholikern und nicht mit den Baptisten verbrachte. Er glaubte nun auch zu verstehen, warum Naomi so unvermittelt beschlossen hatte, zweimal mit Sam Peebles auszugehen, wäre genug. Damals hatte er religiöse Gründe vermutet, und Naomi hatte nie versucht, etwas anderes zu behaupten. Aber nach ihrer ersten Verabredung, ins Kino, hatte sie eingewilligt, wieder mit ihm auszugehen. Nach der *zweiten* Verabredung hatten sämtliche romantischen Interessen nachgelassen, die sie für ihn empfinden mochte. Scheinbar. Die zweite Verabredung war zum Essen gewesen. Und er hatte Wein bestellt.

Um Himmels willen – woher hätte ich wissen sollen, daß sie Alkoholikerin ist? Kann ich Gedanken lesen?

Die Antwort lautete selbstverständlich, er *hatte* es nicht wissen können – aber sein Gesicht wurde trotzdem noch heißer.

Oder vielleicht ist es nicht der Fusel . . . oder nicht nur *der Fusel. Vielleicht hat sie auch noch andere Probleme.*

Er fragte sich auch, was geschehen würde, wenn Burt Iverson und Elmer Baskin, beides mächtige Männer, je herausfanden, daß er wußte, sie gehörten zum größten Geheimbund der Welt. Möglicherweise gar nichts; er wußte zu wenig über die AA, um ganz sicher zu sein. Aber *zwei* Dinge wußte er: Das erste A stand für Anonym, und diese beiden Männer konnten seinen angekurbelten geschäftlichen Erfolg zerschmettern, wenn sie wollten.

Sam beschloß, so leise und schnell zu gehen, wie er konnte. Man sollte ihm zugute halten, daß er diese Entscheidung nicht aus eigennützigen Erwägungen traf. Die Menschen, die da draußen im Garten von Angle Street saßen, hatten ein gemeinsames, ernstes Problem. Das hatte er durch Zufall herausgefunden; er hatte nicht die Absicht, bewußt zu bleiben – und zu lauschen.

Als er wieder den Flur zurückging, sah er einen Stapel Notizpapier neben dem Münzfernsprecher liegen. Über dem Telefon war ein Bleistiftstummel mit einem kurzen Stück Schnur an der Wand befestigt. Einer Eingebung folgend, nahm er ein Blatt Papier und schrieb eine hastige Nachricht darauf.

Dave,
ich war heute vormittag hier, um mit Ihnen zu sprechen, aber es war niemand da. Ich möchte über eine Frau namens Ardelia Lortz mit Ihnen sprechen. Ich glaube, Sie kennen sie, und ich muß unbedingt mehr über sie erfahren. Könnten Sie mich heute nachmittag oder abend anrufen, wenn Sie eine Möglichkeit haben? Meine Nummer ist 555–8699. Vielen Dank.

Er unterschrieb, faltete das Blatt zusammen und schrieb Daves Namen auf eine Seite. Er überlegte kurz, ob er den Zettel in die Küche bringen und auf den Tisch legen sollte, aber niemand sollte sich Gedanken machen – am allerwenigsten Naomi –, daß er sie bei ihrem befremdlichen, aber möglicherweise hilfreichen Ritual beobachtet hatte. Statt dessen stellte er ihn auf den Fernseher im Gemeinschaftsraum, so daß Daves Name deutlich zu sehen war. Er überlegte sich, ob er einen Vierteldollar für den Anruf neben die Nachricht legen sollte, ließ es dann aber sein. Dave könnte es in den falschen Hals bekommen.

Danach ging er und war froh, als er unentdeckt wieder im Sonnenschein stand. Auf dem Weg zu seinem Auto sah er den Stoßstangenaufkleber auf Naomis Datsun.

DER MENSCH DENKT, GOTT LENKT

stand darauf.

»Lieber Gott als Ardelia«, murmelte Sam und stieß rückwärts aus der Einfahrt auf die Straße.

3

Am Spätnachmittag machte sich Sams unterbrochene Ruhe der vergangenen Nacht bemerkbar, und eine große Müdigkeit kam über ihn. Er schaltete den Fernseher ein, fand ein Freundschafts-Baseballspiel, Cincinnati gegen Boston, das sich langsam der achten Runde entgegenschleppte, legte sich aufs Sofa, um es sich anzusehen, und döste fast auf der Stelle ein. Das Telefon läutete, ehe er die Möglichkeit hatte, richtig tief zu schlafen, und Sam stand benommen und desorientiert auf, um abzunehmen.

»Hallo?«

»Sie sollten nicht über diese Frau sprechen«, sagte Dirty Dave ohne jedwede Einleitung. Seine Stimme zitterte am Rande der Beherrschung. »Sie sollten nicht einmal an sie *denken.*«

Wie lange werdet ihr gottlosen Heiden uns diese Frau noch vorhalten? Finden Sie das komisch? Finden Sie das geistreich?

Sams Müdigkeit war binnen eines einzigen Augenblicks verschwunden. »Dave, was hat es mit dieser Frau für eine *Bewandtnis*? Die Leute reagieren entweder, als wäre sie der Teufel persönlich, oder sie kennen sie gar nicht. Wer ist sie? Verflucht, was hat sie gemacht, daß alle derartig ausrasten?«

Es folgte eine längere Pause des Schweigens. Sam wartete ab, während ihm das Herz schwer in Brust und Hals schlug. Hätte er Daves Atmen nicht gehört, hätte er denken können, die Verbindung wäre unterbrochen.

»Mr. Peebles«, sagte er schließlich, »Sie waren im Lauf der Jahre wirklich eine große Hilfe für mich. Sie und ein paar andere haben mir geholfen, am Leben zu bleiben, als ich selbst nicht wußte, ob ich es will. Aber ich kann über dieses Miststück nicht sprechen. Ich kann nicht. Und wenn Sie wissen, was gut für Sie ist, dann sprechen Sie auch mit niemand über sie.«

»Soll das eine Drohung sein?«

»Nein!« sagte Dave. Er hörte sich mehr als überrascht an; er hörte sich schockiert an. »Nein – ich warne Sie nur, Mr. Peebles, wie ich Sie warnen würde, wenn ich Sie bei einem alten Brunnen herumlaufen sehen würde, dessen Öffnung unkrautüberwuchert und nicht zu sehen ist. Sprechen Sie nicht von ihr und denken Sie nicht an sie. Lassen Sie die Toten ruhen.«

Lassen Sie die Toten ruhen.

In gewisser Weise überraschte ihn das gar nicht; was

bisher geschehen war (mit Ausnahme der Nachrichten auf dem Anrufbeantworter), lief alles auf dieselbe Schlußfolgerung hinaus: daß Ardelia Lortz nicht mehr unter den Lebenden weilte. Er – Sam Peebles, Kleinstadtmakler und Versicherungsvertreter – hatte mit einem Gespenst gesprochen, ohne es zu wissen. Mit ihr gesprochen? Verdammt! Er hatte *Geschäfte* mit ihr gemacht! Er hatte ihr zwei Dollar gegeben, sie ihm dafür einen Bibliotheksausweis.

Daher war er nicht gerade überrascht . . . aber eine grimmige Kälte breitete sich dennoch auf den weißen Autobahnen seines Skeletts aus. Er sah an sich hinab und erblickte blasse Beulen Gänsehaut auf seinen Armen.

Du hättest es auf sich beruhen lassen sollen, jammerte ein Teil seines Verstandes. *Habe ich es dir nicht gleich gesagt?*

»Wann ist sie gestorben?« fragte Sam. Seine Stimme hörte sich selbst in seinen Ohren dumpf und leblos an.

»Ich will nicht darüber sprechen, Mr. Peebles!« Jetzt hörte sich Dave beinahe panisch an. Seine Stimme bebte und kippte in eine höhere Tonart um, beinahe Falsett, dann brach sie. »*Bitte!*«

Laß ihn in Ruhe, schrie Sam sich wütend an. *Hat er nicht genug Probleme, auch ohne sich mit diesem Mist herumzuschlagen?*

Ja. Und er *konnte* Dave in Ruhe lassen – es mußte andere in der Stadt geben, die mit ihm über Ardelia Lortz reden konnten . . . das hieß, wenn er sie irgendwie darauf ansprechen konnte, ohne daß sie gleich nach den weißgekleideten Männern mit den Schmetterlingsnetzen riefen. Aber es gab noch eines, das möglicherweise nur Dirty Dave Duncan ihm mit Gewißheit sagen konnte.

»Sie haben einmal Plakate für die Bibliothek gemalt, richtig? Ich glaube, ich habe Ihren Stil anhand des Plakats erkannt, das Sie mir gestern auf der Veranda gezeigt haben. Ich bin sogar ziemlich sicher. Auf einem war ein kleiner Junge in einem schwarzen Auto zu sehen. Und ein Mann im Trenchcoat – der Bibliothekspolizist. Haben Sie . . .«

Ehe er zu Ende sprechen konnte, brach ein solcher Schrei der Scham, des Kummers und der Angst aus Dave heraus, daß Sam verstummte.

»Dave? Ich . . .«

»*Hören Sie damit auf!*« weinte Dave. »*Ich konnte nicht anders, also hören Sie bitte auf . . .*«

Seine Schreie verstummten unvermittelt, ein Poltern war zu hören, als ihm jemand den Hörer abnahm.

»Hören Sie damit auf«, sagte Naomi. Sie hörte sich an, als wäre sie selbst den Tränen nahe, aber sie hörte sich auch wütend an. »Können Sie nicht einfach damit aufhören, Sie gräßlicher Mensch?«

»Naomi . . .«

»Wenn ich hier bin, heiße ich Sarah«, sagte sie langsam, »aber ich hasse Sie unter beiden Namen gleichermaßen, Sam Peebles. Ich werde nie wieder einen Fuß in Ihr Büro setzen.« Ihre Stimme wurde schrill. »Warum konnten Sie ihn nicht in Ruhe lassen? Warum mußten Sie diese ganze alte *Scheiße* aufrühren? *Warum?*«

Entnervt und fast außer Selbstbeherrschung sagte Sam: »Warum haben Sie mich in die Bibliothek geschickt, Naomi? Wenn Sie nicht wollten, daß ich sie kennenlerne, warum haben Sie mich dann überhaupt in die verdammte Bibliothek geschickt?«

Ein Keuchen am anderen Ende der Leitung.

»Naomi? Können wir . . .«

Ein Klicken, als sie den Hörer auflegte.

Verbindung unterbrochen.

4

Sam saß fast bis halb zehn in seinem Arbeitszimmer, kaute ein Tum nach dem anderen und schrieb einen Namen nach dem anderen auf denselben Notizblock, auf dem er die Rohfassung seiner Rede geschrieben hatte. Er betrachtete jeden Namen eine Weile und strich ihn dann durch. Sechs Jahre an einem Ort schienen eine lange Zeit zu sein . . . jedenfalls bis zu diesem Abend. Plötzlich schienen sie eine ungleich kürzere Zeitspanne zu sein – sagen wir, ein Wochenende.

Craig Jones, schrieb er.

Er studierte den Namen und dachte: *Craig könnte etwas über Ardelia wissen . . . aber ihn wird interessieren, warum sie mich interessiert.*

Kannte er Craig so gut, daß er die Frage wahrheitsgemäß beantworten konnte? Die Antwort auf diese Frage war ein felsenfestes Nein. Craig gehörte zu den jüngeren Anwälten in Junction City, ein richtiger Gernegroß. Sie hatten ein paarmal geschäftlich zusammen gegessen . . . und da war selbstverständlich der Rotary Club; Craig hatte ihn auch einmal zu sich nach Hause zum Essen eingeladen. Wenn sie sich auf der Straße zufällig begegneten, unterhielten sie sich höflich miteinander, manchmal übers Geschäft, häufiger über das Wetter. Das alles reichte nicht für eine Freundschaft aus, und wenn Sam schon jemandem von dieser verrückten Sache erzählte, dann sollte es zumindest ein Freund sein und nicht ein Bekannter, der ihn nach dem zweiten Gin Fizz *altes Haus* nannte.

Er strich Craigs Namen von der Liste.

Seit er nach Junction City gekommen war, hatte er zwei recht gute Freunde gefunden; einer war Assistenzarzt in Dr. Meldens Praxis, der andere ein städtischer Polizist. Russ Frame, sein Arztfreund, hatte Anfang 1989 eine besser bezahlte Stelle in einer Praxis in Cedar Rapids angenommen. Und seit dem ersten Januar war Tom Wycliffe Aufseher der neuen Verkehrswachtstaffel der Iowa State Patrol. Seither hatte er den Kontakt zu beiden Männern verloren – er fand nicht leicht Freunde und hatte auch Schwierigkeiten, sie zu behalten.

Und was blieb ihm damit?

Sam wußte es nicht. Er wußte *eines,* daß Ardelia Lortz' Name bei manchen Einwohnern von Junction City wie eine Bombe einschlug. Er wußte – oder glaubte zu wissen –, er war ihr begegnet, obwohl sie tot war. Er konnte sich nicht einmal einreden, daß er eine Verwandte oder

Irre getroffen hatte, die sich Ardelia Lortz *nannte*. Denn . . .

Ich glaube, ich habe ein Gespenst getroffen. Ich glaube sogar, ich habe ein Gespenst in einem Gespenst getroffen. Ich glaube, die Bibliothek, die ich betreten habe, war die Bibliothek, wie sie war, als Ardelia Lortz noch lebte und die Leitung hatte. Ich glaube, darum kam es mir dort so unheimlich und unwirklich vor. Es war nicht wie Zeitreise oder so, wie ich mir Zeitreise vorstellen würde. Es war mehr, als würde man kurze Zeit die Vorhölle betreten. Und es war echt. Ich bin sicher, daß es echt war.

Er hielt inne und trommelte mit den Fingern auf der Tischplatte.

Von wo hat sie mich angerufen? Haben sie in der Vorhölle Telefon?

Er sah die Liste mit den durchgestrichenen Namen lange an, dann riß er die gelbe Seite langsam von dem Block. Er knüllte sie zusammen und warf sie in den Papierkorb.

Du hättest es auf sich beruhen lassen sollen, wehklagte ein Teil in ihm weiter.

Aber das hatte er nicht. Und jetzt?

Ruf einen der Typen an, denen du traust. Ruf Russ Frame oder Tom Wycliffe an. Nimm einfach den Hörer ab und ruf an.

Aber das wollte er nicht. Jedenfalls nicht heute abend. Ihm war klar, das war ein irrationales, fast abergläubisches Gefühl – er hatte in jüngster Zeit eine Menge unangenehmer Informationen über das Telefon bekommen und weitergegeben –, aber heute abend war er zu müde, sich damit zu beschäftigen. Wenn er ausschlafen konnte (und er glaubte, das könnte er, wenn er das Nachttischlämpchen wieder anließ), würde ihm morgen früh vielleicht etwas Besseres, Konkreteres einfallen. Des weiteren glaubte er, er würde die Klingen mit Naomi Higgins und Dave Duncan kreuzen müssen – aber vorher wollte er herausfinden, was genau das für Klingen waren.

Wenn er konnte.

KAPITEL NEUN

DER BIBLIOTHEKSPOLIZIST (I)

Er schlief *wirklich* gut. Keine Träume, und beim Duschen am nächsten Morgen kam ihm mühelos und natürlich ein Einfall, wie das mit Einfällen manchmal so sein kann, wenn der Körper ausgeruht ist und der Geist noch nicht so lange wach war, daß er mit einer Menge Mist verstopft ist. Informationen standen nicht nur in öffentlichen Bibliotheken zur Verfügung, und wenn es sich darüber hinaus um jüngste Geschichte handelte – jüngste *lokale* Geschichte –, war sie nicht einmal die beste Adresse.

»Die *Gazette!*« rief er und hielt den Kopf unter den Duschkopf, um die Seife abzuspülen.

Zwanzig Minuten später war er unten, angezogen, außer Mantel und Krawatte, und trank im Arbeitszimmer Kaffee. Der Notizblock lag wieder vor ihm, der Anfang einer neuen Liste befand sich darauf.

1. *Ardelia Lortz – wer ist sie? Oder wer war sie?*
2. *Ardelia Lortz – was hat sie gemacht?*
3. *Öffentliche Bibliothek von Junction City – renoviert? Wann? Bilder?*

An dieser Stelle läutete die Türglocke. Sam sah auf die Uhr, während er aufstand. Es ging auf halb neun zu – Zeit, zur Arbeit zu gehen. Er konnte um zehn einen Abstecher in die Redaktion der *Gazette* machen, wenn er normalerweise Kaffeepause hatte, und ein paar ältere Ausgaben durchsehen. Darüber dachte er noch nach, während er gleichzeitig in den Taschen nach Kleingeld für den Zeitungsjungen kramte. Es läutete wieder.

»Ich komme sofort, Keith!« rief er, trat in den Küchendurchgang und legte die Hand um den Türknauf. »Schlag mir kein Loch in die verdammte T . . .«

In diesem Moment sah er auf und erblickte eine weitaus größere Gestalt als Keith Jordan hinter dem Vorhang, der vor dem Glasfenster der Tür hing. Er war geistesabwesend gewesen und hatte sich mehr mit dem vor ihm liegenden Tag beschäftigt als mit dem montagmorgendlichen Ritual, den Zeitungsjungen zu bezahlen, aber in diesem Augenblick schlug eine Spitzhacke reinsten Entsetzens durch das Wirrwarr seiner Gedanken. Er mußte das Gesicht nicht sehen; er erkannte den Schatten auch hinter dem Vorhang – an der Körperhaltung ... und selbstverständlich am Trenchcoat.

Der Geschmack von Lakritze, durchdringend und süß, überflutete seinen Mund.

Er ließ den Türknauf los, aber einen Augenblick zu spät. Das Schloß schnappte zurück, und in diesem Augenblick stieß die Gestalt, die auf der hinteren Veranda stand, die Tür auf. Sam wurde rückwärts in die Küche geschleudert. Er ruderte mit den Armen, um das Gleichgewicht nicht zuverlieren, und schaffte es dabei, alle drei Mäntel, die im Durchgang zur Diele an einer Stange hingen, von den Bügeln zu reißen.

Der Bibliothekspolizist trat in seinem eigenen kalten Lufthauch ein. Er kam langsam herein, als hätte er alle Zeit der Welt, und machte die Tür hinter sich zu. In einer Hand hielt er die fein säuberlich zusammengerollte und gefaltete Ausgabe von Sams *Gazette*. Diese hob er wie einen Knüppel.

»Ich habe dir deine Zeitung gebracht«, sagte der Bibliothekspolizist. Seine Stimme klang seltsam fern, als würde Sam sie durch eine dicke Glasscheibe hindurch hören. »Ich wollte den Jungen auch bezahlen, aber er sssien esss eilig zu haben, sich aus dem Ssstaub zu machen. Warum wohl.«

Er kam in die Küche – auf Sam zu, der sich an die Arbeitsplatte drückte und den Eindringling mit den großen, aufgerissenen Augen eines entsetzten Kindes, eines Einfaltspinsels aus der vierten Klasse, betrachtete.

Ich bilde mir das nur ein, dachte Sam, *oder ich habe einen Alptraum – einen so schrecklichen Alptraum, daß der von vor zwei Tagen dagegen wie ein himmlischer wirkt.*

Aber es war kein Alptraum. Es war entsetzlich, aber es war kein Alptraum. Sam konnte noch hoffen, daß er doch verrückt geworden war. Verrückt zu sein, war kein Honigschlecken, aber nichts konnte so schrecklich sein wie dieses Ding in Menschengestalt, das in sein Haus eingedrungen war, dieses Ding, welches in seiner eigenen Winteraura wandelte.

Sams Haus war alt, die Decken hoch, aber der Bibliothekspolizist mußte dennoch den Kopf im Durchgang ducken, und selbst in der Küche berührte die Spitze seines grauen Filzhuts beinahe die Decke. Das bedeutete, er war über zwei Meter zwanzig groß.

Sein Körper war in einen Mantel gehüllt, welcher die bleierne Farbe von Nebel bei Sonnenuntergang hatte. Die Haut war weiß wie Pergament. Das Gesicht tot, als könne er weder Güte noch Liebe oder Barmherzigkeit verstehen. Der Mund war zu Linien endgültiger, emotionsloser Autorität verkniffen, und Sam dachte einen verwirrten Augenblick daran, wie die Tür der Bibliothek ausgesehen hatte: wie der schlitzförmige Mund im Antlitz eines grauen Steinroboters. Die Augen des Bibliothekspolizisten schienen silberne Kreise mit winzigen Schroteinschußlöchern zu sein. Sie waren von rosa Fleischwülsten gesäumt, die aussahen, als würden sie gleich zu bluten anfangen. Sie hatten keine Wimpern. Und am schlimmsten war das: Sam *kannte* dieses Gesicht. Er glaubte, daß er sich nicht zum erstenmal voller Entsetzen unter diesem schwarzen Blick duckte, und weit hinten in seinem Verstand hörte Sam eine schwach lispelnde Stimme sagen: *Komm mit mir, Junge . . . ich bin Poliziiissst.*

Die Narbe verlief genau so, wie Sam sie sich vorgestellt hatte, über die Geographie des Gesichts – über die linke Wange, unter dem linken Auge, über den Nasenrücken. Abgesehen von der Narbe war es der Mann auf dem Plakat . . . oder nicht? Sam war sich nicht mehr sicher.

Komm mit mir, Junge . . . ich bin Poliziiissst.

Sam Peebles, der Liebling des Rotary Club von Junction City, machte sich in die Hose. Er spürte, wie sich seine

Blase mit einem warmen Schwall entleeerte, aber das schien weit entfernt und unwichtig zu sein. Wichtig war, es befand sich ein Monster in seiner Küche, und das Schrecklichste an diesem Monster war, daß Sam fast sein Gesicht kannte. Sam spürte, wie eine dreifach verriegelte Tür weit hinten in seinem Verstand ächzte und aufgehen wollte. An Flucht dachte er nicht. Die Vorstellung von Flucht lag außerhalb seines Vorstellungsbereiches. Er war wieder ein Kind, ein Kind, das auf frischer Tat

(*das Buch ist nicht der* Speaker's Companion)

bei etwas Schlimmem erwischt worden war. Statt wegzu-laufen klappte er langsam

(*Das Buch ist nicht* Best Loved Poems of the American People)

über seiner nassen Leibesmitte zusammen, stürzte zwischen die beiden Hocker am Tresen und hielt blind die Hände über den Kopf.

(*das Buch ist*)

»Nein«, sagte er mit heiserer, kraftloser Stimme. »Nein, bitte – nein, bitte, bitte tun Sie mir nichts, bitte, ich bin brav, bitte tun Sie mir nicht so weh.«

Zu mehr war er nicht mehr fähig. Aber das spielte keine Rolle; der Gigant im nebelfarbenen Trenchcoat

(*das Buch ist* Der schwarze Pfeil *von Robert Louis Steven-son*)

stand jetzt unmittelbar über ihm.

Sam ließ den Kopf sinken. Dieser schien tausend Pfund zu wiegen. Er sah auf den Boden und betete zusammen-hanglos, wenn er hoch sah – wenn er die *Kraft* zum Hoch-sehen hatte –, würde die Gestalt fort sein.

»Sssieh mich an«, befahl die ferne, pulsierende Stimme. Es war die Stimme eines bösen Gottes.

»Nein«, schrie Sam mit kreischender, atemloser Stimme und brach dann in hilflose Tränen aus. Es war nicht nur Entsetzen, obwohl das Entsetzen echt und schlimm genug war. Hinzu kam, unabhängig davon, ein kalter, tiefer Schwall kindlicher Angst und kindlicher Scham. Diese Empfindungen klebten wie giftiger Sirup an dem, woran er sich nicht zu erinnern wagte, das etwas mit einem Buch zu tun hatte, das er nie gelesen hatte: *Der schwarze Pfeil* von Robert Louis Stevenson.

Tschack!

Etwas schlug gegen Sams Kopf; er schrie.

»*Sssieh mich an!*«

»Nein, bitte zwingen Sie mich nicht«, flehte Sam.

Tschack!

Er sah nach oben, schirmte die tränenden Augen mit einem Arm aus Gummi ab und sah gerade noch, wie der Arm des Bibliothekspolizisten wieder nach unten fuhr.

Tschack!

Er schlug Sam mit der zusammengerollten Ausgabe der *Gazette*, schlug ihn wie einen wehrlosen Welpen, der auf den Fußboden gepinkelt hat.

»Schon besser«, sagte der Bibliothekspolizist. Er grinste, verzog die Lippen und entblößte spitze Zähne, die beinahe Hauer waren. Er griff in eine Tasche seines Trenchcoats und holte ein Lederetui heraus. Er klappte es auf und zeigte den seltsamen vielzackigen Stern. Er funkelte im klaren Morgenlicht.

Jetzt konnte Sam den Blick nicht mehr von diesem unbarmherzigen Gesicht mit seinen silbernen Augen und den winzigen Schrotkugelpupillen abwenden. Er sabberte und merkte es, konnte aber auch das nicht verhindern.

»Du hasssst zwei Bücher, die unsss gehören«, sagte der Bibliothekspolizist. Seine Stimme schien immer noch aus weiter Ferne oder hinter einer dicken Glasplatte zu erklingen. »Missss Lorssss issssst ssssehr unsssufrieeden mit dir, Sssam Peeblessss.«

»Ich habe sie verloren«, sagte Sam und fing an, noch mehr zu weinen. Der Gedanke, diesen Mann wegen
(*Der schwarze Pfeil*)
den Büchern anzulügen, *überhaupt* anzulügen, war absurd. Er war ganz Autorität, ganz Macht, ganz Gewalt. Er war Richter, Geschworener und Henker.

Wo ist der Hausmeister? fragte sich Sam zusammenhanglos. *Wo ist der Hausmeister, der die Skalen abliest und dann in die Welt der Vernunft zurückkehrt? Die Welt der Vernunft, wo so etwas nicht geschehen kann?*

»Ich ... ich ... ich ...«

»Ich will deine erbärmlichen Entsssuldigungen nicht hören«, sagte der Bibliothekspolizist. Er klappte das Lederetui zu und steckte es in die rechte Tasche. Gleichzeitig griff er in die linke Tasche und zog ein Messer mit langer, scharfer Klinge heraus. Sam, der sich drei Sommer über das Geld fürs College als Lagerarbeiter verdient hatte, kannte es. Es war ein Kartonmesser. So ein Messer gab es zweifellos in jeder Bibliothek in Amerika. »Du hast bis Mitternacht Zeit. Und dann ...«

Er beugte sich nach vorne und streckte das Messer in einer weißen, leichenähnlichen Hand aus. Die eiskalte Aura winterlicher Luft berührte Sams Gesicht und machte es gefühllos. Er versuchte zu schreien, brachte aber nur ein gläsernes Flüstern zustande.

Die Messerspitze berührte die Haut an seinem Hals. Es war, als würde er von einem Eiszapfen gepiekst werden. Ein einziger Tropfen scharlachrote Flüssigkeit quoll heraus und gefror, eine winzige Perle aus Blut.

»... dann komme ich wieder«, sagte der Bibliothekspolizist mit seiner seltsam lispelnden Stimme. »Du sssolltesssst bessssser finden, wasss du verloren hasssst, Sssam Peeblesss.«

Das Messer verschwand wieder in der Tasche. Der Bibliothekspolizist richtete sich zu voller Größe auf.

»Da wäre noch etwasss«, sagte er. »Du hasssst Fragen gessstellt, Sam Peeblesss. Frag nicht mehr. Hasssst du dasss versssstanden?«

Sam versuchte zu antworten, brachte aber nur ein tiefes Grunzen heraus.

Der Bibliothekspolizist bückte sich wieder herunter und schob kalte Luft vor sich her, wie der Bug einer Barke eine Eisscholle schieben mochte. »Misssss dich nicht in Angelegenheiten ein, die dich nichtsssss angehen. *Hasssst du dasss versssstanden?*«

»*Ja!*« kreischte Sam. »*Ja! Ja! Ja!*«

»Gut. Denn ich werde dich beobachten. Und ich bin nicht allein.«

Er drehte sich um – sein Trenchcoat raschelte – und schritt Richtung Ausgang durch die Küche. Für Sam hatte er keinen einzigen Blick mehr übrig. Beim Gehen trat er durch einen kleinen Flecken Morgensonne, und Sam sah etwas Wunderbares, Schreckliches: Der Bibliothekspolizist warf keinen Schatten.

Er kam zur Hintertür. Er nahm den Türknauf. Ohne sich umzudrehen sagte er mit leiser, gräßlicher Stimme: »Wenn du mich nicht wiedersssehen willsssst, Sssam Pee-blesss, *finde diesssse Bücher.*«

Er machte die Tür auf und ging hinaus.

Ein einziger panischer Gedanke ging Sam durch den Kopf, als die Tür ins Schloß gefallen war und er die Schritte des Bibliothekspolizisten auf der Veranda hörte: Er mußte die Tür abschließen.

Er kam halb auf die Beine, dann senkte sich das Grau über ihn, und er kippte bewußtlos nach vorne.

KAPITEL ZEHN

CHRON-O-LOGISCH GESPROCHEN

1

»Kann ich Ihnen . . . helfen?« fragte die Empfangsdame. Die kurze Pause erfolgte, als sie den Mann, der sich ihrem Schreibtisch genähert hatte, etwas genauer ansah.

»Ja«, sagte Sam. »Ich möchte gerne einige ältere Ausgaben der *Gazette* durchsehen, wenn möglich.«

»Selbstverständlich«, sagte sie. »Aber – verzeihen Sie mir, wenn ich mich ungebührlich verhalte – geht es Ihnen nicht gut, Sir? Sie sind ziemlich blaß.«

»Ich glaube, ich habe mir etwas geholt«, sagte Sam.

»Frühlingserkältungen sind die schlimmsten, was?« sagte sie und stand auf. »Kommen Sie durch die Klappe am Ende des Tresens, Mr. . . .?«

»Peebles. Sam Peebles.«

Sie blieb stehen, eine dickliche Frau um die sechzig, und neigte den Kopf. Sie legte einen rotgefärbten Fingernagel an den Mundwinkel. »Sie verkaufen Versicherungen, nicht?«

»Ja, Ma'am«, sagte er.

»Ich dachte gleich, daß ich Sie kenne. Ihr Bild war letzte Woche in der Zeitung. War es wegen einer Art Preis?«

»Nein, Ma'am«, sagte Sam. »Ich habe eine Rede vor dem Rotary Club gehalten.« *Und würde alles tun, wenn ich die Uhr zurückdrehen könnte*, dachte er. *Ich würde Craig Jones sagen, er soll mich am Arsch lecken.*

»Wie schön«, sagte sie, aber es hörte sich an, als hätte sie Zweifel. »Auf dem Bild haben sie ganz anders ausgesehen.«

Sam kam durch die Klappe.

»Ich bin Doreen McGill«, sagte die Frau und streckte eine feiste Hand aus.

Sam schüttelte sie und sagte, wie erfreut er wäre, sie

kennenzulernen. Es kostete ihn Anstrengung. Er glaubte, daß es ihn noch eine ganze Weile Anstrengung kosten würde, mit Leuten zu sprechen – und ganz besonders, Leute zu berühren. Seine unbekümmerte Art schien dahin zu sein.

Sie führte ihn zu einer mit Teppich belegten Treppe und drückte auf einen Lichtschalter. Die Treppe war schmal, die Glühbirne an der Decke trüb, und Sam spürte auf der Stelle, wie das Grauen wieder über ihn kam. Es kam begierig, wie Fans, die sich um jemanden drängen, der Freikarten für eine längst ausverkaufte Vorstellung verteilt. Der Bibliothekspolizist konnte da unten sein und im Halbdunkel lauern. Der Bibliothekspolizist mit seiner leichenblassen Haut, den blutunterlaufenen silbernen Augen und dem kaum merklichen, aber dennoch unheimlich vertrauten Lispeln.

Aufhören, sagte er zu sich. *Und wenn du nicht aufhören kannst, dann beherrsch dich um Gottes willen wenigstens. Du mußt. Denn dies ist deine einzige Chance. Was wirst du anfangen, wenn du nicht einmal mehr eine Treppe zu einem einfachen Kellerbüro runtergehen kannst? Dich in deinem Haus verkriechen und auf Mitternacht warten?*

»Das ist die Leichenhalle«, sagte Doreen McGill und deutete mit dem Finger. Die Dame ließ sich keine Chance zu deuten entgehen. »Sie müssen nur . . .«

»Leichenhalle?« sagte Sam und drehte sich zu ihr um. Das Herz schlug ihm garstig gegen die Rippen. »*Leichenhalle?*«

Doreen McGill lachte. »Alle nennen es so. Furchtbar, was? Aber so heißt es eben. Wahrscheinlich eine alberne Zeitungstradition. Keine Bange, Mr. Peebles – es sind keine Leichen da unten, nur haufenweise Mikrofilmrollen.«

Da wäre ich nicht so sicher, dachte Sam und folgte ihr die Treppe hinunter. Er war sehr froh, daß sie vorausging.

Unten angekommen drückte sie auf mehrere Schalter. Ein paar Neonröhren gingen an. Sie erhellten einen großen Raum mit demselben dunkelblauen Teppichboden wie auf der Treppe. An den Wänden standen Regale mit kleinen Kästchen. An der linken Wand befanden sich vier Mikrofilm-Lesegeräte, die wie futuristische Trockenhauben aussahen. Sie waren so blau wie der Teppichboden.

»Ich wollte sagen, daß Sie sich ins Buch eintragen müssen«, sagte Doreen. Sie deutete wieder, diesmal auf ein großes Buch an einer Kette auf einem Tischchen neben der Tür. »Sie müssen auch das Datum eintragen, die Uhrzeit, als Sie hereingekommen sind, das wäre« – sie sah auf die Armbanduhr – »zwanzig nach zehn, und die Zeit, wenn Sie wieder gehen.«

Sam bückte sich und trug seinen Namen in das Buch ein. Der Name über seinem war Arthur Meecham. Mr. Meecham war am 27. Dezember 1989 hier gewesen. Vor mehr als drei Monaten. Dies war ein hell erleuchteter, ordentlicher, gut sortierter Raum, in dem offenbar wenig los war.

»Schön hier unten, nicht?« fragte Doreen vertraulich. »Das liegt daran, daß die Regierung Zeitungsleichenhallen subventioniert – oder Archive, wenn Ihnen das mehr zusagt. *Mir* auf jeden Fall.«

Ein Schatten tanzte in einem der Gänge, worauf Sams Herz wieder zu klopfen anfing. Aber es war nur Doreen McGills Schatten; sie hatte sich gebückt und nachgesehen, ob er die richtige Zeit eingetragen hatte und . . .

. . . und ER hat keinen Schatten geworfen. Der Bibliothekspolizist. Außerdem . . .

Er versuchte, den Rest zu verdrängen, aber es gelang ihm nicht.

Außerdem kann ich so nicht leben. Ich kann nicht mit dieser Angst leben. Wenn es zu lange so bleibt, stecke ich den Kopf in den Gasherd. Auf jeden Fall. Es ist nicht nur die Angst vor ihm – dem Mann oder was immer er ist. Es ist auch die geistige Verfassung *eines Menschen, wenn er spürt, daß alles, woran er je geglaubt hat, mühelos den Bach runtergeht.*

Doreen deutete auf die rechte Wand, wo auf einem einzelnen Regal drei gewaltige Folianten standen. »Das sind Januar, Februar und März 1990«, sagte sie. »Jeden Juli schickt die Zeitung die ersten sechs Monate des Jahres nach Grand Island, Nebraska, wo sie auf Mikrofilm gebannt werden. Dasselbe Ende Dezember.« Sie streckte die feiste Hand aus und deutete mit einem rotlackierten Fingernagel auf die Regale, angefangen von rechts bis zu den Mikrofilmlesegeräten links. Dabei schien sie ihren Fingernagel zu bewundern. »Die Mikrofilme sind in diese Richtung chronologisch geordnet«, sagte sie. Sie sprach das Wort sorgfältig aus, so daß es gelinde exotisch klang: *chron-o-logisch*. »Moderne Zeiten rechts, alte Zeiten links.«

Sie lächelte, um zu zeigen, daß dies ein Scherz war, und vielleicht, wie toll sie das alles fand. Chron-o-logisch gesprochen, sagte dieses Lächeln, war dies alles hier die echte Sause.

»Danke«, sagte Sam.

»Nichts zu danken. Deshalb sind wir ja hier. Jedenfalls ist das *ein* Grund.« Sie legte einen Fingernagel an den Mundwinkel und bedachte ihn wieder mit ihrem Ich-seh-dich-Lächeln. »Wissen Sie, wie man ein Mikrofilmlesegerät bedient, Mr. Peebles?«

»Ja, danke.«

»Gut. Wenn ich Ihnen weiterhelfen kann, ich bin oben. Scheuen Sie sich nicht zu fragen.«

»Werden Sie . . .« begann er, klappte dann aber den Mund zu und schluckte den Rest: . . . *mich allein hier unten lassen?*

Sie zog die Brauen hoch.

»Nichts weiter«, sagte er und sah ihr nach, wie sie wieder nach oben ging. Er mußte dem übermächtigen Impuls widerstehen, ihr die Treppe hinauf nachzuhasten. Denn blauer Plüschteppich hin oder her, dies war ebenfalls eine Bibliothek von Junction City.

Und diese hier hieß Leichenhalle.

Sam schritt langsam zu den Regalen mit ihrer Last recht-
eckiger Mikrofilmkästchen und war nicht sicher, wo er
anfangen sollte. Er war froh, daß die Neonlichter so hell
waren und die meisten beunruhigenden Schatten aus den
Ecken vertrieben.

Er hatte nicht gewagt, Doreen McGill zu fragen, ob
beim Namen Ardelia Lortz etwas klingelte oder ob sie ungefähr wußte, wann die Stadtbibliothek zuletzt renoviert
worden war. *Du hasssst Fragen gessssstellt, Sam Peeblesss,*
hatte der Bibliothekspolizist gesagt. *Missss dich nicht in
Angelegenheiten ein, die dich nichtssss angehen. Hassst du
dasss versssstanden?*

Ja, er hatte es verstanden. Und er ging davon aus, daß er
den Zorn des Bibliothekspolizisten auf sich zog, wenn er
trotzdem spionierte . . . aber er stellte keine Fragen, jedenfalls nicht im wörtlichen Sinne, und schließlich *handelte* es
sich hier um etwas, das ihn betraf. Es betraf ihn sogar sehr.

Ich werde dich beobachten. Und ich bin nicht allein.

Sam sah nervös über die Schulter. Sah nichts. Und dennoch war es ihm unmöglich, eine Entscheidung zu treffen
und zu handeln. Er war so weit gegangen, wußte aber
nicht, ob er noch weiter gehen konnte. Er fühlte sich mehr
als eingeschüchtert, mehr als verängstigt. Er fühlte sich
am Boden zerstört.

»Du mußt«, sagte er rauh und strich sich mit einer zitternden Hand über die Lippen. »Du *mußt* einfach.«

Er bewegte den linken Fuß vorwärts. So stand er einen
Augenblick, mit gespreizten Beinen, wie ein Mann beim
Überqueren eines schmalen Rinnsals. Dann ließ er den
rechten Fuß den linken einholen. Auf diese zögerliche, wi-
derstrebende Weise begab er sich zum Regal neben den
gebundenen Folianten. Auf einer Karte am Ende des Regals stand:

1987 – 1989

Das war mit Sicherheit zu neu – die Bibliothek mußte vor dem Frühjahr 1984 renoviert worden sein, als er nach Junction City gezogen war. Wäre es seither passiert, hätte er die Arbeiter gesehen, Leute darüber reden hören oder in der *Gazette* darüber gelesen. Aber abgesehen von der Vermutung, daß die Renovierung in den letzten fünfzehn oder zwanzig Jahren stattgefunden haben mußte (älter hatte die Schwebedecke nicht ausgesehen), hatte er keinen Anhaltspunkt. Wenn er nur klarer *denken* könnte! Aber das konnte er nicht. Das Erlebnis von heute morgen störte seine normale, rationale Denkfähigkeit, wie erhöhte Sonnenfleckenaktivität Rundfunk- und Fernsehübertragungen stören konnte. Wirkliches und Unwirkliches waren wie zwei gewaltige Steinquader aufeinander geprallt, und Sam Peebles, ein zappelndes, kreischendes Quentchen Mensch, hatte das Pech gehabt, zwischen sie zu geraten.

Er schritt zwei Gänge nach links, weil er befürchtete, wenn er zu lange an einer Stelle stehenblieb, könte er völlig erstarren, und lief den Gang mit der Aufschrift

$$1981 - 1983$$

entlang.

Er wählte fast wahllos ein Kästchen aus und trug es zu einem der Mikrofilmlesegeräte. Er schaltete es ein und versuchte, sich auf die Mikrofilmspule zu konzentrieren (die Spule war ebenfalls blau, und Sam fragte sich, ob es einen Grund gab, daß alles in diesem sauberen, hell erleuchteten Raum farblich aufeinander abgestimmt war) und sonst gar nichts. Zuerst mußte man sie auf eine der Spindeln montieren, gut; danach mußte man sie einfädeln, gemacht; dann mußte man die Halterung in der Führungsspule sichern, okay. Die Maschine war so einfach zu bedienen, ein Achtjähriger hätte diese Handgriffe ausführen können, aber Sam brauchte fast fünf Minuten dazu; er mußte sich noch um seine zitternden Hände und den ängstlichen, zerstreuten Verstand kümmern. Als er den Mikrofilm schließlich eingelegt und zum ersten Bild gedreht hatte, mußte er feststellen, er hatte die Spule verkehrt herum eingelegt. Das Gedruckte stand auf dem Kopf.

Er drehte den Mikrofilm geduldig wieder zurück, drehte ihn um und fädelte ihn erneut ein. Er stellte fest, daß ihn diese kleine Verzögerung nicht im mindesten störte; den Vorgang Schritt für Schritt zu wiederholen, schien eine beruhigende Wirkung auf ihn zu haben. Diesmal leuchtete nun die erste Seite der Ausgabe vom 1. April 1981 der Junction City *Gazette* vor ihm auf. Schlagzeile war der überraschende Rücktritt eines Bürgermeisters, von dem Sam noch nie gehört hatte, aber sein Blick wanderte rasch zu einem Kästchen am unteren Rand der Seite. In diesem Kästchen stand folgende Nachricht:

RICHARD PRICE UND DAS PERSONAL
DER ÖFFENTLICHEN BIBLIOTHEK VON
JUNCTION CITY
ERINNERN SIE DARAN, DASS
VOM 6. – 13. APRIL
DIE NATIONALE BIBLIOTHEKSWOCHE
STATTFINDET.
KOMMEN SIE UND BESUCHEN SIE UNS!

Habe ich das gewußt? fragte sich Sam. *Habe ich dieses spezielle Kästchen Film deshalb genommen? Habe ich mich unbewußt daran erinnert, daß die zweite Aprilwoche nationale Bibliothekswoche ist?*

Komm mit mir, antwortete eine lockende, flüsternde Stimme. *Komm mit mir, Junge . . . ich bin Poliziiiisssst.*

Er bekam eine Gänsehaut; er wurde von einem Zittern geschüttelt. Sam verdrängte sowohl die Frage wie auch diese Phantomstimme. Schließlich spielte es auch keine Rolle, warum er die Ausgabe April 1981 der *Gazette* herausgegriffen hatte; wichtig war, er hatte sie, und das war ein Glücksfall.

Konnte ein Glücksfall sein.

Er spulte die Rolle rasch bis zum 6. April weiter und sah genau das, wonach er gesucht hatte. Über dem Titelschriftzug *Gazette* stand rot gedruckt:

BIBLIOTHEKS-SONDERBEILAGE

Sam spulte zur Beilage weiter. Auf der ersten Seite der Beilage waren zwei Fotos. Eines zeigte das Äußere der Bibliothek. Das andere zeigte Richard Price, den Bibliothekar, der am Ausgabeschalter stand und nervös in die Kamera lächelte. Er sah genau so aus, wie Naomi Higgins ihn beschrieben hatte: ein großer Mann – damals um die Vierzig – mit Brille und kleinem schmalem Schnurrbart. Aber Sam interessierte sich mehr für den Hintergrund. Er konnte die freitragende Schwebedecke sehen, die ihn bei seinem zweiten Besuch in der Bibliothek so schockiert hatte. Also war die Renovierung vor April 1981 erfolgt.

Die Artikel waren genau die selbstbeweihräuchernden Schulterklopfstücke, die er erwartet hatte; er las die *Gazette* seit nunmehr sechs Jahren und war mit ihrem idiotischen Sind-wir-nicht-eine-tolle-Bande-von-Machern-Stil vertraut. Darunter befanden sich informative (wenn auch durchgehechelte) Absätze über die Nationale Bibliothekswoche, das Leseprogramm des Sommers, das Buchmobil von Junction County und eine neue Budgetrunde, die gerade angefangen hatte. Sam überflog alles hastig. Auf der letzten Seite der Beilage fand er eine interessante Story, die Price selbst geschrieben hatte. Sie trug den Titel:

DIE ÖFFENTLICHE BIBLIOTHEK VON
JUNCTION CITY
Einhundert Jahre Geschichte

Sams Eifer dauerte nicht lange. Ardelias Name stand nicht darin. Er griff nach dem Schalter, um den Mikrofilm zurückzuspulen, dann hielt er inne. Das Renovierungsprojekt wurde erwähnt – es war 1970 durchgeführt worden –, aber da war noch etwas anderes. Etwas ein wenig

Seltsames. Sam las den letzten Teil von Mr. Prices schwatzhaftem geschichtlichen Abriß noch einmal, diesmal sorgfältiger.

Nach Ende der großen Wirtschaftskrise ging es auch für die Bibliothek aufwärts. 1942 bewilligte der Stadtrat von Junction City 5000 Dollar zur Beseitigung der Wasserschäden der Überschwemmung von 1932, und Mrs. Felicia Culpepper übernahm die Stelle der Chefbibliothekarin, der sie unermüdlich ihre Zeit widmete. Sie hatte nur ein Ziel vor Augen: eine vollständig renovierte Bibliothek für ein Dorf, das rasch zur Stadt wurde.

Mrs. Culpepper trat 1951 von ihrem Amt zurück und machte Christopher Lavin Platz, dem ersten Bibliothekar von Junction City mit einem Abschluß in Bibliothekswissenschaft. Mr. Lavin gründete den Culpepper Memorial Fonds, der über 15000 Dollar für den Erwerb neuer Bücher aufbrachte, und das allein im ersten Jahr – und damit war die öffentliche Bibliothek von Junction City auf dem Weg in die Neuzeit.

Kurz nachdem ich im Jahre 1964 Chefbibliothekar wurde, setzte ich mir bedeutende Renovierungen zum Ziel. Die Mittel für diese Renovierungen wurden schließlich bis Ende 1969 aufgebracht, und obwohl Stadt und Staat mit öffentlichen Mitteln dazu beigetragen haben, daß das wunderschöne Gebäude entstehen konnte, an dem sich die ›Bücherwürmer‹ von Junction City heute erfreuen, wäre das Projekt ohne die Mithilfe aller Freiwilligen, die später im ›Baut unsere Bibliothek‹-Monat, im August 1970, zahlreich erschienen sind, um selbst einen Hammer zu schwingen oder zur Säge zu greifen, nicht möglich gewesen. Zu weiteren erwähnenswerten Projekten der siebziger und achtziger Jahre gehören unter anderem . . .

Sam sah nachdenklich auf. Er glaubte, daß in Richard Prices sorgfältiger, weitschweifiger Geschichte der städtischen Bibliothek etwas fehlte. Nein: bei genauerer Überlegung war *fehlen* nicht das richtige Wort. Nach Lektüre des Artikels war Sam zur Überzeugung gelangt, daß Price ein Korinthenkacker ersten Grades war – wahrscheinlich ein netter Mann, aber trotzdem ein Korinthenkacker –, und solche Männer vergaßen nichts, besonders nicht, wenn es sich um Themen handelte, die ihnen offensichtlich sehr am Herzen lagen.

Also – nicht *fehlen*. Verheimlichen.

Chron-o-logisch gesprochen paßte nicht alles nahtlos zusammen. 1951 hatte ein gewisser Christopher Lavin die Heilige Felicia Culpepper als Bibliothekarin abgelöst. 1964 war Richard Price städtischer Bibliothekar geworden. War er Nachfolger von Lavin gewesen? Das glaubte Sam nicht.

Er glaubte, daß irgendwann in diesen verschwiegenen dreizehn Jahren eine Frau namens Ardelia Lortz Nachfolgerin von Lavin geworden war. Price, vermutete Sam, war *ihr* Nachfolger gewesen. Sie war nicht in Mr. Prices korinthenkackerischer Geschichte der Bibliothek enthalten, weil sie etwas getan hatte . . . *etwas*. Sam hatte immer noch keine Ahnung, was dieses Etwas gewesen sein könnte, aber er hatte jetzt eine bessere Vorstellung von der Größenordnung. Was immer es war, es war so schlimm, daß Price sie trotz seines unbestreitbaren Hangs zu Detailliertheit und Vollständigkeit zur Unperson gemacht hatte.

Mord, dachte Sam. *Es muß ein Mord gewesen sein. Das ist wirklich als einziges so schlimm, daß . . .*

In diesem Augenblick wurde eine Hand auf Sams Schulter gelegt.

3

Hätte er geschrien, hätte er damit denjenigen, dem die Hand gehörte, zweifellos ebenso erschreckt, wie dieser ihn selbst bereits erschreckt hatte. Aber Sam konnte nicht schreien. Statt dessen zischte sämtliche Luft aus ihm hinaus, und die Welt wurde wieder grau. Seine Brust fühlte sich wie ein Akkordeon, das langsam unter dem Fuß eines Elefanten zerquetscht wird. Seine ganzen Muskeln schienen sich in Makkaroni verwandelt zu haben. Er machte sich nicht wieder in die Hose. Das war vielleicht die einzige Barmherzigkeit.

»Sam?« hörte er eine Stimme fragen. Sie schien aus weiter Ferne zu kommen – sagen wir, von irgendwo in Kansas. »Sind Sie das?«

Er wirbelte herum, wäre beinahe vom Stuhl vor dem Mikrofilmlesegerät gestürzt und sah Naomi. Er versuchte, wieder zu Atem zu kommen, damit er etwas sagen konnte. Aber er brachte nur ein müdes Pfeifen heraus. Der Raum schien vor seinen Augen zu flimmern. Das Grau kam und ging.

Dann sah er Naomi einen Schritt zurücktaumeln; sie riß erschrocken die Augen auf und hielt sich eine Hand vor den Mund. Sie stieß so heftig gegen eines der Mikrofilmregale, daß sie es beinahe umgeworfen hätte. Es wackelte, zwei oder drei Mikrofilmkästchen fielen mit leisem Plop auf den Teppichboden, dann fing es sich wieder.

»Omes«, brachte er schließlich heraus. Seine Stimme war ein flüsterndes Piepsen. Er erinnerte sich, wie er einmal als Junge in St. Louis eine Maus unter seiner Baseballmütze gefangen hatte. Die hatte genau so einen Laut von sich gegeben, während sie auf der Suche nach einem Fluchtweg herumgewuselt war.

»Sam, was ist denn mit Ihnen *passiert*?« Auch sie hörte sich an, als würde sie schreien, wenn der Schock ihr nicht den Atem verschlagen hätte. *Wir sind schon ein Paar*, dachte Sam. *Abbott und Costello begegnen den Ungeheuern.*

»Was machen Sie denn hier?« sagte er. »Sie haben mir eine Scheißangst gemacht!«

Da, dachte er. *Ich habe das schlimme Wort schon wieder gesagt. Und außerdem habe ich sie Omes genannt. Tut mir leid.* Es ging ihm etwas besser, und er überlegte, ob er aufstehen sollte, entschied sich aber dagegen. Es war nicht gut, sein Glück zu versuchen. Er war noch nicht sicher, ob sein Herz nicht die Schotten dichtmachen würde.

»Ich war im Büro, um Sie zu besuchen«, sagte sie. »Cammy Harrington sagte, sie habe Sie hier reingehen gesehen. Ich wollte mich entschuldigen. Vielleicht. Zuerst habe ich gedacht, Sie hätten Dave einen grausamen Streich gespielt. Er sagte, so etwas würden Sie nie tun, und da habe ich nachgedacht und mir überlegt, daß Ihnen das wirklich nicht ähnlich sieht. Sie waren immer so nett . . .«

»Danke«, sagte Sam. »Das hoffe ich.«

». . . und Sie schienen so . . . so verwirrt am Telefon. Ich habe Dave gefragt, was das alles sollte, aber er wollte mir nichts weiter sagen. Ich weiß nur, was ich gehört habe . . . und wie er ausgesehen hat, als er mit Ihnen sprach. Er sah aus, als hätte er ein Gespenst gesehen.«

Nein, wollte Sam zu ihr sagen. *Ich bin derjenige, der ein Gespenst gesehen hat. Und heute morgen habe ich noch etwas viel Schlimmeres gesehen.*

»Sam, Sie müssen etwas wissen, was Dave betrifft . . . und mich. Nun, ich schätze, von Dave wissen Sie es bereits, aber ich bin . . .«

»Ich glaube, ich weiß es«, sagte Sam zu ihr. »In meiner Nachricht für Dave habe ich geschrieben, ich hätte niemanden in Angle Street gesehen, aber das stimmt nicht. Anfangs habe ich niemanden gesehen, aber ich bin durch das Erdgeschoß gegangen und habe Dave gesucht. Ich habe euch im Garten gesehen. Daher . . . weiß ich es. Aber ich weiß es nicht aus eigenem Antrieb, wenn Sie verstehen, was ich meine.«

»Ja«, sagte sie. »Schon gut. Aber . . . Sam . . . großer Gott, was ist denn passiert? Ihr Haar . . .«

»Was ist mit meinem Haar?« fragte er schneidend.

Sie machte mit einer Hand die Handtasche auf, schüttelte sie etwas und holte einen Taschenspiegel hervor. »Sehen Sie«, sagte sie.

Er gehorchte, wußte aber bereits, was er sehen würde.

Seit halb neun heute morgen war sein Haar fast völlig weiß geworden.

4

»Wie ich sehe, haben Sie Ihren Freund gefunden«, sagte Doreen McGill zu Naomi, als sie wieder die Treppe hinaufkamen. Sie legte einen Fingernagel an den Mundwinkel und lächelte ihr Ich-bin-ja-so-süß-Lächeln.

»Ja.«

»Haben Sie sich ausgetragen?«

»Ja«, sagte Naomi wieder. Sam hatte nicht daran gedacht, aber Naomi hatte es für sie beide getan.

»Und haben Sie die Mikrofilme wieder einsortiert, die Sie gebraucht haben?«

Diesmal sagte Sam ja. Er konnte sich nicht erinnern, ob er oder Naomi die eingelegte Mikrofilmspule wieder an ihren Platz zurückgebracht hatte, und es war ihm auch einerlei. Er wollte nur hier raus.

Doreen war immer noch verschmitzt. Sie klopfte mit der Fingerspitze auf die Unterlippe, legte den Kopf schief und sagte zu Sam: »Auf dem Bild in der Zeitung *haben* Sie anders ausgesehen. Ich komme nur nicht drauf, was es ist.«

Als sie zur Tür hinausgingen, sagte Naomi: »Er ist endlich zur Vernunft gekommen und hat aufgehört, sich das Haar zu färben.«

Draußen auf der Treppe prustete Sam vor Lachen. Er bog sich unter der Urgewalt seines Lachens. Es war ein hysterisches Gelächter, nur einen Schritt vom Kreischen entfernt, aber auch das war ihm einerlei. Es tat gut. Es war außerordentlich läuternd.

Naomi stand neben ihm und schien sich weder an Sams Lachen noch an den neugierigen Blicken der Passanten auf der Straße zu stören, die sie auf sich zogen. Sie hob sogar eine Hand und winkte jemand, den sie kannte. Sam, der immer noch von seinen Lachsalven gebeutelt wurde, stützte die Hände auf die Oberschenkel, doch ein Teil von ihm war ernst genug zu denken: *Sie hat so eine Reaktion schon einmal erlebt. Wo nur?* Aber er kannte die Antwort, noch ehe sein Verstand die Frage zu Ende formuliert hatte. Naomi war Alkoholikern und hatte mit anderen Alkoholikern gearbeitet, ihnen im Rahmen ihrer eigenen Therapie geholfen. In ihrer Zeit in der Angle Street hatte sie wahrscheinlich mehr als einen hysterischen Lachanfall gesehen.

Sie wird mich schlagen, dachte er und heulte immer noch angesichts der Vorstellung, wie er vor seinem Spiegel im Bad stand und sich geduldig Grecian Formula ins Haar kämmte. *Sie wird mich schlagen, weil man das mit hysterischen Menschen macht.*

Aber Naomi wußte es offenbar besser. Sie stand nur geduldig neben ihm im Sonnenschein und wartete, bis er seine Beherrschung wiedererlangte. Schließlich versiegte sein Gelächter zu wildem Schnauben und kraftlosem Kichern. Seine Bauchmuskeln taten weh, sein Blick war wäßrig verschwommen, die Wangen naß von Tränen.

»Wieder besser?« fragte sie.

»O Naomi . . .« begann er, dann brach eine neuerliche Lachsalve aus ihm heraus und verhallte im morgendlichen Sonnenschein. »Sie wissen gar nicht, *wieviel* besser.«

»O doch«, sagte sie. »Kommen Sie – wir fahren mit meinem Auto.«

»Wohin . . .« Er hickste. »Wohin fahren wir?«

»Angel Street«, sagte sie und sprach es so aus, wie es der Schildermaler beabsichtigt hatte. »Ich mache mir große Sorgen um Dave. Ich war heute morgen als erstes dort, aber er war nicht da. Ich fürchte, er könnte unterwegs sein und trinken.«

»Das ist doch nichts Neues, oder?« fragte er, während er an ihrer Seite die Treppe hinunterging. Ihr Datsun parkte hinter Sams eigenem Wagen am Bordstein.

Sie sah ihn an. Es war ein kurzer Blick, aber ein komplexer: Zorn, Resignation, Mitleid. Sam dachte bei sich, wenn man diesen Blick interpretierte, sagte er: *Sie wissen nicht, wovon Sie sprechen, aber das ist nicht Ihre Schuld.*

»Diesmal war Dave seit fast einem Jahr trocken, aber sein allgemeiner Gesundheitszustand ist nicht gut. Sie haben recht, rückfällig zu werden ist bei ihm nichts Neues, aber ein weiterer Rückfall könnte sein Tod sein.«

»Und das wäre meine Schuld.« Jetzt war sein Lachen endgültig versiegt.

Sie sah ihn ein wenig überrascht an. »Nein«, sagte sie. »Niemand wäre schuld . . . aber das soll nicht heißen, ich möchte, daß es so kommt. Oder so kommen muß. Los doch. Wir nehmen meinen Wagen. Wir können uns unterwegs unterhalten.«

5

»Erzählen Sie mir, was Ihnen zugestoßen ist«, sagte sie auf dem Weg zum Stadtrand. »Erzählen Sie mir alles. Es ist nicht nur Ihr Haar, Sam; Sie sehen zehn Jahre älter aus.«

»Papperlapapp«, sagte Sam. Er hatte mehr als sein Haar in Naomis Taschenspiegel gesehen; er hatte einen besseren Blick auf sich selbst bekommen, als ihm lieb war. »Eher zwanzig, und mir kommt es wie hundert vor.«

»Was ist passiert? Was war los?«

Sam machte den Mund auf, um es ihr zu sagen, überlegte dann, wie es sich anhören mußte, und schüttelte den Kopf. »Nein«, sagte er. »Noch nicht. Vorher werden Sie mir etwas sagen. Sie werden mir von Ardelia Lortz erzählen. Neulich haben Sie gedacht, ich mache Witze. Damals war mir das nicht klar, aber heute. Also erzählen Sie mir von ihr. Sagen Sie mir, wer sie war und was sie gemacht hat.«

Naomi fuhr hinter dem alten Feuerwehrhaus aus Granit von Junction City an den Straßenrand und sah Sam an. Unter dem leichten Make-up war ihre Haut blaß, die Augen aufgerissen. »Das haben Sie *nicht*? Sam, wollen Sie mir sagen, Sie haben *keine* Witze gemacht?«

»Ganz recht.«

»Aber, Sam . . .« Sie verstummte und schien einen Augenblick nicht zu wissen, wie sie fortfahren sollte. Schließlich sprach sie ganz leise weiter, wie zu einem Kind, das nicht weiß, daß es etwas Unrechtes getan hat. »Aber Sam, Ardelia Lortz ist tot. Sie ist seit dreißig Jahren tot.«

»Ich weiß, daß sie tot ist. Ich meine, *jetzt* weiß ich es. Ich will den Rest wissen.«

»Sam, wen immer Sie gesehen zu haben glauben . . .«

»Ich *weiß*, wen ich gesehen habe.«

»Sagen Sie mir, wie Sie darauf kommen . . .«

»Zuerst reden Sie.«

Sie legte den Gang wieder ein, sah in den Rückspiegel und fuhr Richtung Angle Street. »Ich weiß nicht besonders viel«, sagte sie. »Ich war erst fünf, als sie gestorben ist. Das meiste weiß ich aus Klatsch und Tratsch, den ich mitgehört habe. Sie gehörte der First Baptist Church von Proverbia an – jedenfalls ging sie dorthin –, aber meine Mutter spricht nicht über sie. Auch keines der älteren Gemeindemitglieder. Sie tun so, als hätte sie nie existiert.«

Sam nickte. »Genau so ist Mr. Price in seinem Artikel über die Bibliothek verfahren, den er geschrieben hat. Den ich gelesen habe, als Sie mir die Hand auf die Schulter legten und mich um zwölf weitere Jahre meines Lebens gebracht haben. Es erklärt auch, warum Ihre Mutter so wütend auf mich war, als ich Samstagabend ihren Namen erwähnte.«

Naomi sah ihn verblüfft an. »*Darum* haben Sie angerufen?«

Sam nickte.

»O Sam – dann stehen Sie jetzt auf Mutters schwarzer Liste.«

»Ach, da stand ich vorher schon; ich könnte mir nur denken, daß sie mich weiter hochgesetzt hat.« Sam lachte, dann zuckte er zusammen. Sein Bauch tat immer noch von dem Lachkrampf auf der Treppe der Zeitungsredaktion weh, aber er war trotzdem froh, daß er ihn gehabt hatte. Vor einer Stunde hätte er nicht geglaubt, daß er seine Ruhe je wiederfinden würde. Vor einer Stunde war er sogar der Meinung gewesen, er und seine innere Ruhe

würden den Rest seines Lebens getrennte Wege gehen.
»Nur weiter, Naomi.«

»Das meiste habe ich bei den Zusammenkünften aufge-
schnappt, die die Leute von den AA als ›echte Zusam-
menkünfte‹ bezeichnen«, sagte sie. »Damit ist gemeint,
wenn die Leute vorher und nachher zusammenstehen
und Kaffee trinken und sich über alles unter der Sonne
unterhalten.«

Er sah sie neugierig an. »Wie lange sind Sie schon bei
den AA, Naomi?«

»Neun Jahre«, sagte Naomi gleichmütig. »Und es ist
sechs Jahre her, seit ich zuletzt etwas getrunken habe.
Aber ich bin seit Ewigkeiten Alkoholikerin. Trinker werden nicht gemacht, Sam. Sie werden geboren.«

»Oh«, sagte er lasch. Und dann: »War *sie* in dem Programm? Ardelia Lortz?«

»Großer Gott, nein – aber das heißt nicht, daß es bei den
AA nicht Leute gibt, die sich an sie erinnern. Ich glaube,
sie ist 1956 oder '57 in Junction City aufgekreuzt. Sie hat
für Mr. Lavin in der öffentlichen Bibliothek gearbeitet. Ein
Jahr später ist er ganz überraschend gestorben – Herzver-
sagen oder Schlaganfall, glaube ich –, und die Stadt gab
dieser Lortz seine Stelle. Soweit ich gehört habe, hat sie es
ziemlich gut gemacht, aber wenn man bedenkt, was passiert ist, war sie wohl am besten darin, die Leute zum Narren zu halten.«

»Was hat sie getan, Naomi?«

»Sie hat zwei Kinder und dann sich selbst umgebracht«,
sagte Naomi nüchtern. »Im Sommer 1960. Eine Suchak-
tion wurde wegen der Kinder abgehalten. Niemand hat
daran gedacht, in der Bibliothek nach ihnen zu sehen, weil
die an diesem Tag angeblich geschlossen hatte. Sie wurden am nächsten Tag gefunden. Es sind Oberlichter im
Dach . . .«

»Ich weiß.«

». . . aber heutzutage kann man sie nur von außen sehen, weil sie die Bibliothek innen umgebaut haben. Haben
die Decke gesenkt, um Wärme zu stauen oder so. Wie

dem auch sei, diese Oberlichter hatten Messinghaken. Man zog mit langen Stäben an diesen Haken, um die Oberlichter aufzumachen und frische Luft hereinzulassen, denke ich. Sie hat ein Seil an einen der Haken geknüpft – dazu muß sie eine der großen Rollenleitern an den Regalen benützt haben – und sich daran aufgehängt. Nachdem sie die Kinder umgebracht hatte.«

»Ich verstehe.« Sams Stimme war ruhig, aber sein Herz schlug langsam und sehr fest. »Und wie hat sie . . . wie hat sie die Kinder umgebracht?«

»Ich weiß nicht. Das hat nie jemand gesagt, und ich habe nie gefragt. Ich glaube, es muß gräßlich gewesen sein.«

»Ja, das glaube ich auch.«

»Und jetzt erzählen Sie mir, was Ihnen passiert ist.«

»Zuerst möchte ich herausfinden, ob Dave im Asyl ist.«

Naomi verkrampfte sich sofort. »*Ich* sehe nach, ob Dave im Asyl ist«, sagte sie. »Sie werden schön im Auto sitzen bleiben. Sie tun mir leid, Sam, und es tut mir leid, daß ich gestern abend zu den falschen Schlußfolgerungen gelangt bin. Aber Sie werden Dave nicht noch mehr beunruhigen. Dafür werde ich sorgen.«

»Naomi, er hat etwas damit *zu tun*.«

»Das ist unmöglich«, sagte sie mit spröder Damit-ist-die-Diskussion-abgeschlossen-Stimme.

»Verdammt, die ganze *Sache* ist unmöglich.«

Sie näherten sich jetzt Angle Street. Vor ihnen ratterte ein Lieferwagen zur Wiederaufbereitungsanlage; eine Pritsche war vollgeladen mit Kartons, die alte Glasflaschen und Dosen enthielten.

»Ich glaube, Sie haben nicht begriffen, was ich Ihnen gesagt habe«, sagte sie. »Was mich nicht überrascht; das ist bei Erdenmenschen selten der Fall. Also hören Sie gut zu, Sam. Ich werde mich klar und einfach ausdrücken. *Wenn Dave trinkt, stirbt Dave.* Haben Sie das kapiert? Ist es durchgedrungen?«

Sie warf Sam wieder einen Blick zu. Dieser war so wütend, daß er förmlich rauchte, und selbst in seinem eigenen abgrundtiefen Elend wurde Sam eines klar: Bisher, auch die beiden Male, als er mit ihr ausgegangen war, hatte er Naomi hübsch gefunden. Jetzt sah er, daß sie wunderschön war.

»Was meinen Sie mit Erdenmenschen?« fragte er sie.

»Menschen, die keine Probleme mit Fusel oder Tabletten oder Dope oder Hustenmedizin oder so etwas haben, die den Kopf durcheinanderbringen«, spie sie fast heraus. »Menschen, die es sich leisten können, zu moralisieren und zu urteilen.«

Vor ihnen bog der Lieferwagen auf den langen, unebenen Weg zur Wiederaufbereitungsanlage ab. Vor ihnen lag Angle Street. Sam konnte etwas vor der Veranda parken sehen, aber es war kein Auto. Es war Dirty Daves Einkaufswagen.

»Warten Sie«, sagte er.

Naomi hielt, sah ihn aber nicht an. Sie sah starr geradeaus durch die Windschutzscheibe. Ihr Kiefer zuckte. Ihre Wangen waren gerötet.

»Sie sind um ihn besorgt«, sagte er, »und das freut mich. Liegt Ihnen auch etwas an mir, Sarah? Obwohl ich ein Erdenmensch bin?«

»Sie haben kein Recht, mich Sarah zu nennen. Ich schon, weil es mein zweiter Vorname ist – ich wurde als Naomi Sarah Higgins getauft. Und *sie* dürfen es, weil sie mir in gewisser Weise näherstehen, als Blutsverwandte dies je könnten. In gewisser Weise *sind* wir Blutsverwandte – weil etwas in uns ist, das uns so macht, wie wir sind. Etwas in unserem Blut. *Sie*, Sam – Sie haben kein Recht.«

»Vielleicht doch«, sagte Sam. »Vielleicht bin ich jetzt einer von euch. Ihr habt Fusel. Dieser Erdenmensch hier hat den Bibliothekspolizisten.«

Jetzt sah sie ihn an, und ihre Augen waren groß und argwöhnisch. »Sam, ich verstehe nicht . . .«

»Ich auch nicht. Ich weiß nur, daß ich Hilfe brauche. Ich brauche mit aller Verzweiflung Hilfe. Ich habe zwei Bücher in einer Bibliothek ausgeliehen, die nicht mehr existiert, und jetzt existieren die Bücher auch nicht mehr. Ich habe sie verloren. Und wissen Sie, wo sie gelandet sind?«

Sie schüttelte den Kopf.

Sam deutete nach links, wo zwei Männer aus dem Lieferwagen ausgestiegen waren und die Kartons mit Altmaterial ausluden. »Dort. Dort sind sie gelandet. Sie sind eingestampft worden. Ich habe bis Mitternacht Zeit, Sarah, und dann wird der Bibliothekspolizist *mich* einstampfen. Und ich glaube nicht, daß er auch nur einen Fetzen von mir übrigläßt.«

6

Sam saß eine scheinbar lange, lange Zeitspanne im Datsun von Naomi Sarah Higgins. Zweimal streckte er die Hand zum Türgriff aus und ließ sie wieder sinken. Sie hatte nachgegeben – ein wenig. *Wenn* Dave mit ihm reden wollte, und *wenn* Dave noch in der Verfassung zu reden war, würde sie es zulassen. Andernfalls – keine Chance.

Schließlich ging die Tür von Angle Street auf. Naomi und Dave Duncan kamen heraus. Sie hatte einen Arm um seine Taille gelegt, er ging schlurfend, und Sams Hoffnung schwand. Doch als sie in die Sonne traten, konnte er sehen, daß Dave nicht betrunken war . . . jedenfalls nicht unbedingt. Ihn anzusehen war auf unheimliche Weise, als würde Sam wieder in Naomis Taschenspiegel blicken. Dave Duncan sah wie ein Mann aus, der den schlimmsten Schock seines Lebens verwinden wollte . . . was ihm nicht besonders gut gelang.

Sam stieg aus dem Auto aus und blieb unentschlossen neben der Tür stehen.

»Kommen Sie auf die Veranda«, sagte Naomi. Ihre Stimme klang resigniert und ängstlich zugleich. »Ich weiß nicht, ob wir es die Stufen hinunter schaffen.«

Sam kam zu ihnen hoch. Dave Duncan war um die sechzig Jahre alt. Am Samstag hatte er wie siebzig oder fünfundsiebzig ausgesehen. Das lag am Alkohol, vermutete Sam. Doch jetzt, während sich Iowa langsam um die Achse der Mittagszeit drehte, sah er älter als die Zeit aus. Und das, wußte Sam, war seine Schuld. Es war der Schrekken von Ereignissen, die Dave längst begraben geglaubt hatte.

Ich habe es nicht gewußt, dachte Sam, aber so wahr das sein mochte, es bot längst keinen Trost mehr. Abgesehen von geplatzten Äderchen auf Wangen und Nase, war Daves Gesicht so vergilbt wie altes Papier. Seine Augen waren wäßrig und fassungslos. Die Lippen hatten eine bläuliche Färbung, kleine Speicheltröpfchen pulsierten in den tiefen Furchen der Mundwinkel.

»Ich wollte nicht, daß er mit Ihnen spricht«, sagte Naomi. »Ich wollte ihn zu Dr. Melden bringen, aber er weigert sich zu gehen, bevor er mit Ihnen gesprochen hat.«

»Mr. Peebles«, sagte Dave schwach. »Es tut mir leid, Mr. Peebles, es ist alles meine Schuld, nicht? Ich . . .«

»Sie trifft keine Schuld«, sagte Sam. »Kommen Sie hierher und setzen Sie sich.«

Er und Naomi führten Dave zu einem Schaukelstuhl in der Ecke der Veranda, und Dave ließ sich darauf sinken. Sam und Naomi zogen Stühle mit durchhängenden Korbsitzflächen in Positionen rechts und links von ihm. Sie saßen eine Zeitlang schweigend da und betrachteten über die Eisenbahnschienen hinweg das angrenzende flache Land.

»Sie ist hinter Ihnen her, richtig?« fragte Dave. »Dieses Miststück von der anderen Seite der Hölle.«

»Sie hat jemand hinter mir hergeschickt«, sagte Sam. »Jemand aus einem Plakat, das Sie gemalt haben. Er ist ein . . . ich weiß, es hört sich verrückt an, aber er ist ein Bibliothekspolizist. Er hat mich heute morgen besucht. Er hat . . .« Sam griff sich ins Haar. »Er hat das gemacht. Und das.« Er deutete auf den kleinen roten Punkt an seinem Hals. »Und er sagt, er ist nicht allein.«

Dave schwieg lange Zeit, sah in die Weite, sah zum flachen Horizont, der lediglich von hohen Silos und im Norden von der apokalyptischen Form des Getreidefahrstuhls der Proverbia Feed Company unterbrochen wurde. »Der Mann, den Sie gesehen haben, ist nicht real. Keiner ist real. Nur sie. Die Teufelshure!«

»Kannst du uns alles erzählen, Dave?« fragte Naomi behutsam. »Wenn nicht, sag es uns. Aber wenn es alles besser für dich macht . . . leichter . . . dann sag es uns.«

»Liebe Sarah«, sagte Dave. Er nahm ihre Hand und lächelte. »Ich liebe dich – habe ich dir das je gesagt?«

Sie schüttelte den Kopf und lächelte ebenfalls. Tränen schimmerten in ihren Augen wie winzige Glimmersplitter. »Nein, aber es freut mich, Dave.«

»Ich *muß* es erzählen«, sagte er. »Es ist keine Frage von besser oder leichter. Es darf nicht so weitergehen. Weißt du, was ich von meinem ersten AA-Treffen noch weiß?«

Sie schüttelte den Kopf.

»Wie sie gesagt haben, es wäre ein Programm der Ehrlichkeit. Wie sie sagten, man muß alles erzählen, nicht nur Gott, sondern Gott und einem anderen Menschen. Ich dachte mir: ›Wenn das erforderlich ist, um ein Leben ohne Alkohol zu führen, kann ich es vergessen. Sie würden mich ruckzuck droben auf dem Wayvern Hill verscharren, in dem Teil des Friedhofs, den sie für Betrunkene und Nieten reserviert haben, die nie auch nur einen Pott zum Reinpissen, geschweige denn ein Fenster hatten, um ihn rauszuwerfen. Denn ich kann nie alles erzählen, was ich gesehen und was ich getan habe.‹«

»Das denken wir zuerst alle«, sagte sie sanft.

»Ich weiß. Aber es kann nicht viele geben, die gesehen haben, was ich gesehen habe, oder die getan haben, was ich getan habe. Aber ich habe es so gut gemacht, wie ich konnte. Stück für Stück habe ich es so gut gemacht, wie ich konnte. Ich habe mein Haus in Ordnung gebracht. Aber was ich damals gesehen und gemacht habe . . . das habe ich nie erzählt. Weder einem Menschen noch dem Gott eines Menschen. Ich fand ein Zimmer im Keller meines Herzens; ich habe das alles in dieses Zimmer gebracht und dort weggeschlossen.

Er sah Sam an, und Sam konnte Tränen sehen, die langsam und müde in den tiefen Furchen von Daves Wangen hinabrannen.

»Ja. Habe ich. Und als die Tür verschlossen war, habe ich noch Bretter darübergenagelt. Und als die Bretter genagelt waren, habe ich Stahlblech über die Bretter gezogen und vernietet. Und als das Vernieten fertig war, habe ich einen Schrank vor das Ganze geschoben, und ehe ich es guthieß und wegging, habe ich noch Backsteine auf diesen Schrank geschichtet. Und in all den Jahren seither habe ich mir eingeredet, ich hätte Ardelia und ihr seltsames Treiben vergessen – was sie von mir verlangt und was sie mir gesagt und die Versprechen, die sie mir gegeben hat, und was sie wirklich war. Ich habe eine Menge Vergessensmedizin geschluckt, aber es hat nie richtig funktioniert. Und als ich zu den AA kam, hat mich das immer behindert. Das Ding in diesem Zimmer. Dieses Ding hat einen Namen, Mr. Peebles. Es heißt Ardelia Lortz. Wenn ich eine Weile nüchtern war, bekam ich Alpträume. Ich habe hauptsächlich von den Plakaten geträumt, die ich für sie gemalt habe – die den Kindern so große Angst gemacht haben –, aber das waren längst nicht die schlimmsten Alpträume.«

Seine Stimme war zu einem bebenden Flüstern geworden.

»Sie waren bei weitem nicht die schlimmsten.«

»Sie sollten sich besser eine Weile ausruhen«, sagte Sam. Er hatte festgestellt, wie wichtig auch sein mochte, was Dave zu sagen hatte, ein Teil von ihm wollte es nicht hören. Ein Teil von ihm hatte *Angst* davor, es zu hören.

»Vergessen Sie das Ausruhen«, sagte er. »Der Arzt sagt, ich bin Diabetiker, meine Bauchspeicheldrüse ist im Eimer, meine Leber geht vor die Hunde. Ich werde ziemlich bald in die ewigen Jagdgründe eingehen. Ich weiß nicht, ob ich in den Himmel oder die Hölle komme, aber ich bin sicher, hier wie dort haben die Spirituosenläden und Schänken geschlossen, und dafür danke ich Gott. Aber jetzt ist nicht die Zeit zum Ausruhen. Wenn ich reden soll, dann muß es jetzt sein.« Er sah Sam eindringlich an. »Sie wissen, daß Sie in Schwierigkeiten stecken, oder nicht?«

Sam nickte.

»Ja. Aber Sie haben keine Ahnung, wie groß Ihre Schwierigkeiten wirklich sind. Darum muß ich reden. Ich glaube, sie muß . . . muß manchmal Ruhe bewahren. Aber ihre Zeit der Ruhe ist jetzt vorbei, und sie hat Sie auserwählt, Mr. Peebles. Darum muß ich reden. Nicht weil ich will. Gestern abend, als Sarah weg war, bin ich fort und habe mir eine Pulle gekauft. Ich nahm sie runter in den Hof und habe mich dorthin gesetzt, wo ich schon öfters gesessen habe, zwischen Unkraut und Asche und Glasscherben. Ich habe den Verschluß runtergeschraubt, und mir die Pulle unter die Nase gehalten und daran gerochen. Ich finde immer, es riecht wie die Tapete in billigen Hotelzimmern oder wie ein Bach, der irgendwo unterwegs durch eine städtische Müllhalde geflossen ist. Aber ich habe den Geruch trotzdem immer gemocht, weil er auch ein bißchen nach Schlaf schmeckt.

Und die ganze Zeit, während ich die Pulle hochhielt, daran roch, konnte ich die Hurenkönigin in dem Zimmer keifen hören, wo ich sie eingesperrt hatte. Hinter den Backsteinen, dem Schrank, der Stahlplatte, den Brettern und Schlössern. Sie sprach wie jemand, der lebendig begraben worden ist. Sie klang ein wenig gedämpft, aber ich konnte sie trotzdem deutlich hören. Ich konnte sie sagen hören: ›Ganz recht, Dave, das ist die Lösung, die einzige Lösung, die es für Leute wie dich gibt, die einzig funktionierende, und es wird die einzige Lösung sein, die du brauchst, bis Lösungen überhaupt nicht mehr wichtig sind.‹

Ich setzte die Pulle für einen kräftigen Schluck an, aber im letzten Augenblick roch der Fusel wie *sie* . . . und mir fiel am Ende ihr Gesicht ein, ganz von Fädchen bedeckt . . . und wie sich ihr Mund veränderte . . . und da warf ich die Pulle fort. Zertrümmerte sie auf den Schienen. Denn diese Scheiße muß ein Ende haben. Ich werde nicht dulden, daß sie wieder ein Opfer aus dieser Stadt bekommt!«

Seine Stimme war zum zitternden, aber kräftigen Brüllen eines alten Mannes angeschwollen. »*Diese Scheiße dauert schon lange genug!*«

Naomi legte Dave eine Hand auf den Arm. Ihr Gesicht war ängstlich und bekümmert. »Was, Dave? Was denn?«

»Ich will ganz sicher sein. Erzählen Sie zuerst, Mr. Peebles. Erzählen Sie mir alles, was Ihnen zugestoßen ist, und lassen Sie nichts aus.«

»Das werde ich«, sagte Sam. »Unter einer Bedingung.«

Dave lächelte schwach. »Und was wäre das für eine Bedingung?«

»Sie müssen mir versprechen, mich Sam zu nennen . . . und als Gegenleistung nenne ich Sie nie wieder Dirty Dave.«

Sein Lächeln wurde breiter. »Abgemacht, Sam.«

»Gut.« Er holte tief Luft. »Alles war die Schuld dieses gottverdammten Akrobaten«, begann er.

7

Es dauerte länger, als er vermutet hatte, aber es brachte unaussprechliche Erleichterung – beinahe Freude –, alles zu erzählen und nichts zurückzuhalten. Er erzählte Dave von Amazing Joe, Craigs Hilferuf, Naomis Vorschlag, sein Material aufzulockern. Er erzählte ihnen, wie die Bibliothek ausgesehen hatte, und von seiner Begegnung mit Ardelia Lortz. Während er sprach, wurden Naomis Augen immer größer. Als er zu dem Teil mit dem Plakat von Rotkäppchen an der Tür und der Kinderbibliothek kam, nickte Dave.

»Das einzige, das ich nicht gemalt habe«, sagte er. »Das hatte sie bei sich. Ich wette, sie haben es auch nie gefunden. Ich wette, das hat sie *immer noch* bei sich. Meine haben ihr gefallen, aber das war ihr Favorit.«

»Was meinen Sie damit?« fragte Sam.

Dave schüttelte nur den Kopf und sagte Sam, er solle weitererzählen.

Er erzählte ihnen vom Bibliotheksausweis, den ausgeliehenen Büchern und dem seltsamen kurzen Zank auf dem Weg hinaus.

»Das war es«, sagte Dave tonlos. »Mehr war nicht erforderlich. Sie glauben es vielleicht nicht, aber ich kenne sie. Sie haben sie wütend gemacht. Und wie. Sie haben sie wütend gemacht . . . und jetzt hat sie es auf Sie abgesehen.«

Sam brachte die Geschichte, so schnell er konnte, zu Ende, aber seine Stimme wurde langsam und stockend, als er vom Besuch des Bibliothekspolizisten in seinem nebelgrauen Trenchcoat berichtete. Als Sam fertig war, weinte er fast, und seine Hände hatten wieder zu zittern angefangen.

»Könnte ich bitte ein Glas Wasser haben?« fragte er Naomi mit belegter Stimme.

»Selbstverständlich«, sagte sie und stand auf, um es zu holen. Sie ging zwei Schritte, dann drehte sie sich um und gab Sam einen Kuß auf die Wange. Ihre Lippen waren kühl und weich. Und ehe sie das Wasser holen ging, sagte sie ihm drei gesegnete Worte ins Ohr: »Ich glaube Ihnen.«

8

Sam hob das Glas mit beiden Händen an die Lippen, damit er ganz bestimmt nichts verschüttete, dann trank er es in einem Zug halb leer. Als er es abgesetzt hatte, sagte er: »Und was ist mit Ihnen, Dave? Glauben Sie mir?«

»Klar«, sagte Dave. Er sagte es fast abwesend, als hätte dies von vorneherein festgestanden. Sam vermutete, daß das für Dave auch der Fall gewesen war. Immerhin hatte er die geheimnisvolle Ardelia Lortz aus erster Hand gekannt, und sein verbrauchtes, zu altes Gesicht deutete darauf hin, daß es keine Liebesbeziehung gewesen war.

Dave sagte mehrere Augenblicke lang nichts mehr, aber er hatte wieder etwas Farbe bekommen. Er sah über die

Schienen zu den brachliegenden Feldern. Noch sechs oder sieben Wochen, und sie würden ins Grün sprießenden Maises getaucht sein; aber jetzt sahen sie kahl aus. Seine Augen beobachteten den Schatten einer Wolke, welcher in der Gestalt eines riesigen Falken über die Einsamkeit des Mittelwestens wanderte.

Schließlich schien er sich aufzuraffen und wandte sich Sam zu.

»Mein Bibliothekspolizist – den ich für sie gezeichnet habe – hatte keine Narbe«, sagte er schließlich.

Sam dachte an das lange, blasse Gesicht des Fremden. Die Narbe war dagewesen, kein Zweifel; sie war über die Wange, unter dem Auge, über den Nasenrücken verlaufen, eine ununterbrochene, geschwungene Linie.

»Und?« fragte er. »Was bedeutet das?«

»Für mich gar nichts, aber ich glaube, für Sie muß es etwas bedeuten, Mr. . . . . Sam. Ich kenne den Stern, den Sie Stern mit vielen Zacken genannt haben. Den habe ich in einem Buch über Wappen dort in der Bibliothek von Junction City gefunden. Er heißt Malteserkreuz. Die christlichen Ritter trugen ihn auf der Brust, als sie während der Kreuzzüge in die Schlacht zogen. Er soll Zauberkräfte besitzen. Die Form hat mir so sehr gefallen, daß ich sie in das Bild eingebaut habe. Aber . . . eine Narbe? Nein. Bei *meinem* Bibliothekspolizisten nicht. Wer war *Ihr* Bibliothekspolizist, Sam?«

»Ich weiß nicht . . . ich weiß nicht, wovon Sie sprechen«, sagte Sam langsam, aber diese Stimme – leise, spöttisch, quälend – meldete sich wieder zu Wort: *Komm mit mir, Junge . . . ich bin Poliziiissst.* Und plötzlich hatte er wieder diesen Geschmack im Mund. Den zuckrig-schleimigen Geschmack von roter Lakritze. Seine Geschmacksknospen verkrampften sich; sein Magen drehte sich um. Aber es war albern. Wirklich albern. Er hatte in seinem ganzen Leben keine rote Lakritze gegessen. Konnte er nicht ausstehen.

Wenn du nie welche gegessen hast, woher weißt du dann, daß du sie nicht ausstehen kannst?

»Ich versteh Sie wirklich nicht«, sagte er mit etwas mehr Nachdruck.

»Aber Sie verstehen *etwas*«, sagte Naomi. »Sie sehen aus wie jemand, der gerade einen Tritt in den Magen bekommen hat.«

Sam sah sie erbost an. Sie erwiderte den Blick ruhig, und Sam spürte, wie sich sein Herzschlag beschleunigte.

»Lassen Sie es vorläufig dabei bewenden«, sagte Dave, »aber Sie dürfen es nicht lange dabei bewenden lassen, Sam – wenn Sie Hoffnung haben wollen, heil aus dieser Sache herauszukommen. Doch nun will ich Ihnen meine Geschichte erzählen. Ich habe sie noch nie zuvor erzählt, und ich werde sie auch nie wieder erzählen . . . aber jetzt ist der richtige Zeitpunkt gekommen.«

Kapitel Elf

DAVES GESCHICHTE

1

»Ich war nicht immer Dirty Dave Duncan«, begann er. »Anfang der fünfziger Jahre war ich schlicht und einfach Dave Duncan, und jeder konnte mich gut leiden. Ich war Mitglied eben des Rotary Club, vor dem Sie neulich gesprochen haben, Sam. Warum auch nicht? Ich war selbständig und verdiente Geld. Ich war Schildermaler, und zwar ein verdammt guter. Ich hatte in Junction City und Proverbia mehr Arbeit, als ich bewerkstelligen konnte, aber manchmal habe ich auch kleinere Aufträge in Cedar Rapids übernommen. Einmal habe ich eine Reklame für Lucky Strike an die rechte Mauer des Spielfelds der Jugendliga ganz drunten in Omaha gemalt. Ich war gefragt, und das hatte ich verdient. Ich war gut. Ich war der beste Schildermaler in der Gegend.

Ich blieb hier, weil ich mich eigentlich ernsthaft um das Malen als Kunst kümmern wollte, und ich dachte mir, das könnte man überall machen. Ich hatte keine formelle Kunstausbildung – ich habe es versucht, bin aber wieder ausgestiegen – und wußte, das minderte sozusagen meinen Wert; aber ich wußte, daß es Künstler gab, die es auch ohne das ganze hochtrabende Getue geschafft hatten – Gramma Moses, zum Beispiel. Die brauchte keinen Führerschein; die ist einfach ohne in die Stadt gefahren.

Ich hätte es vielleicht sogar geschafft. Ich habe ein paar Ölbilder verkauft, aber nicht viele – was auch nicht nötig war, denn ich war nicht verheiratet und kam mit der Schildermalerei gut über die Runden. Außerdem behielt ich fast alle meine Bilder, damit ich Ausstellungen machen konnte, wie das bei Künstlern nun mal üblich ist. Ich hatte auch ein paar Ausstellungen. Zuerst hier in der Stadt, dann in Cedar Rapids, dann in Des Moines. Über die wurde im *Democrat* berichtet, und darin haben sie mich dargestellt als die Reinkarnation von James Whistler.«

Dave verstummte einen Augenblick und dachte nach. Dann hob er den Kopf und sah wieder über die weiten Brachfelder hinaus.

»Bei den AA haben sie von Leuten gesprochen, die mit einem Fuß in der Zukunft und dem anderen in der Vergangenheit stehen und eben deshalb ständig auf die Gegenwart pissen. Aber manchmal ist es schwer, sich nicht zu fragen, was hätte passieren können, wenn man alles ein wenig anders gemacht hätte.«

Er sah Naomi fast schüchtern an; sie lächelte und drückte ihm die Hand.

»Denn ich *war* gut und ich *war* dicht dran. Aber ich habe schon damals zuviel getrunken. Ich machte mir keine Gedanken darüber – verdammt, ich war jung, ich war kräftig, und außerdem, tranken nicht alle großen Künstler? *Ich* war der Meinung, daß sie es taten. Und trotzdem hätte ich es schaffen können – hatte es sogar zeitweilig ein wenig geschafft –, aber dann kam Ardelia Lortz nach Junction City. Und als sie kam, war es um mich geschehen.«

Er sah Sam an.

»Ich habe Sie anhand Ihrer Schilderung erkannt, Sam, aber damals hat sie nicht so ausgesehen. Sie haben erwartet, eine ältliche Bibliothekarin zu sehen, und das genügte für ihre Zwecke, also *haben* Sie das gesehen. Aber als sie im Sommer 1957 nach Junction City kam, war ihr Haar aschblond, und sie war nur an den Stellen üppig, wo eine Frau üppig sein soll.

Damals lebte ich in Proverbia und besuchte die Baptistenkirche. Religion interessierte mich nicht besonders, aber es kamen ein paar gutaussehende Frauen hin. Deine Mom gehörte auch dazu, Sarah.«

Naomi lachte, als könnte sie nicht so recht daran glauben.

»Ardelia hat sich auf Anhieb prächtig mit den Leuten verstanden. Wenn Leute der Kirche heutzutage von ihr

167

sprechen – wenn überhaupt –, dann sagen sie, jede Wette, Sachen wie: ›Ich habe von Anfang an gewußt, daß mit dieser Lortz etwas nicht gestimmt hat.‹ Oder: ›Ich habe den Augen dieser Frau nie getraut.‹ Aber ich sage Ihnen, es war ganz anders. Sie summten um sie herum – Männer und Frauen gleichermaßen – wie ein Bienenschwarm um die erste Frühlingsblume. Sie war noch keine zwei Monate in der Stadt, hatte sie schon einen Job als Mr. Lavins Assistentin, aber sogar noch zwei Wochen vorher unterrichtete sie die Kleinen in Proverbia in der Sonntagsschule.

Was *genau* sie ihnen beigebracht hat, darüber möchte ich lieber nicht nachdenken – jede Wette, daß es nicht das Evangelium nach Matthäus war. Aber sie unterrichtete sie, und alle sagten, wie gern die Kleinen sie hatten. *Sie* sagten es auch, aber wenn sie es sagten, hatten sie einen Ausdruck in den Augen . . . einen abwesenden Ausdruck, als wären sie selbst nicht sicher, wo sie waren oder *wer* sie waren.

Nun, ich warf ein Auge auf sie . . . und sie auf mich. Heute sieht man es mir nicht mehr an, aber damals war ich ein ziemlich gutaussehender junger Mann. Ich war immer braungebrannt, weil ich im Freien arbeitete, ich hatte Muskeln, die Sonne hatte mein Haar fast blond gebleicht, und mein Bauch war so flach wie dein Bügeleisen, Sarah.

Ardelia hatte sich ein Farmhaus etwa eineinhalb Meilen von der Kirche entfernt gemietet, ein hübsches kleines Häuschen, aber es brauchte so dringend einen neuen Anstrich wie ein Verdurstender in der Wüste einen Schluck Wasser. Bei ihrem zweiten Besuch in der Kirche, nachdem sie mir aufgefallen war – ich ging nicht oft hin, und da war der August schon halb vorbei –, machte ich ihr das Angebot, es ihr zu streichen.

Sie hatte die größten Augen, die Sie je gesehen haben. Ich glaube, die meisten Menschen hätten sie grau genannt, aber wenn sie einen direkt ansah, durchdringend, hätte man geschworen, daß sie silbern waren. Und an jenem Nachmittag in der Kirche *hat* sie mich durchdringend angesehen. Sie hatte ein Parfum aufgelegt, das ich vorher noch nie gerochen hatte, und auch seither nicht mehr. Lavendel, glaube ich. Ich weiß nicht, wie ich es beschreiben soll, aber igendwie mußte ich dabei immer an kleine weiße Blumen denken, die nur erblühen, nachdem die Sonne untergegangen ist. Und ich war gebannt. In diesem Augenblick.

Sie saß in meiner Nähe – fast so nahe, daß unsere Körper sich berührten. Sie hatte ein schlichtes schwarzes Kleid an, so wie alte Damen es tragen, und einen Hut mit kleinem Netzschleier, und sie hielt die Handtasche vor sich. Alles schicklich und züchtig. Aber ihre *Augen* waren nicht schicklich. Nein, Sir. Und nicht züchtig. Kein bißchen.

›Ich hoffe, Sie wollen mein neues Haus nicht mit Anzeigen für Bleichmittel und Kautabak bemalen‹, sagt sie.

›Nein, Ma'am‹, sag ich darauf. ›Ich dachte mehr an zwei ordentliche Schichten weiß. Mit Häusern verdiene ich sowieso nicht meinen Lebensunterhalt, aber weil sie neu in der Stadt sind und so, hielt ich es für eine nachbarschaftliche Geste . . .‹

›Ja, wirklich‹, sagt sie und berührt mich an der Schulter.«

Dave sah Naomi ergeben an.

»Ich sollte dir die Möglichkeit geben zu gehen, wenn du möchtest. Ich werde bald ein paar ziemlich schmutzige Sachen erzählen. Ich schäme mich dafür, aber ich will reinen Tisch mit meiner Beziehung zu ihr machen.«

Sie tätschelte seine alte, runzlige Hand. »Nur weiter«, sagte sie leise zu ihm. »Red dir alles von der Seele.«

Er holte tief Luft und fuhr fort.

»Als sie mich berührte, da wußte ich, ich mußte sie haben oder beim Versuch sterben. Diese winzige Berührung allein hat mich mehr aufgereizt als sämtliche Berührungen von Frauen in meinem ganzen Leben. Und sie wußte es auch. Ich sah es in ihren Augen. Es war ein verschlagener Ausdruck. Es war auch ein böser Ausdruck, aber irgend etwas daran erregte mich mehr als alles andere.

›Es *wäre* nachbarschaftlich, Dave‹, sagt sie, ›und ich möchte eine *sehr* gute Nachbarin sein.‹

Und so brachte ich sie nach Hause. Alle anderen jungen Burschen standen an der Kirchentür, schäumten sozusagen und verfluchten mich zweifellos. Sie hatten keine Ahnung, welches Glück sie hatten. Keiner.

Mein Ford war in der Werkstatt, und sie hatte kein Auto, daher mußten wir zu Fuß laufen. Mir machte das überhaupt nichts aus, und ihr scheinbar auch nicht. Wir gingen zur Truman Road, damals noch eine Staubstraße, obwohl sie alle zwei oder drei Wochen einen Lieferwagen der Stadt zum Ölen schickten, damit sich der Staub legte.

Auf halbem Weg zu ihrem Haus blieb sie stehen. Nur wir zwei; wir standen mitten auf der Truman Road, es war Mittag an einem heißen Sommertag, und rechts von uns erstreckten sich schätzungsweise eine Million Morgen von Sam Ordays Mais und links von uns etwa zwei Millionen Morgen von Bill Humpes Mais, und alles wuchs hoch über unsere Köpfe und raschelte auf die dem Mais eigene geheimnisvolle Weise, obwohl kein Lüftchen wehte. Mein Großpapa hat immer gesagt, das wäre das Geräusch von wachsendem Mais. Keine Ahnung, ob das stimmt oder nicht, aber es ist ein unheimliches Geräusch. Das kann ich euch sagen.

›Sehen Sie!‹ sagt sie und deutet nach rechts. ›Sehen Sie es?‹

Ich sah hin, konnte aber nichts erkennen – nur Mais. Das sagte ich ihr.

›Ich zeige es Ihnen!‹ sagt sie und läuft in den Mais, mit Sonntagskleid und Stöckelschuhen und allem. Sie hat nicht einmal den Hut mit dem Schleier abgenommen.

Ich stand einen Moment fassungslos da. Dann hörte ich sie lachen. Ich hörte sie im Mais lachen. Da lief ich ihr nach, weil ich sehen wollte, was sie gesehen hatte, aber hauptsächlich wegen dieses Lachens. Ich war *so* geil. Ich kann es euch gar nicht sagen.

Ich sah sie in der Reihe stehen, in der ich war, und dann verschwand sie in der nächsten und lachte immer noch

dabei. Ich fing auch an zu lachen und zwängte mich ebenfalls hindurch, ohne darauf zu achten, daß ich ein paar
von Sam Ordays Pflanzen knickte. Bei den vielen Morgen
würden sie ihm gar nicht fehlen. Aber als ich durch war,
mir Maisfäden an den Schultern klebten und ein grünes
Blatt an der Krawatte, wie eine neue Krawattennadel,
hörte ich ruckzuck auf zu lachen, weil sie nicht da war.
Dann hörte ich sie auf der anderen Seite. Ich hatte keine
Ahnung, wie sie dorthin gelangt war, ohne daß ich sie gesehen hatte, aber sie hatte es geschafft. Ich drängte mich
durch und sah gerade noch, wie sie in der nächsten Reihe
verschwand.

Ich glaube, wir haben eine halbe Stunde Verstecken gespielt, und ich konnte sie nicht einfangen. Ich wurde nur
ständig verschwitzter und geiler. Ich dachte, sie wäre eine
Reihe vor mir, aber wenn ich dorthin kam, hörte ich sie
zwei Reihen entfernt *hinter* mir. Manchmal sah ich einen
Fuß oder ein Bein von ihr, und sie hinterließ selbstverständlich Spuren in der weichen Erde, aber die halfen mir
nichts, weil sie überall gleichzeitig hinzuführen schienen.

Als ich gerade anfing, wütend zu werden – ich hatte
mein gutes Hemd völlig durchgeschwitzt, die Krawatte
war gelockert, meine Schuhe waren voller Sand –, sah ich
ihren Hut an einer Maispflanze hängen, so daß der
Schleier in der leichten Brise flatterte, die durch die Ähren
wehte.

›Komm und fang mich, Dave!‹ ruft sie. Ich packte ihren
Hut und stürmte ohne abzubremsen in die nächste Reihe.
Sie war fort – ich konnte die Maispflanzen noch wackeln
sehen, wo sie sich durchgezwängt hatte – aber ihre beiden
Schuhe waren da. In der nächsten Reihe fand ich einen
ihrer Seidenstrümpfe über einer Maispflanze hängen.
Und ich konnte sie immer noch lachen hören.

Ich riß mir die Krawatte herunter und rannte ihr hinterher, im Kreis herum und ausgelassen, und dabei hechelte
ich wie ein dummer Hund, der nicht genug Verstand hat,
an einem heißen Sommertag still liegen zu bleiben. Und
ich will euch was sagen – ich habe überall den Mais abge-

brochen. Ich ließ eine Spur geknickter und niedergetrampelter Pflanzen hinter mir zurück – aber *sie* hat keine auch nur gekrümmt. Sie wackelten nur ein wenig, wenn sie vorüberging, als hätte sie nicht mehr Substanz als der leichte Sommerwind.

Ich fand ihr Kleid, ihren Slip und ihr Strumpfband. Dann fand ich BH und Schlüpfer. Ich konnte sie nicht mehr lachen hören. Außer dem Mais war nichts zu hören. Ich stand da in einer Reihe, keuchte wie ein lecker alter Boiler und hatte ihre sämtlichen Kleidungsstücke an die Brust gedrückt. Ich konnte ihr Parfum daran riechen und verlor fast den Verstand.

›Wo bist du?‹ schrie ich, bekam aber keine Antwort. Nun, schließlich verlor ich das bißchen Verstand, das ich noch hatte . . . und selbstverständlich hat sie genau das erreichen wollen. ›*Verdammt, wo steckst du?*‹ schrie ich, und da griff ihr langer weißer Arm durch die Maispflanzen direkt neben mir und strich mir mit einem Finger über den Hals. Ich bin zu Tode erschrocken.

›Ich habe auf dich gewartet‹, sagte sie. ›Was hat dich so lange aufgehalten? Möchtest du es nicht sehen?‹ Sie packte mich, zog mich durch den Mais – und da war sie und hatte keinen Fetzen mehr am Leib, und ihre Augen waren so silbern wie Regen an einem nebligen Tag.«

2

Dave trank einen Schluck Wasser, machte die Augen zu und fuhr fort.

»Wir haben uns dort im Mais nicht geliebt – wir haben uns so lange ich sie kannte nie geliebt. Aber wir haben *es* gemacht. Ich hatte Ardelia auf jede erdenkliche Weise, wie ein Mann eine Frau haben kann, und ich glaube, ich hatte sie auf ein paar Arten, die ihr für unmöglich halten würdet. Ich kann mich nicht an alle Abarten erinnern, aber ich erinnere mich an ihren Körper, wie weiß er war; wie ihre Beine aussahen; wie sich ihre Zehen krümmten und die Schößlinge zu ertasten schienen, die aus dem Boden wuchsen; ich kann mich erinnern, wie sie mit den Fingernägeln auf der Haut an meinem Nacken hin und her strich.

Wir konnten nicht aufhören. Ich weiß nicht, wie oft es war, aber ich wurde nie müde. Als wir anfingen, war ich so geil, ich hätte die Freiheitsstatue vergewaltigen können, und als wir fertig waren, fühlte ich mich noch genauso. Ich konnte nicht genug von ihr bekommen. Ich glaube, es war wie mit dem Fusel. Ich konnte unmöglich *je* genug von ihr bekommen. Und sie wußte das auch.

Aber schließlich hörten wir *doch* auf. Sie verschränkte die Hände hinter dem Kopf und wälzte sich mit ihren wei- ßen Schultern im schwarzen Boden, auf dem wir lagen, und sah mit ihren silbernen Augen zu mir auf und sagte: ›Nun, Dave? Sind wir jetzt Nachbarn?‹

Ich sagte ihr, ich wollte noch mal, da sagte sie, ich sollte mein Glück nicht in Versuchung führen. Ich versuchte trotzdem, auf sie zu steigen, aber sie stieß mich so mühelos von sich wie eine Mutter ihr Baby von der Brust stößt, wenn sie es nicht mehr säugen will. Ich versuchte es noch einmal, da strich sie mir mit den Nägeln übers Gesicht und kratzte mir an zwei Stellen die Haut auf. Das hat mein Temperament dann abgekühlt. Sie war schnell wie eine Katze und doppelt so kräftig. Als sie merkte, ich hatte eingesehen, daß das Spiel vorbei war, zog sie sich an und führte mich aus dem Mais. Ich folgte ihr so fromm wie ein kleines Lamm.

Wir gingen den Rest des Weges zu ihrem Haus. Niemand begegnete uns, und das war wahrscheinlich ganz gut so. Mein Anzug war voll Sand und Maisfäden, das Hemd hing mir heraus, die Krawatte hatte ich in die Gesäßtasche gesteckt, wo sie wie ein Schwanz flatterte, und überall, wo die Kleidung an mir rieb, fühlte ich mich wundgescheuert. *Sie* dagegen – sie sah so kühl und unberührt aus wie Eiskonfekt im Glas des Konditors. Kein Härchen an der falschen Stelle, kein Flecken Schmutz an den Schuhen, kein Fädchen Mais an der Kleidung.

Wir kamen zum Haus, und während ich es betrachtete und abzuschätzen versuchte, wieviel Farbe ich brauchen würde, brachte sie mir in einem hohen Glas etwas zu trinken. Es war ein Strohhalm und ein Minzezweig darin. Ich dachte, es wäre Eistee, bis ich einen Schluck getrunken hatte. Es war Scotch pur.

›Himmel!‹ sag ich fast würgend.

›Willst du es nicht?‹ fragt sie und lächelt mich auf ihre spöttische Art an. ›Vielleicht hättest du lieber Eiskaffee?‹

›Oh, ich will es‹, sag ich, aber es war mehr als das. Ich *brauchte* es. Damals versuchte ich, tagsüber nicht zu trinken, weil das typisch für Alkoholiker ist. Nun war es damit vorbei. Solange ich mit ihr zusammen war, trank ich fast den ganzen Tag – jeden Tag. Für mich waren die letzten zweieinhalb Jahre von Ikes Präsidentschaft eine einzige lange Zechtour.

Während ich ihr Haus strich – und bei jeder sich bietenden Gelegenheit mit ihr anstellte, was sie zuließ –, nistete sie sich in der Bibliothek ein. Mr. Lavin hat sie in Null Komma nichts eingestellt und ihr die Kinderbibliothek überlassen. Ich ging dorthin, so oft ich konnte, und das war oft, da ich selbständig war. Als Mr. Lavin mich darauf ansprach, wieviel Zeit ich dort verbrachte, versprach ich ihm, das ganze Innere der Bibliothek kostenlos zu streichen. Danach ließ er mich kommen und gehen, wie ich wollte. Ardelia hatte mir gesagt, daß es genauso kommen würde, und sie hatte wie üblich recht behalten.

Ich habe keine zusammenhängenden Erinnerungen an die Zeit, die ich unter ihrem Bann verbracht habe – und genau das war ich, ein verhexter Mann unter dem Bann einer Frau, die eigentlich gar keine Frau war. Es handelte sich nicht um die Aussetzer, die Trinker manchmal haben; ich wollte vieles vergessen, wenn es vorbei war. Ich habe Erinnerungen, die zusammenhanglos sind, aber dennoch eine Kette bilden, so wie diese Inseln im Pazifik.

Ich kann mich noch erinnern, sie hat das Plakat mit Rotkäppchen etwa einen Monat vor Mr. Lavins Tod an die Tür der Kinderbibliothek gehängt, und ich kann mich auch erinnern, wie sie einmal einen kleinen Jungen an der Hand nahm und ihn dorthin führte. ›Siehst du das kleine Mädchen?‹ fragte Ardelia ihn. ›Ja‹, sagt er. ›Weißt du, warum der Bösewicht sie gleich fressen wird?‹ fragt Ardelia. ›Nein‹, antwortet der Junge, dessen Augen groß und ernst und voller Tränen sind. ›Weil es vergessen hat, seine Bibliotheksbücher rechtzeitig zurückzubringen‹, sagt sie. ›Das wirst du nie machen, Willy, oder?‹ ›Nein, nie‹, sagt der kleine Junge, und Ardelia antwortet: ›Besser nicht.‹ Und dann führte sie ihn zur Märchenstunde in die Kinderbibliothek – immer noch an der Hand. Der Junge – es war Willy Klemmart, der in Vietnam gefallen ist – sah über die Schulter zu mir. Ich stand mit dem Pinsel in der Hand auf einem Gerüst, und ich konnte seine Augen wie die Schlagzeile einer Zeitung lesen. *Retten Sie mich vor ihr*, sagten diese Augen. *Bitte, Mr. Duncan.* Aber wie konnte ich ihn retten? Ich konnte ja nicht einmal mich selbst retten.«

Dave holte ein sauberes, arg zerknülltes Taschentuch aus den Tiefen einer Gesäßtasche und schneuzte sich gewaltig.

»Anfangs dachte Mr. Lavin noch, Ardelia könnte buchstäblich auf Wasser wandeln, aber nach einer Weile hat er seine Meinung geändert. Etwa eine Woche vor seinem Tod hatten sie einen schlimmen Streit wegen diesem Rotkäppchen-Plakat. Es hatte ihm nie gefallen. Vielleicht hatte er keine rechte Vorstellung, was sich während der Märchenstunde abspielte – darauf komme ich gleich zu sprechen –, aber *völlig* blind war er auch nicht. Er merkte, wie die Kinder das Plakat ansahen. Schließlich bat er sie, es wieder abzuhängen. So fing der Streit an. Ich konnte nicht alles hören, weil ich auf dem Gerüst stand, hoch über ihnen, und die Akustik war schlecht, aber ich hörte genug. Er sagte etwas von wegen den Kindern Angst machen oder so, und sie antwortete, es würde ihr helfen, das Rowdyelement unter Kontrolle zu behalten. Sie bezeichnete das Plakat als Erziehungsmittel, genau wie den Rohrstock.

Aber er beharrte auf seinem Standpunkt, und so mußte

sie es schließlich abhängen. An diesem Abend, in ihrem Haus, war sie wie ein Tiger im Zoo, den ein Kind den ganzen Tag lang mit einem Stecken gepiekst hat. Sie ging mit großen, langen, kräftigen Schritten hin und her. Ich lag im Bett und war betrunken wie ein Amtmann. Aber ich kann mich erinnern, wie sie sich umdrehte und ihre Augen sich von Silber in Rot verwandelt hatten, als hätte ihr Gehirn Feuer gefangen; und ihr Mund sah auch komisch aus, als wollte er sich gleich aus dem Gesicht stülpen oder so. Ich wurde fast nüchtern vor Angst. Ich hatte so etwas noch nie gesehen und wollte es auch nie wieder sehen.

›Ich werd's ihm zeigen‹, sagt sie. ›Ich werde es dem fetten alten Hurenmeister zeigen, Davey. Wart's nur ab.‹

Ich sagte ihr, sie solle keine Dummheit begehen und sich nicht von ihrem Temperament leiten lassen und noch eine ganze Menge mehr, was völlig für'n Arsch war. Sie hörte mir eine Weile zu, und dann rannte sie so schnell durchs Zimmer . . . nun, ich weiß nicht, wie ich sagen soll. Eben noch stand sie ganz auf der anderen Zimmerseite bei der Tür, und im nächsten Augenblick sprang sie auf mich drauf – ihre Augen waren rot und der Mund ganz aus dem Gesicht gestülpt, als wollte sie mich so dringend küssen, daß sie irgendwie die Haut streckte, um es zu schaffen; und ich hatte eine Ahnung, sie würde mich diesmal nicht nur kratzen, sondern mir die Nägel in den Hals schlagen und ihn bis zur Wirbelsäule abschälen.

Aber das hat sie nicht gemacht. Sie brachte ihr Gesicht vor meins und sah mich an. Ich weiß nicht, was sie gesehen hat – wahrscheinlich, wie groß meine Angst war –, aber es schien sie glücklich zu machen, denn sie wich mit dem Kopf zurück, so daß ihr Haar auf meine Oberschenkel fiel, und sie lachte. ›Hör auf zu winseln, alter Jammerlappen‹, sagte sie, ›und steck ihn mir rein. Wozu würdest du sonst taugen?‹

Und ich gehorchte. Denn inzwischen taugte ich wirklich nur noch dazu, ihn ihr reinzustecken – und zu *trinken*. Ich malte keine Bilder mehr, ich hatte den Führerschein verloren, als ich zum drittenmal wegen Alkohol am

Steuer festgenommen wurde – das war Ende '58 oder Anfang '59 –, und ich bekam Reklamationen bei manchen Aufträgen. Sehen Sie, ich achtete nicht mehr darauf, wie ich meine Arbeit machte; ich wollte nur sie. Ich kam ins Gerede, von wegen wie unzuverlässig der gute Dave Duncan geworden war . . . aber der *Grund* dafür, sagten sie, war nicht immer der Fusel. Es wurde nie darüber geredet, was wir alles miteinander trieben. Sie achtete wie der Teufel darauf, daß nichts bekannt wurde. Mein Ruf ging total vor die Hunde, aber sie hatte nicht einmal einen Dreckspritzer auf dem Saum ihrer weißen Weste.

Ich glaube, Mr. Lavin hat es geahnt. Anfangs dachte er wohl, ich hätte mich in sie verknallt, und sie würde nicht einmal bemerken, wie ich ihr von meinem Gerüst herunter Stielaugen machte; aber zuletzt hat er es, glaube ich, geahnt. Doch dann starb Mr. Lavin. Sie sagten Herzanfall, aber ich weiß es besser. Am Abend danach saßen wir auf der Hollywoodschaukel auf ihrer hinteren Veranda, und in dieser Nacht konnte *sie* nicht genug davon bekommen. Sie hat mich gevögelt, bis ich fast den Geist aufgegeben hatte. Dann lag sie neben mir und war zufrieden wie eine Katze, die ihre Sahne bekommen hat, und ihre Augen hatten wieder dieses tiefrote Leuchten. Ich habe mir das nicht eingebildet; ich konnte die Spiegelung dieses roten Leuchtens auf meinem nackten Unterarm sehen. Und ich konnte es *spüren*. Es war, als säße man neben einem Holzofen, der eingeheizt wurde und dann wieder abgekühlt ist. ›Ich hab' dir gesagt, ich würde es ihm zeigen, Davey‹, sagt sie plötzlich mit ihrer gemeinen, spöttischen Stimme.

Ich, ich war besoffen und halbtot vom Ficken – ich bekam kaum mit, was sie zu mir sagte. Mir war zumute, als würde ich in einem Treibsandloch einschlafen. ›Was hast du mit ihm gemacht?‹ fragte ich halb im Tran.

›Ich habe ihn umarmt‹, sagte sie. ›Ich kenne ganz besondere Umarmungen, Davey – du kennst meine besonderen Umarmungen nicht, und wenn du Glück hast, wirst du sie auch nie kennenlernen. Ich habe ihn in den Schwitzkasten genommen und meine Arme um ihn gelegt und ihm gezeigt, wie ich wirklich aussehe. Da fing er an zu weinen. Solche Angst hatte er. Er fing an, seine speziellen Tränen zu weinen, und ich küßte sie weg, und als ich fertig war, lag er tot in meinen Armen.‹

›Seine speziellen Tränen.‹ So hat sie sich ausgedrückt. Und dann . . . *veränderte* sich ihr Gesicht. Es waberte, als wäre es unter Wasser. Und ich sah etwas . . .«

Dave verstummte, sah über das Flachland, sah zum Getreideaufzug, sah eigentlich nichts. Mit den Händen hatte er das Verandageländer umklammert. Er drückte fest zu, ließ locker, drückte wieder zu.

»Ich kann mich nicht erinnern«, sagte er schließlich. »Oder vielleicht *will* ich mich nicht erinnern. Nur an zwei Dinge: Es hatte rote Augen ohne Lider, und es hatte eine Menge Fleischwülste um den Mund, die Falten und Lappen bildeten, aber Haut war es nicht. Es sah . . . gefährlich aus. Dann bewegte sich das Fleisch um den Mund herum irgendwie, und ich fing an zu schreien. Da war es vorbei. Alles war vorbei. Es war wieder nur Ardelia, die mich ansah und lächelte wie eine hübsche, neugierige Katze.

›Keine Bange‹, sagt sie. ›Du mußt es nicht sehen, Davey. Das heißt, solange du tust, was ich dir sage. Solange du zu den guten Babys gehörst. Solange du dich benimmst. Heute abend bin ich sehr glücklich, weil der alte Narr endlich nicht mehr ist. Der Stadtrat wird mich zu seiner Nachfolgerin ernennen, und dann kann ich endlich schalten und walten wie ich will.‹

Gott stehe uns allen bei, dachte ich mir, sagte es aber nicht. Das hätten Sie auch nicht, wenn Sie dieses Ding mit den glotzenden roten Augäpfeln draußen auf dem Land in einer Hängematte neben sich liegen gesehen hätten, wo niemand einen schreien hören konnte, und wenn man sich die Lunge herausgebrüllt hätte.

Eine Weile später ging sie ins Haus und kam mit zwei großen Gläsern Scotch zurück, und ich war wenig später wieder zwanzigtausend Meilen unter dem Meer, wo einen absolut nichts kümmert.

Sie ließ die Bibliothek eine Woche geschlossen . . . ›aus

Respekt vor Mr. Lavin‹, wie sie sich ausdrückte, und als sie wieder aufmachte, hing Rotkäppchen wieder an der Tür der Kinderbibliothek. Eine oder zwei Wochen danach sagte sie mir, ich solle ihr ein paar neue Plakate für die Kinderbibliothek malen.«

Er machte eine Pause, dann fuhr er mit leiserer, bedächtigerer Stimme fort.

»Ein Teil von mir möchte auch heute noch alles beschönigen, möchte meinen Anteil daran in besserem Licht darstellen. Ich würde Ihnen gerne erzählen, daß ich mit ihr gestritten habe, ihr sagte, ich wollte nichts damit zu tun haben, kleinen Kindern Angst zu machen . . . aber das wäre gelogen. Ich habe, ohne zu zögern, gemacht, was sie von mir verlangte. Gott steh mir bei, so ist es. Teilweise, weil ich mittlerweile Angst vor ihr hatte. Aber größtenteils, weil ich einfach süchtig nach ihr war. Und da war noch etwas. Ich hatte einen gemeinen, bösen Teil in mir – ich glaube nicht, daß der in jedem von uns steckt, aber in vielen –, dem gefiel, was sie trieb. *Gefiel.*

Jetzt werden Sie sich wahrscheinlich fragen, was *ich* getan habe, aber ich kann Ihnen wirklich nicht alles erzählen. Ich kann mich nicht erinnern. Alles ist durcheinander, so wie kaputte Spielsachen, die man der Heilsarmee schickt, nur damit man die elenden Dinger endlich vom Speicher bekommt.

Ich habe niemanden umgebracht. Diesbezüglich bin ich mir ganz sicher. Sie wollte es . . . und ich hätte es fast getan . . . aber zuletzt habe ich doch gekniffen. Nur aus diesem Grund konnte ich weiterleben, weil es mir am Ende gelang, von ihr fortzukriechen. Sie hat einen Teil meiner Seele behalten – vielleicht den besten –, aber sie hat sie nie völlig besessen.«

Er sah Naomi und Sam nachdenklich an. Jetzt schien er ruhiger, gefaßter zu sein; vielleicht hatte er sogar Frieden mit sich selbst gefunden, dachte Sam.

»Ich erinnere mich, wie ich eines Tages im Herbst '59 – ich *glaube* jedenfalls, es war '59 – hingegangen bin und sie mir sagte, ich sollte noch ein Plakat für die Kinderbibliothek für sie machen. Sie beschrieb mir genau, was sie wollte, und ich ging bereitwillig darauf ein. Ich konnte nichts Unrechtes darin sehen. Ich hielt es sogar für ziemlich komisch. Sehen Sie, sie wollte von mir das Bild eines Kindes, das mitten auf der Straße von einer Dampfwalze plattgefahren worden war. Darunter sollte stehen: ÜBERMUT TUT SELTEN GUT! BRINGT EURE AUSGELIEHENEN BÜCHER RECHTZEITIG ZURÜCK!

Ich hielt es für einen Witz, als würde der Koyote den Roadrunner verfolgen und dabei von einem Güterzug oder so was plattgefahren werden. Daher sagte ich, klar doch. Sie schnurrte vor Zufriedenheit. Ich ging in ihr Büro und malte das Plakat. Ich brauchte nicht lange, schließlich war es nur ein Cartoon.

Ich dachte, es würde ihr gefallen, aber es gefiel ihr nicht. Sie zog die Brauen zusammen, und ihr Mund verschwand fast. Ich hatte einen Trickfilmjungen mit Kreuzen statt Augen gezeichnet, und als Scherz zeichnete ich noch eine Sprechblase für den Fahrer der Dampfwalze. ›Wenn ihr eine Briefmarke hättet, könntet ihr ihn wie eine Postkarte verschicken‹, sagte er.

Sie lächelte nicht einmal. ›Nein, Davey‹, sagt sie, ›du verstehst nicht. *Dadurch* werden die Kinder ihre Bücher nicht rechtzeitig zurückbringen. *Darüber* werden sie nur lachen, und das machen sie sowieso schon zu oft.‹

›Nun‹, sagte ich, ›ich habe wohl nicht richtig verstanden, was du gewollt hast.‹

Wir standen hinter dem Ausgabeschalter, daher konnte man uns nicht ganz sehen, nur von der Taille aufwärts. Sie griff nach unten, faßte mich an den Eiern an, betrachtete mich mit ihren großen silbernen Augen und sagte: ›Ich möchte, daß du es *realistisch* malst.‹

Ich brauchte einen Moment, bis ich begriffen hatte, was sie *wirklich* wollte. Doch dann konnte ich es nicht glauben. ›Ardelia‹, sagte ich, ›du weißt nicht, was du sagst. Wenn ein Kind *tatsächlich* von einer Dampfwalze überfahren wird . . .‹

Sie drückte mir die Eier – so sehr, daß es weh tat –, als

wollte sie mich daran erinnern, daß sie mich buchstäblich in der Hand hatte, und sagte: ›Doch, ich weiß es durchaus. Aber jetzt mußt *du* es wissen. Ich will nicht, daß sie *lachen*, Davey; ich will, daß sie *weinen*. Also gehst du jetzt wieder da rein, und diesmal machst du es richtig, ja?‹

Ich ging wieder in ihr Büro. Ich weiß nicht, was ich vorhatte, aber ich bekam alsbald eine Entscheidungshilfe. Auf dem Schreibtisch lag ein frischer Plakatkarton, daneben stand ein volles Glas Scotch mit Strohhalm und Minzezweig und ein Brief von Ardelia, auf dem stand: ›D. – diesmal solltest du *viel* Rot verwenden.‹«

Er sah Sam und Naomi ernst an.

»Aber sie war nicht da drinnen gewesen, wißt ihr. Nicht einen einzigen Augenblick.«

3

Naomi brachte Dave ein frisches Glas Wasser, und als sie zurückkam, stellte Sam fest, daß ihr Gesicht leichenblaß und ihre Augenwinkel rot waren. Aber sie setzte sich ganz leise hin und bedeutete Dave, daß er fortfahren könne.

»Ich habe getan, was Alkoholiker am besten können«, sagte er. »Ich habe das Glas leergetrunken und gemacht, was mir aufgetragen worden war. Eine Art . . . Art Wahnsinn, könnte man wohl sagen . . . war über mich gekommen. Ich verbrachte zwei Stunden an ihrem Schreibtisch, arbeitete mit einem Kasten billiger Wasserfarben, schüttete Wasser und Farben über ihren ganzen Tisch und scherte mich einen Dreck darum, was wohin spritzte. Am Ende hatte ich etwas, woran ich mich nicht gerne erinnere . . . aber ich *kann* mich erinnern. Es war ein kleiner Junge, der über die ganze Rampole Street verstreut war, mit einem Kopf, der wie in der Sonne geschmolzene Butter aussah. Der Fahrer der Dampfwalze war nur eine Silhouette, aber er sah zurück, und man konnte ihn deutlich grinsen sehen. Dieser Typ tauchte immer wieder in den

Plakaten auf, die ich für sie gemalt hatte. Er hat das Auto auf dem Plakat gefahren, das Sie erwähnt haben, Sam, von wegen nie mit Fremden fahren.

Mein Vater hat das Haus etwa ein Jahr nach meiner Geburt verlassen, einfach so verlassen, und heute habe ich eine Vorstellung davon, wen ich auf diesen Plakaten immer malen wollte. Ich habe ihn immer den dunklen Mann genannt, und ich glaube, er war mein Dad. Ich denke, Ardelia hat ihn irgendwie aus mir herausgelockt. Jedenfalls, als ich ihr das zweite Plakat brachte, hat es ihr sehr gut gefallen. Sie hat sogar gelacht. ›*Perfekt*, Davey!‹ sagte sie. ›Das wird den kleinen Rotznasen einen ganzen *Berg* Benimm einbleuen! Ich hänge es sofort auf!‹ Und das hat sie gemacht, vor dem Ausgabeschalter in der Kinderbibliothek. Und während sie es tat, habe ich etwas gesehen, bei dem mir wirklich das Blut gefroren ist. Wissen Sie, ich *kannte* den kleinen Jungen, den ich gezeichnet hatte. Es war Willy Klemmart. Ich hatte ihn gezeichnet, ohne es zu wissen, und sein Gesichtsausdruck, soweit das Gesicht noch vorhanden war, war genau der, den ich an jenem Tag gesehen hatte, als sie seine Hand nahm und ihn in die Kinderbibliothek führte.

Ich war da, als die Kinder zur Märchenstunde kamen und das Plakat zum erstenmal sahen. Sie hatten Angst. Ihre Augen wurden groß, ein kleines Mädchen fing an zu weinen. Und mir *gefiel*, daß sie Angst hatten. Ich dachte mir: ›Das wird ihnen wahrlich Benimm einbleuen. Das wird sie lehren, was mit ihnen passiert, wenn sie ungezogen zu ihr sind, wenn sie nicht tun, was sie ihnen sagt.‹ Und ein Teil von mir dachte: *Du denkst schon wie sie, Dave. Bald wirst du wie sie sein, und dann ist es um dich geschehen. Für immer geschehen.*

Aber ich machte dennoch weiter. Mir war, als hätte ich eine Fahrkarte und könnte nicht vor dem Ziel der Fahrt abspringen. Ardelia stellte Jungs und Mädchen vom College ein, aber die beschäftigte sie immer in der Verwaltung und im Archiv und am Hauptschalter. *Sie* behielt die uneingeschränkte Gewalt über die Kinder ... wissen Sie, die waren am leichtesten einzuschüchtern. Und ich glaube, sie waren die *besten* Ängstlichen, die ihr am meisten Kraft gaben. Denn davon lebte sie, müssen Sie wissen – von der Angst anderer. Und ich habe noch mehr Plakate für sie gemalt. Ich kann mich nicht mehr an alle erinnern, aber den Bibliothekspolizisten sehe ich noch vor mir. Von dem habe ich viele gezeichnet. Auf einem – es trug den Titel AUCH BIBLIOTHEKSPOLIZISTEN MACHEN URLAUB – stand er am Ufer eines Bachs und angelte. Aber am Haken hatte er den kleinen Jungen, den die Kinder Einfaltspinsel nannten. Auf einem andern hatte er den Einfaltspinsel auf die Spitze einer Rakete geschnallt und drückte den Knopf, um ihn ins Weltall zu schießen. Darauf stand: LERNT IN DER BIBLIOTHEK MEHR ÜBER WISSENSCHAFT UND TECHNOLOGIE – ABER MACHT ES RICHTIG UND BRINGT EURE BÜCHER RECHTZEITIG ZURÜCK.

Wir haben die Kinderbibliothek in ein Schreckenskabinett für die Kinder verwandelt, die dorthin kamen«, sagte Dave. Er sprach langsam, seine Stimme war voller Tränen.

»Sie und ich. Das haben wir den Kindern angetan. Aber wissen Sie was? Sie sind immer wiedergekommen. Sie sind immer wiedergekommen und wollten mehr. Und sie haben nie etwas verraten. Dafür hat *sie* gesorgt.«

»Aber die Eltern!« rief Naomi plötzlich und so schneidend aus, daß Sam zusammenzuckte. »Die Eltern müssen doch gesehen haben . . .«

»Nein«, sagte Dave zu ihr. »Ihre Eltern haben *nie* etwas gesehen. Das einzige schlimme Plakat, das sie je zu Gesicht bekommen haben, war das von Rotkäppchen und dem Wolf. Das ließ Ardelia immer hängen, aber die andern hat sie nur zur Märchenstunde aufgehängt – nach der Schule, dienstagabends und samstagvormittags. Sie war kein menschliches Wesen, Sarah, darüber mußt du dir im klaren sein. *Sie war kein Mensch.* Sie *wußte*, wann Erwachsene kamen, und sie konnte immer die Plakate abhängen, die ich gemalt hatte, und andere aufhängen – reguläre, auf denen stand LEST BÜCHER ZUM SPASS, und so weiter, ehe sie hereinkamen.

Ich kann mich erinnern, manchmal war ich während der Märchenstunde dort – damals wich ich nicht von ihr, wenn ich bei ihr bleiben konnte, und ich hatte viel Zeit, bei ihr zu bleiben, da ich nicht mehr malte, meine regelmäßigen Aufträge ausblieben und ich von dem bißchen lebte, was ich mir zusammengespart hatte. Es dauerte nicht lange, da war auch das wenige Geld verpraßt, und ich mußte anfangen, Sachen zu verkaufen – den Fernseher, meine Gitarre, meinen Lastwagen, zuletzt mein Haus. Aber das ist unwichtig. Wichtig ist, ich war oft dort und habe gesehen, was vor sich ging. Die Kleinen hatten ihre Stühle zu einem Kreis zusammengestellt, Ardelia saß in der Mitte. Ich hielt mich im hinteren Teil des Raumes auf, saß selbst auf einem der winzigen Kinderstühle, hatte häufig meinen farbfleckigen Overall an, war sturzbetrunken, unrasiert und roch nach Scotch. Und sie las – sie las eine ihrer speziellen Ardelia-Geschichten –, und dann verstummte sie und legte den Kopf schief, als lauschte sie. Die Kinder rutschten herum und sahen unbehaglich drein. Manchmal sahen sie auch anders aus – als würden sie aus einem tiefen Schlaf erwachen, in den sie sie versetzt hatte.

›Wir bekommen Besuch‹, sagte sie dann lächelnd. ›Ist das nicht etwas Besonderes, Kinder? Habe ich ein paar brave Kinder als Freiwillige, die mir helfen, uns auf unseren großen Besuch vorzubereiten?‹ *Alle* hoben die Hand, wenn sie das sagte, weil sie alle brave Kinder sein wollten. Meine Plakate zeigten ihnen, was mit bösen Kindern passierte, die Schlimmes taten. Selbst ich hob die Hand, wenn ich betrunken in meinem dreckigen alten Overall hinten im Zimmer saß und aussah wie das älteste, müdeste Kind der Welt. Dann standen sie auf, hingen meine Plakate ab, holten die normalen, regulären Plakate aus der untersten Schublade ihres Schreibtischs. Sie hängten sie auf. Dann setzten sie sich wieder, und sie ließ von der gräßlichen Geschichte ab, die sie ihnen erzählt hatte, und wechselte zu etwas wie ›Die Prinzessin auf der Erbse‹, und wahrhaftig streckte wenige Minuten später eine Mutter den Kopf zur Tür herein und sah alle wohlerzogenen braven Kinder, die zuhörten, wie die liebe Miss Lortz ein Märchen vorlas, dann lächelte sie ihrem eigenen Kind zu, das Kind lächelte zurück, und weiter ging es.«

»Was meinen Sie damit, ›ließ von der gräßlichen Geschichte ab, die sie ihnen erzählt hatte?‹« fragte Sam. Seine Stimme war heiser, sein Mund trocken. Er hatte Dave mit einem wachsenden Gefühl von Entsetzen und Ekel zugehört.

»Märchen«, sagte Dave. »Aber sie hat sie in Horror-Stories verwandelt. Sie wären überrascht, wie wenig Änderungen sie an den meisten vornehmen mußte, um das zu bewerkstelligen.«

»Ich nicht«, sagte Naomi grimmig. »Ich kann mich noch an diese Märchen erinnern.«

»Kann ich mir denken«, sagte er, »aber du hast nie gehört, wie Ardelia sie erzählt hat. Und den Kindern *gefielen* sie – einem Teil von ihnen gefielen die Märchen, und sie mochten sie, weil Ardelia sie in den Bann zog und sie faszinierte, so wie sie mich in den Bann zog. Nun, nicht *genau* so, denn mit Sex hatte das selbstverständlich nie etwas zu tun – glaube ich jedenfalls –, aber die Dunkelheit in ihr sprach die Dunkelheit in ihnen an. Verstehen Sie mich?«

Und Sam, der sich an die schreckliche Faszination von Blaubart und den tanzenden Besen in *Fantasia* erinnerte, war überzeugt, daß er *wahrhaftig* verstand. Kinder haßten und fürchteten die Dunkelheit . . . aber sie zog sie an, oder nicht? Lockte sie,

(*komm mit mir, Junge*)

oder nicht? Sie sang zu ihnen,

(*ich bin Poliziiissst*)

oder nicht?

Oder *nicht*?

»Ich weiß, was Sie meinen, Dave«, sagte er.

Er nickte. »Sind Sie sich schon darüber klar geworden, Sam? Wer *Ihr* Bibliothekspolizist war?«

»Das verstehe ich immer noch nicht«, sagte Sam, aber ein Teil von ihm, dachte er, verstand es doch. Es war, als wäre sein Verstand ein tiefes, dunkles Gewässer, auf dessen Grund ein Boot gesunken war – aber kein beliebiges Boot. Nein, das war eine Privatjacht, voll Beute und Leichen, die sich jetzt im Schlamm, der sie so lange festgehalten hatte, zu regen anfing. Er fürchtete, das geisterhafte, schauerliche Wrack würde bald zur Oberfläche steigen, die verfaulten Masten würden mit grünem Tang behangen sein und ein Skelett mit einem Millionen-Dollar-Grinsen würde noch festgebunden am Steuer stehen.

»Vielleicht doch«, sagte Dave. »Jedenfalls allmählich. Und es wird ans Licht kommen, Sam. Glauben Sie mir.«

»Das mit den Märchen habe ich immer noch nicht verstanden«, sagte Naomi.

»Eines ihrer Lieblingsmärchen, Sarah – und auch ein Lieblingsmärchen der Kinder; das mußt du glauben und verstehen –, war ›Goldlöckchen und die drei Bären‹. Du kennst dieses Märchen, aber du kennst es nicht so, wie es manche Leute in dieser Stadt kennen – Leute, die inzwischen erwachsen sind, Banker und Anwälte und Großfarmer mit ganzen Flotten John Deere-Traktoren. Weißt du, tief in ihren Herzen haben sie die Version von Ardelia Lortz behalten. Es könnte sein, daß einige dieselben Märchen ihren Kindern erzählt haben und nicht wissen, daß es noch andere Versionen gibt. Ich denke nicht gerne daran, aber im Grunde meines Herzens weiß ich, daß es so ist.

In Ardelias Version ist Goldlöckchen ein böses Kind, das sich nicht brav benimmt. Sie kommt ins Haus der drei Bären und verwüstet es mit böser Absicht – sie reißt Mama Bärs Vorhänge herunter, schleift die Wäsche durch den Schmutz, zerreißt sämtliche Zeitschriften und Geschäftsunterlagen von Papa Bär und schneidet mit einem Steakmesser Löcher in seinen Lieblingssessel. Dann zerreißt sie sämtliche Bücher. Das war, glaube ich, Ardelias Lieblingsstelle, als Goldlöckchen alle Bücher kaputt macht. Und sie hat nicht den Haferbrei gegessen, o nein!

Wenn Ardelia die Geschichte erzählte, nicht! In Ardelias Version nahm Goldlöckchen Rattengift von einem Regal und schüttete es über den Haferbrei wie Puderzucker. Sie wußte nicht einmal, wer in dem Haus wohnte, aber sie wollte sie trotzdem umbringen, weil sie so ein böses Kind war.«

»Das ist ja *gräßlich*!« rief Naomi aus. Sie hatte die Gelassenheit verloren – zum ersten Mal wirklich verloren. Sie drückte die Hände auf den Mund und sah Dave mit weit aufgerissenen Augen an.

»Ja. Das war es. Aber es war nicht das Ende. Weißt du, Goldlöckchen war so müde, weil sie das ganze Haus verwüstet hatte, daß sie in Baby Bärs Bettchen einschlief. Und als die drei Bären nach Hause kamen und sie sahen, fielen sie über sie her – genau so hat Ardelia sich ausgedrückt – und fraßen das böse Kind bei lebendigem Leib. Sie fraßen es von den Füßen aufwärts, während Goldlöckchen schrie und zappelte. Bis auf den Kopf. Den hoben sie auf, weil sie wußten, was sie mit ihrem Haferbrei gemacht hatte. Sie hatten das Gift gerochen. ›Das konnten sie, Kinder, weil sie *Bären* waren‹, pflegte Ardelia zu sagen, und alle Kinder – Ardelias brave Kinder – nickten mit den Köpfen, weil sie einsahen, wie das möglich war. ›Sie nahmen Goldlöckchens Kopf in die Küche und kochten ihn und aßen ihr Gehirn zum Frühstück. Alle waren sich darin einig, daß es köstlich geschmeckt hatte . . . und wenn sie nicht gestorben sind, dann leben sie noch heute.‹«

4

Auf der Veranda herrschte Totenstille. Dave griff nach seinem Wasserglas und stieß es mit seinen zitternden Fingern beinahe vom Verandageländer. Im letzten Augenblick rettete er es, hielt es mit beiden Händen fest und trank in großen Zügen. Dann stellte er es hin und sagte zu Sam: »Überrascht es Sie noch, daß mein Alkoholkonsum ein wenig außer Kontrolle geraten ist?«

Sam schüttelte den Kopf.

Dave sah Naomi an und sagte: »Verstehst du jetzt, warum ich diese Geschichte nie erzählen konnte? Warum ich sie in diesem Zimmer eingeschlossen hatte?«

»Ja«, sagte sie mit einer zitternden, seufzenden Stimme, die kaum mehr als ein Flüstern war. »Und ich glaube, ich verstehe jetzt auch, warum die Kinder nie etwas gesagt haben. Manche Sachen sind einfach zu . . . monströs.«

»Vielleicht für uns«, sagte Dave. »Für Kinder? Ich weiß nicht, Sarah. Ich glaube nicht, daß Kinder die Monster auf den ersten Blick erkennen. Ihre Eltern sagen ihnen, wie sie die Monster erkennen können. Und sie hatte noch einen Vorteil auf ihrer Seite. Erinnerst du dich, wie ich sagte, daß die Kinder aussahen, als würden sie aus einem tiefen Schlaf erwachen, wenn sie ihnen sagte, daß Erwachsene kamen? Auf eine komische Weise *haben* sie geschlafen. Es war keine Hypnose – ich glaube jedenfalls nicht, daß es Hypnose war –, aber es war *wie* Hypnose. Und wenn sie nach Hause gingen, konnten sie sich zumindest bewußt nicht mehr an die Märchen oder Plakate erinnern. Aber darunter, im Unterbewußtsein, erinnerten sie sich meiner Meinung nach ausreichend daran . . . genau wie Sam tief unter der Oberfläche weiß, wer sein Bibliothekspolizist ist. Ich glaube, sie erinnern sich heute noch daran – die Banker und Anwälte und Großfarmer, die einmal Ardelias brave Kinder gewesen sind. Ich sehe sie immer noch vor mir, in Matrosenblusen und kurzen Hosen, wie sie auf den kleinen Stühlen sitzen und Ardelia in ihrem Kreis ansehen, und ihre Augen sind so groß und rund wie Untertassen. Und ich glaube, wenn es dunkel wird und Stürme kommen, oder wenn sie schlafen und Alpträume kommen, dann sind sie *wieder* Kinder. Ich glaube, dann gehen die Türen auf und sie sehen die drei Bären – *Ardelias* drei Bären –, die mit ihren hölzernen Breilöffeln das Gehirn aus Goldlöckchens Schädel löffeln, und Baby Bär, der Ardelias Skalp wie eine blonde Perücke auf dem Kopf hat. Ich glaube, sie wachen schwitzend auf und fühlen sich elend und ängstlich. Ich glaube, das hat sie in dieser Stadt hinterlassen. Sie hat ein Erbe heimlicher Alpträume hinterlassen.

Aber ich habe immer noch nicht vom Schlimmsten erzählt. Wißt ihr, diese Geschichten – nun, manchmal auch die Plakate, aber hauptsächlich ihre Geschichten – machten manchen solche Angst, daß sie Weinkrämpfe bekamen, oder sie wurden ohnmächtig oder was auch immer. Und wenn das passierte, sagte sie zu den anderen: ›Senkt die Köpfe und ruht euch aus, während ich Billy . . . oder Sandra . . . oder Tommy . . . mit zur Toilette nehme und dafür sorge, daß es ihm wieder besser geht.‹

Dann ließen alle im selben Augenblick die Köpfe sinken. Als wären sie tot. Als ich das das erstemal gesehen habe, wartete ich etwa zwei Minuten, als sie ein kleines Mädchen aus dem Zimmer geführt hatte, dann stand ich auf und ging zu dem Kreis. Als erstes ging ich zu Willy Klemmart.

›Willy!‹ flüsterte ich und stieß ihn an der Schulter an. ›Alles in Ordnung, Will?‹

Er regte sich nicht, daher stieß ich ihn fester an und wiederholte seinen Namen. Er bewegte sich immer noch nicht. Ich konnte ihn atmen hören – irgendwie rotzig und schnarchend, wie Kinder das meistens so an sich haben, wo sie doch fast immer mit irgendwelchen Erkältungen rumlaufen –, aber es war immer noch, als wäre er tot. Er hatte die Augen teilweise offen, aber ich konnte nur das Weiße sehen, und ein langer Speichelfaden hing ihm von der Unterlippe. Ich bekam Angst und ging zu drei oder vier anderen, aber keiner sah zu mir auf oder gab auch nur einen Laut von sich.«

»Sie wollen sagen, sie hat sie verzaubert, richtig?« fragte Sam. »Daß sie wie Schneewittchen waren, nachdem sie den vergifteten Apfel gegessen hat.«

»Ja«, stimmte Dave zu. »So waren sie. Und auf eine etwas andere Art war ich genauso. Als ich gerade bereit war, Willy Klemmart zu packen und durchzuschütteln, hörte ich, wie sie aus dem Waschraum zurückkam. Ich lief zu meinem Platz, damit sie mich nicht erwischte. Ich hatte mehr Angst davor, was sie mir antun könnte, als vor dem, was sie ihnen angetan haben mochte.

Sie kam herein, und das kleine Mädchen, das weiß wie ein Laken und halb bewußtlos gewesen war, als sie es hinausführte, sah aus, als hätte es gerade jemand mit dem besten Nerventonikum der Welt abgefüllt. Sie war hellwach, hatte rosige Wangen und leuchtende Augen. Ardelia gab ihr einen Klaps auf den Po, worauf sie zu ihrem Platz hüpfte. Dann klatschte Ardelia in die Hände und sagte: ›Alle braven Kinder heben den Kopf! Sonja geht es jetzt viel besser, und sie möchte, daß wir das Märchen zu Ende hören, oder nicht, Sonja?‹

›Ja, Ma'am‹, flötete Sonja putzmunter wie ein Rotkehlchen im Vogelbad. Und sie hoben alle die Köpfe. Man hätte nicht geglaubt, daß der Raum zwei Minuten vorher ausgesehen hatte, als wäre er voll toter Kinder.

Als das zum dritten- oder viertenmal passierte, ließ ich sie aus dem Zimmer gehen und folgte ihr. Ich wußte, sie machte ihnen absichtlich Angst, und ich hatte eine Ahnung, als gäbe es einen *Grund* dafür. Ich litt selbst fast Todesangst, aber ich wollte herausfinden, was es war.

Diesmal hatte sie Willy Klemmart mit auf die Toilette genommen. Er hatte bei Ardelias Version von ›Hänsel und Gretel‹ einen hysterischen Anfall bekommen. Ich machte ganz leise und vorsichtig die Tür auf und konnte Ardelia beim Waschbecken vor Willy knien sehen. Er hatte aufgehört zu weinen, aber sonst konnte ich nichts erkennen. Sie hatte mir den Rücken zugedreht, wißt ihr, und Willy war so klein, daß sie ihn verdeckte, obwohl sie auf den Knien war. Ich sah, daß er die Hände auf den Schultern des Overalls liegen hatte, den sie trug, und ich konnte einen Ärmel seines roten Pullovers sehen, aber das war alles. Dann hörte ich etwas – ein lautes Schlürfgeräusch, wie von einem Strohhalm, wenn man den ganzen Milchshake aus dem Glas getrunken hat. Da kam mir die Idee, daß sie ihn . . . ihr wißt schon, mißbrauchte, und das hat sie auch, aber nicht so, wie ich dachte.

Ich ging ein wenig weiter rein und huschte nach rechts

– auf Zehenspitzen, damit die Absätze nicht klackten. Ich ging trotzdem davon aus, daß sie mich hören würde; sie hatte Ohren wie verdammte Radarantennen, daher erwartete ich, daß sie sich umdrehen und mich mit ihren roten Augen auf die Stelle bannen würde. Aber ich konnte nicht stehenbleiben. Ich *mußte* es sehen. Und je weiter ich nach rechts kam, desto mehr bekam ich allmählich auch zu sehen.

Willys Gesicht tauchte hinter ihrer Schulter auf, Stück für Stück, wie der Mond nach einer Finsternis. Anfangs konnte ich nur ihr blondes Haar sehen – Locken und Strähnen –, aber allmählich auch ihr *Gesicht*. Und ich sah, was sie machte. Die Kraft strömte aus meinen Beinen wie Wasser aus einem Rohr. Sie konnte mich unmöglich sehen, wenn ich nicht mit den Fäusten gegen eine der Leitungen an der Decke hämmerte. Sie hatten die Augen geschlossen, aber das war nicht der Grund. Sie waren völlig in das versunken, was sie machten, und sie waren beide in dasselbe versunken, weil sie miteinander verbunden waren.

Ardelias Gesicht hatte nichts Menschliches mehr. Es war verlaufen wie warmer Karamel und hatte sich zu einer Trichterform verändert, bei der die Nase platt und die Augen langgezogen und schlitzförmig geworden waren, wie bei Chinesen, so daß sie wie eine Art Insekt aussah . . . eine Fliege oder vielleicht eine Biene. Ihr Mund war wieder verschwunden. Er hatte sich in das Ding verwandelt, das ich ansatzweise in der Nacht, nachdem sie Mr. Lavin getötet hatte, gesehen hatte, in der Nacht, als wir in der Hängematte lagen. Er hatte sich in das schmale Ende des Trichters verwandelt. Ich konnte merkwürdige rote Streifen darauf erkennen und hielt sie anfangs für Blut oder vielleicht Adern unter der Haut; aber dann wurde mir klar, daß es sich um Lippenstift handelte. Sie *hatte* keine Lippen mehr, aber die rote Farbe kennzeichnete die Stelle, wo die Lippen gewesen waren.

Sie hat diesen Saugrüssel benutzt, um aus Willys Augen zu trinken.«

Sam sah Dave wie vom Donner gerührt an. Er fragte sich einen Augenblick, ob der Mann den Verstand verloren hatte. Gespenster waren eines, aber dies hier war wieder etwas ganz anderes. Und doch leuchteten Aufrichtigkeit und Ehrlichkeit wie eine Lampe aus Daves Gesicht, und Sam dachte: *Wenn er lügt, weiß er es selbst nicht.*

»Dave, willst du damit sagen, daß Ardelia Lortz seine *Tränen* getrunken hat?« fragte Naomi zögernd.

»Ja . . . und nein. Sie hat seine *speziellen* Tränen getrunken. Sie hatte förmlich das ganze Gesicht über ihn gestülpt, es schlug wie ein Herz und sah aus wie ein Gesicht, das man als Halloweenmaske auf eine Einkaufstüte malt.

Was aus Willys Augenwinkeln kam, das war zäh und rosa, wie blutiger Rotz oder fast verwestes rohes Fleisch. Das hat sie mit diesem schlürfenden Geräusch eingesaugt. Sie hat seine *Angst* getrunken. Irgendwie hatte sie die Angst des Jungen materialisiert und so groß werden lassen, daß sie in Form dieser gräßlichen Tränen herauskommen oder ihn umbringen mußte.«

»Sie wollen damit sagen, Ardelia war so eine Art Vampir, richtig?« fragte Sam.

Dave sah erleichtert aus. »Ja. Ganz recht. Wenn ich seither an diesen Tag gedacht habe – wenn ich *gewagt* habe, daran zu denken –, habe ich mir überlegt, daß sie *genau* das war. Die alten Geschichten von Vampiren, die die Zähne in den Hals des Opfers schlagen und sein Blut trinken, stimmen gar nicht. Sie liegen nicht sehr daneben, aber in solchen Sachen ist knapp vorbei eben auch daneben. Sie trinken, aber nicht aus dem Hals; sie werden dick und fett von dem, was sie trinken, aber es ist nicht Blut. Vielleicht ist die Substanz, die sie sich holen, noch röter, noch *blutiger*, wenn die Opfer Erwachsene sind. Vielleicht hat sie das von Mr. Lavin genommen. Ich bin überzeugt davon. Aber Blut ist es nicht.

Es ist Angst.«

»Ich weiß nicht, wie lange ich dagestanden und sie beobachtet habe, aber es kann nicht lang gewesen sein – länger
als fünf Minuten war sie selten weg. Nach einer Weile
wurde die Substanz, die aus Willys Augen kam, blasser
und blasser und immer weniger. Ich konnte es sehen . . .
ihr wißt ja, dieses Ding, das sie hatte . . .«

»Rüssel«, sagte Naomi leise. »Es muß eine Art Rüssel gewesen sein.«

»Nun gut. Ich konnte sehen, wie sie dieses Rüssel-Ding
weiter und weiter ausstreckte, damit ihr nichts entging,
damit sie auch das letzte Restchen bekam, aber ich wußte,
sie war fast fertig. Und dann würden sie aufwachen und
sie würde mich sehen. Und in dem Fall, dachte ich, würde
sie mich höchstwahrscheinlich umbringen.

Ich wich langsam, Schritt für Schritt, zurück. Ich glaubte
nicht, daß ich es schaffen würde, aber schließlich stieß ich
mit dem Hinterteil an die Toilettentür. Als das geschah,
hätte ich beinahe laut aufgeschrien, weil ich dachte, sie
wäre irgendwie hinter mich gelangt. Ich war ganz sicher,
obwohl ich sie vor mir knien sehen konnte.

Ich schlug die Hand vor den Mund, um den Schrei zu
unterdrücken, und zwängte mich durch die Tür. Ich stand
da, während sie mit ihrem pneumatischen Scharnier zu-
schwang. Es schien ewig zu dauern. Als sie zu war, ging
ich Richtung Haupttür. Ich war halb wahnsinnig; ich
wollte nur raus und nie mehr zurückkommen.

Ich kam nach unten ins Foyer, wo sie das Schild aufgestellt hatte, das Sie gesehen haben, Sam – auf dem nur das
Wort RUHE! stand –, und dann kam ich wieder zur Besin-
nung. Wenn sie Willy in die Kinderbibliothek zurückbrachte und sah, daß ich fort war, würde sie wissen, daß
ich sie gesehen hatte. Sie würde mich verfolgen, sie würde
mich erwischen, und sie würde sich dabei nicht einmal besonders anstrengen müssen. Ich dachte an den Tag im
Mais, wie sie immer um mich herumgelaufen und dabei
nicht einmal ins Schwitzen gekommen war.

Also machte ich kehrt und begab mich statt dessen wieder zu meinem Stuhl in der Kinderbibliothek. Es war der schwerste Gang meines Lebens, aber irgendwie schaffte ich es. Und ich hatte den Arsch noch keine zwei Sekunden auf dem Stuhl, da hörte ich sie zurückkommen. Und selbstverständlich lächelte Willy und strahlte und war ganz Friede, Freude, Eierkuchen, und sie auch. Ardelia sah aus, als könnte sie drei Runden mit Carmen Basilio aufnehmen und ihm eine gehörige Tracht Prügel verabreichen.

›Alle braven Kinder heben den Kopf!‹ rief sie und klatschte in die Hände. Alle hoben die Köpfe und sahen sie an. ›Willy geht es jetzt viel besser, und er möchte, daß ich die Geschichte zu Ende erzähle. Oder nicht, Willy?‹

›Ja, Ma'am‹, sagte Willy. Sie gab ihm einen Kuß, worauf er zu seinem Platz zurücklief. Sie fuhr mit dem Märchen fort. Ich saß da und hörte zu. Und als die Märchenstunde vorbei war, fing ich an zu trinken. Und von da an habe ich bis zum Ende eigentlich nie mehr richtig damit aufgehört.«

6

»Wie *ging* es denn zu Ende?« fragte Sam. »Was wissen Sie darüber?«

»Nicht soviel, wie ich wissen würde, wenn ich nicht die ganze Zeit stockbesoffen gewesen wäre, aber mehr als ich wissen möchte. Was den letzten Teil anbelangt – ich bin nicht einmal sicher, wie lange der gedauert hat. Etwa vier Monate, glaube ich, aber es hätten auch sechs oder acht sein können. Zu dem Zeitpunkt bekam ich nicht mal mehr richtig was von den Jahreszeiten mit. Wenn ein Trinker endgültig am Abstürzen ist, Sam, dann nimmt er nur noch das Wetter in einer Flasche richtig zur Kenntnis. Ich weiß aber zwei Dinge, und eigentlich kommt es nur auf sie an. Zunächst einmal kam ihr *doch* jemand auf die Schliche. Und es wurde Zeit für sie, wieder schlafen zu gehen. Sich zu verwandeln. Das war das andere.

Ich kann mich an eine Nacht in ihrem Haus erinnern – sie

kam nie in meins, nicht einmal –, da sagte sie zu mir: ›Ich werde müde, Dave. Ich bin jetzt fast die ganze Zeit müde. Bald wird es Zeit für einen langen Schlaf. Wenn die Zeit gekommen ist, sollst du mit mir schlafen gehen. Weißt du, ich bin ganz vernarrt in dich.‹

Ich war natürlich betrunken, aber bei diesen Worten bekam ich trotzdem eine Gänsehaut. Ich dachte, ich wüßte, wovon sie sprach, aber als ich sie danach fragte, lachte sie nur.

›Nein, nicht *das*‹, sagte sie und warf mir einen verächtlichen, amüsierten Blick zu. ›Ich spreche vom *Schlaf*, nicht vom Tod. Aber du mußt dich mit mir ernähren.‹

Das machte mich schlagartig nüchtern. Sie glaubte nicht, daß ich wußte, wovon sie sprach, aber ich wußte es. Ich hatte es gesehen.

Danach fing sie an, mir Fragen nach den Kindern zu stellen. Welche ich nicht leiden konnte, welche ich für heimtückisch hielt, welche zu laut waren, welche am ungezogensten. ›Das sind böse Kinder, die es nicht verdienen zu leben‹, sagte sie. ›Sie sind unhöflich, zerstörerisch, sie bringen ihre Bücher mit zerrissenen Seiten zurück. Was meinst *du* denn, welche den Tod verdient haben, Davey?‹

Da wußte ich, ich mußte weg von ihr, und wenn Selbstmord der einzige Weg war, würde ich es tun müssen. Wißt ihr, mit ihr passierte etwas. Ihr Haar wurde stumpf, und ihre Haut, die immer makellos gewesen war, bekam Flecken. Und da war noch etwas – ich konnte das *Ding*, dieses Ding, in das sich ihr Mund verwandelte, jetzt die ganze Zeit sehen, dicht unter der Oberfläche ihrer Haut. Aber es sah allmählich ganz runzlig und schlapp aus, und es waren Fäden wie Spinnweben darauf.

Eines Nachts, als wir im Bett lagen, sah sie, wie ich ihr Haar betrachtete, und sagte: ›Du bemerkst die Veränderungen an mir, Davey, oder nicht?‹ Sie tätschelte mein Gesicht. ›Das ist nicht schlimm; es ist ganz natürlich. So ist es immer, wenn ich mich darauf vorbereite, wieder schlafen zu gehen. Ich muß bald schlafen gehen, und wenn du mit mir kommen willst, mußt du bald eins der Kinder nehmen. Oder zwei. Oder drei. Je mehr, desto besser, je oller, je doller!‹ Sie lachte auf ihre irre Weise, und als sie mich ansah, waren ihre Augen wieder rot geworden. ›Ich habe jedenfalls nicht die Absicht, dich zurückzulassen. Abgesehen von allem anderen, wäre es nicht *sicher*. Das ist dir doch auch klar, oder nicht?‹

Ich bejahte.

›Wenn du also nicht sterben willst, Davey, muß es bald passieren. Sehr bald. Und wenn du dich dagegen entschieden hast, solltest du es mir jetzt gleich sagen. Wir können unsere gemeinsame Zeit heute nacht schmerzlos und angenehm beenden.‹

Sie beugte sich über mich, und ich konnte ihren Atem riechen. Er roch wie verdorbenes Hundefutter, und ich konnte mir nicht vorstellen, daß ich je den Mund geküßt hatte, aus dem dieser Geruch kam, ob betrunken oder nüchtern. Aber ein Teil in mir – ein *kleiner* Teil – muß trotz allem leben gewollt haben; denn ich sagte ihr, ich *wollte* mit ihr kommen, bräuchte aber noch ein wenig Zeit, bis ich bereit war. Um mich geistig darauf vorzubreiten.

›Um zu trinken, meinst du‹, sagte sie. ›Du solltest auf die Knie fallen und deinen kläglichen, unglücklichen Gestirnen dafür danken, daß du mich getroffen hast, Dave Duncan. Wenn ich nicht wäre, würdest du in einem, spätestens zwei Jahren tot in der Gosse liegen. Mit mir kannst du fast ewig leben.‹

Sie stülpte den Mund ganz kurz nach außen, bis er fast meine Wange berührte. Und irgendwie gelang es mir, nicht zu schreien.«

Dave sah sie mit seinen tiefliegenden, gequälten Augen an. Dann lächelte er. Sam Peebles vergaß dieses geisterhafte Lächeln nie mehr; es sollte ihn fortan in seinen Träumen verfolgen.

»Aber das macht nichts«, fuhr Dave fort. »Irgendwo, tief in meinem Inneren, schreie ich seither ununterbrochen.«

»Ich würde gerne sagen, daß ich am Ende ihren Einfluß auf mich abschütteln konnte, aber das wäre gelogen. Es war einfach Zufall – oder was gläubige Menschen eine höhere Ordnung nennen. Sie müssen wissen, daß ich 1960 völlig vom Rest der Stadt abgeschnitten war. Wissen Sie noch, wie ich gesagt habe, daß ich einmal Mitglied des Rotary Clubs war, Sam? Nun, im Februar 1960 hätten diese Männer mich nicht mehr eingestellt, um die Pißbecken in ihren Klos sauberzumachen. Was Junction City anbetraf, war ich nur eins von vielen bösen Kindern und lebte ein Pennerdasein. Leute, die ich mein Leben lang gekannt hatte, gingen auf die andere Straßenseite, um mir auszuweichen, wenn ich ihnen begegnete. Damals hatte ich die Konstitution eines Berserkers, aber der Fusel höhlte mich doch langsam aus, und was mir der Fusel nicht nahm, nahm mir Ardelia Lortz.

Ich habe mich mehr als einmal gefragt, ob sie sich nicht bei mir holen würde, was sie brauchte, aber das hat sie nicht. Vielleicht nützte ich ihr auf diese Weise nichts . . . aber das war, glaube ich, nicht der Grund. Ich glaube nicht, daß sie mich geliebt hat – ich glaube nicht, daß Ardelia jemanden lieben *konnte* –, aber ich glaube, daß sie einsam war. Ich glaube, sie hat lange, lange Zeit gelebt – wenn man ihr Dasein leben nennen kann, und sie hat . . .«

Dave verstummte. Seine gekrümmten Finger trommelten unablässig auf die Knie, und sein Blick wanderte wieder, wie Trost suchend, zum Getreidefahrstuhl am Horizont.

»*Lebensgefährten* scheint mir das Wort zu sein, das es am besten trifft. Ich glaube, sie hat einen Teil ihres langen Daseins Lebensgefährten gehabt, aber ich glaube auch, als sie nach Junction City kam, lag der letzte schon lange zurück. Fragt nicht, was sie mir gesagt hat, das diesen Eindruck erweckte, ich kann mich nämlich nicht erinnern. Es ist weg, wie so vieles. Aber ich bin ziemlich sicher, daß es stimmt. Und sie hatte mich auf die Rolle vorbereitet. Ich bin ziemlich sicher, daß ich mit ihr gekommen wäre, wäre sie nicht entdeckt worden.«

»Wer hat sie entdeckt, Dave?« fragte Naomi und beugte sich nach vorne. »Wer?«

»Deputy Sheriff John Power. Damals war Norman Beeman Sheriff von Homestead County, und Norm ist der beste Grund dafür, daß Sheriffs ernannt und nicht gewählt werden sollten. Die Wähler gaben ihm den Job, als er 1945 mit einem Koffer voller Orden zurückkam, die er sich mit Pattons Armee in Deutschland verdient hatte. Er war ein Teufelskerl, das muß man ihm lassen, aber als County-Sheriff war er nicht mehr wert als ein Furz bei Sturm. Er hatte das breiteste, weißeste Lächeln, das ihr je gesehen habt, und konnte einem tonnenweise Honig ums Maul schmieren. Und er war selbstverständlich Republikaner. Das ist in Homestead County immer am wichtigsten gewesen. Ich glaube, Norm würde auch heute noch gewählt werden, wenn er im Sommer 1963 nicht im Hughies' Friseursalon tot umgefallen wäre. *Daran* kann ich mich noch deutlich erinnern; da war Ardelia schon eine Weile fort, und ich war wieder einigermaßen zu mir gekommen.

Es gab zwei Geheimnisse für Norms Erfolg – abgesehen von seinem breiten Grinsen und den Tonnen Honig, meine ich. Zunächst einmal war er ehrlich. Soweit ich weiß, hat er nie einen roten Heller Bestechungsgeld genommen. Zweitens hat er immer darauf geachtet, daß er stets einen Hilfssheriff unter sich hatte, der helle im Oberstübchen war und selbst keine Ambitionen nach dem Job hatte. Mit den Typen ist er immer bestens umgesprungen; jeder einzelne bekam eine felsenfeste Empfehlung, wenn er weiterziehen und weiterkommen wollte. Norm hat sich der Seinen angenommen. Ich glaube, wenn man sich umsieht, würde man sechs bis acht städtische Polizeichefs oder Obersten der Staatspolizei im Mittelwesten finden, die zwei oder drei Jahre hier in Junction City verbracht und für Norm Beeman die Kastanien aus dem Feuer geholt haben.

Aber John Power nicht. Der ist tot. Wenn Sie in seinem

Nachruf nachlesen würden, könnten Sie feststellen, daß dort als Todesursache Herzanfall steht, obwohl er nicht einmal dreißig Jahre alt war und keine der schlechten Gewohnheiten hatte, die manchmal die Pumpen der Leute fertigmachen. Ich kenne die Wahrheit – John ist ebensowenig an einem Herzanfall gestorben wie Lavin. *Sie* hat ihn umgebracht.«

»Woher wissen Sie das, Dave?« fragte Sam.

»Ich weiß es, weil an diesem letzten Tag *drei* Kinder in der Bibliothek sterben sollten.«

Daves Stimme war immer noch ruhig, aber Sam hörte das Grauen, mit dem dieser Mann so lange gelebt hatte, dicht unter der Oberfläche wie eine schwache elektrische Spannung fließen. Wenn nur die Hälfte von dem stimmte, was Dave ihnen an diesem Nachmittag erzählt hatte, dann mußte dieser Mann seit dreißig Jahren mit einer Angst leben, die Sam sich nicht einmal vorstellen konnte. Kein Wunder, daß er zur Flasche gegriffen hatte, um das Schlimmste von sich fernzuhalten.

Zwei *sind* gestorben – Patsy Harrigan und Tom Gibson. Das dritte sollte meine Eintrittskarte für den Zirkus sein, dessen Manegenmeister Ardelia war. Das dritte Kind war dasjenige, das sie wirklich wollte, weil es Ardelia ins Rampenlicht rückte, als sie am dringendsten darauf angewiesen war, im Dunkeln zu operieren. Das dritte Mädchen sollte meines sein, weil es die Bibliothek nicht mehr besuchen durfte und Ardelia keine Möglichkeit sah, in seine Nähe zu gelangen. Das dritte böse Kind war Tansy Power, die Tochter von Hilfssheriff Power.«

»Du meinst doch nicht etwa Tansy *Ryan*, oder?« fragte Naomi mit fast flehentlicher Stimme.

»Doch, die meine ich. Tansy Ryan vom Postamt, Tansy Ryan, die an unseren Treffen teilnimmt, Tansy Ryan, die früher Tansy Power war. Viele Kinder, die zu Ardelias Märchenstunde kamen, sind hier in der Gegend bei den AA, Sarah – denk dir deinen Teil dazu. Im Sommer hätte ich Tansy Power beinahe umgebracht . . . und das ist noch längst nicht das Schlimmste. Ich wünschte, es wäre so.«

8

Naomi entschuldigte sich, und als ein paar Minuten verstrichen waren, stand Sam auf und wollte ihr folgen.

»Lassen Sie sie in Ruhe«, sagte Dave. »Sie ist eine wunderbare Frau, Sam, aber sie braucht etwas Zeit, um wieder mit sich ins reine zu kommen. Das würde Ihnen nicht anders ergehen, wenn Sie herausfinden würden, daß ein Mitglied der wichtigsten Gruppe Ihres Lebens einmal dicht davor war, die beste Freundin umzubringen, die Sie haben. Lassen Sie sie in Ruhe. Sie wird zurückkommen – Sarah ist stark.«

Ein paar Minuten später kam sie wirklich zurück. Sie hatte sich das Gesicht gewaschen – das Haar an den Schläfen war feucht und klebte – und trug ein Tablett mit drei Gläsern Eistee vor sich her.

»Aha, endlich kommen wir zu den harten Sachen, was, Teuerste?« sagte Dave.

Naomi gab sich größte Mühe, sein Lächeln zu erwidern. »Klar doch. Ich habe es einfach nicht mehr ausgehalten.«

Sam fand ihre Bemühungen mehr als gut; er fand sie edel. Sam stand wieder auf und nahm ihr das Tablett aus den Händen. Sie sah ihn dankbar an.

»Und jetzt«, sagte sie und setzte sich. »Zum Ende, Dave. Erzähl uns alles bis zum Ende.«

»Was bleibt, sind weitgehend Dinge, die sie mir selbst gesagt hat«, fuhr Dave fort, »denn bis dahin war ich nicht mehr in der Lage, selbst zu sehen, was vor sich ging. Ardelia sagte mir irgendwann Ende 1959, daß ich nicht mehr in die öffentliche Bibliothek kommen durfte. Wenn sie mich dort erwischte, sagte sie, würde sie mich rauswerfen lassen, und wenn ich mich davor herumtrieb, würde sie mir die Polizei auf den Hals hetzen. Sie sagte, ich würde zu fadenscheinig aussehen und die Leute würden anfangen zu reden, wenn ich weiterhin dort gesehen würde.

›Sprichst du von uns beiden?‹ fragte ich. ›Ardelia, wer würde das glauben?‹

›Niemand‹, sagte sie. ›Ich mache mir auch keine Gedanken wegen eventuellen Geredes über dich und mich, Idiot.‹

›Und worüber dann?‹

›Über dich und die Kinder‹, sagte sie. Ich glaube, da begriff ich zum erstenmal, wie tief ich gesunken war. Du hast mich in der Scheiße gesehen, als wir anfingen, gemeinsam zu den Treffen der AA zu gehen, Sarah, aber nie so tief in der Scheiße. Und dafür bin ich froh.

Damit blieb ihr Haus. Nur dort durfte ich sie sehen, und selbst dorthin durfte ich nur im Schutz der Dunkelheit kommen. Sie sagte mir, ich dürfte die Straße nicht weiter als bis zur Farm der Ordays benützen. Danach mußte ich mich durch die Felder schlagen. Sie sagte mir, sie würde erfahren, wenn ich mich nicht daran hielt, und ich glaubte ihr – wenn ihre silbernen Augen rot wurden, konnte Ardelia *alles* sehen. Normalerweise kreuzte ich zwischen elf Uhr und ein Uhr nachts auf, je nachdem, wieviel ich zu trinken gehabt hatte, und ich war normalerweise bis auf die Knochen durchgefroren. Über diese Monate kann ich euch nicht viel sagen, aber ich weiß soviel, daß der Staat Iowa 1959/60 einen verdammt strengen Winter erlebte. Ich glaube, ein nüchterner Mann wäre in vielen Nächten in den Maisfeldern erfroren.

In der Nacht, von der ich euch als nächstes erzählen will, gab es keine Probleme – das muß schon im Juli 1960 gewesen sein, und es war heißer als in den Öfen der Hölle. Ich weiß noch, wie der Mond in dieser Nacht ausgesehen hat, aufgedunsen und rot hing er über den Feldern. Und es schien, als würde jeder Hund in Homestead County diesen Mond anheulen.

Als ich in dieser Nacht zu Ardelias Haus schlich, war mir, als würde ich unter den Ausläufern eines Zyklons dahinschreiten. Diese Woche – den ganzen Monat, glaube ich – war sie langsam und müde gewesen, aber nicht in dieser Nacht. In dieser Nacht war sie hellwach und rasend vor Wut. So hatte ich sie seit dem Abend nicht mehr gesehen, nachdem Mr. Lavin ihr befohlen hatte, das Plakat von Rotkäppchen abzunehmen, weil es den Kindern Angst machte. Anfangs merkte sie nicht einmal, daß ich da war. Sie ging splitternackt wie am Tag ihrer Geburt – *falls* sie überhaupt je geboren worden ist –, mit gesenktem Kopf und geballten Fäusten im Erdgeschoß hin und her. Sie war wütender als ein Bär mit wundem Arsch. Normalerweise hatte sie das Haar zu einem altjüngferlichen Knoten hochgesteckt, aber als ich durch die Küchentür eintrat, trug sie es offen und ging so schnell auf und ab, daß es hin und her flog. Ich konnte hören, wie es kurze, knisternde Laute von sich gab, als wäre es mit statischer Elektrizität aufgeladen. Ihre Augen waren blutrot und leuchteten wie die Eisenbahnlampen, die sie früher aufgehängt haben, wenn die Schienen irgendwo versperrt waren, und sie schienen ihr förmlich aus dem Gesicht zu quellen. Ihr Körper war von Schweiß wie eingeölt, und so erbärmlich mein Zustand war, ich konnte sie riechen; sie stank wie ein läufiger Rotluchs. Ich weiß noch, ich konnte sehen, wie dicke, ölige Tropfen ihr an Brust und Bauch hinabliefen. Und auf Hüften und Schenkeln glänzte der Schweiß. Es war eine dieser stillen, drückenden Nächte, wie wir sie manchmal hier haben, wenn die Luft nach Gras riecht und einem auf der Brust liegt wie eine Wagenladung Alteisen und jeder Atemzug, den man macht, voll Maisfäden zu sein scheint. In solchen Nächten wünscht man sich, es würde blitzen und donnern und ein Gewitterregen herunterprasseln, aber so weit kommt es nie. Man wünscht sich auch, der Wind würde wehen, nicht nur, um einem ein wenig Abkühlung zu verschaffen, sondern auch, weil er das Geräusch des Maises ein wenig erträglicher machen würde . . . das Geräusch, wie der Mais sich rings um einen aus dem Erdboden zwängt, was sich anhört wie ein alter Mann mit Arthritis, der versucht, am Morgen vom Bett aufzustehen, ohne seine Frau zu wecken.

Dann merkte ich, daß sie diesmal nicht nur wütend wie der Teufel war, sondern auch Angst hatte. Und die Verwandlung, die mit ihr vonstatten ging, wurde beschleunigt. Was auch immer sich in ihr abspielte, es hatte sie auf Hochtouren gebracht. Sie sah eigentlich nicht älter aus; sie sah weniger *präsent* aus. Ihr Haar sah dünner aus, wie das Haar eines Babys. Man konnte die Kopfhaut darunter erkennen. Und ihre Haut sah aus, als würde ihr eine zweite Haut wachsen – ein feines, gazeartiges Netz war auf ihren Wangen, um die Nasenlöcher, in den Augenwinkeln. Wo ein Hautfältchen war, konnte man es am besten sehen. Es flatterte ein wenig, wenn sie ging. Wollt ihr etwas Verrücktes hören? Wenn heute der Jahrmarkt in die Stadt kommt, kann ich nicht einmal in die Nähe des Zuckerwatteverkäufers gehen. Kennt ihr die Maschine, mit der sie gemacht wird? Sieht aus wie ein Krapfen und dreht sich immer im Kreis, und dann hält der Mann einen Pappkartonkegel hinein und wickelt die rosa Zuckerwatte darauf. *So* sah Ardelias Haut allmählich aus – wie feinste Fädchen gesponnenen Zuckers. Ich glaube, ich habe gesehen, was sie machte. Sie machte genau dasselbe wie Raupen, wenn sie schlafen gehen. Sie spann einen Kokon um sich.

Ich stand eine Zeitlang unter der Tür und sah sie auf und ab gehen. Sie bemerkte mich eine ganze Weile nicht. Sie war zu sehr damit beschäftigt, sich in den Nesseln zu wälzen, in die sie sich gesetzt hatte. Zweimal schlug sie mit der Faust gegen die Wand und hieb sie glatt durch – Papier, Verputz und Ziegel. Es hörte sich wie brechende Knochen an, schien ihr aber überhaupt nichts auszumachen, denn sie blutete nicht. Sie schrie jedesmal, aber nicht vor Schmerzen. Ich hörte das Geschrei einer erbosten Katze . . . aber, wie schon gesagt, in die Wut mischte sich auch Angst. Und sie schrie den Namen des Hilfssheriffs.

›*John Power!*‹ schrie sie, und ihre Faust schlug schnurstracks durch die Wand. ›Der *Teufel* soll dich holen, John Power! Ich werde dich lehren, dich aus meinen Angelegenheiten rauszuhalten! Du willst mich sehen? Prima! Aber ich werde dir zeigen, wie das geht! Ich zeige es dir, mein kleines Baby!‹ Dann lief sie so schnell, daß sie fast rannte, und ihre bloßen Füße stampften so fest auf, daß es schien, als würden sie das ganze Haus zum Erbeben bringen. Und beim Gehen murmelte sie vor sich hin. Dann verzog sie die Lippen, ihre Augen glühten röter denn je, und ihre Faust sauste durch die Wand, so daß kleine Wölkchen Mörtelstaub aus dem Loch stoben. ›John Power, du *wagst* es nicht!‹ fauchte sie. ›Du *wagst* es nicht, mir einen Strich durch die Rechnung zu machen!‹

Aber man mußte ihr nur ins Gesicht sehen, dann merkte man, daß sie *doch* Angst hatte, er könnte es wagen. Und wenn ihr Hilfssheriff Power gekannt hättet, dann wüßtet ihr, daß sie allen Grund hatte, sich Sorgen zu machen. Er war klug und hatte vor nichts Angst. Er war ein guter Hilfssheriff und ein Mann, mit dem man sich besser nicht anlegte.

Bei der dritten oder vierten Wanderung durchs Haus kam sie zur Küchentür, und plötzlich sah sie mich. Ihre Augen starrten glitzernd in meine, und ihr Mund verformte sich zu diesem Trichter – nur war er diesmal ganz mit diesen spinnwebgleichen, flauschigen Fädchen überzogen –, und ich dachte mir, das ist dein Tod. Da sie John Power nicht in die Finger bekam, würde sie mich statt dessen nehmen.

Sie kam auf mich zu, und ich zerfloß förmlich zu einer Pfütze auf dem Küchenboden. Sie sah es und blieb stehen. Das rote Licht verschwand aus ihren Augen. Sie veränderte sich innerhalb eines Augenblicks. Sie tat so, als wäre ich in eine elegante Cocktailparty hineingeraten, die sie gab, und nicht, als würde sie mitten in der Nacht splitternackt durch ihr Haus rasen und Löcher in die Wände schlagen.

›Davey!‹ sagt sie. ›Ich bin so froh, daß du hier bist! Nimm dir einen Drink. Nein, lieber zwei!‹

Sie wollte mich umbringen – ich sah es in ihren Augen –, aber sie brauchte mich, und zwar nicht mehr nur als Gefährten. Sie brauchte mich, um Tansy Power zu töten. Sie wußte, mit dem Polizisten konnte sie fertig werden, aber bevor sie ihn erledigte, sollte er wissen, daß seine Tochter tot war. Dafür brauchte sie mich.

›Wir haben nicht viel Zeit‹, sagte sie. ›Kennst du diesen Hilfssheriff Power?‹

Ich sagte, das wollte ich doch meinen. Er hatte mich ein halbes dutzendmal wegen Trunkenheit in der Öffentlichkeit festgenommen.

›Was hältst du von ihm?‹ fragte sie.

›Er ist ein zäher Kerl‹, sagte ich.

›Scheiß auf ihn, und auf dich auch!‹

Darauf sagte ich nichts. Schien klüger, es bleiben zu lassen.

›Dieser elende Dummkopf war heute nachmittag in der Bibliothek und wollte meine Referenzen sehen. Und er hat mir dauernd Fragen gestellt. Er wollte wissen, wo ich war, bevor ich nach Junction City kam, wo ich zur Schule gegangen, wo ich aufgewachsen bin. Du hättest sehen sollen, wie er mich angesehen hat, Davey – aber ich werde ihm schon beibringen, wie man eine Lady richtig ansieht. Wart's nur ab.‹

›Bei Hilfssheriff Power solltest du keinen Fehler machen‹, sagte ich. ›Ich glaube nicht, daß der vor etwas Angst hat.‹

›O doch – er hat Angst vor mir. Er weiß es nur noch nicht‹, sagte sie, aber in ihren Augen sah ich wieder das Funkeln der Angst. Wißt ihr, er hatte sich den ungünstigsten Zeitpunkt für seine Fragen ausgesucht – sie machte sich für ihre Zeit des Schlafs und der Verwandlung bereit, und das schwächte sie irgendwie.«

»Hat Ardelia dir gesagt, wie er ihr auf die Schliche gekommen ist?« fragte Naomi.

»Das liegt auf der Hand«, meinte Sam. »Seine Tochter hat es ihm gesagt.«

»Nein«, sagte Dave. »Ich habe nicht gefragt – bei ihrer

205

Laune habe ich es nicht gewagt –, aber ich glaube nicht, daß Tansy ihrem Dad etwas gesagt hat. Ich glaube nicht, daß sie es gekonnt hätte. Wißt ihr, wenn die Kinder die Bibliothek verließen, haben sie alles vergessen, was sie ihnen erzählt hatte ... und mit ihnen gemacht hatte. Und es war auch nicht nur *vergessen* – sie hat andere, falsche Erinnerungen in ihre Köpfe gezaubert, damit sie fröhlich und vergnügt nach Hause kamen. Die meisten Eltern waren der Meinung, Ardelia wäre einfach das Beste, was der öffentlichen Bibliothek von Junction City je widerfahren ist.

Ich glaube, was sie Tansy genommen hat, hat ihren Vater argwöhnisch gemacht; und ich denke, Hilfssheriff Power muß eine Menge Ermittlungen angestellt haben, ehe er zu Ardelia in die Bibliothek gekommen ist. Ich weiß nicht, welche Veränderungen ihm an Tansy aufgefallen sind, denn die Kinder waren nicht blaß und ausgelaugt, wie die Menschen, denen in Vampirfilmen das Blut ausgesaugt wird, und sie hatten auch keine Bißwunden am Hals. Aber nichtsdestotrotz hat sie ihnen *etwas* weggenommen, und John Power hat es gesehen oder gespürt.«

»Selbst wenn er etwas gesehen hat, warum fiel sein Verdacht auf Ardelia?« fragte Sam.

»Ich sagte doch, er hatte eine feine Spürnase. Er muß Tansy ein paar Fragen gestellt haben – nichts Direktes, alles hintenrum, wenn Sie verstehen, was ich meine –, und die Antworten, die er bekommen hat, müssen ausgereicht haben, ihn in die richtige Richtung zu schicken. Als er an diesem Tag in die Bibliothek kam, da *wußte* er nichts ... aber er *vermutete* etwas. Genügend, daß er Ardelia zur Rede stellte.

Ich weiß noch, was sie am wütendsten machte – und am ängstlichsten –, war die Art, wie er sie angesehen hatte. ›Ich werde dir beibringen, wie man mich anzusehen hat‹, sagte sie. Immer wieder. Ich fragte mich, wie lange es her sein mochte, daß sie jemand voll echten Argwohns angesehen hatte ... wie lange, daß ihr jemand auf die Spur gekommen war. Ich wette, das hat ihr in mehr als einer Hinsicht Angst gemacht. Ich wette, sie hat sich gefragt, ob sie allmählich die Kontrolle verlor.«

»Er könnte auch mit ein paar anderen Kindern gesprochen haben«, sagte Naomi zögernd. »Hat Geschichten und Antworten verglichen, die nicht ganz zusammengepaßt haben. Hat Ardelia vielleicht sogar in verschiedenen Gestalten gesehen. So wie Sam und du sie in verschiedenen Gestalten gesehen habt.‹

»Könnte sein – das alles könnte sein. Was auch immer, sie bekam solche Angst, daß sie ihre Pläne beschleunigt in die Tat umsetzen wollte.

›Ich bin morgen den ganzen Tag in der Bibliothek‹, sagte sie zu mir. ›Und ich werde darauf achten, daß mich eine Menge Leute dort sehen. Aber *du* – du wirst dem Haus von Hilfssheriff Power einen Besuch abstatten, Davey. Du wirst abwarten und beobachten, bis du das Kind alleine erwischst – ich glaube nicht, daß du lange warten mußt –, und dann schnappst du sie und bringst sie in den Wald. Du kannst mit ihr machen, was du willst, du mußt nur darauf achten, daß du ihr als letztes die Kehle durchschneidest. Schneide ihr die Kehle durch und laß sie irgendwo liegen, wo sie gefunden wird. Der Dreckskerl soll es wissen, bevor ich ihn sehe.‹

Ich konnte nichts sagen. Wahrscheinlich war es mein Glück, daß meine Zunge gelähmt war; ein falsches Wort, und sie hätte mir wahrscheinlich den Kopf abgerissen. Aber so saß ich nur mit dem Drink in der Hand am Küchentisch und sah sie an, und sie muß mein Schweigen als Einverständnis ausgelegt haben.

Danach gingen wir ins Schlafzimmer. Es war das letztemal. Ich weiß noch, ich habe gedacht, daß ich es nicht mit ihr bringen würde. Ein ängstlicher Mann kriegt keinen hoch. Aber es war prima, Gott steh mir bei. Ardelia verfügte auch über diesen Zauber. Wir haben es getrieben und getrieben und getrieben, und irgendwann bin ich entweder eingeschlafen oder habe das Bewußtsein verloren. Als nächstes erinnere ich mich, wie sie mich mit ihren blo-

ßen Füßen aus dem Bett gestoßen hat, genau in ein Fleckchen Frühmorgensonne hinein. Es war Viertel nach sechs,
mein Magen fühlte sich wie ein Säurebad an, und mein
Kopf pulsierte wie geschwollenes Zahnfleisch mit einem
Abszeß.

›Es wird Zeit, daß du deine Aufgabe erledigst‹, sagte
sie. ›Laß dich auf dem Weg in die Stadt von niemandem
sehen, Davey, und vergiß nicht, was ich dir gesagt habe.
Schaff sie noch heute vormittag weg. Bring sie in den
Wald und mach sie alle. Versteck dich, bis es dunkel wird.
Wenn du vorher erwischt wirst, kann ich nichts für dich
tun. Aber wenn du es bis hierher schaffst, bist du in Sicherheit. Ich werde heute dafür sorgen, daß morgen zwei
Kinder in der Bibliothek sind, obwohl sie geschlossen ist.
Ich habe sie schon ausgesucht, die beiden schlimmsten
Bälger in der Stadt. Wir gehen zusammen zur Bibliothek . . . sie kommen . . . und wenn uns die anderen Narren finden, werden sie uns alle für tot halten. Aber du und
ich, wir sind nicht tot, Davey; wir sind frei. Wir werden
ihnen einen Streich spielen, richtig?‹

Dann fing sie an zu lachen. Sie saß nackt auf ihrem Bett,
während ich zu ihren Füßen kauerte und mich so beschissen wie eine Ratte voll Rattengift fühlte, und hörte nicht
mehr auf zu lachen. Wenig später verwandelte sich ihr
Gesicht wieder in dieses Insektengesicht, das Rüssel-Ding
ragte daraus hervor, fast wie ein Wikingerhorn, und ihre
Augen rutschten zur Seite. Ich wußte, alles in meinen Eingeweiden würde per Expreßgut hochkommen, aber ich
war schneller und schaffte es bis raus und kotzte in ihre
Hecken. Hinter mir konnte ich sie lachen hören . . . lachen . . . lachen.

Ich zog mir vor dem Haus die Kleider an, als sie durchs
Fenster zu mir sprach. Ich sah sie nicht, hörte sie aber
trotzdem. ›Laß mich nicht im Stich, Davey‹, sagte sie. ›Laß
mich nicht im Stich, sonst bring ich dich um. Und du wirst
nicht schnell sterben.‹

›Ich lasse dich nicht im Stich, Ardelia‹, sagte ich, drehte
mich aber nicht um, damit ich sie nicht aus dem Schlaf-

zimmerfenster lehnen sah. Ich wußte, ich konnte es nicht ertragen, sie auch nur noch ein einziges Mal zu betrachten. Ich hatte die Grenze meiner Belastbarkeit erreicht. Und dennoch ... ein Teil von mir wollte mit ihr gehen, auch wenn es bedeutete, vorher wahnsinnig zu werden, und ich dachte größtenteils, *daß* ich mit ihr gehen würde. Wenn es nicht ihr Plan war, mich in eine Falle zu locken, damit ich für alles geradestehen mußte. Das hätte ich ihr zugetraut. Ich hätte ihr *alles* zugetraut.

Ich brach durch den Mais in Richtung Junction City auf. Normalerweise machten mich diese Fußmärsche ein wenig nüchtern, und ich schwitzte den schlimmsten Kater aus. Aber an diesem Tag nicht. Ich blieb zweimal stehen und kotzte, und beim zweitenmal dachte ich, ich würde nie mehr aufhören. Schließlich schaffte ich es doch, aber ich sah überall Blut auf dem Mais, in den ich mich gekniet hatte, und als ich wieder in der Stadt war, hatte ich schlimmere Kopfschmerzen denn je und sah doppelt. Ich dachte, ich würde sterben, und konnte doch nicht aufhören, immer wieder darüber zu grübeln, was sie mir gesagt hatte: Du kannst mit ihr machen, was du willst, du mußt nur darauf achten, daß du ihr als *letztes* die Kehle durchschneidest.

Ich wollte Tansy Power nichts tun und dachte, daß ich es trotzdem machen würde. Ich konnte mich dem nicht widersetzen, was Ardelia wollte ... und danach würde ich ewiger Verdammnis anheimfallen. Und das Schlimmste, glaube ich, war mir, daß Ardelia recht haben und ich ewig weiterleben könnte ... ewig weiterleben mit dieser Schuld auf meiner Seele.

Damals hatte der Bahnhof noch zwei Güterhallen und eine Laderampe an der Nordseite der zweiten, die kaum benützt wurde. Unter die kroch ich und schlief ein paar Stunden. Als ich aufwachte, ging es mir etwas besser. Ich wußte, ich konnte weder sie noch mich aufhalten, daher machte ich mich in Richtung John Powers Haus auf, um das kleine Mädchen zu finden und fortzuschaffen. Ich ging mitten durch die Stadt, sah niemanden an, und die ganze Zeit dachte ich immer nur: ›Ich kann es schnell machen – wenigstens das kann ich für sie tun. Ich werde ihr kurzerhand das Genick brechen, und sie wird überhaupt nichts spüren.‹«

Dave holte wieder das Taschentuch heraus und strich sich mit einer stark zitternden Hand über die Stirn.

»Ich kam bis zum Five-and-Dime. Das gibt es nicht mehr, aber damals war es das letzte Geschäft in der O'Kane Street, ehe man wieder ins Wohnviertel kam. Ich hatte keine vier Blocks mehr zu gehen und dachte mir, wenn ich bei Powers Haus war, würde ich Tansy im Garten spielen sehen . . . allein, und bis zum Wald war es nicht weit.

Aber ich sah ins Schaufenster des Five-and-Dime und blieb wie vom Donner gerührt stehen. Da lag ein Haufen toter Kinder, glasige Augen, ineinander verschlungene Arme, gebrochene Beine. Ich stieß einen Schrei aus und legte die Hand auf den Mund. Ich kniff die Augen fest zu. Als ich wieder hinsah, merkte ich, daß es alte Puppen waren, mit denen die alte Mrs. Seger das Schaufenster dekorieren wollte. Sie sah mich und wollte mich mit einer Handbewegung fortscheuchen: Hau ab, du alter Trunkenbold. Aber ich ging nicht. Ich mußte unablässig diese Puppen ansehen. Ich sagte mir, daß es nur *Puppen* waren, das konnte jeder sehen. Aber wenn ich die Augen zukniff und dann weit aufriß, waren es wieder Leichen. Mrs. Seger schichtete kleine Leichen im Schaufenster ihres Five-and-Dime auf und wußte es nicht einmal. Da überlegte ich mir, daß mir jemand eine Nachricht zukommen lassen wollte, und diese Nachricht war vielleicht, daß es noch nicht zu spät war, nicht einmal jetzt. Vielleicht konnte ich Ardelia nicht aufhalten, vielleicht doch. Und selbst wenn nicht, vielleicht konnte ich es noch abwenden, mit ihr zusammen zur Hölle zu fahren.

Da habe ich zum erstenmal aufrichtig gebetet, Sarah. Ich habe um Kraft gebetet. Ich wollte Tansy Power nicht umbringen, aber ich ging noch weiter – ich wollte sie alle retten, wenn es in meiner Macht stand.

Ich ging zurück zur einen Block entfernten Texaco-Tankstelle – die war dort, wo jetzt das Piggly-Wiggly ist. Auf dem Weg dorthin bückte ich mich und hob ein paar Kieselsteine aus dem Rinnstein auf. Neben der Tankstelle stand eine Telefonzelle – die steht eigentlich immer noch da, wenn ich jetzt darüber nachdenke. Als ich dort ankam, wurde mir klar, daß ich keinen Cent hatte. Als letzte Hoffnung suchte ich in der Münzrückgabe. Darin lag ein Zehncentstück. Seither muß ich jedesmal, wenn mir jemand sagt, daß es keinen Gott gibt, daran denken, was ich empfunden habe, als ich in die Münzrückgabe griff und das Geldstück darin fand.

Ich überlegte, ob ich Mrs. Power anrufen sollte, entschied dann aber, daß es besser wäre, es im Büro des Sheriffs zu versuchen. Jemand würde John Power die Nachricht übermitteln, und wenn er so mißtrauisch war, wie Ardelia zu vermuten schien, würde er die richtigen Schritte einleiten. Ich machte die Tür der Zelle zu und schlug die Nummer nach – das war noch in den Zeiten, als man manchmal ein Telefonbuch in einer Zelle finden konnte, wenn man Glück hatte –, und dann, bevor ich wählte, steckte ich mir die Kieselsteine, die ich aufgehoben hatte, in den Mund.

John Power selbst ging ans Telefon, und ich glaube heute, darum sind Patsy Harrigan und Tom Gibson gestorben . . . und John Power selbst . . . und Ardelia wurde damals nicht ein für allemal aufgehalten. Wißt ihr, ich hatte die Telefonistin erwartet – damals war das Hannah Verrill – und wollte ihr sagen, was ich wußte, damit sie es dem Hilfssheriff weitergeben konnte.

Statt dessen hörte ich diese barsche Verscheißer-mich-nicht-Stimme sagen: ›Büro des Sheriffs, Hilfssheriff Power am Apparat. Womit kann ich Ihnen helfen?‹ Ich verschluckte fast die Kieselsteine, die ich im Mund hatte, und konnte eine Zeitlang gar nichts sagen.

Er sagte: ›Verdammte Bengel‹, und ich wußte, er würde gleich auflegen.

›Moment!‹ sag ich. Mit den Kieselsteinen hörte es sich

an, als würde ich durch einen Mund voller Baumwolle sprechen. ›Hängen Sie nicht auf, Hilfssheriff!‹

›Wer spricht?‹ fragte er.

›Das ist nicht wichtig‹, antworte ich. ›Schaffen Sie Ihre Tochter aus der Stadt, wenn Sie sie lieben, aber *was* Sie auch tun, lassen Sie sie nicht in die Nähe der Bibliothek. Im Ernst. Sie ist in Gefahr.‹

Und dann legte ich auf. Einfach so. Wenn Hannah abgenommen hätte, hätte ich wahrscheinlich mehr gesagt. Ich hätte Namen genannt – Tansy, Tom, Patsy . . . und Ardelia auch. Aber er hat mir Angst gemacht – mir war, als könnte er durch die Leitung sehen und mich am anderen Ende erkennen, wie ich in der Zelle stand und wie eine Tüte fauler Pfirsiche stank.

Ich spuckte die Kieselsteine in meine Handfläche und verließ hastig die Zelle. Ihr Bann über mich war gebrochen – das wenigstens hatte der Anruf bewirkt –, aber ich war in Panik. Habt ihr je einen Vogel gesehen, der sich in eine Garage verirrt hat, herumfliegt und gegen die Wände knallt, weil er so verzweifelt wieder hinaus möchte? So ähnlich ging es mir. Plötzlich machte ich mir keine Gedanken mehr um Patsy Harrigan oder Tom Gibson oder gar Tansy Power. Mir war, als wäre *Ardelia* hinter mir her, als wüßte Ardelia, was ich getan hatte, und hätte es auf mich abgesehen.

Ich wollte mich verstecken, Mist, ich *mußte* mich verstecken. Ich ging die Main Street entlang, und als ich am Ende ankam, rannte ich fast. Jetzt war Ardelia in meinem Denken völlig eins mit dem Bibliothekspolizisten und dem dunklen Mann geworden – der die Dampfwalze und das Auto mit dem Einfaltspinsel fuhr. Ich rechnete damit, sie alle drei im Buick des dunklen Mannes auf die Main Street einbiegen und nach mir suchen zu sehen. Ich lief wieder zum Güterbahnhof und versteckte mich unter der Laderampe. Dort kauerte ich mich zitternd und schlotternd zusammen, weinte sogar ein wenig und wartete darauf, daß sie kommen und mich alle machen würde. Ich stellte mir ständig vor, wie sie unter den Rand der Betonrampe sah mit ihren rot gewordenen Augen und dem Mund, der sich in diesen Hornrüssel verwandelt hatte.

Ich kroch bis ans hinterste Ende und fand eine halbe Flasche Wein unter einem Haufen abgefallener Blätter und Spinnweben. Ich hatte sie irgendwann einmal dort versteckt und vergessen. Ich kippte den Wein mit drei langen Zügen hinunter. Dann kroch ich wieder unter der Plattform nach vorne, aber auf halbem Weg verlor ich das Bewußtsein. Als ich wieder aufwachte, dachte ich anfangs, es wäre überhaupt keine Zeit vergangen, weil Licht und Schatten fast unverändert waren. Nur meine Kopfschmerzen waren weg und mein Magen brüllte nach Essen.«

»Du hast rund um die Uhr geschlafen, richtig?« erkundigte sich Naomi.

»Nein – fast *zweimal* rund um die Uhr. Ich hatte gegen zehn Uhr am Montagvormittag im Büro des Sheriffs angerufen. Als ich mit der leeren Weinflasche in der Hand unter der Laderampe aufwachte, war es Mittwochmorgen kurz nach sieben. Aber im Grunde genommen war es gar kein Schlaf. Ihr dürft nicht vergessen, ich war nicht nur einen Tag betrunken oder auch eine Woche am Stück. Ich war fast *zwei Jahre* lang ständig sturzbetrunken gewesen, und das war noch nicht alles; hinzu kamen Ardelia und die Bibliothek und die Kinder und die Märchenstunde. Ich war zwei Jahre lang auf einem Karussell in der Hölle gewesen. Ich glaube, der Teil meines Verstandes, der noch gesund war und am Leben bleiben wollte, war zum Ergebnis gekommen, daß nur eine Möglichkeit blieb: nämlich eine Zeitlang den Stecker rauszuziehen und völlig abzuschalten. Und als ich aufwachte, war alles vorbei. Sie hatten die Leichen von Patsy Harrigan und Tom Gibson noch nicht gefunden, aber es war trotzdem vorbei. Und ich wußte es, noch ehe ich den Kopf unter der Laderampe hervorstreckte. In mir war eine leere Stelle, wie ein Loch im Zahnfleisch, wenn ein Zahn herausgefallen ist. Nur, diese leere Stelle war in meinem *Kopf*. Und ich begriff. Sie war fort. Ardelia war fort.

Ich kroch da unten hervor und kippte vor Hunger fast wieder um. Ich sah Brian Kelly, der damals Aufseher des Güterbahnhofs war. Er zählte etwas auf der anderen Laderampe und machte Striche in eine Liste. Es gelang mir, mich zu ihm zu schleppen. Er sah mich, und sein Gesicht nahm einen Ausdruck des Ekels an. Früher einmal hatten wir einander Drinks im Domino ausgegeben – der Kneipe, die lange vor Ihrer Zeit abgebrannt ist, Sam –, aber die Zeiten waren längst vorbei. Er sah nur einen schmutzigen, schäbigen Trunkenbold mit Blättern und Sand im Haar, einen Trunkenbold, der nach Pisse und Old Duke stank.

›Verschwinde von hier, Alter, oder ich rufe die Polizei‹, sagte er.

Auch dieser Tag brachte etwas Neues für mich. Eines hat das Trinkerdasein an sich – man betritt ständig Neuland. Ich habe zum erstenmal um Geld gebettelt. Ich fragte ihn, ob er einen Vierteldollar für mich übrig hätte, damit ich im Route 32 Diner eine Tasse Kaffee und ein, zwei Scheiben Toast kaufen konnte. Er griff in die Tasche und holte etwas Kleingeld heraus. Er gab es mir nicht; er warf es einfach ungefähr in meine Richtung. Ich mußte auf den Aschenboden sinken und es zusammensuchen. Ich glaube nicht, daß er das Geld geworfen hat, um mich zu demütigen. Er wollte mich einfach nicht berühren. Kann ich ihm nicht mal zum Vorwurf machen.

Als er sah, daß ich das Geld hatte, sagte er: ›Schieß in den Wind, Alter. Und wenn ich dich noch mal hier erwische, rufe ich *wirklich* die Polizei.‹

›Alles klar‹, sagte ich und machte mich auf den Weg. Er wußte nicht mal, wer ich war, und darum bin ich dankbar.

Auf halbem Weg zum Imbiß kam ich an einer Zeitungsbox vorbei und sah die *Gazette* darin. Da wurde mir klar, daß ich zwei Tage weggewesen war, nicht nur einen. Das Datum sagte mir nichts – da interessierte ich mich nicht mehr besonders für den Kalender –, aber ich wußte, es war Montagvormittag gewesen, als Ardelia mich zum letztenmal von der Bettkante geschubst und ich den Anruf getätigt hatte. Dann sah ich die Schlagzeile. Es schien, als hätte ich den größten Knüller in der Geschichte von Junction City verschlafen. SUCHE NACH VERMISSTEN KINDERN DAUERT AN, stand auf einer Seite. Bilder von Tom Gibson und Patsy Harrigan waren abgebildet. Die Schlagzeile auf der anderen Seite lautete: GERICHTSMEDIZINER SAGT, HILFSSHERIFF IST AN HERZANFALL GESTORBEN. Darunter war ein Bild von John Power.

Ich nahm eine Zeitung und ließ zehn Cent auf dem Stapel liegen – so wurde das damals gemacht, als die Leute noch weitgehend Vertauen zueinander hatten. Dann setzte ich mich gleich dort auf den Bordstein und las beide Artikel. Der über die Kinder war kürzer. Es war so, daß sich noch keiner große Sorgen um sie machte – Sheriff Beeman behandelte sie als Ausreißer.

Sie hatte sich tatsächlich die richtigen Kinder ausgesucht; die beiden waren *wirklich* widerliche Bälger, und gleich und gleich gesellt sich nun mal gern. Sie hingen dauernd zusammen. Sie wohnten im selben Block, und in dem Artikel hieß es, sie hätten massiv Ärger bekommen, als Patsy Harrigans Mutter sie in der Woche zuvor im Schuppen beim Rauchen erwischt hatte. Der Junge der Gibsons hatte einen ungenannten Onkel mit einer Farm in Nebraska, und Norm Beeman war sicher, daß sie dorthin unterwegs waren. Ich sagte ja schon, daß er nicht der Hellste war. Aber wie sollte er es auch wissen? Und mit einem hatte er recht – es waren keine Kinder, die in Brunnen fielen oder beim Schwimmen im Proverbia River ertranken. Aber *ich* wußte, wo sie waren, und auch, daß Ardelia den Wettlauf mit der Zeit wieder einmal gewonnen hatte. Ich wußte, sie würden alle drei zusammen finden, und so kam es an diesem Tag auch. Ich hatte Tansy Power und mich selbst gerettet, aber das spendete mir nicht sehr viel Trost.

Der Artikel über Hilfssheriff Power war länger. Es war der zweite, da Power montags am Spätnachmittag gefunden worden war. Sein Tod war in der Dienstagsausgabe gemeldet worden, aber nicht die Todesursache. Man hatte ihn etwa eine Meile westlich von der Farm der Ordays zusammengesunken am Steuer seines Streifenwagens gefunden. Ich kannte diese Stelle ganz genau, weil ich dort normalerweise von der Straße herunterging und mich auf dem Weg zu Ardelia durch den Mais schlug.

Das Fehlende konnte ich mir ziemlich gut selbst zusammenreimen. John Power ließ kein Gras über etwas wachsen, und er mußte sich, gleich nachdem ich in der Telefonzelle bei der Texaco-Tankstelle aufgelegt hatte, auf den Weg zu Ardelias Haus gemacht haben. Vorher hat er vielleicht noch seine Frau angerufen und ihr befohlen, Tansy im Haus zu behalten, bis er sich wieder meldete. Das stand natürlich nicht in der Zeitung, aber ich gehe jede Wette darauf ein.

Als er dort aufkreuzte, muß ihr klar geworden sein, daß ich sie verpfiffen hatte und das Spiel gelaufen war. Daher hat sie ihn umgebracht. Sie . . . sie hat ihn zu Tode umarmt, genau wie Mr. Lavin. Wie ich schon sagte, er hatte eine rauhe Schale, aber auch ein Ahornbaum hat eine rauhe Schale, und dem kann man auch den Saft rauspressen, wenn man mit der Axt tief genug hineinschlägt. Ich kann mir vorstellen, daß sie die ihre ziemlich tief hineingeschlagen hat.

Als er tot war, muß sie ihn mit seinem eigenen Streifenwagen zu der Stelle gefahren haben, wo er gefunden wurde. Diese Straße – Garson Road – war damals kaum befahren, aber es gehörte trotzdem eine gehörige Portion Mut dazu, das zu tun. Aber was blieb ihr schon anderes übrig? Das Büro des Sheriffs anzurufen und dort zu sagen, John Power hätte einen Herzanfall gehabt, während er sich mit ihr unterhalten hatte? Das hätte eine Menge Fragen zu einem Zeitpunkt aufgeworfen, als sie nicht das geringste Aufsehen erregen wollte. Und wißt ihr, selbst Norm Beeman hätte sich mit Sicherheit gefragt, warum John Power es so verdammt eilig gehabt hatte, mit der Stadtbibliothekarin zu reden.

Also fuhr sie ihn auf der Garson Road fast bis zur Farm der Ordays, parkte seinen Streifenwagen im Straßengraben und ging dann denselben Weg zu ihrem Haus zurück wie ich immer – durch den Mais.«

Dave sah von Sam zu Naomi und wieder zu Sam.

»Ich wette, ich weiß auch, was sie als nächstes getan hat. Ich wette, sie hat sofort nach mir gesucht.

Ich meine nicht, daß sie ins Auto gesprungen, durch Junction City gefahren ist und den Kopf in meine sämtlichen bekannten Schlupflöcher gesteckt hat; das mußte sie nicht. Im Lauf dieser Jahre tauchte sie immer wieder einmal genau dort auf, wo ich mich aufhielt, wenn sie etwas von mir wollte, oder sie schickte eines der Kinder mit einem Zettel hin. Einerlei, ob ich zwischen einem Stapel Kartons hinter dem Barbierladen saß oder draußen im Grayling's Stream angelte oder ob ich einfach betrunken hinter dem Güterbahnhof lag, sie wußte, wo ich zu finden war. Das gehörte zu ihren Fähigkeiten.

Aber dieses letzte Mal – als sie mich mehr denn je finden wollte – klappte es nicht, und ich glaube, ich kenne den Grund. Ich habe euch gesagt, daß ich nicht eingeschlafen oder einfach umgekippt bin, nachdem ich telefoniert hatte; es war mehr, als wäre ich ins Koma gefallen oder gestorben. Und als sie sich mit ihrem geistigen Auge umsah und nach mir suchte, konnte sie mich nicht sehen. Ich weiß nicht, wie oft an diesem Tag und in der Nacht ihr geistiges Auge genau über die Stelle wanderte, wo ich lag, und ich will es auch nicht wissen. Ich weiß nur eines, wenn sie mich gefunden hätte, wäre kein Kind mit einer Nachricht vorbeigekommen. *Sie* wäre gekommen, und ich kann mir nicht einmal vorstellen, was sie mit mir angestellt hätte, weil ich mich so in ihre Pläne eingemischt hatte.

Wenn sie mehr Zeit gehabt hätte, hätte sie mich wahrscheinlich trotzdem gefunden, aber sie hatte keine. Sie hatte ihre Pläne – das war eines. Und dann war da noch die Schnelligkeit ihrer Verwandlung. Ihre Schlafenszeit kam, und sie konnte keine Zeit mehr damit vergeuden, nach mir zu suchen. Außerdem muß sie gewußt haben, daß sie irgendwann einmal wieder eine Chance bekommen würde, und ich glaube, jetzt ist es soweit.«

»Ich verstehe nicht, was Sie meinen«, sagte Sam.

»Aber gewiß doch«, antwortete Dave. »Wer hat die Bücher mitgenommen, die Sie in diese Klemme gebracht haben? Wer hat sie zum Reißwolf geschafft, zusammen mit Ihren Zeitungen? *Ich.* Glauben Sie, das wüßte sie nicht?«

»Glaubst du, daß sie dich immer noch will?« fragte Naomi.

»Ja, aber nicht mehr so wie früher. Jetzt will sie mich nur noch umbringen.« Er drehte den Kopf und sah Sam mit seinen strahlenden, bekümmerten Augen an. »Jetzt will sie *Sie.*«

Sam lachte unbehaglich. »Ich bin sicher, vor dreißig Jahren war sie ein Hitzeblitz«, sagte er, »aber die Dame ist älter geworden. Sie ist wirklich nicht mein Typ.«

»Ich glaube, Sie verstehen doch nicht«, sagte Dave. »Sie will nicht mit Ihnen *vögeln*, Sam; sie will Sie *sein*.«

10

Nach wenigen Augenblicken sagte Sam: »Moment. Einen Augenblick mal.«

»Sie haben ganz richtig verstanden, aber sie haben es sich nicht so zu Herzen genommen, wie Sie sollten«, erklärte Dave ihm. Seine Stimme war geduldig, aber müde; schrecklich müde. »Daher will ich Ihnen noch ein bißchen mehr erzählen.

Nachdem Ardelia John Power getötet hatte, schaffte sie ihn so weit weg, daß der Verdacht nicht gleich auf sie fallen würde. Dann machte sie nachmittags wie immer die Bibliothek auf. Teilweise, weil eine schuldige Person mehr Argwohn erregt, wenn sie von ihren üblichen Gepflogenheiten abweicht, aber das war nicht der einzige Grund. Die Verwandlung war total über sie gekommen, *und sie mußte das Leben dieser Kinder haben.* Fragen Sie mich nicht warum, ich weiß es nämlich nicht. Vielleicht ist sie wie ein Bär, der sich vollschlagen muß, ehe er in den Winterschlaf geht. Ich weiß nur, sie mußte gewährleisten, daß

Montagnachmittag eine Märchenstunde stattfand . . . und das hat sie.

Irgendwann während dieser Märchenstunde, als alle Kinder von ihr in Trance versetzt um sie herum saßen, muß sie Tom und Patsy gesagt haben, sie sollten am Dienstagmorgen in die Bibliothek kommen, obwohl die den Sommer über dienstags und donnerstags immer geschlossen war. Sie sind gekommen, sie hat sie alle gemacht, und dann ist sie schlafen gegangen . . . in einen Schlaf, der wie Tod aussah. Und dann kommen Sie dreißig Jahre später daher, Sam. Sie kennen mich, und Ardelia hat immer noch eine Rechnung mit mir offen, was immerhin ein Anfang ist . . . aber es kommt noch viel besser. Sie wissen auch von der Bibliothekspolizei.«

»Ich weiß nicht, woher . . .«

»Nein, Sie wissen nicht, woher Sie es wissen, und damit sind Sie noch besser. Denn Geheimnisse, die so schlimm sind, daß wir sie sogar vor uns selbst verheimlichen müssen . . . für jemand wie Ardelia Lortz sind das die besten Geheimnisse. Und bedenken Sie alle Vorteile – Sie sind jung, Sie leben allein, Sie haben keine engen Freunde. Das stimmt doch, oder nicht?«

»Bis heute hätte ich das bejaht«, sagte Sam nach einem Augenblick des Nachdenkens. »Ich hätte gesagt, meine einzigen guten Freunde, die ich in Junction City gefunden habe, sind weggezogen. Aber ich betrachte Sie und Naomi als meine Freunde, Dave. Ich betrachte Sie wirklich als gute Freunde. Die besten.«

Naomi nahm Sams Hand und drückte sie kurz.

»Das freut mich sehr«, sagte Dave, »ändert aber nichts, weil sie vorhat, mich und Sarah ebenfalls alle zu machen. Je oller, je doller, das hat sie einmal zu mir gesagt. Sie muß Leben nehmen, damit sie ihre Zeit der Verwandlung übersteht . . . und das Erwachen muß auch eine Zeit der Veränderung für sie sein.«

»Du willst damit sagen, sie will irgendwie von Sam Besitz ergreifen, richtig?« fragte Naomi.

»Ich glaube, ich meine damit ein wenig mehr, Sarah. Ich

glaube, sie will zerstören, was in Sam ist, das ihn zu Sam *macht* – ich glaube, sie will ihn aushöhlen wie ein Junge einen Kürbis, damit er ihn als Halloween-Laterne nehmen kann, und dann wird sie ihn überziehen, so wie du ein neues Kleid überziehst. Und danach – wenn es passiert – wird sie wie ein Mann namens Sam Peebles aussehen, aber er wird kein Mann mehr sein, ebensowenig wie Ardelia je eine Frau gewesen ist. Etwas Nichtmenschliches, ein Es, verbirgt sich unter ihrer Haut, und ich glaube, irgendwie habe ich das immer gewußt. Es ist drinnen ... aber auf ewig ein Außenseiter. Woher kommt Ardelia Lortz? Wo hat sie gelebt, ehe sie nach Junction City gekommen ist? Ich glaube, bei eingehender Überprüfung wird man feststellen, daß sämtliche Referenzen, die sie Mr. Lavin gezeigt hat, falsch waren und niemand in der Stadt sie wirklich gekannt hat. Ich glaube, John Powers diesbezügliche Neugier hat erst sein Schicksal besiegelt. Aber ich glaube, irgendwann einmal hat es eine *echte* Ardelia Lortz gegeben ... in Pass Christian, Mississippi ... oder Harrisburg, Pennsylvania ... oder Portland, Maine ... und das *Es* hat sie übernommen und übergestreift. Und das will sie jetzt wieder machen. Wenn wir das zulassen, wird meiner Meinung nach im Lauf dieses Jahres in einer anderen Stadt, in San Francisco, Kalifornien ... oder Butte, Montana ... oder Kingston, Rhode Island ... ein Mann namens Sam Peebles auftauchen. Die meisten werden ihn mögen. Besonders Kinder werden ihn mögen, auch wenn sie auf eine Weise, die sie nicht verstehen und über die sie nicht sprechen können, Angst vor ihm haben werden.

Und selbstverständlich wird er Bibliothekar sein.«

KAPITEL ZWÖLF

IM FLUGZEUG NACH DES MOINES

1

Sam sah auf die Uhr und stellte zu seinem Erstaunen fest, daß es fast drei Uhr nachmittags war. Mitternacht lag nur noch neun Stunden entfernt, und dann würde der große Mann mit den silbernen Augen zurückkehren. Oder Ardelia Lortz würde zurückkehren. Oder vielleicht beide gemeinsam.

»Was sollte ich Ihrer Meinung nach machen, Dave? Zum hiesigen Friedhof gehen, Ardelias Leiche finden und ihr einen Pfahl ins Herz schlagen?«

»Ein guter Trick, wenn Sie das könnten«, antwortete er. »Die Dame ist nämlich verbrannt worden.«

»Oh«, sagte Sam. Er ließ sich mit einem hilflosen Seufzer in den Sessel zurücksinken.

Naomi nahm wieder seine Hand. »Auf keinen Fall werden Sie etwas allein unternehmen«, sagte sie nachdrücklich. »Dave sagt, sie will uns ebenso alle machen wie Sie, aber darum geht es nicht. Freunde halten zusammen, wenn es Ärger gibt. *Darum* geht es. Wozu sind sie sonst da?«

Sam hob ihre Hand an die Lippen und küßte sie. »Danke – aber ich weiß nicht, was ihr tun könntet. Oder ich. Es scheint keine Möglichkeit mehr zu *geben*. Es sei denn . . .« Er sah Dave hoffnungsvoll an. »Es sei denn, ich laufe weg?«

Dave schüttelte den Kopf. »Sie – oder Es – sieht Sie. Das habe ich Ihnen gesagt. Ich glaube, Sie könnten bis Mitternacht fast bis Denver kommen, wenn Sie mit Bleifuß fahren und die Polizei Sie nicht schnappt. Aber Ardelia Lortz wäre dort, um Sie zu begrüßen, wenn Sie aus dem Auto aussteigen. Oder Sie würden auf einem dunklen Streckenabschnitt zur Seite sehen und den Biblio-

thekspolizisten neben sich auf dem Beifahrersitz erblik-
ken.«

Der Gedanke daran – das weiße Gesicht und die silbernen Augen allein im grünen Licht des Armaturenbretts –
machte Sam frösteln.

»Was dann?«

»Ich glaube, ihr wißt beide, was als erstes zu tun ist«,
sagte Dave. Er trank den letzten Schluck Eistee und stellte
das Glas auf die Veranda. »Denkt einen Moment darüber
nach, dann kommt ihr drauf.«

Danach sahen sie alle eine Weile zum Getreidefahrstuhl. Sams Verstand war ein chaotisches Durcheinander;
er konnte lediglich an zusammenhanglose Bruchstücke
von Dave Duncans Geschichte und die Stimme des Bibliothekspolizisten mit ihrem merkwürdigen Lispeln denken,
die sagte: *Ich will deine erbärmlichen Entsssschuldigungen
nicht hören . . . Du hast bis Mitternacht Zeit . . . dann komme
ich wieder.*

In Naomis Gesicht dämmerte plötzlich Erkenntnis.

»Aber klar doch!« sagte sie. »Wie dumm! Aber . . .«

Sie stellte Dave eine Frage, und plötzlich riß auch Sam
verstehend die Augen auf.

»Soweit ich mich erinnere, gibt es so etwas in Des Moines«, sagte Dave. »Pell's. Wenn überhaupt jemand helfen
kann, dann sie. Warum rufst du nicht an, Sarah?«

2

Als sie fort war, sagte Sam: »Selbst wenn sie helfen *können*,
ich glaube nicht, daß wir vor Geschäftsschluß dort sein
können. Ich kann es versuchen . . .«

»Ich habe nicht gesagt, daß Sie *fahren* sollen«, meinte
Dave. »Nein – Sie und Sarah müssen zum Flughafen von
Proverbia.«

Sam blinzelte. »Ich habe nicht mal gewußt, daß es in
Proverbia einen Flughafen *gibt*.«

Dave lächelte. »Nun . . . ich glaube, die Bezeichnung

›Flughafen‹ ist *echt* ein bißchen übertrieben. Sie haben eine halbe Meile festgestampfte Erde, die Stan Soames Rollbahn nennt. Stans Wohnzimmer ist das Büro der Western Iowa Air Charter. Sie und Sarah müssen mit Stan reden. Er hat eine kleine Navajo. Er wird euch nach Des Moines bringen – und bis acht, spätestens neun Uhr seid ihr wieder zurück.«

»Und wenn er nicht da ist?«

»Dann überlegen wir uns etwas anderes. Aber ich glaube, er wird da sein. Nach dem Fliegen liebt Stan die Farmarbeit am meisten, und wenn es Frühling wird, sind Farmer nicht weit von ihrem Land entfernt. Wahrscheinlich wird er Ihnen sagen, daß er wegen seines Gartens nicht mit Ihnen fliegen kann; er wird sagen, Sie hätten sich ein paar Tage vorher anmelden sollen, damit er den Jungen der Carters als Babysitter für sein Gärtchen einstellen kann. Wenn er das sagt, dann sagen Sie ihm, Dave Duncan hat Sie geschickt, und es ist an der Zeit, für die Baseballs zu zahlen. Können Sie sich das merken?«

»Ja, aber was bedeutet es?«

»Das hat nichts mit dieser Sache zu tun«, sagte Dave. »Er wird Sie fliegen, nur das ist wichtig. Und wenn Sie wieder landen, kommen Sie gar nicht erst hierher. Fahren Sie mit Sarah gleich in die Stadt.«

Sam spürte, wie sich das Grauen in ihm regte. »Zur Bibliothek.«

»Ganz recht.«

»Dave, was Naomi über Freunde gesagt hat, ist sehr lieb – und stimmt vielleicht sogar –, aber ich glaube, ich muß allein damit zurechtkommen. Von euch beiden muß keiner mitmachen. Ich bin dafür verantwortlich, daß sie wieder aktiv wird . . .«

Dave streckte die Hand aus und umklammerte Sams Gelenk mit einem überraschend kräftigen Griff. »Wenn Sie das wirklich denken, haben Sie nichts von dem begriffen, was ich gesagt habe. Sie sind für *gar nichts* verantwortlich. Ich habe den Tod von John Power und zwei kleinen Kindern auf dem Gewissen – ganz zu schweigen von den Schrecken, die ich weiß nicht wie viele andere Kinder erdulden mußten –, aber ich bin auch nicht dafür verantwortlich. Ich habe mich ebensowenig darum gerissen, Ardelias Gefährte zu sein, wie dreißig Jahre als Säufer zu leben. Beides ist eben so gekommen. Aber sie hegt einen Groll gegen mich, und sie wird hinter mir hersein, Sam. Falls ich nicht bei Ihnen bin, wenn sie zurückkommt, wird sie mich zuerst besuchen. Sarah hat recht, Sam. Sie und ich müssen nicht beisammenbleiben, um Sie zu beschützen; wir drei müssen zusammenbleiben, um uns gegenseitig zu beschützen. Sarah weiß über Ardelia *Bescheid*, begreifen Sie nicht? Wenn Ardelia das jetzt noch nicht weiß, wird sie es erfahren, wenn sie heute abend aufkreuzt. Sie hat vor, Junction City in *Ihrem* Körper zu verlassen, Sam. Glauben Sie im Ernst, sie wird jemanden zurücklassen, der ihre neue Identität kennt?«

»Aber . . .«

»Kein Aber«, sagte Dave. »Letztendlich läuft es auf eine Entscheidung hinaus, die selbst einem alten Trunkenbold wie mir einsichtig ist: Wir halten zusammen, oder sie wird uns alle umbringen.«

Er beugte sich nach vorne.

»Wenn Sie Sarah vor Ardelia retten wollen, Sam, dann versuchen Sie nicht, den Helden zu spielen, sondern erinnern Sie sich, wer *Ihr* Bibliothekspolizist gewesen ist. Das *müssen* Sie. Ich glaube nämlich nicht, daß Ardelia jeden x-beliebigen nehmen kann. Es gibt nur einen Zufall in dieser Angelegenheit, und der ist tödlich: *Sie* haben auch einmal einen Bibliothekspolizisten gehabt. Und Sie müssen diese Erinnerungen zurückholen.«

»Ich habe es versucht«, sagte Sam und wußte, das war eine Lüge. Denn jedesmal, wenn er sein Denken auf diese
(komm mit mir, Junge . . . ich bin Poliziiissst)
Stimme lenkte, schrak er zurück. Er schmeckte rote Lakritze, die er nie gegessen und immer verabscheut hatte – und das war alles.

»Sie müssen sich mehr Mühe geben«, sagte Dave, »sonst gibt es keine Hoffnung.«

Sam holte tief Luft und stieß sie wieder aus. Daves Hand berührte ihn im Nacken und drückte sanft zu.

»Das ist der Schlüssel zu dem Ganzen«, sagte Dave. »Sie stellen vielleicht sogar fest, daß es der Schlüssel zu allem ist, was Ihnen in Ihrem Leben Kummer bereitet hat. Der Schlüssel zu ihrer Einsamkeit und Ihrer Traurigkeit.«

Sam sah ihn erstaunt an. Dave lächelte.

»O ja«, sagte er. »Sie sind einsam, Sie sind traurig, Sie haben sich vor anderen Menschen abgeschottet. Sie führen große Worte, Sam, aber Sie machen nicht, was Sie sagen. Bis heute war ich nur Dirty Dave für Sie, der einmal im Monat Ihre Zeitungen abgeholt hat; aber ein Mann wie ich sieht eine Menge, Sam. Und gleich und gleich gesellt sich nicht nur gern, sondern erkennt sich auch.«

»Der Schlüssel zu allem«, überlegte Sam. Er fragte sich, ob es tatsächlich solche bequemen Lösungen gab – außer in der Welt populärer Unterhaltungsromane oder Filme, die von tapferen Psychiatern und gequälten Patienten bevölkert waren.

»Es stimmt«, beharrte Dave. »Solche Sachen haben eine schreckliche Macht, Sam. Ich kann Ihnen keinen Vorwurf machen, daß Sie nicht danach suchen wollen. Aber wissen Sie, wenn Sie wollen, dann können Sie es. Diese Entscheidung steht Ihnen frei.«

»Lernt man das auch bei den AA, Dave?«

Er lächelte. »Nun, dort lehren sie es auch«, sagte er, »aber das ist etwas, das ich schon immer gewußt habe.«

Naomi kam wieder auf die Veranda. Sie lächelte, ihre Augen leuchteten.

»Ist sie nicht atemberaubend?« fragte Dave leise.

»Ja«, sagte Sam. »Das ist sie unbedingt.« Zweierlei wurde ihm deutlich bewußt: Er war im Begriff, sich zu verlieben, und Dave Duncan wußte es.

»Der Mann hat so lange nachgesehen, daß ich mir schon Sorgen gemacht habe«, sagte sie. »Aber wir haben Glück.«

»Gut«, sagte Dave. »Dann werdet ihr beiden jetzt zu Stan Soames gehen. Schließt die Bibliothek während des Schuljahrs immer noch um acht, Sarah?«

»Ja – da bin ich ziemlich sicher.«

»Dann statte ich ihr gegen fünf einen Besuch ab. Wir treffen uns hinten, wo die Ladeplattform ist, zwischen acht und neun. Gegen acht wäre besser – und sicherer. Versucht um Himmels willen, pünktlich zu sein.«

»Wie kommen wir rein?« fragte Sam.

»Darum kümmere ich mich, keine Bange. Ihr beiden setzt euch jetzt in Bewegung.«

»Vielleicht sollten wir diesen Soames von hier aus anrufen«, sagte Sam. »Und fragen, ob er wirklich Zeit hat.«

Dave schüttelte den Kopf. »Zwecklos. Stans Frau ist vor vier Jahren mit einem anderen Mann durchgebrannt – sie hat behauptet, er wäre mit seiner Arbeit verheiratet, was für eine Frau immer eine bequeme Ausrede ist, wenn sie Tapetenwechsel braucht. Kinder haben sie nicht. Er wird auf dem Feld arbeiten. Geht jetzt. Es wird nicht mehr lange Tag sein.«

Naomi bückte sich und küßte Dave auf die Wange. »Danke, daß du uns alles erzählt hast«, sagte sie.

»Ich bin froh darum. Seither geht es mir viel besser.«

Sam wollte Dave die Hand geben, doch dann überlegte er es sich anders. Er beugte sich über den alten Mann und umarmte ihn.

4

Stan Soames war ein großer, grobschlächtiger Mann, aus dessen sanftem Gesicht wütende Augen loderten, ein Mann, der bereits einen sommerlichen Sonnenbrand hatte, obwohl der Frühling laut Kalender seinen ersten

Monat noch nicht hinter sich hatte. Sam und Naomi fanden ihn auf dem Feld hinter seinem Haus, wie Dave ihnen gesagt hatte. Siebzig Meter nördlich von Soames' schlammverspritztem Traktor im Leerlauf konnte Sam einen schmalen gestampften Feldweg sehen ... aber da an einem Ende ein Kleinflugzeug unter einer Segeltuchplane stand und am anderen ein Windschlauch an einem Pfosten flatterte, ging er davon aus, daß es sich um die Start- und Landebahn des Flughafens von Proverbia handelte.

»Kann ich nicht machen«, sagte Soames. »Ich muß diese Woche zwanzig Hektar pflügen, und außer mir ist keiner da, der es machen könnte. Sie hätten zwei, drei Tage im voraus anrufen sollen.«

»Es ist ein Notfall«, sagte Naomi.

»Wirklich, Mr. Soames.«

Er seufzte und breitete die Arme aus – eine Geste, die die gesamte Farm einschloß. »Wollen Sie wissen, was ein Notfall ist?« fragte er. »Was die Regierung mit Farmen wie dieser hier und Menschen wie mir treibt. *Das* ist ein Notfall im Quadrat. Hören Sie, in Cedar Rapids ist ein Mann, der vielleicht ...«

»Wir haben keine Zeit, nach Cedar Rapids zu fahren«, sagte Sam. »Dave hat uns gesagt, Sie würden wahrscheinlich sagen ...«

»Dave?« Stan Soames drehte sich mit plötzlichem Interesse zu ihm um: »Welcher Dave?«

»Duncan. Er hat mir aufgetragen, ich soll Ihnen bestellen, es wäre Zeit, für die Baseballs zu bezahlen.«

Soames zog die Stirn kraus. Er ballte die Hände zu Fäusten, und Sam befürchtete einen Augenblick, der Mann würde ihn schlagen. Dann lachte er unvermittelt und schüttelte den Kopf.

»Nach all den Jahren taucht Dave Duncan aus der Versenkung auf und hält seine Trumpfkarte in der Hand! Hol's der Deibel!«

Er ging auf den Traktor zu. Dabei drehte er den Kopf zu ihnen herum und brüllte, damit sie ihn über den enthusiastischen Lärm des Motors hinweg hören konnten. *»Gehen Sie zum Flugzeug, während ich das verdamme Ding hier abstelle! Achten Sie auf die lehmige Stelle gleich am Ende der Rollbahn, sonst lutscht sie ihnen die Schuhe von den Füßen!«*

Soames legte den Gang des Traktors ein. Bei dem Lärm war es schwer zu sagen, aber Sam glaubte, daß er immer noch lachte. *»Ich dachte, der versoffene alte Arsch würde sterben, ehe er seine Schulden eintreiben kann!«*

Er brauste an ihnen vorbei zur Scheune, und Sam und Naomi sahen einander an.

»Was war das?« frage Naomi.

»Ich weiß nicht – Dave wollte es mir nicht sagen.« Er bot ihr seinen Arm an. »Madame, möchten Sie mit mir gehen?«

Sie nahm ihn. »Danke, Sir.«

Sie bemühten sich, um die lehmige Stelle herumzugehen, vor der Soames sie gewarnt hatte, schafften es aber nicht ganz. Naomi sank mit einem Fuß bis zum Knöchel darin ein, und der Lehm zog ihr den Schuh aus, als sie den Fuß herauszog. Sam bückte sich, hob ihn auf und wirbelte Naomi auf die Arme.

»Sam, nein!« rief sie und fing verblüfft an zu lachen. »Sie brechen sich den *Rücken*!«

»Nee«, sagte er. »Sie sind nicht schwer.«

Sie war wirklich leicht . . . und sein Kopf plötzlich auch. Er trug sie die sanfte Steigung zur Rollbahn und dem Flugzeug hoch und stellte sie wieder auf die Füße. Naomis Augen sahen ihn voll Ruhe und einer leuchtenden Klarheit an. Ohne nachzudenken, bückte er sich und küßte sie. Nach einem Augenblick schlang sie die Arme um seinen Hals und erwiderte den Kuß.

Als er sie wieder ansah, war er ein wenig außer Atem. Naomi lächelte.

»Sie dürfen mich jederzeit Sarah nennen«, sagte sie. Sam lachte und küßte sie noch einmal.

5

Hinter Stan Soames in der Navajo zu fliegen, war, als würde man huckepack auf einem Pogostick reiten. Sie hüpften und wurden von ungestümen Frühlingswinden durchgeschüttelt, und Sam dachte ein- oder zweimal, sie könnten Ardelia auf eine Weise ein Schnippchen schlagen, die nicht einmal die seltsame Kreatur vorhersehen konnte: Indem sie auf einem Maisfeld in Iowa zu Brei zermatscht wurden.

Aber Stan Soames schien sich keine Sorgen zu machen; er grölte zotige alte Balladen wie »Sweet Sue« oder »The Sidewalks of New York« aus voller Brust, während die Navajo Des Moines entgegentorkelte.

Naomi saß starr und betrachtete durch das Fenster die Straßen, Felder und Häuser unten, wobei sie mit den Händen die Augen vor dem grellen Sonnenlicht abschirmte.

Schließlich klopfte Sam ihr auf die Schulter. »Du tust ja gerade so, als wärst du noch nie geflogen!« rief er über das Moskitosummen des Motors hinweg.

Sie drehte sich kurz zu ihm um und grinste wie ein verzücktes Schulmädchen. »Bin ich auch nicht!« sagte sie und wandte sich auf der Stelle wieder dem Fenster zu.

»Hol mich der Teufel«, sagte Sam und zog den Sicherheitsgurt enger, während das Flugzeug wieder einen seiner gewaltigen, aufbäumenden Bocksprünge machte.

6

Es war zwanzig nach vier, als die Navajo tiefer ging und auf dem Country Airport in Des Moines landete. Soames steuerte zum Terminal des zivilen Flugverkehrs, schaltete den Motor aus und öffnete die Tür. Sam nahm den Stich der Eifersucht, als Soames Naomi an den Hüften hielt und ihr herunterhalf, belustigt zur Kenntnis.

»Danke!« keuchte sie. Ihre Wangen waren stark gerötet, ihre Augen funkelten. »Das war *herrlich*!«

Soames lächelte, und mit einemmal sah er wie vierzig und nicht mehr wie sechzig aus. »Mir gefällt es auch immer wieder«, sagte er, »und es ist auf jeden Fall besser, als mir einen Nachmittag lang auf diesem Traktor die Nieren kaputtschütteln zu lassen . . . das muß ich zugeben.« Er sah von Naomi zu Sam. »Können Sie mir verraten, um was für einen großen Notfall es sich handelt? Ich helfe Ihnen gern, wenn ich kann – ich schulde Dave etwas mehr als den kurzen Flohhüpfer von Proverbia nach Des Moines und wieder zurück.«

»Wir müssen in die Stadt«, sagte Sam. »Zu einem Geschäft namens Pell's Buchhandlung. Sie haben zwei Bücher für uns reserviert.«

Stan Soames sah sie mit großen Augen an. »Bitte?«

»Ich kenne Pell's«, sagte er. »Neue Bücher vorne, alte Bücher hinten. Größte Auswahl im Mittelwesten, behaupten sie. Ich versuche nur, eines auf die Reihe zu kriegen: Sie haben mich von meiner Feldarbeit weggeholt und mich quer über den ganzen Bundesstaat fliegen lassen, nur um zwei *Bücher* abzuholen?«

»Es sind außerordentlich wichtige Bücher, Mr. Soames«, sagte Naomi. Sie berührte eine der rauhen Hände des Farmers. »Momentan sind sie das wichtigste in meinem Leben . . . und dem von Sam.«

»Und dem von Dave auch«, sagte Sam.

»Wenn Sie mir erzählen würden, was hier los ist«, fragte Soames, »würde ich es verstehen?«

»Nein«, sagte Sam.

»Nein«, stimmte Naomi zu und lächelte verhalten.

Soames blies einen tiefen Stoßseufzer aus den Nasenlöchern und steckte die Hände in die Hosentaschen. »Nun, es wird wohl auch nicht so wichtig sein, denke ich. Ich schulde Dave seit zehn Jahren was, und es gab Zeiten, da hat mir das schwer auf der Seele gelegen.« Er strahlte. »Außerdem habe ich einer hübschen jungen Dame zu ihrem ersten Flug verholfen. Es gibt nur etwas Hübscheres als ein Mädchen nach seinem ersten Flug, und das ist ein Mädchen nach seiner ersten . . .«

Er verstummte unvermittelt und kratzte mit der Schuhspitze auf dem Asphalt. Naomi sah diskret Richtung Horizont. In diesem Augenblick fuhr ein Treibstofflaster vor. Soames schritt rasch hinüber und begann eine angeregte Unterhaltung mit dem Fahrer.

Sam sagte: »Du hast einen gehörigen Eindruck auf unseren furchtlosen Piloten gemacht.«

»Vielleicht, ja«, sagte sie. »Ich fühle mich herrlich, Sam! Ist das nicht verrückt?«

Er strich ihr eine vorwitzige Haarsträhne wieder hinters Ohr. »Es war ein verrückter Tag. Der verrückteste Tag, an den ich mich erinnern kann.«

Aber da sprach eine Stimme in seinem Inneren – sie drang von jenem tiefen Ort empor, wo etwas Wesentliches immer noch in Bewegung war – und sagte ihm, daß das nicht ganz stimmte. Es gab noch einen, der ebenso verrückt gewesen war. Noch verrückter. Der Tag von *Der schwarze Pfeil* und der roten Lakritze.

Diese seltsame, unterdrückte Panik stieg wieder in ihm hoch, und er hielt sich die Ohren vor dieser Stimme zu.

Wenn Sie Sarah vor Ardelia retten wollen, Sam, dann versuchen Sie nicht, den Helden zu spielen, sondern erinnern Sie sich, wer Ihr Bibliothekspolizist gewesen ist.

Nein! Ich kann nicht! Ich . . . ich darf nicht!

Sie müssen diese Erinnerungen zurückholen.

Ich darf nicht! Es ist verboten!

Sie müssen sich mehr Mühe geben, sonst gibt es keine Hoffnung.

»Ich muß jetzt wirklich nach Hause gehen«, murmelte Sam Peebles.

Naomi, die zur Navajo geschlendert war und sich die Tragflächenklappen betrachtete, hörte ihn und kam zurück.

»Hast du etwas gesagt?«

»Nichts. Ist nicht wichtig.«

»Du bist blaß.«

»Ich bin ziemlich nervös«, sagte er gereizt.

Stan Soames kam zurück. Er deutete mit dem Daumen

zum Fahrer des Treibstofflasters. »Dawson sagt, ich kann sein Auto benützen. Ich fahre Sie in die Stadt.«

»Wir können ein Taxi rufen . . .« begann Sam.

Naomi schüttelte den Kopf. »Dafür reicht die Zeit nicht«, sagte sie. »Vielen herzlichen Dank, Mr. Soames.«

»Ach was«, sagte Soames und lächelte sie schalkhaft an. »Nennen Sie mich ruhig Stan. Gehen wir. Dawson sagt, von Colorado nähert sich ein Tiefdruckgebiet. Ich will wieder in Junction City sein, ehe es zu regnen anfängt.«

7

Pell's war ein großes, scheunenähnliches Haus am Rand des Geschäftsbezirks von Des Moines – die Antithese zu den Buchhandelsketten der Einkaufzentren. Naomi fragte nach Mike. Sie wurde zur Information geführt, einem Kiosk, der wie ein Zollhäuschen zwischen der Abteilung für neue und der wesentlich größeren Abteilung für alte Bücher stand.

»Mein Name ist Naomi Higgins. Habe ich vorhin mit Ihnen telefoniert?«

»O ja«, sagte Mike. Er suchte in einem seiner brechend vollen Regale und holte zwei Bücher hervor. Eines war *Best Loved Poems of the American People;* das andere war der *Speaker's Companion,* herausgegeben von Kent Adelmen. Sam Peebles war in seinem ganzen Leben noch nie so glücklich gewesen, zwei Bücher zu sehen; er mußte gegen den Impuls kämpfen, sie dem Verkäufer aus den Händen zu reißen und an die Brust zu drücken.

»*Best Loved Poems* ist kein Problem«, sagte Mike, »aber der *Speaker's Companion* ist vergriffen. Ich glaube, Pell's ist die einzige Buchhandlung zwischen hier und Denver mit einem so gut erhaltenen Exemplar . . . abgesehen natürlich von Exemplaren in Bibliotheken.«

»Die Bücher sehen hervorragend aus«, sagte Sam inbrünstig.

»Sind sie ein Geschenk?«

»Sozusagen.«

»Ich kann sie Ihnen als Geschenk einpacken, wenn Sie möchten; es würde nicht lange dauern.«

»Das ist nicht nötig«, sagte Naomi.

Der Preis für beide Bücher betrug zweiundzwanzig Dollar und siebenundfünfzig Cent.

»Ich kann es nicht glauben«, sagte Sam, als sie das Geschäft verließen und zu der Stelle gingen, wo Stan Soames das ausgeliehene Auto geparkt hatte. Er hielt die Tüte fest in einer Hand. »Ich kann nicht glauben, daß es so einfach ist, die Bücher einfach . . . einfach zurückzugeben.«

»Keine Bange«, sagte Naomi. »So einfach wird es auch nicht.«

8

Als sie zum Flughafen zurückfuhren, bat Sam Stan Soames, ihnen von Dave und den Baseballs zu erzählen.

»Wenn es etwas Persönliches ist – macht nichts. Ich bin nur neugierig.«

Soames sah die Tüte an, die Sam auf dem Schoß hielt. »Ich bin auch irgendwie neugierig, was die betrifft«, sagte er. »Ich schlage Ihnen ein Geschäft vor. Die Sache mit den Baseballs ist vor zehn Jahren passiert. Ich erzähle Ihnen die Geschichte, wenn Sie mir in zehn Jahren alles über diese Bücher erzählen.«

»Einverstanden«, sagte Naomi vom Rücksitz und fügte dann hinzu, was Sam selbst gedacht hatte. »Das heißt, wenn wir dann alle noch leben.«

Soames lachte. »Ja . . . *die* Möglichkeit besteht wohl immer, was?«

Sam nickte. »Manchmal passieren schlimme Sachen.«

»Kann man wohl sagen. Eine ist meinem einzigen Sohn 1980 passiert. Die Ärzte nannten es Leukämie, aber in Wirklichkeit war es genau das, was Sie eben gesagt haben . . . eine schlimme Sache, wie sie manchmal eben passiert.«

»Oh, das tut mir leid«, sagte Naomi.

»Danke. Ab und zu denke ich, ich habe es überwunden, aber dann schleicht es sich von meiner blinden Seite her an und überfällt mich wieder. Ich glaube, manches braucht lange Zeit, bis es verwunden ist, und manches wird nie verwunden.«

Manches wird nie verwunden.

Komm mit mir, Junge . . . ich bin Poliziiissst.

Ich muß jetzt wirklich nach Hause gehen . . . ist meine Strafe bezahlt?

Sam berührte mit einer zitternden Hand seinen Mundwinkel.

»Ach, verflucht, ich kannte Dave schon lange bevor es passiert ist«, sagte Stan Soames. Sie fuhren an einem Schild mit der Aufschrift FLUGHAFEN 3 MEILEN vorbei.

»Wir sind zusammen aufgewachsen, haben zusammen die Schule besucht und haben uns gemeinsam die Hörner abgestoßen. Das Problem war nur, ich habe mir die Hörner abgestoßen und dann aufgehört. Dave eben nicht.«

Soames schüttelte den Kopf.

»Betrunken oder nüchtern, er war einer der nettesten Männer, die ich je kennengelernt habe. Aber mit der Zeit war er fast nur noch betrunken und hat irgendwie den Anschluß verpaßt. Scheint, als hätte er Ende der fünfziger Jahre seine schlimmste Zeit erlebt. In den Jahren war er *ständig* betrunken. Danach ging er zu den AA, und es schien etwas besser zu werden . . . aber er ist immer wieder polternd auf die Nase gefallen.

Ich habe 1968 geheiratet und wollte ihn bitten, Brautführer zu sein, aber ich wagte es nicht. Wie sich herausstellte, kam er nüchtern – diesmal –, aber man konnte sich nicht darauf verlassen, daß er nüchtern kam.«

»Ich weiß, was Sie meinen«, sagte Naomi leise.

Stan Soames lachte. »Nun, irgendwie bezweifle ich das – ein süßes Ding wie Sie kann sich unmöglich vorstellen, in was für Schwierigkeiten ein gestandener Säufer sich hineinmanövrieren kann –, aber glauben Sie es mir. Wenn ich ihn gebeten hätte, bei meiner Hochzeit Brautführer zu sein, hätte Laure – das ist meine Exfrau – Backsteine geschissen. Aber *gekommen* ist Dave, und als unser Junge Joe 1970 zur Welt kam, sah ich ihn regelmäßiger. In den Jahren, als er versucht hat, von der Flasche wegzukommen, schien Dave eine besondere Zuneigung für alle Kinder zu haben.

Joey mochte Baseball am liebsten. Er war verrückt danach – er sammelte Bilderalben, Kaugummikarten . . . er hat mir sogar so lange zugesetzt, bis ich eine Satellitenantenne gekauft habe, damit wir sämtliche Spiele der Royals – die Royals waren seine Favoriten – und der Clubs ansehen konnten, die WGN aus Chicago übertragen hat. Mit acht Jahren kannte er den Durchschnitt sämtlicher Spieler der Royals und die Erfolgsquote von fast jedem Werfer der American League. Dave und ich sind drei- oder viermal mit ihm zu Spielen gegangen. Es war immer, als würde man einem Kind eine kommentierte Führung in den Himmel gewähren. Als ich arbeiten mußte, war Dave zweimal mit ihm allein dort. Laura hat deswegen einen Riesenaufstand gemacht – sie sagte, er würde sturzbetrunken zurückkommen, und der Junge würde vergessen durch die Straßen irren oder irgendwo in einem Polizeirevier sitzen und darauf warten, daß ihn jemand abholte. Aber nichts dergleichen ist passiert. Soweit ich weiß, hat Dave nie einen Tropfen angerührt, wenn er mit Joe unterwegs war.

Als Joe seine Leukämie bekam, war das Schlimmste für ihn, als die Ärzte sagten, er würde bis Juni kein Spiel besuchen können, möglicherweise dieses Jahr überhaupt nicht. Das hat ihn mehr deprimiert als die Tatsache, daß er Krebs hatte. Als Dave ihn besuchen kam, hat sich Joe deswegen die Augen ausgeheult. Dave umarmte ihn und sagte: ›Macht nichts, wenn du nicht gehen kannst, Joey; ich bringe die Royals zu dir.‹

Joe sah zu ihm auf und sagte: ›Du meinst *persönlich*, Onkel Dave?‹ So hat er ihn genannt – Onkel Dave.

›Das kann ich nicht‹, sagte Dave. ›Aber ich kann etwas, das fast ebensogut ist.‹

Soames fuhr zum Tor des Terminals für zivilen Flug-
verkehr und hupte. Das Tor ging rumpelnd auf, und er
fuhr zu der Stelle, wo die Navajo geparkt war. Er schaltete
den Motor ab und saß nur einen Augenblick da und betrachtete seine Hände.

»Ich habe immer gewußt, daß Dave Talent hatte«, sagte
er schließlich. »Mir ist nur immer noch nicht klar, wie er es
so *schnell* fertiggebracht hat. Ich kann mir nur denken, daß
er Tag und Nacht gearbeitet hat, weil er in zehn Tagen fertig war – und die Dinger waren *gut*.

Aber er wußte auch, daß er sich beeilen mußte. Die
Ärzte hatten mir und Laura die Wahrheit gesagt, wissen
Sie, und ich hatte Dave eingeweiht. Joe hatte keine Überle-
benschance. Sie hatten zu spät festgestellt, was nicht mit
ihm stimmte. Es wütete in seinem Blut wie ein Steppen-
brand.

Etwa zehn Tage nach seinem Versprechen kam Dave
mit einer Papiertüte unter jedem Arm ins Krankenzimmer
meines Sohnes. ›Was hast du da, Onkel Dave?‹ fragte Joe
und richtet sich im Bett auf. Es war ihm den ganzen Tag
ziemlich mies gegangen – hauptsächlich wohl, weil er
seine Haare verlor, glaube ich; wenn ein Junge damals
nicht Haare bis auf dem Rücken hatte, wurde er als Niete
angesehen –, aber als Dave hereinkam, fing er an zu strahlen.

›Natürlich die Royals‹, antwortete Dave. ›Habe ich dir
das nicht versprochen?‹

Dann stellte er die beiden Einkaufstüten aufs Bett und
schüttete sie aus. Und ich habe in meinem ganzen Leben
noch nie so einen Gesichtsausdruck bei einem kleinen
Jungen gesehen. Er strahlte wie ein Weihnachtsbaum
und . . . und . . . Scheiße, ich weiß auch nicht . . .«

Stan Soames’ Stimme war immer belegter geworden.
Jetzt beugte er sich nach vorne über das Lenkrad von
Dawsons Buick und stieß so heftig dagegen, daß die Hupe
ertönte. Er zog ein großes Taschentuch aus der Gesäßtasche, wischte sich die Augen damit ab und schneuzte sich
die Nase.

Naomi hatte sich ebenfalls vorgebeugt. Sie drückte Soames eine Hand auf die Wange. »Wenn es Ihnen zu schwerfällt, Mr. Soames . . .«

»Nein«, sagte er und lächelte hilflos. Sam sah, wie eine Träne, die Stan Soames nicht erwischt hatte, im Licht der Nachmittagssonne glitzernd und unbemerkt die Wange hinabrann. »Es bringt ihn einfach nur so sehr zurück. Wie er war. Das tut weh, Miss, aber es ist auch schön. Die beiden Empfindungen gehen immer Hand in Hand.«

»Ich verstehe«, sagte sie.

»Als Dave die Tüten umkippte, kullerten Baseballs heraus – mehr als zwei Dutzend. Aber es waren nicht *nur* Baseballs, denn auf jeden war ein Gesicht gemalt, und es waren die Gesichter eines jeden Spielers der Baseballmannschaft Kansas City Royals des Jahres 1980. Und es waren auch keine, wie heißen sie doch gleich, Karikaturen. Sie waren so gut wie die Gesichter, die Norman Rockwell für die Cover der *Saturday Evening Post* gemalt hat. Ich habe Daves Arbeiten gesehen – bevor er anfing, haltlos zu trinken –, und die waren gut, aber keine war so gut gewesen wie das. Da waren Willie Aikens und Frank White und U. L. Washington und George Brett . . . Willie Wilson und Amos Otis . . . Dan Quisenberry, der so hart wie ein Revolverheld in einem alten Western aussah . . . ich kann mich nicht an alle Namen erinnern, aber es war die ganze verdammte Bande, einschließlich Jim Frey, des Managers.

Und nach der Fertigstellung hat er sie nach Kansas City gebracht und von allen Spielern außer einem signieren lassen. Wen er nicht bekam, das war Darrell Porter, der Fänger. Der hatte die Grippe, versprach aber, den Ball mit seinem Gesicht, so schnell er konnte, zu signieren. Und das hat er gemacht.«

»Mann«, sagte Sam leise.

»Und das alles hat Dave gemacht – der Mann, über den die Leute in der Stadt lachen und den sie Dirty Dave nennen. Ich will Ihnen eins sagen, wenn ich die Leute manchmal so reden höre und zurückdenke, was er für Joen getan hat, als Joey an Leukämie starb, könnte ich . . .«

Soames sprach nicht zu Ende, aber er ballte die Hände auf den kräftigen Oberschenkeln zu Fäusten. Und Sam – der den Namen bis heute auch benützt und mit Craig Jones und Frank Stephens über den alten Säufer mit seinem Einkaufswagen voll Zeitungen gelacht hatte – spürte dumpfe Hitze der Scham auf den Wangen.

»Das war doch wunderbar, oder nicht?« fragte Naomi und berührte wieder Soames' Wange. Sie weinte.

»Sie hätten sein Gesicht sehen sollen«, sagte Soames verträumt. »Sie können sich nicht vorstellen, wie er ausgesehen hat, als er auf die Gesichter mit ihren Baseballmützen auf den runden Köpfen hinabgesehen hat. Ich kann es nicht beschreiben, aber ich werde es meinen Lebtag nicht vergessen.

Sie hätten sein Gesicht sehen sollen.

Am Ende war Joe ziemlich krank, aber es ging ihm nie so elend, daß er nicht die Royals im Fernsehen angesehen hätte – oder sich die Übertragungen im Radio angehört –, und er hat die Bälle überall in seinem Zimmer verstaut. Der Fenstersims war aber sein spezieller Ehrenplatz. Dort hat er die neun Männer aufgereiht, die an dem Spiel teilnahmen, das er ansah oder im Radio hörte. Wenn Frey den Werfer auswechselte, nahm Joe den Ball vom Fenstersims und legte den Ersatzwerfer hoch. Und wenn ein Mann schlug, hielt Joe dessen Ball in der Hand. Und jetzt . . .«

Stan Soames verstummte unvermittelt und verbarg das Gesicht im Taschentuch. Seine Brust hob sich zweimal heftig, und Sam konnte sehen, wie er ein Schluchzen im Hals zurückhielt. Dann wischte er sich noch einmal die Augen und steckte das Taschentuch brüsk in die Tasche.

»Und jetzt wissen Sie, warum ich Sie beide heute nach Des Moines gebracht habe und warum ich Sie auch nach New York geflogen hätte, um diese beiden Bücher zu holen, wenn es nötig gewesen wär. Es war nicht mein Verdienst, es war das von Dave. Er ist ein ganz besonderer Mensch.«

»Ich glaube, das sind Sie auch«, sagte Sam.

Soames lächelte ihn an – ein seltsam verzerrtes Lächeln – und machte die Tür von Dawsons Buick auf. »Vielen Dank«, sagte er. »Herzlichen Dank. Aber jetzt sollten wir uns sputen, wenn wir nicht in den Regen kommen wollen. Vergessen Sie Ihre Bücher nicht, Miss Higgins.«

»Ganz bestimmt nicht«, sagte Naomi, die beim Aussteigen das obere Ende der Tüte ganz fest um die Hand wickelte. »Glauben Sie mir, ganz bestimmt nicht.«

KAPITEL DREIZEHN

DER BIBLIOTHEKSPOLIZIST (II)

1

Zwanzig Minuten nach dem Start in Des Moines riß sich Naomi vom Blick aus dem Fenster los – sie hatte die Route 79 verfolgt und über die Spielzeugautos gestaunt, die darauf hin und her wuselten – und wandte sich Sam zu. Was sie sah, machte ihr Angst. Er war eingeschlafen, den Kopf an eins der Fenster gelehnt, aber sein Gesicht war alles andere als friedlich; er sah aus wie ein Mann, der tiefe und heimliche Qualen leidet.

Tränen quollen langsam unter seinen geschlossenen Lidern hervor und rannen an den Wangen hinab.

Sie beugte sich nach vorne, um ihn wachzurütteln, da hörte sie ihn mit kläglicher Kleinjungenstimme sagen: »Bekomme ich Ärger, Sir?«

Die Navajo bohrte sich in die Wolken, die sich über dem westlichen Iowa zusammengebraut hatten, und bäumte sich auf, aber Naomi bekam es kaum mit. Ihre Hand verharrte einen Moment über Sams Schulter, dann zog sie sie zurück.

Wer war IHR Bibliothekspolizist, Sam?

Wer immer es war, dachte Naomi, *er hat ihn, glaube ich, wiedergefunden. Ich glaube, er ist jetzt bei ihm. Tut mir leid, Sam . . . aber ich kann dich nicht wecken. Ich glaube, momentan bist du, wo du sein solltest . . . wo du sein mußt. Tut mir leid, aber träum weiter. Und vergiß nicht, was du geträumt hast, wenn du aufwachst. Vergiß es nicht.*

Vergiß es nicht.

In seinem Traum sah Sam Peebles Rotkäppchen, wie es mit einem zugedeckten Einkaufskorb an einem Arm von einem Lebkuchenhäuschen aufbrach; es war auf dem Weg zu Omis Haus, wo der Wolf nur darauf wartete, es von den Füßen an aufwärts zu fressen. Am Schluß würde er Rotkäppchen skalpieren und sein Gehirn mit einem Holzlöffel aus dem Schädel essen.

Aber das stimmte alles irgendwie nicht, denn in seinem Traum war Rotkäppchen ein Junge und das Knusperhäuschen war das zweistöckige Doppelhaus, wo er nach dem Tod seines Dad mit seiner Mutter gewohnt hatte, und in dem Korb war gar kein Essen. In dem Korb war ein Buch, *Der schwarze Pfeil* von Robert Louis Stevenson, und er *hatte* es gelesen, jedes Wort, und er war auch nicht auf dem Weg zu Großmutters Haus, sondern zur Zweigstelle Briggs Avenue der öffentlichen Bibliothek von St. Louis, und er mußte sich beeilen, weil sein Buch schon vier Tage überfällig war.

Dies war ein Traum zum Zusehen.

Er sah zu, wie Weißsamchen an der Ecke Dunbar Street und Johnstown Avenue darauf wartete, daß die Ampel umsprang. Er sah zu, wie er mit dem Buch in der Hand über die Straße hüpfte – der Korb war nicht mehr da. Er sah zu, wie Weißsamchen das Dunbar Street News betrat, und dann war er auch drinnen, roch und nahm die altbekannte Geruchsmischung aus Kampfer, Zuckerwaren und Pfeifentabak wahr und sah zu, wie Weißsamchen sich mit einem Fünfcentpäckchen rote Lakritze Marke Bull's Eye – seine Lieblingsmarke – dem Tresen näherte. Er sah zu, wie der kleine Junge vorsichtig den Dollarschein herausnahm, den seine Mutter hinten in die Leihkartenlasche von *Der schwarze Pfeil* gesteckt hatte. Er beobachtete, wie der Verkäufer den Dollar nahm und fünfundneunzig Cent Wechselgeld herausgab . . . mehr als genug, die Strafe zu bezahlen. Er sah zu, wie Weißsamchen das Geschäft verließ und auf der Straße gerade so lange stehenblieb, bis er das Wechselgeld in die Tasche gesteckt und das Päckchen mit den Zähnen aufgerissen hatte. Er sah zu, wie sich Weißsamchen auf den Weg machte – es waren jetzt nur noch drei Blocks bis zur Bibliothek – und dabei lange rote Schlangen Lakritze mampfte.

Er versuchte, dem Jungen zuzurufen.

Vorsicht! Vorsicht! Der Wolf wartet, kleiner Junge! Hüte dich vor dem Wolf! Hüte dich vor dem Wolf!

Aber der Junge marschierte weiter und aß seine rote Lakritze; inzwischen war er auf der Briggs Avenue und die Bibliothek, ein gewaltiger Stapel roter Backsteine, ragte düster vor ihm auf.

An dieser Stelle versuchte Sam – der große Sam im Flugzeug – sich aus dem Traum herauszuziehen. Er spürte, daß Naomi und Stan Soames und *die Welt wahrhaftiger Dinge* sich gerade außerhalb dieser Eierschale des Alptraums befanden, in die er geraten war. Hinter den Geräuschen des Traums konnte er das Dröhnen des Motors der Navajo hören: hinter dem Verkehr auf der Briggs Avenue, dem schrillen *Rrrriinnggg-rrrrinnnnggg* der Fahrradklingel eines Kindes, den Vögeln, die im dichten Mittsommerlaub der Ulmen trällerten. Er machte die Traumaugen zu und *sehnte* sich nach dieser Welt außerhalb der Eierschale, der Welt wahrhaftiger Dinge. Und mehr: Er spürte, er konnte sie erreichen, konnte sich durch die Schale hämmern . . .

Nein, sagte Dave. *Nein, Sam, tun Sie das nicht. Das* dürfen *Sie nicht tun. Wenn Sie Sarah vor Ardelia retten wollen, befreien Sie sich nicht aus diesem Traum. Es gibt nur einen Zufall in dieser Angelegenheit, und der ist tödlich: SIE haben auch einmal einen Bibliothekspolizisten gehabt. Und Sie müssen diese Erinnerungen zurückholen.*

Ich will ihn nicht sehen. Ich will es nicht wissen. Einmal war schlimm genug.

Nichts ist so schlimm wie das, was Sie erwartet, Sam. Nichts.

Er machte die Augen auf – nicht die äußeren, sondern die inneren; die Traumaugen.

Jetzt ist Weißsamchen auf dem Betonweg, der zur Ost-

seite der Bibliothek führt, dem Betonweg, der zur Kinder-
abteilung führt. Er bewegt sich in einer Art unheilschwan-
gerer Zeitlupe, jeder Schritt von ihm ist wie das leise
Wusch des schwingenden Pendels in Großvaters Uhr, und
alles ist klar und deutlich: die winzigen Glimmer- und
Quarzstückchen, die im Betonweg funkeln; die fröhlichen
Rosen am Weg entlang; das dichte grüne Buschwerk an
der Seitenwand des Gebäudes; die Efeuranken auf den roten Backsteinen; die seltsame und irgendwie furchteinflößende lateinische Inschrift, *Fuimus, non sumus*, die in
einem Halbkreis über den grünen Türen mit ihren dicken,
drahtverstärkten Glasscheiben graviert ist.

Und auch der Bibliothekspolizist, der auf den Stufen
steht, ist klar und deutlich.

Er ist nicht blaß. Er ist gerötet. Er hat rote, leuchtende
Pickel auf der Stirn. Er ist nicht groß, sondern mittelgroß
und hat außerordentlich breite Schultern. Er trägt keinen
Trenchcoat, sondern einen Übermantel, was sehr seltsam
ist, denn es ist ein heißer Sommertag in St. Louis. Seine
Augen könnten silbern sein; Weißsamchen kann ihre
Farbe nicht erkennen, weil der Bibliothekspolizist eine
kleine runde Sonnenbrille trägt – die Brille eines Blinden.

Er ist nicht der Bibliothekspolizist! Er ist der Wolf! Vorsicht!
Er ist der Wolf! Der BibliotheksWOLF!

Aber Weißsamchen hört es nicht, Weißsamchen hat
keine Angst. Immerhin herrscht strahlender Sonnenschein, und die Stadt ist voll von seltsamen – und manchmal lustigen – Typen. Er hat sein ganzes Leben in St. Louis
verbracht und keine Angst. Das wird sich gleich ändern.

Er geht auf den Mann zu, und beim Näherkommen
sieht er die Narbe: eine dünne weiße Linie, die hoch auf
der linken Wange anfängt, unter dem linken Auge ver-
läuft und sich bis über den Nasenrücken zieht.

Hallo, Junge, sagt der Mann mit der runden schwarzen
Brille.

Hallo, sagt Weißsamchen.

Macht essss dir etwasss aussss, mir von dem Buch da zu erss-
sählen, ehe du reingehsssst? fragt der Mann. Seine Stimme ist

leise und höflich und kein bißchen bedrohlich. Seine Stimme ist manchmal von einem leisen Lispeln befallen, das ab und zu ein S in einen langgezogenen Zischlaut verwandelt. *Weissst du, ich arbeite für die Bibliothek.*

Es heißt Der schwarze Pfeil, *sagt Weißsamchen höflich, und ist von Mr. Robert Louis Stevenson. Der ist tot. Er ist an Tupper-Kuh-Lose gestorben. Es war sehr gut. Es sind ein paar tolle Kämpfe darin vorgekommen.*

Der Junge wartet darauf, daß der Mann mit der runden schwarzen Brille beiseite tritt und ihn einläßt, aber der Mann mit der runden schwarzen Brille tritt nicht beiseite. Der Mann bückt sich nur, damit er ihn eingehender betrachten kann. Großvater, was für kleine, runde schwarze Augen du hast.

Noch eine Frage, sagt der Mann. *Issst dein Buch überfällig?*

Jetzt hat Weißsamchen etwas mehr Angst.

Ja . . . aber nur ein wenig. Nur vier Tage. Sehen Sie, es war ziemlich lang, und ich habe Jugendligatraining und die Tagesstätte und . . .

Komm mit mir, Junge . . . ich bin Poliziiissst.

Der Mann mit der schwarzen Brille und dem Mantel streckt eine Hand aus. Im ersten Augenblick will Sam weglaufen. Aber er ist ein Kind; dieser Mann arbeitet für die Bibliothek. Dieser Mann ist Polizist. Plötzlich ist dieser Mann – dieser furchteinflößende Mann mit der Narbe und der runden schwarzen Brille – ganz Autorität. Und vor der Autorität kann man nicht weglaufen; sie ist überall.

Sam geht schüchtern auf den Mann zu. Er hebt die Hand – die mit dem Päckchen roter Lakritze, das jetzt fast leer ist –, doch in letzter Sekunde versucht er, sie zurückzuziehen. Zu spät. Der Mann ergreift sie. Das Päckchen Bull's Eyes Lakritze fällt auf den Weg. Weißsamchen wird in seinem ganzen Leben keine rote Lakritze mehr essen.

Der Mann zieht Sam zu sich, so wie ein Fischer sein Netz einziehen würde. Die Hand, welche die von Sam umklammert, ist sehr kräftig. Sie tut weh. Sam fängt an zu weinen. Die Sonne scheint noch, das Gras ist noch grün, aber plötzlich scheint die ganze Welt fern zu sein, nicht mehr als ein grausames Trugbild, an das er eine kurze Weile glauben durfte.

Er kann Sen-Sen im Atem des Mannes riechen. *Bekomme ich Ärger, Sir?* fragt er und hofft mit jeder Faser seines Wesens, daß der Mann nein sagen wird.

Ja, sagt der Mann. *Ja, den bekommst du. GROSSEN Ärger. Und wenn du den Ärger vermeiden willssst, mussst du genau machen, wasss ich dir sssage. Verssstanden?*

Sam kann nicht antworten. Er hat noch nie solche Angst gehabt. Er kann den Mann nur mit großen, tränenden Augen ansehen.

Der Mann schüttelt ihn. *Verssstanden, oder nicht?*

J . . . ja! keucht Sam. Er verspürt einen fast unerträglichen Druck in der Blase.

Ich will dir genau sssagen, wer ich binnnn, sagt der Mann und atmet Sam kleine Sen-Sen-Wölkchen ins Gesicht. *Ich bin der Bibliothekspoliziiisssst von Briggs Avenue, und meine Aufgabe isssst es, Jungssssss und Mädelsssss zu bestrafen, die ihre Bücher zu sssspät zurückbringen.*

Weißsamchen fängt an, lauter zu weinen. *Ich habe fünf- undneunzig Cent! Die können Sie haben! Die können Sie alle haben!*

Er versucht, das Kleingeld aus der Tasche zu ziehen. Im selben Augenblick dreht sich der Bibliothekspolyp um, und plötzlich ist sein Gesicht scharf geschnitten, plötzlich das Gesicht eines Fuchses oder Wolfs, der erfolgreich in den Hühnerstall eingedrungen ist, aber auf einmal Gefahr wittert.

Komm her, sagt er und zerrt Weißsamchen vom Weg in die dichten Büsche, die am Gebäude entlang wachsen. *Wenn dir der Poliziiisssst sagt, du sollst kommen, dann KOMMST du!* Hier ist es dunkel; dunkel und geheimnisvoll. Die Luft riecht nach verfaulten Wacholderbeeren. Der Boden ist dunkel – Humus. Sam weint jetzt sehr laut.

Ssssei sssstill! grunzt der Bibliothekspolizist und schüttelt Sam grob durch. Die Knochen von Sams Hand knirschen schmerzhaft. Sein Kopf scheint auf dem Hals zu wackeln. Sie haben jetzt eine kleine Lichtung im Dschungel der Büsche erreicht, ein Hain, wo die Wacholderbeeren plattgetreten und die Farne abgebrochen sind, und Sam begreift, dies ist keine Stelle, die der Bibliothekspolizist kennt, sondern die er *gemacht* hat.

Ssssei sssstill, sonst ist die Strafe nur der Anfang! Ich mussss deine Mutter anrufen und ihr sssagen, wasss du für ein bösssser Junge gewesen bissst. Möchtessst du dasss?

Nein! weint Sam. *Ich bezahle die Strafgebühr! Ich bezahle sie, Mister, aber tun Sie mir bitte nicht weh!*

Der Bibliothekspolizist wirbelt Weißsamen herum.

Leg die Hände an die Wand. Sssspreitsse die Beine! Gleich!

Noch schluchzend und verrückt vor Angst, seine Mutter könnte herausfinden, daß er etwas so Schlimmes getan hat, das diese Behandlung rechtfertigt, tut Weißsamen, was ihm der Bibliothekspolizist befohlen hat. Die roten Backsteine sind kühl, kühl im Schatten der Büsche, die sich als wirres, unordentliches Geflecht gegen die Hauswand schmiegen. Er sieht ein schmales Erdgeschoßfenster. Von dort kann man in den Heizraum der Bibliothek sehen. Über dem gigantischen Boiler hängen Glühbirnen mit Metallschirmen, die an chinesische Mützen erinnern; die Leitungen werfen seltsame Krakenschatten. Er sieht einen Hausmeister an der Wand gegenüber stehen, mit dem Rücken zum Fenster, wo er Skalen abliest und Notizen auf einen Zettel macht.

Der Bibliothekspolyp packt Sams Hose und zieht sie nach unten. Und die Unterhose gleich mit. Weißsamchen zuckt zusammen, als die kalte Luft über seinen Podex streicht.

Ruhig, keucht der Bibliothekspolizist. *Beweg dich nicht. Wenn du die Strafe bezahlt hasssst, isssst es vorbei . . . und keiner mussss es wissen.*

Etwas Schweres und Heißes drückt sich an seine Kehrseite. Weißsamchen zuckt wieder zusammen.

Ruhig, sagt der Bibliothekspolizist. Er keucht jetzt heftiger; Sam spürt heiße Atemwölkchen auf der linken Schulter und riecht Sen-Sen. Er versinkt in seinem Entsetzen, aber Entsetzen ist nicht seine einzige Empfindung: er empfindet auch Scham. Er wurde in die Schatten gezerrt, ist gezwungen, sich dieser grotesken, unbekannten Bestrafung zu unterziehen, und alles nur, weil er *Der schwarze Pfeil* zu spät zurückgebracht hat. Wenn er nur gewußt hätte, daß die Strafe so hoch sein konnte . . .

Ein schweres Ding sticht in seine Kehrseite und spreizt die Popacken. Schreckliche, reißende Schmerzen breiten sich in Weißsamchens Eingeweide aus. Niemals hat es solche Schmerzen gegeben; niemals auf der Welt.

Er läßt *Der schwarze Pfeil* fallen und schiebt sich die eigene Faust seitlich in den Mund, um Schreie zu unterdrücken.

Ruhig, keucht der Bibliothekswolf, der jetzt die Hände auf Sams Schultern legt und sich hin und her wiegt, rein und raus, hin und her, rein und raus. *Ruhig . . . ruhig . . . ooh! Ruhiiiiiiiiiiiiiiig . . .*

Keuchend und sich wiegend stößt der Bibliothekspolizist etwas, das sich wie ein riesiger heißer Stahlpflock anfühlt, in Sams Allerwertesten. Sam starrt mit aufgerissenen Augen in den Keller der Bibliothek, und der ist ein anderes Universum, ein *anständiges* Universum, in dem derlei Grausamkeiten nicht geschehen können. Er sieht den Hausmeister nicken, den Notizblock unter den Arm klemmen und zur Tür auf der anderen Seite des Raums gehen. Wenn der Hausmeister den Kopf nur ein klein wenig drehen und nach oben sehen würde, würde er ein Gesicht sehen, das ihn durchs Fenster betrachtet, das aschfahle Gesicht eines kleinen Jungen mit großen Augen und roter Lakritze an den Lippen. Ein Teil von Sam möchte, daß der Hausmeister genau das tut – um ihn zu retten, wie der Holzfäller Rotkäppchen gerettet hat –, aber ein Teil weiß, der Hausmeister würde sich nur voll Abscheu vor einem weiteren kleinen Jungen abwenden, der seine Strafe vom Bibliothekspolizisten der Briggs Avenue bekommt.

Ruuuuuhhiiiiichchchchch! flüstert-schreit der Bibliothekswolf, während der Hausmeister zur Tür hinaus und in einen anderen Teil seines anständigen Universums geht, ohne sich noch einmal umzudrehen. Der Wolf stößt noch tiefer zu, und einen gräßlichen Augenblick ist Weißsamchen überzeugt, sein Bauch wird explodieren und das, was der Bibliothekspolizist in ihn reingesteckt hat, wird einfach vorne aus ihm rauskommen und seine Gedärme mit sich schieben.

Der Bibliothekspolyp bricht in einer Wolke ranzigen Schweißgeruchs über ihm zusammen, keucht abgehackt, und Sam geht unter seinem Gewicht in die Knie. Als er das tut, rutscht der große Gegenstand – der nicht mehr ganz so groß zu sein scheint – aus ihm heraus, aber Sam spürt Nässe auf seiner gesamten Kehrseite. Er hat Angst davor, mit der Hand dorthin zu fassen. Er hat Angst, wenn er die Hose betrachtet, wird er feststellen, daß er Blutsamchen geworden ist.

Plötzlich packt der Bibliothekspolizist Sams Arm und reißt ihn herum. Sein Gesicht ist röter als zuvor, auf seiner Stirn und den Wangen sind hektische rote Flecken wie Kriegsbemalung.

Ssssau dich an! sagt der Bibliothekspolyp. Sein Gesicht zieht sich zu einem Knoten des Ekels und der Abscheu zusammen. *Sssau dich an mit deinen runtergelassssenen Hosen und deinem baumelnden Dingelchen! Esss hat dir gefallen, wassss? Es hat dir GEFALLEN!*

Sam kann nicht antworten. Er kann nur weinen. Er zieht Unterhose und Hose zusammen hoch, wie sie runtergezogen worden sind. Er kann Humus darin spüren, der an seiner mißhandelten Kehrseite reibt, aber das ist ihm einerlei. Er weicht vor dem Bibliothekspolizisten zurück, bis sein Rücken die rote Backsteinwand berührt. Er kann dicke Efeuranken spüren, die ihm in den Rücken bohren wie die Knochen einer gewaltigen Totenhand. Auch das ist ihm einerlei. Er geht völlig in dem Gefühl von Scham und Entsetzen und Wertlosigkeit auf, das ihn jetzt erfüllt, und von diesen dreien ist Scham das übermächtigste. Die Scham ist völlig unfaßbar.

Sssmutsiger Junge! speit ihm der Bibliothekspolizist entgegen. *Sssmutsiger Junge!*

Ich muß jetzt wirklich nach Hause, sagt Weißsamchen, und sein heiseres Schluchzen verwandelt die Worte in abgehackte Silben. *Ist meine Strafe bezahlt?*

Der Bibliothekspolizist kriecht auf Händen und Knien auf Sam zu, seine kleinen schwarzen Augen starren wie die blinden Augen eines Maulwurfs in Sams Gesicht, und irgendwie ist das der allerletzte groteske Schrecken. Sam denkt: *Er wird mich noch einmal bestrafen,* und bei diesem Gedanken versagt etwas in seinem Verstand, eine überlastete Strebe oder Armatur, den Dienst mit einem feuchten Schnappen, das er fast hören kann. Er schreit oder protestiert nicht; das liegt hinter ihm. Er sieht den Bibliothekspolypen nur voll stummer Apathie an.

Nein, sagt der Bibliothekspolizist. *Ich lasssse dich nur gehen, dasss issst allesss. Ich habe Mitleid mit dir, aber wenn du essss jemalsss jemandem erzählssst . . . jemalsss . . . komme ich wieder und mache es noch mal. Ich mache esss, bisss die Sssstraffe besssahlt isssst. Und lasss dich nie wieder hier erwissssen, Junge. Hassst du das versssstanden?*

Ja, sagt Sam. Selbstverständlich wird er zurückkommen und es wieder machen, wenn Sam es jemandem erzählt. Er wird spät in der Nacht im Schrank lauern; unter dem Bett; auf einem Baum kauern wie eine große, mißgestaltete Krähe. Wenn Sam zu einem verhangenen Himmel aufsieht, wird er das verzerrte, verächtliche Gesicht des Bibliothekspolizisten in den Wolken sehen. Der Bibliothekspolizist wird überall sein; er wird jederzeit überall sein.

Dieser Gedanke macht Sam müde, und er macht die Augen zu, damit er das irre Maulwurfsgesicht nicht mehr sehen muß, damit er gar nichts mehr sehen muß.

Der Bibliothekspolyp packt ihn und schüttelt ihn wieder durch. *Ja, wasssss?* zischt er. *Ja, wasssss, Junge?*

Ja, ich verstehe, sagt Sam zu ihm, ohne die Augen aufzumachen.

Der Bibliothekspolizist zieht die Hand weg. *Gut,* sagt er. *Vergissss das niemalsss. Wenn böse Jungssss und Mädelssss das vergessssen, bringe ich ssssie um.*

Weißsamchen lehnt lange Zeit mit geschlossenen Augen an der Wand und wartet darauf, daß der Bibliothekspolizist ihn wieder bestrafen oder einfach umbringen wird. Er will weinen, aber es kommen keine Tränen. Es wird Jahre dauern, bis er wieder wegen etwas weinen kann. Schließlich macht er die Augen auf und sieht, daß er allein in der Lichtung des Bibliothekspolizisten zwischen den Büschen ist. Der Bibliothekspolyp ist gegangen. Nur Sam ist noch da, mit seiner Ausgabe von *Der schwarze Pfeil*, die aufgeschlagen und verkehrt herum auf dem Boden liegt.

Sam kriecht dem Tageslicht auf Händen und Knien entgegen. Blätter kitzeln sein verschwitztes, tränenüberströmtes Gesicht, Zweige kratzen ihm über den Rücken und seine schmerzende Kehrseite. Er nimmt *Der schwarze Pfeil* mit, aber er wird das Buch nicht in die Bibliothek bringen. Er wird niemals, niemals wieder diese oder eine andere Bibliothek betreten: Dieses Versprechen gibt er sich, während er vom Ort seiner Bestrafung fortkriecht. Und er leistet noch einen Schwur ab: Niemand wird je etwas von dieser schrecklichen Sache erfahren, weil er die Absicht hat zu vergessen, daß sie jemals passiert ist. Er spürt, daß er das kann. Er kann es, wenn er sich ganz, ganz große Mühe gibt, und er will auf der Stelle damit anfangen, sich ganz, ganz große Mühe zu geben.

Als er den Rand der Büsche erreicht, sieht er sich wie ein kleines, gehetztes Tier um. Er sieht Kinder auf dem Rasen laufen. Den Bibliothekspolizisten sieht er nicht, aber das spielt selbstverständlich keine Rolle; der Bibliothekspolizist sieht *ihn*. Von heute an wird der Bibliothekspolizist immer in seiner Nähe sein.

Endlich ist der Rasen verlassen. Ein kleiner, zerzauster Junge, Weißsamchen, krabbelt mit Blättern in den Haaren und schmutzigem Gesicht aus den Büschen. Sein Hemdzipfel flattert lose hinter ihm her. Seine Augen sind aufgerissen und starr und nicht mehr ganz normal. Er huscht zu den Betonstufen hinüber, wirft einen verstohlenen, entsetzten Blick auf die geheimnisvolle lateinische Inschrift über der Tür und legt dann sein Buch mit der Vorsicht und Angst eines Mädchens auf die Stufen, das ihr ungetauftes Kind auf der Schwelle eines Fremden aussetzt. Dann fängt Weißsamchen an zu laufen: Er läuft über den Rasen, er kehrt der Zweigstelle Briggs Avenue der öffentlichen Bibliothek von St. Louis den Rücken und läuft, aber es ist einerlei, wie schnell er läuft, denn er kann dem Geschmack von roter Lakritze in Mund und Rachen nicht davonlaufen, dem zuckersüßen, klebrigen Geschmack, und so schnell er auch läuft, der Bibliothekswolf läuft selbstverständlich mit ihm, und der Bibliothekswolf flüstert *Komm mit mir, Junge . . . ich bin Poliziiissst,* und das wird er *immer* flüstern, durch all die Jahre wird er es flüstern, in den dunklen Träumen, an die Sam sich nicht zu erinnern wagt, wird er es flüstern, und Sam wird immer vor dieser Stimme weglaufen und schreien: *Ist sie bezahlt? Ist die Strafe schon bezahlt? O lieber Gott, bitte, IST MEINE STRAFE JETZT BEZAHLT?* Und die Antwort, die er darauf bekommt, ist stets dieselbe: *Sie wird niemals bezahlt sein, Junge; sie wird niemals bezahlt sein.*

Niemals.

Nie . . .

KAPITEL VIERZEHN

DIE BIBLIOTHEK (III)

Der Anflug auf die Staubstraße, die Stan Flughafen von Proverbia nannte, war holprig und furchteinflößend. Die Navajo kam herunter, tastete sich einen Weg durch wütende Luftmassen und landete mit einem letzten Ruck, der durch alle Knochen ging. In dem Moment stieß Sam einen schrillen Schrei aus. Er riß die Augen auf.

Naomi hatte geduldig auf so etwas gewartet. Sie beugte sich augenblicklich nach vorne, achtete nicht auf den Sicherheitsgurt, der ihr in den Leib schnitt, und legte die Arme um Sam. Sie achtete auch nicht auf seine abwehrend erhobenen Arme und das erste instinktive Zurückschrecken, ebensowenig auf den ersten heißen und unangenehmen Atemschwall. Sie hatte eine Vielzahl Betrunkener beschwichtigt; dies war kaum anders. Sie konnte sein Herz spüren, als sie sich an ihn drückte. Es schien gleich unter dem Hemd zu flattern und zu hüpfen.

»Schon gut, Sam, schon gut – ich bin es nur, und Sie sind wieder bei uns. Es war ein Traum. Sie sind wieder bei uns.«

Einen Augenblick versuchte er noch, sich in seinem Sitz zu verkriechen. Dann sank er schlaff in sich zusammen. Er hob die Hände und umarmte Naomi voll panischem Eifer.

»Naomi«, sagte er mit schroffer, erstickter Stimme. »Naomi, o Naomi, gütiger Himmel, was für einen Alptraum ich hatte, was für einen schrecklichen Alptraum.«

Stan hatte zuvor einen Funkspruch abgesetzt, und jemand war gekommen und hatte die Lichter der Rollbahn angemacht. Jetzt holperten sie zwischen ihnen dem Ende der Bahn entgegen. Sie hatten es doch nicht geschafft, dem Regen zu entgehen; er trommelte hohl auf den Rumpf des Flugzeugs. Vorne grölte Stan Soames etwas, das ›Camptown Races‹ sein konnte.

»*War* es ein Alptraum?« fragte Naomi und wich von

Sam zurück, damit sie ihm in die blutunterlaufenen Augen sehen konnte.

»Ja. Aber es war auch die Wahrheit. Die ganze Wahrheit.«

»War es der Bibliothekspolizist, Sam? *Dein* Bibliothekspolizist?«

»Ja«, flüsterte er und drückte das Gesicht in ihr Haar.

»Und weißt du jetzt, wer er ist? Weißt du endlich, wer er ist, Sam?«

Nach einem langen Augenblick flüsterte Sam: »Jetzt weiß ich es.«

2

Stan Soames warf einen Blick in Sams Gesicht, als er und Naomi aus dem Flugzeug ausstiegen, und war auf der Stelle zerknirscht. »Tut mir leid, daß es so schlimm war. Ich habe wirklich gedacht, wir würden es vor dem Regen schaffen. Es ist nur so, mit Gegenwind . . .«

»Wird schon wieder«, sagte Sam. Er sah tatsächlich schon wieder etwas besser aus.

»Ja«, sagte Naomi. »Er kommt wieder auf Vordermann. Danke, Stan. Vielen Dank. Und Dave dankt Ihnen auch.«

»Nun, wenn Sie haben, was Sie brauchen . . .«

»Haben wir«, versicherte Sam ihm. »Wirklich und wahrhaftig.«

»Gehen wir um das Ende der Rollbahn herum. Diese Lehmstelle würde Sie bis zur Taille einsaugen, wenn Sie heute versuchen würden, die Abkürzung zu nehmen. Kommen Sie mit ins Haus. Wir trinken Kaffee. Ich glaube, ich habe auch noch Apfelkuchen.«

Sam sah auf die Uhr. Es war Viertel nach sieben.

»Wir müssen leider ablehnen, Stan«, sagte er. »Naomi und ich müssen diese Bücher sofort in die Stadt bringen.«

»Sie sollen wenigstens reinkommen und sich abtrocknen. Bis Sie bei Ihrem Auto sind, sind Sie tropfnaß.«

Naomi schüttelte den Kopf. »Es ist sehr wichtig.«

»Ja«, sagte Stan. »Wie Sie aussehen, scheint es so zu sein. Vergessen Sie nur nicht, daß Sie versprochen haben, mir die Geschichte zu erzählen.«

»Das werden wir bestimmt nicht«, sagte Sam. Er sah Naomi an und las in ihren Augen die Spiegelung seines eigenen Gedankens: *Wenn wir noch leben und sie erzählen können.*

3

Sam fuhr und kämpfte gegen den Impuls, das Gaspedal bis zum Anschlag durchzutreten. Er machte sich Sorgen um Dave. Aber von der Straße abzukommen und Naomis Auto in den Graben zu setzen, war keine besonders wirksame Methode, Besorgnis zu zeigen, und der Regen, in dem sie gelandet waren, war mittlerweile ein Wolkenbruch, dessen Wassermassen von starken Windböen verweht wurden. Die Scheibenwischer wurden selbst auf höchster Stufe nicht damit fertig, und die Scheinwerfer versickerten förmlich nach etwa sechs, sieben Metern. Sam wagte nicht, schneller als fünfundzwanzig Meilen zu fahren. Er sah auf die Uhr, dann zu Naomi, die die Büchertüte auf dem Schoß hatte.

»Ich hoffe, wir schaffen es bis acht«, sagte er, »aber sicher bin ich nicht.«

»Versuch es einfach, Sam.«

Scheinwerfer, so verschwommen wie die Lichter einer Taucherglocke unter Wasser, kamen ihnen entgegen. Sam bremste auf zehn Meilen ab und zwängte sich nach rechts, während ein fünfachsiger Truck vorbeirumpelte – ein vager Schemen in der verregneten Dunkelheit.

»Kannst du darüber reden? Den Traum, meine ich.«

»Ich könnte, aber ich werde nicht«, sagte er. »Jetzt nicht. Der Zeitpunkt ist nicht richtig.«

Naomi dachte darüber nach, dann nickte sie. »Gut.«

»Soviel kann ich dir sagen – Dave hatte recht, als er sagte, daß Kinder die besten Opfer sind, und er hatte recht

damit, als er sagte, daß sie sich in Wahrheit von Angst er-
nährt.«

Sie hatten den Stadtrand erreicht. Einen Block weiter
passierten sie die erste Kreuzung mit Ampel. Durch die
Scheibe des Datsun gesehen, war die Ampel lediglich eine
hellgrüne Schliere, die über ihnen in der Luft tanzte. Eine
ebensolche Schliere tanzte auf der anderen Seite der glatten, nassen Haut des Asphalts.

»Ich muß auf dem Weg zur Bibliothek noch eine Besorgung machen«, sagte Sam. »Das Piggly-Wiggly liegt doch
auf dem Weg, oder nicht?«

»Ja, aber wenn wir Dave um acht hinter der Bibliothek
treffen wollen, haben wir echt nicht viel Zeit. Ob es uns
paßt oder nicht, dies ist Wetter zum Langsamfahren.«

»Ich weiß – aber es dauert nicht lange.«

»Was brauchst du?«

»Ich bin nicht sicher«, sagte er, »aber wenn ich es sehe,
weiß ich es.«

Sie sah ihn an, und er war zum zweitenmal erstaunt
über die füchsische, zierliche Eigenheit ihrer Schönheit
und konnte nicht begreifen, warum diese ihm bis heute
nie aufgefallen war.

*Nun, immerhin bist du mit ihr ausgegangen, oder? ETWAS
mußt du demnach schon gesehen haben.*

Aber so war das nicht. Er war mit ihr ausgegangen, weil
sie hübsch, vorzeigbar, ungebunden und etwa in seinem
Alter war. Er hatte sich mit ihr verabredet, weil von Junggesellen in Kleinstädten, die im Grunde genommen nichts
anderes als zu groß geratene Dörfer waren, *erwartet*
wurde, daß sie Verabredungen hatten . . . das heißt, wenn
sie Junggesellen waren, die sich einen festen Platz in der
lokalen Geschäftsgemeinde erobern wollten. Wenn man
keine Verabredungen hatte, konnten die Leute . . . manche Leute . . . denken, man wäre
(ein Poliziiissst)
nicht richtig gepolt.

Ich WAR nicht richtig gepolt, dachte er. *Wenn ich es recht
bedenke, war ich TOTAL nicht richtig gepolt. Aber was immer*

es war, ich glaube, jetzt habe ich mich verändert. Und ich sehe sie. Das ist es. Ich SEHE sie wirklich.

Naomi ihrerseits bemerkte die abgespannte Blässe seines Gesichts und die nervösen Fältchen um Augen und Mund. Er sah seltsam aus . . . aber nicht mehr, als litte er Todesangst. Naomi dachte: *Er sieht aus wie ein Mann, der Gelegenheit hatte, seinen schlimmsten Alptraum noch einmal zu erleben . . . mit einer mächtigen Waffe in der Hand.*

Sie dachte, er hatte ein Gesicht, in das sie sich verlieben konnte, und das erfüllte sie mit großem Unbehagen.

»Diese Besorgung . . . ist wichtig, nicht?«

»Ich glaube, ja.«

Fünf Minuten später hielt er auf dem Parkplatz des Piggly-Wiggly-Ladens. Sam sprang sofort aus dem Auto und rannte durch den strömenden Regen zur Tür.

Auf halbem Weg blieb er stehen. An einer Seite des Parkplatzes stand eine Telefonzelle – zweifellos dieselbe Telefonzelle, von der Dave vor Jahren im Büro des Sheriffs von Junction City angerufen hatte. Der Anruf aus dieser Zelle hatte Ardelia nicht getötet . . . aber er *hatte* sie eine ganze Weile von der Bildfläche vertrieben.

Sam ging hinein. Das Licht flammte auf. Es gab nichts zu sehen; es war nur eine Telefonzelle, an deren Blechwände Nummern und Graffiti geschmiert waren. Das Telefonbuch war nicht mehr da, und Sam fiel wieder ein, wie Dave gesagt hatte: *Das war noch in den Zeiten, als man manchmal ein Telefonbuch in einer Zelle finden konnte, wenn man Glück hatte.*

Dann sah er auf den Boden und fand, was er gesucht hatte. Es war eine Papierverpackung. Er hob sie auf, strich sie glatt und las im trüben Licht, was darauf geschrieben stand: Bull's Eye Rote Lakritze.

Hinter ihm vollführte Naomi einen ungeduldigen Stepptanz auf der Hupe des Datsun. Sam ging mit der Verpackung in der Hand aus der Zelle, winkte ihr zu und lief durch den Regen in den Laden.

Der Verkäufer im Piggly-Wiggly, ein junger Mann, sah aus, als wäre er im Jahre 1969 kryogenisch eingefroren und erst letzte Woche wieder aufgetaut worden. Seine Augen hatten das rote und leicht glasige Aussehen eines Haschveteranen. Sein Haar war lang und mit einem ge-flochtenen Jesus-Stirnband aus Wildleder zusammenge-bunden. An einem kleinen Finger trug er einen Silberring in Form des Peace-Zeichens. Unter der Piggly-Wiggly-Uniform trug er ein weites Hemd mit extravagantem Blu-menaufdruck. Am Kragen hatte er einen Button festge-steckt, auf dem stand:

MEIN KOPF HEBT IN FÜNF MINUTEN AB –
FLIEG MIT!

Sam bezweifelte, ob der Ladenbesitzer sich mit diesem Spruch einverstanden erklären würde . . . aber es war eine regnerische Nacht, und der Ladenbesitzer war nirgends zu sehen. Sam war der einzige Kunde in dem Geschäft, und der Verkäufer beobachtete ihn mit verinnerlichtem, teilnahmslosem Blick, während er zum Süßigkeitenregal ging und Päckchen voll Bull's Eye Roter Lakritze holte. Sam nahm den gesamten Vorrat – etwa zwanzig Päck-chen.

»Bist du sicher, daß du genügend hast, Bruder?« fragte ihn der Verkäufer, als Sam zum Tresen kam und seine La-dung darauflegte. »Ich glaube, hinten im Lager haben wir noch einen oder zwei Kartons von dem Zeug. Ich weiß, wie das ist, wenn man einen echt ernsten Anfall von Kohl-dampf bekommt.«

»Die müßten reichen. Tippen Sie, okay? Ich hab's eilig.«

»Klar, hektische Welt, jeder hat's eilig«, sagte der Ver-käufer. Seine Finger glitten mit der traumgleichen Behä-bigkeit des ständig Bekifften über die Tastatur der Regi-strierkasse.

Auf dem Tresen lag ein Gummiband neben einem Kästchen voll Baseballkarten. Sam nahm es. »Kann ich das haben?«

»Herzlich gern, Bruder – betrachte es als Geschenk von mir, dem Prinzen des Piggly-Wiggly, an dich, den Lord der Lakritze, an einem regnerischen Montagabend.«

Als Sam das Band übers Handgelenk schob (es hing wie ein zu großes Armband da), schüttelte eine Windbö, die die Fenster zum Klirren brachte, das ganze Gebäude durch. Das Deckenlicht flackerte.

»*Mann*, Bruder«, sagte der Prinz des Piggly-Wiggly und sah auf. »Davon kam nichts im Wetterbericht. Regnerisch, haben sie gesagt.« Er sah wieder auf die Registrierkasse. »Fünfzehn einundvierzig.«

Sam gab ihm mit einem knappen, bitteren Lächeln einen Zwanziger. »Als ich noch ein Kind war, war dieses Zeug aber auch einiges billiger.«

»Stimmt, die Inflation reißt einem den Arsch auf«, stimmte der Verkäufer zu. Er kehrte langsam in die weiche Zone im Ozongürtel zurück, wo er gewesen war, ehe Sam hereinkam. »Du scheinst das Zeug ja echt zu mögen, Bruder. Ich für meinen Teil halt mich lieber an Mars-Riegeln schadlos.«

»Mögen?« Sam lachte, während er das Wechselgeld einsteckte. »Ich kann es nicht ausstehen. Das ist für jemand anderen.« Er lachte wieder. »Ein Geschenk, könnte man sagen.«

Da sah der Verkäufer etwas in Sams Augen und wich einen großen Schritt vor ihm zurück, wobei er ums Haar eine Auslage Skoal Bandits umgestoßen hätte.

Sam betrachtete das Gesicht des Verkäufers neugierig und beschloß, keine Tüte zu verlangen. Er nahm die Päckchen, stopfte sie wahllos in die Taschen des Sportmantels, den er vor tausend Jahren angezogen hatte, und verließ das Geschäft. Bei jedem Schritt knisterte Zellophan emsig in seinen Taschen.

Naomi hatte hinter dem Steuer Platz genommen; sie fuhr den restlichen Weg bis zur Bibliothek. Während sie vom Parkplatz des Piggly-Wiggly fuhr, holte Sam die zwei Bücher aus der Tüte und betrachtete sie einen Moment leutselig. *Der ganze Ärger,* dachte er. *Der ganze Ärger wegen eines altmodischen Buchs mit Gedichten und einer Help-your-self-Anleitung für angehende Redner.* Aber darum ging es selbstverständlich nicht. Es war nie um die Bücher gegangen.

Er streifte das Gummiband vom Armgelenk und legte es um die Bücher. Dann holte er einen Fünfdollarschein aus seinem schwindenden Bargeldvorrat und schob ihn unter das Gummi.

»Wozu das?«

»Die Strafgebühr. Was ich für die beiden und für dein Buch von früher schuldig bin – *Der schwarze Pfeil* von Robert Louis Stevenson. Dies ist das Ende.«

Er legte die Bücher in die Mulde zwischen den beiden Schalensitzen und holte ein Päckchen roter Lakritze aus einer Tasche. Er riß es auf und bemerkte augenblicklich den alten Zuckergeruch, der ihn mit der Wucht eines heftigen Schlages traf. Er schien durch die Nase schnurstracks in den Kopf zu gehen, und vom Kopf stürzte er in den Magen, welcher sich sofort zu einer glitschigen, harten Faust ballte. Einen gräßlichen Augenblick dachte Sam, er würde sich auf den eigenen Schoß übergeben. Offenbar änderte sich manches nie.

Nichtsdestotrotz riß er weiter Päckchen roter Lakritze auf und machte ein Bündel schlaffer, gummiartiger Schlangen. Naomi bremste, als die Ampel an der nächsten Kreuzung rot wurde, und hielt an, obwohl Sam nirgends ein Auto sehen konnte. Regen und Wind peitschten gegen das kleine Auto. Sie waren nur noch vier Blocks von der Bibliothek entfernt. »Sam, um Himmels willen, was machst du da?«

Und weil er eigentlich gar nicht *wußte,* was um Himmels willen er eigentlich machte, sagte er: »Wenn Angst Ardelias Labsal ist, Naomi, müssen wir das andere finden, das Gegenteil von Angst. Denn was immer das sein mag, es wird Gift für sie sein. Also ... was meinst du, könnte das sein?«

»Nun, sieht ganz nach roter Lakritze aus.«

Er machte eine ungeduldige Geste. »Wie kannst du da so sicher sein? Kreuze töten angeblich Vampire – die blutsaugende Art –, aber ein Kreuz besteht nur aus zwei rechtwinklig miteinander verbundenen Stücken Holz oder Metall. Vielleicht würde ein Kopfsalat denselben Zweck erfüllen ... wenn er aufgeladen wäre.«

Die Ampel wurde grün. »Wenn es ein mit Energie *aufgeladener Kopfsalat* wäre«, sagte Naomi nachdenklich und fuhr an.

»Richtig!« Sam hielt ein halbes Dutzend langer roter Schlangen hoch. »Ich weiß nur, daß ich dies hier habe. Vielleicht ist es lächerlich. Wahrscheinlich. Aber das ist mir einerlei. Es ist bei Gott ein Symbol für *alles*, was mir mein Bibliothekspolizist weggenommen hat – Liebe, Freundschaft, Zugehörigkeitsgefühl. Ich habe mich *mein ganzes Leben* lang als Außenseiter gefühlt, Naomi, ohne je den Grund zu kennen. Jetzt kenne ich ihn. Auch das gehört zu dem, was er mir weggenommen hat. Ich habe dieses Zeug *geliebt*. Und heute kann ich kaum den Geruch ertragen. Das macht nichts; damit werde ich fertig. Aber ich muß wissen, wie ich es aufladen kann.«

Sam rollte die Lakritzstangen zwischen den Händen und formte allmählich einen klebrigen Ball daraus. Er hatte gedacht, der Geruch könnte die schlimmste Prüfung sein, welche die rote Lakritze ihm auferlegte, aber er hatte sich geirrt. Die Beschaffenheit war noch schlimmer ... und die Farbe färbte auf seine Finger und Handflächen ab und verlieh ihnen ein bedrohlich dunkelrotes Aussehen. Er machte trotzdem weiter und hielt nur etwa alle dreißig Sekunden inne, um der weichen Masse den Inhalt einer weiteren Packung hinzuzufügen.

»Vielleicht übertreibe ich alles«, sagte er. »Vielleicht ist lediglich gute alte Tapferkeit das Gegenteil von Angst. Mut, wenn dir ein einfacheres Wort lieber ist. Ist es das? Ist das alles? Ist Tapferkeit der Unterschied zwischen Naomi und Sarah?«

Sie sah verblüfft auf. »Willst du mich damit fragen, ob Tapferkeit dazugehört hat, mit dem Trinken aufzuhören?«

»Ich *weiß* nicht, was ich damit fragen will«, sagte er, »aber ich glaube, du bist auf der richtigen Spur. Nach Angst muß ich nicht fragen, ich *weiß*, was das ist. Angst ist eine Empfindung, die Veränderungen einpfercht und unmöglich macht. *War* es eine tapfere Tat, als du zu trinken aufgehört hast?«

»Ich habe es eigentlich nie aufgegeben«, sagte sie. »So machen Alkoholiker das nicht. Sie *können* es nicht. Statt dessen macht man sich eine Menge Umwege des Denkens zunutze. Ein Tag nach dem anderen, es geht langsam voran, leben und leben lassen, und so weiter. Das Wesentliche ist: Man glaubt nicht mehr, daß man sein Trinken *kontrollieren* kann. Diese Überzeugung war ein Mythos, den man sich selbst eingeredet hat, und *den* gibt man auf. Den Mythos. Sag mir – ist das Tapferkeit?«

»Freilich. Aber ganz sicher keine Fuchsbautapferkeit.«

»Fuchsbautapferkeit«, sagte sie und lachte. »Das gefällt mir. Aber du hast recht. Was ich mache – was *wir* machen –, das ist nicht die Art von Tapferkeit. Trotz eines Films wie *Das verlorene Wochenende* finde ich ziemlich unspektakulär, was wir machen.«

Sam erinnerte sich an die gräßliche Apathie, die über ihn gekommen war, nachdem er im Gebüsch an der Seite der Zweigstelle Briggs Avenue der öffentlichen Bibliothek von St. Louis vergewaltigt worden war. Von einem Mann vergewaltigt, der sich selbst Polizist genannt hatte. Auch das war ziemlich unspektakulär gewesen. Ein schmutziger Trick, mehr war es nicht gewesen – ein schmutziger, hirnloser Trick, den ein Mann mit ernsten Geistesproblemen einem kleinen Kind gegenüber angewandt hatte. Sam überlegte: Wenn man alles zusammenrechnete, konnte er sich glücklich schätzen. Der Bibliothekspolizist hätte ihn ermorden können.

Vor ihnen leuchteten die runden Kugeln, welche die öffentliche Bibliothek von Junction City begrenzten, im Regen. Naomi sagte zögernd: »Ich glaube, das wirkliche Gegenteil von Angst könnte Ehrlichkeit sein. Ehrlichkeit und Glaube. Wie hört sich das an?«

»Ehrlichkeit und Glaube«, sagte er leise und kostete die Worte. Er drückte den klebrigen roten Lakritzeball in der rechten Hand. »Nicht schlecht, glaube ich. Wie auch immer, es muß genügen. Wir sind da.«

6

Die grünen Leuchtziffern der Uhr am Armaturenbrett des Autos zeigten 19:57. Sie hatten es doch vor acht geschafft.

»Vielleicht sollten wir warten und uns vergewissern, ob wirklich alle gegangen sind, ehe wir uns nach hinten schleichen«, sagte sie.

»Das finde ich eine gute Idee.«

Sie fuhren in eine freie Parklücke gegenüber vom Eingangsbereich der Bibliothek. Die Kugeln schimmerten zart im Regen. Das Rauschen der Bäume dagegen war weniger zart; der Wind nahm immer noch zu. Die Eichen hörten sich an, als würden sie träumen – allesamt Alpträume.

Zwei Minuten nach acht hielt ein Kleinbus mit einem Plüsch–Garfield und dem Schild MOM'S TAXI an der Heckscheibe gegenüber von ihnen. Er hupte, worauf die Tür der Bibliothek – die selbst in diesem Licht nicht so grimmig aussah wie bei Sams erstem Besuch, nicht wie der Mund im Kopf eines gigantischen Roboters aus Granit – sofort geöffnet wurde. Drei Jungs der Junior High-School, wie es aussah, hasteten die Stufen hinunter. Während sie auf dem Gehweg zu MOM'S TAXI liefen, zogen sich zwei die Jacken über die Köpfe, um sich vor dem Regen zu schützen. Die Seitentür des Kleinbusses ging rumpelnd auf, und die Kinder drängten sich hinein. Sam konnte leise ihr Gelächter hören und beneidete sie um diese Laute. Er überlegte sich, wie schön es sein mußte, mit einem Lachen auf den Lippen aus einer Bibliothek zu kommen. Durch die Begegnung mit dem Bibliothekspolizisten war ihm dieses Erlebnis stets vorenthalten geblieben.

Ehrlichkeit, dachte er. *Ehrlichkeit und Glaube.* Und dann dachte er wieder: *Die Strafe ist bezahlt. Die Strafe ist bezahlt, verdammt noch mal.* Er riß die beiden letzten Lakritzepakkungen auf und knetete ihren Inhalt in seinen klebrigen, eklig riechenden roten Ball. Dabei betrachtete er das Heck von MOM'S TAXI. Er konnte weiße Abgase sehen, die hochstiegen und von der stürmischen Luft verweht wurden. Plötzlich wurde ihm klar, was er hier vorhatte.

»Als ich die High-School besuchte«, sagte er, »habe ich einmal zugesehen, wie Schüler einem anderen Schüler, den sie nicht leiden konnten, einen Streich spielten. Damals war ich im Zusehen am besten. Sie nahmen einen Klumpen Modellierton aus dem Werkraum und stopften ihn in den Auspuff am Pontiac des Jungen. Weißt du, was passiert ist?«

Sie sah ihn zweifelnd an. »Nein – was?«

»Der Auspufftopf wurde in zwei Stücke gerissen«, sagte er. »Eines auf jeder Seite des Autos. Sie flogen davon wie Granatsplitter. Weißt du, der Auspufftopf war die Schwachstelle. Ich nehme an, wenn der Rückstau der Abgase bis zum Motor gegangen wäre, hätte es die Zylinder aus dem Block geschossen.«

»Sam, wovon redest du?«

»Hoffnung«, sagte er. »Ich spreche von Hoffnung. Ich vermute, Ehrlichkeit und Glaube kommen doch etwas später.«

MOM'S TAXI fuhr an, die Scheinwerfer bohrten ihr Licht durch die silbernen Regenschleier.

Als die Tür der Bibliothek wieder aufging, zeigte die grüne Uhr am Armaturenbrett von Naomis Auto 20:06. Ein Mann und eine Frau kamen heraus. Der Mann, der sich mit einem Schirm unter dem Arm linkisch den Mantel zuknöpfte, war zweifellos Richard Price; Sam erkannte ihn sofort, obwohl er nur ein Foto des Mannes in einer alten Zeitung gesehen hatte. Das Mädchen war Cynthia Berrigan, die Bibliotheksassistentin, mit der er am Samstagabend gesprochen hatte.

Price sagte etwas zu dem Mädchen. Sam glaubte, daß sie lachte. Plötzlich merkte er, daß er kerzengerade auf dem Schalensitz von Naomis Datsun saß und jeder Muskel vor Anspannung ächzte. Er versuchte sich zu entspannen und stellte fest, daß er es nicht konnte.

Und warum ist das keine Überraschung für mich? dachte er.

Price hob den Schirm. Die beiden eilten darunter den Gehweg entlang, wobei die Berrigan eine Regenhaube aus Plastik über den Kopf streifte. Am Bordstein gingen sie auseinander, Price ging zu einem alten Impala von der Größe einer Kreuzfahrtjacht, die Berrigan zu einem einen halben Block entfernt geparkten Yugo. Price wendete auf der Staße um hundertachtzig Grad (Naomi duckte sich erschrocken ein wenig, als die Scheinwerfer in ihr eigenes Auto schienen) und hupte dem Yugo im Vorbeifahren zu. Cynthia Berrigan hupte ihrerseits und fuhr dann in die andere Richtung davon.

Jetzt waren nur noch sie beide da, die Bibliothek und möglicherweise Ardelia Lortz, die irgendwo im Inneren auf sie wartete.

Zusammen mit Sams altem Freund, dem Bibliothekspolizisten.

7

Naomi fuhr langsam um den Block zur Wegman Street. Etwa auf halbem Weg befand sich links ein unscheinbares Schild an einer schmalen Lücke in der Hecke. Darauf stand:

ZULIEFERER DER BIBLIOTHEK

Eine Windbö, die so stark war, daß sie den Datsun erschütterte, wehte über sie hinweg und brachte die Scheiben so stark zum Klirren, daß es sich wie Sand anhörte. Irgendwo in der Nähe ertönte ein berstendes Splittern, als ein großer Ast oder ein junger Baum brachen. Dem folgte ein Poltern, als das Holz auf die Straße fiel.

»Herrgott!« sagte Naomi mit dünner, nervöser Stimme. »Das gefällt mir ganz und gar nicht.«

»Ich finde es auch nicht wahnsinnig toll«, stimmte Sam zu, aber er hatte sie kaum gehört. Er dachte daran, wie der Modellierton damals ausgesehen hatte. Er hatte ausgesehen wie eine Blase.

Naomi bog dem Schild folgend ab. Sie fuhren einen kurzen Weg entlang zu einer asphaltierten Be- und Entladezone. Eine einzige orangefarbene Natriumdampflampe hing über dem asphaltierten Ladebereich. Diese warf ein starkes, durchdringendes Licht, in dessen Schein die Äste der Eichen um die Zone herum irre Schatten an die Fassade des Gebäudes tanzen ließen. Einen Augenblick schienen zwei dieser Schatten am Fuß der Rampe zu verschmelzen, was einen fast menschenähnlichen Schatten ergab: Es sah aus, als hätte jemand darunter gewartet, der jetzt hervorkroch und ihnen entgegenkam.

Noch einen oder zwei Augenblicke, dachte Sam, *und das orangefarbene Leuchten dieser Lampe wird sich in der Brille spiegeln – in der kleinen, schwarzen runden Brille –, und er wird mich durch die Windschutzscheibe ansehen. Nicht Naomi; nur mich. Er wird mich ansehen und sagen: »Hallo, Junge; ich habe auf dich gewartet. Die gansssssen Jahre lang habe ich auf dich gewartet. Komm jetzt mit mir. Komm mit mir, denn ich bin Poliziiisssst.«*

Ein weiteres splitterndes Krachen ertönte, und ein Ast fiel keine drei Schritte von der Stoßstange des Datsun entfernt auf den Boden, wobei Rindenstücke und fäulnisbefallenes Holz in alle Richtungen spritzte. Wäre er auf dem Auto gelandet, hätte er das Dach eingedrückt wie eine Dose Tomatensuppe.

Naomi schrie.

Der Wind, der immer noch anschwoll, schrie zurück.

Sam drehte sich zu ihr und wollte ihr tröstend einen Arm um die Schultern legen, als die Tür am hinteren Ende der Laderampe teilweise aufging und Dave Duncan in den Spalt trat. Er klammerte sich an der Tür fest, damit der Wind sie ihm nicht aus der Hand riß. Sam fand, das Gesicht des alten Mannes sah zu weiß und beinahe grotesk ängstlich aus. Er machte hektische winkende Bewegungen mit der freien Hand.

»Naomi, da ist Dave.«

»Wo . . .? O ja, ich sehe ihn.« Sie riß die Augen auf. »Mein Gott, er sieht *schrecklich* aus!«

Sie machte die Tür auf. Der Wind heulte, riß sie ihr aus der Hand und pfiff als kleiner, kräftiger Tornado durch den Datsun, so daß die Lakritzetüten emporstoben und schwindelerregende Kreise beschrieben.

Es gelang Naomi, gerade noch rechtzeitig die Hand wegzunehmen, damit sie nicht vom Rückprall ihrer eigenen Autotür erwischt – und möglicherweise verletzt – wurde. Dann war sie draußen; ihr Haar bildete einen eigenen Sturm um ihren Kopf, und der Rock war binnen eines Augenblicks durchweicht und klebte an ihren Schenkeln.

Sam drückte seine Tür auf – für ihn wehte der Wind in die falsche Richtung; er mußte buchstäblich mit der Schulter nachhelfen – und kämpfte sich hinaus. Er konnte sich fragen, woher, zum Teufel, dieser Sturm gekommen war; der Prinz des Piggly-Wiggly hatte gesagt, der Wetterbericht hätte nichts von dieser spektakulären Mütze Wind und Regen gesagt. Nur Regenschauer, hatte es geheißen.

Ardelia. Vielleicht war es Ardelias Sturm.

Wie um das zu bestätigen, schwoll Dave Duncans Stimme in einer vorübergehenden Flaute an. »Beeilt euch! *Ich kann ihr verdammtes Parfum überall riechen!*«

Sam fand die Vorstellung, der Geruch von Ardelias Parfum könnte irgendwie ihrer Manifestation vorhergehen, auf obskure Weise beängstigend.

Er war schon halb bei der Laderampe, als ihm einfiel, daß er zwar den rotartigen Ball roter Lakritze in der

Hand, die Bücher aber im Auto gelassen hatte. Er ging zurück, wuchtete die Tür auf und holte sie. Als er das tat, veränderte sich das Licht – es wechselte von grellem Orange zu Weiß. Sam sah die Veränderung auf der Haut seiner Hände, und einen Augenblick schienen ihm die Augen in den Höhlen zu gefrieren. Er wich eiligst mit den Büchern in der Hand aus dem Auto zurück und wirbelte herum.

Die orangefarbene Natriumdampf-Sicherheitslampe war nicht mehr da. An ihrer Stelle befand sich eine altmodische Quecksilberdampflaterne. Die Bäume, die um die Laderampe tanzten und stöhnten, waren jetzt dichter, stattliche alte Ulmen waren vorherrschend, welche die Eichen locker überragten. Die Form der Laderampe hatte sich auch verändert, und jetzt wuchsen verfilzte Efeuranken an der Rückwand der Bibliothek – einer Wand, die vor wenigen Augenblicken noch kahl gewesen war.

Willkommen im Jahr 1960, dachte Sam. *Willkommen zur Ardelia Lortz-Ausgabe der öffentlichen Bibliothek von Junction City.*

Naomi war zur Rampe gelangt. Sie sagte etwas zu Dave. Dave antwortete, dann sah er über die Schulter zurück. Sein ganzer Körper zuckte zusammen. Im selben Augenblick schrie Naomi. Sam lief zu den Stufen der Rampe, die Mantelschöße flatterten hinter ihm her. Beim Hochsteigen sah er eine weiße Hand, die aus der Dunkelheit schwebte und sich auf Daves Schulter niederließ. Sie riß ihn in die Bibliothek zurück.

»Pack die Tür!« kreischte Sam. »Naomi, pack die Tür! *Laß nicht zu, daß sie sie absperrt!*«

Doch diesmal half ihnen der Wind. Er blies die Tür weit auf, bis sie gegen Naomis Schulter prallte und diese rückwärts taumelte. Sam kam gerade rechtzeitig, um sie festzuhalten.

Naomi sah ihn mit Augen voller Entsetzen an. »Es war der Mann, der bei dir zu Hause war, Sam. Der große Mann mit den silbernen Augen. Ich habe ihn gesehen. Er hat Dave gepackt!«

Keine Zeit, darüber nachzudenken. »Komm mit.« Er legte Naomi einen Arm um die Taille und zog sie mit in die Bibliothek. Hinter ihnen wehte der Wind die Tür mit einem lauten Knall zu.

8

Sie befanden sich in einem Katalogsaal, der düster, aber nicht vollkommen dunkel war. Eine kleine Tischlampe mit einem Schirm voll roter Fransen stand auf dem Schreibtisch des Bibliothekars. Hinter diesem Bereich, der von Kartons und Verpackungsmaterial übersät war (letzteres bestand aus zusammengeknüllten Zeitungen, sah Sam; man schrieb das Jahr 1960, und diese Popcornbällchen aus Polyäthylen waren noch nicht erfunden worden), fingen die Stapel an. In einem der Gänge, auf beiden Seiten von Büchern gesäumt, stand der Bibliothekspolizist. Er hatte Dave Duncan in einem Halbnelson und hielt ihn mit fast geistesabwesender Mühelosigkeit sechs Zentimeter über dem Boden.

Er sah Sam und Naomi an. Seine silbernen Augen glitzerten, ein sichelförmiges Grinsen teilte sein weißes Gesicht. Es sah aus wie ein Halbmond aus Chrom.

»Keinen Sssritt näher«, sagte er, »sssonssst breche ich ssssein Genick wie einen Hühnerknochen. Ihr werdet essss hören.«

Sam dachte darüber nach, aber nur einen Augenblick. Er konnte den schweren, erstickenden Geruch von Lavendelduftkissen riechen. Vor dem Gebäude heulte und brauste der Wind. Der Schatten des Bibliothekspolizisten tanzte so hager wie ein Gerüstbalken an der Wand. *Bisher hatte er keinen Schatten*, wurde Sam klar. *Was bedeutet das?*

Vielleicht bedeutete es, daß der Bibliothekspolizist jetzt realer war, mehr *da* . . . weil Ardelia und der Bibliothekspolizist und der dunkle Mann in dem alten Auto in Wirklichkeit ein und dieselbe Person waren. Es gab nur eine einzige Person, und dies waren lediglich Gesichter, die sie trug, die sie anlegte und abstreifte wie ein unbekümmertes Kind, das Halloweenmasken probiert.

»Soll ich glauben, du läßt ihn leben, wenn wir dir vom Leibe bleiben?« fragte Sam. »Dummes Zeug.«

Er ging auf den Bibliothekspolizisten zu.

Jetzt nahm das Gesicht des großen Mannes einen Ausdruck an, der nicht recht zu ihm passen wollte. Überraschung. Er wich einen Schritt zurück. Sein Trenchcoat flatterte um die Schienbeine und streifte an die Folianten, welche die Seitenbegrenzung dieses schmalen Gangs bildeten, in dem er stand.

»Ich warne dich!«

»Scheiß auf deine Warnung«, sagte Sam. »Du hast keinen Groll gegen ihn. Du hast ein Hühnchen mit mir zu rupfen, oder nicht? Okay – rupfen wir es.«

»Die *Bibliothekarin* musss noch mit dem alten Mann abrechnen!« sagte der Polizist und wich noch einen Schritt zurück. Etwas Seltsames passierte mit seinem Gesicht, und Sam brauchte einen Moment, bis ihm klar wurde, was es war. Das silberne Licht in den Augen des Bibliothekspolizisten wurde schwächer. »Dann soll sie mit ihm abrechnen«, sagte Sam. »*Ich* muß eine Rechnung mit dir begleichen, alter Junge, und die reicht schon dreißig Jahre zurück.«

Er schritt durch einen Lichtkreis, welcher von der Tischlampe erzeugt wurde.

»Na gut!« fauchte der Bibliothekspolyp. Er machte eine halbe Drehung und stieß Dave Duncan in den Gang. Dave flog wie ein Wäschesack und gab nur einen Krächzer der Angst und Überraschung von sich. Er versuchte, einen Arm zu heben, als er sich der Wand näherte, aber es war nur ein benommener, halbherziger Reflex. Er prallte auf den an der Treppe montierten Feuerlöscher, und Sam hörte das dumpfe Krachen eines brechenden Knochens. Dave stürzte, und der schwere Feuerlöscher fiel von der Wand auf ihn.

»*Dave!*« kreischte Naomi und lief zu ihm.

»*Naomi, nicht!*«

Aber sie schenkte ihm keine Aufmerksamkeit. Das Grinsen des Bibliothekspolizisten stellte sich wieder ein; er packte Naomi am Handgelenk, als sie an ihm vorbeiwollte, und drückte sie an sich. Er senkte das Gesicht, das einen Augenblick von ihrem kastanienfarbenen Haar verborgen wurde. Er gab ein seltsames, heiseres Husten von sich und fing an, sie zu küssen – so schien es jedenfalls. Seine lange, weiße Hand grub sich in ihren Oberarm. Naomi schrie wieder und schien dann ein wenig in seinem Griff zusammenzusacken.

Sam hatte inzwischen den Zugang zu den Stapeln erreicht. Er nahm das erste Buch, das ihm in die Hände fiel, riß es vom Regal, beugte den Arm zurück und warf es. Es überschlug sich im Flug, der Einband klappte auf, die Seiten flatterten, und traf den Polizisten seitlich am Kopf. Er stieß einen Schrei der Wut und Überraschung aus und sah auf. Naomi riß sich aus seinem Griff los und taumelte zur Seite gegen eines der hohen Regale, wobei sie mit dem Arm ruderte, um das Gleichgewicht nicht zu verlieren. Als sie sich abstieß, kippte das Regal nach hinten und fiel mit einem gigantischen, hallenden Krachen um. Bücher flogen von Regalen, wo sie möglicherweise jahrelang ungestört gestanden hatten, und prasselten als klatschender Regen, der sich auf seltsame Weise wie Beifall anhörte, zu Boden.

Naomi achtete nicht darauf. Sie ging zu Dave, sank neben ihm auf die Knie und schluchzte immer wieder seinen Namen. Der Bibliothekspolizist wandte sich in diese Richtung.

»Du hast auch keine Rechnung mit ihr zu begleichen«, sagte Sam.

Der Bibliothekspolizist drehte sich wieder zu ihm um. Seine silbernen Augen waren einer kleinen, schwarzen runden Brille gewichen, die seinem Gesicht ein blindes, maulwurfsähnliches Aussehen verlieh.

»Ich hätte dich ssson beim erstenmal umbringen sollen«, sagte er und ging auf Sam zu. Sein Gang wurde von einem seltsamen Streiflaut begleitet. Sam sah nach unten und stellte fest, daß der Saum des Trenchcoats inzwischen den Boden berührte. Der Bibliothekspolizist wurde kleiner.

»Die Strafe ist bezahlt«, sagte Sam leise. Der Bibliothekspolizist blieb stehen. Sam hielt die Bücher mit dem Fünfdollarschein im Gummiband hoch. »Die Strafe ist bezahlt, und die Bücher sind zurückgebracht worden. Es ist vorbei, du Flittchen . . . oder Dreckskerl . . . was du auch sein magst.«

Draußen schwoll der Wind zu einem langgezogenen, hohlen Schrei an, der wie Glas an den Erkern entlangstrich. Die Zunge des Bibliothekspolizisten kam heraus und leckte die Lippen. Sie war sehr rot und spitz. Pickel waren auf Stirn und Wangen aufgetaucht. Er hatte eine fettige Schweißschicht auf der Haut.

Und der Geruch von Lavendelduftkissen war viel stärker.

»Falsss!« schrie der Bibliothekspolizist. »*Falsss! Dassss* sind nicht die Bücher, die du ausgeliehen hasssst! Ich weisss essss. Der elende alte Ssssäufer hat die Bücher mitgenommen, die du geliehen hasssst! Sie sssind . . .«

». . . zerstört worden«, vollendete Sam. Er fing wieder an zu laufen, näherte sich dem Bibliothekspolizisten, und der Lavendelgeruch wurde mit jedem Schritt stärker. Sein Herz raste in der Brust. »Und ich weiß auch, wessen Machenschaften das waren. Aber das hier sind durchaus akzeptable Ersatzexemplare. Nimm sie.« Er sprach mit strenger, brüllender Stimme weiter. »*Nimm sie, verdammt!*«

Er hielt die Bücher hin, und der Bibliothekspolizist, der verwirrt und ängstlich dreinsah, griff danach.

»Nein, nicht so«, sagte Sam und hob die Bücher über die weiße, greifende Hand. »*So!*«

Er schlug die Bücher ins Gesicht des Bibliothekspolizisten – so fest er konnte. Er konnte sich nicht erinnern, daß er jemals in seinem Leben eine so tiefe Befriedigung empfunden hatte wie in dem Augenblick, als *Best Loved Poems of the American People* und der *Speaker's Companion* die

Nase des Bibliothekspolizisten trafen. Die runde schwarze Brille fiel ihm vom Gesicht auf den Boden. Darunter befanden sich schwarze Augenhöhlen mit einem Bett weißlicher Flüssigkeit. Winzige Fädchen schwebten aus der gallertartigen Masse herauf, und Sam mußte an Daves Geschichte denken – *sah aus, als würde ihr eine eigene Haut wachsen,* hatte er gesagt.

Der Bibliothekspolizist schrie.

»*Das kannst du nicht!*« kreischte er. »*Du kannst mir nicht wehtun! Du hast Angst vor mir! Außerdem hat es dir gefallen! Es hat dir GEFALLEN! DU SCHMUTZIGER KLEINER JUNGE, ES HAT DIR GEFALLEN!*«

»Falsch«, sagte Sam. »Es hat mich *geekelt.* Und jetzt nimm diese Bücher. Nimm sie und verschwinde von hier. Die Strafe ist nämlich bezahlt.« Er stieß dem Bibliothekspolizisten die Bücher an die Brust. Und als der Bibliothekspolizist die Hände darum legte, rammte Sam ihm mit aller Wucht ein Knie zwischen die Beine.

»Das ist für alle anderen Kinder«, sagte er. »Die du gefickt und die sie gefressen hat.«

Die Kreatur wimmerte vor Schmerzen. Die rudernden Arme ließen die Bücher fallen und griffen zum Unterleib. Das fettige schwarze Haar fiel ihm ins Gesicht und verdeckte barmherzigerweise die leeren, flaumüberwucherten Augenhöhlen.

Natürlich sind sie leer, dachte Sam noch. *Ich habe die Augen hinter der Brille, die er an jenem Tag aufhatte, nicht gesehen . . . daher konnte SIE sie auch nicht sehen.*

»Damit ist *deine* Strafe nicht bezahlt«, sagte Sam, »aber es ist ein Schritt in die richtige Richtung, oder etwa nicht?«

Der Trenchcoat des Bibliothekspolizisten fing an, sich zu winden und zu bauschen, als hätte darunter eine unvorstellbare Verwandlung eingesetzt. Und als er – *es* – aufsah, erblickte Sam etwas, das ihn vor Entsetzen und Ekel einen Schritt zurücktrieb.

Der Mann, der halb aus Daves Plakat und halb aus Sams unbewußter Erinnerung gekommen war, hatte sich in einen mißgestalteten Zwerg verwandelt. Und der

Zwerg wiederum verwandelte sich ebenfalls in etwas anderes, ein gräßliches hermaphroditisches Geschöpf. Ein sexueller Sturm spielte sich in seinem Gesicht und unter dem zuckenden, bauschenden Trenchcoat ab. Das halbe Haar war noch schwarz; die andere Hälfte war aschblond. Eine Augenhöhle war noch leer; in den anderen funkelte ein tückisches blaues Auge vor Haß.

»Ich will dich«, zischte das Zwergengeschöpf. »Ich will dich, und ich werde dich bekommen.«

»Versuch es, Ardelia«, sagte Sam. »Wir machen ein bißchen Rock and R . . .«

Er griff nach dem Ding vor sich, schrie aber und zog die Hand zurück, kaum daß sie den Trenchcoat berührt hatte. Es war gar kein Mantel; es war eine Art gräßlicher loser Haut, die sich unter dem Griff anfühlte wie eine Masse gerade aufgebrühter Teebeutel.

Es wuselte die schräge Seite des umgekippten Bücherregals hinauf und sprang auf der anderen Seite in den Schatten. Plötzlich war der Geruch von Lavendelduftkissen viel stärker.

Brutales Lachen drang aus dem Schatten.

Das Lachen einer Frau.

»Zu spät, Sam«, sagte sie. »Es ist bereits vollbracht.«

Ardelia ist wieder da, dachte Sam, und von draußen ertönte ein gewaltiges, splitterndes Krachen. Das ganze Gebäude erbebte, als ein Baum dagegenfiel und das Licht ausging.

9

Sie waren nur einen Augenblick in völliger Dunkelheit, aber es schien viel länger zu sein. Ardelia lachte wieder, und diesmal hatte ihr Lachen eine seltsam dröhnende Eigenheit – wie Lachen, das durch ein Megaphon verstärkt wird.

Dann ging eine einzige Notbeleuchtung hoch droben an einer Wand an, warf spärliches Licht über diesen Teil der Stapel und wob allerorten Schatten wie verfilztes schwarzes Garn. Sam konnte das Aggregat der Lampe lärmend summen hören. Er ging zu der Stelle, wo Naomi immer noch neben Dave kniete, und fiel zweimal fast hin, als er mit den Füßen auf Büchern ausrutschte, die von dem umgekippten Regal gefallen waren.

Naomi sah zu ihm auf. Ihr Gesicht war weiß und erschrocken und tränenüberströmt. »Sam, ich glaube, er stirbt.«

Er kniete sich neben Dave. Der alte Mann hatte die Augen geschlossen und atmete in abgehackten, fast zufälligen Zügen. Dünne Rinnsale Blut flossen aus beiden Nasenlöchern und einem Ohr. An der Stirn, dicht über der rechten Augenbraue, hatte er eine Vertiefung. Als er sie sah, krampfte sich Sams Magen zusammen. Ein Wangenknochen von Dave war eindeutig gebrochen, der Griff des Feuerlöschers war als Bluterguß deutlich in seinem Gesicht abgebildet. Es sah wie eine Tätowierung aus.

»Wir müssen ihn ins Krankenaus bringen, Sam!«

»Glaubst du, sie würde uns jetzt hier rauslassen?« fragte er, und wie als Antwort kam ein großes Buch – der Band ›T‹ des *Oxford English Dictionary* – aus dem Dunkel jenseits des Lichtkreises der Notleuchte an der Wand auf sie zugeflogen. Sam riß Naomi zurück, beide warfen sich flach auf den staubigen Boden des Gangs. Sieben Pfund *Tabasco, Tentakel, Tomate* und *Triebwagen* sausten an der Stelle vorbei, wo eben noch Naomis Kopf gewesen war, prallten an die Wand und fielen als unordentlicher, wirrer Haufen zu Boden.

Aus dem Schatten erklang schrilles Gelächter. Sam ging auf die Knie und sah gerade noch, wie ein geduckter Schatten hinter dem umgestürzten Regal den Gang entlanghastete. *Es verwandelt sich immer noch,* dachte Sam. *In was, das weiß Gott allein.* Es schlug einen Haken nach links und verschwand.

»Schnapp sie dir, Sam«, sagte Naomi heiser. Sie nahm eine seiner Hände. »Schnapp sie dir, bitte, schnapp sie dir.«

»Ich versuche es«, sagte er. Er stieg über Daves ausgestreckte Beine und drang in die dunkleren Schatten hinter dem umgekippten Regal vor.

10

Der Geruch machte ihn fertig – der Geruch von Lavendelduftkissen, vermischt mit dem staubigen Aroma der alten Bücher aus vergangenen Zeiten. Mit diesem Geruch und dem Güterzugbrausen des Windes draußen kam er sich vor wie der Zeitreisende von H. G. Wells . . . und die Bibliothek selbst, die um ihn herum ächzte, war die Zeitmaschine.

»Wo bist du?« brüllte er. »Wenn du mich willst, Ardelia, warum kommst du dann nicht und holst mich? Ich bin hier.«

Keine Antwort. Aber sie mußte bald herauskommen, richtig? Wenn Dave recht hatte, stand ihre Verwandlung unmittelbar bevor, und ihre Zeit war knapp.

Mitternacht, dachte er. *Der Bibliothekspolizist hat mir bis Mitternacht Zeit gelassen; vielleicht hat sie auch so lange. Aber bis dahin sind es noch über dreieinhalb Stunden. So lange kann Dave unmöglich warten.*

Dann kam ihm ein anderer, noch unangenehmerer Gedanke: Angenommen, während er in diesen dunklen Gängen herumirrte, schlich sich Ardelia im Kreis zu Dave und Naomi zurück?

Er kam zum Ende des Gangs, lauschte, hörte nichts und huschte zum nächsten. Auch der war verlassen. Er hörte ein leises, flüsterndes Geräusch über sich, sah hoch und erblickte gerade noch ein halbes Dutzend schwerer Bücher, die von einem Regal über seinem Kopf glitten. Er warf sich mit einem Aufschrei zurück, während die Bücher herunterpurzelten auf seine Schenkel, und hörte Ardelias irres Gelächter von der anderen Seite des Regals.

Er konnte sie sich da oben vorstellen, wo sie sich wie eine von Gift aufgedunsene Spinne am Regal festklammerte, und sein Körper schien zu handeln, bevor das Gehirn denken konnte. Er wirbelte auf den Absätzen herum wie ein betrunkener Soldat, der eine Kehrtwendung machen will, und warf sich mit dem Rücken gegen das Regal. Das Gelächter wurde zu einem Schrei der Überraschung und Angst, als sich das Regal unter Sams Gewicht neigte. Er hörte ein fleischiges Platschen, als das Ding sich von seinem Standort entfernte. Einen Augenblick später kippte das Regal um.

Dann geschah etwas, das Sam nicht vorhergesehen hatte: das Regal, das er gestoßen hatte, kippte über den Gang, wobei die Bücher wie ein Wasserfall herunterpurzelten, und prallte gegen das nächste. Das zweite fiel gegen das dritte, das dritte gegen das vierte, und dann kippten sie alle um wie Dominos, alle in diesem großen, schattigen Archiv, sie krachten und polterten und schüttelten alles ab von Marryats Werken bis zu den gesammelten Märchen der Gebrüder Grimm. Er hörte Ardelia wieder schreien, und dann warf sich Sam auf das gekippte Regal, das er umgestoßen hatte. Er kletterte daran hoch wie an einer Leiter, kickte Bücher auf der Suche nach Halt für die Zehen fort und zog sich mit einer Hand hoch.

Er sprang auf der anderen Seite hinunter und erblickte eine weiße, höllisch mißgestaltete Kreatur, die sich unter dem Wirrwarr von Atlanten und Reiseführern hervorzog. Sie hatte blondes Haar und blaue Augen, aber damit endete auch jede Ähnlichkeit mit einem Menschen. Die Illusion war dahin. Die Kreatur war ein fettes, nacktes Ding mit Armen und Beinen, die in scherenähnlichen Klauen zu enden schienen. Unter dem Hals hing ein Fleischsack wie ein aufgedunsener Kropf. Dünne weiße Fasern wirbelten um den Körper. Es hatte etwas gräßlich Insektenhaftes an sich, und plötzlich schrie Sam innerlich – stumme, atavistische Schreie, die sich an seinen Knochen entlang auszubreiten schienen. *Das ist es. Gott steh mir bei, das ist es.* Er verspürte Ekel, aber mit einemmal war sein Entsetzen dahin; jetzt, wo er das Ding tatsächlich sehen konnte, war es gar nicht so schlimm.

Dann fing es wieder an zu schreien, und Sams Erleichterung ließ nach. Es hatte kein Gesicht, aber unter den blauen Augen wölbte sich langsam ein hornartiger Rüssel nach außen, der sich aus dem Horror-Gesicht bildete. Die Augen verliefen nach beiden Seiten, wurden zuerst Schlitz- und dann Insektenaugen. Sam konnte ein Schnüffeln hören, während es sich in seine Richtung wand.

Es war von wabernden, staubgleichen Fäden bedeckt.

Ein Teil von ihm wollte zurückweichen – schrie ihn an, er solle zurückweichen –, aber größtenteils wollte er seine Position verteidigen. Und als der fleischige Rüssel des Dings ihn berührte, spürte Sam seine große Kraft. Ein Gefühl der Lethargie kam über ihn, ein Gefühl, als wäre alles besser, wenn er einfach stillhielt und es geschehen ließ. Der Wind war zu einem fernen, traumgleichen Heulen geworden. Dieses war in gewisser Weise beruhigend, so wie er das Brummen des Staubsaugers als beruhigend empfunden hatte, als er noch sehr klein war.

»Sam?« rief Naomi, aber ihre Stimme war weit weg, unwichtig. »Sam, alles in Ordnung?«

Hatte er gedacht, daß er sie liebte? Das war albern. Einfach lächerlich, wenn man darüber nachdachte ... wenn man es genau überlegte, war dies hier viel besser.

Diese Kreatur hatte ... Geschichten zu erzählen.

Sehr interessante Geschichten.

Inzwischen drängte der gesamte weiße Plastikkörper des Dings in Richtung Rüssel; es strömte in sich selbst hinein, der Fortsatz wurde länger. Die Kreatur wurde zu einem einzigen röhrenförmigen Ding, der Rest des Körpers hing so nutzlos und vergeblich da wie zuvor dieser Sack unter dem Hals. Seine ganze Lebenskraft konzentrierte sich auf dieses Horn aus Fleisch, den Trichter, mit dem es Sams Lebenskraft und Essenz in sich hineinsaugen konnte.

Und es war schön.

Der Rüssel glitt zärtlich an Sams Bein hoch, drückte kurz gegen die Lenden, wanderte dann höher und liebkoste seinen Bauch.

Sam sank auf die Knie, um ihm freien Zugang zum Gesicht zu verschaffen. Er spürte, wie seine Augen kurz, aber angenehm brannten, als eine Flüssigkeit – keine Tränen, sie war dickflüssiger als Tränen – aus ihnen hervorzuquellen begann.

Der Rüssel näherte sich den Augen; er konnte sehen, wie sich eine rosa Blume aus Schleimhaut hungrig im Inneren öffnete und schloß. Mit jedem Öffnen offenbarte sie eine tiefe Dunkelheit darinnen. Dann krampfte sie sich zusammen, bildete ein Loch in der Blüte, eine Röhre, und glitt mit sinnlicher Behäbigkeit über Lippen und Wangen zu dem zähen Ausfluß. Unförmige dunkelblaue Augen sahen ihn gierig an.

Aber die Strafe war doch bezahlt.

Sam nahm den letzten verbliebenen Rest seiner Kraft zusammen und klammerte die rechte Faust über den Rüssel. Dieser war heiß und eklig. Die winzigen Flaumfädchen, welche ihn bedeckten, brannten auf der Handfläche.

Es zuckte und versuchte, sich zurückzuziehen. Einen Augenblick verlor Sam den Rüssel fast, doch dann ballte er die Faust fester und grub die Fingernägel ins Fleisch des Dings.

»Hier!« rief er. »Hier, ich hab was für dich, Miststück! Ich habe es von East St. Louis mit hierhergebracht!«

Er zog die linke Hand nach vorne und stopfte den klebrigen Ball rote Lakritze in den Saugrüssel, stopfte ihn so fest hinein wie die Kinder auf diesem Parkplatz vergangener Zeiten den Ton in den Auspuff von Tommy Reeds Pontiac. Das Ding versuchte zu schreien, brachte aber nur ein ersticktes Näseln zustande. Dann versuchte es wieder, Sam zu entkommen. Der Ball rote Lakritze wölbte sich aus dem Ende der zuckenden Schnauze wie eine Blutblase.

Sam mühte sich auf die Knie, ohne den zuckenden, röchelnden Rüssel loszulassen, und warf sich auf das Ardelia-Ding. Es wälzte sich und pulsierte unter ihm und versuchte ihn abzuschütteln. Sie rollten zusammen in den Bücherstapeln herum. Es war schrecklich stark. Einmal war Sam Auge in Auge mit ihm und erstarrte fast angesichts des Hasses und der Panik in seinem Blick.

Dann spürte er, wie es anzuschwellen begann.

Er ließ los und kroch keuchend rückwärts. Das Ding in dem von Büchern übersäten Gang sah jetzt auf groteske Weise wie ein Wasserball mit Rohr aus, ein Strandball, von feinen Härchen bedeckt, die wie Seetang bei Flut schwebten. Es rollte im Gang herum, und der Rüssel schwoll an wie ein Wasserschlauch, in den ein Knoten gemacht worden war. Sam beobachtete starr vor Entsetzen und Faszination, wie das Ding, das sich Ardelia Lortz genannt hatte, an seinen eigenen schäumenden Ausdünstungen erstickte.

Hellrote Linien wie auf einer Landkarte wölbten sich auf der straffen Haut. Die Augen quollen auf und sahen Sam jetzt mit einem Ausdruck benommener Überraschung an. Es unternahm eine letzte Anstrengung, den weichen Lakritzeklumpen auszustoßen, aber es hatte in Erwartung von Nahrung den Rüssel so weit aufgesperrt, daß sich der Klumpen keinen Millimeter bewegte.

Sam sah, was passieren würde, und bedeckte einen Sekundenbruchteil, ehe das Ding explodierte, das Gesicht mit den Armen.

Fetzen nichtmenschlichen Fleisches flogen in alle Richtungen. Blut spritzte auf Sams Arme, Brust und Beine. Er schrie vor Ekel und Erleichterung auf.

Einen Augenblick später ging die Notbeleuchtung aus, und sie waren wieder im Dunkeln.

11

Wieder war der Zeitraum der Dunkelheit sehr kurz, aber lange genug, daß Sam die Veränderung spüren konnte. Er spürte sie im Kopf – das deutliche Gefühl, daß etwas Verschobenes wieder korrekt eingerastet war. Als die Notbeleuchtung wieder anging, brannten insgesamt vier Lampen. Die Aggregate gaben statt des lauten Brummens ein leises, selbstzufriedenes Summen von sich, und die Lichter waren hell und verbannten die Schatten in die entlegensten Ecken des Raums. Er wußte nicht, ob die Welt der sechziger Jahre, die sie betreten hatten, als die Natriumdampflampe zur Quecksilberdampflaterne geworden war, echt oder Illusion gewesen war, aber er wußte, sie war nicht mehr da.

Die umgekippten Regale standen wieder. In diesem Gang lag ein Haufen Bücher – ein Dutzend oder so –, doch die hatte er wahrscheinlich selbst heruntergestoßen, als er sich auf die Füße gerappelt hatte. Draußen war das Toben des Sturms vom Brüllen zum Murmeln geworden. Sam konnte schwachen Regen auf das Dach prasseln hören.

Das Ardelia-Ding war fort. Weder auf dem Boden, auf den Büchern oder an ihm waren Blutspritzer oder Fleischfetzen.

Nur eine einzige Spur war von ihr übriggeblieben: ein goldener Ohrring, der auf dem Boden glitzerte.

Sam stellte sich zitternd aufrecht und kickte ihn fort. Dann senkte sich das Grau über ihn, er schwankte mit geschlossenen Augen und wartete ab, ob er ohnmächtig werden würde oder nicht.

»Sam!« Es war Naomi, und es hörte sich an, als würde sie weinen. »Sam, *wo bist du?*«

»Hier!« Er hob die Hand, packte ein Büschel Haare und zog fest daran. Wahrscheinlich war das dumm, aber es funktionierte. Das wabernde Grau verschwand nicht völlig, aber es wich zurück. Er ging mit ausgreifenden, sorgfältigen Schritten wieder in den Katalogsaal zurück.

Derselbe Schreibtisch, ein häßlicher Holzklotz auf Beinen, stand dort, aber anstelle der Lampe mit ihrem altmodischen Fransenschirm sah er eine Neonröhre. Die schrammige Schreibmaschine war einem Apple-Computer gewichen. Und wäre er noch nicht sicher gewesen, in welcher Zeit er sich befand, ein Blick in die Kartons auf dem Boden hätte ihn überzeugt: Sie waren voll Styroporchips.

Naomi kniete noch neben Dave am Ende des Gangs,

und als Sam an ihrer Seite war, sah er, daß der Feuerlöscher (obwohl dreißig Jahre vergangen waren, schien es derselbe zu sein) wieder fest in seiner Halterung montiert war . . . aber die Form seines Griffs war immer noch auf Daves Wange und Stirn abgebildet.

Er hatte die Augen offen, und als er Sam sah, lächelte er. »Nicht . . . schlecht«, flüsterte er. »Ich wette . . . Sie haben gar nicht gewußt . . . daß das in Ihnen steckt.«

Sam verspürte ein überwältigendes, unermeßliches Gefühl der Erleichterung. »Nein«, sagte er. »Das habe ich nicht gewußt.« Er bückte sich und hielt drei Finger vor Daves Augen. »Wie viele Finger sehen Sie?«

»Etwa . . . vierundsiebzig«, flüsterte Dave.

»Ich rufe den Krankenwagen«, sagte Naomi, die aufstehen wollte. Doch ehe es ihr gelang, packte Daves linke Hand sie am Handgelenk.

»Nein. Noch nicht.« Er sah zu Sam. »Bücken Sie sich. Ich muß flüstern.«

Sam bückte sich über den alten Mann. Dave legte ihm eine zitternde Hand auf den Nacken. Seine Lippen kitzelten Sams Ohr, und Sam mußte sich zum Stillhalten zwingen, so sehr kitzelte es. »Sam«, flüsterte er. »Sie wartet. Vergessen Sie das nicht . . . *sie wartet.*«

»Was?« fragte Sam. Er fühlte sich wie vom Donner gerührt. »Dave, was meinen Sie damit?«

Aber Daves Hand war heruntergefallen. Er sah zu Sam auf, durch Sam hindurch, und seine Brust hob sich flach und schnell.

»Ich gehe«, sagte Naomi, eindeutig beunruhigt. »Unten ist ein Telefon.«

»Nein«, sagte Sam.

Sie drehte sich mit offenen Augen und wütend gefletschten, hübschen weißen Zähnen zu ihm herum. »Was soll das heißen, nein? Bist du verrückt? Sein Schädel ist gebrochen, wenn nichts Schlimmeres! Er . . .«

»*Er* stirbt, Sarah«, sagte Sam behutsam. »Sehr bald. Bleib bei ihm. Sei ihm ein Freund.«

Sie blickte nach unten und sah diesmal, was Sam gesehen hatte. Die Pupille von Daves linkem Auge war nicht größer als ein Stecknadelkopf; die Pupille des rechten war riesig und starr.

»Dave?« flüsterte sie ängstlich. »*Dave?*«

Aber Dave sah wieder Sam an. »Nicht vergessen«, flüsterte er. »Sie w . . .«

Seine Augen wurden ruhig und starr. Seine Brust hob sich noch einmal . . . senkte sich . . . und hob sich nicht mehr.

Naomi fing an zu schluchzen. Sie legte ihm die Hand auf die Wange und machte seine Augen zu. Sam kniete sich gramgebeugt neben sie und legte ihr einen Arm um die Taille.

KAPITEL FÜNFZEHN

ANGLE STREET (III)

1

In dieser und der nächsten Nacht konnte Sam Peebles keinen Schlaf finden. Er lag allein im Bett, hatte sämtliche Lichter im zweiten Stock eingeschaltet und dachte über Dave Duncans letzte Worte nach: *Sie wartet.*

Kurz vor Morgendämmerung in der zweiten Nacht glaubte er zu wissen, was der alte Mann zu sagen versucht hatte.

2

Sam dachte, Daves Begräbnis würde in der Baptistenkirche von Proverbia stattfinden, und mußte zu seiner Überraschung herausfinden, daß Dave irgendwann zwischen 1960 und 1990 zum Katholizismus übergetreten war. Die Trauerfeier fand am 11. April, einem wechselhaften Tag zwischen Wolken und Frühlingssonnenschein, in der Kirche St. Martin statt.

Nach der Bestattung wurde eine Feier in der Angle Street abgehalten. Es waren fast siebzig Menschen anwesend, die bei Sams Eintreffen durch die Erdgeschoßräume schlenderten oder in kleinen Grüppchen beisammenstanden. Sie alle hatten Dave gekannt und sprachen voll Humor, Respekt und unerschütterlicher Liebe von ihm. Sie tranken Ginger Ale aus Plastikbechern und aßen belegte Brötchen. Sam ging von einer Gruppe zur nächsten, wechselte ab und zu ein paar Worte mit jemand, den er kannte, blieb aber nie zu einem Schwätzchen stehen. Er nahm selten einmal die Hand aus der Tasche seines dunklen Mantels. Auf dem Weg von der Kirche hierher hatte er im Piggly-Wiggly Station gemacht, und jetzt hatte er ein halbes

Dutzend Zellophanpäckchen darin, vier lang und dünn, zwei rechteckig.

Sarah war nicht da.

Er wollte gerade gehen, als er Lukey und Rudolph in einer Ecke sitzen sah. Sie hatten ein Cribbage-Brett zwischen sich, schienen aber nicht zu spielen.

»Hallo, Jungs«, sagte Sam und ging zu ihnen. »Ihr erinnert euch wahrscheinlich nicht an mich . . .«

»Aber klar doch«, sagte Rudolph. »Wofür halten Sie uns? Schwachköpfe? Sie sind Daves Freund. Sie sind an dem Tag hier gewesen, als wir die Plakate gemalt haben.«

»Richtig!« sagte Lukey.

»Haben Sie die Bücher gefunden, die Sie gesucht haben?« fragte Rudolph.

»Ja«, sagte Sam lächelnd. »Letztendlich schon.«

»Richtig!« rief Lukey aus.

Sam holte die vier schlanken Zellophanverpackungen heraus. »Ich hab euch Jungs was mitgebracht«, sagte er.

Lukey sah sie an und fing an zu strahlen. »Slim Jims, Dolph!« sagte er und grinste entzückt. »Sieh doch! Sarahs Freund hat uns allen verdammte Slim Jims gebracht! Toll!«

»Hier, gib sie mir, alter Quatschkopf«, sagte Rudolph und packte sie. »Der Pißkopf würde sie alle auf einmal essen und heute nacht ins Bett scheißen, wissen Sie«, sagte er zu Sam. Er packte einen Slim Jim aus und gab ihn Lukey. »Hier, Gierschlund. Den Rest hebe ich für dich auf.«

»Kannst auch einen haben, Dolph. Los doch.«

»Du solltest es besser wissen, Lukey. Diese Dinger brennen bei mir an beiden Enden.«

Sam achtete nicht auf das Geplänkel. Er sah Lukey durchdringend an. »Sarahs Freund? Wo haben Sie das gehört?«

Lukey schlang einen halben Slim Jim mit einem Bissen runter und sah auf. Sein Gesichtsausdruck war heiter und listig zugleich. Er legte einen Finger an den Nasenflügel und sagte: »Wenn man im Programm ist, hört man so manches, Sunny Jim. Aber hallo.«

»Der weiß gar nix, Mister«, sagte Rudolph und trank seinen Becher Ginger Ale leer. »Er bewegt nur die Kiefer, weil er das Geräusch so gern hört.«

»Das ist nichts als Scheiße!« schrie Lukey und biß wieder ein Riesenstück von dem Slim Jim ab. »Ich weiß es, weil Dave es mir gesagt hat! Letzte Nacht. Ich habe geträumt, und Dave ist darin vorgekommen, und er hat mir gesagt, der Typ da wäre Sarahs Süßer!«

»Wo ist Sarah eigentlich?« fragte Sam. »Ich hatte angenommen, daß sie hier sein würde.«

»Sie hat nach der Beerdigung kurz mit mir gesprochen«, sagte Rudolph. »Sie hat mir gesagt, Sie wüßten, wo Sie sie später finden können, wenn Sie sie sehen wollen. Sie sagt, dort hätten Sie sich schon einmal gesehen.«

»Sie hat Dave furchtbar gern gehabt«, sagte Lukey. Eine Träne wuchs in einem Augenwinkel und lief seine Wange hinab. Er wischte sie mit dem Handrücken weg. »Wie wir alle. Dave hat es immer so sehr versucht. Eine Schande, wissen Sie. Wirklich eine Affenschande.« Plötzlich brach Lukey in Tränen aus.

»Ich will Ihnen etwas sagen«, meinte Sam. Er kauerte sich neben Lukey und gab diesem sein Taschentuch. Er war selbst den Tränen nahe und hatte Todesangst vor dem, was er nun tun . . . oder versuchen . . . mußte. »Am Ende hat er es geschafft. Er ist nüchtern gestorben. Was immer Sie für Gerüchte hören – denken Sie immer daran, weil ich weiß, daß es stimmt. Er ist nüchtern gestorben.«

»Amen«, sagte Rudolph ehrerbietig.

»Amen«, stimmte Lukey zu. Er gab Sam sein Taschentuch wieder. »Danke.«

»Nicht der Rede wert, Lukey.«

»Sagen Sie – Sie haben keinen von diesen verdammte Slim Jims mehr, oder?«

»Nee«, sagte Sam und lächelte. »Sie wissen ja, wie man so sagt, Lukey – einer ist zuviel und tausend sind nicht genug.«

Rudolph lachte. Lukey lächelte . . . dann legte er wieder einen Finger an den Nasenflügel.

»Wie wär's mit 'nem Vierteldollar ... Sie haben nicht zufällig 'n Vierteldollar übrig, oder?«

3

Sam dachte zuerst, sie wäre zur Bibliothek zurückgegangen, aber das paßte nicht zu dem, was Dolph gesagt hatte ... er war einmal mit Sarah in der Bibliothek gewesen, in dieser schrecklichen Nacht, die heute schon ein Jahrzehnt zurückzuliegen schien, aber sie waren gemeinsam dort gewesen; er hatte sie nicht dort »gesehen«, wie man jemand durch ein Fenster sah, oder ...

Da fiel ihm ein, *wo* er Sarah durch ein Fenster gesehen hatte, nämlich direkt hier in Angle Street. Sie war in der Gruppe im Garten gewesen und war den Verrichtungen nachgegangen, die sie eben brauchten, um nüchtern zu bleiben. Jetzt ging er durch die Küche, wie an diesem Tag, und begrüßte noch ein paar Bekannte. Burt Iverson und Elmer Baskin standen in einer kleinen Gruppe, tranken Eistee und hörten einer alten Dame zu, die Sam nicht kannte.

Er ging durch die Küchentür auf die hintere Veranda. Der Tag war wieder grau und verhangen geworden. Der Garten war verlassen, aber Sam glaubte, Pastellfarben hinter den Büschen zu erkennen, die die rückwärtige Grenze des Gartens bildeten.

Er ging die Stufen hinunter über den Rasen und merkte, wie sein Herz wieder ganz heftig zu klopfen anfing. Seine Hand glitt wieder in die Tasche und holte jetzt die beiden restlichen Zellophanpäckchen heraus. Sie enthielten rote Lakritze Marke Bull's Eye. Er riß sie auf und knetete sie zu einem Ball, der viel kleiner als der war, den er Montagnacht im Datsun gemacht hatte. Der süßliche Zuckergeruch war so ekelerregend wie eh und je. In der Ferne konnte er einen Zug kommen hören, und dabei mußte er an seinen Traum denken – der, in dem sich Naomi in Ardelia verwandelt hatte.

Zu spät, Sam. Es ist bereits zu spät. Es ist vollbracht.

Sie wartet. Vergessen Sie das nicht, Sam – sie wartet.

Manchmal enthielten Träume eine Menge Wahrheit.

Wie hatte sie die Jahre dazwischen überlebt? Die vielen Jahre dazwischen? Diese Frage hatten sie sich nie gestellt, richtig? Wie vollzog sie die Verwandlung von einer Person zur anderen? Auch diese Frage hatten sie nie gestellt. Vielleicht war das Ding, das wie eine Frau namens Ardelia Lortz aussah, hinter Schein und Illusion wie eines der Insekten, die in Astgabeln von Bäumen einen Kokon spinnen, ein schützendes Netz darüberziehen und dann fortfliegen, um zu sterben. Die Larve im Kokon liegt still, wartet . . . verwandelt sich . . .

Sie wartet.

Sam ging weiter und knetete dabei unablässig seinen stinkenden kleinen Ball aus der Substanz, die der Bibliothekspolizist – *sein* Bibliothekspolizist – gestohlen und in den Stoff, aus dem die Alpträume sind, verwandelt hatte. Den Stoff, den er wiederum, mit Hilfe von Naomi und Dave, in den Stoff der Errettung verwandelt hatte.

Der Bibliothekspolizist, der Naomi zu sich gezerrt hatte. Der den Mund an ihren Halsansatz gepreßt hatte, als wollte er sie küssen.

Der Sack, der am Hals des Ardelia-Dings hing. Schlaff. Verbraucht. Leer.

Bitte laß es nicht zu spät sein.

Er trat in den schmalen Buschkreis. Naomi Sarah Higgins stand auf der anderen Seite und hatte die Arme über dem Busen verschränkt. Sie sah ihn kurz an, und er erschrak angesichts ihrer blassen Wangen und des hohläugigen Blicks. Dann sah sie wieder zu den Schienen. Der Zug war jetzt näher. Bald würden sie ihn sehen können.

»Hallo, Sam.«

»Hallo, Sarah.«

Sam legte ihr einen Arm um die Taille. Sie ließ ihn gewähren, aber ihr Körper an seinem war starr, unnachgiebig, unwillig. *Bitte laß es nicht zu spät sein*, dachte er wieder und mußte an Dave denken.

Sie hatten ihn dort in der Bibliothek gelassen, nachdem sie die Tür der Laderampe mit einem Gummikeil offengehalten hatten. Sam hatte von einer Telefonzelle zwei Blocks entfernt die offene Tür gemeldet. Als der Telefonist nach seinem Namen gefragt hatte, hatte er aufgelegt. So war Dave gefunden worden, und selbstverständlich lautete das Urteil Tod durch Unfall, und die Leute in der Stadt, denen soviel an ihm gelegen war, daß sie überhaupt nachdachten, trafen die beabsichtigte Schlußfolgerung: Ein weiterer alter Säufer war in die große Kneipe im Himmel gegangen. Sie gingen davon aus, er war mit einer Pulle zur Laderampe gegangen, hatte die offene Tür gesehen und war im Dunkeln gegen den Feuerlöscher gestürzt. Ende der Geschichte. Die Ergebnisse der Obduktion, die keinen Alkohol in Daves Blut ergab, konnten an dieser Mutmaßung kein Jota ändern – wahrscheinlich nicht einmal bei der Polizei. *Die Leute erwarten einfach, daß ein Säufer auch wie ein Säufer stirbt*, dachte Sam, *selbst wenn es nicht so ist.*

»Wie ist es dir ergangen, Sarah?« fragte er.

Sie sah ihn müde an. »Nicht so gut, Sam. Überhaupt nicht gut. Ich kann nicht schlafen . . . kann nichts essen . . . die schrecklichsten Gedanken gehen mir durch den Kopf . . . sie kommen mir überhaupt nicht wie meine Gedanken vor . . . und ich will trinken. Das ist das Allerschlimmste. Ich will trinken . . . trinken . . . trinken. Die Treffen helfen mir nicht mehr. Zum erstenmal in meinem Leben helfen mir die Treffen nicht mehr.«

Sie machte die Augen zu und fing an zu weinen. Es hörte sich kraftlos und schrecklich verloren an.

»Nein«, stimmte er leise zu. »Sie helfen nicht. Sie können nicht helfen. Und ich könnte mir denken, es würde ihr gut gefallen, wenn du wieder anfangen würdest zu trinken. Sie wartet . . . aber das heißt nicht, daß sie nicht hungrig ist.«

Sie schlug die Augen auf und sah ihn an. »Was . . . Sam, wovon redest du?«

»Beharrlichkeit, glaube ich«, sagte er. »Von der Beharrlichkeit des Bösen. Wie es wartet. Wie es so listig und so verblüffend und so mächtig sein kann.« Er hob langsam die Hand und öffnete sie. »Erkennst du das wieder, Sarah?«

Sie zuckte vor dem Ball roter Lakritze zurück, der auf seiner Handfläche lag. Einen Moment waren ihre Augen hellwach. Haß und Angst glitzerten darin.

Und das Glitzern war silbern.

»Wirf das weg!« flüsterte sie. »Wirf das verdammte Ding weg!« Ihre Hand griff schützend zum Nacken, wo ihr das rotbraune Haar über die Schultern hing.

»Ich rede mit dir«, sagte er gefaßt. »Nicht mit ihr, sondern mit dir. Ich liebe dich, Sarah.«

Sie sah ihn wieder an, und jetzt hatte sich der Ausdruck schrecklicher Müdigkeit wieder eingestellt. »Ja«, sagte sie. »Vielleicht ist das so. Und vielleicht solltest du lernen, es zu lassen.«

»Ich möchte, daß du etwas für mich tust, Sarah. Ich möchte, daß du mir den Rücken zudrehst. Es kommt ein Zug. Ich möchte, daß du diesem Zug nachsiehst und dich erst zu mir umdrehst, wenn ich es dir sage. Kannst du das?«

Sie zog die Oberlippe hoch. Der Ausdruck von Haß und Angst belebte ihr abgespanntes Gesicht wieder. »Nein! Laß mich in Ruhe! Geh weg!«

»Möchtest du das?« fragte er. »Wirklich? Du hast Dolph gesagt, wo ich dich finden kann, Sarah. Möchtest du wirklich, daß ich gehe?«

Sie machte wieder die Augen zu. Ihr Mund krümmte sich zu einer bebenden Sichel des Zorns. Als sie die Augen erneut aufschlug, waren sie voll gequälten Entsetzens und tränenfeucht. »O Sam, hilf mir! Etwas stimmt nicht, und ich habe keine Ahnung, was es ist oder was ich machen soll!«

»Ich weiß, was zu tun ist«, sagte er ihr. »Glaube an mich, Sarah, vertraue mir, und ich glaube an das, was du gesagt hast, als wir montagabends auf dem Weg zur Bibliothek waren. Ehrlichkeit und Glaube. Das sind die Gegenteile von Angst. Ehrlichkeit und Glaube.«

»Aber es ist schwer«, flüsterte sie. »Schwer zu vertrauen. Schwer zu glauben.«

Er sah sie gelassen an.

Plötzlich zog Naomi die Oberlippe hoch und wölbte die Unterlippe nach außen, was ihren Mund einen Moment fast in die Form eines Rüssels verwandelte. »*Verpiß* dich!« sagte sie. »Geh und verpiß dich, Sam Peebles!« Er sah sie gelassen an.

Sie hob die Hände und drückte sie an die Schläfen. »Das habe ich nicht so gemeint. Ich weiß nicht, warum ich es gesagt habe. Ich . . . mein Kopf . . . Sam, mein armer *Kopf*! Mir ist, als würde er in zwei Teile bersten.«

Der heranfahrende Zug pfiff, als er den Proverbia River überquerte und durch Junction City rollte. Es war der Nachmittagsgüterzug, der, ohne anzuhalten, bis zu den Märkten von Omaha durchfuhr. Jetzt konnte Sam ihn sehen.

»Wir haben nicht viel Zeit, Sarah. Es muß jetzt sein. Dreh dich um und sieh den Zug an. Sieh ihm entgegen.«

»Ja«, sagte sie plötzlich. »Gut. Mach, was du willst, Sam. Und wenn du siehst, daß es . . . daß es nicht klappt . . . dann stoß mich. Stoß mich vor den Zug. Dann kannst du den anderen sagen, daß ich gesprungen bin . . . daß es Selbstmord war.« Sie sah ihn flehend an – zu Tode erschöpfte Augen sahen ihn aus dem abgespannten Gesicht an. »Sie wissen, daß es mir nicht gutging – die Leute aus dem Programm. Vor ihnen kann man nicht verheimlichen, wie man sich fühlt. Nach einer Weile ist das einfach nicht mehr möglich. Sie werden dir glauben, wenn du sagst, daß ich gesprungen bin, und sie hätten recht, weil ich so nicht weiterleben will. Es ist nur . . . es ist nur, Sam, ich glaube, noch eine Weile – und ich werde weiterleben *wollen*.«

»Sei still«, sagte er. »Wir wollen nicht von Selbstmord sprechen. Sieh dem Zug entgegen, Sarah, und vergiß nicht, daß ich dich liebe.«

Sie drehte sich zu dem Zug um, der jetzt keine Meile mehr entfernt war und rasch näher kam. Sie legte die

Hände auf ihren Nacken und hob das Haar. Sam beugte sich nach vorne . . . und da war, wonach er gesucht hatte. Auf der reinen, weißen Haut ihres Halses. Er wußte, ihr Hirnstamm fing keinen Zentimeter unter dieser Stelle an, und sein Magen verkrampfte sich vor Ekel.

Er bückte sich über das blasenförmige Gewächs. Es war von einem spinnwebgleichen Häutchen weißen Flaumes überzogen; darunter konnte er etwas sehen, ein Klümpchen rosafarbener Gallerte, das im Rhythmus ihres Herzens pulsierte.

»*Laß mich in Ruhe!*« kreischte Ardelia Lortz plötzlich aus dem Mund der Frau, in die Sam sich verliebt hatte. »*Laß mich in Ruhe, Dreckskerl!*« Aber Sarahs Hände hielten das Haar unnachgiebig hoch und verschafften ihm Zugang.

»Kannst du die Nummer der Lok schon erkennen, Sarah?« murmelte er.

Sie stöhnte.

Er drückte den Daumen in den weichen Klumpen roter Lakritze, den er hielt, und machte eine Mulde, die etwas größer war als der Parasit auf Sarahs Hals. »Lies sie mir vor, Sarah. Lies mir die Nummer vor.«

»Zwei . . . sechs . . . oh, Sam, ich habe solche Kopfschmerzen . . . mir ist, als würden große Hände mein Gehirn in zwei Teile reißen . . .«

»Ließ die Nummer, Sarah«, murmelte er und hielt die Bull's Eye-Lakritze in die Nähe des pulsierenden, obszönen Gewächses.

»Fünf . . . neun . . . fünf . . .«

Er drückte die Lakritze behutsam darauf. Plötzlich konnte er spüren, wie es sich unter der Zuckerschicht wand und krümmte. *Und wenn es aufbricht? Wenn es einfach aufbricht, ehe ich es von ihr runterziehen kann? Es ist Ardelias konzentriertes Gift . . . wenn es nun aufbricht, bevor ich es wegbekomme?*

Der heranbrausende Zug pfiff wieder. Das Geräusch übertönte Sarahs Schmerzensschrei.

»*Ruhig . . .*«

Er zog die Lakritze gleichzeitig zurück und klappte sie zu. Er hatte es; es war in der Süßigkeit gefangen und pulsierte und pochte wie ein winziges, krankes Herz. Auf Sarahs Hals befanden sich drei winzige dunkle Löcher, nicht größer als Stecknadelstiche.

»*Es ist fort!*« schrie sie. »*Sam, es ist fort!*«

»Noch nicht«, sagte Sam grimmig. Die Lakritze lag auf seiner Handfläche, und nun drängte eine Blase zur Oberfläche und wollte aufbrechen ...

Der Zug raste jetzt am Güterbahnhof von Junction City vorbei, dem Güterbahnhof, wo ein Mann namens Brian Kelly Dave Duncan einmal Kleingeld zugeworfen und dann gesagt hatte, er solle in den Wind schießen. Weniger als dreihundert Meter entfernt, rasch näherkommend.

Sam drängte sich an Sarah vorbei und kniete bei den Schienen hin.

»*Sam, was machst du da?*«

»Lebwohl, Ardelia«, murmelte er. »Viel Vergnügen.« Er legte den pulsierenden, sich ausdehnenden roten Klumpen Lakritze auf eines der glänzenden Stahlgleise.

In seinem Kopf hörte er einen Schrei unaussprechlicher Wut, unaussprechlichen Entsetzens. Er ging zurück und sah zu, wie das in der Lakritze gefangene Ding zuckte und zwängte. Die Lakritze platzte auf ... er sah ein dunkleres Rot darin, das nach draußen drängte ... und dann fuhr der 14 Uhr 20-Güterzug nach Omaha als organisierter Sturm hämmernder Zylinder und kreischender Räder darüber hinweg.

Die Lakritze verschwand, und in Sam Peebles' Verstand wurde der bohrende Schrei wie mit einem Messer abgeschnitten.

Er trat zurück und drehte sich zu Sarah um. Diese schwankte und hatte die Augen vor Benommenheit und Freude weit aufgerissen. Er legte ihr einen Arm um die Taille und stützte sie, während die Güterwaggons und Lastwaggons und Tankwaggons an ihnen vorbeidonnerten und ihr Haar zurückwehten.

Sie blieben so stehen, bis der letzte Wagen vorbei war

und seine kleinen roten Lichter nach Westen verschwanden. Dann rückte sie ein klein wenig von ihm ab – aber nicht aus seiner Umarmung heraus – und sah ihn an.

»Bin ich frei, Sam? Bin ich wirklich von ihr befreit? Es *scheint* so zu sein, aber ich kann es kaum glauben.«

»Du bist frei«, stimmte Sam zu. »Deine Strafe ist auch bezahlt, Sarah. Deine Strafe ist für alle Ewigkeit bezahlt.«

Sie zog sein Gesicht zu sich und bedeckte Lippen und Wangen und Augen mit zärtlichen Küssen. Dabei machte sie selbst die Augen nicht zu; sie sah ihn die ganze Zeit über ernst an.

Schließlich nahm er ihre Hände und sagte zu ihr: »Warum gehen wir nicht rein und wohnen der Feier bei? Deine Freunde werden sich fragen, wo du steckst.«

»Sie können auch deine Freunde sein, Sam . . . wenn du es möchtest.«

Er nickte. »Das möchte ich. Sogar sehr.«

»Ehrlichkeit und Glaube«, sagte sie und strich ihm über die Wangen.

»Das sind die Zauberworte.« Er küßte sie noch einmal, dann bot er ihr seinen Arm. »Würden Sie mich begleiten, Lady?«

Sie hakte sich bei ihm unter. »Wohin Sie wollen, Sir. Überallhin.«

Sie gingen langsam, Arm in Arm, zum Haus Angle Street zurück.

ZEITRAFFER

*Diese Geschichte
ist dem Andenken von John D. MacDonald gewidmet.
Du fehlst mir, alter Freund – und du hast
recht gehabt, was die Tigers anbelangt.*

Vorbemerkung zu
›Zeitraffer‹

Hin und wieder fragt mich jemand: »Wann hast du dieses Horror-Zeug endlich satt, Steve, und schreibst etwas Ernsthaftes?«

Ich habe immer geglaubt, die in dieser Frage enthaltene Beleidigung wäre zufällig, aber im Lauf der Jahre wurde ich zunehmend überzeugter, daß das nicht der Fall ist. Sehen Sie, ich beobachte die Gesichter der Leute, die diese spezielle Breitseite abfeuern, und die meisten sehen wahrhaftig aus wie Kanoniere, die abwarten, ob ihre letzte Salve danebengeht oder die anvisierte Fabrik oder das Munitionslager voll trifft.

Tatsache ist, fast alles, was ich geschrieben habe – dazu gehören auch eine Menge komischer Sachen –, habe ich in einer sehr ernsthaften Geistesverfassung geschrieben. Ich kann mich kaum an eine Gelegenheit erinnern, da ich mich an die Schreibmaschine gesetzt und wild und unbeherrscht über ein wildes und irres Stück Material gekichert habe, das ich mir abgerungen hatte. Ich werde nie Reynolds Price oder Larry Woiwode sein – das habe ich nicht in mir –, aber das heißt nicht, daß mir nicht ebensoviel an dem gelegen wäre, was ich tue. Aber ich muß tun, was ich tun *kann* – wie Nils Lofgren es einmal ausgedrückt hat: »I gotta be my dirty self . . . I won't play no jive.«

Wenn *real* – also ETWAS, DAS WIRKLICH GESCHEHEN KANN – Ihre Definition von seriös ist, dann sind sie an der falschen Stelle und sollten das Gebäude unter allen Umständen verlassen. Aber vergessen Sie dabei nicht, ich bin nicht der einzige, der an diesem speziellen Ort Geschäfte macht; Franz Kafka hatte einmal ein Büro hier, George Orwell, Shirley Jackson, Jorge Luis Borges, Jonathan Swift und Lewis Carroll. Ein Blick auf den Wegweiser im Erdgeschoß zeigt, zu den derzeitigen Mietern gehören Thomas Berger, Ray Bradbury, Jonathan Carroll, Thomas Pynchon, Thomas Disch, Kurt Vonnegut Jr., Peter Straub, Joyce Carol Oates, Isaac Bashevis Singer, Katherine Dunn und Mark Halpern.

Was ich mache, das mache ich aus den ernsthaftesten Gründen: Liebe, Geld, Besessenheit. Die Geschichte des Irrationalen ist der geistig gesündeste Weg, den ich kenne, um der Welt Ausdruck zu verleihen, in der ich lebe. Diese Geschichten haben mir als Instrument für Metapher und Moral gleichermaßen gedient; sie bilden auch weiterhin das beste mir bekannte Fenster zu der Frage, wie wir die Welt wahrnehmen, und der ganz entscheidenden Frage, wie wir uns auf der Grundlage dieser Wahrnehmung verhalten. Diese Fragen habe ich innerhalb der Grenzen meiner Begabung und Intelligenz so gut ich konnte erforscht. Ich habe weder den National Book Award noch den Pulitzer-Preis gewonnen, aber ernsthaft bin ich trotzdem. Wenn Sie sonst nichts glauben, glauben Sie wenigstens dies: Wenn ich Sie an der Hand nehme und zu reden anfange, mein Freund, glaube ich jedes Wort, das ich sage.

Vieles, was ich zu sagen habe – die WIRKLICH WICHTIGEN DINGE –, hat mit der Kleinstadtwelt zu tun, in der ich großgezogen wurde und immer noch lebe. Kurzgeschichten und Romane sind maßstabsgetreue Modelle dessen, was wir lachend das ›wirkliche Leben‹ nennen, und ich bin der Überzeugung, die Leben, die in Kleinstädten gelebt werden, sind maßstabsgetreue Modelle dessen, was wir lachend ›Gesellschaft‹ nennen. Diese Vorstellung bietet sicher Angriffsfläche für Kritik, und Kritik ist vollkommen in Ordnung (ohne sie wären jede Menge Lehrer und Literaturkritiker arbeitslos); ich will nur sagen, ein Schriftsteller braucht eine Art Abschußrampe, und abgesehen von der festen Überzeugung, daß eine Geschichte für sich allein in allen Ehren existieren kann, ist die Vorstellung von der Kleinstadt als sozialem und psychologischem Mikrokosmos meine eigene. Ich habe schon in *Carrie* angefangen, damit zu experimentieren, und mit *Brennen muß Salem* auf einer ambitionierteren Ebene damit weitergemacht. Aber erst mit *Dead Zone* habe ich meinen Rhythmus gefunden.

Das war, glaube ich, die erste meiner Geschichten um Castle Rock (und Castle Rock ist in Wirklichkeit nur die Stadt Jerusalem's Lot ohne Vampire). In den Jahren, seit ich sie geschrieben habe, ist Castle Rock in zunehmendem Maß zu ›meiner Stadt‹ geworden, und zwar in dem Sinne, wie die mythische Stadt Isola Ed McBains Stadt und das Dorf Glory in West Virginia die Stadt von Davis Grubb war. Ich bin immer wieder dorthin gerufen worden, um das Leben seiner Bewohner und die Geographie, welche dieses Leben zu beherrschen scheint, zu untersuchen – Castle Hill und Castle View, Castle Lake und die Town Roads, die wie ein Wirrwarr am westlichen Stadtrand verlaufen.

Im Lauf der Jahre zog mich das geheime Leben dieser Stadt immer mehr in seinen Bann – verzauberte mich – durch die verborgenen Beziehungen, die mir immer bewußter wurden. Ein Großteil dieser Geschichte ist entweder ungeschrieben oder unveröffentlicht: wie der verstorbene Sheriff George Bannerman seine Jungfräulichkeit auf dem Rücksitz des Autos seines toten Vaters verloren hat, wie der Ehemann von Ophelia Todd von einer wandelnden Windmühle getötet wurde, wie Hilfssheriff Andy Clutterbuck den Zeigefinger der linken Hand verloren hat (er wurde von einem Ventilator abgeschnitten, und der Hund der Familie hat ihn gefressen).

Nach *Dead Zone*, das teilweise die Geschichte des Psychopathen Frank Dodd ist, schrieb ich einen Kurzroman mit dem Titel ›Die Leiche‹, *Cujo*, den Roman, in dem der gute Sheriff Bannerman ins Gras beißen mußte, sowie eine Anzahl Kurzgeschichten und Erzählungen über diese Stadt (die besten, jedenfalls meiner Meinung nach, sind ›Mrs. Todds Abkürzung‹ und ›Onkel Ottos Lastwagen‹). Das ist alles schön und gut, aber für einen Schrift-steller ist es vielleicht nicht eben gut, wenn er von einem fiktiven Schauplatz zu besessen ist. Bei Faulkner und J. R. R. Tolkien war es zweifellos gut, aber das sind zwei Ausnahmen, die die Regel bestätigen, und darüber hin-aus spiele ich nicht in dieser Liga.

Daher entschied ich irgendwann einmal – zuerst im Unterbewußtsein, glaube ich, wo die WIRKLICH ERNSTHAFTE ARBEIT stattfindet –, daß es an der Zeit wäre, das Buch über Castle Rock, Maine, wo so viele meiner Lieblingsfiguren gelebt haben und gestorben sind, endgültig zuzuschlagen. Genug ist genug. Es ist an der Zeit weiterzuziehen (vielleicht bis zum Nachbarort Harlow, ha-ha). Aber ich wollte nicht einfach so davon-laufen; ich wollte die Sache *beenden*, und zwar mit einem *Knall*.

Nach und nach wurde mir klar, wie sich das bewerk-stelligen ließ, und daher habe ich mich die letzten vier Jahre damit beschäftigt, eine Castle Rock-Trilogie zu schreiben – die *letzten* Geschichten von Castle Rock. Sie wurden nicht in einer bestimmten Ordnung geschrieben (manchmal denke ich, Unordnung ist der Leitsatz mei-nes Lebens), aber jetzt *sind* sie geschrieben, und sie sind durchaus ernsthaft. Doch ich hoffe, daß sie nicht allzu nüchtern oder langweilig sind.

Die erste Geschichte, *Stark – The Dark Half*, wurde 1989 veröffentlicht. Es ist zwar in erster Linie die Geschichte von Thad Beaumont und spielt weitgehend in einer Stadt namens Ludlow (die Stadt, wo die Creeds in *Fried-hof der Kuscheltiere* wohnten), doch die Stadt Castle Rock spielt auch eine Rolle in der Geschichte, und das Buch diente dazu, Sheriff Bannermans Nachfolger vorzustel-len, einen Mann namens Alan Pangborn. Sheriff Pang-born steht im Mittelpunkt der letzten Geschichte dieser Reihe, einem umfangreichen Roman mit dem Titel *Need-ful Things*, dessen Veröffentlichung für nächstes Jahr vor-gesehen ist und der krönende Abschluß meiner Beschäf-tigung mit den Bewohnern von Castle Rock sein wird.

Bindeglied zwischen diesen beiden längeren Werken ist die nachfolgende Geschichte. In ›Zeitraffer‹ werden Ihnen wenige, wenn überhaupt, der großen Gestalten von Castle Rock begegnen, aber Sie werden immerhin Pop Merrill kennenlernen, dessen Neffe Ace Merrill der böse Bube der Stadt ist (und Gordie LaChances bˆete noire in ›Die Leiche‹). ›Zeitraffer‹ bereitet auch die Bühne für das abschließende Feuerwerk ... kann aber, so hoffe ich, auch als eigenständige, zufriedenstellende Geschichte bestehen, die man mit Vergnügen lesen kann, auch wenn einem *Stark – The Dark Half* oder *Needful Things* vollkommen Wurst sind.

Noch etwas muß gesagt werden: Jede Geschichte hat ihr geheimes Eigenleben, das unabhängig von ihrem Schauplatz ist, und ›Zeitraffer‹ ist eine Geschichte über Kameras und Fotografieren. Vor etwa fünf Jahren begann sich meine Frau Tabitha für Fotografie zu interessieren, stellte fest, daß sie gut darin war, und betrieb es ernsthaft durch Studium, Experimente und Üben-Üben-Üben. Ich selbst mache schlechte Fotos (ich gehöre zu den Leuten, die den Modellen immer die Köpfe abschneiden, Schnappschüsse mit offenem Mund von ihnen machen oder beides), aber ich empfinde großen Respekt vor allen, die gute machen können ... und der gesamte Vorgang fasziniert mich.

Im Lauf ihrer Experimente kaufte meine Frau eine Polaroidkamera, eine ganz einfache, die selbst ein Doofkopf wie ich bedienen kann. Diese Kamera faszinierte mich. Ich hatte selbstverständlich schon früher Polaroids im Einsatz gesehen, aber ich hatte nie richtig über sie *nachgedacht*, noch hatte ich mir die Bilder, die diese Kameras machen, je genauer angesehen. Je mehr ich darüber nachdachte, desto seltsamer kamen sie mir vor. Schließlich sind sie nicht nur Bilder, sondern Augenblicke der Zeit ... und sie haben etwas so *Eigenartiges* an sich.

Diese Geschichte fiel mir eines Abends im Sommer 1987 fast schlagartig ein, aber die Denkprozesse, die sie möglich machten, dauerten noch fast ein Jahr. Und ich glaube, dabei will ich es bewenden lassen. Es war schön, wieder einmal bei Ihnen allen zu sein, aber das bedeutet nicht, daß ich Sie gleich nach Hause gehen lasse.

Ich glaube, wir müssen in der Kleinstadt Castle Rock noch eine Geburtstagsparty besuchen.

Der 15. September war Kevins Geburtstag, und er bekam genau das, was er sich gewünscht hatte: eine Sun.

Der fragliche Kevin war Kevin Delevan, der Geburtstag war sein fünfzehnter, und die Sun war eine Sun 660, eine Polaroidkamera, die alles für den angehenden Fotografen macht, außer belegte Brote.

Selbstverständlich bekam er auch noch andere Geschenke; seine Schwester Meg überreichte ihm ein Paar Handschuhe, die sie selbst gestrickt hatte, von seiner Großmutter in Des Moines bekam er zehn Dollar, und seine Tante Hilda schickte – wie immer – eine Krawatte mit durch und durch scheußlicher Nadel. Sie hatte die erste geschickt, als Kevin drei Jahre geworden war, was bedeutete, er hatte bereits zwölf unbenützte Krawatten mit abolut scheußlichen Nadeln in einer Schublade seiner Kommode, zu denen sich auch diese gesellen würde – Glückszahl dreizehn. Er hatte nie eine davon angehabt, durfte sie aber nicht wegwerfen. Tante Hilda wohnte in Portland. Sie war nie zu einer Geburtstagsparty von Kevin oder Meg gekommen, aber eines schönen Jahres mochte sie sich vielleicht genau dazu entschließen. Weiß Gott, sie *konnte* es; Portland lag nur fünfzig Meilen südlich von Castle Rock. Und *wenn* sie kam . . . und Kevin mit einer seiner *anderen* Krawatten sehen wollte, (oder, was das anbetraf, Meg mit einem *anderen* Schal)? Bei manchen Verwandten mochte eine Ausrede genügen. Aber Tante Hilda war anders. Tante Hilda repräsentierte eine gewisse goldene Möglichkeit an einem Punkt, wo sich zwei entscheidende Sachverhalte ergänzten: Sie war REICH und sie war ALT.

Eines Tages, davon war Kevins Mutter überzeugt, könnte sie ETWAS für Kevin und Meg TUN. Man war sich darin einig, daß dieses ETWAS wahrscheinlich erst eintrat, wenn Tante Hilda endgültig den Löffel abgegeben hatte – in Form einer Klausel in ihrem Testament. Bis dahin betrachtete man es als klug, die scheußlichen Krawatten und die gleichermaßen scheußlichen Schals zu behalten. So würde sich die dreizehnte Krawatte (auf deren Nadel sich ein Vogel befand, den Kevin für einen Specht hielt) zu den anderen gesellen, und Kevin würde Tante Hilda einen Dankesbrief schreiben – nicht weil seine Mutter darauf bestand und nicht weil er glaubte oder auch nur dachte, Tante Hilda könnte eines Tages ETWAS für ihn und seine kleine Schwester TUN, sondern weil er allgemein ein umsichtiger Junge mit guten Manieren und keinen richtigen Ungezogenheiten war.

Er bedankte sich bei seiner Familie für die Geschenke (seine Mutter und sein Vater hatten selbstverständlich noch ein paar Kleinigkeiten dazugetan, aber die Polaroid war eindeutig der Mittelpunkt, und sie freuten sich, weil *er* sich so freute) und vergaß nicht, Meg einen Kuß zu geben (sie kicherte und tat so, als würde sie ihn wegreiben, aber ihre eigene Freude war gleichermaßen deutlich) und ihr zu versichern, daß die Handschuhe gerade recht zum Skikurs diesen Winter kamen – aber den größten Teil seiner Aufmerksamkeit schenkte er dem Polaroidkarton und den Filmen, die dabei waren.

Er erwies sich als wahrer Sportsmann, als es um Kuchen und Eiskrem ging, aber es war deutlich, er brannte darauf, die Kamera auszuprobieren. Und das tat er, sobald er es, ohne unhöflich zu sein, konnte.

Da fing der Ärger an.

Er las die Gebrauchsanweisung so gründlich, wie seine Ungeduld, endlich anzufangen, es zuließ; dann lud er die Kamera, während die Familie voll Vorfreude und unausgesprochenem Grauen wartete (aus unerfindlichen Gründen sind die Geschenke, die am sehnlichsten gewünscht waren, meist die, die nicht funktionieren). Ein kurzes kollektives Seufzen war zu hören, als die Kamera gehorsam das Pappkartonrechteck ausspie, wie die Gebrauchsanweisung es vorhergesagt hatte.

Am Gehäuse der Kamera befanden sich zwei von einem zickzackförmigen Blitz getrennte Lichtchen, ein rotes und ein grünes. Als Kevin den Film einlegte, leuchtete das rote Licht auf. Es blieb ein paar Sekunden an. Die Familie beobachtete in stummer Faszination, wie die Sun 660 nach Licht schnupperte. Dann ging das rote Licht aus und das grüne fing rasch an zu blinken.

»Sie ist bereit«, sagte Kevin im selben um Beiläufigkeit bemühten, dabei aber nicht ganz erfolgreichen Tonfall, mit dem Neil Armstrong seinen ersten Schritt auf die Mondoberfläche bekanntgegeben hatte. »Warum stellt ihr euch nicht alle zusammen auf?«

»Ich mag es nicht, wenn mein Gesicht fotografiert wird!« schrie Meg und bedeckte das Gesicht mit der theatralischen Ängstlichkeit und Freude, wie sie nur Teenager und schlechte Schauspielerinnen fertigbringen.

»Komm schon, Meg«, sagte Mr. Delevan.

»Sei keine alberne Gans, Meg«, sagte Mrs. Delevan.

Meg ließ die Hände sinken, verwarf ihre Bedenken, und dann stellten sich die drei am Ende des Tisches auf – mit dem verwüsteten Geburtstagskuchen im Vorderngund.

Kevin sah durch das Suchfenster. »Ein bißchen näher zu Meg, Mom«, sagte er und winkte mit der linken Hand. »Du auch, Dad.«

»Ihr *zerquetscht* mich!« sagte Meg zu ihren Eltern.

Kevin legte den Finger auf den Auslöseknopf der Kamera, dann fiel ihm ein kurzer Absatz aus der Gebrauchsanweisung ein, wie leicht es war, den Fotografierten auf einem Foto den Kopf abzuschneiden. *Ab mit den Köpfen*, dachte er, und es hätte komisch sein sollen, aber aus irgendwelchen Gründen verspürte er ein leichtes Kribbeln am Ansatz der Wirbelsäule, das, ehe er es überhaupt richtig bemerkte, schon vergangen und vergessen war. Er hob die Kamera ein Stück. So. Jetzt waren sie alle im Rahmen. Gut.

»Okay!« sang er. »Lächelt und sagt Geschlechtsverkehr!«

»*Kevin!*« rief seine Mutter aus.

Sein Vater prustete vor Lachen, und Meg kreischte die Art irres Gelächter, das nicht einmal schlechte Schauspielerinnen fertigbringen; nur Mädchen im Alter zwischen zehn und zwölf bringen dieses spezielle Lachen zustande.

Kevin drückte den Auslöser. Das Blitzlicht, das von einer Batterie in der Kamera gespeist wurde, tauchte das ganze Zimmer einen Sekundenbruchteil in rechtschaffenes weißes Licht.

Meins, dachte Kevin, und das hätte der krönende Höhepunkt seines fünfzehnten Geburtstags sein sollen. Statt dessen brachte der Gedanke lediglich das seltsame schwache Kribbeln zurück. Dieses Mal deutlicher.

Die Kamera gab ein Geräusch von sich, etwas zwischen einem Quietschen und einem Surren, ein Geräusch, das sich gerade einer Beschreibung entzieht, den meisten Menschen aber bekannt ist: das Geräusch einer Polaroid, die etwas ausspuckt, das vielleicht keine Kunst ist, aber meistens nützlich, und stets augenblickliche Belohnung liefert.

»Laß sehen!« rief Meg.

»Mach nicht die Pferde scheu, Kleines«, sagte Mr. Delevan. »Sie brauchen ein bißchen Zeit zum Entwickeln.«

Meg betrachtete die starre graue Oberfläche, die noch nicht ganz ein Foto war, mit der ungeteilten Aufmerksamkeit einer Frau, die in eine Kristallkugel schaut.

Der Rest der Familie fand sich ein, und es herrschte dasselbe ängstliche Gefühl, welches schon das Filmeinlegen begleitet hatte: ein Stilleben der amerikanischen Familie, die darauf wartet, den angehaltenen Atem abzulassen.

Kevin spürte, wie sich eine schreckliche Anspannung in seine Muskeln stahl, und diesmal stand außer Frage, es einfach zu ignorieren. Er konnte es nicht erklären . . . aber es war da. Er konnte seinen Blick nicht von dem grauen Quadrat in dem weißen Rahmen wenden, der die Bildränder bilden würde.

»Ich glaube, ich kann mich sehen!« rief Meg strahlend. Dann, einen Augenblick später: »Nein, ich glaube nicht. Ich glaube, ich sehe . . .«

Sie verfolgten totenstill, wie sich das Grau verzog – so wie angeblich der Nebel in der Kristallkugel einer Hellseherin verfliegt, wenn die Vibrationen oder Empfindungen oder was auch immer die richtigen sind – und das Bild sichtbar wurde.

Mr. Delevan war der erste, der das Schweigen brach. »Was ist das?« fragte er allgemein. »Eine Art Witz?«

Kevin hatte die Kamera geistesabwesend zu nahe an der Tischkante abgelegt, damit er sehen konnte, wie sich das Bild entwickelte. Meg sah das Bild und wich einen Schritt zurück. Ihr Gesichtsausdruck zeigte weder Angst noch Staunen, sondern lediglich schlichte Überraschung. Sie hob eine Hand, während sie sich ihrem Vater zuwandte. Diese Hand stieß gegen die Kamera und schubste sie vom Tisch auf den Boden. Mrs. Delevan hatte das Bild, das sich entwickelte, in einer Art Trance betrachtet, ihr Gesichtsausdruck war der einer Frau, die entweder zutiefst verwirrt ist oder den Beginn eines Migräneanfalls spürt. Als die Kamera auf dem Boden aufschlug, erschrak Mrs. Delevan. Sie stieß einen kurzen Schrei aus und zuckte zusammen. Dabei stolperte sie über Megs Fuß und verlor das Gleichgewicht. Mr. Delevan griff nach ihr und stieß dabei Meg, die immer noch zwischen ihnen war, wieder vorwärts, und zwar ziemlich kräftig. Mr. Delevan konnte seine Frau auffangen; dies gelang ihm sogar recht anmutig. Einen Augenblick hätten sie wahrhaftig einen hübschen Schnappschuß abgegeben: Mom und Dad, die zeigten, daß sie immer noch eine kesse Sohle aufs Parkett legen konnten, am Ende eines begnadeten Tangos, sie mit einer erhobenen Hand und weit nach hinten gekrümmtem Rücken, er in dieser zweideutigen männlichen Haltung über sie gebeugt, die man, unter Ausklammerung der Umstände, entweder als Sorge oder Lust interpretieren kann.

Meg war elf und nicht so anmutig. Sie flog gegen den Tisch und stieß mit dem Bauch dagegen. Der Aufprall war so heftig, daß sie sich hätte verletzen können, aber sie nahm seit eineinhalb Jahren an drei Nachmittagen in der Woche Ballettunterricht beim CVJM. Sie tanzte nicht sehr anmutig, hatte aber Spaß am Ballett, und das Tanzen hatte glücklicherweise ihre Bauchmuskeln gestärkt, so daß sie den Zusammenstoß so wirksam abfangen konnten wie gute Stoßdämpfer die Schläge eines Autos auf einer Straße voller Schlaglöcher. Trotzdem hatte sie am nächsten Tag einen blauschwarzen Bluterguß unter der Hüfte. Dieser Bluterguß brauchte fast zwei Wochen, bis er erst purpurn und dann gelb wurde und dann verschwand ... wie ein Polaroidbild, nur umgekehrt.

Im Augenblick, als dieser Unfall passierte, spürte sie es nicht einmal; sie stieß einfach gegen den Tisch und schrie auf. Der Tisch kippte. Der Geburtstagskuchen, der im Vordergund von Kevins erstem Bild mit der neuen Kamera stehen sollte, rutschte vom Tisch. Mrs. Delevan hatte nicht einmal mehr Zeit, ihr *Meg, alles in Ordnung*? zu fragen, als der Rest des Kuchens auch schon mit einem saftigen *Pflatsch!* auf die Sun 660 fiel und Zuckerguß über ihre Schuhe und den Sockel an der Wand spritzte.

Der Bildsucher, der ganz mit Schokosahne beschmiert war, ragte wie ein Teleskop heraus. Das war alles.

Alles Gute zum Geburtstag, Kevin.

Kevin und Mr. Delevan saßen an diesem Abend auf dem Sofa im Wohnzimmer, als Mrs. Delevan hereinkam und mit zwei zusammengetackerten eselsohrigen Blättern winkte. Kevin und Mr. Delevan hatten beide offene Bücher auf dem Schoß (der Vater *The Best and the Brightest*; der Sohn *Shoot-Out at Laredo*), aber hauptsächlich starrten sie die Sun an, die, in Ungnade gefallen, inmitten eines Stapels Polaroidbilder auf dem Kaffeetisch lag. Alle Bilder schienen genau dasselbe zu zeigen.

Meg saß vor ihnen auf dem Boden und sah sich eine Leihkassette im Videorecorder an. Kevin war nicht sicher, um was für einen Film es sich handelte, aber es liefen eine Menge Leute herum und schrien, daher ging er davon aus, daß es ein Horror-Film war. Megan schwärmte davon. Beide Elternteile fanden das geschmacklos (speziell Mr. Delevan erboste sich häufig über diesen ›wertlosen Schund‹, wie er sich ausdrückte), aber heute abend hatte keiner ein Wort gesagt. Kevin vermutete, sie waren einfach dankbar, daß sie aufgehört hatte, sich über ihren wunden Bauch zu beschweren und laut darüber nachzudenken, wie die Symptome eines Zwerchfellrisses genau aussehen mochten.

»Hier sind sie«, sagte Mrs. Delevan. »Ich habe sie beim zweiten Suchen ganz unten in meiner Handtasche gefunden.« Sie gab ihrem Mann die beiden Zettel – eine Quittung von J. C. Penney's und ein MasterCard-Formular. »So etwas finde ich nie beim erstenmal. Ich glaube, das geht allen so. Es ist ein Naturgesetz.«

Sie sah Mann und Sohn mit in die Hüfte gestemmten Händen an.

»Ihr zwei seht aus, als hätte gerade jemand die Hauskatze umgebracht.«

»Wir *haben* keine Katze«, sagte Kevin.

»Du weißt schon, was ich meine. Es ist natürlich schlimm, aber das bekommen wir in Null Komma nichts wieder hin. Bei Penney's werden sie sie anstandslos umtauschen . . .«

»Da bin ich mir nicht so sicher«, sagte John Delevan. Er hob die Kamera auf, betrachtete sie voll Mißfallen (sogar fast höhnisch) und stellte sie wieder hin. »Das Gehäuse ist etwas abgesplittert, als sie auf den Boden gefallen ist. Siehst du?«

Mrs. Delevan warf nur einen flüchtigen Blick darauf. »Nun, wenn Penney's nicht, dann die Firma Polaroid auf jeden Fall. Ich meine, der Sturz hat offensichtlich nicht bewirkt, was damit nicht stimmt. Das erste Bild hat wie *die alle* ausgesehen, und das hat Kevin gemacht, bevor Meg sie vom Tisch gestoßen hat.«

»Das wollte ich nicht«, sagte Meg, ohne sich umzudrehen. Auf dem Bildschirm verfolgte eine winzige Gestalt – eine böse Puppe namens Chucky, wenn Kevin es richtig mitbekommen hatte – einen kleinen Jungen. Chucky hatte einen blauen Overall an und ein Messer bei sich.

»Ich weiß, Liebes. Wie geht es deinem Bauch?«

»Tut weh«, sagte Meg. »Ein wenig Eis könnte helfen. Ist noch was da?«

»Ich glaube ja.«

Meg schenkte ihrer Mutter ihr einnehmendstes Lächeln. »Würdest du mir bitte welches holen?«

»Ich denke nicht daran«, sagte Mrs. Delevan liebenswürdig. »Hol es dir selbst. Und was siehst du da überhaupt schon wieder Gräßliches an?«

»*Child's Play*«, sagte Megan. »Eine Puppe namens Chucky erwacht zum Leben. Toll.«

Mrs. Delevan rümpfte die Nase.

»Puppen erwachen nicht zum Leben, Meg«, sagte ihr Vater. Er sprach resigniert, als wüßte er, daß er auf verlorenem Posten stand.

»Chucky schon«, sagte Megan. »In Filmen ist alles möglich.« Sie stellte mit der Fernbedienung auf Standbild und ging sich ihr Eis holen.

»Warum sieht sie diesen Mist an?« fragte Mr. Delevan seine Frau fast flehend.

»Ich weiß es nicht, Liebes.«

Kevin hatte die Kamera in eine und mehrere belichtete Polaroids in die andere Hand genommen – alles in allem hatten sie fast ein Dutzend gemacht. »Ich bin nicht sicher, ob ich sie umtauschen *will*«, sagte er.

Sein Vater sah ihn an. »*Was?* Gütiger Himmel.«

»Nun«, sagte Kevin ein wenig defensiv, »ich meine nur, vielleicht sollten wir darüber nachdenken. Schließlich ist es kein gewöhnlicher Defekt, oder? Ich meine, wenn die Bilder überbelichtet herauskommen würden ... oder unterbelichtet ... oder nur schwarz ... das wäre etwas anderes. Aber wie kommt es zu so etwas? Immer wieder dasselbe Bild? Ich meine, seht doch! Und sie sind draußen, obwohl wir jedes einzelne Bild im Haus gemacht haben!«

»Es ist ein Streich«, sagte sein Vater. »Muß sein. Wir sollten das verdammte Ding einfach umtauschen und es vergessen.«

»Ich glaube nicht, daß es ein Streich ist«, sagte Kevin. »Zuerst ist es zu *kompliziert* für einen Streich. Wie stellt man eine Kamera ein, damit sie immer wieder dasselbe Bild aufnimmt? Außerdem stimmt die Psychologie nicht.«

»Psychologie, auch das noch«, sagte Mr. Delevan und verdrehte die Augen vor seiner Frau.

»Ja, Psychologie!« bestätigte Kevin nachdrücklich. »Wenn jemand eine explodierende Zigarette verteilt oder dir einen Pfefferkaugummi gibt, dann bleibt er in der Nähe, damit er den Spaß miterleben kann, oder nicht? Und wenn du oder Mom mir keinen Str . . .«

»Dein Vater ist kein Streichspieler, Guter«, sagte Mrs. Delevan und sprach das Offensichtliche behutsam aus.

Mr. Delevan sah Kevin mit zusammengekniffenen Lippen an. Es war der Ausdruck, den er immer bekam, wenn er spürte, daß sein Sohn in den Bereich des Spielfelds abwanderte, wo Kevin zu Hause zu sein schien. Linksaußen. *Weit* linksaußen. Kevin hatte eine intuitive Ader in sich, die seinen Vater stets verwirrt und vor Rätsel gestellt hatte. Er wußte nicht, woher sie kam, aber er war sicher, *nicht* von ihm.

Er seufzte und sah die Kamera wieder an. Ein Stück schwarzes Plastik war an der linken Seite des Gehäuses abgesplittert, und in der Mitte der Bildsucherlinse befand sich ein Riß, der sicher nicht dicker als ein Menschenhaar war. Der Riß war so dünn, daß er völlig verschwand, wenn man die Kamera ans Auge hob, um das Bild zu schießen, das man nicht bekommen würde – *was* man statt dessen bekam, das lag auf dem Kaffeetisch, und im Eßzimmer befanden sich bestimmt noch fast ein Dutzend weitere Beispiele.

Was man bekam, das sah aus wie ein Flüchtling aus dem hiesigen Tierasyl.

»Na gut, und was, zum Teufel, willst du damit machen?« fragte er. »Ich meine, laß uns vernünftig darüber nachdenken, Kevin. Was für einen praktischen Nutzen hat eine Kamera, die immer wieder dasselbe Bild macht?«

Aber Kevin dachte nicht an den praktischen Nutzen. Eigentlich dachte er überhaupt nicht. Er fühlte . . . und erinnerte sich. In dem Augenblick, als er den Auslöseknopf gedrückt hatte, hatte ein deutlicher Gedanke

(meins)

seinen ganzen Kopf ausgefüllt, so wie der kurze weiße Blitz seine Augen. Dieser Gedanke, vollständig und doch irgendwie unerklärlich, war von einer mächtigen Mischung von Emotionen begleitet gewesen, die er immer noch nicht völlig identifizieren konnte . . . aber er glaubte, daß Angst und Aufregung vorherrschend gewesen waren.

Und außerdem wollte sein Vater *immer* vernünftig über alles nachdenken. Er würde Kevins Intuitionen oder Megs Interesse an Killerpuppen namens Chucky nie verstehen.

Meg kam mit einer riesigen Schüssel Eiskrem zurück und ließ den Film weiterlaufen. Jetzt versuchte jemand, Chucky mit einem Flammenwerfer zu grillen, aber er ging trotzdem weiter und fuchtelte mit dem Messer. »Streitet ihr zwei immer noch?«

»Wir führen eine Diskussion«, sagte Mr. Delevan. Er hatte die Lippen fester denn je zusammengekniffen.

»Ja, klar«, sagte Meg, die sich wieder auf den Boden setzte und die Beine überkreuzte. »Das sagst du immer.«

»Meg?« fragte Kevin höflich.

»Was?«

»Wenn du mit einem Zwerchfellriß soviel Eis reinschlingst, wirst du heute nacht eines qualvollen Todes sterben. Natürlich könnte dein Zwerchfell gar nicht gerissen sein, sondern . . .«

Meg streckte ihm die Zunge heraus und wandte sich wieder dem Film zu.

Mr. Delevan sah seinen Sohn mit einer Mischung aus Zuneigung und Verzweiflung an. »Hör zu, Kev – es ist deine Kamera. Keine Diskussion darüber. Du kannst damit machen, was du willst. Aber . . .«

»Dad, interessiert dich denn überhaupt nicht, *warum* sie das macht?«

»Nee«, sagte John Delevan.

Jetzt war es an Kevin, die Augen zu verdrehen. Derweil

311

sah Mrs. Delevan von einem zum anderen wie jemand, der einem besonders guten Tennisspiel beiwohnt. Was nicht so fern der Wahrheit war. Sie hatte jahrelang zugesehen, wie ihr Sohn und sein Vater die Klingen gekreuzt hatten, und es war ihr noch nicht langweilig geworden. Sie fragte sich, ob sie je herausfinden würden, wie ähnlich sie sich im Grunde genommen waren.

»Gut, ich denke darüber nach.«

»Prima. *Du* sollst nur wissen, daß ich morgen bei Penney's vorbeifahren und das verdammte Ding umtauschen kann – das heißt, wenn du es möchtest und sie einverstanden sind, ein beschädigtes Stück zurückzunehmen. Wenn du sie behalten willst, auch gut. Ich wasche meine Hände in Unschuld.« Er rieb heftig die Hände aneinander, um das zu unterstreichen.

»Ich nehme an, *meine* Meinung wollt ihr nicht hören«, sagte Meg.

»Stimmt«, sagte Kevin.

»Selbstverständlich wollen wir sie hören, Meg«, sagte Mrs. Delevan.

»*Ich* glaube, es ist eine übernatürliche Kamera«, sagte Meg. Sie leckte Eiskrem vom Löffel. »Ich glaube, sie ist eine Manifestation.«

»Das ist völlig lächerlich«, sagte Mr. Delevan auf der Stelle.

»Nein, überhaupt nicht«, sagte Meg. »Es ist die einzig logische Erklärung. Du bist anderer Meinung, weil du überhaupt nicht an so etwas glaubst. Wenn dir je ein Geist erscheinen würde, Dad, würdest du ihn überhaupt nicht sehen. Was meinst du, Kev?«

Einen Augenblick antwortete Kevin nicht – konnte nicht antworten. Ihm war, als wäre wieder ein Blitzlicht losgegangen, diesmal hinter seinen Augen, nicht davor.

»Kev? Erde an Kevin!«

»Ich glaube, da könntest du gar nicht so unrecht haben, Rotznase«, sagte er langsam.

»Mein Gott«, sagte John Delevan und stand auf. »Die Rache von Freddy und Jason – mein Sohn denkt, daß es in seiner Geburtstagskamera spukt. Ich gehe ins Bett, aber vorher möchte ich nur noch eines sagen. Eine Kamera, die immer nur ein und dasselbe fotografiert – besonders etwas so Gewöhnliches wie auf *diesen* Bildern –, ist eine *langweilige* Manifestation des Übernatürlichen.«

»Trotzdem . . .« sagte Kevin. Er hielt die Fotos wie ein zweifelhaftes Pokerblatt hoch.

»Ich glaube, es wird Zeit, daß wir alle ins Bett gehen«, sagte Mrs. Delevan unwirsch. »Meg, wenn du dieses Meisterwerk der Filmgeschichte unbedingt zu Ende sehen mußt, kannst du es auch morgen früh machen.«

»Aber der Film ist fast *vorbei*!« ereiferte sich Meg.

»Ich komm mit ihr rauf, Mom«, sagte Kevin, was er fünfzehn Minuten später auch tat, nachdem der böse Chucky erledigt worden war (zumindest bis zur Fortsetzung). Aber in dieser Nacht konnte Kevin kaum einschlafen. Er lag lange wach in seinem Zimmer, lauschte dem starken Sommerwind, der draußen die Blätter flüsternde Unterhaltungen murmeln ließ, und überlegte sich, was eine Kamera veranlassen konnte, immer und immer wieder dasselbe Bild zu machen, und was es bedeuten konnte. Erst als ihm klar wurde, daß seine Entscheidung getroffen war, döste er langsam ein: Er würde die Polaroid Sun noch eine Weile behalten.

Meins, dachte er wieder. Er drehte sich auf die Seite, machte die Augen zu und schlief vierzig Sekunden später tief.

Begleitet vom Ticktack von, wie es sich anhörte, mindestens fünfzigtausend Uhren, von denen er sich überhaupt nicht aus der Ruhe bringen ließ, leuchtete Reginald ›Pop‹ Merrill mit einem bleistiftdünnen Lichtstrahl aus einem Gerät, das noch schlanker war als der Augenspiegel eines Arztes, in Kevins Polaroid 660, während Kevin daneben stand. Pops Brille, die er bei einer eingehenden Untersuchung aus der Nähe nicht brauchte, hatte er auf die kahle Halbkugel seines Schädels geschoben.

»Hm-hmmm«, sagte er und schaltete das Licht aus.

»Soll das heißen, Sie wissen, was damit nicht in Ordnung ist?« fragte Kevin.

»Nee«, sagte Pop Merrill und klappte das Filmfach der Sun, das jetzt leer war, wieder zu. »Hab keine Ahnung.« Und ehe Kevin etwas anderes sagen konnte, schlugen die Uhren allesamt vier, und einen Augenblick schien eine Unterhaltung zwar möglich, aber völlig absurd.

Ich werde darüber nachdenken, hatte er zu seinem Vater am Abend seines fünfzehnten Geburtstags gesagt – das war jetzt drei Tage her –, eine Bemerkung, die sie beide überrascht hatte. Als Kind hatte er sich zum Ziel gesetzt, über *nichts* nachzudenken, und im Grunde seines Herzens war Mr. Delevan zur Überzeugung gekommen, daß Kevin *nie* über etwas nachdenken würde, ob es angebracht war oder nicht. Sie waren, wie das bei Vätern und Söhnen häufig der Fall ist, zur Annahme verleitet worden, daß sich ihr Verhalten und ihre grundverschiedenen Denkweisen nie ändern würden und ihre Beziehung für alle Zeiten festgeschrieben blieben . . . und so würde die Kindheit ewig weitergehen. *Ich werde darüber nachdenken*: Eine Welt möglicher Veränderungen lag in dieser Bemerkung.

Hinzu kam, als Mensch, der bis dahin durchs Leben gegangen war und Entscheidungen eher mit Instinkt als durch Vernunft getroffen hatte (und er war einer der glücklichen, deren Instinkt fast immer richtig war – mit anderen Worten, die Art Mensch, der vernünftige Menschen wahnsinnig machen kann), mußte Kevin nun auf einmal feststellen, daß er sich wahrhaftig auf den Hörnern eines Dilemmas befand.

Horn Nr. 1: Er hatte zum Geburtstag eine Polaroidkamera gewollt und bekommen, aber, verdammt, er wollte eine *funktionierende* Polaroidkamera.

Horn Nr. 2: Daß Meg das Wort *übernatürlich* gebraucht hatte, faszinierte ihn sehr.

Seine jüngere Schwester hatte eine alberne Ader, die eine Meile breit war, aber dumm war sie nicht, und Kevin glaubte nicht, daß sie das Wort leichthin und unbedacht gebraucht hatte. Sein Vater, der eher dem vernünftigen als dem instinktiven Lager angehörte, hatte gehöhnt, aber Kevin stellte fest, daß er das nicht machen konnte . . . jedenfalls noch nicht. Dieses Wort. Dieses faszinierende, exotische Wort. Es wurde zu einer Nabe, um die sein Verstand kreisen mußte, er konnte nicht anders.

Ich glaube, es ist eine Manifestation.

Kevin war amüsiert (und ein wenig verblüfft), daß nur Meg schlau – oder mutig – genug gewesen war, das auszusprechen, was ihnen allen hätte einfallen müssen, wenn man bedachte, was die Sun für Bilder produzierte, aber in Wirklichkeit war es so erstaunlich gar nicht. Sie waren keine religiöse Familie; sie gingen alle drei Jahre an Heiligabend in die Kirche, wenn Tante Hilda die Feiertage bei ihnen und nicht bei anderen Verwandten verbrachte, aber das war auch schon alles, abgesehen von einer Hochzeit oder Beerdigung dann und wann. Wenn jemand von ihnen wahrhaftig an die unsichtbare Welt glaubte, dann war es Megan, die nicht genug von wandelnden Toten, lebenden Puppen und Autos, die zum Leben erwachten und Leute überfuhren, die sie nicht leiden konnten, bekommen konnte.

Kevins Eltern hatten keinerlei Neigung zum Bizarren. Sie lasen ihre Horoskope in der Tageszeitung nicht; sie hielten Kometen oder Sternschnuppen nie für Zeichen des

Allmächtigen; wo ein anderes Paar das Gesicht von Jesus Christus auf einer Enchilada sah, sahen John und Mary Delevan lediglich eine verkochte Enchilada. Es war nicht überraschend, daß Kevin, der den Mann im Mond nie gesehen hatte, weil weder seine Mutter noch sein Vater sich die Mühe gemacht hatten, ihn darauf hinzuweisen, ebenfalls außerstande gewesen war, die Möglichkeit einer *übernatürlichen Manifestation* in einer Kamera zu sehen, die immer nur dasselbe Bild machte, drinnen oder draußen, selbst in der Dunkelheit seines Schlafzimmerschranks, bis seine Schwester, die einmal einen Fan-Brief an Jason geschrieben und als Antwort das Hochglanzfoto eines Mannes mit blutiger Hockeymaske bekommen hatte, ihn förmlich mit der Nase darauf stieß.

Aber *nachdem* er einmal auf die Möglichkeit hingewiesen worden war, fiel es ihm schwer, nicht mehr daran zu denken; wie Dostojewski, der kluge alte Russe, einmal zu seinem jüngeren Bruder gesagt hatte, als sie beide noch kluge *junge* Russen gewesen waren: Versuch mal, die nächsten dreißig Sekunden *nicht* an einen blauäugigen Eisbären zu denken.

Es war schwer.

Daher verbrachte er zwei Tage damit, um diese Säulentafel in seinem Verstand zu kreisen, versuchte Hieroglyphen zu lesen, die nicht einmal *da* waren, um der Barmherzigkeit willen, und versuchte sich einig zu werden, was er mehr wollte: die Kamera oder die Möglichkeit einer Manifestation. Oder, um es anders auszudrücken, ob er die Sun wollte ... oder den Mann im Mond.

Am Ende des zweiten Tages (selbst bei Fünfzehnjährigen, die eindeutig für das vernünftige Lager vorherbestimmt sind, dauern Dilemmas selten länger als eine Woche) hatte er sich entschieden, den Mann im Mond zu nehmen ... zumindest vorläufig.

Zu dieser Entscheidung kam er während der siebten Unterrichtsstunde, und als die Glocke läutete und das Ende der Schulstunde wie des gesamten Unterrichts verkündete, ging er zu Mr. Baker, dem Lehrer, den er am meisten respektierte, und fragte ihn, ob er jemand wüßte, der Kameras repariert.

»Nicht wie ein normaler Fotohändler«, erklärte er. »Mehr wie jemand . . . Sie wissen schon . . . der auch denkt.«

»Einen F-Stop-Philosophen?« fragte Mr. Baker. Daß er solche Sachen sagte, war ein Grund, weshalb Kevin ihn respektierte. Es war einfach *cool*, so etwas zu sagen. »Ein Weiser der Blende? Ein Alchimist der Belichtung? Ein . . .«

»Ein Typ, der viel gesehen hat«, sagte Kevin drängend.

»Pop Merrill«, sagte Mr. Baker.

»Wer?«

»Ihm gehört das Emporium Galorium.«

»Oh. *Das.*«

»Ja«, sagte Mr. Baker grinsend. »*Das.* Das heißt, wenn du nach einer Art selbstgemachtem Mr. Tausendsassa suchst.«

»Ich glaube, genau danach suche ich.«

»Er hat fast alles da drinnen«, sagte Mr. Baker, und dem konnte Kevin zustimmen. Obwohl er noch nie drinnen gewesen war, kam er fünf-, zehn-, vielleicht sogar fünfzehnmal pro Woche dort vorbei (in einer Stadt von der Größe Castle Rocks kam man an *allem* oft vorbei, was Kevin Delevans bescheidener Meinung nach ziemlich langweilig wurde) und hatte schon durch die Fenster gesehen. Es schien buchstäblich bis unter die Dachbalken mit Kram vollgestopft zu sein, meistens mechanischem. Aber seine Mutter nannte es mit schniefender Stimme einen Trödelladen, und sein Vater sagte, Mr. Merrill würde sein Geld damit verdienen, die ›Sommergäste auszunehmen‹, und daher war Kevin nie drinnen gewesen. Wäre es *nur* ein ›Trödelladen‹ gewesen, wäre er vielleicht reingegangen; sogar mit ziemlicher Sicherheit. Aber etwas zu tun, was die Sommergäste taten, oder einen Laden zu besuchen, wo Sommergäste ›ausgenommen‹ wurden, war undenkbar. Eher hätte er Bluse und Rock in der Schule getragen. Sommergäste konnten tun und lassen, was sie wollten (und machten es auch). Sie waren alle verrückt und gingen ihren Belangen auf verrückte Weise nach. Mit ihnen *leben*, gut. Aber mit ihnen *verwechselt werden*? Nein. Nein. Nein, *Sir*.

»Fast alles«, wiederholte Mr. Baker, »und was er hat, hat er fast alles selbst repariert. Er glaubt, sein Gebaren eines Philosophenscharlatans – Brille auf dem Kopf, weise Sprüche, und so weiter – täuscht die Leute. Aber keiner, der ihn kennt, haut ihn übers Ohr. Keiner würde *wagen*, ihn übers Ohr zu hauen.«

»Warum? Wie meinen Sie das?«

Mr. Baker zuckte die Achseln. Ein seltsam verkniffenes Lächeln spielte um seine Mundwinkel. »Pop – ich meine Mr. Merrill – hat hier vielerorten seine Hände im Spiel. Du würdest es nicht glauben, Kevin.«

Kevin war einerlei, wo Mr. Merrill hier überall die Hände im Spiel hatte oder was er damit machte. Er hatte nur noch eine wichtige Frage, da die Sommergäste fort waren und er sich am kommenden Nachmittag wahrscheinlich ungesehen ins Emporium schleichen konnte, wenn er sich auf die Regelung berief, die es allen Schülern, außer Studienanfängern, ermöglichte, zweimal im Monat die letzte Unterrichtsstunde ausfallen zu lassen.

»Muß ich ihn Pop oder Mr. Merrill nennen?«

Mr. Baker antwortete ernst: »Ich glaube, der Mann bringt jeden unter sechzig um, der ihn Pop nennt.«

Das Seltsame war, Kevin war überzeugt, daß Mr. Baker nicht unbedingt einen Witz gemacht hatte.

»Sie wissen es echt nicht, hm?« sagte Kevin, als die Uhren verstummten.

Es war nicht wie in einem Film gewesen, wo sie alle gleichzeitig zu schlagen anfingen und aufhörten; dies waren echte Uhren, und er vermutete, daß die meisten – wie alle anderen Geräte im Emporium – nicht unbedingt liefen, sondern sich mehr dahinschleppten. Nach seiner eigenen Seiko-Quarzuhr hatten sie um 15:58 Uhr angefangen. Allmählich wurden sie schneller und lauter (wie ein alter Lastwagen, der mit einem müden Ruckeln in den zweiten Gang schaltet). Etwa vier Sekunden lang schienen tatsächlich alle zu läuten, schlagen, klingen und Kuckkuck zu rufen – gleichzeitig –, aber mehr als vier Sekunden Gleichzeitigkeit brachten sie nicht zustande. Und sie klangen eigentlich auch nicht aus. Vielmehr gaben sie irgendwie auf, wie Wasser, das sich schließlich damit zufriedengibt, einen fast, aber nicht ganz verstopften Abfluß hinunterzugurgeln.

Er hatte keine Ahnung, warum er so enttäuscht war. Hatte er wirklich etwas anderes erwartet? Daß Pop Merrill, den Mr. Baker als ›Tausendsassa und Philosophenscharlatan‹ bezeichnete, eine Feder herauszog und sagte: »Da haben wir es – das ist das Miststück, weshalb jedesmal dieser Hund auftaucht, wenn du den Auslöser drückst. Das ist eine Hundefeder, gehört in so einen Spielzeughund zum Aufziehen für Kinder, der läuft und ein bißchen bellt; ein Witzbold am Fließband der Polaroid Sun 660 baut die *immer* in die verdammten Kameras ein.«

Hatte er das erwartet?

Nein. Aber er hatte . . . *etwas* erwartet.

»Hab' keinen blassen Schimmer«, wiederholte Pop fröhlich. Er griff hinter sich und holte eine Douglas MacArthur-Maiskolbenpfeife von einem Halter, der wie ein Eimerbügel geformt war. Er stopfte Tabak aus einem Lederbeutel mit der Aufschrift SCHLIMMES KRAUT hinein. »Kann die Dinger nicht mal auseinandernehmen, weißt du.«

»Nicht?«

»Nö«, sagte Pop. Er war fröhlich wie ein Vöglein. Er hielt gerade so lange inne, bis er den Daumen in den Draht zwischen den Gläsern seiner randlosen Brille haken und ihr einen Ruck geben konnte. Sie kippte von seinem kahlen Kopf und fiel wunschgemäß auf die Nase, wo sie die roten Druckstellen auf beiden Seiten mit einem fleischigen kurzen *Plopp* verdeckte. »Die alten konnte man auseinandernehmen«, fuhr er fort, holte ein Streichholz Marke Diamond Blue Tip aus der Westentasche (er trug selbstverständlich eine Weste) und drückte den dicken gelblichen Daumennagel der rechten Hand auf den Kopf. Ja, das war ein Mann, der die Sommergäste mit einer auf den Rücken gebundenen Hand ausnehmen konnte (vorausgesetzt, es war nicht die Hand, mit der er ein Streichholz aus der Tasche holte und dann anzündete) – das konnte selbst Kevin mit seinen fünfzehn Jahren sehen. Pop Merrill hatte Stil. »Ich meine die Polaroid Land-Kameras. Schon mal so eine Schönheit gesehen?«

»Nein«, sagte Kevin.

Pop zündete das Streichholz an und hielt es an den Maiskolben; seine Worte erzeugten kleine Rauchwölkchen, die hübsch aussahen und durch und durch zum Himmel stanken.

»Ach ja«, sagte er. »Sie haben ausgesehen wie diese alten Kameras, die Leute wie Matthew Brady vor der Jahrhundertwende benützt haben – oder bevor die Leute von Kodak die Brownie Kameraboxen vorgestellt haben. Ich will damit sagen« (Kevin merkte zusehends, daß dies Pop Merrills Lieblingsausdruck war; er benützte ihn so, wie manche Jungs in der Schule ›weißt schon‹ als Bekräftigung, Abwandlung, Überleitung benützten, am häufigsten aber als bequemen Lückenfüller zum Nachdenken) »sie haben sie ein wenig aufgemotzt, mit Chrom und echten Lederpanelen verkleidet, aber sie sah immer noch altmodisch aus, so wie die Kameras, mit denen man früher Daguerreotypien gemacht hat. Wenn man eine dieser alten Polaroid Land-Kameras aufmachte, schnappte ein Ziehharmonikahals heraus, weil die Linse fünfzehn bis zwanzig Zentimeter brauchte, um die Schärfe einzustellen. Sie sah verdammt altmodisch aus, wenn man sie neben eine der Kodaks Ende der vierziger und Anfang der fünfziger Jahre hielt, und sie war in noch einer Hinsicht wie die alten Daguerreotypiekameras – sie machte nur Schwarzweißaufnahmen.«

»Echt?« fragte Kevin, der aufrichtiges Interesse entwickelte.

»O jaha!« sagte Pop emsiger als eine Grille, und seine

blauen Augen funkelten Kevin hinter dem Rauch aus dem qualmenden Hexenkessel von einer Pfeife und hinter der randlosen runden Brille an. Es war das Funkeln, das entweder Humor oder Boshaftigkeit ausdrücken konnte. »Ich will damit sagen, die Leute haben über diese Kameras ebenso gelacht wie über den VW Käfer, als *der* herausgekommen ist . . . aber sie haben die Polaroids gekauft, ebenso wie die VWs. Weil die Käfer wenig Sprit verbrauchten und nicht so oft kaputtgingen wie amerikanische Autos, und die Polaroids konnten etwas, das die Kodaks und selbst die Nikons und Minoltas und Leicas nicht konnten.«

»Sofortbilder machen?«

Pop lächelte. »Nicht genau . . . Ich will damit sagen, man hat das Bild geschossen und dann an einer Klappe gezogen, um es herauszubekommen. Sie hatte keinen Motor und gab nicht dieses quietschige kleine Surren von sich wie die modernen Polaroids.«

Es gab also *doch* einen perfekten Ausdruck für das Geräusch, man mußte nur einen Pop Merrill finden, der einem diesen Ausdruck sagte; das Geräusch, das die Polaroidkameras von sich gaben, wenn sie ihr Produkt ausspien, war *ein quietschiges kleines Surren.*

»Und dann mußte man auf die Zeit achten«, sagte Pop.

»Zeit . . .?«

»O ja!« sagte Pop voll innigster Wonne und strahlte wie der sprichwörtliche Zuerstgekommene, der auch zuerst mahlte. »Ich will damit sagen, damals hatten sie noch nicht diesen automatischen Mist. Man zog, und heraus kam so ein langer Streifen, den man auf den Tisch legte oder wohin auch immer, und dann mußte man sechzig Sekunden mit der Uhr stoppen. Es mußten sechzig Sekunden sein, oder jedenfalls ungefähr. Weniger und man hatte ein unterbelichtetes Bild. Mehr und es war überbelichtet.«

»Mann«, sagte Kevin respektvoll. Und es war kein geheuchelter Respekt, um den alten Mann voranzutreiben in der Hoffnung, er würde wieder auf die Sun zu sprechen kommen – keine längst vergessene Kamera, die zu ihrer Zeit ein Wunder gewesen war, sondern seine *eigene* Kamera, die elende Sun 660, die zwischen den Eingeweiden eines Weckers und etwas, das verdächtig wie ein Dildo aussah, auf Pops Werkbank lag. Es war kein geheuchelter Respekt, und das wußte Pop, und Pop mußte daran denken (Kevin wäre das nie eingefallen), wie vergänglich der große weiße Gott ›Stand der Technik‹ doch war; zehn Jahre, dachte er, und selbst der Ausdruck an sich würde vergessen sein. Wenn man den gebannten Gesichtsausdruck des Jungen betrachtete, hätte man denken können, er hörte von so etwas Antikem wie George Washingtons Holzgebiß, und nicht von einer Kamera, die vor fünfunddreißig Jahren jeder als das Nonplusultra angesehen hatte. Aber selbstverständlich war dieser Junge vor fünfunddreißig Jahren noch in der großen Leere der Unausgebrüteten herumgeschwebt, Teil einer Frau, die nicht einmal den Mann kennengelernt hatte, der seine andere Hälfte beisteuern würde.

»Ich will damit sagen, zwischen dem Bild und seiner Abdeckung fand ein richtiger kleiner Dunkelkammerprozeß statt«, fuhr Pop fort – zuerst langsam, doch dann erwärmte er sich zusehends, als sein eigenes aufrichtiges Interesse an dem Thema erwachte (obwohl er den Gedanken, wer der Vater dieses Jungen war und was der Junge für ihn wert sein konnte und was Seltsames mit der Kamera des Jungen vorging, nie aus dem Sinn verlor). »Wenn die Minute um war, zog man den Papierstreifen von dem Bild ab – dabei mußte man obendrein noch vorsichtig sein, weil diese zähe Gallertmasse daran war, und wenn man eine empfindliche Haut hatte, konnte man sich eine ziemliche Verätzung holen.«

»Wahnsinn«, sagte Kevin. Seine Augen waren groß, und jetzt sah er aus wie ein Junge, der von den alten Aborten mit zwei Löchern abseits vom Wohnhaus hörte, welche Pop und seine Kindheitskollegen (es waren fast nur Kollegen; er hatte wenige Kindheitsfreunde in Castle Rock, vielleicht hatte er sich schon damals auf sein Lebenswerk vorbereitet, die Sommergäste auszunehmen, und die anderen Kinder hatten es irgendwie gespürt wie den leichten Geruch eines Stinktiers) als völlig normal angesehen hatten, wo man sein Geschäft im Hochsommer erledigte, so schnell man konnte, weil es einer der Wespen, die ständig da unten zwischen dem Manna und den beiden Löchern kreisten, die der Himmel waren, von welchem das Manna fiel, jederzeit einfallen konnte, den Stachel in eine der beiden zarten Knabenbacken zu bohren; und im Winter erledigte man es auch, so schnell man konnte, weil einem die zarten Knabenbacken einfroren, wenn man sich nicht sputete. *Nun*, dachte Pop, *soviel zur Kamera der Zukunft. Fünfunddreißig Jahre, und sie ist für diesen Jungen so interessant wie ein Scheißhaus auf dem Hof.*

»Das Negativ war auf der Rückseite«, sagte Pop. »Und das Positiv – nun, das war schwarzweiß, aber es war ein *Eins-a*-Schwarzweiß. Es war gestochen scharf und deutlich, wie man es sich heute nicht besser wünschen kann. Und dann hatte man dieses kleine rosa Ding, etwa so lang wie ein Radiergummi, wenn ich mich richtig erinnere; daraus kam eine Art Chemikalie, roch wie Äther, und die mußte man, so schnell man konnte, über das Bild streichen, andernfalls rollte sich das Bild zusammen wie die Pappe in der Mitte einer Klopapierrolle.«

Kevin prustete vor Lachen, so sehr amüsierten ihn diese Altertümlichkeiten.

Pop blieb gerade so lange still, bis er seine Pfeife wieder angezündet hatte. Danach fuhr er fort: »So eine Kamera – außer den Leuten von Polaroid wußte eigentlich niemand genau, was sie machte; ich will damit sagen, diese Leute waren *zugeknöpft* – war *mechanisch*. Man konnte sie *auseinandernehmen*.«

Er sah Kevins Sun mißfällig an.

»Und häufig war gar nicht mehr nötig, wenn eine kaputt war. Jemand kam mit einer zu mir rein, sagte, sie wäre kaputt, und jammerte, daß er sie jetzt zu Polaroid zur Reparatur schicken müßte, und das würde wahrscheinlich Monate dauern, und ob ich sie mir nicht einmal ansehen könnte. ›Nun‹, sagte ich, ›wahrscheinlich kann ich nichts machen, ich will damit sagen, eigentlich weiß niemand, wie diese Kameras funktionieren, außer den Leuten bei Polaroid, und die sind echt zugeknöpft, aber ich seh sie mir mal an.‹ Und ich wußte die ganze Zeit, wahrscheinlich war es nur eine lose Schraube im Blendengehäuse oder eine ausgeleierte Feder, verflucht, vielleicht hatte der Junior auch nur Erdnußbutter ins Filmfach geschmiert.«

Eines seiner strahlenden Vogelaugen blinzelte unglaublich schnell. Hätte Kevin nicht gewußt, daß er über Sommergäste sprach, er hätte es seiner paranoiden Einbildung zugeschrieben oder, wahrscheinlicher, überhaupt nicht mitbekommen.

»Ich will damit sagen, man hatte eine perfekte Situation«, sagte Pop. »Wenn man sie reparieren konnte, war man ein verdammter Wundertäter. Ich hab einmal acht Dollar fünfzig dadurch verdient, daß ich ein paar Kartoffelchipskrümel zwischen Auslöser und Blendenfeder herausgepult habe, mein Junge, und die Frau, die die Kamera gebracht hatte, gab mir einen Kuß auf die Lippen. Genau ... auf ... die Lippen.«

Kevin bemerkte erneut, wie Pops Augen sich hinter der halbdurchlässigen Rauchwolke wieder kurz schlossen.

»Und wenn man etwas nicht reparieren konnte, machten sie einem keinen Vorwurf daraus, denn, was ich damit sagen will, sie gingen von vornherein gar nicht davon aus, daß man etwas tun konnte. Man war lediglich die letzte Hoffnung, ehe die Leute sie in einen Karton steckten, mit Zeitungspapier drumrum, damit sie bei der Post nicht noch mehr beschädigt wurde, und nach Schenectady einschickten.

Aber – *diese* Kamera.« Er sagte es im rituellen Mißfallenston, den alle Philosophen von der Scharlatanfront, ob nun im Athen des goldenen Zeitalters oder in einem Trödelladen in einer Kleinstadt dieses Blechzeitalters, sich anmaßen, wenn sie ihre Meinung zur Entropie bekunden wollen, ohne frei heraus darauf zu sprechen zu kommen.

»Die wurde nicht zusammengebaut, mein Junge. Ich will damit sagen, sie wurde *gegossen*. Ich könnte vielleicht die Linse abschrauben, und das werde ich, wenn du es willst, und ich *habe* in das Filmfach gesehen, obwohl ich genau gewußt habe, ich würde keinen Fehler finden – jedenfalls keinen ersichtlichen –, und so war es auch. Aber mehr kann ich nicht tun. Ich könnte einen Hammer nehmen und auf sie einschlagen und könnte sie zerdeppern, aber ich will damit sagen – reparieren?« Er breitete die Arme aus. »Nichts zu machen.«

»Ich schätze, dann muß ich sie eben . . .« *doch umtauschen*, wollte er sagen, aber Pop unterbrach ihn.

»Wie dem auch sei, mein Junge, ich glaube, du hast das gewußt. Ich will damit sagen, du bist ein kluger Junge, du siehst selbst, wenn etwas aus einem Stück ist. Ich glaube nicht, daß du diese Kamera zum *Reparieren* hergebracht hast. Ich glaube, du weißt auch, selbst wenn sie *nicht* aus einem Stück wäre, könnte ein Mann nicht reparieren, was dieses Ding macht, jedenfalls nicht mit einem Schraubenzieher. Ich glaube, du hast sie zu mir gebracht, weil du wissen wolltest, was damit *los* ist.«

»Können Sie mir das denn sagen?« fragte Kevin. Plötzlich war er am ganzen Körper verkrampft.

»Möglicherweise«, sagte Pop Merrill ruhig. Er beugte sich über den Stapel Fotos – mittlerweile achtundzwanzig, einschließlich dessen, das Kevin zu Vorführzwecken geschossen hatte, und Pops eigenem, das *er* zu Vorführzwecken gemacht hatte. »Sind die in der richtigen Reihenfolge?«

»Eigentlich nicht. Aber ziemlich. Ist das wichtig?«

»Ich glaube schon«, sagte Pop. »Sie sind alle ein wenig anders, oder nicht? Nicht viel, aber ein bißchen.«

»Stimmt«, sagte Kevin. »Ich kann den Unterschied bei *manchen* erkennen, aber . . .«

»Weißt du, welches das erste war? Ich würde es wahrscheinlich selbst herausfinden, aber Zeit ist Geld, mein Junge.«

»Ganz einfach«, sagte Kevin und nahm eins von dem

unordentlichen kleinen Stapel. »Sehen Sie den Zuckerguß?« Er deutete auf einen kleinen braunen Fleck auf dem
weißen Bildrand.

»Ja-ha.« Pop hatte kaum einen Blick für den Zuckerguß-
flecken übrig. Er betrachtete die Fotografie genau, und
einen Augenblick später machte er eine Schublade seiner
Werkbank auf. Darin lagen unordentlich Werkzeuge verstreut. Auf einer Seite jedoch lag für sich allein ein in Juweliersamt eingewickelter Gegenstand. Den holte Pop
heraus, schlug den Stoff zurück und hob ein großes Vergrößerungsglas mit einem Schalter am Stil hoch. Er bückte
sich über das Polaroidbild und drückte auf den Schalter.
Ein greller Lichtkreis fiel auf die Oberfläche des Bildes.

»Stark!« sagte Kevin.

»Ja-ha«, sagte Pop wieder. Kevin sah, daß er für Pop
nicht mehr da war. Pop studierte das Bild eingehend.

Hätte man die seltsamen Umstände seiner Entstehung
nicht gekannt, hätte das Bild diese eingehende Aufmerksamkeit kaum gerechtfertigt. Wie die meisten Fotos, die
mit einer anständigen Kamera, einem guten Film und von
einem Fotografen gemacht wurden, der immerhin intelli-
gent genug ist, nicht den Finger vor die Linse zu halten,
war es scharf, verständlich . . . und, wie so viele Polaroids, seltsam unspektakulär. Es war ein Bild, auf dem man
jeden Gegenstand erkennen und benennen konnte, aber
der Inhalt war so flach wie die Oberfläche. Es war nicht
originell komponiert, aber nicht die Komposition war
daran falsch – diese unspektakuläre Zweidimensionalität
konnte man kaum als Makel bezeichnen, ebensowenig
wie man einem gewöhnlichen Tag im wirklichen Leben
einen Makel nachsagen konnte, nur weil in seinem Verlauf nichts passiert war, das auch nur für einen Fernseh-
film getaugt hätte. Wie bei so vielen Polaroidbildern waren die Gegenstände auf dem Bild einfach *da*, wie ein
freier Schaukelstuhl auf einer Veranda, eine unbenützte
Kinderschaukel im Garten oder ein Auto ohne Insassen
an einem unscheinbaren Bordstein und selbst ohne einen
Platten, der es interessant oder einzigartig gemacht hätte.

Der Makel des Bildes bestand in dem *Gefühl,* daß etwas nicht stimmte. Kevin konnte sich an das Gefühl des Unbehagens erinnern, als er den Inhalt des Bildes komponiert hatte, das er machen *wollte,* und an die Gänsehaut auf seinem Rücken, als er im grellen Aufleuchten des Blitzlichts im Zimmer gedacht hatte: *Meins.* Das war der Makel, und wie beim Mann im Mond konnte man ihn nicht mehr wegdenken, nachdem man ihn einmal gesehen hatte; jetzt stellte er fest, daß man auch Gefühle nicht mehr ungefühlt machen konnte, wenn man sie einmal empfunden hatte . . . und wenn es um diese Bilder ging, waren es ausschließlich böse Gefühle.

Kevin dachte: *Es ist, als würde ein Wind – sehr sanft, sehr kalt – aus diesem Bild wehen.*

Zum erstenmal faszinierte ihn nicht nur die Vorstellung, es könnte sich um etwas Übernatürliches handeln – um den Teil einer Manifestation. Zum erstenmal wünschte er sich, er hätte die Sache einfach auf sich beruhen lassen. *Meins* – das hatte er gedacht, als er zum erstenmal mit dem Finger auf den Auslöser gedrückt hatte. Jetzt fragte er sich, ob es vielleicht nicht genau umgekehrt war. *Ich habe Angst davor. Vor dem, was sie macht.*

Das machte ihn wütend, und er bückte sich über Pop Merrills Schulter, suchte so verbissen wie ein Mann, der einen Diamanten in einem Sandhaufen verloren hat, und war fest entschlossen, was er auch sehen mochte (immer vorausgesetzt, er sah *tatsächlich* etwas Neues, was er nicht glaubte; er hatte sämtliche Fotos inzwischen so gründlich studiert, daß er überzeugt war, alles gesehen zu haben, was es zu sehen gab), er würde es *ansehen,* würde es *studieren* und unter keinen Umständen dulden, daß er es übersah. Selbst wenn er es konnte . . . aber eine nachdrückliche Stimme in seinem Kopf sagte überdeutlich, daß der Zeitpunkt, wo er ungesehen machen konnte, was er gesehen hatte, endgültig vorüber war, möglicherweise für immer.

Das Bild zeigte einen großen schwarzen Hund vor einem weißen Lattenzaun. Der Lattenzaun würde nicht mehr lange weiß sein, wenn ihn nicht jemand in jener zweidimensionalen Polaroidwelt strich. Was unwahrscheinlich schien; der Zaun sah ungepflegt, vergessen aus. Die Spitzen einiger Latten waren abgebrochen. Manche hingen lose nach außen.

Der Hund war auf einem Gehweg vor dem Zaun. Seine Hinterfüße zeigten Richtung Bildsucher. Der lange, buschige Schwanz hing herunter. Der Hund schien an einer Zaunlatte zu schnuppern – wahrscheinlich, dachte Kevin, weil der Zaun ein, wie sein Dad sich ausdrückte, ›Umschlag für Nachrichten‹ war, eine Stelle, wo viele Hunde das Hinterbein hoben und Nachrichten in Form mystischer gelber Spritzer hinterließen, ehe sie weitergingen.

Kevin fand, daß der Hund wie eine Promenadenmischung aussah. Sein Fell war lang und verfilzt und voller Kletten. Ein Ohr hatte eine runzlige alte Kampfesnarbe. Sein Schatten war so lang, daß er außerhalb des Bildrands bis auf den unkrautüberwucherten, fleckigen Rasen hinter dem Lattenzaun verlief. Der Schatten verriet Kevin, daß das Bild kurz nach Sonnenaufgang oder kurz vor Sonnenuntergang aufgenommen worden sein mußte.

Und das war alles.

»Erkennst du etwas?« fragte Pop und ließ das Vergrößerungsglas langsam über der Oberfläche des Fotos kreisen. Jetzt schwollen die Hinterbeine des Hundes zur Größe von kleinen Hügeln mit wildem und geheimnisvoll exotischem schwarzen Gestrüpp an; dann wurden zwei oder drei Zaunlatten so groß wie Telefonmasten; jetzt wurde der Gegenstand hinter einem Grasbüschel eindeutig zu einem Kinderball (der unter Pops Lupe wie ein ausgewachsener Fußball aussah): Kevin konnte sogar die Sterne erkennen, die auf einem gestanzten Gummistreifen um die Mitte herum verliefen. Also hatte Pops Lupe *doch* etwas Neues offenbart, und in wenigen Augenblicken sollte Kevin ohne ihre Hilfe noch etwas sehen. Aber das kam später.

»Herrje, nein«, sagte Kevin. »Wie sollte ich, Mr. Merrill?«

»Weil es etwas zu sehen *gibt*«, sagte Pop geduldig. Seine Lupe kreiste weiter. Kevin mußte an einen Film denken, den er einmal gesehen hatte, wo die Bullen einen Helikopter mit Suchscheinwerfer ausschickten, um nach entflohenen Häftlingen zu suchen. »Ein Hund, ein Gehweg, ein Lattenzaun, der etwas Farbe und eine Reparatur vertragen könnte, ein Rasen, der gemäht werden müßte. Der Gehweg bringt nicht viel – man kann ihn nicht einmal ganz sehen –, und vom Haus ist nicht mal das Fundament auf dem Bild; aber da ist dieser Hund. Kennst du *den*?«

»Nein.«

»Den Zaun?«

»Nein.«

»Was ist mit diesem roten Gummiball? Wie sieht's damit aus, mein Junge?«

»Nein . . . aber Sie sehen aus, als müßte ich ihn kennen.«

»Ich sehe aus, als denke ich, du *könntest* ihn kennen«, sagte Pop. »Hast du nie so einen Ball gehabt, als du noch ein Hosenscheißer warst?«

»Nicht, daß ich wüßte, nein.«

»Du hast gesagt, du hast eine Schwester.«

»Megan.«

»Hat sie nie so einen Ball gehabt?«

»Ich glaube nicht. Aber ich habe mich nie besonders für Megs Spielsachen interessiert. Sie hatte mal einen Hüpfball mit Gummiband, der rot war, aber anders. Dunkler.«

»Ja-ha. Ich weiß, wie so ein Ball aussieht. Das ist keiner. Und das könnte nicht euer Rasen sein?«

»Herr . . . ich meine, lieber Himmel, nein.« Kevin fühlte sich ein wenig vor den Kopf gestoßen. Er und sein Dad pflegten den Rasen ums Haus. Er war kräftig grün und würde auch unter herunterfallendem Laub bis mindestens Mitte Oktober so bleiben. »Und außerdem haben wir keinen Lattenzaun.« *Und wenn*, dachte er, *würde er nicht wie diese Katastrophe aussehen.*

Pop ließ den Schalter am Stiel des Vergrößerungsglases los, legte die Lupe auf das Stück Juweliersamt und faltete dieses mit an Verehrung grenzender Sorgfalt zusammen. Er legte es wieder an seinen angestammten Platz in der Schublade und machte die Schublade zu. Dann sah er Kevin eindringlich an. Er hatte die Pfeife beiseite gelegt, kein Rauch verdeckte mehr seine Augen, die immer noch stechend waren, aber nicht mehr funkelten.

»Ich will damit sagen, könnte es euer Haus sein, bevor es euch gehört hat? Vor zehn Jahren . . .«

»Vor zehn Jahren hat es uns schon gehört«, antwortete Kevin entrüstet.

»Na gut, zwanzig? Dreißig? Ich will damit sagen, erkennst du, wie das Land angelegt ist? Sieht aus, als würde es leicht ansteigen.«

»Unser Vorgarten . . .« Er dachte angestrengt nach, dann schüttelte er den Kopf. »Nein, unser Rasen ist flach. Wenn überhaupt, fällt er etwas ab. Vielleicht haben wir darum immer ein wenig Wasser im Keller, wenn der Frühling verregnet ist.«

»Ja-ha, ja-ha, könnte sein. Was ist mit dem Garten?«

»Da ist kein Gehweg«, sagte Kevin. »Und an den Seiten . . .« Er verstummte. »Sie wollen herausfinden, ob meine Kamera Bilder aus der Vergangenheit macht!« sagte er und bekam es zum erstenmal richtig mit der Angst zu tun. Er strich mit der Zunge über den Gaumen und schien Metall zu schmecken.

»Ich hab nur gefragt.« Pop trommelte mit den Fingern neben den Fotos, und er schien mehr mit sich selbst als mit Kevin zu sprechen. »Weißt du«, sagte er, »von Zeit zu Zeit scheinen ein paar verdammt merkwürdige Sachen mit Geräten zu passieren, die uns völlig normal erscheinen. Ich sage nicht, *daß* sie passieren; aber wenn nicht, gibt es eine ganze Menge Lügner und Scherzbolde auf der Welt.«

»Was für Geräte?«

»Tonbänder und Polaroidkameras«, sagte Pop, der immer noch mit den Bildern oder sich selbst zu sprechen schien, als gäbe es keinen Kevin in dem staubigen Hinterzimmer des Emporium Galorium, wo alle Uhren tickten. »Nimm Tonbandgeräte. Weißt du, wie viele Menschen behaupten, sie hätten die Stimmen Verstorbener mit ihren Tonbandgeräten aufgenommen?«

»Nein«, sagte Kevin. Er hatte eigentlich gar nicht beabsichtigt gehabt, daß sich seine Stimme gedämpft anhörte, aber es war so, aus dem einen oder anderen Grund schien er nicht mehr viel Luft zum Sprechen in den Lungen zu haben.

»Ich auch nicht«, sagte Pop und verschob die Fotos mit einem Finger. Dieser war dick und knorrig, ein Finger, der für grobe und ungeschickte Bewegungen und Arbeiten geschaffen zu sein schien, etwa Leute zu knuffen und Vasen von Tischchen zu stoßen oder Nasenbluten zu verursachen, wenn ihr Besitzer auch nur versuchte, einen Klumpen getrockneten Rotz aus einem seiner Nasenlöcher zu popeln. Doch Kevin hatte die Hände dieses Mannes beobachtet und war der Meinung, Pop hatte wahrscheinlich mehr Geschicklichkeit in einem Finger als seine Schwester Meg im ganzen Körper (und er in seinem wahrscheinlich auch; der Delevan-Klan war nicht für Leichtfüßigkeit und Behendigkeit bekannt, was wahrscheinlich ein Grund war, weshalb ihm das Bild, wie sein Vater so geschickt seine fallende Mutter aufgefangen hatte, für immer im Gedächtnis bleiben würde). Pop Merrills Finger sah aus, als würde er im nächsten Augenblick sämtliche Bilder auf den Boden fegen – aus Versehen; diese Art von unbeholfenem Finger würde immer aus Versehen kneifen und stoßen und schubsen –, aber es war nicht so.

Übernatürlich, dachte Kevin wieder und zitterte ein bißchen. Ein *richtiges* Zittern, überraschend und widerlich und etwas peinlich, auch wen Pop es nicht gesehen hatte.

»Aber irgendwie bringen sie es fertig«, sagte Pop, und dann, als ob Kevin gefragt hätte: »Wer? Der Teufel soll mich holen, wenn ich das weiß. Ich glaube, manche sind ›Erforscher des Übersinnlichen‹, zumindest nennen sie sich so oder ähnlich, aber ich halte es für wahrscheinlicher, daß die meisten einfach herumspielen, wie Leute, die bei Parties Quija-Bretter einsetzen.«

Er sah Kevin grimmig an, als hätte er ihn gerade eben wiederentdeckt.

»Hast du ein Ouija, mein Junge?«

»Nein.«

»Schon mal mit einem herumgespielt?«

»Nein.«

»Laß es bleiben«, sagte Pop grimmiger denn je. »Die Scheißdinger sind gefährlich.«

Kevin wagte nicht, dem alten Mann zu gestehen, daß er nicht die leiseste Ahnung hatte, was ein Ouija-Brett war.

»Wie auch immer, sie stellen ein Tonband zum Aufnehmen in ein leeres Zimmer. Es muß natürlich ein altes Haus ein, will ich damit sagen, eines mit einer Vorgeschichte, wenn sie eins finden können. Weißt du, was ich meine, wenn ich von einem Haus mit einer Vorgeschichte spreche, mein Junge?«

»Ich glaube . . . so was wie ein Spukhaus?« riet Kevin. Er stellte fest, daß er leicht schwitzte, wie letztes Jahr jedesmal, wenn Mrs. Whittacker eine mündliche Prüfung in Algebra bekanntgegeben hatte.

»Gut, das genügt. Diese . . . Leute . . . haben es am liebsten, wenn es ein Haus mit einer *blutigen* Vorgeschichte ist, aber sie nehmen, was sie kriegen können. Wie dem auch sei, sie stellen das Gerät auf und nehmen in dem leeren Zimmer auf. Dann, am nächsten Tag – sie machen es immer nachts; sie sind erst zufrieden, wenn sie es nachts machen können, im Idealfall um Mitternacht –, am nächsten Tag spielen sie es ab.«

»Das leere Zimmer?«

»Manchmal«, sagte Pop mit einer nachdenklichen Stimme, die möglicherweise aufrichtige Gefühlsregungen verbarg, möglicherweise aber auch nicht, »sind Stimmen darauf.«

Kevin zitterte wieder. Also waren doch Hieroglyphen

auf der Säulenplatte. Nicht, daß jemand sie lesen wollte, aber . . . ja. Sie waren da.

»*Echte* Stimmen?«

»Für gewöhnlich Einbildung«, sagte Pop wegwerfend. »Aber ein- oder zweimal habe ich Leute, denen ich vertraue, sagen hören, sie hätten echte Stimmen gehört.«

»Aber *Sie* nie?«

»Einmal«, sagte Pop brüsk, und dann so lange nichts, daß Kevin schon dachte, er wäre fertig, als er fortfuhr: »Es war ein Wort. So deutlich wie ein Glockenschlag. Es wurde im Wohnzimmer eines leerstehenden Hauses in Bath aufgenommen. Ein Mann hatte dort 1946 seine Frau ermordet.«

»Was war das für ein Wort?« fragte Kevin und wußte, er würde es nicht erfahren, ebenso wie er wußte, keine Macht der Welt, sicher nicht seine eigene Willenskraft, hätte ihn davon abhalten können, trotzdem zu fragen.

Aber Pop sagte es ihm *doch*.

»Becken.«

Kevin blinzelte. »Becken?«

»Ja-ha.«

»Das ergibt keinen Sinn.«

»Schon«, sagte Pop gelassen, »wenn man weiß, daß er ihr die Kehle durchgeschnitten und ihren Kopf dann über ein Becken gehalten hat, um das Blut aufzufangen.«

»Großer Gott!«

»Großer Gott, wirklich?«

Pop machte sich nicht die Mühe, darauf zu antworten.

»Kann es nicht getürkt gewesen sein?«

Pop deutete mit dem Pfeifenstil auf die Polaroids. »Sind es die da?«

»Großer Gott.«

»Jetzt zu Polaroidkameras«, sagte Pop wie ein Erzähler, der zu einem neuen Kapitel in einem Roman kommt und die Worte *In der Zwischenzeit, in einem anderen Teil des Waldes* . . . liest. »Ich habe Bilder mit Leuten drauf gesehen, und die anderen Leute auf dem Bild haben jeden Eid geschworen, daß diese Leute nicht bei ihnen waren, als das

Bild gemacht wurde. Und es gibt eines – ein berühmtes –, das eine Dame drüben in England aufgenommen hat. Sie hat ein Bild von Fuchsjägern gemacht, die am Abend nach Hause kamen. Man sieht sie, alles in allem etwa zwanzig, wie sie über eine schmale Holzbrücke reiten. Auf beiden Seiten der Brücke erstreckt sich eine Landstraße mit Bäumen rechts und links. Die ersten haben die Brücke schon überquert. Und auf der rechten Seite des Bildes steht eine Dame mit einem langen Kleid und einem Hut mit Schleier, so daß man ihr Gesicht nicht erkennen kann, am Straßenrand und hält ein Notizbuch auf dem Arm. Man kann sogar sehen, daß sie ein Medaillon um den Hals trägt, oder eine Uhr.

Als die Dame, die das Bild gemacht hat, es zu sehen bekam, drehte sie völlig durch, und niemand konnte ihr daraus einen Vorwurf machen, mein Junge, denn ich will damit sagen, sie hat ein Bild von den heimkehrenden Fuchsjägern gemacht und von sonst niemand, weil sonst niemand *da* war. Aber auf dem Bild ist jemand. Und wenn man genau hinsieht, kann man die Bäume durch die Dame hindurch erkennen.«

Das erfindet er alles, er verarscht mich, und wenn ich gehe, wird er lachen wie ein Pferd, dachte Kevin, wußte aber, daß Pop Merrill ganz und gar nichts dergleichen tun würde.

»Die Dame, die das Bild gemacht hat, wohnte in so einem großen englischen Haus, wie sie sie manchmal im Schulfernsehen zeigen, und wie ich gehört habe, ist der Hausherr bewußtlos umgekippt, als sie ihm das Bild gezeigt hat. Das könnte erfunden sein. Ist es wahrscheinlich auch. *Hört sich an*, als wäre es erfunden, oder nicht? Aber ich habe das Bild in einem Artikel neben einem Gemälde der Urgroßmutter des Mannes gesehen, und sie könnte es tatsächlich sein. Wegen dem Schleier kann man es nicht mit Sicherheit sagen, aber es *könnte* sein.«

»Könnte auch ein Schwindel sein«, sagte Kevin leise.

»Könnte sein«, meinte Pop gleichgültig. »Die Leute denken sich allen möglichen Schabernacks aus. Nimm zum Beispiel meinen Neffen Ace.« Pop rümpfte die Nase.

»Hat vier Jahre in Shawshank gesessen, und wofür? Weil er in den Mellow Tiger eingebrochen ist. Er hat einen Schabernack gemacht, und Sheriff Pangborn hat ihn dafür eingebuchtet. Der kleine Tunichtgut hat genau das bekommen, was er verdient hat.«

Kevin, der eine für sein Alter weit entwickelte Weisheit an den Tag legte, sagte nichts.

»Aber wenn sich Gespenster auf Fotos zeigen – oder, wie du gesagt hast, wenn Leute *behaupten*, es seien Gespenster –, handelt es sich fast immer um Polaroidbilder. Und es scheint immer zufällig zu sein. Aber Bilder von fliegenden Untertassen oder dem Ungeheuer von Loch Ness, das sind fast immer Bilder von Negativfilmen. Bilder, mit denen ein kluger Bursche in einer Dunkelkammer einen Schabernack treiben kann.«

Er blinzelte Kevin zum drittenmal zu und drückte damit jeglichen Schabernack (wie auch immer geartet) aus, den ein skrupelloser Fotograf in einer gut ausgerüsteten Dunkelkammer treiben konnte.

Kevin überlegte sich, Pop zu fragen, ob es möglich war, daß jemand mit Ouija-Brettern einen Schabernack treiben konnte, hielt aber den Mund. Das schien die klügste Vorgehensweise zu sein.

»Das alles nur zur Erklärung, warum ich dich gefragt habe, ob du auf *diesen* Polaroidbildern etwas Bekanntes sehen kannst.«

»Kann ich aber nicht«, sagte Kevin so aufrichtig, daß er glaubte, Pop würde ihn für einen Lügner halten, wie seine Mutter immer, wenn er den taktischen Fehler auch nur kontrollierter Vehemenz beging.

»Ja-ha, ja-ha«, sagte Pop und glaubte ihm so nebenbei, daß Kevin fast verdrossen war.

»Nun«, sagte Kevin nach einem Augenblick, in dem nur die fünfzigtausend tickenden Uhren zu hören waren, »ich denke, das war's dann, hm?«

»Vielleicht nicht«, sagte Pop. »Ich will damit sagen, ich hab da so einen kleinen Einfall. Macht es dir was aus, noch ein paar Bilder mit dieser Kamera zu machen?«

»Was soll das bringen? Sie sind alle gleich.«

»Darum geht es ja. Sind sie nicht.«

Kevin machte den Mund auf und wieder zu.

»Ich bezahl sogar den Film«, sagte Pop, und als er Kevins erstaunten Gesichtsausdruck sah, fügte er hastig hinzu: »Jedenfalls zum Teil.«

»Wie viele Bilder wollen Sie?«

»Nun, du hast . . . wieviel? Achtundzwanzig, stimmt das?«

»Ich glaube ja.«

»Noch dreißig«, sagte Pop nach einem Augenblick des Nachdenkens.

»Warum?«

»Das sag ich dir nicht. Noch nicht.« Er holte eine schwere Geldbörse hervor, die mit einer Stahlkette an einer Gürtelschlaufe festgeschnallt war. Er machte sie auf, holte einen Zehndollarschein heraus, zögerte und legte mit offensichtlichem Widerstreben noch zwei Einser drauf. »Schätze, das dürfte die Hälfte sein.«

Ja, stimmt, dachte Kevin.

»Wenn dich *wirklich* interessiert, was diese Kamera macht, wirst du den Rest wohl selbst drauflegen, richtig?« Pops Augen funkelten ihn wie die Augen einer alten, neugierigen Katze an.

Kevin begriff, der Mann erwartete mehr von ihm als nur, daß er ja sagte; für Pop war es undenkbar, daß er nein sagen könnte. Kevin dachte: *Wenn ich nein sagen würde, würde er es gar nicht hören; er würde sagen: »Gut, dann sind wir uns ja einig«, und ich würde wieder draußen auf dem Gehweg stehen und sein Geld in der Tasche haben, ob ich nun will oder nicht.*

Und er hatte auch das Geld noch, das er zum Geburtstag bekommen hatte.

Dessenungeachtet mußte er über diesen kalten Wind nachdenken. Der Wind, der trotz der täuschend zweidimensionalen, täuschend glänzenden Oberfläche nicht von dieser Oberfläche, sondern aus den Bildern heraus zu wehen schien. Er spürte diesen Wind trotz der stummen Beteuerungen, die darauf hinauszulaufen schienen: *Wir sind nur Polaroidfotos; wir können unmöglich etwas erzählen oder begreifen, wir zeigen lediglich die unspektakuläre Oberfläche der Dinge.* Der Wind war da. Was war mit diesem Wind?

Kevin zögerte noch einen Moment, und die strahlenden Augen hinter der randlosen Brille musterten ihn unablässig. *Ich werde dich nicht fragen, ob du ein Mann oder eine Maus bist,* sagten Pop Merrills Augen. *Du bist fünfzehn Jahre alt, und ich will damit sagen, mit fünfzehn bist du vielleicht noch kein Mann, noch nicht ganz, aber du bist einfach zu alt für eine Maus, das wissen wir beide. Und darüber hinaus bist du nicht von AUSWÄRTS; du kommst aus der Stadt, genau wie ich.*

»Klar«, sagte Kevin mit hohler Unbekümmertheit in der Stimme. Er konnte weder sich noch Pop damit täuschen. »Ich denke, ich kann den Film heute abend kaufen und die Bilder morgen nach der Schule herbringen.«

»Nö«, sagte Pop.

»Haben Sie morgen zu?«

»Nö«, und *weil* er aus der Stadt war, wartete Kevin geduldig. »Du möchtest die Bilder alle nacheinander machen, richtig?«

»Klar doch.«

»Aber ich möchte nicht, daß du es so machst«, sagte Pop. »Es ist einerlei, *wo* du sie machst, aber auf keinen Fall *wann* du sie machst. Laß mich überlegen.«

Pop überlegte, dann schrieb er sogar eine Liste mit Uhrzeiten auf, die Kevin einsteckte.

»Also!« sagte Pop und rieb die Hände heftig aneinander, so daß sie ein trockenes Geräusch von sich gaben, als würden zwei verbrauchte Blatt Schmirgelpapier aneinander schaben. »Wir sehen uns wieder in . . . oh, drei Tagen, oder so?«

»Ja . . . abgemacht.«

»Ich wette, du wartest sowieso lieber bis Montagnachmittag nach der Schule«, sagte Pop. Er blinzelte Kevin zum viertenmal zu, ganz außerordentlich langsam und listig und demütigend. »Damit deine Freunde nicht sehen, wie du hierherkommst, und dich damit aufziehen, will ich damit sagen.«

Kevin errötete, sah auf die Werkbank und sammelte die Polaroidfotos ein, damit seine Hände etwas zu tun hatten. Wenn ihm etwas peinlich war und seine Hände hatten nichts zu tun, ließ er die Knöchel knacken.

»Ich . . .« Er wollte einen absurden Widerspruch anbringen, der keinen der beiden überzeugt hätte, doch dann verstummte er und starrte eines der Fotos an.

»Was?« fragte Pop. Zum erstenmal, seit Kevin zu ihm gekommen war, hörte sich Pop richtig wie ein Mensch an; aber Kevin hörte das Wort kaum, noch weniger den leicht aufgeschreckten Tonfall. »Jetzt siehst du aus, als hättest *du* ein Gespenst gesehen, Junge.«

»Nein«, sagte Kevin. »Kein Gespenst. Ich sehe, wer das Bild gemacht hat, wer das Bild *wirklich* gemacht hat.«

»Wovon, um alles in der Welt, redest du?«

Kevin deutete auf einen Schatten. Er, sein Vater, seine Mutter, Meg und Mr. Merrill offenbar auch hatten ihn für den Schatten eines Baums gehalten, der selbst nicht im Bild war. Aber es war kein Baum. Das sah Kevin jetzt, und was man einmal gesehen hatte, konnte man nie wieder ungesehen machen.

Mehr Hieroglyphen auf der Säulentafel.

»Ich weiß nicht, worauf du hinauswillst«, sagte Pop. Aber Kevin war klar, der alte Mann wußte, daß er auf *etwas* hinauswollte.

»Sehen Sie sich zuerst den Schatten des Hundes an«, sagte Kevin. »Und dann wieder diesen hier.« Er klopfte auf die linke Seite des Fotos. »Auf dem Bild geht die Sonne entweder auf oder unter. Darum sind alle Schatten lang, und man kann kaum sagen, was sie geworfen hat. Aber als ich ihn eben gesehen habe, hat es bei mir geklickt.«

»*Was* hat geklickt, Junge?« Pop griff zur Schublade, weil er wahrscheinlich wieder das beleuchtete Vergrößerungsglas holen wollte, dann hielt er inne. Auf einmal brauchte er es nicht mehr. Nun hatte es auch bei ihm geklickt.

»Es ist der Schatten eines Mannes, richtig?« sagte Pop. »Der Teufel soll mich holen, wenn das nicht der Schatten eines Mannes ist.«

»Oder einer Frau. Das kann man nicht sagen. Das sind Beine, da bin ich ganz sicher, aber die könnten auch von einer Frau mit Hosen sein. Oder einem Kind. Weil der Schatten so lang ist . . .«

»Ja-ha, kann man es nicht sagen.«

Kevin sagte: »Es ist der Schatten des Fotografen, oder nicht?«

»Ja-ha.«

»Aber *ich* war es nicht«, sagte Kevin. »Es ist aus meiner Kamera gekommen – wie alle Fotos –, aber ich habe es nicht gemacht. Wer hat es aber dann gemacht, Mr. Merrill? Wer dann?«

»Nenn mich Pop«, sagte der alte Mann geistesabwesend und betrachtete den Schatten auf dem Bild, und Kevin spürte, wie seine Brust vor Freude anschwoll, als die wenigen Uhren, die noch Kraft genug hatten, etwas vorzugehen, den anderen mitzuteilen begannen, daß es, müde oder nicht, langsam Zeit wurde, die halbe Stunde zu schlagen.

KAPITEL DREI

Als Kevin am Montag nach der Schule mit den Fotos zum Emporium Galorium kam, hatten die Blätter sich schon leicht verfärbt. Er war seit fast zwei Wochen fünfzehn, und der Reiz des Neuen war verflogen.

Aber der Reiz der Säulentafel, *des Übernatürlichen*, nicht, doch das zählte er keineswegs zu seinem Segen. Er hatte sich an den Fotoplan gehalten, den Pop ihm gegeben hatte, und als er damit fertig war, hatte er deutlich – jedenfalls deutlich genug – gesehen, warum Pop darauf bestanden hatte, daß er sie in Intervallen machte: die ersten zehn stündlich, dann die Kamera ausruhen lassen, die nächsten zehn zweistündlich, die dritten zehn mit drei Stunden Abstand. Die letzten hatte er heute im Lauf des Tages in der Schule gemacht. Und er hatte noch etwas gesehen, das sie anfangs gar nicht gesehen haben *konnten*; es wurde erst auf den letzten drei Bildern völlig deutlich. Diese hatten ihm solche Angst gemacht, daß er schon, ehe er die Bilder zum Emporium Galorium brachte, beschlossen hatte, er wollte die Sun 660 loswerden. Nicht umtauschen, das wollte er auf gar keinen Fall; denn das hätte bedeutet, er würde die Kontrolle über die Kamera verlieren.

Meins, hatte er gedacht, und dieser Gedanke ging ihm immer wieder durch den Sinn, aber es war kein *wahrer* Gedanke. Wenn doch – wenn die Sun nur Bilder von diesem schwarzen Straßenköter auf dem weißen Lattenzaun gemacht hätte, wenn er, Kevin, auf den Auslöser drückte –, wäre das seine Angelegenheit gewesen. Aber das war nicht der Fall. Was für ein böser Zauber der Sun auch innewohnen mochte, Kevin war nicht der einzige Auslöser. Sein Vater hatte dasselbe (nun, *fast* dasselbe) Bild gemacht, und Pop Merrill ebenso, und Meg auch, als Kevin sie ein paar Bilder von Pops sorgfältig aufgestelltem Zeitplan hatte machen lassen.

»Hast du sie numeriert, wie ich gesagt habe?« fragte Pop, als Kevin sie ihm überreichte.

»Ja, eins bis achtundfünfzig«, sagte Kevin. Er strich mit dem Daumen über den Stapel Fotos und zeigte Pop die winzigen eingekreisten Ziffern in der linken unteren Ecke von jedem. »Aber ich weiß nicht, ob das wichtig ist. Ich habe beschlossen, die Kamera loszuwerden.«

»Loszuwerden? Das ist nicht dein Ernst.«

»Nein, eigentlich nicht. Ich habe vor, das Ding mit einem Vorschlaghammer zu zertrümmern.«

Pop sah ihn mit seinen listigen kleinen Äuglein an. »Tatsächlich?«

»Ja«, sagte Kevin und hielt dem verschlagenen Blick stand. »Letzte Woche hätte ich darüber gelacht, aber jetzt lache ich nicht mehr. Ich glaube, das Ding ist gefährlich.«

»Nun, ich glaube, damit hast du recht, und ich glaube, du könntest eine Stange Dynamit an das Ding binden und es in tausend Stücke sprengen, wenn du wolltest. Ich will damit sagen, sie gehört ja dir. Aber warum wartest du nicht noch eine Weile? Ich will etwas mit diesen Bildern machen. Das dürfte dich vielleicht interessieren.«

»Was?«

»Das möchte ich lieber nicht sagen«, antwortete Pop, »falls es nicht klappt. Aber gegen Ende der Woche könnte ich was haben, das dir bei deiner Entscheidung hilft, so oder so.«

»Ich *habe* mich entschieden«, sagte Kevin und pochte auf etwas, das auf den beiden letzten Fotografien zu sehen war.

»Was *ist* das?« fragte Pop, »ich habe es mit der Lupe angesehen und spüre, ich *sollte* wissen, was es ist – wie bei einem Namen, der einem nicht einfällt, einem aber auf der Zunge liegt, will ich damit sagen –, aber ich komme nicht drauf.«

»Ich denke, ich könnte noch bis Freitag oder so warten«, sagte Kevin, der beschloß, die Frage des alten Mannes nicht zu beantworten. »Aber viel länger will ich wirklich nicht warten.«

»Angst?«

»Ja«, sagte Kevin einfach. »Ich habe Angst.«

341

»Hast du es deinen Eltern gesagt?«

»Nein, nicht alles.«

»Nun, vielleicht möchtest du das. Auf jeden Fall deinem Dad, will ich damit sagen. Du hast Zeit, darüber nachzudenken, während ich erledige, was ich erledigen muß.«

»Was Sie auch immer vorhaben, ich werde spätestens am Freitag mit dem Vorschlaghammer von meinem Dad draufhauen«, sagte Kevin. »Ich *will* nicht einmal mehr eine Kamera. Weder eine Polaroid noch sonst eine.«

»Wo ist sie jetzt?«

»In meiner Schreibtischschublade. Und dort wird sie auch bleiben.«

»Komm am Freitag hier vorbei«, sagte Pop. »Bring die Kamera mit. Wir werden meinen kleinen Einfall ausprobieren, und wenn du das verdammte Ding dann immer noch zertrümmern willst, gebe ich dir persönlich den Vorschlaghammer dazu. Ohne Aufpreis. Ich hab sogar einen Hackklotz draußen, wo du sie drauflegen kannst.«

»Abgemacht«, sagte Kevin und lächelte.

»Was genau *hast* du deinen Eltern denn davon erzählt?«

»Daß ich mich noch nicht entschieden habe. Ich will nicht, daß sie sich Sorgen machen. Besonders nicht meine Mom.« Kevin sah ihn neugierig an. »Warum haben Sie gesagt, daß ich vielleicht mit meinem Dad darüber reden sollte?«

»Wenn du die Kamera verschrottest, wird dein Vater stinkesauer auf dich sein«, sagte Pop. »Das ist vielleicht nicht so schlimm, aber er denkt vielleicht, du bist auch ein kleiner Narr. Oder ein altes Waschweib, das Zeter und Mordio nach der Polizei schreit, nur weil eine Bodendiele gequietscht hat, will ich damit sagen.«

Kevin wurde ein wenig rot und dachte daran, wie wütend sein Vater geworden war, als das Thema des Übernatürlichen angesprochen wurde, dann seufzte er. In diesem Licht hatte er es noch gar nicht gesehen, aber jetzt fand er, daß Pop wahrscheinlich recht hatte. Die Vorstellung, sein Vater könnte wütend auf ihn sein, gefiel ihm nicht, aber er konnte damit leben. Aber die Vorstellung, sein Vater könnte ihn für einen Feigling, einen Narren oder beides halten ... das stand wieder auf einem ganz anderen Blatt.

Pop sah ihn listig an und las diese Gedanken so mühelos in Kevins Gesicht, wie jemand anders die Schlagzeilen auf der ersten Seite einer Tageszeitung lesen mochte.

»Glaubst du, er könnte Freitagnachmittag gegen vier mit dir hierherkommen?«

»Unmöglich«, sagte Kevin. »Er arbeitet in Portland. Er kommt kaum je vor sechs nach Hause.«

»Ich rufe ihn an, wenn du willst«, sagte Pop. »Wenn ich ihn anrufe, kommt er.«

Kevin sah ihn mit großen Augen an.

Pop lächelte nur dünn. »Oh, ich kenne ihn«, sagte er. »Ich kenne ihn von früher. Er läßt ebenso ungern was über mich verlauten wie du, und das verstehe ich auch; aber ich will damit sagen, daß ich ihn trotzdem kenne. Ich kenne eine Menge Leute in dieser Stadt. Du würdest es nicht glauben, Junge.«

»Wie?«

»Ich habe ihm einmal einen Gefallen getan«, sagte Pop. Er schnippte ein Streichholz mit dem Daumennagel an und verbarg die Augen hinter soviel Rauch, daß man nicht sagen konnte, ob Heiterkeit, Melancholie oder Verachtung darin lag.

»Was für einen Gefallen?«

»Das«, sagte Pop, »geht nur ihn und mich etwas an. Genau wie diese Sache hier« – er deutete auf den Stapel Fotos – »nur dich und mich etwas angeht. *Das* wollte ich damit sagen.«

»Nun ... okay ... denke ich. Soll ich etwas zu ihm sagen?«

»Nee!« sagte Pop in seiner munteren Art. »Ich werde mich um alles kümmern.« Und einen Augenblick war trotz des Vorhangs aus Pfeifenrauch etwas in Pop Merrills Augen, das Kevin Delevan ganz und gar nicht gefiel. Er ging als durch und durch verwirrter Junge hinaus, der nur eines mit Sicherheit wußte: Er wollte, daß diese Sache vorbei war.

Als er fort war, blieb Pop fast fünf Minuten lang stumm und fast reglos sitzen. Er ließ die Pfeife im Mund ausgehen und trommelte mit den Fingern, die fast so begabt und feinfühlig waren wie die eines Konzertpianisten, aber aussahen, als gehörten sie zu einem Bauarbeiter oder Betongießer, neben den Fotos auf dem Tisch. Als sich der Rauch verzog, konnte man seine Augen deutlich erkennen, und die waren so kalt wie das Eis auf einer Pfütze im Dezember.

Er stellte die Pfeife unvermittelt auf den Ständer und wählte die Nummer eines Kamera- und Videogeschäfts in Lewiston. Er stellte zwei Fragen. Die Antwort auf beide lautete ja. Pop legte den Hörer auf und trommelte weiter mit den Fingern neben den Polaroids auf den Tisch. Was er vorhatte, war dem Jungen gegenüber wahrlich nicht fair, aber der Junge hatte eine Ecke von etwas aufgedeckt, das er nicht nur nicht begriff, sondern gar nicht begreifen *wollte*.

Fair oder nicht, Pop glaubte nicht, daß er den Jungen tun lassen würde, was er vorhatte. Er hatte sich nicht entschieden, was er selbst vorhatte, noch nicht, noch nicht ganz, aber es war immer klug, auf alle Eventualitäten vorbereitet zu sein.

Das war *immer* klug.

Er saß da und trommelte mit den Fingern und fragte sich, was genau der Junge gesehen hatte. Dieser war offensichtlich der Meinung gewesen, Pop würde es wissen – oder könnte es wissen –, aber Pop hatte nicht den leisesten Schimmer. Der Junge sagte es ihm vielleicht am Freitag. Oder auch nicht. Aber wenn der Junge es nicht sagte, würde es der Vater, dem Pop einmal vierhundert Dollar geliehen hatte, damit er die Wette auf ein Basketballspiel bezahlen konnte, eine Wette, die er verloren hatte und von der seine Frau nichts wußte, ganz bestimmt tun. Das hieß, wenn er konnte. Selbst die besten Väter wußten nicht mehr alles über ihre Söhne, wenn diese Söhne erst einmal fünfzehn oder so waren, aber Pop dachte, Kevin war ein sehr *junger* Fünfzehnjähriger, und sein Dad wußte sicher noch das meiste . . . oder konnte es herausfinden.

Er lächelte und trommelte mit den Fingern, und um fünf fingen sämtliche Uhren erschöpft an zu schlagen.

KAPITEL VIER

Freitagnachmittag um zwei Uhr drehte Pop Merrill das
Schild, das an seiner Tür hing, von OFFEN auf GE-
SCHLOSSEN, setzte sich ans Steuer seines Chevrolet Baujahr 1959, der seit Jahren völlig kostenlos in Sonny's Garage gewartet wurde (Nebenprodukt eines weiteren kleinen Darlehens, und auch Sonny Jackett gehörte zu den
Leuten in der Stadt, die sich lieber glühende Kohlen an die
Fußsohlen drücken lassen würden als zuzugeben, daß sie
Pop Merrill nicht nur kannten, sondern auch tief bei ihm
in der Kreide standen, weil dieser ihm 1969 einmal aus
einer schweren Klemme drüben in New Hampshire geholfen hatte), und fuhr nach Lewiston, eine Stadt, die er
haßte, weil ihm immer schien, als gäbe es nur zwei Straßen in der ganzen Stadt (höchstens drei), die keine Einbahnstraßen waren. Er kam so voran wie immer, wenn es
Lewiston und nur Lewiston sein mußte: nicht, indem er
dorthin fuhr, sondern indem er irgendwo in der Nähe
herauskam und sich dann langsam spiralförmig auf diesen beschissenen Einbahnstraßen vorantastete, bis er der
Meinung war, er war so nahe dran, wie er konnte, und
den Rest zu Fuß ging, ein großer Mann mit Glatze, randlo-
ser Brille, sauberen Khakihosen und einem blauen Arbei-
terhemd, das bis zum Kragen zugeknöpft war.

Im Schaufenster des Twin City Camera and Video
stand ein Plakat, das einen gezeichneten Mann zeigte, der
in einen hoffnungslosen Kampf mit einer völlig verdreh-
ten Filmrolle verstrickt war. Der Mann schien kurz vor
dem Durchdrehen zu sein. Unter dem Bild stand: HABEN
SIE DEN KAMPF SATT? WIR ÜBERSPIELEN IHRE SU-
PER-8-FILME (UND SCHNAPPSCHÜSSE!) AUF VIDEO!

Wieder ein gottverdammtes Spielzeug, dachte Pop, die
Welt erstickt daran. Er machte die Tür auf und trat ein.

Aber er gehörte zu den Menschen – die Welt erstickte
daran –, die es sich nicht nehmen ließen zu benützen, was
sie verdammten, wenn es sich als nützlich erwies. Er un-

terhielt sich kurz mit dem Verkäufer. Der Verkäufer holte den Inhaber. Sie kannten einander seit Jahren (wahrscheinlich seit Homer übers dunkle Meer geschippert war, würden ein paar Klugscheißer sagen). Der Inhaber führte Pop ins Hinterzimmer, wo sie ein Schwätzchen hielten.

»Das sind ein paar verdammt seltsame Fotos«, sagte der Inhaber.

»Ja-ha.«

»Das Videoband, das ich davon gemacht habe, ist noch seltsamer.«

»Glaub ich aufs Wort.«

»Mehr hast du nicht zu sagen?«

»Ja-ha.«

»Dann soll dich der Teufel holen«, sagte der Inhaber, worauf sie beide ihr schrilles Altmännerlachen gackerten. Der Verkäufer hinter der Ladentheke zuckte zusammen.

Pop ging zwanzig Minuten später mit zwei Sachen: einer Videokassette und einer brandneuen Polaroid Sun 660, die immer noch verpackt war.

Als er wieder im Laden war, rief er bei Kevin zu Hause an. Er war nicht überrascht, als John Delevan abnahm.

»Wenn Sie meinen Jungen versaubeutelt haben, bring ich Sie um, alte Schlange«, sagte John Delevan ohne Begrüßung, und Pop konnte aus der Ferne den gekränkten Ausruf des Jungen hören: »*Da-ad!*«

Pop fletschte die Zähne – schief, verwittert, pißgelb, aber seine eigenen –, und wenn Kevin ihn in diesem Augenblick gesehen hätte, hätte er sich nicht nur *gefragt*, ob Pop Merrill vielleicht doch nicht nur der gütige alte Weise von der Scharlatanfront in Castle Rock war; er hätte *gewußt*, daß dies nicht der Fall war.

»Aber John«, sagte er. »Ich habe versucht, Ihrem Jungen mit seiner Kamera zu *helfen*. Nichts sonst auf der Welt habe ich vorgehabt.« Er machte eine Pause. »Genau wie damals, als ich Ihnen geholfen habe, weil Sie ein klein wenig zu stolz auf die Sechsundsiebziger geworden sind, das will ich damit sagen.«

Donnerndes Schweigen von John Delevans Ende der Leitung, was bedeutete, er hatte zu *dem* Thema eine Menge zu sagen, aber der Junge war im Zimmer, und das war besser als ein Knebel.

»Hören Sie zu, *darüber* weiß Ihr Junge nichts«, sagte Pop, und das garstige Grinsen wurde noch breiter in den Ticktack-Schatten des Emporium Galorium, wo die vorherrschenden Gerüche die von alten Zeitungen und Mäusedreck waren. »Ich habe ihm gesagt, daß diese Angelegenheit nicht seine Sache ist, *seine* Angelegenheit dagegen schon. Ich hätte die Wette nicht einmal erwähnt, wenn ich eine andere Möglichkeit gesehen hätte, Sie hierherzubringen, will ich damit sagen. Und Sie sollten sich ansehen, was ich habe, John, denn wenn Sie das nicht machen, werden Sie nicht verstehen, warum der Junge die Kamera zertrümmern will, die Sie ihm gekauft haben . . .«

»*Zertrümmern!*«

». . . und warum ich das für eine verdammt gute Idee halte. Kommen Sie jetzt mit ihm her oder nicht?«

»Ich bin nicht mehr in Portland, oder, verdammt noch mal?«

»Achtet nicht auf das *GESCHLOSSEN*-Schild«, sagte Pop im selbstgefälligen Tonfall eines Mannes, der seinen Willen viele Jahre lang durchgesetzt hat und erwartet, daß das auch noch viele Jahre so bleiben wird. »Klopft einfach.«

»Wer, zum Teufel, hat meinem Jungen Ihren Namen genannt, Merrill?«

»Ich habe ihn nicht gefragt«, sagte Pop im selben aufreizend gelassenen Tonfall und legte den Hörer auf. Und zum leeren Laden sagte er: »Ich weiß nur, daß er gekommen ist. So wie sie alle immer kommen.«

Während er wartete, holte er die Sun 660, die er in Lewiston gekauft hatte, aus der Schachtel und versteckte die Schachtel ganz unten im Abfalleimer neben der Werkbank. Er sah die Kamera nachdenklich an, dann legte er den Film mit vier Bildern, der zur Grundausstattung gehörte, ins Fach ein. Danach klappte er das Kameragehäuse zu und entblößte die Linse. Das rote Licht links von dem Blitz ging kurz an, dann fing das grüne an zu blinken. Es überraschte Pop nicht, daß er voll Vorahnungen war. *Nun*, dachte er, *Gott verabscheut Feiglinge*, und drückte den Auslöser. Das Durcheinander im scheunenähnlichen Inneren des Emporium Galorium wurde einen Sekundenbruchteil in gnadenloses und unbarmherziges weißes Licht getaucht. Die Kamera gab ihr quietschiges kleines Surren von sich und spie ein Stück Papier aus, das zu einem Polaroidfoto werden würde – völlig naturgetreu, aber irgendwie flach; ein Bild, das nur aus Oberflächen bestand und eine Welt abbildete, in der Schiffe zweifellos vom schäumenden, von Monstern heimgesuchten Rand der Welt fallen würden, wenn sie weit genug nach Westen segelten.

Pop beobachtete es mit demselben gebannten Interesse, wie die Familie Delevan darauf gewartet hatte, daß sich Kevins erstes Bild entwickeln würde. Er sagte sich, diese Kamera würde nicht dasselbe machen, selbstverständlich nicht, aber er war trotzdem steif und starr vor Nervosität, und wenn in diesem Augenblick irgendwo in dem alten Schuppen eine Diele gequietscht hätte, hätte er wahrscheinlich trotz seines hohen Alters geschrien.

Aber es quietschte *keine* Diele, und als das Bild entwickelt war, zeigte es nur, was es zeigen sollte: zusammengebaute Uhren, auseinandergebaute Uhren, Toaster, mit Schnur zusammengebundene Zeitschriftenstapel, Lampen mit so abscheulichen Schirmen, daß sie nur Frauen der britischen Oberschicht wirklich gefallen konnten, Regale mit Taschenbüchern (sechs für einen Dollar) mit Titeln wie *After Dark, My Sweet, Fire in the Flesh* und *The Brass Cupcake*, und im fernen Hintergrund das staubige Schaufenster. Man konnte das Wort EMPOR spiegelverkehrt lesen, ehe der Umriß einer Kommode den Rest verdeckte.

Kein lauerndes Wesen aus dem Grab; keine messerschwingende Puppe im blauen Overall. Nur eine Kamera. Er sagte sich, die Eingebung, die ihn veranlaßt hatte, überhaupt ein Bild zu machen, sprach deutlich dafür, wie sehr ihm diese Sache unter die Haut gegangen war.

Pop seufzte und versteckte das Foto im Mülleimer. Er machte die große Schublade der Werkbank auf und holte einen kleinen Hammer heraus. Er hielt die Kamera fest in der linken Hand, holte kurz mit dem Hammer aus und ließ ihn durch die staubige Ticktack-Luft sausen. Er machte es ohne viel Kraftaufwand. Dazu bestand keine Veranlassung. Niemand war mehr stolz auf Handwerkskunst. Sie sprachen von den Wundern der modernen Wissenschaft, Synthetiks, neuen Legierungen, Polymeren, weiß Gott was. Unwichtig. Rotz. *Daraus* bestand heutzutage in Wirklichkeit alles, und man mußte sich nicht besonders anstrengen, um eine Kamera kaputtzuschlagen, die aus Rotz bestand.

Die Linse zersplitterte. Plastiksplitter flogen herum, und das erinnerte Pop an etwas anderes. War es die linke oder die rechte Seite gewesen? Er runzelte die Stirn. Die linke. Glaubte er. Sie würden es ohnehin nicht bemerken, und wenn doch, würden sie auch nicht mehr wissen, auf welcher Seite es gewesen war, davon konnte man fast ausgehen, aber Pop hatte sich sein Nest nicht aus ›Fasts‹ gebaut. Es war klug, vorbereitet zu sein.

Immer klug.

Er legte den Hammer weg, wischte mit einem kleinen Pinsel Glas- und Plastikscherben vom Tisch auf den Boden, dann legte er auch den Pinsel weg und nahm einen Fettstift mit schmaler Spitze und ein Präzisionsmesser zur Hand. Er zeichnete die ungefähre Form des Stücks auf, das von Kevin Delevans Sun abgebrochen war, als Meg sie auf den Boden gestoßen hatte, dann schnitt er diese Linie mit dem Präzisionsmesser nach. Als er glaubte, daß er tief genug in das Plastik geschnitten hatte, legte er auch das Präzisionsmesser wieder in die Schublade und stieß die Polaroid von der Werkbank. Was einmal passiert war, sollte sich wiederholen lassen, besonders mit der Sollbruchstelle, die er geschaffen hatte.

Es funktionierte auch wie am Schnürchen. Er untersuchte die Kamera, die nun eine gesprungene Linse hatte und der obendrein ein Stück Plastik an der Seite fehlte, nickte und verbarg sie im dunklen Schatten unter der Werkbank. Dann suchte er das Stück Plastik, das er von der Kamera abgeschlagen hatte, und warf es in den Müll zu dem Karton und dem einen Foto, das er gemacht hatte.

Jetzt konnte er nur noch warten, bis die Delevans kamen. Pop brachte die Videokassette in die brechend volle, kleine Wohnung, in der er hauste. Er legte sie auf den Videorecorder, den er gekauft hatte, damit er die Pornofilme ansehen konnte, die es heutzutage zu kaufen gab, dann setzte er sich und las die Zeitung. Er sah, daß in Pakistan ein Flugzeug abgestürzt war. Hundertdreißig Menschen waren ums Leben gekommen. Die verdammten Narren starben dauernd, dachte Pop, aber das machte nichts. Ein paar Dummköpfe weniger auf der Welt – das war nicht schlecht. Dann schlug er die Sportseite auf, weil er wissen wollte, wie die Red Sox gespielt hatten. Sie hatten immer noch eine gute Chance, die Eastern Division zu gewinnen.

»Was war es?« fragte Kevin, als sie zum Aufbruch rüsteten. Sie hatten das Haus für sich allein. Meg war im Ballettunterricht, Mrs. Delevan spielte Bridge mit ihren Freundinnen. Sie würde um fünf mit einer riesigen Pizza und den neuesten Nachrichten nach Hause kommen, wer sich scheiden ließ oder zumindest mit dem Gedanken spielte.

»Geht dich nichts an«, sagte Mr. Delevan mit einer rauhen Stimme, die wütend und verlegen zugleich klang.

Der Tag war kalt. Mr. Delevan hatte nach seiner leichten Jacke gesucht, jetzt hielt er inne, drehte sich um und sah seinen Sohn an, der hinter ihm stand, ebenfalls eine Jacke anhatte und die Sun in einer Hand hielt.

»Na gut«, sagte er. »Ich bin dir noch nie mit diesem Mist gekommen und will, glaube ich, gar nicht damit anfangen. Du weißt, was ich meine.«

»Ja«, sagte Kevin und dachte: *Ich weiß ganz genau, wovon du sprichst, will ich damit sagen.*

»Deine Mutter weiß nichts davon.«

»Ich werde es ihr nicht sagen.«

»Sag das nicht«, fuhr ihn sein Vater an. »Beschreite diesen Weg niemals, sonst kannst du nicht mehr zurück.«

»Aber du hast gesagt; du hast nie . . .«

»Nein, ich habe es ihr nie gesagt«, antwortete sein Vater, der endlich die Jacke gefunden hatte und sich schulterzuckend hineinwand. »Sie hat mich nie gefragt, und ich habe es ihr nie gesagt. Wenn sie dich nie fragt, mußt du es ihr nie erzählen. Findest du, daß das ein Scheißargument ist?«

»Ja«, sagte Kevin. »Um die Wahrheit zu sagen, ja.«

»Okay«, sagte Mr. Delevan. »Okay . . . aber so halten wir das. Wenn das Thema je zur Sprache kommt, mußt du – müssen *wir* – es sagen. Wenn nicht, dann nicht. So machen wir das in der Welt der Erwachsenen. Es klingt beschissen, nehme ich an, und manchmal *ist* es beschissen, aber so machen wir es eben. Kannst du damit leben?«

»Ja. Ich glaube schon.«

»Gut. Gehen wir.«

Sie gingen nebeneinander die Einfahrt entlang und machten die Reißverschlüsse ihrer Jacken zu. Der Wind spielte mit dem Haar von John Delevan, und Kevin bemerkte zum ersten Mal – eine unangenehme Überraschung –, daß sein Vater allmählich grau wurde.

»Es war eigentlich gar nichts Besonderes«, sagte Mr. Delevan. Es war fast, als würde er mit sich selbst sprechen. »Das ist bei Pop Merrill immer so. Er ist kein Typ mit großen Maßstäben, wenn du verstehst, was ich meine.«

Kevin nickte.

»Weißt du, er ist ein vergleichsweise wohlhabender Mann, aber sein Trödelladen ist nicht der Grund dafür. Er ist Castle Rocks Version von Shylock.«

»Von wem?«

»Vergiß es. Früher oder später wirst du das Stück lesen, wenn die Bildung nicht völlig im Arsch ist. Er verleiht Geld zu Zinssätzen, die höher sind, als das Gesetz erlaubt.«

»Warum leihen die Leute dann bei ihm?« fragte Kevin, während sie unter Bäumen, von denen langsam rote und purpurne und goldene Blätter fielen, Richtung Innenstadt gingen.

»Weil«, sagte Mr. Delevan gallig, »sie nirgends sonst leihen können.«

»Du meinst, sie sind nicht kreditwürdig?«

»So ähnlich.«

»Aber wir . . . du . . .«

»Ja. Jetzt geht es uns gut. Aber es ging uns nicht *immer* gut. Als deine Mutter und ich frisch verheiratet waren, ging es uns so ziemlich das genaue Gegenteil von gut.«

Er verstummte wieder eine Weile, und Kevin drängte ihn nicht.

»Nun, da war ein Typ, der in einem Jahr ungeheuer stolz auf die Celtics war«, sagte sein Vater. Er sah auf seine Füße, als befürchtete er, er könnte in ein Loch treten. »Sie spielten damals gegen die Philadelphia-Sechsundsiebziger. Sie – die Celtics – hatten gute

Gewinnchancen, aber nicht so gute wie sonst immer. Ich hatte das Gefühl, die Sechsundsiebziger würden sie pakken, daß es ihr Jahr werden würde.«

Er sah seinen Sohn rasch an, ein fast verstohlener Blick, wie von einem Ladendieb, der einen kleinen, aber wertvollen Gegenstand nimmt und in die Tasche steckt, dann achteten sie wieder beide auf den Gehweg. Sie gingen jetzt Castle Hill hinab, auf die einzige Ampel der Stadt an der Kreuzung Lower Maine Street und Watermill Lane zu. Hinter dieser Kreuzung führte die von den Einheimischen sogenannte Tin Bridge über den Castle Stream. Ihre Stahlkonstruktion teilte den blauen Herbsthimmel in fein säuberliche geometrische Formen.

»Ich glaube, es ist dieses Gefühl, diese spezielle *Gewißheit*, welche arme Teufel ansteckt, die ihre Bankkonten, ihre Häuser, ihre Autos und selbst ihre Kleidung verlieren, wenn sie in Kasinos und bei Pokerrunden im Hinterzimmer setzen. Das Gefühl, daß man ein Telegramm von Gott bekommen hat. Ich hatte es nur einmal, und dafür danke ich Gott.

Damals machte ich ab und zu eine freundschaftliche Wette auf ein Football-Spiel oder die Meisterschaft, Höchsteinsatz fünf Dollar, glaube ich; für gewöhnlich viel weniger, nur einen Vierteldollar oder eine Schachtel Zigaretten.«

Diesmal riskierte Kevin einen verstohlenen Blick, aber Mr. Delevan sah ihn, Löcher im Gehweg hin oder her.

»Ja, damals habe ich auch geraucht. Heute rauche ich nicht mehr und wette nicht mehr. Nicht seit dem letztenmal. Dieses letzte Mal hat mich kuriert.

Damals waren deine Mutter und ich erst zwei Jahre verheiratet, und du warst noch nicht auf der Welt. Ich arbeitete als Vermessungsassistent und brachte nur hundertsechzehn Dollar die Woche nach Hause. Das bekam ich jedenfalls heraus, nachdem die Regierung sich bedient hatte.

Der Typ, der so stolz auf die Celtics war, war einer der Ingenieure. Er trug sogar eine dieser grünen Celtics-Jakken zur Arbeit, die mit dem Kleeblatt auf dem Rücken. In der Woche vor dem Spiel sagte er, er würde gerne einen finden, der mutig und dumm genug ist, auf die Sechsundsiebziger zu setzen, weil er vierhundert Dollar übrig hatte und nur darauf wartete, daß sie ihm eine hübsche Dividende einbringen würden.

Diese Stimme in mir wurde lauter und lauter, und am Tag vor Beginn der Meisterschaft ging ich in der Mittagspause zu ihm. Ich hatte solche Angst, daß ich glaubte, das Herz würde mir in der Brust zerspringen.«

»Weil du keine vierhundert Dollar gehabt hast«, sagte Kevin. »Der andere schon, aber du nicht.« Er sah seinen Vater jetzt unverhohlen an, und die Kamera hatte er zum erstenmal seit seinem ersten Besuch bei Pop Merrill völlig vergessen. Das Wunder, was die Sun 660 vollbrachte, war – zumindest vorübergehend – von einem größeren Wunder überstrahlt worden: Als junger Mann hatte sein Vater etwas ausgesprochen Dummes gemacht, wie Kevin es von anderen Männern wußte und wie er es selbst vielleicht eines Tages einmal machen würde, wenn er auf sich allein gestellt und kein Mitglied des vernünftigen Lagers da war, um ihn vor einer schrecklichen Eingebung zu beschützen, einem irregeleiteten Instinkt. Sein Vater, schien es, war selbst einmal kurzzeitig Mitglied des instinktiven Lagers gewesen. Es war schwer zu glauben, aber war das nicht der Beweis?

»Richtig.«

»Aber du hast mit ihm gewettet.«

»Nicht gleich«, sagte sein Vater. »Ich sagte ihm, meiner Meinung nach würden die Sechsundsiebziger Meister werden, aber vierhundert Dollar waren ein großes Risiko für jemanden, der nur Vermessungsassistent war.«

»Aber du hast ihm nie frei heraus gesagt, daß du das Geld nicht hattest.«

»Ich fürchte, ich bin sogar noch etwas weiter gegangen, Kevin. Ich habe angedeutet, ich *hätte* es. Ich sagte ihm, ich könnte es mir nicht leisten, vierhundert Dollar zu *verlieren*, und das war geschwindelt, um es noch milde auszudrücken. Ich sagte ihm, ich könnte soviel Geld nicht bei einer Eins-zu-eins-Wette riskieren – was immer noch nicht gelogen war, aber haarscharf am Rand der Wahrheit. *Verstehst* du das?«

»Ja.«

»Ich weiß nicht, was passiert wäre, hätte der Vorarbeiter nicht gerade in diesem Augenblick das Ende der Pause signalisiert – wahrscheinlich nichts. Aber so war es, und dieser Ingenieur hob die Hände und sagte: ›Ich biete dir zwei zu eins, Junge, wenn du darauf hinauswillst. Mir ist das gleich. Ich habe immer noch vierhundert in der Tasche.‹ Und ehe ich mich versah, hatte ich eingeschlagen, mehr als ein Dutzend Männer sahen zu, und ich steckte bis über beide Ohren drin. Als ich an diesem Abend nach Hause ging, dachte ich an deine Mutter und was sie sagen würde, und da hielt ich mit dem alten Ford, den ich damals hatte, am Straßenrand und habe zur Tür rausgekotzt.«

Ein Polizeiauto fuhr langsam die Harrington Street entlang. Norris Ridgewick fuhr, Andy Clutterbuck war Beifahrer. Clut hob die Hand, als der Streifenwagen links auf die Main Street einbog. John und Kevin Delevan hoben ebenfalls grüßend die Hände, und der Herbst döste friedlich rings um sie herum, als hätte John Delevan nie in der offenen Tür seines alten Ford gesessen und zwischen die eigenen Füße in den Staub der Straße gekotzt.

Sie überquerten die Main Street.

»Nun . . . man könnte sagen, ich habe trotzdem etwas für mein Geld bekommen. Die Sechser haben bis zu den letzten Sekunden der siebten Runde durchgehalten, und dann hat einer der irischen Mistkerle – welcher weiß ich nicht mehr – Hal Greer den Ball abgenommen und einen Durchmarsch damit gemacht, und meine vierhundert Dollar, die ich nicht hatte, waren dahin. Als ich den verfluchten Ingenieur am nächsten Tag ausbezahlt habe, hat er nur gesagt, gegen Ende des Spiels sei er ›ein wenig nervös geworden‹, mehr nicht. Ich hätte ihm mit den Daumen die Augen ausstechen können.«

»Du hast ihn am *nächsten* Tag ausbezahlt? Wie hast du das gemacht?«

»Ich habe dir gesagt, es war wie ein Fieber. Nachdem wir in die Wette eingeschlagen hatten, war das Fieber vorbei. Ich hoffte von ganzem Herzen, ich würde diese Wette gewinnen, wußte aber, ich mußte *bedenken*, daß ich sie verlieren konnte. Es stand viel mehr auf dem Spiel als nur vierhundert Dollar. Es ging natürlich um meinen Job und darum, was passieren würde, wenn ich den Mann nicht ausbezahlen konnte, mit dem ich gewettet hatte. Schließlich war er Ingenieur und rein rechtlich gesehen mein Boß. Der Bursche hatte genügend Gift in sich, daß er mich bestimmt gefeuert hätte, wenn ich die Spielschuld nicht bezahlte. Nicht wegen der Wette, aber er hätte etwas gefunden, und es wäre etwas gewesen, das mit großen roten Buchstaben in meinem Zeugnis gestanden hätte. Aber das war nicht das Schlimmste, bei weitem nicht.«

»Was dann?«

»Deine Mutter. Unsere Ehe. Wenn man jung ist und weder einen Pott zum Reinpissen noch ein Fenster hat, um ihn rauszuwerfen, ist eine Ehe ständig großen Belastungen ausgesetzt. Es spielt keine Rolle, wie sehr man sich liebt, eine Ehe ist wie ein überladenes Lastpferd, und man weiß, es kann in die Knie gehen oder sogar tot umfallen, wenn zur falschen Zeit etwas Falsches passiert. Ich glaube nicht, daß sie sich wegen einer Wette um vierhundert Dollar von mir hätte scheiden lassen, aber ich bin froh, daß ich es nie darauf ankommen lassen mußte. Als das Fieber vorbei war, wurde mir klar, daß ich möglicherweise etwas mehr als nur vierhundert Dollar gesetzt hatte. Ich hatte womöglich meine ganze verdammte Zukunft gesetzt.«

Sie näherten sich dem Emporium Galorium. Am Rand des Rasens im Stadtpark stand eine Bank, und Mr. Delevan bedeutete Kevin mit einer Geste, sich zu setzen.

»Es wird nicht lange dauern«, sagte er und lachte. Es war ein knirschendes, gepreßtes Geräusch, als würde ein ungeübter Fahrer sich verschalten. »Es ist selbst nach all den Jahren noch zu schmerzhaft, es breitzutreten.«

Und so setzten sie sich auf die Bank, und Mr. Delevan erzählte die Geschichte zu Ende, wie es kam, daß er Pop Merrill kannte, während sie über den Rasen mit dem Musikpavillon in der Mitte sahen.

»Ich ging an dem Abend zu ihm, als ich in die Wette eingeschlagen hatte«, sagte er. »Deiner Mutter habe ich gesagt, ich würde Zigaretten holen gehen. Ich ging nach Einbruch der Dunkelheit, damit mich niemand sah. Niemand aus der Stadt, meine ich. Sie hätten gewußt, daß ich irgendwie in Schwierigkeiten war, und das wollte ich nicht. Ich ging rein, und Pop sagte: ›Was hat ein berufstätiger Mann wie Sie in so einem Haus verloren, Mr. John Delevan?‹ Und ich erzählte ihm, was ich gemacht hatte, und er sagte: ›Sie haben eine Wette abgeschlossen und sind schon der Überzeugung, daß Sie verlieren werden?‹ ›Wenn ich sie verliere‹, sagte ich, ›soll wenigstens gewährleistet sein, daß ich sonst nichts verliere.‹

Da mußte er lachen. ›Ich habe Respekt vor einem klugen Mann‹, sagte er. ›Ich schätze, ich kann Ihnen vertrauen. Wenn die Celtics gewinnen, kommen Sie zu mir. Ich kümmere mich um Sie. Sie haben ein ehrliches Gesicht.‹«

»Und das war *alles*?« fragte Kevin. In der achten Klasse hatten sie im Mathematik-Unterricht das Wichtigste über Kredite durchgenommen, und er wußte das meiste noch. »Er hat keine, äh, Sicherheit verlangt?«

»Die Leute, die zu Pop gehen, haben keine Sicherheiten«, sagte sein Vater. »Er ist kein Kredithai, wie man sie in Filmen sieht; er bricht dir nicht das Bein, wenn du nicht bezahlst. Aber er kennt Mittel und Wege, es den Leuten zu zeigen.«

»Was für Mittel und Wege?«

»Darum geht es nicht«, sagte John Delevan. »Als das letzte Spiel fertig war, ging ich rauf, um deiner Mutter wieder zu sagen, ich würde Zigaretten holen gehen. Aber sie schlief, so blieb mir diese Lüge erspart. Es war spät, jedenfalls für Castle Rock, kurz vor elf, aber bei ihm brannte noch Licht. Das hatte ich gewußt. Er gab mir das Geld in

Zehnern. Er holte sie aus einer alten Kaffeekanne. Nur Zehner. Das weiß ich noch. Sie waren zerknittert, aber er hatte sie glattgestrichen. Vierzig Zehndollarscheine, und er zählte sie ab wie ein Bankkassierer, und dabei qualmte er die Pfeife und hatte die Brille auf den Kopf geschoben, und mir war einen Augenblick danach zumute, ihm die Zähne einzuschlagen. Statt dessen dankte ich ihm. Du kannst dir nicht vorstellen, wie schwer es manchmal sein kann, danke zu sagen. Ich hoffe, du wirst es nie erfahren. Er sagte: ›Sie sind sich über die Bedingungen im klaren, ja?‹ und ich bejahte, worauf er sagte: ›Das ist gut. Ich mache mir Ihretwegen keine Sorgen. Ich will damit sagen, Sie haben ein ehrliches Gesicht. Sie gehen jetzt und bringen die Sache mit dem Typen bei Ihnen im Geschäft in Ordnung, und dann die Sache mit mir. Und machen Sie keine Wetten mehr. Man muß Ihnen nur ins Gesicht sehen und weiß, Sie sind nicht aus dem Holz geschnitzt, aus dem Spieler sind.‹ Ich nahm das Geld, ging nach Hause, versteckte es unter der Fußmatte des alten Chevy, legte mich neben deine Mutter und machte die ganze Nacht kein Auge zu, weil ich mir schäbig vorkam. Am nächsten Tag gab ich die Zehner dem Ingenieur, mit dem ich gewettet hatte, und *der* zählte sie, und dann legte er sie einfach zusammen und steckte sie in eine Tasche und knöpfte die Klappe zu, als wäre ihm das viele Geld nicht wichtiger als eine Benzinquittung, die er vor Feierabend beim Bauleiter abrechnen mußte. Dann schlug er mir auf die Schulter und sagte: ›Du bist ein prima Kerl, Johny. Besser als ich dachte. Ich habe vierhundert gewonnen, aber zwanzig davon an Bill Untermeyer verloren. Er hat gesagt, du würdest gleich heute morgen mit dem Zaster ankommen, und ich habe dagegen gewettet, ich würde ihn frühestens Ende der Woche zu sehen bekommen. Wenn überhaupt je.‹ ›Ich bezahle meine Schulden‹, sagte ich. ›Nur die Ruhe‹, sagte er, und ich glaube, da war ich *wirklich* kurz davor, ihm mit den Daumen die Augen auszustechen.«

»Wieviel Zins hat Pop verlangt, Dad?«

Sein Vater sah ihn stechend an. »Läßt er zu, daß du ihn so nennst?«

»Ja, warum?«

»Dann hüte dich vor ihm«, sagte Mr. Delevan. »Er ist eine Schlange.«

Dann seufzte er, als wollte er sich und seinem Sohn eingestehen, daß er die Antwort hinauszögerte und sich darüber im klaren war. »Zehn Prozent. Das waren die Zinsen.«

»Das ist nicht so viel . . .«

»Pro Woche«, fügte Mr. Delevan hinzu.

Kevin saß einen Moment fassungslos da. Dann: »Aber das ist *ungesetzlich*!«

»Wie wahr«, sagte Mr. Delevan trocken. Er sah den verkrampften Gesichtsausdruck seines Sohnes und löste sich aus seiner eigenen Starre. Er lachte und schlug seinem Sohn auf die Schultern. »So ist die Welt eben, Kev«, sagte er. »Am Ende bringt sie uns doch alle um.«

»Aber . . .«

»Kein Aber. Das waren die Zinsen, und er wußte, ich würde sie bezahlen. Ich wußte, sie suchten Leute für die Schicht von drei bis elf drüben in der Fabrik in Oxford. Ich sagte dir, ich hatte mich darauf vorbereitet zu verlieren, und ich war nicht nur bei Pop gewesen. Ich redete mit deiner Mutter und sagte, ich würde vielleicht eine Zeitlang dort die Schicht annehmen. Schließlich wollte sie ein neues Auto, vielleicht in eine bessere Wohnung ziehen und eine Kleinigkeit auf die Bank bringen, falls uns einmal ein finanzielles Malheur zustoßen sollte.«

Er lachte.

»Nun, das finanzielle Malheur war schon passiert, nur wußte sie es nicht, und ich wollte alles unternehmen, damit sie es nie herausfand. Sie sagte, ich würde mich umbringen, wenn ich sechzehn Stunden täglich arbeitete. Sie sagte, diese Fabriken wären gefährlich, man las immer wieder, wie jemand einen Arm oder ein Bein verlor oder unter einem Walzwerk zerquetscht wurde. Ich sagte ihr, sie solle sich keine Sorgen machen, ich würde einen Job im Sortierraum annehmen, Minimallohn, aber sitzende Tätigkeit, und wenn es wirklich zuviel wurde, würde ich aufhören. Sie war trotzdem dagegen. Sie sagte, sie würde selbst arbeiten gehen, aber *das* konnte ich ihr ausreden. Weißt du, das wollte ich unter gar keinen Umständen.«

Kevin nickte.

»Ich sagte ihr, ich würde nach sechs, spätestens acht Monaten wieder kündigen. Also ging ich hin, und sie haben mich genommen, aber nicht im Sortierraum. Ich bekam einen Job im Walzwerk und mußte Rohmaterial in die Maschine füttern, die wie die Schleuder der Waschmaschine eines Riesen aussah. Es war wirklich eine gefährliche Arbeit; wenn man ausrutschte oder unaufmerksam war – was nicht schwerfiel, weil die Arbeit so verdammt monoton war –, konnte man einen Arm oder ein Bein verlieren, oder alles. Ich habe einmal gesehen, wie ein Mann eine Hand im Räderwerk verloren hat, und will so etwas nie wieder sehen. Es war, als hätte man gesehen, wie eine Ladung Dynamit in einem Handschuh voll Hackfleisch hochgeht.«

»Ach du *Scheiße*«, sagte Kevin. Er sagte das selten in Gegenwart seines Vaters, aber sein Vater schien es nicht bemerkt zu haben.

»Wie dem auch sei, ich bekam zwei Dollar und achtzig Cent pro Stunde, und nach zwei Monaten haben sie das Gehalt auf drei Dollar zehn aufgebessert«, sagte er. »Es war die Hölle. Ich arbeitete den ganzen Tag an dem Straßenbauprojekt – wenigstens war es Frühling und nicht so heiß –, und anschließend raste ich zur Fabrik, holte aus dem Chevy raus, was ging, damit ich nicht zu spät kam. Ich zog die Khakihosen aus und sprang förmlich in Jeans und ein T-Shirt, und dann stand ich von drei bis elf am Walzwerk. Ich kam gegen Mitternacht nach Hause, und am schlimmsten war es, wenn deine Mutter wach blieb, um mich zu empfangen, was sie an zwei oder drei Abenden in der Woche machte; da mußte ich mich fröhlich und munter geben, obwohl ich kaum auf einer geraden Linie gehen konnte, so müde war ich. Aber wenn sie das gesehen hätte . . .«

»Hätte sie darauf bestanden, daß du aufhörst.«

»Ja. Das hätte sie. Also verhielt ich mich fröhlich und putzmunter und erzählte ihr lustige Geschichten vom Sortierraum, wo ich nicht arbeitete, und manchmal fragte ich mich, was passieren würde, sollte sie je eines Abends beschließen, dorthin zu fahren – um mir etwas Warmes zu essen zu bringen oder so. Ich habe mich ziemlich gut verstellt, aber man muß mir manchmal doch etwas angemerkt haben, denn sie sagte mir immer wieder, ich wäre albern, mich wegen so wenig kaputt zu machen – und es blieb wirklich nicht mehr viel übrig, nachdem die Regierung und Pop ihren Anteil genommen hatten. Es lief ungefähr auf das hinaus, was jemand im Sortierraum als Mindestlohn bekommen würde. Sie zahlten den Lohn mittwochnachmittags, und ich achtete immer darauf, daß mein Scheck im Büro ausbezahlt würde, ehe die Mädchen nach Hause gingen.

Deine Mutter hat nie einen Scheck zu sehen bekommen.

In der ersten Woche bezahlte ich Pop fünfzig Dollar – vierzig waren Zinsen und zehn Abzahlung auf die vierhundert, also blieben noch dreihundertneunzig Schulden. Ich war wie ein Zombie. Beim Straßenbau saß ich in der Mittagspause im Auto, aß mein Brot und schlief, bis der Vorarbeiter mit der verdammten Glocke läutete. Ich habe diese Glocke *gehaßt*.

In der zweiten Woche bezahlte ich ihm wieder fünfzig Dollar – neununddreißig Zins, elf Tilgung – und war damit bei dreihundertneunundsiebzig Dollar. Ich kam mir vor wie ein Vogel, der versucht, einen ganzen Berg schnabelweise zu essen.

In der dritten Woche wäre ich beinahe selbst ins Walzwerk gestürzt, und das hat mir so einen Schrecken eingejagt, daß ich ein paar Minuten hellwach wurde – jedenfalls soweit, daß mir eine Idee kam, also war es eigentlich ein Segen. Ich mußte mir das Rauchen abgewöhnen. Mir war unverständlich, warum ich nicht früher darauf gekommen war. Damals kostete eine Schachtel Zigaretten vierzig Cent. Ich rauchte zwei Schachteln täglich. Das waren fünf Dollar und sechzig Cent pro Woche!

Wir hatten alle zweieinhalb Stunden eine Zigarettenpause; ich sah in meine Packung Tareytons und stellte fest, ich hatte noch zehn oder zwölf Stück. Mit diesen Zigaretten bin ich eineinhalb Wochen ausgekommen und habe mir kein neues Päckchen mehr gekauft.

Einen Monat wußte ich nicht, ob ich es schaffen würde oder nicht. An manchen Tagen läutete der Wecker um sechs und ich wußte, ich konnte es nicht, ich mußte es Mary einfach sagen und auf mich nehmen, was auch immer für eine Strafe sie mir auferlegen wollte. Aber als der zweite Monat anfing, wußte ich, wahrscheinlich würde ich es doch packen. Ich bin bis zum heutigen Tag überzeugt, es waren diese fünf-sechzig pro Woche zusätzlich – zusammen mit den Bier- und Mineralwasserpfandflaschen, die ich am Straßenrand aufsammeln konnte –, die dazu beigetragen haben. Ich hatte die Schulden auf dreihundert runter, und das bedeutete, ich konnte fünfundzwanzig, sechsundzwanzig Dollar pro Woche abzahlen, im Lauf der Zeit noch mehr.

Ende April waren wir dann mit dem Straßenbauprojekt fertig und bekamen eine Woche bei voller Bezahlung frei. Ich sagte Mary, ich würde den Job in der Mühle bald aufgeben, und sie sagte, Gott sei Dank, und dann arbeitete ich in der Woche Urlaub soviel ich konnte in der Mühle, weil es höchste Zeit war. Ich hatte nie einen Unfall. Ich habe gesehen, wie Männer, die frischer und wacher als ich waren, welche hatten, aber ich hatte nie einen. Ich weiß nicht, warum. Am Ende dieser Woche gab ich Pop Merrill hundert Dollar und kündigte mit der vorgeschriebenen Woche Frist in der Papierfabrik. Nach dieser letzten Woche hatte ich die Schulden soweit abbezahlt, daß ich den Rest von meinem normalen Lohnscheck abstottern konnte, ohne daß deine Mutter etwas merkte.«

Er seufzte tief.

»Jetzt weißt du, wie ich Pop Merrill kennengelernt habe

und warum ich ihm nicht traue. Ich habe zehn Wochen in der Hölle verbracht, und er erntete meinen Schweiß – in Zehndollarscheinen, die er zweifellos aus seiner Kaffeekanne oder sonstwo herausholte und einem anderen Pechvogel gab, der in einer ähnlichen Klemme steckte wie ich.«

»Junge, mußt du ihn hassen.«

»Nein«, sagte Mr. Delevan und stand auf. »Ich hasse ihn nicht und ich hasse mich nicht. Ich hatte ein Fieber, das ist alles. Es hätte schlimmer kommen können. Meine Ehe hätte daran zugrunde gehen können, dann wären du und Meg nie zur Welt gekommen, Kevin. Oder ich hätte selbst daran sterben können. Pop Merrill war das Heilmittel. Es war eine Roßkur, aber sie hat funktioniert. Ich kann ihm nur nicht verzeihen, *wie* sie funktioniert hat. Er nahm jeden verdammten Cent, trug alles in ein Buch unter seiner Registrierkasse ein, sah die Ringe unter meinen Augen und wie meine Hosen an den Hüftknochen hingen und sagte nichts.«

Sie gingen Richtung Emporium Galorium, das im verblaßten Gelb von Schildern gestrichen war, die zu lange in Schaufenstern gestanden haben, und die falsche Fassade war offensichtlich und unbarmherzig. Daneben fegte Polly Chalmers ihren Gehweg und unterhielt sich mit Alan Pangborn, dem County Sheriff. Sie sah jung und frisch aus und hatte das Haar zu einem Pferdeschwanz gebunden; er sah in seiner ordentlich gebügelten Uniform jung und heldenhaft aus. Aber es war nicht immer alles so, wie es aussah, das wußte selbst Kevin mit seinen fünfzehn Jahren. Sheriff Pangborn hatte seine Frau und seinen jüngsten Sohn dieses Frühjahr bei einem Autounfall verloren, und Kevin hatte gehört, daß Ms. Chalmers, jung oder nicht, schlimme Arthritis hatte und in wenigen Jahren zum Krüppel werden konnte. Dieser Gedanke veranlaßte ihn, wieder zum Emporium Galorium zu sehen . . . und dann auf sein Geburtstagsgeschenk, die Kamera, die er in der Hand hielt.

»Er hat mir sogar einen Gefallen getan«, sagte Mr. Delevan. »Seinetwegen habe ich mit dem Rauchen aufgehört. Aber ich traue ihm nicht. Sei vorsichtig in seiner Nähe, Kevin. Und was auch passiert, laß mich reden. Ich kenne ihn inzwischen vielleicht ein bißchen besser.«

So betraten sie die staubige, tickende Stille, wo Pop Merrill sie unter der Tür erwartete; er hatte die Brille auf die kahle Kuppel seines Kopfes geschoben und immer noch den einen oder anderen Trick im Ärmel.

»Aha, da sind ja Vater und Sohn«, sagte Pop und schenkte ihnen ein bewunderndes Großvaterlächeln. Seine Augen funkelten hinter einem Vorhang aus Pfeifenrauch, und einen Augenblick fand Kevin, daß Pop, obwohl glattrasiert, wie der Weihnachtsmann aussah. »Sie haben einen prima Jungen, Mr. Delevan. *Prima.*«

»Ich weiß«, sagte Mr. Delevan. »Ich war entsetzt, als ich hörte, daß er mit Ihnen zu tun hat – weil ich möchte, daß er auch so bleibt.«

»Das tut weh«, sagte Pop mit dem leisesten Anflug von Zurechtweisung. »Das tut weh von einem Mann, der, als er nirgends sonst hinkonnte . . .«

»Das war einmal«, sagte Mr. Delevan.

»Ja-ha, ja-ha, das wollte ich damit sagen.«

»Aber dies hier nicht.«

»Auch das geht vorbei«, sagte Pop. Er steckte Kevin eine Hand entgegen, und Kevin gab ihm die Kamera. »Nämlich heute.« Er hielt die Kamera hoch und drehte sie in den Händen. »Dies ist ein funktionierendes Gerät. *Wie* es funktioniert, das weiß ich nicht genau, aber Ihr Junge will es vernichten, weil er es für gefährlich hält. Ich glaube, er hat recht. Aber ich hab zu ihm gesagt: ›Du willst doch nicht, daß dein Vater dich für eine Memme hält, oder?‹ Nur aus diesem Grund habe ich Sie hierherbestellt, John . . .«

»›Mr. Delevan‹ hat mir besser gefallen.«

»Na gut«, sagte Pop und seufzte. »Wie ich sehe, haben Sie nicht vor, freundlich zu sein und Vergangenes vergessen sein zu lassen.«

»Nein.«

Kevin sah mit gequältem Gesichtsausdruck von einem zum anderen.

»Spielt keine Rolle«, sagte Pop; seine Stimme und sein Gesicht wurden unvermittelt kalt, und nun sah er ganz und gar nicht mehr wie der Weihnachtsmann aus. »Als ich gesagt habe, Vergangenheit ist Vergangenheit, und was geschehen ist, ist nun mal geschehen, war das mein Ernst . . . außer es wirkt sich auf das aus, was die Leute im Hier und Jetzt machen. Ich will nur eines sagen, Mr. Delevan: Ich mache keine unlauteren Geschäfte, das wissen Sie.«

Pop sprach diese bodenlose Lüge mit einer nüchternen Kälte aus, daß sie sie beide glaubten; Mr. Delevan schämte sich sogar ein klein wenig, so unglaublich sich das anhören mag.

»Unser Geschäft war eine gegenseitige Abmachung. Sie haben mir gesagt, was Sie wollten, und ich habe Ihnen gesagt, was ich als Gegenleistung wollte, Sie haben es mir gegeben, und die Sache war aus der Welt. Dies ist etwas anderes.« Und dann erzählte Pop noch eine größere Lüge; eine Lüge von so überwältigenden Dimensionen, daß man sie einfach glauben mußte. »Ich habe kein persönliches Interesse daran, Mr. Delevan. Ich will nur Ihrem Jungen helfen. Ich mag ihn.«

Er lächelte, und der Weihnachtsmann war schnell und überzeugend wieder da; Kevin vergaß völlig, daß er je weg gewesen war. Aber mehr noch: John Delevan, der monatelang bis zum Rand der Erschöpfung wenn nicht gar des Todes im Walzwerk geschuftet hatte, um den exorbitanten Preis zu bezahlen, den dieser Mann für einen Augenblick der Unvernunft verlangt hatte – John Delevan vergaß diesen anderen Ausdruck auch.

Pop führte sie durch den Geruch alter Zeitungen und das Tick-tack der Uhren und legte die Sun 660 beiläufig ein wenig zu dicht am Rand der Werkbank ab (genau wie Kevin bei sich zu Hause, nachdem er sein erstes Bild gemacht hatte), dann ging er einfach weiter zur Treppe im hinteren Bereich, die zu seiner kleinen Wohnung hinaufführte. Da hinten stand ein staubiger alter Spiegel an eine Wand gelehnt, und in den sah Pop nun, ob der Junge oder sein Vater die Kamera mitnehmen oder weiter vom Rand wegschieben würden. Er hielt es nicht für möglich, aber es war denkbar.

Sie warfen ihr nicht einmal einen Blick im Vorübergehen zu, und als Pop sie die uralte Treppe mit dem ausgetretenen Gummibelag hinaufführte, grinste er auf eine Weise, die ganz schlecht fürs Geschäft gewesen wäre, hätte es jemand gesehen, und dachte: *Verdammt, bin ich gut!*

Er machte die Tür auf, und sie gingen in die Wohnung.

Weder John noch Kevin Delevan waren je in den Privatgemächern von Pop gewesen, und John kannte keinen, dem diese Ehre je zuteil geworden wäre. In gewisser Weise war das nicht überraschend; niemand würde Pop je als Ehrenbürger der Stadt nominieren. John hielt es nicht für ausgeschlossen, daß der alte Wichser einen oder zwei Freunde hatte – schließlich hörten die Wunder in der Welt nie auf –, aber falls, wußte er nicht, wer sie waren.

Kevin seinerseits dachte flüchtig an seinen Lieblingslehrer Mr. Baker. Er fragte sich, ob Mr. Baker womöglich auch einmal in eine Klemme geraten war und jemand wie Pop gebraucht hatte, der ihm heraushalf. Dies kam ihm so unwahrscheinlich vor wie seinem Vater der Gedanke, Pop könnte Freunde haben, aber vor einer Stunde wäre die Vorstellung, sein eigener Vater . . .

Nun. Am besten, schien es, ließ man es dabei bewenden.

Pop *hatte* einen Freund (oder zumindest Bekannten) oder zwei, aber er brachte sie nicht hierher. Er wollte es nicht. Es war sein Zuhause und verriet mehr von seinem wahren Wesen, als ihm lieb war. Dieses bemühte sich um Ordnung, schaffte es aber nicht ganz. Die Tapete hatte Wasserflecken; nicht überdeutlich, sondern verstohlen und braun wie die Phantomgedanken, die ängstliche Gemüter quälen. In einem altmodischen tiefen Spülbecken stand schmutziges, verkrustetes Geschirr, und obwohl der Tisch sauber und der Deckel auf dem Plastikmülleimer war, herrschte ein kaum wahrnehmbarer Geruch nach Sardinen und etwas anderem vor – möglicherweise ungewaschenen Füßen. Ein so verstohlener Geruch wie die Wasserflecken an den Tapeten.

Das Wohnzimmer war winzig. Hier roch es nicht nach

Sardinen und (möglicherweise) ungewaschenen Füßen, sondern nach Pfeifenrauch. Zwei Fenster führten auf nichts Malerischeres als die rückwärtige Gasse hinter der Mulberry Street, und die Scheiben zeigten zwar, daß sie geputzt – wenigstens aber hin und wieder abgewischt worden waren –, aber die Ecken waren fettig und durch jahrelanges Pfeifenrauchen verschmiert. Die ganze Wohnung roch nach schlimmen Dingen, die unter die ausgetretenen, verblichenen Teppiche gefegt und unter dem altmodischen Plüschsessel und Sofa versteckt worden waren. Diese beiden Möbelstücke waren grün, und das Auge wollte einem sagen, daß sie zusammenpaßten, konnte es aber nicht, weil sie nicht paßten. Nicht ganz.

Das einzig neue Mobiliar in dem Zimmer waren ein riesiger Mitsubishi-Fernseher mit einer Ein-Meter-zwanzig-Bildröhre und ein Videorecorder auf einem Beistelltisch daneben. Links von diesem Tisch stand ein Regal, welches Kevins Aufmerksamkeit auf sich zog, weil es völlig leer war. Pop hatte es für das Beste gehalten, seine über siebzig Pornofilme vorübergehend im Schrank zu verstauen.

Eine Videokassette lag in einer neutralen Hülle auf dem Recorder.

»Setzt euch«, sagte Pop und deutete auf die zerschlissene Couch. Er ging zum Fernseher und holte die Kassette aus der Hülle.

Mr. Delevan sah die Couch kurz mit einem zweifelnden Gesichtsausdruck an, als befürchtete er, sie könnte Wanzen haben, dann setzte er sich zimperlich. Kevin setzte sich neben ihn. Er hatte mehr Angst denn je.

Pop schaltete den Recorder an und schob die Kassette ein. »Ich kenne einen Mann in der Stadt«, begann er (für Einwohner von Castle Rock bedeutete der Ausdruck ›in der Stadt‹ immer Lewiston), »der seit zwanzig Jahren oder so einen Kameraladen hat. Er ist ins Videogeschäft eingestiegen, als es angefangen hat, weil er sagte, das wäre das Geschäft der Zukunft. Er wollte, daß ich mit fünfzig Prozent bei ihm einsteige, aber ich habe ihn für verrückt gehalten. Nun, diesbezüglich habe ich mich geirrt, will ich damit sagen, aber . . .«

»Kommen Sie zur Sache«, sagte Kevins Vater.

»Das versuche ich ja«, sagte Pop mit großen und gekränkten Augen. »Wenn Sie mich lassen würden.«

Kevin stieß seinem Vater behutsam den Ellbogen in die Seite, worauf Mr. Delevan nichts mehr sagte.

»Wie dem auch sei, vor ein paar Jahren hat er herausgefunden, daß man mit diesen Spielzeugen nicht nur Geld verdienen konnte, indem man anderen Leuten Kassetten auslieh. Wenn man bereit war, nur achthundert Piepen locker zu machen, konnte man Filme und Schnappschüsse der Leute auf Videoband überspielen. Viel einfacher anzusehen.«

Kevin gab ein leises, unwillkürliches Geräusch von sich, und Pop lächelte und nickte.

»Ja-ha. Du hast mit deiner Kamera achtundfünfzig Bilder gemacht, und wir haben alle gesehen, jedes war ein klein wenig anders als das vorhergehende; ich denke, wir wissen auch alle, was das bedeutet, aber ich wollte es selbst sehen.«

»Sie haben versucht, einen Film aus diesen Schnappschüssen zu machen?« fragte Mr. Delevan.

»Nicht versucht, ich *habe* einen Film daraus gemacht«, sagte Pop. »Besser gesagt, der Mann aus der Stadt, den ich kenne. Aber es war meine Idee.«

»*Ist* es ein Film?« fragte Kevin. Ihm war klar, was Pop gemacht hatte, und ein Teil von ihm war etwas verdrossen, weil er selbst nicht darauf gekommen war, aber weitgehend war er baff vor Staunen (und Entzücken) über den Einfall.

»Sieh selbst«, sagte Pop und schaltete den Fernseher ein. »Achtundfünfzig Bilder. Wenn der Bursche Schnappschüsse von Leuten überspielt, nimmt er im allgemeinen jedes fünf Sekunden lang auf Video auf – lange genug, daß man es sich gut ansehen kann, aber nicht so lange, daß man sich langweilen würde, bis das nächste kommt. Ich habe ihm gesagt, ich wollte jedes nur eine Sekunde lang und ohne Blenden zwischen den einzelnen Bildern.«

Kevin fiel ein Spiel ein, das er in der Grundschule gespielt hatte, wenn eine Stunde zu Ende war und er vor Beginn der nächsten noch etwas Zeit hatte. Er hatte einen kleinen Notizblock, der Regenbogenblock hieß, weil er mit dreißig gelben Seiten anfing, dann kamen dreißig rosa Seiten, dann dreißig grüne und so weiter. Für das Spiel schlug man die letzte Seite auf und zeichnete ein Strichmännchen mit weiten Hosen und ausgestreckten Armen. Auf der nächsten Seite malte man dasselbe Strichmännchen mit derselben weiten Hose auf derselben Stelle, aber diesmal zeichnete man die Arme ein Stück höher ... aber nur ein winziges Stück. Das machte man auf jeder Seite, bis das Strichmännchen die Arme über dem Kopf zusammenschlug. Wenn man dann noch Zeit hatte, malte man das Strichmännchen weiter, das nun die Arme langsam wieder senkte. Wenn man fertig war, konnte man die Seiten ganz schnell durchblättern und hatte einen behelfsmäßigen Trickfilm mit einem Boxer, der über einen K. o. jubelt: Er hob die Hände über den Kopf, schlug sie zusammen, schüttelte sie und ließ sie wieder sinken.

Kevin erschauerte. Sein Vater sah ihn an. Kevin schüttelte den Kopf und murmelte: »Nichts.«

»Ich will damit sagen, das Band dauert nur etwa eine Minute«, sagte Pop. »Ihr müßt genau hinsehen. Fertig?«

Nein, dachte Kevin.

»Meinetwegen«, sagte Mr. Delevan. Er versuchte immer noch, griesgrämig und verdrossen zu klingen, aber Kevin hörte, daß er nichtsdestotrotz ein gewisses Interesse entwickelt hatte.

»Okay«, sagte Pop Merrill und drückte auf den Startknopf.

Kevin sagte sich immer wieder, daß es albern war, Angst zu haben. Er sagte es sich, aber es half kein bißchen.

Er wußte, was er sehen würde, weil er und Meg schon bemerkt hatten, daß die Sun nicht nur ein und dasselbe

Bild immer wiederholte wie ein Fotokopierer; sie brauchten nicht lange, bis sie dahinterkamen, daß die Fotos von einem zum nächsten eine Bewegung beschrieben.

»Sieh doch«, hatte Meg gesagt. »Der Hund bewegt sich!«

Anstatt mit einer seiner freundlichen, aber nervtötenden, altklugen Bemerkungen daherzukommen, die er normalerweise für seine jüngere Schwester bereithielt, hatte Kevin gesagt: »Es sieht so *aus* . . . aber man kann es nicht mit Sicherheit sagen, Meg.«

»Kann man doch«, sagte sie. Sie waren in seinem Zimmer, wo er die Kamera düster betrachtet hatte. Sie lag mitten auf seinem Schreibtisch, die neuen Schulbücher, die er in Schutzhüllen packen wollte, waren zur Seite geschoben. Meg hatte den Hals der Schreibtischlampe so gedreht, daß diese einen grellen Lichtkreis auf die Schreibtischunterlage warf. Sie schob die Kamera beiseite und legte das erste Bild – das mit dem Zuckergußfleck am Rand – in die Mitte des Lichts. »Zähl die Zaunpfosten zwischen den Hinterfüßen des Hundes und dem rechten Bildrand«, sagte sie.

»Es sind Zaunlatten und keine Zaunpfosten«, sagte er zu ihr.

»Zähl sie.«

Er zählte. Er konnte vier ganz und eine fünfte teilweise erkennen, obwohl die struppigen Hinterbeine des Hundes diese fast völlig verdeckten.

»Und jetzt sieh dir das hier an.«

Sie legte das vierte Polaroidbild vor ihn. Jetzt konnte er die fünfte Latte *ganz* und einen Teil der sechsten sehen.

Also wußte er – oder glaubte –, er würde eine Kreuzung zwischen einem sehr alten Trickfilm und einem dieser ›Daumenkinos‹ sehen, die er in der Schule gemacht hatte, wenn er zuviel Zeit hatte.

Die letzten fünfundzwanzig Sekunden des Bands waren tatsächlich so, aber Kevin fand, daß seine Daumenkinos der zweiten Klasse eigentlich besser gewesen waren . . . die mutmaßliche Bewegung des Boxers hatte glatter gewirkt. Die letzten fünfundzwanzig Sekunden des Videobands waren die Bewegungen so ungelenk und ruckartig, daß die alten Filme mit den Keystone Cops im Vergleich dazu wie Wunder moderner Filmkunst wirkten.

Doch das Zauberwort war *Bewegungen,* und das schlug alle, einschließlich Pop, in seinen Bann. Sie sahen sich die Minute Film dreimal wortlos an. Außer ihrem Atem war kein Laut zu hören: Kevin atmete schnell und flach durch die Nase, sein Vater tiefer, Pops Atem war ein verschleimtes Rasseln in der schmalen Brust.

Und die ersten dreißig Sekunden oder so . . .

Er vermutete, daß er Bewegung erwartet hatte; die Daumenkinos zeigten Bewegung, und die Zeichentrickfilme samstagsvormittags, die im Grunde genommen nichts weiter als etwas kompliziertere Versionen dieser Daumenkinos waren, zeigten ebenfalls Bewegung, aber er hatte nicht erwartet, daß es die ersten dreißig Sekunden des Bands nicht so sein würde, als würde man die Seiten eines Notizblocks rasch umblättern oder einen primitiven Zeichentrickfilm wie *Possible Possum* im Fernsehen sehen: Dreißig Sekunden lang (achtundzwanzig, genauer gesagt) sahen seine einzelnen Polaroidbilder auf unheimliche Weise wie ein echter Film aus. Kein Hollywood-Film, nicht einmal ein billiger Horror-Film, wie er ihn auf Megans Drängen manchmal ausleihen mußte, wenn ihre Eltern abends ausgingen; es war mehr wie das Stück eines selbstgedrehten Films, den jemand gemacht hatte, der gerade eine Super-8-Kamera bekommen hatte und noch nicht richtig damit umgehen konnte.

In den ersten achtundzwanzig Sekunden ging die schwarze Promenadenmischung mit kaum wahrnehmbarem Rucken am Zaun entlang und gab den Blick auf fünf, sechs, sieben Zaunlatten frei; sie hielt sogar einmal inne und schnupperte an einer anderen, womit sie scheinbar ein weiteres geheimnisvolles Hundetelegramm las. Dann ging der Hund weiter, dem Kopf zum Zaun hin gesenkt, die Hinterfüße zur Kamera gerichtet. Und nach der Hälfte dieses ersten Teils fiel Kevin etwas auf, das er vorher nicht bemerkt hatte. Der Fotograf hatte die Kamera offenbar gedreht, damit er den Hund im Visier behielt. Wenn er (oder sie) das nicht getan hätte, wäre der Hund einfach aus dem Bild gelaufen, und allein der Zaun wäre zurückgeblieben. Die Latten am rechten Rand der ersten Bilder verschwanden, links tauchten neue auf. Das konnte man sehen, weil die Spitze einer der Latten ganz rechts abgebrochen gewesen war. Diese war jetzt nicht mehr im Bild.

Der Hund fing wieder an zu schnuppern . . . und dann hob er den Kopf. Sein unversehrtes Ohr stellte sich auf; dasjenige, welches bei einem längst vergessenen Kampf verletzt und lahmgelegt worden war, versuchte dasselbe. Es war kein Laut zu hören, doch Kevin spürte mit an Sicherheit grenzender Wahrscheinlichkeit, daß der Hund zu knurren angefangen hatte. Der Hund witterte etwas oder jemanden. Was oder wen?

Kevin betrachtete den Schatten, den sie anfangs als den eines Zweigs oder Baums oder möglicherweise Telefonmasten abgetan hatten, und wußte es.

Er fing an, den Kopf zu drehen . . . und da fing die zweite Hälfte dieses seltsamen ›Films‹ an, dreißig Sekunden ruckartiger Bewegungen, von denen man Kopfschmerzen und tränende Augen bekam. Pop hatte eine Ahnung gehabt, dachte Kevin, vielleicht hatte er auch schon einmal über so etwas gelesen gehabt. Wie auch immer, es war bewiesen und so eindeutig, daß man es eigentlich nicht mehr aussprechen mußte. Als die Bilder kurz nacheinander aufgenommen worden waren, wenn auch nicht unbedingt aufeinander folgend, waren die Bewegungen in diesem behelfsmäßigen ›Film‹ fast fließend. Nicht ganz, aber fast. Aber wenn mehr Zeit zwischen den Fotos lag, tat das Ansehen dem Auge weh, weil es entweder ein bewegliches Bild sehen wollte, oder aber eine Abfolge unbeweglicher Fotografien, und statt dessen sah es keins und beides.

Es verging Zeit in dieser Polaroid-Welt. Nicht mit derselben Geschwindigkeit wie in dieser *(wirklichen?)* Welt, sonst wäre die Sonne schon dreimal auf- (oder unter-) gegangen, und was der merkwürdige Hund tat, wäre längst abgeschlossen gewesen (*falls* er überhaupt etwas tat), und wenn nicht, wäre er einfach fort, und man würde lediglich diesen reglosen und scheinbar ewigen, verwitterten Lattenzaun sehen, der ein ungepflegtes Rasenstück begrenzte, *aber* sie verging.

Der Kopf des Hundes drehte sich zu dem Fotografen, Besitzer des Schattens, herum wie der Kopf eines Hundes im Griff eines epileptischen Anfalls: Eben noch wurden das Gesicht und fast die gesamte Kopfform von dem herunterhängenden Ohr verdeckt; dann sah man ein schwarzbraunes Auge, umgeben von einer runden und irgendwie glibberigen Korona, bei der Kevin an schlecht gewordenes Eiweiß denken mußte; dann sah man die halbe Schnauze mit Lefzen, die leicht runzlig aussahen, als würde der Hund gleich bellen oder knurren; und zuletzt sah man etwa zwei Drittel eines Gesichts, das gräßlicher war, als es bei einem normalen Hund der Fall sein durfte, selbst bei einem ausgesprochen bösen Tier. Die weißen Haare auf der Schnauze deuteten darauf hin, daß er nicht mehr jung war. Ganz am Ende des Bands konnte man sehen, daß der Hund die Lefzen tatsächlich fletschte. Etwas Weißes funkelte, das Kevin für einen Zahn hielt. Das sah er aber erst beim dritten Durchlauf. Das Auge hielt ihn im Bann. Es war mörderisch. Diese Promenadenmischung sprühte geradezu vor Mordlust. Und der Hund hatte keinen Namen; das wußte er ebenso gewiß. Er wußte ohne den Schatten eines Zweifels, daß kein Polaroidmann, keine Polaroidfrau und kein Polaroidkind diesem Polaroidhund je einen Namen gegeben hatte; es war ein Streuner, als Streuner geboren, als Streuner groß und alt und böse geworden, die Inkarnation aller Hunde, die je über das Antlitz der Erde gestreunt waren, namenlos und heimatlos, Hühner töteten und Abfall aus Mülltonnen fraßen, die umzuwerfen sie schon lange gelernt hatten, und in Abwasserrohren und unter den Veranden verlassener Häuser schliefen. Sein

Verstand würde verkümmert sein, aber seine Instinkte scharf und rot. Er ...

Als Pop Merrill das Wort ergriff, wurde Kevin so gründlich aus seinem Nachdenken gerissen, daß er fast geschrien hätte.

»Der Mann, der diese Bilder gemacht hat«, sagte er. »*Wenn* es so jemanden überhaupt gegeben hat, will ich damit sagen. Was meint ihr, ist aus *dem* geworden?«

Pop hatte das letzte Bild mittels Fernbedienung festgehalten. Eine Statiklinie verlief quer über das Bild. Kevin wünschte sich, sie würde durch das Auge des Hundes gehen, aber die Linie war darunter. Dieses Auge starrte sie an – haßerfüllt, dumm, mordlüstern – nein, nicht dumm, nicht völlig, das machte ihn nicht nur furchteinflößend, sondern entsetzlich –, und niemand mußte Pops Frage beantworten. Man brauchte keine Bilder mehr, um zu wissen, was als nächstes passieren würde. Der Hund hatte wahrscheinlich etwas gehört: Selbstverständlich hatte er etwas gehört, und Kevin wußte auch, was. Er hatte das quietschige kleine Surren gehört.

Weitere Bilder würden zeigen, wie er sich weiter drehte, dann würde er immer mehr von jedem Bild einnehmen, bis nur noch der Hund selbst zu sehen sein würde – kein ungepflegter, fleckiger Rasen, kein Zaun, kein Gehweg, kein Schatten. Nur der Hund.

Der angreifen wollte.

Der töten wollte, wenn er konnte.

Kevins trockene Stimme schien jemand anderem zu gehören. »Ich glaube, er mag es nicht, wenn man ihn fotografiert«, sagte er.

Pops kurzes Lachen war, als würde man trockene Zweige über dem Knie zu Feuerholz brechen.

»Spulen Sie zurück«, sagte Mr. Delevan.

»Wollen Sie das ganze Ding noch mal sehen?« fragte Pop.

»Nein – nur die letzten zehn Sekunden oder so.«

Pop spulte mit der Fernbedienung zurück und ließ es noch einmal laufen. Der Hund drehte den Kopf so ruckartig wie ein Roboter, der alt und abgelaufen, aber immer noch gefährlich ist, und Kevin wollte ihnen sagen: *Hört auf. Hört einfach auf. Es reicht. Hören wir auf und vernichten wir diese Kamera.* Denn da war noch etwas, oder nicht? Etwas, worüber er nicht nachdenken wollte, aber bald würde er darüber nachdenken müssen, ob es ihm gefiel oder nicht; er konnte spüren, wie es in seinem Verstand an die Oberfläche kam wie der breite Rücken eines Wals.

»Noch einmal«, sagte Mr. Delevan. »Diesmal Bild für Bild. Können Sie das?«

»Ja-ha«, sagte Pop. »Die verdammte Maschine macht alles, außer der Wäsche.«

Nun also ein Bild nach dem anderen. Jetzt war der Hund nicht mehr wie ein Roboter, jedenfalls nicht exakt, sondern wie eine unheimliche Uhr, die zu Pops anderen Exemplaren unten gehört hätte. Ruck. Ruck. Ruck. Der Kopf drehte sich. Gleich würde dieses gnadenlose, nicht völlig idiotische Auge sie wieder ansehen.

»Was ist das?« fragte Mr. Delevan.

»Was ist was?« fragte Pop, als wüßte er nicht, daß es genau das war, worüber der Junge gestern sprechen wollte, das Ding, das, da war Pop sicher, seinen Entschluß gefestigt hatte, die Kamera ein für allemal zu zerstören.

»Unter dem Hals«, sagte Mr. Delevan und deutete. »Er hat kein Halsband und keine Hundemarke um, aber etwas an einer Schnur oder einem dünnen Seil um den Hals.

»Weiß nicht«, sagte Pop ungerührt. »Vielleicht weiß es Ihr Junge. Die jungen Leute haben bessere Augen als wir Veteranen.«

Mr. Delevan drehte sich zu Kevin um und sah ihn an. »Kannst du es erkennen?«

»Ich . . .« Er verstummte. »Es ist echt winzig.«

Er mußte wieder daran denken, was sein Vater gesagt hatte, als sie das Haus verließen. *Wenn sie dich nie fragt, mußt du es ihr nie sagen . . . So machen wir das in der Welt der Erwachsenen.* Eben hatte er Kevin gefragt, ob er erkennen konnte, was der Hund unter dem Hals hatte. Kevin hatte diese Frage nicht beantwortet; er hatte etwas ganz anderes gesagt. *Es ist echt winzig.* Was es auch war. Die Tatsache, daß er trotzdem wußte, worum es sich handelte . . . und . . .

Wie hatte sein Vater es genannt? Am Rand einer Lüge dahintaumeln?

Aber er *konnte* es eigentlich nicht sehen. Nicht richtig. Trotzdem wußte er es. Das Auge deutete nur an; das Herz begriff. Und sein Herz begriff, wenn er recht hatte, dann *mußte* diese Kamera vernichtet werden. *Mußte.*

In diesem Augenblick hatte Pop Merrill plötzlich eine Erleuchtung. Er stand auf und schaltete den Fernseher aus. »Ich hab die Bilder unten«, sagte er. »Die hab ich mit der Videokassette zurückgebracht. Ich hab das Ding selbst gesehen und es mit der Lupe untersucht, bin aber immer noch nicht sicher . . . *sieht* aber irgendwie vertraut aus, der Teufel soll es holen. Ich will nur schnell das Bild und meine Lupe holen.«

»Wir können mit Ihnen runtergehen«, sagte Kevin, was Pop um nichts auf der Welt wollte, doch da schaltete sich Delevan ein, Gott segne ihn, und sagte, er würde sich das Band vielleicht noch einmal ansehen, wenn sie die letzten Bilder mit der Lupe untersucht hatten.

»Dauert nur einen Augenblick«, sagte Pop und verschwand so munter wie ein Vogel, der auf einem Apfelbaum von Ast zu Ast springt, ehe einer von ihnen noch Einwände erheben konnte, so es ihm je in den Sinn gekommen wäre.

Kevin nicht. Der Gedanke hatte sich endlich monströs in seinen Verstand gedrängt, und ob es Kevin gefiel oder nicht, er mußte darüber nachdenken.

Es war kein Einfall, sondern eine simple Gewißheit. Sie hatte mit dieser seltsamen Zweidimensionalität zu tun, die Polaroids immer eigen ist; sie zeigten stets nur zwei Dimensionen, was natürlich bei allen Fotos so war, aber Fotos anderer Kameras schienen wenigstens noch eine dritte Dimension *anzudeuten*, selbst welche, die mit einer einfachen Kodak 110 aufgenommen worden waren.

Die Gegenstände auf *seinen* Fotos, die er nie durch den

Bildsucher der Sun gesehen hatte, waren genauso: flach, nüchtern, zweidimensional.

Bis auf den Hund.

Der Hund war nicht *flach*. Der Hund war nicht *bedeutungslos*, etwas, das man erkennen konnte, das aber keinerlei emotionale Wirkung hatte. Der Hund schien nicht nur drei Dimensionen anzudeuten, sondern sie wahrhaftig zu besitzen, so wie ein Hologramm sie wahrhaft zu besitzen scheint, oder einer dieser Filme in 3D, wo man spezielle Brillen tragen mußte, um zwei Farben zur Deckung zu bringen.

Es ist kein Polaroidhund, dachte Kevin, und er gehört nicht in die Welt, von der Polaroidkameras Aufnahmen machen. Das ist verrückt, ich weiß, aber ich weiß auch, daß es so ist. Und was bedeutet das? Warum macht meine Kamera immer wieder Bilder davon . . . und was für ein Polaroidmann oder was für eine Polaroidfrau macht Aufnahmen davon? Sieht er oder sie ihn überhaupt? Wenn es ein dreidimensionaler Hund in einer zweidimensionalen Welt ist, vielleicht sehen sie ihn dann nicht . . . können ihn gar nicht sehen. Sie sagen, für uns ist die Zeit die vierte Dimension, und wir wissen, daß sie da ist, können sie aber nicht sehen. Wir können nicht einmal richtig spüren, wie sie vergeht, auch wenn es manchmal den Anschein hat, besonders wenn wir uns langweilen.

Aber wenn man es genau überlegte, spielte das alles vielleicht gar keine Rolle, und die Fragen waren ihm sowieso zu knifflig. Andere Fragen schienen wichtiger zu sein, entscheidende Fragen, bei denen es vielleicht sogar um Leben und Tod ging.

Zum Beispiel, warum war der Hund in *seiner* Kamera?

Wollte er etwas von *ihm* – oder von irgendwem? Anfangs hatte er gedacht, die Antwort lautete: *von irgendwem*, denn jeder konnte Bilder davon machen und die Bewegung ging immer weiter. Aber dieses Ding, das er um den Hals hatte, das Ding, das kein Halsband war . . . das hatte etwas mit ihm zu tun, Kevin Delevan, und sonst niemandem. Wollte der Hund *ihm* etwas antun? Wenn die Antwort *darauf* ja lautete, konnte man alle anderen Fragen vergessen, denn es war verdammt leicht einzusehen, was der Hund wollte. Man sah es in seinem tückischen Auge, im gerade einsetzenden Knurren. Er dachte, der Hund wollte zweierlei.

Erst entkommen.

Dann töten.

Da drüben ist ein Mann oder eine Frau mit einer Kamera, die den Hund vielleicht nicht einmal sehen, dachte Kevin, *und wenn der Fotograf den Hund nicht sehen kann, kann der Hund vielleicht auch den Fotografen nicht sehen, in dem Fall wäre der Fotograf sicher. Aber wenn der Hund wirklich dreidimensional ist, dann sieht er vielleicht durch – vielleicht sieht er denjenigen, der meine Kamera benützt. Vielleicht bin trotzdem nicht ich es, nicht speziell ich; vielleicht ist nur derjenige sein Ziel, der die Kamera eben benützt.*

Aber – das Ding, das er um den Hals trug. Was war damit?

Er dachte an die dunklen Augen der Promenadenmischung, die lediglich von einem tückischen Funkeln davor bewahrt wurden, vollkommen dumm dreinzuschauen. Gott allein wußte, wie der Hund überhaupt erst in diese Polaroidwelt gelangt war, aber wenn sein Bild aufgenommen wurde, konnte er *heraussehen,* und Kevin glaubte im Grunde seines Herzens, daß der Hund ihn zuerst töten wollte, das Ding um seinen Hals sagte, daß er ihn töten wollte, es *verkündete,* daß er ihn töten wollte, aber danach?

Nun, nach Kevin waren alle recht.

Einfach jeder.

In gewisser Weise war es wie ein anderes Spiel, das man als Kind spielte, richtig? Es war wie ›Großer Sprung‹. Der Hund war an diesem Zaun entlanggetrottet. Der Hund hatte die Polaroid gehört, dieses quietschige kleine Surren. Er drehte sich um und sah . . . was? Seine eigene Welt, sein Universum? Eine Welt oder ein Universum, die seinem eigenen so ähnlich waren, daß er spürte, er konnte hier leben und jagen? Einerlei. Jedesmal, wenn jemand ein Bild machte, würde der Hund näher kommen. Er würde näher und näher kommen, bis . . . nun, bis was? Bis er irgendwie durchbrechen konnte?

»Das ist albern«, murmelte er. »Er würde nie durchpassen.«

»Was?« fragte sein Vater, der ebenfalls aus tiefem Nachdenken hochschreckte.

»Nichts«, sagte Kevin. »Ich habe nur mit mir selbst gespro . . .«

Da hörten sie von unten gedämpft, aber deutlich Pop Merrills mißfälligen, bestürzten und wütenden Aufschrei: »O Scheiße! Himmel, Arsch und Zwirn! *Verflucht!*«

Kevin und sein Vater sahen einander erschrocken an.

»Gehen wir nachsehen, was passiert ist«, sagte sein Vater und stand auf. »Ich hoffe, er ist nicht gestürzt und hat sich den Arm gebrochen oder so. Ich meine, ein Teil von mir hofft es *schon*, aber . . . du weißt schon.«

Kevin dachte: *Und wenn er nun Bilder gemacht hat? Wenn der Hund da unten ist?*

Aber die Stimme des alten Mannes hatte sich nicht ängstlich angehört, und selbstverständlich konnte ein Tier, das etwa so groß aussah wie ein deutscher Schäferhund, weder durch eine Kamera von der Größe der Sun 660 noch durch eins ihrer Fotos kommen. Ebensogut könnte man versuchen, eine Waschmaschine durch den Abwasserschlauch zu ziehen.

Trotzdem empfand er genügend Angst für sie beide – für alle drei –, als er seinem Vater die Treppe hinunter in den düsteren Basar unten folgte.

Als Pop Merrill die Treppe hinunterging, war er so vergnügt wie eine Miesmuschel bei Flut.

Er war darauf vorbereitet gewesen, den Austausch vor ihren Augen vorzunehmen, falls es erforderlich gewesen wäre. Es hätte ein Problem werden können, wenn er es nur mit dem Jungen zu tun gehabt hätte, der immer noch ein Jahr oder so von der Überzeugung entfernt war, er wüßte alles, aber der Vater des Jungen – ah, den zum Narren zu halten, wäre so einfach gewesen, wie einem Baby das Fläschchen zu stehlen. Hatte er dem Jungen von der Klemme erzählt, in der er einmal gesteckt hatte? Wenn man bedachte, wie ihn der Junge neuerdings ansah – auf eine argwöhnische Weise –, hatte Delevan es ihm wahrscheinlich gesagt, befand Pop. Und was hatte der Vater dem Sohn noch gesagt? Mal sehen. *Läßt er zu, daß du ihn Pop nennst? Das bedeutet wahrscheinlich, daß er dich über'n Tisch ziehen will.* Dies als Anfang. *Er ist eine elende Schlange, die am Boden kriecht.* Das als zweites. Und dann natürlich die Krönung von allem: *Laß mich mit ihm reden, Junge. Ich kenne ihn besser als du. Laß mich einfach alles regeln.* Männer wie Delevan waren für Pop Merrill, was für andere ein hübscher Teller mit Brathähnchen war – zart, köstlich, saftig. Damals war Delevan selbst kaum mehr als ein Junge gewesen, und er würde nie ganz begreifen, daß nicht Pop ihm an den Karren gefahren war, sondern er selbst ganz allein. Der Mann hätte zu seiner Frau gehen können, und die hätte ihre alte Erbtante angezapft, deren knochiger kleiner Arsch praktisch mit Hundertdollarscheinen zugeklebt war, und Delevan hätte wahrscheinlich eine Zeitlang in der Hundehütte schlafen müssen, aber sie hätte ihn schon rechtzeitig wieder reingelassen. Aber er hatte es nicht nur nicht so gesehen; er hatte es überhaupt nicht gesehen. Und heute glaubte er völlig grundlos, er wüßte alles, was es über Reginald Marion Merrill zu wissen gab.

Und genau so gefiel es Pop.

Er hätte die beiden Kameras vor den Augen des Mannes austauschen können, und der hätte nicht das geringste gemerkt – so sicher war er, daß er den alten Pop durchschaut hatte.

Aber so war es besser.

Man bat die Dame Fortuna nicht um eine Verabredung; sie hatte so eine Art, Männer immer dann zu versetzen, wenn sie sie am dringendsten brauchten. Aber wenn sie aus eigenem Antrieb kam . . . nun, dann war es klug, stehen und liegen zu lassen, was man gerade machte, sie auszuführen und Speise und Trank zu kredenzen, und zwar so üppig man konnte. Sie war ein Flittchen, das zu einem hielt, wenn man sie richtig behandelte.

Daher ging er rasch zur Werkbank, bückte sich und holte die Polaroid mit der kaputten Linse darunter hervor. Er stellte sie auf den Tisch, holte einen Schlüsselring aus der Tasche (mit einem kurzen Blick über die Schulter, ob nicht doch einer beschlossen hatte, zu ihm runterzukommen) und wählte den Schlüssel aus, mit dem man das Fach aufschließen konnte, welches die gesamte linke Seite der Werkbank bildete. In dieser tiefen Schublade befanden sich ein paar Krügerrands aus Gold, ein Briefmarkenalbum, in dem die billigste Marke laut der neuesten Ausgabe des *Scott Briefmarkenkatalogs* sechshundert Dollar wert war, eine Münzsammlung, schätzungsweise neunzehntausend Dollar wert, zwei Dutzend Hochglanzfotos einer Frau mit verquollenen Augen, die Geschlechtsverkehr mit einem Shetlandpony hatte, sowie ein Batzen Bargeld, der sich auf etwas über zweitausend Dollar belief.

Das Bargeld, das er in verschiedenen Blechdosen aufbewahrte, war Pops Verleihgeld. John Delevan hätte die Scheine gekannt. Es handelte sich ausnahmslos um zerknitterte Zehner.

Pop verstaute Kevins Sun 660 in dieser Schublade, schloß sie ab und steckte den Schlüsselring wieder ein. Dann schubste er die Kamera mit der gesprungenen Linse (noch einmal) von der Werkbank und schrie: »O Scheiße! Himmel, Arsch und Zwirn! *Verflucht!*« So laut, daß sie es hören mußten.

Dann verlieh er seinem Gesicht den entsprechenden Ausdruck von Zorn und Zerknirschung und wartete, bis sie nachsehen würden, was passiert war.

»Pop?« rief Kevin. »Mr. Merrill? Alles in Ordnung?«

»Ja-ha«, sagte er. »Außer meinem verdammten Stolz hab ich nichts verletzt. Ich schätze, diese Kamera bringt einfach Pech. Ich habe mich gebückt, um die Schublade aufzumachen, will ich damit sagen, und hab das verfluchte Ding dabei einfach auf den Boden geschubst. Nur glaub ich, diesmal ist sie nicht so glimpflich davongekommen. Weiß nicht, ob ich sagen soll, daß es mir leid tut, oder nicht. Ich meine, du wolltest eh . . .«

Er hielt Kevin die Kamera unterwürfig hin; dieser nahm sie und betrachtete die gesprungene Linse und das abgesplitterte Plastik. »Nein, macht nichts«, sagte Kevin und drehte die Kamera in den Händen herum – aber nicht mehr auf die zimperliche, ängstliche Weise wie zuvor: so, als wäre sie in Wirklichkeit nicht aus Plastik und Glas, sondern aus Dynamit. »Ich wollte sie sowieso kaputtmachen.«

»Ich glaube, die Arbeit habe ich dir abgenommen.«

»Ich würde mich wohler fühlen . . .« begann Kevin.

»Ja-ha, ja-ha. So geht es mir mit Mäusen. Lacht mich ruhig aus, wenn ihr wollt, aber wenn ich eine in einer Falle finde, und sie ist tot, schlage ich trotzdem noch mit dem Besen drauf. Nur um ganz sicherzugehen, will ich damit sagen.«

Kevin lächelte verhalten und sah seinen Vater an. »Er sagt, er hat einen Hackklotz draußen, Dad . . .«

»Und einen ordentlichen Vorschlaghammer im Schuppen, wenn ihn keiner gestohlen hat.«

»Was dagegen, Dad?«

»Es ist deine Kamera, Kev«, sagte Delevan. Er warf Pop einen mißtrauischen Blick zu, doch der Blick sagte, daß er Pop ganz allgemein mißtraute, nicht aus einem speziellen Grund. »Aber wenn es dir danach wohler zumute ist, dann ist es die richtige Entscheidung.«

»Gut«, sagte Kevin. Er spürte, wie ihm eine gewaltige Last von den Schultern genommen wurde – nein, sie wurde ihm von der *Seele* genommen. Nachdem die Linse gesprungen war, war die Kamera bestimmt nutzlos . . . aber er würde sich erst ganz beruhigt fühlen, wenn er sie um Pops Hackklotz herum in Trümmern liegen sah. Er drehte sie in den Händen, hin und her und her und hin, und war amüsiert und erstaunt zugleich, welche tiefe Befriedigung ihm ihr kaputtes Äußeres verschaffte.

»Ich glaube, ich bin Ihnen schuldig, was diese Kamera gekostet hat, Delevan«, sagte Pop, der genau wußte, wie der Mann reagieren würde.

»Nein«, sagte Delevan. »Zertrümmern wir sie und vergessen, daß die ganze verrückte Sache je passiert ist . . .« Er machte eine Pause. »Ich hätte es fast vergessen: Wir wollten uns diese letzten Fotos mit Ihrem Vergrößerungsglas ansehen. Ich wollte sehen, ob ich erkennen kann, was der Hund da um den Hals hat. Ich denke dauernd, daß es mir bekannt vorkommt.«

»Das können wir auch, nachdem wir die Kamera vernichtet haben, oder nicht?« fragte Kevin. »Einverstanden, Dad?«

»Klar doch.«

»Und dann«, sagte Pop, »wäre es vielleicht kein schlechter Einfall, auch die Bilder zu verbrennen. Das könntest du hier in meinem Herd machen.«

»Das finde ich eine *prima* Idee«, sagte Kevin. »Was meinst du, Dad?«

»Ich glaube, daß Mrs. Merrill keine Narren großgezogen hat«, sagte sein Vater.

»Nun«, sagte Pop und lächelte geheimnisvoll hinter aufsteigenden Rauchwolken, »wir waren insgesamt fünf, wissen Sie.«

Der Tag war strahlend blau gewesen, als Kevin und sein Vater zum Emporium Galorium gegangen waren; ein herrlicher Herbsttag. Jetzt war es halb fünf, der Himmel größtenteils bewölkt, und es sah aus, als würde es noch vor Einbruch der Dunkelheit regnen. Kevin spürte die erste richtige herbstliche Kälte an den Händen. Wenn er lange genug draußen blieb, würden sie rot werden, aber er hatte nicht die Absicht. In einer halben Stunde würde seine Mutter nach Hause kommen, und er fragte sich schon, was sie sagen würde, wenn sie feststellte, daß sein Vater bei ihm war, und was sein Vater sagen würde.

Aber das kam später.

Kevin legte die Sun 660 auf den Hackklotz in dem kleinen Garten, und Pop Merrill gab ihm einen Vorschlaghammer. Der Griff war vom vielen Gebrauch glattgerieben. Das Metall war rostig, als hätte ihn jemand nicht ein-

oder zweimal, sondern häufig achtlos im Regen stehen lassen. Aber er würde seine Aufgabe erfüllen. Daran zweifelte Kevin nicht. Die Polaroid, deren Linse bereits gesprungen und deren Gehäuse größtenteils gesplittert war, sah auf der unebenmäßigen, rauhen und geschundenen Oberfläche des Hackklotzes zerbrechlich und schutzlos aus, weil man an ihrer Stelle eher ein Scheit Esche oder Ahorn dort zu sehen erwartete, das entzweigehackt werden sollte.

Kevin legte die Hände an den glatten Griff des Vorschlaghammers und drückte zu.

»Bist du sicher, Junge?« fragte Mr. Delevan.

»Ja.«

»Okay.« Kevins Vater sah auf die Uhr. »Dann tu es.«

Pop stand beiseite, hatte die Pfeife zwischen die windschiefen Zähne geklemmt, die Hände in den Hosentaschen. Er sah verschlagen vom Mann zum Jungen und wieder zum Mann, sagte aber nichts.

Kevin hob den Vorschlaghammer, und plötzlich überkam ihn eine Wut auf die Kamera, die er bisher nie so deutlich gespürt hatte, und er schlug mit aller Kraft zu, die er aufbieten konnte.

Zu fest, dachte er. *Du wirst sie verfehlen und kannst von Glück sagen, wenn du dir nicht den eigenen Fuß zermatschst, und sie wird immer noch daliegen, ein hohles Plastikgehäuse, das ein kleines Kind plattstampfen könnte, ohne sich anzustrengen, und selbst wenn du Glück hast und deinen Fuß auch verfehlst, wird Pop dich sehen. Er wird nichts sagen; es wird nicht notwendig sein. Sein Blick wird alles sagen.*

Und er dachte auch: *Es ist einerlei, ob ich treffe oder nicht. Es ist ein Zauber, eine Art Zauberkamera, die man nicht kaputtmachen KANN. Selbst wenn du sie voll triffst, wird der Hammer einfach abprallen wie eine Kugel von Supermans Brust.*

Und dann hatte er keine Zeit mehr, etwas zu denken, weil der Hammer genau auf die Kamera traf. Kevin hatte *wirklich* so fest ausgeholt, daß er keine Kontrolle mehr hatte, aber er hatte Glück. Und der Vorschlaghammer schnellte auch nicht wieder in die Höhe und traf Kevin womöglich genau zwischen die Augen und tötete ihn, wie der Schlußgag in einer Horror-Story.

Die Sun barst nicht, sie detonierte förmlich. Schwarze Plastiksplitter flogen überallhin. Ein langes Rechteck mit einem glänzenden schwarzen Fleck an einem Ende – ein Bild, das nie gemacht werden würde, überlegte Kevin – flatterte neben dem Hackklotz auf den Sandboden und blieb verkehrt herum liegen.

Es folgte ein Augenblick so durchdringender Stille, daß sie nicht nur die Autos auf der Lower Main Street hören konnten, sondern auch Kinder, die einen Block entfernt auf dem Parkplatz hinter Wardell's Country Store, der vor zwei Jahren Pleite gemacht hatte und seitdem leer stand, Fangen spielten.

»Soviel also *dazu*«, sagte Pop. »Du hast den Hammer geschwungen wie Paul Bunyan, Kevin! Ich will lächelnd ein Schwein küssen, wenn es nicht so ist!«

»Das brauchen Sie nicht«, sagte er danach zu Mr. Delevan, der so zimperlich Plastikscherben vom Boden aufhob wie ein Mann, der ein Glas fallengelassen hat und die Glassplitter aufhebt. »Alle ein oder zwei Wochen kommt ein Junge vorbei und bringt den Garten in Ordnung. Ich weiß, er sieht so schon nicht besonders aus, aber wenn ich den Jungen nicht hätte . . . herrje!«

»Dann sollten wir vielleicht das Vergrößerungsglas nehmen und die Bilder ansehen«, sagte Mr. Delevan und stand auf. Er ließ die wenigen Plastikscherben in einen rostigen Abfalleimer fallen, der in der Nähe stand, und klopfte sich die Hände ab.

»Mir recht«, sagte Pop.

»Und dann verbrennen wir sie«, mahnte Kevin. »Vergeßt das nicht.«

»Nein«, sagte Pop. »Ich fühle mich auch wohler, wenn sie nicht mehr da sind.«

»Himmel!« sagte John Delevan. Er beugte sich über Pop Merrills Werkbank und betrachtete das vorletzte Foto durch das beleuchtete Vergrößerungsglas. Auf diesem war der Gegenstand um den Hals des Hundes am deutlichsten zu sehen; auf dem letzten Foto hatte der Hund sich wieder in die andere Richtung gedreht. »Kevin, sieh dir das an und sag mir, ob ich richtig gesehen habe.«

Kevin nahm das Vergrößerungsglas und sah durch. Er hatte es selbstverständlich gewußt, aber es war dennoch kein Pro-forma-Blick. Clyde Tombaugh mußte die erste Fotografie des Planeten Pluto mit derselben Faszination betrachtet haben. Tombaugh hatte gewußt, daß er da sein mußte; Berechnungen, welche Abweichungen in den Bahnen von Neptun und Uranus ergaben, hatten Pluto nicht zu einer Möglichkeit, sondern zu einer Notwendigkeit gemacht. Aber zu *wissen*, daß etwas da war, selbst zu wissen, *was* es war ... das änderte nichts an der Faszination, es zum erstenmal zu *sehen*.

Er ließ den Schalter los und gab Pop die Lupe zurück. »Ja«, sagte er zu seinem Vater. »Du hast richtig gesehen.« Seine Stimme klang so flach ... so flach wie die Gegenstände in dieser Polaroidwelt, vermutete er, und verspürte den Drang zu lachen. Aber er ließ das Lachen nicht hinaus, weil es einerseits unangebracht gewesen wäre zu lachen (obwohl er argwöhnte, daß es so war), sondern weil sich das Lachen auch ... nun, flach angehört haben würde.

Pop wartete, und als ihm klar wurde, daß er sie drängen mußte, sagte er: »Nun laßt mich hier nicht von einem Fuß auf den anderen treten. Was ist es?«

Kevin hatte es ihm zuvor schon nicht sagen wollen, und jetzt wollte er es auch nicht. Es gab keinen Grund dafür, aber ...

Hör auf, dich so verdammt albern zu benehmen! Er hat dir geholfen, als du Hilfe gebraucht hast, womit er auch immer seine Knete verdient. Sag es ihm und verbrenn die Bilder und verschwinde, ehe sämtliche Uhren anfangen, fünf zu schlagen.

Ja. Wenn er noch hier war, wenn *das* geschah, wäre es wahrscheinlich der Tropfen, der das Faß zum Überlaufen brachte; er würde einfach total durchdrehen, und sie würden ihn nach Juniper Hill schaffen, weil er von echten

Hunden in Polaroidwelten und Kameras, die immer nur dasselbe Bild schossen, aber nicht ganz genau, phantasieren würde.

»Die Polaroidkamera war ein Geburtstagsgeschenk«, hörte er sich mit derselben trockenen Stimme sagen. »Was der Hund um den Hals trägt, war auch eins.«

Pop schob langsam die Brille auf den Kopf und sah Kevin blinzelnd an. »Ich glaube, ich kann dir nicht folgen, Junge.«

»Ich habe eine Tante«, sagte Kevin. »Sie ist eigentlich meine Großtante, aber so dürfen wir sie nicht nennen, weil sie sagt, dann fühlt sie sich so alt. Wie auch immer, Tante Hildas Mann hat ihr eine Menge Geld hinterlassen – meine Mom sagt, sie ist über eine Million Dollar schwer –, aber sie ist ein Knickstiefel.«

Er verstummte, damit sein Vater Gelegenheit hatte, einen Einwand anzubringen, aber sein Vater lächelte nur gallig und nickte. Pop Merrill, der *diese* Situation genau kannte (in Wahrheit gab es in Castle Rock und Umgebung nicht viel, was Pop nicht wenigstens zum Teil wußte), hielt einfach still und wartete darauf, daß der Junge die Katze aus dem Sack lassen würde.

»Sie kommt alle drei Jahre und verbringt Weihnachten bei uns, und dann gehen wir immer zur Kirche, weil *sie* zur Kirche geht. Wir essen jede Menge Brokkoli, wenn Tante Hilda da ist. Von uns mag ihn keiner, und meine Schwester muß regelrecht darauf kotzen, aber Tante Hilda mag Brokkoli *sehr*, und darum gibt es ihn. Auf unserer Sommerleseliste stand ein Buch, *Große Erwartungen*, und darin kam eine Dame vor, die genau wie Tante Hilda war. Es hat sie aufgegeilt, mit ihrem Geld vor ihren Verwandten zu wedeln. Ihr Name war Miss Havisham, und wenn Miss Havisham gepfiffen hat, dann haben die Leute nach ihrer Pfeife getanzt. Wir tanzen auf jeden Fall, und ich glaube, der Rest der Verwandtschaft auch.«

»Oh, gegen deinen Onkel Randy sieht deine Mutter wie ein Aufwiegler aus«, sagte Mr. Delevan unerwartet. Kevin dachte, sein Vater wollte sich auf heitere Weise zynisch anhören, aber heraus kam eine tiefempfundene, gallige Verbitterung. »Wenn Tante Hilda in Randys Haus pfeift, dann überschlagen sich alle förmlich und tanzen Tarantella bis zum Umfallen.«

»Wie dem auch sei«, sagte Kevin zu Pop, »sie schickt mir jedes Jahr dasselbe zum Geburtstag. Ich meine, es ist immer anders, aber im Grunde doch das gleiche.«

»Und was schickt sie dir, Junge?«

»Eine Krawatte«, sagte Kevin. »Wie Männer in altmodischen Country-Bands sie immer anhaben. Die Nadel ist jedes Jahr anders, aber es ist immer eine Krawatte.«

Pop schnappte sich das Vergrößerungsglas und beugte sich damit über das Bild. »Himmel, Arsch«, sagte er und richtete sich wieder auf. »Eine Krawatte! Genau das ist es! Warum ist mir das erst jetzt aufgefallen?«

»Ich glaube, weil ein Hund so etwas normalerweise nicht den Hals trägt«, sagte Kevin mit unverändert hölzerner Stimme. Sie waren erst seit etwa einer Dreiviertelstunde hier, aber ihm war, als wäre er um fünfunddreißig Jahre gealtert. *Nicht vergessen*, dachte er, *die Kamera existiert nicht mehr. Sie besteht nur noch aus Trümmern. Weder alle Männer des Königs noch alle Pferde des Königs, nicht einmal die Leute, die in der Polaroidfabrik in Schenectady arbeiten, könnten dieses Ding je wieder zusammensetzen.*

Ja, und Gott sei Dank. Denn dies war das Ende der Fahnenstange. Selbst wenn Kevin erst mit achtzig wieder einmal mit dem *Übernatürlichen* in Berührung kam, und sei es noch so entfernt, wäre ihm das immer noch zu früh.

»Außerdem ist sie sehr schmal«, sagte Mr. Delevan. »Sie war da, als Kevin die Schachtel aufgemacht hat, und wir haben alle gewußt, was darin sein würde. Fraglich war nur, was dieses Jahr auf der Nadel sein würde. Wir haben noch Witze darüber gemacht.«

»Was *ist* denn auf der Nadel?« fragte Pop und sah wieder in das Foto . . . *auf* das Foto, besser gesagt: Kevin hätte vor jedem Gericht des Landes geschworen, daß es unmöglich war, *in* ein Polaroidbild zu sehen.

»Ein Vogel«, sagte Kevin. »Ich bin ziemlich sicher, daß

es ein Specht ist. Und genau das hat der Hund auf dem Bild um den Hals. Eine Krawatte mit einem Specht auf der Nadel.«

»Herrgott!« sagte Pop. Auf seine heimliche Weise war er einer der besten Schauspieler der Welt, aber die Überraschung, die er jetzt empfand, mußte er nicht schauspielern.

Mr. Delevan sammelte brüsk sämtliche Polaroidbilder ein. »Werfen wir die verdammten Dinger in den Herd«, sagte er.

Als Kevin und sein Vater nach Hause kamen, war es zehn Minuten nach fünf, und es hatte angefangen zu nieseln. Mrs. Delevans zwei Jahre alter Toyota stand nicht in der Einfahrt, aber sie war daheim gewesen und wieder gegangen. Auf dem Küchentisch lag eine Nachricht von ihr zwischen Salz- und Pfefferstreuer. Als Kevin den Zettel aufklappte, fiel ein Zehndollarschein heraus.

> Lieber Kevin,
> beim Bridgespielen hat Jane Doyon gefragt, ob Meg und ich mit ihr ins Bonanza zum Essen gehen wollen, weil ihr Mann geschäftlich in Pittsburgh unterwegs ist und sie sich allein im Haus langweilt. Ich sagte, es wäre uns ein Vergnügen. Besonders Meg. Du weißt ja, wie sehr es ihr gefällt, ›zu den Frauen‹ zu gehören! Hoffe, es macht Dir nichts aus, ein einsames Mahl einzunehmen. Warum bestellst Du Dir nicht Pizza und Eis? Dein Vater kann sich ja selbst etwas bestellen, wenn er nach Hause kommt. Er kann aufgewärmte Pizza nicht ausstehen, und Du weißt, er wird lieber ein paar Bier dazu trinken.
>
> Alles Liebe,
> Mom

Sie sahen sich an und sagten beide: *Gut, wenigstens brauchen wir uns darum nicht zu kümmern,* ohne es laut auszusprechen. Offenbar war weder ihr noch Meg aufgefallen, daß Mr. Delevans Auto noch in der Garage stand.

»Möchtest du, daß ich . . .« begann Kevin, aber er mußte nicht zu Ende sprechen, denn sein Vater unterbrach ihn: »Ja. Sieh nach. Sofort.«

Kevin lief zwei Stufen auf einmal die Treppe hinauf in sein Zimmer. Kevin hatte einen Schrank und eine Kommode. Die unterste Schublade der Kommode war voll Sachen, die Kevin schlicht als ›Krimskrams‹ bezeichnete: Irgendwie wäre es kriminell gewesen, sie wegzuwerfen, obwohl er sie eigentlich gar nicht brauchen konnte. Dort befand sich die Taschenuhr seines Großvaters, schwer, graviert, wunderbar . . . und so sehr verrostet, daß der Juwelier in Lewiston, zu dem sie sie gebracht hatten, nur einmal den Kopf geschüttelt und sie wieder über den Tresen zu ihnen geschoben hatte. Da waren zwei Paar zusammenpassende und zwei einzelne Manschettenknöpfe, ein Falt-Pin-up aus *Penthouse*, ein Taschenbuch mit dem Titel *Männerwitze* und ein Sony-Walkman, der irgendwie die Gewohnheit angenommen hatte, die Bänder zu fressen, die er abspielen sollte. Nur Krimskrams, mehr nicht. Es gab kein anderes passendes Wort dafür.

Und zu diesem Krimskrams gehörten selbstverständlich auch die dreizehn Krawatten, die Tante Hilde ihm die letzten dreizehn Geburtstage geschickt hatte.

Er nahm eine nach der anderen heraus, zählte, kam auf zwölf statt auf dreizehn, wühlte die Schublade noch einmal durch und zählte noch einmal. Immer noch zwölf.

»Nicht da?«

Kevin, der in die Hocke gegangen war, schrie auf und schnellte hoch.

»Tut mir leid«, sagte Mr. Delevan von der Tür. »Das war dumm.«

»Schon gut«, sagte Kevin. Er fragte sich ganz kurz, wie schnell das Herz eines Menschen schlagen konnte, bevor dieser Mensch ganz einfach den Löffel abgab. »Ich bin nur . . . nervös. Albern.«

»Nein.« Sein Vater sah ihn ernst an. »Als ich das Band angesehen habe, hatte ich solche Angst, daß ich dachte, ich müßte mir in den Mund fassen und meinen Magen mit den Fingern wieder runterdrücken.«

Kevin sah seinen Vater dankbar an.

»Sie ist nicht da, richtig?« fragte Mr. Delevan. »Die mit dem Specht oder was es auch immer sein soll.«

»Nein. Sie ist nicht da.«

»Hast du die Kamera in der Schublade gehabt?«

Kevin nickte langsam mit dem Kopf. »Pop – Mr. Merrill – hat mir gesagt, ich solle sie zwischendrin immer wieder ausruhen lassen. Das gehörte zu dem Plan, den er aufgestellt hatte.«

Etwas ging ihm flüchtig durch den Kopf und war wieder weg.

»Darum habe ich sie da reingelegt.«

»Mann«, sagte Mr. Delevan leise.

»Ja.«

Sie sahen einander in der Düsternis an, und plötzlich lächelte Kevin. Es war, als würde die Sonne hinter einer Wolkenbank hervorkommen.

»Was?«

»Mir ist nur wieder eingefallen, wie es war«, sagte Kevin. »Ich habe den Vorschlaghammer so fest geschwungen . . .«

Mr. Delevan fing ebenfalls an zu lächeln. »Ich habe schon gedacht, du würdest dir deinen eigenen . . .«

». . . und als ich zugeschlagen habe, hat es KNIRSCH! gemacht . . .«

». . . sind überall hingeflogen . . .«

»BUMM!« kam Kevin zum Ende. »Futsch.«

Sie lachten beide in Kevins Zimmer, und Kevin stellte fest, er war fast – *fast* – froh, daß das alles passiert war. Das Gefühl der Erleichterung war so unbeschreiblich und doch so perfekt wie das Gefühl, das man empfindet, wenn jemand anderer durch Zufall oder übersinnliche Führung einen genau an der Stelle kratzt, wo man selbst nicht hinkommt, genau an der richtigen Stelle, mitten rein, und es eine Sekunde durch Berührung, den Druck der Finger, auf wunderbare Weise schlimmer macht . . . und dann, o köstliche Erleichterung. So war es mit der Kamera und der Tatsache, daß sein Vater alles wußte.

»Sie ist kaputt«, sagte Kevin. »Oder nicht?«

»So kaputt wie Hiroshima, nachdem die *Enola Gay* die A-Bombe darauf geworfen hatte«, antwortete Mr. Delevan und fügte dann hinzu: »Zu Klumpatsch zertrümmert, will ich damit sagen.«

Kevin sah seinen Vater mit großen Augen an und fing hilflos an zu kichern – fast zu kreischen. Sein Vater stimmte ein. Kurz danach bestellten sie eine Pizza. Als Mary und Meg Delevan zwanzig nach sieben heimkamen, waren sie immer noch am Kichern.

»Ihr zwei seht aus, als hättet ihr was angestellt«, sagte Mrs. Delevan etwas verwirrt. Ihre Heiterkeit hatte etwas an sich, das dem weiblichen Zentrum in ihr – welches eine Frau nur bei der Geburt eines Kindes oder im Katastrophenfall voll anzapfen zu können scheint – ein wenig ungesund vorkam. Sie sahen wie zwei Männer aus, die gerade noch einmal einem Autounfall ausweichen konnten. »Möchtet ihr die Damen nicht einweihen?«

»Nur zwei Junggesellen, die auf den Putz gehauen haben«, sagte Mr. Delevan.

»*Gewaltig* auf den Putz gehauen«, bekräftigte Kevin, und sein Vater fügte hinzu: »Will ich damit sagen«, worauf sie einander ansahen und wieder losprusteten.

Meg sah ihre Mutter aufrichtig bestürzt an und sagte: »Warum machen sie das, Mom?«

Mrs. Delevan sagte: »Weil sie Penisse haben, Liebes. Geh und häng deinen Mantel auf.«

Pop Merrill hatte die Delevans, *père et fils*, hinausgebracht, dann schloß er die Tür hinter ihnen ab. Er machte alle Lichter aus, abgesehen von dem über der Werkbank, holte die Schlüssel und schloß seine eigene Krimskramsschublade auf. Da holte er Kevins angeschlagene, aber ansonsten unbeschädigte Sun 660 heraus und betrachtete sie starr. Sie hatte sowohl dem Vater wie auch dem Sohn Angst gemacht. Das hatte Pop deutlich gemerkt; sie hatte auch ihm Angst gemacht und machte ihm noch Angst. Aber so etwas auf einen Hackklotz zu legen und zu zertrümmern, das war Wahnsinn.

Es mußte einen Weg geben, sich das verdammte Ding vergolden zu lassen.

Den gab es immer.

Pop schloß sie wieder in der Schublade ein. Er würde darüber schlafen, und morgen würde er wissen, was zu tun war. Um die Wahrheit zu sagen, er hatte schon eine ziemlich gute Idee.

Er stand auf, schaltete das Arbeitslicht aus und schlurfte im Halbdunkel zur Treppe, die zu seiner Wohnung führte. Er ging mit der zielstrebigen, blinden Sicherheit langjähriger Übung.

Auf halbem Weg blieb er stehen.

Er verspürte den Drang, den erstaunlich starken Drang, wieder umzukehren und die Kamera noch einmal anzusehen. Wozu, in Gottes Namen? Er hatte nicht mal einen *Film* für das gottverfluchte Ding . . . nicht, daß *er* die Absicht hatte, Bilder damit zu machen. Wenn jemand *anders* Schnappschüsse machen und sehen wollte, wie der Hund näherkam, nur zu. *Caveet emperor*, wie er immer zu sagen pflegte. Sollte der gottverdammte emperor caveeten so lange und oft er wollte. Er selbst wäre lieber ohne Peitsche oder einen verfluchten Stuhl in einen Käfig voller Löwen gegangen.

Trotzdem . . .

»Laß sie in Ruhe«, sagte er schroff in die Dunkelheit, und seine eigene Stimme erschreckte ihn so sehr, daß er sich wieder in Bewegung setzte und nach oben ging, ohne noch einmal einen Blick hinter sich zu werfen.

Am nächsten Morgen in aller Herrgottsfrühe hatte Kevin einen so gräßlichen Alptraum, daß er sich hinterher nur bruchstückhaft daran erinnern konnte, wie an isolierte Musikfetzen.

Er ging durch eine schmutzige kleine Industriestadt. Offenbar war er auf der Walz, da er einen Rucksack auf dem Rücken hatte. Die Stadt hieß Oatley, und Kevin hatte den Eindruck, als wäre sie entweder in Vermont oder im Staat New York. *Kennen Sie jemand hier in Oatley, der Arbeit für mich hat?* fragte er einen alten Mann, der einen Einkaufswagen auf einem rissigen Gehweg schob. Er hatte keine Lebensmittel in dem Wagen, sondern unidentifizierbaren Abfall, und Kevin stellte fest, daß der Mann ein Penner war. *Geh weg!* schrie der Penner. *Geh weg! Dieb! Elender Dieb! Elender DIEB!*

Da erst wurde ihm klar, diese Stadt war nicht Oatley oder Hildasville oder eine andere Stadt mit einem normalen Namen. Wie konnte eine vollkommen anomale Stadt einen normalen Namen haben?

Alles – Straßen, Häuser, Autos, Schilder, die wenigen Fußgänger – war zweidimensional. Alles hatte Höhe, hatte Breite . . . aber keine Tiefe. Er kam an einer Frau vorbei, die aussah wie Megs Ballettlehrerin aussehen würde, wenn sie hundertfünfzig Pfund zunehmen würde. Sie hatte Hosen in der Farbe von Bazooka-Kaugummi an. Sie schob einen Einkaufswagen, wie der Penner. Ein Rad quietschte. Der Wagen war voller Polaroidkameras Sun 660. Sie sah Kevin voll verkniffenen Argwohns an, während sie aufeinander zuliefen. In dem Augenblick, als sie auf dem Gehweg aneinander vorbeigingen, verschwand sie. Ihr *Schatten* war noch da, und er konnte auch das gleichmäßige Quietschen noch hören, aber sie war verschwunden. Dann tauchte sie wieder auf und sah ihn mit ihrem flachen, argwöhnischen Gesicht an, und Kevin wurde der Grund klar, warum sie einen Augenblick verschwunden gewesen war. Weil das Konzept eines ›Blicks zur Seite‹ nicht existierte, in einer Welt, wo alles vollkommen flach war, gar nicht existieren *konnte*.

Dies ist Polaroidsville, dachte er mit einer Erleichterung, in die sich seltsamerweise Grauen mischte. *Und das bedeutet, es ist nur ein Traum.*

Dann sah er den weißen Lattenzaun und den Hund und den Fotografen, der im Rinnstein stand. Er hatte eine randlose Brille auf den Kopf geschoben. Es war Pop Merrill.

Aha, Junge, du hast ihn also gefunden, sagte der zweidimensionale Polaroid-Pop zu Kevin, ohne das Auge vom Bildsucher zu nehmen. *Das hier ist genau der Hund. Derjenige, der in Schenectady den Jungen zerfetzt hat. DEIN Hund, will ich damit sagen.*

Da wachte Kevin in seinem eigenen Bett auf und hatte Angst, er könnte geschrien haben, aber als allererstes dachte er nicht über den Traum nach, sondern vergewisserte sich, daß er *vollständig da* war, mit allen drei Dimensionen.

Das war er. Trotzdem stimmte etwas nicht.

Dummer Traum, dachte er. *Laß es doch ruhen, warum kannst du das bloß nicht? Es ist vorbei, die Fotos sind verbrannt, alle achtundfünfzig. Und die Kamera ist kap . . .*

Sein Gedanke brach ab wie Eis, als die Erkenntnis, daß etwas nicht *stimmte*, seine Gedanken wieder hänselte.

Es ist nicht vorbei, dachte er. *Es ist n . . .*

Aber bevor er den Gedanken zu Ende denken konnte, versank Kevin Delevan wieder in einen tiefen, traumlosen Schlaf. Am nächsten Morgen konnte er sich kaum noch an den Traum erinnern.

Die zwei Wochen, nachdem er sich Kevin Delevans Polaroid Sun unter den Nagel gerissen hatte, waren für Pop Merrill die aufreibendsten, nervtötendsten, *demütigendsten* zwei Wochen seines Lebens. Es gab genügend Menschen in Castle Rock, die bekräftigt hätten, daß es keinen hätte treffen können, der es mehr verdient hatte. Nicht, daß jemand in Castle Rock Bescheid wußte ... aber das war auch der einzige Trost, den Pop hatte. Und es war ein schwacher Trost. Wahrhaftig schwach, herzlichen Dank.

Aber wer hätte sich je ausmalen können, daß ihn die Verrückten Hutmacher dieser Welt so übel im Stich lassen *konnten*?

Es reichte fast aus, daß er sich fragte, ob er ein wenig den Anschluß verlor.

Was Gott verhüten mochte.

Damals, im September, hatte er sich nicht einmal gefragt, ob er die Polaroid verkaufen würde; die Frage war nur gewesen, wie schnell und für wieviel. Die Delevans hatten das Wort *übernatürlich* ins Spiel gebracht, und Pop hatte sie nicht verbessert, obwohl er wußte, was die Sun machte, würden Erforscher des Übersinnlichen eher als paranormales, denn als übernatürliches Phänomen bezeichnen. Er *hätte* es ihnen sagen können, aber in dem Fall hätten sie sich bestimmt gefragt, wie es kam, daß der Inhaber eines Gebrauchtwarenladens in einer Kleinstadt (und Nebenberufskredithai) soviel über dieses Thema wußte. Tatsache war: Er wußte viel, weil es sich *auszahlte*, viel zu wissen, und es zahlte sich wegen der Leute, die er ›meine Verrückten Hutmacher‹ nannte, immer aus, viel zu wissen.

Verrückte Hutmacher waren Menschen, die teure Tonbänder in leere Zimmer stellten und Aufnahmen machten, und zwar nicht, um einen Streich zu spielen oder einen guten Gag bei einer Party zu landen, sondern weil sie leidenschaftlich an die Existenz einer unsichtbaren Welt glaubten und deren Existenz beweisen wollten; oder weil sie mit aller Gewalt Verbindung mit Freunden und / oder Verwandten aufnehmen wollten, die ›von uns gegangen‹ waren. (›Von uns gegangen‹ – genau das war der Ausdruck, den sie immer gebrauchten; die Verrückten Hutmacher hatten nie Verwandte, die schlicht und einfach nur starben.)

Verrückte Hutmacher besaßen und benützten Ouija-Bretter nicht nur, sie hatten regelmäßige Unterredungen mit ›spirituellen Mentoren‹ in der ›anderen Welt‹ (niemals ›Himmel‹ oder ›Hölle‹ oder auch nur ›Ruhestätte der Toten‹, sondern immer nur die ›andere Welt‹), die sie mit Freunden, Verwandten, Königen, toten Rocksängern oder sogar Erzschurken in Kontakt brachten. Pop kannte einen Verrückten Hutmacher in Vermont, der zweimal wöchentlich Gespräche mit Hitler führte. Hitler hatte ihm gesagt, daß alles erstunken und erlogen war; er habe im Januar 1943 ein Friedensangebot gemacht, aber der Hurensohn Churchill habe ihn abgewiesen. Hitler erzählte ihm auch, daß Paul Newman ein Außerirdischer aus dem All und in einer Höhle auf dem Mond zur Welt gekommen war.

Verrückte Hutmacher besuchten Seancen so regelmäßig (und zwanghaft) wie Drogensüchtige ihre Dealer. Sie kauften Kristallkugeln und Amuletts, die garantiert Glück brachten; sie organisierten ihre eigenen kleinen Gruppen und untersuchten mutmaßliche Spukhäuser nach allen bekannten Phänomenen: Teleplasma, klopfenden Tischen, schwebenden Tabletts und Betten, kalten Stellen und natürlich Gespenstern. Die alle, echt oder eingebildet, notierten sie mit dem Enthusiasmus leidenschaftlicher Vogelkundler.

Die meisten hatten einen Heidenspaß dabei. Manche nicht. Da war zum Beispiel dieser Mann aus Wolfeboro. Er erhängte sich in dem berüchtigten Tecumseh House, wo ein Farmer und Gentleman zwischen 1880 und 1890 tagsüber seine Mitmenschen bedient und sich abends bei ihnen bedient hatte, indem er sie an einem sorgfältig gedeckten Tisch in seinem Teller verspeiste. Der Tisch stand auf einem Boden aus gestampfter Erde, welcher die Gebeine und verwesten Leichen von mindestens zwölf, möglicherweise bis zu fünfunddreißig jungen Männern freigegeben hatte, samt und sonders Landstreicher. Der Mann aus Wolfeboro hatte einen kurzen Abschiedsbrief neben seinem Ouija-Brett hinterlassen: *Kann das Haus nicht verlassen. Alle Türen abgeschlossen. Kann ihn essen hören. Habe Watte versucht. Nützt nichts.*

Und das arme Arschloch hat wahrscheinlich wirklich gedacht, daß das stimmt, dachte Pop, als er die Geschichte von jemand gehört hatte, dem er vertraute.

Und dann war da ein Mann aus Dunwich, Massachusetts, dem Pop einmal für neunzig Dollar ein sogenanntes Gespensterhörrohr verkauft hatte; der Mann war mit dem

Hörrohr auf den Friedhof von Dunwich gegangen und mußte dort etwas ungemein Unangenehmes gehört haben, denn er tobte seit fast sechs Jahren in einer Zelle in Arkham und hatte völlig den Verstand verloren. Als er auf den Friedhof gegangen war, war sein Haar schwarz gewesen; als seine Schreie ein paar Nachbarn aufgeweckt hatten, die nahe beim Friedhof wohnten und die Polizei riefen, war es so weiß wie sein verzerrtes Gesicht.

Und eine Frau in Portland hatte ein Auge verloren, als eine Sitzung mit dem Ouija-Brett katastrophal schiefgegangen war . . . ein Mann in Kingston, Rhode Island, der drei Finger der rechten Hand verlor, als die hintere Tür eines Autos zufiel, in dem zwei Teenager Selbstmord begangen hatten . . . eine alte Dame, die praktisch mit einem Ohr weniger im Massachusetts Memorial Hospital landete, als ihre gleichermaßen alte Katze während einer S´eance Amok gelaufen war . . .

Manches glaubte Pop, anderes nicht, aber größtenteils hatte er keine Meinung – nicht weil er so oder so nicht ausreichend Beweise hatte, sondern weil ihm ein rechter Scheißdreck an Gespenstern, S´eancen, Kristallkugeln, Gespensterhörrohren, amoklaufenden Katzen oder der legendären Johann der Eroberer-Wurzel lag. Soweit es Reginald Marion ›Pop‹ Merrill betraf, hätten sich alle dämlichen Verrückten Hutmacher auf den Mond schießen lassen können.

Natürlich nur, wenn ihm einer ein paar ziemlich große Fahrkarten für Kevin Delevans Kamera in die Hand drückte, bevor er den Flug mit dem nächsten Shuttle buchte.

Pop nannte diese Enthusiasten nicht wegen ihres Interesses am Übersinnlichen Verrückte Hutmacher; er nannte sie so, weil die große Mehrheit – manchmal war er versucht zu sagen, *alle* – reich und im Ruhestand zu sein und geradezu darum zu betteln schien, ausgenommen zu werden. Wenn man bereit war, fünfzehn Minuten mit ihnen zu verbringen und nickte und zustimmte, wenn sie einem sagten, sie könnten ein falsches Medium allein schon entlarven, wenn sie nur das *Zimmer* betraten, geschweige denn am S'eance-Tisch Platz nahmen, oder wenn man dieselbe Zeit damit verbrachte, unverständliche Laute auf einem Tonbandgerät anzuhören, bei denen es sich möglicherweise, oder auch nicht, um Worte handeln konnte, und dazu ein angemessen ehrfürchtiges Gesicht machte, dann konnte man ihnen einen Vier-Dollar-Briefbeschwerer für sage und schreibe hundert verkaufen, indem man ihnen sagte, ein Mann habe einmal seine tote Mutter darin gesehen. Wenn man sie anlächelte, stellten sie einem einen Scheck über zweihundert Dollar aus. Man redete ihnen aufmunternd zu, und sie schrieben einem einen Scheck über *zweitausend* Dollar aus. Wenn man beides gleichzeitig machte, schoben sie einem schlicht und einfach das Scheckbuch herüber und baten, selbst eine Summe einzusetzen.

Es war immer so einfach gewesen, wie einem Baby Süßigkeiten zu stehlen.

Bis jetzt.

Pop hatte ebensowenig einen Aktenschrank mit der Aufschrift VERRÜCKTE HUTMACHER wie er einen mit der Aufschrift MÜNZSAMMLER oder BRIEFMARKEN-SAMMLER hatte. Er *besaß* nicht einmal einen Aktenschrank. Lediglich ein zerfleddertes Buch mit Telefonnummern, das er in der Gesäßtasche herumtrug (und das, wie der Geldbeutel, im Lauf der Jahre die flache, kantige Kurve seines mageren Hinterteils angenommen hatte, an dem es den ganzen Tag ruhte). Pop hatte seine Kartei dort, wo ein Mann in seinem Metier sie *immer* haben sollte: im Kopf. Im Lauf der Jahre hatte er mit acht ausgewachsenen Verrückten Hutmachern Geschäfte gemacht – Menschen, die nicht ab und zu mal am Okkulten nippten, sondern sich hinlegten und regelrecht darin herumwälzten. Der reichste war ein Industrieller im Ruhestand namens McCarty, der auf seiner eigenen Insel etwa zwölf Meilen vor der Küste lebte. Dieser Mann konnte Boote nicht ausstehen und hatte daher einen Piloten eingestellt, der ihn zum Festland und zurück flog, wenn er dorthin mußte.

Pop besuchte ihn am 28. September, einen Tag nachdem er die Kamera von Kevin bekommen hatte (er betrachtete es eigentlich nicht als Diebstahl, das konnte er nicht; schließlich hatte der Junge sowieso vorgehabt, sie zu Klumpatsch zu schlagen, und was er nicht weiß, dachte Pop, macht ihn sicher nicht heiß). Er fuhr mit seinem alten, aber perfekt gewarteten Auto zu einem Privatflugplatz nördlich von Boothbay Harbor, dann knirschte er mit den Zähnen und kniff die Augen zu und klammerte sich an der Blechkiste fest, in der sich die Sun 660 befand, als ginge es um sein Leben, während das Flugzeug des Verrückten Hutmachers wie ein toller Gaul die Rollbahn entlangholperte, sich in die Lüfte schwang, als Pop schon überzeugt war, sie würden von den Klippen fallen und unten auf den Felsen zu Brei zermatscht werden, und in den herbstlichen Lichterhimmel flog. Er hatte diese Reise schon zweimal unternommen und sich jedesmal geschworen, daß er nie wieder diesen verdammten fliegenden Sarg besteigen würde.

Sie hüpften und schaukelten dahin, und der gierige Atlantik war keine hundertfünfzig Meter unter ihnen, doch der Pilot schwatzte den ganzen Flug über fröhlich und unbekümmert. Pop nickte und sagte »Ja-ha«, wenn es angemessen zu sein schien, obwohl er nur an sein bevorstehendes Ableben denken und sich nicht auf das konzentrieren konnte, was der Pilot zu erzählen hatte.

Dann war die Insel mit ihrer gräßlichen, schrecklichen, selbstmörderisch kurzen Landebahn und dem gewaltigen Herrenhaus aus Rotholz und Stein vor ihnen zu sehen, und der Pilot schwenkte nach unten, wobei Pops geschrumpelter, übersäuerter Magen irgendwo über ihnen in der Luft blieb, und sie setzten mit einem Rumpeln auf, und plötzlich rollten sie wie durch ein Wunder zum Stillstand, lebend und unversehrt, und Pop konnte sich wieder in dem sicheren Glauben wiegen, daß Gott auch nur eine Erfindung der Verrückten Hutmacher war . . .

»Herrlicher Tag zum Fliegen, hm, Mr. Merrill?« fragte der Pilot und klappte die Leiter für ihn aus.

»Der beste«, grunzte Pop und ging dann eilig den Weg zum Haus entlang, wo der Erntedank-Truthahn schon unter der Tür stand und voller Vorfreude lächelte. Pop hatte versprochen, ihm ›das Aberwitzigste‹ zu zeigen, was ihm je untergekommen war, und Cedric McCarty sah aus, als könnte er es kaum erwarten. Er würde der Form halber einen raschen Blick darauf werfen, dachte Pop, und dann mit der Penunze rüberkommen. Fünfundvierzig Minuten später flog er zum Festland zurück und merkte kaum etwas von dem Hüpfen und Schwanken und Absacken, wenn die Beech ab und zu in ein Luftloch geriet. Er war ein zerknirschter, nachdenklicher Mann.

Er hatte die Kamera auf den Verrückten Hutmacher gerichtet und ein Bild geschossen. Während sie darauf warteten, daß es sich entwickelte, machte der Verrückte Hutmacher ein Bild von Pop . . . und hatte er nicht etwas gehört, als das Blitzlicht aufleuchtete? Hatte er das tiefe, häßliche Knurren dieses schwarzen Hundes gehört, oder bildete er es sich nur ein? Wahrscheinlich Einbildung. Pop hatte zu seiner Zeit ein paar hervorragende Geschäfte gemacht, und die konnte man nicht ohne eine lebhafte Phantasie machen.

Trotzdem . . .

Cedric McCarty, pensionierter Industrieller *par excellence* und Verrückter Hutmacher *extraordinaire* sah mit demselben kindlichen Eifer zu, wie sich die Fotos entwickelten, aber als sie schließlich deutlich waren, sah er Pop amüsiert und ein klein wenig verächtlich an, und da wußte Pop mit der unfehlbaren Intuition, die er sich im Verlauf von fast fünfzig Jahren angeeignet hatte, daß Erklärungen, Lockungen, selbst vage Andeutungen, er habe einen anderen Interessenten, der geradezu danach lechzte, diese Kamera zu kaufen – daß diese sonst so unfehlbaren Techniken allesamt nicht funktionieren würden.

In Cedric McCartys Verstand war ein großes, grellrotes NICHT-KAUFEN-Schild aufgerichtet worden.

Aber warum?

Warum, gottverdammt?

Auf dem Bild, das Pop machte, war das Funkeln, welches Kevin zwischen den Falten der Schnauze dieses schwarzen Hundes gesehen hatte, eindeutig zum Zahn geworden – nur war *Zahn* nicht exakt das richtige Wort, so sehr man die Phantasie auch bemühen mochte. Es war ein *Hauer*. Auf dem Bild, das McCarty machte, konnte man schon ansatzweise weitere Zähne sehen.

Der Scheißhund hat ein Maul wie eine Bärenfalle, dachte Pop. Ungewollt sah er im Geiste ein Bild seines Arms im Maul dieses Hundes vor sich. Er sah nicht, wie der Hund hinein*biß*, den Arm *fraß*, sondern ihn *zerfleischte*, so wie die Zähne eines Bibers Baumstämme und Äste zerfleischten. *Wie lange würde es dauern?* fragte er sich und betrachtete die schmutzverkrusteten Augen, die ihn aus dem übergroßen Gesicht entgegenstarrten, und er wußte, es würde nicht lange dauern. Oder angenommen, der Hund packte ihn statt dessen im Schritt? Angenommen . . .

Aber McCarty hatte etwas gesagt und wartete auf eine Antwort. Pop wandte dem Mann seine Aufmerksamkeit zu, und falls er noch ein Restchen Hoffnung auf einen Verkauf gehabt hatte, schwand dieses nun. Der Verrückte Hutmacher *extraordinaire*, der mit Vergnügen einen ganzen Nachmittag mit einem verbringen und versuchen würde, den Geist des lieben, von uns gegangenen Onkels Ned zu beschwören, war verschwunden. An seine Stelle war McCartys Kehrseite getreten: der hartgesottene Realist, der zwölf Jahre nacheinander in der Liste der reichsten Männer Amerikas des Magazins *Fortune* gewesen war – nicht weil er ein Luftikus war und das Glück gehabt hatte, ein großes Vermögen zu erben und dazu einen ehrlichen, aufrichtigen Stab, der es erhielt und vergrößerte, sondern weil er ein Genie auf dem Gebiet aerodynamischen Designs und Entwicklung war. Er war nicht so reich wie Howard Hughes, aber auch nicht annähernd so verrückt wie Hughes es am Ende gewesen war. Wenn es um übersinnliche Phänomene ging, war der Mann ein Verrückter Hutmacher. Aber auf anderen Gebieten war er ein Hai, und im Vergleich zu ihm waren Pop Merrill und seinesgleichen wie Kaulquappen, die in einer Schlammpfütze herumschwammen.

»Tut mir leid«, sagte Pop. »Ich war nicht ganz bei der Sache.«

»Ich sagte, es ist faszinierend«, sagte McCarty. »Besonders die subtile Andeutung verstreichender Zeit zwischen einem Foto und dem nächsten. Wie funktioniert das? Kamera in der Kamera?«

»Ich verstehe nicht, worauf Sie hinauswollen.«

»Nein, keine Kamera«, sagte McCarty zu sich selbst. Er hob die Kamera auf und schüttelte sie neben seinem Ohr. »Mehr eine Art Drehmechanismus.«

Pop sah den Mann an und hatte keine Ahnung, wovon er sprach ... davon abgesehen, daß es NICHT KAUFEN buchstabiert wurde, was es auch war. Der verdammte unchristliche Flug mit dem kleinen Flugzeug (der ihm bald wieder bevorstehen würde) – und alles umsonst. Aber warum? *Warum?* Bei diesem Mann war er sich seiner Sache so *sicher* gewesen, weil der glauben würde, daß die Brooklyn Bridge eine Spektralprojektion von der ›anderen Seite‹ war, wenn man es ihm *erzählt* hätte. Warum also?

»Schlitze, aber natürlich!« sagte McCarty aufgeregt wie ein Kind. »*Schlitze!* – In dem Gehäuse ist ein kreisförmiges Förderband mit einer Anzahl eingebauter Schlitze. In jedem Schlitz befindet sich ein entwickeltes Polaroidbild von diesem Hund. Die Bewegung spricht dafür« – er sah die Bilder noch einmal genau an – »ja, der Hund ist wahrscheinlich *gefilmt* und die Polaroids von verschiedenen Standbildern gemacht worden. Wenn der Auslöser gedrückt wird, fällt ein Bild aus einem Schlitz und kommt heraus. Die Batterie dreht das Förderband zur Position des nächsten Fotos und – *voilà!*«

Sein fröhlicher Gesichtsausdruck war plötzlich verschwunden, und Pop sah einen Mann, der den Eindruck erweckte, als wäre er über die Leichen seiner Konkurrenten zu Ruhm und Vermögen gekommen ... und hätte Spaß daran gehabt.

»Joe fliegt Sie zurück«, sagte er. Seine Stimme war kalt und unpersönlich geworden. »Sie sind gut, Mr. Merrill« – dieser Mann, wurde Pop verdrossen klar, würde ihn nie wieder Pop nennen –, »das muß ich zugeben. Sie haben es übertrieben, aber Sie haben mich jahrelang zum Narren gehalten. Wie sehr haben Sie mich reingelegt? War alles Schwindel?«

»Ich habe Sie überhaupt nicht reingelegt«, sagte Pop und log dreist. »Ich habe Ihnen nicht ein Stück verkauft, das ich nicht für echt gehalten habe, und ich will damit sagen, das gilt auch für die Kamera.«

»Sie machen mich krank«, sagte McCarty. »Nicht weil ich Ihnen vertraut habe; ich habe auch anderen vertraut, die Schwindler und Scharlatane gewesen sind. Nicht weil Sie mein Geld genommen haben; es war so wenig, daß es unwichtig ist. Sie machen mich krank, weil Menschen wie Sie die wissenschaftliche Untersuchung übersinnlicher Phänomene im finstersten Mittelalter gehalten haben, so daß man darüber lacht und sie als alleinige Domäne von Irren und Dummköpfen abtut. Der einzige Trost ist, früher oder später macht Ihr Brüder alle einmal einen Fehler. Ihr werdet gierig und versucht, mit etwas so Albernem wie diesem Witz daherzukommen. Ich möchte, daß Sie von hier verschwinden, Mr. Merrill.«

Pop hatte die Pfeife im Mund und ein Diamond Blue Tip in einer zitternden Hand. McCarty deutete auf ihn, und vor den eiskalten Augen sah der Finger aus wie der Lauf eines Revolvers.

»Und wenn Sie dieses stinkende Ding hier drinnen anzünden«, sagte er, »sorge ich dafür, daß Joe es Ihnen aus dem Mund reißt und die Glut in Ihre Hose schüttet. Wenn Sie also mein Haus nicht mit Ihrem knochigen Arsch in Flammen verlassen wollen, schlage ich vor ...«

»Was ist denn *los* mit Ihnen, Mr. McCarty?« plärrte Pop. »Diese Bilder sind nicht fertig entwickelt rausgekommen!

Sie haben mit eigenen Augen gesehen, wie sie sich entwickelt haben!«

»Eine Emulsion, die jedes Kind mit einem Chemiekasten für zwölf Dollar herstellen könnte«, sagte McCarty kalt. »Es ist nicht die Fixierung, die die Leute von Kodak benützen, aber so etwas Ähnliches. Sie belichten Ihre Polaroids – oder machen sie von einem Film, falls Sie so vorgegangen sind – und bringen sie in eine normale Dunkelkammer und übermalen sie mit der Lösung. Wenn sie trocken sind, legen Sie sie ein. Wenn sie herauskommen, sehen sie wie noch nicht entwickelte Polaroids aus. Grau mit weißem Rand. Dann kommt Licht auf Ihre selbstgemachte Emulsion, löst eine chemische Reaktion aus, und die Flüssigkeit verdampft und zeigt ein Bild, das Sie Stunden oder Tage oder Wochen vorher aufgenommen haben. Joe?«

Ehe Pop noch etwas sagen konnte, wurden seine Arme gepackt und er selbst nicht aus dem geräumigen, verglasten Wohnzimmer geführt, sondern förmlich getragen. Er hätte sowieso nichts mehr gesagt. Ein guter Geschäftsmann mußte auch wissen, wann er aus dem Rennen war. Und dennoch wollte er über die Schulter schreien: *Eine dumme Fotze mit gebleichtem Haar und einer Kristallkugel, die sie beim Magazin* Fate *bestellt hat, wedelt ein Buch oder eine Lampe oder ein Blatt einer verdammten Partitur durch ein dunkles Zimmer, und Sie schreien Scheiße, aber wenn ich eine Kamera zu Ihnen bringe, die Bilder von einer anderen Welt aufnimmt, lassen Sie mich bei Kopf und Arsch packen und rauswerfen! Sie sind wahrhaftig verrückt wie ein Hutmacher! Der Teufel soll Sie holen! Es gibt noch andere Fische im Meer!*

Und so war es.

Am 5. Oktober stieg Pop in sein perfekt gewartetes Auto und fuhr nach Portland, um den Schwestern Ekel einen Besuch abzustatten.

Die Schwestern Ekel waren eineiige Zwillinge, die in Portland lebten. Sie waren um die achtzig, sahen aber älter als Stonehenge aus. Sie waren Kettenraucher und bevorzugten Camel, und zwar seit sie siebzehn waren, wie sie einem vergnügt versicherten. Sie husteten nie, trotz der sechs Schachteln, die sie pro Tag zusammen wegqualmten. Sie wurden – bei den seltenen Anlässen, zu denen sie ihr rotes Backsteinhaus im Kolonialstil einmal verließen – in einem Lincoln Continental Baujahr 1958 herumkutschiert, der den feierlichen Glanz eines Leichenwagens hatte. Das Fahrzeug wurde von einer schwarzen Dame gefahren, die nur unwesentlich jünger war als die Schwestern Ekel selbst. Diese Chauffeuse war möglicherweise stumm, konnte aber auch etwas ganz Besonderes sein: eines der wenigen wahrhaft verschwiegenen Menschenwesen, die Gott je geschaffen hatte. Pop wußte es nicht und hatte nie gefragt. Er machte mit den beiden Schwestern seit über dreißig Jahren Geschäfte, die schwarze Dame war die ganze Zeit bei ihnen gewesen, hatte meist das Auto gefahren, es manchmal gewaschen, manchmal den Rasen gemäht oder die Hecken rund ums Haus geschnitten, manchmal war sie auch mit Briefen der Schwestern Ekel an Gott weiß wen zum Briefkasten an der Ecke gegangen (Pop wußte nicht, ob die schwarze Frau je ins Haus ging oder ihr gestattet war, sich dort aufzuhalten, er wußte nur, daß er sie nie dort sah), und während der ganzen Zeit hatte er dieses sagenhafte Geschöpf nicht ein Wort sprechen hören.

Das Kolonialgebäude lag im Bezirk Bramhall von Portland, der für Portland das ist, was die Gegend um Beacon Hill für Boston ist. In letzterer Stadt, im Land von Bohnen und Kabeljau, sagt man, daß die Cabots nur mit den Lowells und die Lowells nur mit Gott sprechen, aber die Schwestern Ekel und ihre wenigen verbliebenen Zeitgenossen in Portland hätten einem gelassen versichert (und taten es auch), daß die Lowells den Privatanschluß ein paar Jahre, nachdem die Deeres und ihre Zeitgenossen in Portland die ursprüngliche Verbindung herstellten, in eine Konferenzschaltung umgewandelt hatten.

Und natürlich hätte ihnen niemand, der seine fünf Sinne beisammen hatte, den Namen Schwestern Ekel in die identischen Gesichter gesagt, ebensowenig wie jemand bei klarem Verstand die Nase in eine Motorsäge gesteckt hätte, um ein Jucken zu vertreiben. Sie waren die Schwestern Ekel, wenn sie nicht anwesend waren (und man ganz sicher war, daß man sich nicht in Gegenwart der einen oder anderen Klatschbase befand), aber ihre wirklichen Namen waren Miss Eleusippus Deere und Mrs. Meleusippus Verrill. Ihr Vater, der devotes Christentum mit einer Zurschaustellung seiner Gelehrtheit verbinden wollte, hatte sie nach zwei von Drillingen benannt, die alle Heilige geworden waren . . . aber unglücklicherweise alle *männliche* Heilige.

Meleusippus' Ehemann war schon vor vielen Jahren gestorben, er war 1944 während der Schlacht im Golf von Leyte gefallen, um genau zu sein, aber sie hatte den Namen seither resolut behalten, was es unmöglich machte, sich auf die leichte Art durchzumogeln und sie einfach Misses Deere zu nennen. Nein; man mußte diese verfluchten Zungenbrechernamen üben, bis sie so glatt wie Scheiße aus einem frisch gewachsten Arschloch rauskamen. Wenn man es einmal versaute, nahmen sie einem das übel und entzogen einem die Gunst – zwischen sechs Monaten und einem Jahr. Wenn man es zweimal versaute, brauchte man sich nicht einmal mehr die Mühe zu machen und anzurufen. Nie mehr.

Pop hatte beim Fahren das Stahlkästchen mit der Kamera neben sich auf dem Sitz und sagte mit leiser Stimme immer wieder ihre Namen auf: »Eleusippus, *Me*leusippus, Eleusippus und Meleusippus. Ja-ha. *So* ist es gut.«

Aber wie sich zeigen sollte, war das als einziges gut. Sie wollten die Polaroid ebensowenig wie Mr. McCarty sie gewollt hatte . . . obwohl Pop von diesem Zusammentreffen so erschüttert war, daß er sich darauf vorbereitet hatte, zehntausend Dollar weniger zu nehmen, oder fünfzig Prozent dessen, was die Kamera seiner ersten diskreten Schätzung zufolge hätte bringen müssen.

Die ältere schwarze Dame rechte Herbstlaub zusammen und enthüllte einen Rasen, der, Oktober hin oder her, noch so grün war wie der Filz auf einem Billardtisch. Pop nickte ihr zu. Sie sah ihn an, sah *durch* ihn hindurch und rechte weiter ihr Laub. Pop drückte auf die Klingel, und irgendwo in den Tiefen des Gebäudes ertönte ein Gong. *Villa* schien das einzig zutreffende Wort für das Domizil der Schwestern Ekel zu sein. Es war zwar nicht annähernd so groß wie manche der alten Häuser im Bezirk Bramhall, aber durch das ewige Halbdunkel, das drinnen herrschte, wirkte es viel größer. Der Gong schien *tatsächlich* durch Weiten von Sälen und Fluren zu dringen, und sein Klang zauberte stets eine bestimmte Vorstellung in Pops Verstand: der Leichenwagen, der im Pestjahr durch London fuhr, dessen Fahrer gleichgültig eine Glocke schwang und dabei rief: »Bringt eure Toten raus! Bringt eure Toten raus! Beim heiligen Jesses, bringt eure Toten raus!«

Die Schwester Ekel, die etwa dreißig Sekunden später die Tür aufmachte, sah nicht nur tot, sondern sogar schon einbalsamiert aus; eine Mumie, zwischen deren Lippen jemand als Witz eine glimmende Zigarettenkippe gesteckt hatte.

»Merrill«, sagte die Dame. Ihr Kleid war dunkelblau, das Haar dazu passend getönt. Sie versuchte, so mit ihm zu sprechen wie eine große Dame mit einem Händler, der aus Versehen zur falschen Tür gekommen war, aber Pop sah, sie war auf ihre Weise ebenso aufgeregt wie dieser Hurensohn McCarty es gewesen war; nur waren die Schwestern Ekel in Maine geboren, in Maine aufgewachsen und würden in Maine sterben, während McCarty irgendwo aus dem Mittelwesten stammte, wo Kunst und Gabe der Zurückhaltung offenbar nicht als wichtiger Bestandteil der Kindererziehung angesehen wurden.

Ein Schatten huschte irgendwo am Salonende des Flurs entlang, gerade noch über der knochigen Schulter der Schwester sichtbar, die zur Tür gekommen war. Die andere. Oh, sie waren wahrhaftig gespannt. Pop fragte sich langsam, ob er nicht vielleicht doch zwölf Riesen aus ihnen herauspressen konnte. Möglicherweise vierzehn.

Pop wußte, er *konnte* sagen: »Habe ich die Ehre, mit

Miss Deere oder mit Mrs. Verrill zu sprechen?« und wäre damit vollkommen korrekt und vollkommen höflich gewesen, aber er hatte es schon früher mit diesen beiden exzentrischen alten Schachteln zu tun gehabt und wußte, zwar würde die Schwester Ekel, die die Tür aufgemacht hatte, weder eine Braue hochziehen noch mit einem Nasenflügel beben, sondern ihm einfach sagen, mit wem er sprach, aber dadurch würde er mindestens einen Tausender verlieren. Sie waren sehr stolz auf ihre merkwürdigen Männernamen und betrachteten jemand, der sich bemühte und scheiterte, mit größerem Wohlwollen als einen Feigling, der sich auf die einfache Art durchmogelte.

Daher sprach er ein rasches Dankgebet im Geiste, seine Zunge möge ihn nicht im entscheidenden Augenblick im Stich lassen, gab sein Bestes und stellte hocherfreut fest, daß ihm die Namen so mühelos über die Lippen flutschten wie die Ware eines Schlangenölverkäufers. »Spreche ich mit Eleusippus oder Meleusippus?« fragte er und brachte mit seinem Gesicht zum Ausdruck, daß er die Namen so beiläufig aussprach wie Joan oder Kate.

»Meleusippus, Mr. Merrill«, sagte sie, und, ah, gut, jetzt war er *Mister* Merrill, und er war so sicher, daß alles glatt gehen würde, wie man nur sein konnte, und er lag so falsch damit, wie man nur liegen konnte. »Möchten Sie nicht eintreten?«

»Vielen herzlichen Dank«, sagte Pop und betrat die düsteren Tiefen der Villa Deere.

»Meine *Güte*«, sagte Eleusippus Deere, als sich das Polaroidbild langsam entwickelte.

»Wie *grausam* er aussieht!« sagte Meleusippus Verrill im Tonfall aufrichtigen Mißfallens und aufrichtiger Angst.

Der Hund wurde *echt* immer häßlicher, das mußte Pop zugeben, und noch etwas anderes machte ihm Sorgen: Die zeitliche Abfolge der Bilder schien sich zu beschleunigen.

Er hatte die Schwestern Ekel für das Vorführbild auf ihr Queen-Anne-Sofa gesetzt. Die Kamera schoß ihr grellweißes Blitzlicht ab und verwandelte das Zimmer für einen Sekundenbruchteil von dem Fegefeuer zwischen dem Land der Lebenden und dem Reich der Toten, in dem diese zwei alten Relikte irgendwie existierten, in etwas Flaches und Dröges, wie das Polizeifoto eines Museums, in dem ein Verbrechen begangen worden war.

Aber das Foto, das herauskam, zeigte nicht die Schwestern Ekel, die wie zwei identische Buchstützen auf dem Sofa in ihrem Salon saßen. Das Bild zeigte den schwarzen Hund, der den Kopf mittlerweile so weit gedreht hatte, daß er voll in die Kamera sah – und damit zu dem Fotografen (wer es auch sein mochte), der den Verstand verloren haben mußte, so ruhig dazustehen und weitere Bilder von dem Hund zu machen. Jetzt hatte der Hund sämtliche Zähne zu einem irren, mörderischen Fauchen entblößt und den Kopf wie ein Raubtier leicht nach links gelegt. Der Kopf, überlegte Pop, würde sich weiter drehen, während das Tier sein Opfer ansprang, und zweierlei bewerkstelligen: den verwundbaren Halsbereich vor einem möglichen Angriff schützen und den Kopf zugleich in eine Position bringen, in der er sich, wenn die Zähne fest in das Fleisch geschlagen waren, wieder nach oben drehen und damit einen großen Fetzen aus seinem lebenden Opfer herausreißen konnte.

»Er ist so *scheußlich*«, sagte Eleusippus und legte eine mumifizierte Hand auf die schuppige Haut an ihrem Hals.

»So *gräßlich*!« stöhnte Meleusippus geradezu und zündete sich an der Kippe ihrer Camel eine neue an, wobei ihre Hand so sehr zitterte, daß sie fast ihren runzligen und rissigen linken Mundwinkel verbrannt hätte.

»Es ist absolut un-er-KLÄR-lich!« sagte Pop triumphierend und dachte dabei: *Ich wünschte, du wärst hier, McCarty, du dummes Arschloch. Ich wünschte nur, du wärst hier. Die beiden Damen hier sind ein paarmal rund um die Welt gereist und denken nicht, daß diese Kamera nur ein beschissener Jahrmarktbudentrick ist!*

»Zeigt sie etwas, das passiert *ist*?« flüsterte Meleusippus.

»Oder etwas, das passieren wird?« fügte Eleusippus gleichermaßen ehrfürchtig flüsternd hinzu.

»Keine Ahnung«, sagte Pop. »Ich weiß nur eines, ich habe in meinem Leben schon viel Seltsames gesehen, aber noch nichts, das diese Bilder übertroffen hätte.«

»Das überrascht mich nicht!« sagte Eleusippus.

»Mich auch nicht!«, so Meleusippus.

Pop war bereit, die Unterhaltung in Richtung eines Kaufpreises zu lenken – bei *jedem* ein kitzliges Geschäft, aber wenn man es mit den Schwestern Ekel zu tun hatte, um so mehr: Wenn es um harte Geschäfte ging, waren die beiden so zimperlich wie Jungfern, was eine von ihnen, soweit Pop wußte, durchaus noch sein konnte. Er hatte sich gerade für die Ich-wäre-nie-auf-den-Gedanken-gekommen-so-etwas-zu-verkaufen-Methode entschieden (die war älter als die Schwestern Ekel selbst, wenn auch wahrscheinlich nicht viel, aber wenn man es mit Verrückten Hutmachern zu tun hatte, spielte das nicht die geringste Rolle; die hörten es sogar *gerne*, so wie kleine Kinder gern dasselbe Märchen immer wieder hören), als Eleusippus ihn mit den folgenden Worten völlig am Boden zerstörte: »Ich weiß nicht, was meine Schwester meint, Mr. Merrill, aber ich persönlich könnte das, was Sie uns geschäftlich anbieten möchten« – hier ein kurzes, gequältes Seufzen –, »auf gar keinen Fall beruhigt ansehen, bevor Sie nicht diese . . . diese Kamera oder was immer es Gräßliches sein mag . . . wieder ins Auto gebracht haben.«

»Ganz meine Meinung«, sagte Meleusippus und drückte ihre Camel in einem fischförmigen Aschenbecher aus, der förmlich im Begriff war, Camel-Kippen zu *scheißen*.

»Gespensterfotos sind eines«, sagte Eleusippus. »Die haben eine gewisse . . .«

»*Würde*«, half Meleusippus aus.

»Ja! Würde! Aber dieser *Hund* . . .« Die alte Frau erschauerte wahrhaftig. »Er sieht aus, als würde er jeden Moment aus dem Foto gesprungen kommen und einen von uns *beißen*.«

»*Uns alle*«, steigerte Meleusippus.

Bis zu dieser letzten Bemerkung war Pop überzeugt gewesen – möglicherweise weil er es sein *mußte* –, daß die Schwestern lediglich das Feilschen eröffnet hatten, und dies auf bewundernswerte Weise. Aber der Tonfall ihrer Stimmen, ebenso identisch wie ihre Gesichter und Figuren (falls man bei ihnen überhaupt von Figuren sprechen konnte), ließ sich nicht mißdeuten. Sie hatten keinen Zweifel daran, daß die Sun 660 eine Form von paranormalem Verhalten an den Tag legte . . . *zu* paranormal für ihren Geschmack. Sie feilschten nicht, sie verstellten sich nicht; sie spielten kein Spielchen mit ihm, um den Preis zu drücken. Wenn sie sagten, sie wollten mit der Kamera und ihrer unheimlichen Funktion nichts zu tun haben, dann war das ihr Ernst – und sie hatten ihm auch nicht die Unhöflichkeit (was es in ihren Augen zweifellos gewesen wäre) angetan und vermutet oder auch nur *im Traum daran gedacht*, die Kamera zu verkaufen, wäre der Grund seines Hierseins.

Pop sah sich im Wohnzimmer um. Es glich dem Zimmer der alten Dame in einem Horror-Film, den er einmal auf Video gesehen hatte – einem Schwachsinn mit dem Titel *Landhaus der toten Seelen*, wo dieser fette alte Kerl versuchte, seinen Sohn im Swimmingpool zu ertränken. Das Zimmer dieser alten Dame war voll, eigentlich übervoll, *vollgestopft* mit alten Fotos gewesen. Sie standen auf Tischchen und dem Kaminsims, in den verschiedensten Rahmen; sie hingen so dicht nebeneinander an den Wänden, daß man nicht einmal sagen konnte, was für ein Muster die Scheißtapete hatte.

Ganz so schlimm war das Wohnzimmer der Schwestern Ekel nicht, aber es waren nichtsdestotrotz eine Menge Fotos hier; möglicherweise bis zu hundertfünfzig, was in einem so kleinen und düsteren Zimmer wie diesem wie dreimal soviel aussah. Pop war schon oft hier gewesen, daß ihm die meisten davon zumindest im Vorübergehen einmal aufgefallen waren, und manche kannte er sogar noch etwas besser, weil er selbst sie Eleusippus und Meleusippus verkauft hatte.

Sie hatten eine ganze Menge ›Gespensterfotos‹, wie Eleusippus Deere sie nannte, möglicherweise an die tausend, aber offenbar war selbst den Schwestern klar geworden, daß ein Zimmer dieser Größe nur eine begrenzte Ausstellungsfläche bot, selbst wenn Regeln des Geschmacks außer acht gelassen wurden. Die restlichen Gespensterfotos waren auf die weiteren vierzehn Zimmer der Villa verteilt. Pop hatte sie alle gesehen. Er gehörte zu den wenigen Auserwählten, dem, wie die Schwestern Ekel sie in überwältigender Bescheidenheit nannten, die ›Führung‹ zuteil geworden war. Aber hier im Wohnzimmer hatten sie ihre *erlesensten* Gespensterfotos aufgestellt, und das erlesenste der erlesenen lenkte die Aufmerksamkeit des Auges schon allein durch die Tatsache auf sich, daß es in einsamer Pracht auf dem zugeklappten Steinway-Flügel vor den Bogenfenstern stand. Darauf schwebte ein Leichnam vor den Augen von fünfzig bis sechzig entsetzten trauernden Hinterbliebenen über seinem Sarg. Es war selbstverständlich eine Fälschung. Ein zehn-, verdammt, ein *acht*jähriges Kind hätte es als Fälschung erkannt. Im Vergleich damit sahen die Fotos tanzender Elfen, die den armen Arthur Conan Doyle in seinen letzten Lebensjahren so verzaubert hatten, wahrhaft künstlerisch aus. Als Pop den Blick durch das Zimmer schweifen ließ, sah er nur zwei Bilder, die nicht schon auf den ersten Blick als Fälschungen zu erkennen waren. Bei denen wäre gründlicheres Studium erforderlich gewesen, um zu erkennen, wie die Fälschung bewerkstelligt worden war. Doch die beiden alten Schachteln, die ihr ganzes Leben lang ›Gespensterfotos‹ gesammelt hatten und sich als Expertinnen auf dem Gebiet betrachteten, führten sich auf wie zwei Teenager in einem Horror-Film, wenn er ihnen nicht nur ein paranormales *Foto*, sondern eine verflixte paranormale *Kamera* vorführte, die ihren Trick nicht nur einmal ausführte und dann aufgab, wie diejenige, mit der das Bild der Gespensterdame gemacht worden war, welche den heimkehrenden Fuchsjägern entgegensah, sondern die es immer und immer und immer wieder fer-

tigbrachte. Wieviel hatten sie für diesen Plunder ausgegeben, der nichts als *Hokuspokus* war? Tausende? Zehntau-
sende? *Hunderttausende* . . .

»... uns zeigen?« fragte Meleusippus ihn.

Pop Merrill zwang seine Lippen, eine anscheinend wenigstens einigermaßen akzeptable Kopie seines üblichen
›leutseligen Scharlatanslächelns‹ anzudeuten, weil sie weder Überraschung noch Mißtrauen zeigten.

»Bitte um Vergebung, teuerste Dame«, sagte Pop.
»Meine Gedanken müssen einen Augenblick anderswo
gewesen sein. Ich glaube, das passiert uns allen einmal,
wenn wir nicht mehr die Jüngsten sind.«

»Wir sind dreiundachtzig und *unsere* Gedanken sind
klar wie Fensterglas«, sagte Eleusippus mit deutlicher
Mißbilligung.

»*Frisch geputzte* Fensterscheiben«, fügte Meleusippus
hinzu. »Ich habe gefragt, ob Sie ein paar neue Fotos haben,
die Sie uns gerne zeigen würden . . . aber selbstverständlich erst, wenn Sie dieses Teufelsding fortgeschafft haben.«

»Es ist *Ewigkeiten* her, seit wir das letzte Mal wirklich
gute gesehen haben«, sagte Eleusippus und zündete sich
eine frische Camel an.

»Letzten Monat waren wir bei der Hellseher- und Ta-
rot-Versammlung in Providence«, sagte Meleusippus,
»und die Vorträge waren zwar erleuchtend . . .«

»... und erhebend . . .«

»... aber so viele Fotos waren *eindeutige* Fälschungen!
Selbst ein zehnjähriges . . .«

»... oder *siebenjähriges* . . .«

»... Kind hätte sie durchschauen können. Daher . . .«
Meleusippus machte eine Pause. Ihr Gesicht nahm einen
Ausdruck der Verwirrung an, der aussah, als würde er
schmerzen; ihre Gesichtsmuskeln waren schon längst so
verkümmert, daß sie nur noch Ausdrücke gelinder
Freude und durchgeistigten Wissens zustande brachten.
»Ich bin ratlos, Mr. Merrill. Ich muß gestehen, daß ich rat-
los bin.«

»Ich kann dasselbe von mir sagen«, sagte Eleusippus.

»Warum *haben* Sie dieses gräßliche Ding überhaupt mitgebracht?« fragten Eleusippus und Meleusippus in harmonischem Zweiklang, der lediglich durch das Nikotinkrächzen ihrer Stimmen verdorben wurde.

Pops Drang zu sagen: *Weil ich nicht gewußt habe, was für ein Paar feiger alter Fotzen ihr doch seid*, war so stark, daß er einen gräßlichen Augenblick glaubte, er *hätte* es gesagt, und wartete auf die schrillen Mißfallensschreie, die gleich in dem düsteren, hohlen Gefängnis des Wohnzimmers erklingen mußten, Schreie wie das Kreischen einer rostigen Säge, die sich in einem harten Pinienast festfraß, die anschwellen würden, bis das Glas im Rahmen eines jeden getürkten Bildes im Zimmer zerspringen würde.

Die Vorstellung, er könnte so etwas Schreckliches laut ausgesprochen haben, dauerte nur einen Sekundenbruchteil, aber wenn er später in schlaflosen Nächten, wenn die Uhren unten schläfrig raschelten (und Kevin Delevans Polaroid schlaflos in der Schublade seiner Werkbank wartete), kam es ihm stets viel länger vor. In diesen schlaflosen Stunden wünschte er sich manchmal, er *hätte* es gesagt, und fragte sich, ob er vielleicht den Verstand verlor.

Tatsächlich reagierte er mit einer Schnelligkeit und einem listigen Instinkt der Selbsterhaltung, die beinahe edel waren. Es hätte ihm eine immense Befriedigung verschafft, den Schwestern Ekel die Meinung zu sagen, doch wäre das unglücklicherweise eine *kurzlebige* Befriedigung gewesen. Wenn er sie dagegen anschmierte – was sie erwarteten, da sie ihr ganzes Leben lang angeschmiert worden waren (was freilich ihrer Haut rein gar nichts genützt hatte) –, konnte er ihnen vielleicht noch einmal für drei- bis viertausend Dollar getürkte ›Gespensterfotos‹ verkaufen, wenn sie dem Lungenkrebs noch eine Zeitlang entkamen, der mindestens eine von ihnen schon vor Jahren hätte holen müssen.

Außerdem hatte Pop noch andere Verrückte Hutmacher in seiner geistigen Kartei, wenn auch nicht so viele, wie er an dem Tag geglaubt hatte, als er Cedric McCarty seinen Besuch abstattete. Rückfragen hatten ergeben, daß zwei gestorben waren und einer momentan in einem luxuriösen kalifornischen Heim, welches die unglaublich Reichen aufnahm, die darüber hinaus unrettbar wahnsinnig geworden waren, lernte, wie man Weidenkörbe flocht.

»Eigentlich«, sagte er, »habe ich die Kamera hergebracht, damit die Damen sie sich ansehen können. Ich will damit sagen«, fügte er hastig hinzu, als er ihre konsternierten Mienen sah, »ich weiß natürlich, welche überragende Erfahrung die beiden Damen auf diesem Gebiet haben.«

Jetzt waren die Schwestern nicht mehr konsterniert, sondern geschmeichelt und wechselten verschmitzte, lächelnde Blicke, und Pop wünschte sich sehnlichst, er könnte ein paar Stangen ihrer verfluchten Camel nehmen, sie mit Benzin übergießen, in ihre engen Altjungfernarschlöcher stecken und ein Streichholz daran halten. Dann würden sie rauchen, und zwar wie verstopfte Schornsteine.

»Ich dachte mir, Sie könnten mir vielleicht einen Rat geben, was ich mit der Kamera machen soll, will ich damit sagen«, kam er zum Ende.

»Vernichten«, sagte Eleusippus augenblicklich.

»Ich würde Dynamit nehmen«, sagte Meleusippus.

»Zuerst *Säure*, dann Dynamit«, sagte Eleusippus.

»Richtig«, vollendete Meleusippus. »Sie ist gefährlich. Man muß nicht erst diesen Teufelshund ansehen, um das zu wissen.« Aber sie sah ihn an, sie sahen ihn beide an, und ihre Gesichter nahmen identische Mienen des Ekels und der Angst an.

»Man spürt das *Böööse*, das von ihm ausgeht«, sagte Eleusippus mit einer Stimme so voller Vorahnungen, daß es lächerlich hätte wirken müssen, wie bei einem Schulmädchen, das eine Hexe in *Macbeth* spielt, aber irgendwie nicht war. »Vernichten Sie sie, Mr. Merrill. Bevor etwas Schreckliches passiert. Bevor sie – vielleicht, bedenken Sie, ich sage nur *vielleicht* – Sie vernichtet.«

»Aber, aber«, sagte Pop und stellte verdrossen fest, daß er sich allmählich doch ein wenig mulmig fühlte, »das ist ein wenig dick aufgetragen. Es ist nur eine Kamera, will ich damit sagen.«

Eleusippus Deere lächelte still: »Und das Ouija-Brett, das vor ein paar Jahren der armen Colette Simineaux ein Auge ausgestochen hat – das war nur eine Hartfaserplatte.«

»Jedenfalls bis diese dummen, dummen, *dummen* Menschen es in die Finger bekommen und aktiviert haben«, sagte Meleusippus noch leiser.

Damit schien alles gesagt zu sein. Pop nahm die Kamera – die er vorsichtig am Gurt hielt und darauf achtete, daß er dies nur der beiden alten Waschweiber wegen tat – und stand auf.

»Nun, Sie sind die Expertinnen«, sagte er. Die beiden alten Frauen sahen einander an und lächelten geziert.

Ja; Rückzug. Rückzug war die Lösung . . . wenigstens vorläufig. Aber er war noch nicht am Ende. Jeder Hund hatte seinen Tag, und *darauf* konnte man Gift nehmen. »Ich will Ihre kostbare Zeit nicht vergeuden, und ich will Ihnen ganz bestimmt keine Unannehmlichkeiten machen.«

»Oh, keinesfalls«, sagte Eleusippus und stand ebenfalls auf.

»Wir haben in letzter Zeit so wenig Gäste«, sagte Meleusippus und erhob sich auch.

»Bringen Sie sie ins Auto, Mr. Merrill«, sagte Eleusippus, »und dann . . .«

». . . bleiben Sie auf eine Tasse Tee.«

»*Schwarzen* Tee!«

Und obwohl Pop nur noch eines wollte, nämlich so schnell wie möglich hier raus (und genau das wollte er Ihnen sagen: *Nein danke, ich will nur hier RAUS*), nahm er sich Zeit für eine knappe höfliche Verbeugung und eine ebensolche Ausrede. »Es wäre mir ein Vergnügen«, sagte er, »aber ich fürchte, ich habe noch einen Termin. Ich komme nicht so oft in die Stadt, wie mir lieb wäre.« Wenn du eine

Lüge erzählst, kannst du auch gleich ein ganzes Bündel erzählen, hatte Pops Vater oft gesagt, und das war ein Rat, den sich Pop zu Herzen genommen hatte. Er sah übertrieben auf die Uhr. »Ich bin schon viel zu lange geblieben. Ich fürchte, bei euch Mädels habe ich mich zu lange aufgehalten, aber ich bin sicher, ich bin nicht der erste Mann, auf den ihr diese Wirkung habt.«

Sie kicherten und brachten wahrhaftig ein identisches Erröten zustande – wie den Ton sehr alter Rosen. »Aber Mr. *Merrill*!« trällerte Eleusippus.

»Beim nächstenmal«, sagte er und lächelte, bis er glaubte, sein Gesicht würde reißen. »Beim nächstenmal, so wahr mir Lord Harry helfe! Beim nächstenmal sage ich schneller ja, als ein Pferd traben kann!«

Er ging hinaus, und als eine der beiden rasch die Tür hinter ihm zugemacht hatte (vielleicht denken sie, die Sonne könnte ihre beschissenen getürkten Gespensterfotos bleichen, dachte Pop gallig), drehte er sich um und richtete die Polaroid auf die alte schwarze Frau, die immer noch Laub rechte. Er tat es aus einem Impuls heraus, wie ein Mann mit einer bösartigen Ader absichtlich auf der Landstraße ausschert, damit er ein Stinktier oder einen Waschbär überfahren kann.

Die alte schwarze Frau zog fauchend die Oberlippe hoch, und Pop sah fassungslos, daß sie ihm tatsächlich das Zeichen gegen den bösen Blick machte.

Er stieg in sein Auto ein und setzte hastig in der Einfahrt zurück.

Das Heck seines Autos war halb auf der Straße, und er drehte sich um, damit er den Verkehr sehen konnte, als sein Blick zufällig auf das Polaroidbild fiel, das er gerade gemacht hatte. Es war noch nicht ganz entwickelt; es hatte das lustlose, milchige Aussehen aller Polaroidfotos, die noch nicht gänzlich entwickelt sind.

Doch es war so weit deutlich geworden, daß Pop der Atem stockte. Sogar sein Herz schien mitten im Schlag stehenzubleiben.

Was sich Kevin ausgemalt hatte, geschah nun tatsächlich. Der Hund hatte seine Drehung vollendet und begann seinen zielstrebigen, unerbittlichen, unabdinglichen Marsch Richtung Kamera, auf denjenigen zu, der sie hielt ... ah, aber *er* hatte sie diesmal gehalten, oder etwa nicht? *Er*, Reginald Marion ›Pop‹ Merrill, hatte sie genommen und einer gehässigen Eingebung folgend auf die alte schwarze Frau gerichtet wie ein geprügeltes Kind, das mit seinem Pfropfgewehr von einer Mauer herunterballert, weil es leider nicht seinen Vater erschießen kann, was es in dem Augenblick unmittelbar nach der demütigenden Tracht Prügel und mit pochender Kehrseite mit Vergnügen getan hätte.

Der Hund kam. Kevin hatte gewußt, wie es weitergehen würde, und Pop hätte es auch gewußt, wenn er Gelegenheit gehabt hätte, darüber nachzudenken, was nicht der Fall war – aber von diesem Augenblick sollte es ihm schwerfallen, an etwas anderes zu denken, wenn ihm die Kamera einfiel, und diese Gedanken würden ihn immer häufiger beschäftigen, im Schlaf wie im Wachen.

Er kommt, dachte Pop von dem starren Entsetzen erfüllt, das ein Mann in der Dunkelheit empfinden mochte, wenn ein DING, ein unaussprechliches und unerträgliches DING mit rasiermesserscharfen Klauen und Zähnen näher kommt. *Mein Gott, er kommt, dieser Hund kommt.*

Aber er *kam* nicht nur; er *veränderte* sich.

Wie genau, das war unmöglich zu sagen. Pops Augen taten weh, weil sie hin und her gerissen waren zwischen dem, was sie sehen sollten, und dem, was sie tatsächlich sahen, und am Ende konnte er nur einen sehr unbedeutenden Ansatzpunkt finden: Es war, als hätte jemand die Linse der Kamera ausgewechselt, statt einer normalen ein Fischauge genommen, so daß sich die Stirn des Hundes mit ihren Fellzotteln irgendwie zu wölben und gleichzeitig zurückzufallen schien, und die mordlüsternen Augen des Hundes schienen einen schmutzigen, kaum wahrnehmbaren roten Glanz entwickelt zu haben.

Der *Leib* des Hundes schien länger, aber nicht dünner

geworden zu sein; wenn überhaupt, schien er dicker zu sein – nicht fetter, sondern muskulöser.

Und seine Zähne waren größer. Länger. Spitzer.

Plötzlich mußte Pop an Joe Cambers Bernhardiner Cujo denken – der Joe und den alten Schwätzer Gery Pervier und Big George Bannerman getötet hatte. Der Hund war tollwütig geworden.

Eine Hupe ertönte ungeduldig.

Pop schrie, und sein Herz fing nicht wieder an zu schlagen, es raste davon wie ein Formel-1-Rennwagen.

Ein Lastwagen fuhr um seine Limousine herum, die noch halb in der Einfahrt und halb auf der schmalen Nebenstraße stand. Der Fahrer des Lasters streckte die geballte Faust zum Fenster heraus und den Mittelfinger in die Höhe.

»*Leck mich am Arsch, du Pisser!*« kreischte Pop. Er setzte den restlichen Weg zurück, aber so ruckartig, daß er auf dem Bordstein der anderen Straßenseite aufsetzte. Er riß das Lenkrad wütend herum (wobei er ungewollt auf die Hupe drückte) und fuhr davon. Aber drei Blocks weiter mußte er an den Straßenrand fahren und zehn Minuten still hinter dem Lenkrad sitzen bleiben und darauf warten, bis das Zittern so weit nachließ, daß er wieder fahren konnte.

Soviel zu den Schwestern Ekel.

Im Verlauf der folgenden fünf Tage ging Pop die verbleibenden Namen seiner Liste im Kopf durch. Sein Preis, der bei McCarty mit zwanzigtausend Dollar angefangen hatte und bei den Schwestern Ekel auf zehntausend Dollar gefallen war (nicht, daß er in einem Fall auch nur soweit gekommen wäre, einen Preis zu nennen), sank ununterbrochen, während ihm allmählich die Puste ausging. Schließlich blieb ihm noch Emory Chaffee und die Chance, vielleicht zweieinhalbtausend zu bekommen.

Chaffee bot ein faszinierendes Paradoxon: In Pops gesamter Erfahrung mit Verrückten Hutmachern – Erfahrungen, die langjährig und von verblüffender Vielfalt waren –, war Emory Chaffee der einzige, der an die ›andere Welt‹ glaubte und nicht die Bohne Phantasie hatte. Daß er mit seinem Spatzenhirn überhaupt je einen Gedanken an die ›andere Welt‹ verschwendet hatte, war schon erstaunlich genug; daß er an sie *glaubte*, war verblüffend; daß er Geld für Gegenstände bezahlte, die damit in Zusammenhang standen, konnte Pop kaum glauben. Aber es war so, und Pop hätte ihn viel weiter oben auf seiner Liste plaziert, wäre da nicht die ärgerliche Tatsache gewesen, daß Chaffee bei weitem der schlechtest situierte seiner ›reichen Verrückten Hutmacher‹ war, wie Pop sie bezeichnete. Er stellte sich heldenhaft, aber vergeblich die Aufgabe, die letzten Reste eines einstmals gewaltigen Familienvermögens zu erhalten. Daher kam es, daß der Preis, den Pop für Kevins Kamera haben wollte, noch einmal deutlich nach unten sackte.

Aber, hatte er sich gedacht, als er mit dem Auto in die grasüberwucherte Einfahrt des Hauses fuhr, das in den zwanziger Jahren eine der schönsten Sommerresidenzen von Sebago Lake gewesen, heute aber nur noch einen oder zwei Schritte davon entfernt war, einer von Sebago Lakes schäbigsten Dauerwohnsitzen zu werden (die Villa der Chaffees im Bezirk Bramhall von Portland war schon vor fünfzehn Jahren verkauft worden, um die Steuern zu bezahlen), *wenn irgend jemand dieses Ding kauft, dann mit größter Wahrscheinlichkeit Emory.*

Was ihm wirklich Kopfzerbrechen bereitete – um so mehr, je weiter er sich vergebens seine Liste hinuntergearbeitet hatte –, war die Vorführung. Er konnte *beschreiben*, was die Kamera machte, bis er schwarz wurde, aber nicht einmal ein verschrobener Sonderling wie Emory Chaffee würde einzig aufgrund einer Beschreibung sein Geld herausrücken.

Manchmal dachte Pop, es wäre dumm gewesen, Kevin die vielen Bilder machen zu lassen, damit er, Pop, das Videoband anfertigen lassen konnte. Aber wenn er dorthin ging, wo der Hund begraben lag, war er nicht sicher, ob es etwas geändert haben würde. Es verging Zeit dort drüben in dieser Welt (wie Kevin betrachtete er sie mittlerweile genau so: als richtige Welt), und sie verging viel langsamer als in dieser Welt . . . aber verstrich sie nicht immer schneller, je näher der Hund der Kamera kam? Pop fand, daß dies der Fall war. Die Bewegung des Hundes am Zaun entlang war anfangs kaum ersichtlich gewesen; jetzt würde nur ein Blinder nicht sehen, daß der Hund jedesmal ein Stück näher war, wenn der Auslöser gedrückt wurde. Man konnte die verringerte Entfernung sogar sehen, wenn man zwei Bilder rasch nacheinander machte. Es war fast, als würde die Zeit da drüben versuchen . . . nun, versuchen, irgendwie mit der hier Schritt zu halten und im Einklang mit ihr zu verlaufen.

Das allein wäre schon schlimm genug gewesen. Aber es war nicht *alles*.

Das war kein *Hund*, verdammt noch mal.

Pop wußte nicht, *was* es war, aber er wußte es so sicher, wie er wußte, daß seine Mutter auf dem Friedhof Homeland begraben war: Das war *kein* Hund.

Als er sich an dem Lattenzaun entlanggeschnuppert hatte, der inzwischen gut zehn Schritte hinter ihm lag, da hatte Pop geglaubt, es wäre ein Hund, weil er wie ein Hund *ausgesehen* hatte, wenn auch ein ausgesprochen bösartiger, wie man sah, als er anfing den Kopf zu drehen und die Schnauze zeigte.

Aber jetzt fand Pop, er sah nicht wie ein Geschöpf aus, das je auf Gottes Erde existiert hatte, und wahrscheinlich auch nicht in Luzifers Hölle. Und noch mehr bekümmerte Pop folgendes: Die wenigen Menschen, für die er Vorführbilder geschossen hatte, schienen das nicht zu sehen. Sie wichen unwillkürlich zurück, sie sagten unweigerlich, es wäre die häßlichste, bösartigste Promenadenmischung, die sie je gesehen hatten, aber das war alles. Kein einziger wies darauf hin, daß sich der Hund in Kevins Sun 660 in ein Monster verwandelte, während er auf den Fotografen zuging. Während er sich der Linse näherte, die möglicherweise eine Tür zwischen seiner und dieser Welt war.

Pop dachte wieder (wie schon Kevin): *Aber er kann un-*

möglich durchkommen. Niemals. Wenn etwas passiert, kann
ich genau sagen, was es sein wird, denn dieses Ding ist ein
TIER, vielleicht ein verdammt häßliches, vielleicht sogar ein
furchteinflößendes, wie es sich ein kleines Kind in seinem
Schrank vorstellen könnte, wenn Mama das Licht ausgeschaltet
hat, aber es ist und bleibt trotzdem nur ein TIER, und wenn
überhaupt etwas passieren wird, dann folgendes: Es wird ein
letztes Bild herauskommen, auf dem man überhaupt nichts
mehr erkennen kann, außer Schlieren, weil der Teufelshund ge-
sprungen sein wird, man kann sehen, daß er das vorhat, und
danach wird die Kamera entweder nicht mehr funktionieren,
oder, falls doch, wird sie nur noch Bilder machen, die schwarze
Quadrate sind, weil man mit einer Kamera mit kaputter Linse,
oder einer völlig entzwei gebrochenen, eben keine Bilder mehr
machen kann, und falls derjenige, zu dem dieser Schatten ge-
hört, die Kamera fallen läßt, wenn der Teufelshund ihn an-
springt, was er meiner Meinung nach machen wird, dann wird
sie auf den Gehweg fallen und ZERSCHELLEN. Schließlich be-
steht das verdammte Ding nur aus Plastik, und Plastik und Be-
ton vertragen sich nicht so gut.

Aber inzwischen war Emory Chaffee auf seine abge-
blätterte Veranda herausgekommen, wo die Farbe sich
wie Schuppen von den Brettern löste und die Bretter
selbst sich durchbogen und die Jalousien die Farbe von
getrocknetem Blut annahmen und teilweise sogar klaf-
fende Löcher aufwiesen; Emory Chaffee trug einen Bla-
zer, der einmal königsblau gewesen, inzwischen aber so
oft gewaschen worden war, daß er nichtssagend grau wie
die Uniform eines Fahrstuhlchauffeurs aussah; Emory
Chaffee mit der hohen Stirn, die immer höher und höher
wurde und zuletzt unter dem bißchen Haar verschwand,
das er noch sein eigen nennen konnte, der sein riesiges
Alles-toll-alter-Kumpel-alles-toll-hm-hm-Grinsen grinste,
so daß seine gigantischen Hasenzähne zu sehen waren
und Pop dachte, so würde wahrscheinlich Bugs Bunny
aussehen, wenn Bugs Bunny einer katastrophalen Verblö-
dung unterliegen würde.

Pop nahm den Gurt der Kamera – Herrgott, wie er dieses Ding inzwischen haßte! –, stieg aus dem Auto aus und zwang sich, Winken und Grinsen des Mannes zu erwidern.

Geschäft war schließlich Geschäft.

»Das ist aber mal ein häßlicher Köter, finden Sie nicht auch?«

Chaffee studierte das Polaroidbild, das inzwischen fast völlig entwickelt war. Pop hatte erklärt, was die Kamera vollbrachte, und war von Chaffees unverhohlenem Interesse und seiner Neugier ermutigt worden. Dann hatte er dem Mann die Sun gegeben und ihn gebeten, irgend etwas aufzunehmen, was ihm gefiel.

Emory Chaffee grinste sein abstoßendes Zahnlückengrinsen und drehte die Polaroidkamera in Pops Richtung.

»Außer mir«, sagte Pop hastig. »Ich würde lieber eine Schrotflinte auf meinen Kopf richten lassen als diese Kamera.«

»Wenn Sie etwas verkaufen wollen, laufen Sie echt zu Bestform auf«, sagte Chaffee bewundernd, aber er hatte dennoch gehorcht und die Sun 660 zum großen Panoramafenster mit Blick auf den See gerichtet, einem Blick, der heute noch so reich war, wie die Familie Chaffee es in den Jahren nach dem Ersten Weltkrieg gewesen war, goldene Jahre, die um 1970 allmählich irgendwie zu Blech geworden waren.

Er drückte auf den Auslöser.

Die Kamera surrte.

Pop zuckte zusammen. Er hatte festgestellt, daß er inzwischen jedesmal zusammenzuckte, wenn er dieses Geräusch hörte – dieses quietschige kleine Surren. Er hatte versucht, sich dieses Zucken wieder abzugewöhnen, mußte aber zu seinem Mißfallen feststellen, daß er es nicht konnte.

»Ja, Sir, ein verdammt häßlicher Köter!« wiederholte Chaffee, nachdem er das fertig entwickelte Bild studiert hatte, und Pop freute sich auf gallige Weise, daß das widerliche   Jo-ho-was-sind-wir-Pfundskerle-Zahnlücken-grinsen endlich verschwunden war. Wenigstens das war der Kamera gelungen.

Doch es war auch deutlich, daß der Mann nicht dasselbe sah wie er, Pop. Pop hatte sich auf diese Eventualität vorbereiten können; dennoch war er hinter seiner gleichgültigen Yankeemaske zutiefst erschüttert. Er glaubte, *wenn* Chaffee die Gabe gewährt worden wäre (denn genau das schien es zu sein) zu sehen, was Pop sah, wäre er wahrscheinlich schnell wie der Blitz zur nächstbesten Tür gerannt.

Der Hund – nun, eigentlich war es kein Hund mehr, aber *irgendeinen* Namen mußte man ihm schließlich geben – hatte seinen Sprung auf den Fotografen noch nicht begonnen, aber er bereitete sich darauf vor; er spreizte die Hinterbeine und drückte sie gleichzeitig auf den rissigen, anonymen Gehweg, und zwar auf eine Weise, die Pop an einen aufgemotzten Rennwagen erinnerte, der zitterte und in den letzten Sekunden der Rotphase einer Ampel kaum von der Kupplung im Zaum gehalten werden kann; die Nadel des Drehzahlmessers bereits auf 2000, der Motor durch den verchromten Auspuff dröhnend und die fetten Reifen mit extrem tiefem Profil bereit, einen innigen Kuß auf den Asphalt der Straße zu rauchen.

Das Gesicht des Hundes war überhaupt nicht mehr als solches zu erkennen. Es hatte sich zu einem gräßlichen Gruselkabinett-Ding verzerrt, in dem es nur noch ein einziges dunkles und böses Auge zu geben schien, weder rund noch oval, sondern irgendwie verlaufen, wie ein Eidotter, in den man mit den Zinken einer Gabel gestochen hat. Seine Nase war ein schwarzer Haken, in den rechts und links zwei tiefe, geblähte Löcher gebohrt worden waren. Und kam da *Rauch* aus diesen Nasenlöchern – wie Dampf aus den Öffnungen eines Vulkans? Vielleicht . . . vielleicht war das aber auch nur Einbildung.

Egal, dachte Pop. *Drück einfach weiter den Auslöser, oder laß ihn von Leuten wie diesem Rindvieh drücken, und du wirst es herausfinden, richtig?*

Aber er *wollte* es nicht herausfinden. Er betrachtete das schwarze, mörderische Ding, in dessen Fell sich vielleicht zwei Dutzend Kletten verfangen hatten, das Ding, das strenggenommen eigentlich gar kein Fell mehr hatte, sondern etwas wie lebende Stacheln und einen Schwanz, der mehr einer mittelalterlichen Waffe glich. Er betrachtete den Schatten, den ausgerechnet ein rotznäsiger Bengel hatte identifizieren müssen, und sah, daß auch dieser sich verändert hatte. Eines der Schattenbeine schien einen Schritt zurückgewichen zu sein – einen ziemlich *großen* Schritt, selbst wenn man die untergehende Sonne (die wirklich unterging; irgendwie war Pop zur Überzeugung gekommen, daß sie unterging, daß es Nacht wurde in jener Welt da drüben, nicht Tag) mit in Betracht zog.

Der Fotograf in jener Welt da drüben hatte endlich festgestellt, daß sein Motiv nicht die Absicht hatte, für eine Porträtaufnahme sitzen zu bleiben; das war nie sein Plan gewesen. Es wollte *fressen*, nicht *sitzen*. Das war sein Plan.

Fressen und möglicherweise auf eine Weise, die Pop nicht verstand, entkommen.

Find es heraus! dachte er ironisch. *Nur zu! Mach einfach weiter Bilder. Dann wirst du es herausfinden! Du wirst es ECHT herausfinden!*

»Und Sie, Sir«, sagte Emory Chaffee, der lediglich einen Augenblick verdutzt gewesen war; Menschen mit geringer Phantasie lassen sich meist nicht lange von trivialen Dingen wie Nachdenken aufhalten, »sind ein verflucht gerissener Händler!«

Die Erinnerung an McCarty war immer noch frisch in Pops Verstand, und sie reizte ihn immer noch.

»Wenn Sie sie für eine Fälschung halten . . .« begann er.

»Eine Fälschung? Ganz im Gegenteil! Ganz im . . . *Gegenteil*!« Chaffees Zahnlückengrinsen erblühte in all seiner widerlichen Pracht. Er breitete die Arme zu einer Sie-scherzen-doch-gewiß-Geste aus. »Aber ich fürchte, bei diesem speziellen Stück kommen wir nicht ins Geschäft, Mr. Merrill, wie Sie sicher verstehen werden. Tut mir leid, das zu sagen, aber . . .«

»Warum?« platzte Pop heraus. »Wenn Sie nicht glauben, daß das verfluchte Ding eine Fälschung ist, warum wollen Sie es dann nicht?« Er stellte zu seinem Erstaunen fest, daß seine Stimme einen schrillen, empört flehenden Ausdruck angenommen hatte. So etwas hatte es noch nie gegeben, in der ganzen *Weltgeschichte* noch nicht, dessen war Pop sicher, und es würde es auch nie wieder geben. Und dennoch schien er das verdammte Ding nicht einmal *verschenken* zu können.

»Aber . . .« Chaffee sah verwirrt drein, als wüßte er nicht, wie er es sagen sollte, weil es für ihn so deutlich auf der Hand zu liegen schien. In diesem Augenblick sah er wie ein freundlicher, aber nicht sehr fähiger Grundschullehrer aus, der versucht, einem zurückgebliebenen Kind beizubringen, wie man seine Schuhe bindet. »Aber sie *macht* doch nichts, oder?«

»*Macht* nichts?« kreischte Pop beinahe. Er konnte nicht glauben, daß er in einem solchen Ausmaß die Beherrschung verloren hatte und sie zusehends mehr verlor. Was war mit ihm los? Oder, um es genauer zu sagen, was machte diese dreimal gottverfluchte *Kamera* aus ihm? »*Macht* nichts? Was ist los, sind Sie blind? Sie macht Bilder aus einer *anderen Welt*! Sie macht Bilder, die kontinuierlich in der Zeit fortschreiten, und zwar ganz gleich, *wo* oder *wann* man sie in *dieser* Welt aufnimmt! Und dieses . . . dieses Ding . . . dieses *Monster* . . .«

Oh. Liebe Güte. Jetzt hatte er es getan. Er war tatsächlich einmal zu weit gegangen. Er sah es an der Art, wie Chaffee ihn betrachtete.

»Aber es ist doch nur ein Hund«, sagte Chaffee mit leiser, beruhigender Stimme. Es war die Stimme, mit der man versuchte, einen Wahnsinnigen zur Vernunft zu bringen, während die Schwestern zu dem Schränkchen liefen, wo sie Spritzen und Beruhigungsmittel aufbewahrten.

»Ja-ha«, sagte Pop langsam und müde. »Nur ein Hund, mehr nicht. Aber Sie haben selbst gesagt, daß es ein verdammt häßlicher Köter ist.«

»Stimmt, stimmt, das habe ich«, sagte Chaffee, der viel zu hastig zustimmte. Pop dachte, wenn das Grinsen des Mannes noch breiter werden würde, könnte er vielleicht zu sehen bekommen, wie die oberen zwei Drittel von Chaffees Kopf in seinen Schoß fielen. »Aber . . . Ihnen ist doch sicher klar, Mr. Merrill . . . was das für ein Problem für den Sammler darstellt. Den *ernsthaften* Sammler.«

»Nein, ich glaube nicht«, sagte Pop, aber nachdem er die gesamte Liste seiner Verrückten Hutmacher durchgegangen war, eine Liste, die anfangs so vielversprechend schien, kam er allmählich dahinter. Er sah sogar einen ganzen *Haufen* Probleme, die die Sun für den ernsthaften Sammler bot. Was Emory betraf . . . Gott allein wußte, was Emory genau dachte.

»Es gibt mit ziemlicher Sicherheit so etwas wie Gespensterfotografien«, sagte Chaffee mit einer so vollmundigen, pedantischen Stimme, daß Pop ihm den Hals herumdrehen wollte. »Aber das sind keine Gespensterfotografien. Das sind . . .«

»Das sind ganz eindeutig keine *normalen* Fotografien!«

»Genau darauf wollte ich hinaus«, sagte Chaffee mit gelindem Stirnrunzeln. »Aber was für Fotos sind es *dann*? Das kann man kaum sagen, richtig? Man kann lediglich eine ganz normale Kamera vorzeigen, die einen Hund aufnimmt, der offenbar zum Sprung ansetzt. Und wenn er springt, wird er aus dem Bild verschwinden. An diesem Punkt kann dreierlei passieren. Die Kamera könnte normale Bilder machen, will heißen, die Sachen fotografieren, auf die sie tatsächlich gerichtet wird; sie macht vielleicht gar keine Bilder mehr, da ihr einziger Existenzzweck, den Hund zu fotografieren – zu *dokumentieren*, könnte man sagen –, erfüllt ist; oder sie könnte einfach weiter Bilder von dem weißen Lattenzaun und dem ungepflegten Rasen dahinter machen.« Nach einer Pause fügte er hinzu: »Ich könnte mir denken, daß irgendwann einmal jemand vorbeiläuft, vierzig Fotos lang – oder vierhundert –, aber wenn der Fotograf den Winkel nicht ändert, was er auf keinem der vorliegenden Fotos gemacht zu haben scheint, würde man den Passanten lediglich von der Taille an abwärts sehen. Mehr oder weniger.« Und dann wiederholte er, was Kevins Vater gesagt hatte, ohne auch nur zu wissen, wer Kevins Vater war: »Bitte entschuldigen Sie, daß ich das sage, Mr. Merrill, aber Sie haben mir etwas gezeigt, das ich nie für möglich gehalten hätte: ein unerklärliches und beinahe unwiderlegbares paranormales Phänomen, das ziemlich langweilig ist.«

Diese erstaunliche, aber offenbar aufrichtige Bemerkung zwang Pop, nicht daran zu denken, was Chaffee von seinem Geisteszustand halten mochte, und noch einmal zu fragen: »Es ist *wirklich* nur ein Hund, soweit Sie sehen können?«

»Gewiß«, sagte Chaffee, der gelinde überrascht dreinsah. »Ein streunender Straßenköter, der überaus gemein aussieht.«

Er seufzte.

»Und es würde selbstverständlich nicht ernst genommen werden. Will sagen, es würde von Leuten nicht ernst genommen werden, die Sie nicht kennen, Mr. Merrill. Leuten, die nichts von Ihrer Ehrlichkeit und Zuverlässigkeit in solchen Dingen wissen. Verstehen Sie, es würde wie ein Trick aussehen. Und nicht einmal ein guter. Etwas vom Schlage des Magic Eight-Balls eines Kindes.«

Vor zwei Wochen hatte sich Pop entschieden gegen diese Theorie ausgesprochen. Aber das war, bevor er . . . nicht aus dem Haus dieses Dreckskerls McCarty gegangen, sondern förmlich *hinausbefördert* worden war.

»Nun, wenn das Ihr letztes Wort ist«, sagte Pop, stand auf und nahm die Kamera am Gurt.

»Es tut mir sehr leid, daß Sie den weiten Weg für nichts auf sich genommen haben«, sagte Chaffee . . . und dann war sein ekliges Grinsen wieder zur Stelle, Gummilippen und gewaltige Zähne, auf denen Spucke glänzte. »Ich wollte mir gerade ein Sandwich machen, als Sie gekommen sind. Möchten Sie mir gerne Gesellschaft leisten, Mr. Merrill? Ich mache ziemlich gute Sandwiches, wenn ich das einmal so sagen darf. Ich nehme etwas Rettich und

Bermudazwiebeln dazu – das ist mein Geheimrezept –, und dann nehme ich . . .«

»Ich muß leider ablehnen«, sagte Pop düster. Wie im Salon der Schwestern Ekel wollte er momentan nur raus hier und ein paar Meilen zwischen sich und diesen grinsenden Idioten bringen. Pop hatte entschieden eine Allergie gegen Häuser, wo er gespielt und verloren hatte. Und in letzter Zeit schien ihm das öfter zu passieren. Zu oft. »Ich habe schon gegessen, will ich damit sagen. Muß mich auf den Heimweg machen.«

Chaffee lachte saftig. »Wer reich sät, wird reich ernten«, sagte er.

In letzter Zeit nicht, dachte Pop. *In letzter Zeit ernte ich überhaupt nichts.*

»Man lebt«, antwortete Pop und durfte das Haus schließlich verlassen, wo es feucht und kalt war (wie es sein würde, im Februar in so einem Haus zu wohnen, konnte sich Pop nicht vorstellen) und der Mausgeruch von Mehltau vorherrschte, als würden Vorhänge und Sofabezüge und dergleichen verfaulen . . . vielleicht war es aber auch nur der Geruch, den Geld hinterläßt, wenn es lange an einem bestimmten Ort verwahrt worden ist und schließlich doch verschwindet. Er fand, die frische Oktoberluft mit dem deutlichen Aroma von Kiefernadeln hatte noch nie so gut gerochen.

Er stieg in sein Auto ein und ließ es an. Emory Chaffee stand auf der vorderen Veranda – anders als die Schwestern Ekel, die ihn bis zur Tür gebracht und diese dann hastig geschlossen hatten, als hätten sie Angst, die Sonne könnte auf sie fallen und sie wie Vampire zu Staub zerfallen lassen –, grinste sein idiotisches Grinsen und *winkte* doch wahrhaftig, als würde er sich nach einer verfluchten Ozeankreuzfahrt von Pop verabschieden.

Ohne nachzudenken, so wie er das Bild der alten Frau (oder zumindest das in ihre Richtung) aufgenommen hatte, knipste er Chaffee und das im Verfall begriffene Haus, das den traurigen Rest der Besitztümer der Familie Chaffee bildete. Er konnte sich nicht erinnern, wie er die

Kamera vom Sitz hochriß, wo er sie verdrossen hingeworfen hatte, ehe er die Tür zuschlug, merkte nicht einmal, daß er die Kamera in Händen hielt und den Auslöser drückte, bis er das Surren hörte, mit dem das Bild wie eine mit grauer Flüssigkeit belegte Zunge herauskam – möglicherweise mit Magnesiummilch. Dieser Laut schien inzwischen auf seinen Nervenenden zu vibrieren und sie zu reizen; vergleichbar dem Gefühl, das man hatte, wenn etwas zu Kaltes oder zu Heißes an eine neue Zahnplombe kam.

Er bemerkte nur am Rande, daß Chaffee lachte, als wäre das der beste Scheißwitz der Welt, dann riß er das Bild in einer Art tobsüchtiger Wut aus dem Schlitz und sagte sich, er habe sich das kurze, gedämpfte Knurren nur eingebildet, ein Laut, wie man ihn hören mochte, wenn ein Motorboot näher kam und man den Kopf unter Wasser hatte; er sagte sich, er habe sich das Gefühl nur eingebildet, als hätte sich die Kamera einen Moment in seinen Händen *gewölbt*, als hätte ein gewaltiger Druck im Inneren die Wände vorübergehend nach außen gedrückt. Er drückte auf den Knopf des Handschuhfachs und warf das Bild hinein, dann schlug er das Fach so schnell und heftig zu, daß er sich den Daumennagel bis zum empfindlichen Fleisch einriß.

Er stieß ruckartig zurück, würgte den Motor fast ab, dann rammte er beinahe eine der alten Fichten, die das Haus am Ende der langen Einfahrt Chaffees säumten, und den ganzen Weg die Einfahrt entlang glaubte er, Emory Chaffee in hirnlosen, dröhnenden Salven lachen hören zu können: *Harr! Harr! Harr! Harr!*

Sein Herz klopfte in der Brust, sein Kopf fühlte sich an, als würde ihn jemand von innen mit dem Vorschlaghammer bearbeiten. Das kleine Geflecht von Adern an jeder Schläfe pulsierte konstant.

Nach und nach bekam er sich wieder unter Kontrolle. Nach fünf Meilen legte der kleine Mann in seinem Kopf den Vorschlaghammer weg. Nach zehn Meilen (inzwischen war er schon wieder halb in Castle Rock) schlug sein Herz wieder normal. Und er sagte sich: *Du wirst es nicht ansehen. NEIN. Soll das verdammte Ding da drinnen verfaulen. Du mußt es nicht ansehen, und du mußt auch keine Aufnahmen mehr machen. Es wird Zeit, das Ding als Verlust abzuschreiben. Es wird Zeit, das zu tun, was du den Jungen von vorneherein hättest tun lassen sollen.*

Aber selbstverständlich fuhr er von der Straße, als er Castle View erreichte, auf einen Rastplatz, von dem man, schien es, das ganze weltliche Maine und halb New Hampshire sehen konnte, machte den Motor aus und das Handschuhfach auf und holte das Bild heraus, das er ebensowenig mit Absicht geschossen hatte wie ein Mann, der schlafwandelt. Das Foto hatte sich selbstverständlich da drinnen entwickelt; die Chemikalien auf dem täuschend flachen Rechteck waren zum Leben erwacht und hatten ihre Aufgabe wie üblich makellos erfüllt. Dunkelheit oder Helligkeit, für ein Polaroidbild spielte das keine Rolle.

Das Hunde-Ding hatte sich inzwischen ganz geduckt. Es war so bereit, wie es nur sein konnte, ein Abzug mit voll gespanntem Hahn. Die Zähne schienen aus dem Maul herausgewachsen, so daß das Fauchen des Dings inzwischen nicht mehr nur ein Ausdruck von Wut zu sein schien, sondern eine simple Notwendigkeit; wie sollte es die Lefzen je völlig über diesen Zähnen schließen können? Wie konnten diese Kiefer jemals kauen? Inzwischen sah es mehr wie ein wilder Eber aus, nicht wie ein Hund, aber Pop fand, daß er eigentlich etwas Ähnliches noch nie gesehen hatte. Es tat nicht nur seinen Augen weh, wenn er die Kreatur betrachtete; es tat seinem *Verstand* weh. Er hatte das Gefühl, als würde er verrückt werden.

Warum schaffe ich die Kamera nicht gleich hier weg? dachte er plötzlich. *Ich kann es. Einfach aussteigen, zur Brüstung gehen und sie runterwerfen. Aus und vorbei. Lebwohl.*

Aber das wäre eine impulsive Tat gewesen, und Pop Merrill gehörte zum vernünftigen Lager – mit Leib und Seele, will ich damit sagen. Er wollte aus der Laune des Augenblicks heraus nichts machen, was er später bedauern konnte, und . . .

Wenn du es nicht machst, wirst du es später bedauern.

Aber nein. Und nein. Und nein. Ein Mann konnte nicht gegen seine Natur an. Das war unnatürlich. Er brauchte Zeit zum Nachdenken. Um ganz sicher zu sein.

Er schloß einen Kompromiß, indem er statt dessen das Foto hinauswarf und rasch weiterfuhr. Eine oder zwei Minuten war ihm zumute, als müßte er kotzen, aber das verging wieder. Danach war er wieder etwas mehr er selbst. Als er wieder wohlbehalten in seinem Laden war, schloß er das Stahlkästchen auf, holte die Sun heraus, kramte wieder nach seinem Schlüsselbund und fand schließlich den für die Schublade, wo er seine ›speziellen Sachen‹ aufbewahrte. Er wollte die Kamera schon hineinlegen . . . doch dann hielt er stirnrunzelnd inne. Das Bild des Hackklotzes im Garten tauchte mit solcher Klarheit vor seinem geistigen Auge auf, jede Einzelheit deutlich hervorgehoben, daß es selbst schon wie eine Fotografie wirkte.

Er dachte: *Vergiß den Mist, von wegen ein Mann kann nicht gegen seine Natur. Das ist dummes Zeug, das weißt du. Es ist auch nicht die Natur eines Mannes, Dreck zu fressen, aber du könntest eine ganze Schüssel verschlingen, wenn jemand dir eine Knarre auf den Kopf richten und befehlen würde, daß du es machen sollst. Du weißt, es ist Zeit – höchste Zeit zu tun, was du den Jungen hättest tun lassen sollen. Es ist ja nicht so, daß du große Unkosten gehabt hättest.*

Aber darauf erhob ein anderer Teil seines Verstands wütend und mit den Fäusten drohend Einwände: *Doch! Ich* habe *Unkosten gehabt! Der Junge hat eine nagelneue Polaroidkamera zertrümmert! Er weiß es vielleicht nicht, aber das ändert nichts an der Tatsache, daß ich hundertneununddreißig Piepen losgeworden bin!*

»Scheiße auf Toast!« murmelte er aufgebracht. »Es geht nicht darum! Es geht nicht um das *Scheißgeld*!«

Nein – es ging nicht um das Scheißgeld. Er konnte sich wenigstens eingestehen, daß es nicht um das Geld ging. Er konnte es sich leisten; Pop hätte sich in der Tat eine ganze Menge leisten können, einschließlich einer eigenen Villa im Bezirk Bramhall und obendrein einen brandneuen Mercedes in der Garage. So etwas hätte er sich freilich nie gekauft – er drehte seine Pennies um und betrachtete pathologische Knausrigkeit als eine gute alte Yankee-Tugend –, aber das bedeutete nicht, er hätte es nicht haben können, wenn er gewollt hätte.

Es ging nicht ums Geld; es ging um etwas Wichtigeres, als Geld je sein konnte. Es ging darum, *nicht abgekocht zu werden*. Pop hatte es sich zum Lebensziel gemacht, *nicht abgekocht zu werden*, und die wenigen Male, wo man ihn doch über den Tisch gezogen hatte, war ihm zumute gewesen wie einem Mann, dem rote Ameisen im Gehirn herumwuselten.

Zum Beispiel die Sache mit dem Grammophon. Als Pop herausfand, daß ein Antiquitätenhändler aus Boston – Donahue hatte er geheißen – fünfzig Piepen mehr als üblich für ein Victor-Graff-Grammophon Baujahr 1915 bekommen hatte (das sich obendrein als das weitaus häufigere Modell des Jahres 1919 entpuppt hatte), da hatte Pop deshalb schlaflose Nächte gehabt, manchmal verschiedene Formen von Racheplänen geschmiedet (jeder toller und lächerlicher als der vorhergehende), sich manchmal aber auch nur einen Narren geschimpft und sich gesagt, er müsse echt auf dem absteigenden Ast sein, wenn es einem Großstädter wie Donahue gelungen war, Pop Merrill abzukochen. Und manchmal stellte er sich vor, wie der Wichser seinen Pokerkumpels erzählte, wie leicht es gewesen war: »Verdammt, die da oben sind doch bloß ein Haufen Hirnamputierte! Wenn man versuchen würde, einem Dorftrottel wie diesem Merrill aus Castle Rock die Brooklyn Bridge zu verhökern, würde der dumme Arsch glatt fragen: ›Wieviel?‹« Und dann würden er und seine Spießgesellen auf ihren Stühlen um den Pokertisch zurücklehnen (warum er sie in seinem morbiden Tagtraum immer um so einen Tisch herum sah, wußte Pop nicht zu sagen, aber es war so), Zigarren für einen Dollar rauchen und vor Lachen brüllen wie Trolle.

Die Sache mit der Polaroid brannte wie Säure in ihm, aber er war noch nicht bereit, das Ding abzuschreiben.

Noch nicht ganz.

Du bist verrückt! schrie eine Stimme in ihm. *Du bist verrückt, damit weiterzumachen!*

»Der Teufel soll mich holen, wenn ich das Handtuch werfe«, murmelte er dieser Stimme und seinem verlassenen düsteren Laden, der wie eine Bombe in einem Koffer leise vor sich hin tickte, verdrossen zu. »*Der Teufel soll mich holen*, wenn ich das mache.«

Aber das bedeutete nicht, daß er weitere vergebliche Reisen auf sich nehmen mußte, um das Hurending zu verkaufen, und *ganz bestimmt* würde er keine Bilder mehr damit machen. Er schätzte, daß noch mindestens drei ›sichere‹ darin sein mußten, *möglicherweise* sieben, aber er wollte nicht derjenige sein, der es herausfand. Überhaupt nicht.

Trotzdem konnte sich etwas ergeben. Man konnte nie wissen. Und in diese Schublade eingeschlossen, konnte sie weder ihm noch sonst jemand schaden, oder?

»Nöö«, stimmte Pop sich selbst hastig zu. Er legte die Kamera hinein, schloß die Schublade ab, steckte die Schlüssel ein, ging zur Tür und drehte das Schild GESCHLOSSEN mit dem Gebaren eines Mannes auf OFFEN, der ein quälendes Problem endlich zu seiner Zufriedenheit gelöst hat.

Am nächsten Morgen wachte Pop um drei Uhr früh auf, war schweißgebadet und sah ängstlich in die Dunkelheit. Die Uhren hatten gerade einen weiteren erschöpften Ansturm auf die volle Stunde genommen.

Aber nicht deren Lärm hatte ihn geweckt, obwohl es möglich gewesen wäre, denn er war nicht oben in seinem Bett, sondern unten im eigentlichen Laden. Das Emporium Galorium war eine dunkle Höhle, in die eine Straßenlaterne von draußen lauernde Schatten projizierte, weil sie gerade genügend Licht durch das schmutzige Glas werfen konnte, um den unangenehmen Eindruck zu erwecken, als würden sich Wesen gerade außerhalb des Gesichtsfelds verstecken.

Nicht die *Uhren* weckten ihn, sondern das *Blitzlicht*.

Er stellte zu seinem Entsetzen fest, daß er im Pyjama neben der Werkbank stand und die Polaroid Sun 660 in der Hand hielt. Die ›spezielle‹ Schublade stand offen. Er wußte, er hatte zwar nur ein einziges Bild gemacht, den Auslöserknopf aber immer wieder gedrückt. Er hatte viel mehr Bilder geschossen als das, welches vom Ausgabeschlitz herunterhing, und hatte nur Glück gehabt. Es war nur noch ein Bild auf dem Film gewesen, der sich momentan in der Kamera befand.

Pop ließ die Arme sinken – er hatte die Kamera in den vorderen Teil des Ladens gerichtet und den Bildsucher mit seinem haarfeinen Riß an ein offenes, schlafendes Auge gehalten –, und als er sie auf Höhe der Rippen hatte, fingen sie an zu zittern, und die Muskeln, welche die Ellbogen angewinkelt hielten, gaben einfach den Geist auf. Seine Arme sackten herab, die Finger wurden schlaff, die Kamera purzelte mit einem Poltern in die ›spezielle‹ Schublade zurück. Das Bild, das er gemacht hatte, glitt aus dem Schlitz und flatterte herab. Es landete auf dem Rand der Schublade, kippte erst in die eine Richtung, als wollte es der Kamera folgen, und dann in die andere. Es fiel auf den Boden.

Herzanfall, dachte Pop zusammenhanglos. *Ich werde einen verfluchten, unchristlichen Herzanfall bekommen.*

Er versuchte, den rechten Arm zu heben, weil er mit der Hand an dessen Ende die linke Brustseite massieren wollte, aber der Arm gehorchte nicht. Die Hand an seinem Ende baumelte so schlapp wie ein Toter am Galgenstrick. Die Welt verschwamm und wurde wieder klar. Das Schlagen seiner Uhren (die vorwitzigen darunter waren gerade fertig) verhallten zu fernen Echos. Dann ließen die Schmerzen in seiner Brust nach, das Licht schien wieder etwas stärker zu werden, und er merkte, daß er drauf und dran war, das Bewußtsein zu verlieren.

Er wollte sich auf den Rollenstuhl hinter der Werkbank setzen, und der Vorgang des Hinsetzens fing, wie der Vorgang, die Kamera zu senken, auch durchaus gut an, aber ehe er noch den *halben* Weg zurückgelegt hatte, gaben auch *die* Scharniere nach, die seine Ober- und Unterschenkel vermittels der Knie miteinander verbanden, und er setzte sich nicht auf den Stuhl, sondern machte einen Sturzflug darauf. Der Stuhl rollte dreißig Zentimeter vorwärts, stieß gegen eine Kiste voll alter Ausgaben von *Life* und *Look* und blieb stehen.

Pop senkte den Kopf, wie man es tun sollte, wenn man sich schwindlig fühlte, und es verging einige Zeit. Weder da noch später hatte er die geringste Ahnung, wieviel insgesamt. Es war sogar denkbar, daß er wieder ein Weilchen eingeschlafen war. Als er den Kopf hob, ging es ihm jedenfalls im großen und ganzen wieder gut. Er verspürte ein konstantes Pochen in den Schläfen und hinter der Stirn, wahrscheinlich weil er einen Blutstau in seinem verdammten Hirn hatte, nachdem dieses so lange nach unten gehangen war, aber er stellte fest, daß er aufstehen konnte, und wußte, was er zu tun hatte. Wenn das Ding eine derartige Macht über ihn hatte, daß es ihn dazu bringen konnte, im Schlaf zu wandeln, und ihn des weiteren dazu bringen konnte – sein Verstand versuchte, das Wort zu vermeiden, vermochte es aber nicht –, *Bilder* damit zu machen, dann war das genug. Er hatte keine Ahnung, was das verdammte Ding war, aber soviel stand fest: Man konnte keine Kompromisse damit machen.

Zeit zu tun, was du den Jungen hättest tun lassen sollen.

Ja. Aber nicht heute nacht. Er war erschöpft, schweißgebadet und zitterte. Er dachte, er würde den letzten Schnaufer tun, wenn er nur die Treppe zu seiner Wohnung hinaufging, geschweige denn den Vorschlaghammer schwang. Er dachte sich, daß er es hier drinnen machen konnte, indem er sie aus der Schublade holte und einfach immer wieder auf den Boden schlug, aber die Wahrheit sah anders aus, und er sollte sie sich besser eingestehen: Er konnte heute nacht nichts mehr mit dieser verdammten Kamera anstellen. Morgen würde noch Zeit genug sein, und bis dahin konnte die Kamera schließlich keinen Schaden anrichten, oder? Es war kein Film darin.

Pop machte die Schublade zu und schloß sie ab. Dann stand er langsam auf, eher ein Mann mit Achtzig als einer, der auf die Siebzig zuging, und tatterte langsam zur Treppe. Er ging eine Stufe nach der anderen hinauf, ruhte auf jeder aus, klammerte sich mit einer Hand am Geländer fest (das auch nicht eben das stabilste war) und hielt den schweren Schlüsselbund am Stahlring in der anderen. Schließlich war er oben. Als er die Tür hinter sich zugeschlagen hatte, fühlte er sich ein wenig kräftiger. Er ging in sein Schlafzimmer, legte sich wieder hin und bemerkte wie üblich nichts von dem starken gelben Geruch nach Schweiß und altem Mann, der aufstob, als er sich aufs Bett fallen ließ – er wechselte die Bettwäsche an jedem Ersten im Monat, das genügte ihm.

Ich kann jetzt nicht schlafen, dachte er, und dann: *Doch du kannst. Du wirst schlafen, und du kannst es, weil du morgen früh den Vorschlaghammer nehmen und das verdammte Ding zertrümmern wirst; und dann ist der Spuk vorbei.*

Dieser Gedanke und der Schlaf kamen gleichzeitig, und Pop schlief ohne zu träumen, fast ohne sich zu bewegen, den Rest der Nacht durch. Als er aufwachte, hörte er erstaunt, wie die Uhren unten einen zusätzlichen Schlag zu tun schienen, und zwar alle: acht statt sieben. Erst als er das leicht schräge Rechteck des Sonnenlichts sah, das auf Boden und Wand fiel, stellte er fest, daß es wirklich schon acht *war*; er hatte zum erstenmal seit zehn Jahren verschlafen. Dann fiel ihm die zurückliegende Nacht wieder ein. Jetzt, bei Tage, schien der ganze Zwischenfall nicht mehr so unheimlich zu sein; war er fast *ohnmächtig* geworden? Oder handelte es sich dabei nur um eine natürliche Schwäche, die einen Schlafwandler überkam, wenn er unerwartet aufgeweckt wurde?

Aber natürlich, genau so war es, oder nicht? Der strahlende Morgensonnenschein konnte freilich nichts an der Tatsache ändern: Er *hatte* schlafgewandelt, er *hatte* mindestens ein Bild gemacht und hätte eine ganze Serie aufgenommen, wäre noch ein voller Film drinnen gewesen.

Er stand auf, zog sich an und wollte das Ding zertrümmern, noch ehe er seinen Morgenkaffee trank.

Kevin wünschte sich, sein *erster* Besuch in dieser zweidimensionalen Polaroidwelt wäre auch sein *letzter* gewesen, aber so war es nicht. In den dreizehn Nächten seit dem ersten hatte er den Traum mit zunehmender Häufigkeit gehabt. Wenn sich der blöde Traum eine Nacht freinahm – *bißchen Urlaub, Kev, aber wir seh'n uns bald wieder, alles klar?* –, kam er in der nächsten Nacht wahrscheinlich zweimal. Er wußte zwar, daß es nur ein Traum war, und sobald dieser anfing, sagte sich Kevin, daß er lediglich aufwachen mußte, *verdammt, wach einfach auf!* Manchmal wachte er auch auf, und manchmal verblaßte der Traum auch im Tiefschlaf, aber es gelang ihm nie, *sich selbst* aufzuwecken.

Es war jetzt immer Polaroidsville – nie Oatley oder Hildasville, die ersten stolpernden Versuche seines Denkens, den Ort zu identifizieren. Und wie auf den Fotos ging die Handlung bei jedem Traum ein Stück weiter. Zuerst der Mann mit dem Einkaufswagen, der jetzt nicht einmal mehr zu Beginn leer war, sondern mit einem Durcheinander von Gegenständen gefüllt . . . hauptsächlich Uhren, aber alle aus dem Emporium Galorium, und alle hatten ein unheimliches Aussehen, als würde es sich nicht um tatsächliche Gegenstände handeln, sondern um *Fotografien* von Gegenständen, die aus Zeitschriften ausgeschnitten und dann irgendwie – unmöglich, paradox – in den Einkaufswagen gestopft worden waren, welcher, da zweidimensional wie die Gegenstände selbst, überhaupt keine Tiefe hatte, um sie aufzunehmen. Und doch waren sie da, und der alte Mann kauerte sich schützend darüber und sagte Kevin, er solle verschwinden, weil er ein elender Dieb sei . . . aber jetzt sagte er Kevin noch, wenn er nicht *wirklich* verschwand: »Ich fick dir Popf Hund auf den Half! Wartf nur ab, ob ichf nicht mache!«

Danach kam die dicke Frau, die gar nicht dick sein konnte, weil sie völlig flach war, aber trotzdem dick zu sein schien. Sie schob ihren eigenen Einkaufswagen voll Polaroid Sun-Kameras. Auch sie sprach mit ihm, ehe er an ihr vorbeiging. »Paß auf, Junge«, sagte sie mit der lauten, aber tonlosen Stimme einer vollkommen Tauben, »Pops Hund hat sich von der Leine losgerissen, und er ist böse. Er hat drei oder vier Menschen auf der Farm der Trentons in Camberville zerfleischt, bevor er hierhergekommen ist. Es ist schwer, ein Bild von ihm zu machen, aber man kann es überhaupt nicht, wenn man keine Kamera hat.«

Sie bückte sich, um eine zu nehmen, und manchmal kam sie sogar so weit, die Hand damit auszustrecken, und er griff nach der Kamera, obwohl er nicht wußte, warum die Frau fand, er sollte ein Bild von dem Hund machen oder warum er es wollte . . . oder wollte er nur nicht unhöflich sein?

Wie auch immer, es spielte keine Rolle. Sie bewegten sich beide so langsam und träge wie Schwimmer unter Wasser, wie das bei Traummenschen so oft der Fall ist, und sie schafften es nie, Kontakt herzustellen; wenn Kevin an diesen Teil des Traums dachte, mußte er stets an das berühmte Bild von Gott und Adam denken, das Michelangelo an die Decke der Sixtinischen Kapelle gemalt hatte: Jeder mit ausgestrecktem Arm und ausgestreckter Hand, und die Zeigefinger der Hände berührten sich fast – nicht ganz, aber *fast*.

Dann verschwand sie einen Augenblick, weil sie keine Tiefe hatte, und wenn sie wieder auftauchte, war sie außerhalb seiner Reichweite. *Nun, dann geh doch einfach zu ihr zurück*, dachte Kevin jedesmal, wenn der Traum an dieser Stelle war, aber das konnte er nicht. Seine Füße trugen ihn unbarmherzig zu dem abblätternden weißen Lattenzaun, Pop und dem Hund . . . doch der Hund war kein Hund mehr, sondern ein schreckliches Mischtier, das Hitze und Rauch von sich gab wie ein Drache und Zähne und die schiefe Schnauze eines wilden Ebers hatte. Pop und der Sun-Hund drehten sich gleichzeitig zu ihm um, und Pop hielt die Kamera – *seine* Kamera, das sah Kevin an dem Stück, das an der Seite abgesplittert war – ans rechte Auge.

Das linke Auge hatte er zusammengekniffen. Die randlose Brille glitzerte im dunstigen Sonnenschein auf seiner Glatze. Pop und der Sun-Hund hatten alle drei Dimensionen. Diesbezüglich waren sie die einzigen in dieser heruntergekommenen, unheimlichen kleinen Traumstadt.

»Er ist es!« schrie Pop mit schriller, ängstlicher Stimme. »Er ist der Dieb! Faß ihn, Junge! *Reiß ihm die verfluchten Eingeweide raus, will ich damit sagen!*«

Und wie er das hinausschrie, explodierte ein kalter Blitz in den Tag, als Pop auf den Auslöser drückte, und Kevin drehte sich um und lief weg. Hier hatte der Traum beim zweitenmal aufgehört. Danach ging es mit jeder Wiederholung ein Stückchen weiter. Er bewegte sich wieder mit der Trägheit eines Tänzers im Unterwasserballett. Er wußte, wäre er außerhalb seiner selbst gewesen, hätte er sogar wie ein Tänzer *ausgesehen*, die Arme kreisend wie die Blätter eines Propellers; sein Hemd würde sich mit dem Körper winden und über Brust und Bauch spannen, während er zugleich hören würde, wie der Hemdzipfel mit einem Rascheln aus dem Hosenbund rutschte.

Dann lief er den Weg zurück, von wo er gekommen war, wobei sich jeder Fuß langsam hob und dann traumgleich (selbstverständlich traumgleich, was denn sonst, Dummkopf? dachte er an dieser Stelle jedesmal) wieder nach unten sank, bis er auf den rissigen und faden Beton des Gehwegs trat, die Sohlen seiner Tennisschuhe sich platt drückten, wenn er das Gewicht darauf verlagerte, und Staubwölkchen aufgewirbelt wurden, die sich auch so langsam bewegten, daß er genau sehen konnte, wie die einzelnen Staubkörnchen tanzten.

Er lief langsam, ja, selbstverständlich, und der Sun-Hund, namenlose streunende Promenadenmischung, die aus dem Nichts kam und nichts bedeutete und soviel Verstand wie ein Zyklon hatte, aber trotzdem existierte, verfolgte ihn langsam ... aber nicht *ganz so* langsam.

In der dritten Nacht versickerte der Traum in gewöhnlichem Schlaf, als Kevin gerade in dieser schleppenden, nervtötenden Zeitlupe den Kopf drehte, um zu sehen, wieviel Vorsprung er vor dem Hund hatte. Danach setzte der Traum eine Nacht aus. In der darauffolgenden Nacht kam er wieder – zweimal. Im ersten Traum konnte er den Kopf halb drehen und die Straße links von sich im Nichts verschwinden sehen, während er sie entlanglief; und im zweiten (aus diesem weckte ihn der Wecker, und Kevin lag schwitzend in Embryonalhaltung am Fußende des Bettes) konnte er den Kopf soweit drehen, daß er sah, wie der Hund mit den Pfoten auf dem Asphalt aufkam und dort kleine Krater riß, weil den Pfoten Krallen gewachsen waren . . . und aus den Gelenken eines jeden Hinterbeins wuchsen lange Dornen aus Knochen, die wie Sporen aussahen.

Die trüben roten Augen des Dings sahen Kevin an. Düsteres Feuer drang aus seinen Nüstern. *Himmel, heiliger Himmel, seine Schnauze brennt,* dachte Kevin, und als er aufwachte, stellte er zu seinem Entsetzen fest, daß er es immer wieder hastig murmelte: »Schnauze brennt, Schnauze brennt, Schnauze brennt.«

Nacht für Nacht kam ihm der Hund näher, während er den Gehweg entlang floh. Selbst wenn er sich nicht umdrehte, konnte er *hören*, wie der Sun-Hund aufholte.

Er konnte Wärme zwischen den Beinen spüren und hatte solche Angst, daß er sich naß machte, doch diese Empfindung drang auf dieselbe verwässerte, zähe Weise zu ihm, mit der er sich in dieser Welt zu bewegen schien. Er konnte hören, wie die Pfoten des Sun-Hunds auf den Beton trafen, konnte das trockene Knacken und Schürfen des absplitternden Betons hören. Er konnte seine heißen Atemstöße vernehmen, den Sog der Luft, die an diesen unvorstellbaren Zähnen vorbeistrich.

Und in der Nacht, als Pop feststellte, daß er nicht nur schlafgewandelt, sondern auch das letzte Bild dabei geschossen hatte, hörte Kevin den Atem des Sun-Hunds nicht nur, sondern *spürte* ihn auch: ein warmer Lufthauch an seinen Gesäßbacken, gleich dem lauen Lufthauch in einer U-Bahn-Haltestelle, wenn der Zug durchfährt. Er wußte, der Hund war jetzt so nahe, daß er ihm auf den

Rücken springen konnte, und das würde als nächstes kommen; er würde einen weiteren Atemzug spüren, nicht mehr warm, sondern *heiß*, so heiß wie eine akute Halsentzündung, und dann würde sich diese schiefe, lebende Bärenfalle von einem Maul tief in das Fleisch seines Rückens beißen, zwischen den Schulterblättern, Haut und Gewebe von der Wirbelsäule reißen, und glaubte er wirklich, daß das nur ein Traum war?

Allen Ernstes?

Aus diesem letzten Traum wachte er in dem Augenblick auf, als Pop gerade auf der obersten Treppenstufe zu seiner Wohnung stand und ein letztes Mal ausruhte, ehe er wieder ins Bett ging. Diesmal wachte Kevin kerzengerade sitzend auf; Decke und Laken hatte er bis zur Taille hinuntergestrampelt, seine Haut war schweißgebadet und doch *eiskalt*, eine Million Gänsehautpickeln standen auf Brust, Bauch, Rücken und Armen ab wie Stigmata. Selbst auf seinen Wangen schienen sie zu wimmeln.

Und er dachte nicht an den Traum, nicht direkt; statt dessen dachte er: *Stimmt nicht, die Zahl stimmt nicht, es heißt drei, aber das kann nicht . . .*

Dann kippte er rückwärts und versank, wie das bei Kindern üblich ist (und trotz seiner fünfzehn Jahre war er noch ein Kind und würde es bis später an diesem Tag sein), wieder in einen tiefen Schlaf.

Der Wecker weckte ihn um halb acht, wie immer, wenn Schule war, und er saß wieder aufrecht und mit aufgerissenen Augen im Bett, und auf einmal war ihm alles glasklar. Die Sun, die er zertrümmert hatte, war nicht *seine* Sun gewesen, und darum hatte er diesen selben Traum immer und immer wieder gehabt. Pop Merrill, der freundliche alte Scharlatan-Philosoph und Reparierer von Kameras und Uhren und kleinen Haushaltsgeräten, hatte ihn und seinen Vater so gründlich und skrupellos über den Löffel balbiert wie ein Spieler den Grünschnabel in einem alten Westernfilm.

Sein Vater . . .!

Er hörte, wie unten die Tür ins Schloß fiel, und sprang

aus dem Bett. Er lief in der Unterwäsche zwei große Schritte auf die Tür zu, dann überlegte er sich anders, drehte sich um, riß das Fenster auf und brüllte »*Dad!*«, als sein Vater gerade ins Auto einstieg, um zur Arbeit zu fahren.

KAPITEL ZWÖLF

Pop kramte den Schlüsselring aus der Tasche, schloß die
›spezielle‹ Schublade seiner Werkbank auf, holte die Kamera heraus und achtete wieder sorgsam darauf, daß er
sie nur am Gurt hielt. Er betrachtete die Vorderseite der
Polaroid voll Hoffnung und dachte, die Linse könnte
beim letzten Herunterfallen ganz gesprungen, das Auge
des verdammten Dings sozusagen ausgestochen worden
sein, aber sein Vater hatte immer gesagt, das Glück ist ein
Rindvieh, und das schien bei Kevin Delevans Kamera
auch zuzutreffen. Die abgesplitterte Stelle an der Seite
war noch ein bißchen mehr gesplittert, aber das war alles.

Er machte die Schublade zu, und als er den Schlüssel
herumdrehte, sah er das Bild, das er im Schlaf gemacht
hatte, verkehrt herum auf dem Boden liegen. Er war außerstande, es nicht anzusehen, so wie Lots Frau außerstande gewesen war, sich nicht nach dem brennenden So-
dom umzudrehen, daher hob er es mit seinen Wurstfin-
gern, die ihre Geschicklichkeit so gut vor der Welt
verbargen, vom Boden auf und drehte es um.

Die Hundekreatur hatte zum Sprung angesetzt. Die
Vorderpfoten hatten sich noch kaum vom Boden gehoben, aber entlang der Wirbelsäule und in den Muskelpa-
keten unter der Haut mit ihrem Fell, das wie die schwarzen Borsten einer Stahlbürste aussah, konnte er sehen, wie
die ganze aufgestaute kinetische Energie freigesetzt
wurde. Gesicht und Kopf waren auf diesem Foto ein wenig verwackelt, dafür klaffte das Maul um so weiter, und
Pop glaubte von dem Bild ein leises, kehliges Knurren
aufsteigen zu hören, das langsam zu einem Brüllen anschwellen würde. Der Schattenfotograf sah aus, als würde
er gleich noch einen Schritt zurücktaumeln, aber was
spielte das für eine Rolle? Es war tatsächlich Rauch, was
da aus den Nasenlöchern des Hundes kam, wahrhaftig
Rauch, und noch mehr Rauch drang aus den Winkeln der
offenen Kiefer, wo die schiefe, häßliche Stachelmauer der

Zähne aufhörte, und jeder Mensch würde vor *diesem* Schrecken zurücktaumeln, jeder Mensch würde versuchen, sich umzudrehen und wegzulaufen, aber Pop mußte nur einen Blick darauf werfen und wußte, daß der Mann (*selbstverständlich* war es ein Mann, vielleicht war es einmal ein Junge gewesen, ein Teenager, aber wer besaß die Kamera jetzt?), der dieses Bild aus einem erschrockenen Reflex heraus gemacht hatte, durch eine Art Zusammenzucken des Fingers ... daß dieser Mann auch nicht den Bruchteil einer Chance hatte. Der Mann konnte über seine Füße stolpern oder stehenbleiben; der einzige Unterschied wäre, wie er sterben würde: auf den Füßen oder auf dem Arsch.

Pop knüllte das Bild zwischen den Fingern zusammen und steckte den Schlüsselring wieder in die Tasche. Er drehte sich um, hielt Kevin Delevans ehemalige Polaroid Sun 660, die jetzt *seine* Polaroid Sun 660 war, am Gurt und wollte in den hinteren Teil des Ladens gehen; unterwegs wollte er nur lange genug anhalten, um den Vorschlaghammer zu holen.

Doch als er auf die Tür zum Schuppen zuging, leuchtete ein Blitzlicht, gewaltig und grellweiß und lautlos, nicht vor, sondern hinter seinen Augen auf, in seinem Gehirn.

Er drehte sich um, und jetzt waren seine Augen so leer wie die eines Mannes, der vorübergehend von einem grellen Licht geblendet worden ist. Er ging an der Werkbank vorbei und hielt die Kamera in Brusthöhe in den Händen, wie man eine Urne oder einen anderen Gegenstand oder eine heilige Reliquie bei einer religiösen Zeremonie tragen würde. Auf halbem Weg zwischen Werkbank und dem vorderen Bereich des Ladens stand ein Schreibtisch voll Uhren. Links davon befand sich einer der Stützbalken des Gebäudes, und an einem dort eingeschlagenen Haken hing wiederum eine Uhr, der Nachbau einer deutschen Kuckucksuhr. Pop packte sie am Dach und riß sie vom Haken, und er achtete nicht auf die Gewichte, die sich sofort in ihren Ketten verfingen, oder das Pendel, das abbrach, als sich eine der Ketten darum schlang. Das kleine

Türchen unter dem Giebeldach der Uhr sprang auf; der Holzvogel streckte den Schnabel und ein verblüfftes Auge heraus. Er gab einen einzigen erstickten Laut von sich – *Kuck!* –, als wollte er gegen diese grobe Behandlung protestieren, ehe er wieder im Inneren verschwand.

Pop hing die Sun an ihrem Gurt an den Haken, wo die Kuckucksuhr gewesen war, dann drehte er sich um und ging zum zweitenmal in den hinteren Teil des Ladens – immer noch mit geblendeten, blinden Augen. Er hielt die Uhr am Dach gepackt, schwang sie gleichgültig hin und her und hörte weder das Klirren und Klacken aus dem Inneren noch die gelegentlichen erstickten Laute; merkte nicht, als eines der Gewichte gegen ein altes Bett prallte, abriß, darunterrollte und eine tiefe Spur in seit Jahren unberührtem Staub hinterließ. Er bewegte sich mit der leeren, hirnlosen Entschlossenheit eines Roboters. Im Schuppen verweilte er gerade so lange, bis er den Vorschlaghammer an seinem glatten Holzgriff genommen hatte. Nachdem er nun beide Hände voll hatte, mußte er den Bolzen mit dem linken Ellbogen aus der Öse stoßen und damit die Tür vom Schuppen zum Garten aufmachen.

Er ging zum Hackstock, legte die deutsche Kuckucksuhr darauf. Einen Augenblick stand er mit gesenktem Kopf da und hatte beide Hände am Griff des Vorschlaghammers. Sein Gesicht blieb ausdruckslos, die Augen leer und geblendet, aber ein Teil seines Verstands dachte nicht nur klar, sondern dachte, *alles* in ihm würde klar – und logisch – handeln. Dieser Teil von ihm sah keine Kuckucksuhr, die von vornherein nicht viel wert gewesen und jetzt auch noch beschädigt war; er sah Kevins Polaroid.

Dieser Teil seines Verstandes glaubte wirklich, er wäre heruntergekommen, hätte die Polaroid aus der Schublade genommen, hinausgetragen und lediglich im Schuppen verweilt, um den Vorschlaghammer zu holen.

Und dieser Teil von ihm würde später das Erinnern übernehmen . . . wenn es nicht bequemer für ihn wurde, sich an eine andere Version der Wahrheit zu erinnern.

Eine x-beliebige Version.

Pop Merrill hob den Vorschlaghammer über die rechte Schulter und schlug fest zu – nicht so fest wie Kevin, aber ausreichend fest. Der Hammer prallte voll auf das Giebeldach der Kuckucksuhr. Die Uhr brach oder zerschellte nicht, sie *barst* förmlich; Plastikholzsplitter und winzige Federn flogen in alle Richtungen. Und der kleine Teil von Pop, der sah, würde sich erinnern (wenn es nicht bequemer wäre, sich an etwas anderes zu erinnern, wie gesagt), wie Trümmer der *Kamera* überall hingespritzt waren.

Er nahm den Vorschlaghammer vom Hackstock und stand einen Moment meditierend und den Blick seiner blinden Augen auf die Trümmer gerichtet da.

Der Vogel, der für Pop genau wie ein Film aussah, ein Polaroidfilm, lag auf dem Rücken, streckte die winzigen Holzfüßchen in die Luft und sah so tot aus, wie ein Vogel (außer in einem Zeichentrickfilm) nur aussehen konnte, und doch gleichzeitig irgendwie auf wundersame Weise unverletzt.

Pop sah sich alles an, dann drehte er sich um und schlurfte zur Schuppentür zurück.

»So«, murmelte er atemlos. »Schluß jetzt.«

Wahrscheinlich hätte nicht einmal jemand, der in seiner Nähe gestanden hätte, die Worte verstehen können, aber der unmißverständliche Tonfall der Erleichterung, mit dem sie ausgesprochen worden waren, war nicht zu überhören.

»*Das* wäre erledigt. *Darüber* muß ich mir keine Sorgen mehr machen. Und was jetzt? Pfeifentabak, richtig?«

Aber als er fünfzehn Minuten später in der Drogerie auf der anderen Seite des Blocks stand, verlangte er keinen Pfeifentabak (obwohl er sich *erinnern* würde, daß er welchen verlangt hatte). Er verlangte einen Film.

Einen Polaroidfilm.

Kapitel Dreizehn

»Kevin, ich komme zu spät zur Arbeit, wenn du nicht . . .«

»Könntest du anrufen? Würdest du? Anrufen und sagen, daß du später kommst, vielleicht gar nicht mehr? Wenn es sich um etwas wirklich, wirklich, *wirklich* Wichtiges handeln würde?«

Argwöhnisch fragte Mr. Delevan: »Und das wäre?«

»*Könntest* du es?«

Jetzt stand Mrs. Delevan vor der Tür von Kevins Zimmer. Meg stand hinter ihr. Beide sahen den Mann im Anzug und den großen Jungen, der nur Boxershorts trug, neugierig an.

»Ich denke, ich . . . ja, das könnte ich. Aber ich werde es erst machen, wenn ich weiß, worum es *geht*.«

Kevin sprach mit flüsternder Stimme und einem vielsagenden Blick zur Tür: »Es geht um Pop Merrill. Und die Kamera.«

Mr. Delevan, der zuerst nur verwirrt verfolgt hatte, was Kevins Augen taten, ging daraufhin zur Tür. Er murmelte seiner Frau etwas zu; diese nickte. Dann machte er die Tür zu und achtete so wenig auf Megs protestierendes Kreischen, wie er auf das Trällern eines Vogels geachtet hätte, der auf einem Telefonkabel vor dem Schlafzimmerfenster saß.

»Was hast du Mom gesagt?« fragte Kevin.

»Daß es etwas von Mann zu Mann wäre.« Mr. Delevan lächelte. »Ich glaube, *sie* denkt, du möchtest über das Onanieren sprechen.«

Kevin errötete.

Mr. Delevan sah besorgt drein. »Das willst du doch nicht, oder? Ich meine, du weißt doch über . . .«

»Ich weiß, ich weiß«, sagte Kevin hastig; er hatte nicht vor, mit seinem Vater darüber zu sprechen (und war nicht sicher, ob er die richtigen Worte gefunden haben würde, selbst wenn er es gewollt hätte). Was ihn vorübergehend aus der Bahn geworfen hatte, war die Erkenntnis, daß nicht nur sein *Vater* etwas über das Wichsen wußte – was ihn nicht hätte überraschen sollen, es aber trotzdem tat, so daß er nun angesichts seiner eigenen Überraschung überrascht war –, sondern seine *Mutter* irgendwie auch.

Egal. Das alles hatte nichts mit den Alpträumen oder der neuen Gewißheit zu tun, die von ihm Besitz ergriffen hatte.

»Es geht um Pop, das habe ich dir doch gesagt. Und um einen Alptraum, den ich immer wieder habe. Aber hauptsächlich geht es um die Kamera. Weil Pop sie irgendwie gestohlen hat, Dad.«

»Kevin . . .«

»Ich weiß, ich habe sie auf seinem Hackstock in Stücke gehauen. Aber das war nicht *meine* Kamera. Es war eine *andere* Kamera. Und das ist nicht einmal das Schlimmste. Das Schlimmste ist, *daß er mit meiner immer noch Bilder macht!* Und dieser Hund wird herauskommen! Wenn das geschieht, wird er mich wahrscheinlich umbringen. In dieser anderen Welt hat er bereits schon angefangen zu sp-sp- sp . . .«

Er konnte nicht weitersprechen. Kevin war erneut über sich selbst verblüfft – diesmal, weil er in Tränen ausbrach.

Bis John Delevan seinen Sohn beruhigt hatte, war es zehn Minuten vor acht, und er hatte sich damit abgefunden, daß er zumindest zu spät zur Arbeit kommen würde. Er hielt den Jungen in den Armen – was immer es war, es hatte den Bengel wirklich erschüttert, und wenn es *tatsächlich* nur um irgendwelche Träume ging, dann würde Mr. Delevan, da war er ganz sicher, Sex als Wurzel des Übels finden.

Als Kevin nur noch zitterte und mit einem gelegentlichen trockenen Schluchzen Atem in die Lungen sog, ging Mr. Delevan zur Tür, machte sie vorsichtig auf und hoffte, daß Kate Meg mit nach unten genommen hatte. Das hatte sie; der Flur war menschenleer. *Das ist immerhin ein Punkt für uns*, dachte er und ging wieder zu Kevin.

»Kannst du jetzt sprechen?« fragte er.

»Pop hat meine Kamera«, sagte Kevin heiser. Seine roten, immer noch feuchten Augen sahen seinen Vater fast kurzsichtig an. »Er hat sie sich irgendwie unter den Nagel gerissen und benützt sie.«

»Und das hast du *geträumt*?«

«Ja . . . und mir ist etwas eingefallen.«

»Kevin . . . das *war* deine Kamera. Es tut mir leid, aber sie war es. Ich habe sogar die gesprungene Stelle an der Seite gesehen.«

»Das muß er irgendwie gedeichselt haben . . .«

»Kevin, das scheint mir sehr weit hergeh . . .«

»Hör zu«, bat Kevin verzweifelt, »würdest du mir bitte *zuhören*?«

»Schon gut. Ja. Ich höre zu.«

»Mir ist eingefallen, als er mir die Kamera gegeben hat – als wir hinten rausgegangen sind, um sie zu zerdeppern, weißt du noch?«

»Ja . . .«

»Ich habe das kleine Fenster angesehen, wo man ablesen kann, wie viele Bilder noch auf dem Film sind. Und da stand drei, Dad! Da stand *drei*!«

»Und? Was ist damit?«

»Außerdem war ein Film darin! *Film!* Das weiß ich noch, weil ein glänzendes schwarzes Papier herausgeflattert ist, als ich die Kamera zertrümmert habe. Es ist hochgesprungen und dann auf den Boden geflattert.«

»Ich wiederhole: Na und?«

»*Als ich Pop meine Kamera gegeben habe, war kein Film drinnen!* Das ist na und! Ich hatte achtundzwanzig Bilder. Er wollte, daß ich noch dreißig mache, alles in allem also achtundfünfzig. Ich hätte vielleicht mehr Filme gekauft, wenn ich gewußt hätte, was er vorhat, aber möglicherweise auch nicht. Da hatte ich schon Angst vor dem Ding . . .«

»Ja. Ich auch ein wenig.«

Kevin sah ihn respektvoll an. »Wirklich?«

»Ja. Los, weiter. Ich glaube, ich weiß jetzt, worauf du hinauswillst.«

»Ich wollte sagen, er hat sich an dem Film beteiligt, aber es war nicht genug, nicht einmal die Hälfte. Er ist ein *gemeiner* Stockfisch, Dad.«

John Delevan lächelte dünn. »Das ist er, mein Junge. Einer der gemeinsten der Welt, will ich damit sagen. Aber jetzt mach weiter. *Tempus* ist *fugiting* wie verrückt.«

Kevin sah auf die Uhr. Es war fast acht. Keiner der beiden wußte es, aber Pop würde in nicht einmal zwei Minuten aufwachen und seinen morgendlichen Belangen nachgehen, an die er sich kaum korrekt erinnern sollte.

»Na gut«, sagte Kevin. »Ich will nur sagen, ich hätte, selbst wenn ich es gewollt hätte, nicht mehr Filme kaufen können. Ich habe mein ganzes Geld für drei Packungen Film ausgegeben. Ich mußte sogar einen Dollar von Megan pumpen, darum habe ich sie auch ein paar Bilder machen lassen.«

»Und ihr zwei habt *alle* Bilder geschossen? Jedes einzelne?«

»Ja! *Ja!* Er hat sogar gesagt, daß es achtundfünfzig waren! Und als ich die Bilder gemacht hatte, die er wollte, habe ich keine Filme mehr gekauft, bis wir das Band angesehen haben, das er hat anfertigen lassen. Als ich die Kamera reingebracht habe, war sie *leer*, Dad! Die Zahl in dem kleinen Fenster war eine *Null!* Ich habe es gesehen, ich weiß es! Wenn es meine Kamera war, wieso stand dann *drei* in dem Fenster, als wir nach unten gegangen sind?«

»Er *kann* unmöglich . . .« Sein Vater verstummte, und sein Gesicht nahm einen untypisch düsteren Ausdruck an, als ihm klar wurde, daß Pop *doch* gekonnt hätte, und die Wahrheit war: John Delevan wollte nicht glauben, daß Pop es getan *hatte*; daß nicht einmal bittere Erfahrung ein ausreichendes Heilmittel gewesen war und Pop nicht nur seinen Sohn, sondern auch ihn selbst über den Tisch gezogen haben könnte.

»Kann unmöglich *was*? Woran denkst du, Dad? Dir ist doch gerade etwas eingefallen.«

Ihm war wahrhaftig etwas eingefallen. Wie eifrig war Pop gewesen, nach unten zu gehen und die ursprünglichen Polaroids zu holen, damit sie sich das Ding um den Hals des Hundes alle genauer ansehen konnten, das Ding, welches sich als Kevins neueste Krawatte von Tante Hilda entpuppte, die mit der Nadel, die wahrscheinlich ein Specht war.

Wir könnten auch mit Ihnen runtergehen, hatte Kevin gesagt, als Pop sich angeboten hatte, die Fotos zu holen, aber war Pop nicht selbst zappelig wie eine Grille aufgesprungen? *Dauert nicht lange,* hatte der alte Mann gesagt, oder etwas Ähnliches, und in Wahrheit, sagte sich Mr. Delevan, habe ich kaum darauf geachtet, was er gesagt oder gemacht hat, weil ich mir dieses verdammte Band noch einmal ansehen wollte. Und die Wahrheit war *auch*: Pop hatte das Vertauschen nicht einmal vor ihren Augen durchführen müssen – aber nachdem er sie so eingewickelt hatte, dachte Mr. Delevan, hätte der alte Hurensohn wahrscheinlich auch das fertiggebracht, falls es notwendig gewesen wäre. Da sie aber nun mal oben waren, und er unten, um angeblich nur Kevins Fotos zu holen, hätte er ganz nach Belieben *zwanzig* Kameras vertauschen können.

»*Dad?*«

»Ich denke, er hätte es tun können«, sagte Mr. Delevan. »Aber warum?«

Kevin konnte nur den Kopf schütteln. Er wußte nicht warum. Aber das machte nichts; Mr. Delevan glaubte es zu wissen, was gewissermaßen eine Erleichterung war. Vielleicht mußten ehrliche Männer *doch nicht* die großen Wahrheiten der Welt immer wieder von neuem lernen; vielleicht blieben einige dieser Wahrheiten doch einmal hängen. Er mußte sich die Frage nur laut stellen, um die Antwort zu finden. Warum machten die Pop Merrills dieser Welt überhaupt etwas? Aus Gewinnstreben. Das war der Grund, der ganze Grund und nichts als der Grund. Kevin hatte sie vernichten wollen. Nachdem er Pops Videoband gesehen hatte, war Mr. Delevan damit einverstanden gewesen. Wer von den dreien hatte als einziger längerfristig denken können?

Selbstverständlich Pop. Reginald Marion ›Pop‹ Merrill.

John Delevan hatte auf dem Rand des Bettes seines Sohns gesessen und Kevin einen Arm um die Schulter gelegt. Jetzt stand er auf. »Zieh dich an. Ich geh runter und ruf an. Ich werde Brandon sagen, daß ich möglicherweise nur etwas später komme, vielleicht heute aber auch gar nicht mehr.«

Er war im Geiste schon damit beschäftigt, mit Brandon Reed zu sprechen, aber nicht so beschäftigt, daß er nicht gesehen hätte, wie Dankbarkeit das besorgte Gesicht seines Sohns erhellte. Mr. Delevan lächelte zaghaft und spürte, wie die untypische Düsternis erst nachließ und dann völlig verschwand. Wenigstens das blieb ihm: Sein Sohn war noch nicht zu alt, sich von ihm trösten zu lassen, oder ihn als höhere Macht zu akzeptieren, an die man manchmal eine Bitte in der Gewißheit richten konnte, daß sie erfüllt werden würde; und er selbst war noch nicht zu alt, Trost aus dem Trost seines Sohnes zu beziehen.

»Ich glaube«, sagte er und ging zur Tür, »wir sollten Pop Merrill einen Besuch abstatten.« Er sah auf die Uhr auf Kevins Nachttisch. Es war zehn Minuten nach acht, und hinter dem Emporium Galorium sauste ein Vorschlaghammer auf die Imitation einer deutschen Kukkucksuhr herunter. »Normalerweise macht er gegen halb neun auf. Um diese Zeit werden wir dort sein. Das heißt, wenn du in deine Kleider kommst.«

Auf dem Weg nach draußen blieb er noch einmal stehen, und ein knappes, kaltes Lächeln spielte um seine Lippen. Er lächelte seinen Sohn nicht an. »Ich glaube, er wird ein paar Erklärungen abgeben müssen, will ich damit sagen.«

Mr. Delevan ging hinaus und machte die Tür hinter sich zu. Kevin zog sich rasch an.

LaVerdiere's Super Drug Store in Castle Rock war wesentlich mehr als nur eine Drogerie. Anders ausgedrückt,
es war eigentlich nur am Rande eine Drogerie, so als hätte
jemand im letzten Augenblick – sagen wir, kurz vor der
großen Eröffnung – noch festgestellt, daß ein Wort auf
dem Ladenschild immer noch ›Drug‹ war. Dieser Jemand
hatte sich vielleicht im Geiste eine Notiz gemacht, jemand
anderem zu sagen, vielleicht jemand in der Geschäftsfüh-
rung der Firma, daß sie noch ein LaVerdiere's eröffneten
und durch schlichtes Übersehen wieder versäumt hatten,
das Schild zu korrigieren, damit es einfacher und zutref-
fender LaVerdiere's Super Store lautete . . . und nach dieser Notiz im Geiste hatte derjenige, der das Sagen hatte,
die große Eröffnung einen oder zwei Tage verschoben,
damit sie noch schnell einen Arzneimitteltresen von der
Größe einer Telefonzelle im abgelegensten, fernsten und
dunkelsten Winkel des Gebäudes aufstellen konnten.

Der LaVerdiere's Super Drug Store war in Wirklichkeit
ein aufgeblasenes Fife-and-Dime. Das letzte *echte* Fife-
and-Dime der Stadt, ein langer, schmaler Raum mit
schwachen runden Kugellichtern an Ketten (voll Fliegen-
dreck), die sich düster im quietschenden, aber häufig ge-
bohnerten Boden spiegelten, war der Ben Franklin Store
gewesen. Der hatte 1978 den Geist aufgegeben und war
einem Videospielcenter namens Galaxie und der
E-Z-Videothek gewichen, wo Dienstags Toofers Day war
und niemand unter zwanzig Jahren das Hinterzimmer betreten durfte.

LaVerdiere's führte alles, was auch Ben Franklin geführt hatte, aber die Waren waren ins gnadenlose Licht
von Neonröhren getaucht, die jedem Stück einen hekti-
schen, fiebrigen Schimmer verliehen. *Kauf mich!* schien jedes Stück zu schreien. *Kauf mich, sonst könntest du sterben!
Oder deine Frau könnte sterben! Oder deine Kinder! Dein
bester Freund! Möglicherweise alle auf einmal! Warum? Woher*

soll ich *das wissen? Ich bin nur ein hirnloses Handelsobjekt, das auf einem vorgefertigten Regal von LaVerdiere's liegt! Aber klingt es nicht wie die Wahrheit? Du weißt es doch! Also kauf mich und kauf mich GLEICH . . . JETZT!*

Es gab einen Gang mit Kurzwaren, zwei Gänge mit Erste-Hilfe-Material und Heilmitteln, einen Gang mit Video- und Audiokassetten (leer und bespielt). Ein langes Regal mit Zeitschriften, an das sich eines mit Taschenbüchern anschloß, ein Display mit Feuerzeugen unter einer und eines mit Armbanduhren unter einer anderen Registrierkasse. Eine dritte Kasse war in der dunklen Ecke verborgen, wo der Apotheker in seinem einsamen Schatten lauerte. Halloween-Süßigkeiten hatten fast den gesamten Platz im Spielwarengang erobert (die Spielsachen würden nach Halloween nicht nur zurückkehren, sondern gnadenlos ganze zwei Gänge erobern, während die Tage bis Weihnachten unbarmherzig verstrichen). Und wie etwas, das zu schön war, um in der Wirklichkeit wahr zu sein, es sei denn als tumbes Eingeständnis, *daß* es so etwas wie ein SCHICKSAL (in Großbuchstaben) gab, und dieses Schicksal auf seine Weise wiederum auf die Existenz dieser ›anderen Welt‹ hindeuten mochte, an der Pop bisher nie etwas gelegen gewesen war (das heißt, davon abgesehen, inwiefern sie sein Bankkonto bereichern konnte) und über die Kevin Delevan bisher nicht einmal nachgedacht hatte, befand sich wahrhaftig im vorderen Bereich des Ladens, im Hauptverkaufsbereich, eine sorgfältig arrangierte verkäuferische Großtat, die herbstliche Sonderangebotswochen verkündete und den Titel FALL FOTO FESTIVAL trug.

Dieses Display bestand aus einem Korb voll bunten Herbstlaubs, das sich als farbenfrohe Flutwelle auf den Boden ergoß (eine Flut, die zu gewaltig war, als daß sie nur aus diesem einen Korb stammen konnte, wie ein aufmerksamer Besucher sicher bemerkt hätte). Zwischen diesen Blättern befanden sich eine Anzahl Kameras von Kodak und Polaroid – unter letzteren nicht wenige Sun 660 – und alle Arten Zubehör: Koffer, Alben, Filme, Blitzlichter.

In der Mitte dieses Füllhorns ragte ein altmodisches Dreierstativ wie eine von H. G. Wells' marsianischen Todesmaschinen über den schwelenden Ruinen von London auf. Daran befand sich ein Schild, das allen daran Interessierten SUPER-RABATTE AUF ALLE POLAROIDKAMERAS & ZUBEHÖR in dieser Woche verkündete.

Um halb neun an diesem Morgen bestanden ›alle daran Interessierten‹ aus Pop Merrill und sonst keinem. Und der schenkte dem Schild überhaupt keine Beachtung, sondern ging schnurstracks zum einzig offenen Tresen, wo Molly Durham gerade damit fertig war, sämtliche Uhren auf die imitierte Samtunterlage im Glaskasten zu legen.

O nein, da kommt der olle Augapfel, dachte sie und verzog das Gesicht. Pops Vorstellung von einer echt tollen Methode, eine Zeitspanne totzuschlagen, die in etwa so lang wie Mollys Kaffeepause war, bestand darin, gewissermaßen zum Tresen zu *schleimen*, wo sie arbeitete (er entschied sich immer für sie, auch wenn er Schlange stehen mußte; sie war sogar überzeugt, daß es ihm noch besser gefiel, *wenn* er Schlange stehen mußte), und einen Beutel Prince Albert-Tabak zu kaufen. Das war eine Transaktion, die ein normaler Mensch in etwa dreißig Sekunden über die Bühne gebracht hätte, aber wenn es ihr gelang, Augapfel in weniger als drei Minuten abzuwimmeln, war sie wirklich schon in Höchstform. Er bewahrte sein ganzes Geld in einer rissigen Lederböse an einer Kette auf, die er aus der Hosentasche holte – wobei er immer eine nette Partie Taschenbillard spielte, hatte Molly den Eindruck – und aufmachte. Die Börse gab immer ein leises *Quii-hie-etsch!* von sich, und bei Gott, man rechnete richtig damit, daß eine Motte herausgeflattert kommen würde, wie in Zeichentrickfilmen über Geizhälse. Obenauf in der Börse befand sich stets ein Haufen Papiergeld, und zwar Scheine, die irgendwie aussahen, als sollte man sie nicht anfassen, als könnten sie mit irgendwelchen Krankheitserregern überzogen sein, und erst darunter klimperndes Hartgeld. Pop fischte einen Dollarschein heraus und hakelte dann gewissermaßen die anderen mit einem seiner

Wurstfinger zur Seite, damit er an das Kleingeld darunter rankam – er gab einem nie zwei Scheine, nein, dann wäre für seinen Geschmack alles zu schnell vorbei gewesen –, und dann kramte er auch das heraus. Derweil waren seine Augen stets in Bewegung, manchmal blinzelten sie kurz in die Börse, aber sie ließen weitgehend die Finger die Münzen ertasten, während die Augen Mollys Titten, ihren Bauch, die Hüften und schließlich wieder die Titten angafften. Niemals ihr Gesicht, nicht einmal auch nur den Mund, und das war ein Teil eines Mädchens, der Männer besonders zu interessieren schien; nein, Pop Merrill interessierte sich ausschließlich für die tieferen Regionen der weiblichen Anatomie. Wenn er endlich fertig war – und wie schnell das auch sein mochte, Molly kam es immer dreimal so lang vor – und den Laden wieder wie der Teufel verließ, war ihr immer zumute, als müßte sie kurz weggehen und ausgiebig duschen.

Daher wappnete sie sich, stellte ihr bestes Es-ist-erst-halb-neun-und-ich-habe-noch-siebeneinhalb-Stunden-vor-mir-Lächeln zur Schau und blieb am Tresen stehen, während Pop näherkam. Sie sagte sich: *Er gafft dich nur an, das machen die Jungs, seit deine Brüste gewachsen sind,* was stimmte, aber dies war etwas anderes. Denn Pop Merrill war nicht wie die meisten Männer, die in den letzten zehn Jahren ihren straffen und überaus sehenswerten Stapel Holz vor der Hütte betrachtet hatten. Teilweise lag es daran, daß Pop *alt* war, aber das war nicht alles. Tatsache war, daß einen manche Männer ansahen, und manche – sehr wenige – schienen einen regelrecht mit den Augen abzutasten, und Merrill gehörte zu *denen.* Sein Blick schien wahrhaftig Gewicht zu haben; wenn er in seiner quietschenden Altjungfernbörse an ihrer übertrieben langen, protzig maskulinen Kette kramte, schien sie geradezu zu *spüren,* wie seine Augen über ihre Vorderseite glitten, wie sie sich wie Kaulquappen am Strang des Sehnervs wanden, um Mollys Berge zu erklimmen und dann wie Quallen in ihre Täler zu flutschen, so daß

Molly sich wünschte, sie hätte an diesem Tag lieber eine Nonnentracht angezogen. Oder noch besser, eine Ritterrüstung.

Aber ihre Mutter hatte stets gesagt: *Was man nicht ändern kann, muß man über sich ergehen lassen, liebe Molly,* und bis jemand eine Methode fand, Blicke zu wiegen, damit man rechtlich gegen die von geilen Männern, alt wie jung, vorgehen konnte, oder noch besser, bis Pop Merrill jedem in Castle Rock den Gefallen tat und endlich den Löffel abgab, damit man seine Touristenfalle, eine Beleidigung für das Auge, abreißen konnte, mußte sie eben, so gut sie konnte, damit zurechtkommen.

Aber heute stand ihr eine angenehme Überraschung bevor – schien es zumindest anfänglich. Pops sonst gieriges Gaffen war heute nicht einmal ein gewöhnlicher väterlicher Blick; seine Augen schienen völlig leer zu sein. Nicht, daß er durch sie hindurchsah oder sein Blick von ihr abprallte. Molly hatte den Eindruck, als wäre er so sehr in Gedanken, daß sein sonst durchdringender Blick sie heute nicht einmal erreichte, sondern nur die Hälfte schaffte und dann versickerte – wie bei einem Mann, der mit bloßem Auge versucht, einen Stern auf der anderen Seite der Milchstraße zu erkennen.

»Kann ich Ihnen helfen, Mr. Merrill?« fragte sie und drehte schon einmal die Füße, damit sie schnellstmöglich herumwirbeln und nach dem Tabak greifen konnte. Bei Pop war das eine Aufgabe, die sie immer so schnell wie möglich erledigte, denn wenn sie sich drehte und nach oben griff, konnte sie seine Augen emsig über ihren Hintern kriechen spüren, worauf sie kurz an den Beinen hinabglitten, aber dann rasch wieder zu den Pobacken – für ein letztes optisches Drücken oder womöglich ein Kneifen, ehe sie sich wieder umdrehte.

»Ja«, sagte er ruhig und durchgeistigt, und er zeigte nicht mehr Interesse an ihr, als würde er mit einer dieser automatischen Bankmaschinen sprechen. Molly war das recht. »Ich hätte gerne . . .« Und dann ein Wort, das sie entweder nicht verstand oder das reines Gestammel war.

Wenn es sich um Gestammel handelte, dachte sie voll Hoffnung, zeigten vielleicht die ersten Teile des komplizierten Netzes aus Dämmen, Kanälen und Überläufen, das der alte Bock gegen das steigende Meer der Senilität errichtet hatte, doch endlich Abnutzungserscheinungen.

Es hatte sich *angehört*, als hätte er *Tafilmbak* gesagt, aber dieses Produkt führten sie nicht . . . es sei denn, es handelte sich um ein verschreibungspflichtiges Medikament.

»Pardon, Mr. Merrill?«

»Film«, sagte er so laut und deutlich, daß Molly mehr als enttäuscht war; sie war überzeugt, er mußte es schon beim erstenmal so gesagt haben und ihre Ohren hatten es nicht richtig mitbekommen. Vielleicht war *sie* diejenige, deren Dämme und Kanäle versagten.

»Was für einen hätten Sie denn gern?«

»Polaroid«, sagte er. »Zwei Packungen.« Sie wußte nicht genau, was hier los war, aber es stand außer Frage, daß der geile alte Mann Nummer eins von Castle Rock heute nicht er selbst war. Seine Augen blickten immer noch nicht klar, und die Worte . . . die erinnerten sie an etwas, das sie mit ihrer fünfjährigen Nichte Ellen in Verbindung brachte, aber im Augenblick nicht richtig erklären konnte.

»Für welches Modell, Mr. Merrill?«

Sie fand selbst, daß sie sich spröde und schauspielernd anhörte, aber Pop Merrill bemerkte es nicht einmal ansatzweise. Pop schwebte irgendwo in der Ozonschicht.

Nach einem Augenblick des Nachdenkens, währenddessen er sie gar nicht anzustarren, sondern das Zigarettenregal hinter ihrer linken Schulter zu betrachten schien, sagte er ruckartig: »Für eine Polaroid Sun-Kamera. Modell 660.« Und da fiel es ihr ein, während sie ihm erklärte, daß sie die vom Display holen mußte: Ihre Nichte besaß einen großen weichen Spielzeug-Panda, den sie aus Gründen, die vielleicht nur einem kleinen Mädchen einsichtig waren, Paulette genannt hatte. Irgendwo im Inneren von Paulette waren elektrische Schaltkreise und ein primitiver Erinnerungs-Chip verstaut, auf dem etwa vierhundert einfache, kurze Sätze wie »Ich möchte dich in den Arm nehmen, du auch?« oder »Ich wünschte, du würdest *nie* fortgehen« gespeichert waren. Wenn man Paulette über ihrem pelzigen kleinen Nabel drückte, folgte eine kurze Pause, und dann kam eine dieser reizenden kurzen Be-merkungen heraus, beinahe herausgeschossen – und zwar mit einer distanzierten und emotionslosen Stimme, die durch ihren Tonfall den Sinn der Worte Lügen zu stra-fen schien. Ellen hielt Paulette für den totalen Hammer. Molly fand, daß das Spielzeug etwas Unheimliches hatte; sie rechnete stets damit, daß Ellen ihrer Panda-Puppe eines Tages auf den Bauch drücken würde, und dann würde diese sie alle überraschen (ausgenommen Tante Molly aus Castle Rock), indem sie sagte, was sie *wirklich* dachte. Vielleicht: »Ich glaube, heute nacht, wenn du schläfst, drehe ich dir den Hals um«, oder vielleicht nur: »Ich habe ein Messer.«

Pop Merrill hörte sich heute morgen wie Paulette der Plüsch-Panda an. Sein leerer Blick erinnerte ebenfalls nervtötend an Paulette. Molly hatte gedacht, jede Abwei-chung vom sonst üblichen geilen Sabbern des alten Man-nes wäre prima. Sie hatte sich geirrt.

Molly beugte sich über die Vitrine, achtete diesmal nicht darauf, wie ihre Kehrseite abstand, und versuchte, so schnell sie konnte zu finden, was der alte Mann wollte. Sie war sicher, wenn sie sich umdrehte, würde Pop alles ansehen, nur nicht sie. Diesmal hatte sie recht. Als sie den Film hatte und zurückging (und dabei ein paar verirrte Herbstblätter von den Packungen strich), betrachtete Pop immer noch das Zigarettenregal, und zwar auf den ersten Blick so starr, als wollte er eine Inventur des Bestands durchführen. Man brauchte einen oder zwei Augenblicke, um zu sehen, daß sein Ausdruck gar kein Ausdruck war, sondern eine Miene von fast göttlicher Leere.

Bitte, verschwinde von hier, betete Molly. *Bitte, nimm dei-nen Film und geh. Und was du auch machst, faß mich nicht an. Bitte.*

Wenn er sie anfaßte, solange er so aussah, dachte Molly,

würde sie schreien. Warum mußte der Laden leer sein? Warum konnte nicht mindestens noch ein Kunde hier sein, vorzugsweise Sheriff Pangborn, aber da der anderweitig beschäftigt schien, hätte es auch jeder andere getan. Sie ging davon aus, daß Mr. Constantine, der Apotheker, irgendwo im Laden war, aber der Arzneimitteltresen schien gut eine Viertelmeile entfernt zu sein, und sie wußte zwar, so weit konnte es nicht sein, eigentlich nicht, aber es war doch zu weit, als daß er schnell hier sein konnte, falls es dem alten Merrill doch einfiel, sie anzufassen. Und angenommen, Mr. Constantine war mit Mr. Keeton vom Stadtrat zu Nan's Kaffeetrinken gegangen? Je mehr sie über diese Möglichkeit nachdachte, desto wahrscheinlicher schien sie ihr. Wenn etwas so eindeutig Unheimliches wie das hier passierte, stand dann nicht meist schon von vorneherein fest, daß es nur passierte, wenn man allein war?

Er hat eine Art Nervenzusammenbruch.

Sie hörte sich voll gläserner Fröhlichkeit sagen: »Da haben wir sie, Mr. Merrill.« Sie legte die Filme auf den Tresen und wuselte sofort nach links hinter die Registrierkasse, die sie zwischen ihn und sich bringen wollte.

Die uralte Lederbörse kam aus Pop Merrills Hose heraus, und ihre bebenden Finger tippten den falschen Betrag ein, so daß sie stornieren und noch einmal anfangen mußte.

Er hielt ihr zwei Zehndollarscheine hin.

Sie sagte sich, daß sie nur *zerknittert* waren, weil sie mit den anderen Banknoten in die Börse geknüllt wurden, wahrscheinlich nicht einmal alt, obwohl sie alt *aussahen*. Aber das brachte ihren galoppierenden Verstand nicht zum Stillstand. Sie bestand in Gedanken darauf, daß die Scheine nicht nur zerknittert, sondern zerknittert und *schleimig* waren. Des weiteren bestand sie darauf, daß *alt* nicht das richtige Wort war; alt war überhaupt nicht zutreffend. Bei diesen speziellen Banknoten würde nicht einmal das Wort *uralt* ausreichen. Das waren *prähistorische* Zehner, die irgendwie gedruckt worden waren, ehe Jesus

Christus zur Welt kam und Stonehenge errichtet wurde, ehe der erste hals- und stirnlose Neandertaler aus seiner Höhle gekrochen war. Sie gehörten einer Zeit an, als selbst Gott noch ein Baby gewesen war.

Sie wollte sie nicht anfassen.

Sie *mußte* sie anfassen.

Der Mann wollte bestimmt sein Wechselgeld.

Sie wappnete sich, nahm die Geldscheine und steckte sie, so schnell sie konnte, in die Kasse, wobei sie sich einen Finger so sehr anschlug, daß sie den größten Teil des Nagels abriß, ein normalerweise starker Schmerz, den sie in ihrem extremen Unbehagen erst viel später bemerken sollte . . . das heißt, als sie ihren Verstand wieder so weit unter Kontrolle hatte, um sich selbst dafür schimpfen zu können, daß sie sich wie ein zimperliches kleines Mädchen kurz vor seiner ersten Menstruation benommen hatte.

In diesem Augenblick konzentrierte sie sich jedoch nur darauf, die Scheine in die Registrierkasse und aus den Händen zu bekommen, aber viel später sollte sie sich noch erinnern, wie sich diese Zehner angefühlt hatten. Es war, als hätten sie wirklich und wahrhaftig unter ihren Fingerkuppen gekribbelt; als wären Millionen Erreger, *riesige* Erreger, die man fast mit bloßem Auge erkennen konnte, auf sie zugekrochen, um sie mit dem anzustecken, was *er* hatte.

Aber der Mann wollte trotzdem sicher sein Wechselgeld.

Sie konzentrierte sich darauf und kniff die Lippen so fest zusammen, daß sie weiß wie bei einer Toten waren; vier Einser, die absolut nicht unter der Klammer hervorkommen wollten, welche sie in der Registrierkasse festhielt. Dann ein Zehncentstück, aber heiliger Himmel, sie *hatte* kein Zehncentstück, und was war eigentlich mit ihr *los*, was hatte sie getan, daß sie sich so lange mit dem alten Mann herumärgern mußte, und obendrein am einzigen Morgen seit Beginn der Geschichtsschreibung, an dem er tatsächlich so schnell wie möglich wieder hinauswollte?

Sie fischte einen Fünfer heraus und spürte seine stumme, stinkende Gestalt so dicht bei sich (und sie spürte, wenn sie schließlich wieder aufsehen mußte, würde er noch näher sein, er würde sich über den Tresen zu ihr beugen); dann drei Pennies, vier, fünf ... aber der letzte fiel in die Kasse zurück, zwischen die Vierteldollarmünzen und sie mußte ihn mit ihren kalten, tauben Fingern herausfischen. Er wäre ihr fast wieder davongerutscht; sie spürte, wie ihr der Schweiß im Nacken und auf dem schmalen Streifen zwischen Nase und Oberlippe ausbrach. Dann hielt sie die Münzen fest mit der Faust umklammert und betete, daß er die Hand nicht ausstreckte, um sie zu nehmen, und sie seine trockene Reptilienhaut berühren mußte, aber sie wußte, *wußte* irgendwie, daß er genau das machen würde, und sie sah auf und spürte, wie ihr strahlendes und fröhliches LaVerdiere's-Lächeln ihre Gesichtsmuskeln zu einer Art stummem Schrei verzerrte, und sie versuchte, sich *darauf* vorzubereiten und sagte sich, es würde das letzte sein, und sie mußte nicht auf das Bild achten, das ihr dummer Verstand ihr immer wieder zeigte, das Bild, wie diese trockene Hand plötzlich zupackte und ihre ergriff – mit den Krallen eines uralten Vogels, nicht einmal eines Raubvogels, nein, nicht einmal das, sondern eines Aasfressers; sie sagte sich, daß sie dieses Bild nicht sah, absolut NICHT, und sie sah es trotzdem und schaute auf, während das Lächeln immer noch so schrill von ihrem Gesicht schrie wie ein kreischender Mörder-Schrei in einer heißen, stillen Nacht, und der Laden war leer.

Pop war fort.

Er war gegangen, während sie das Wechselgeld gesucht hatte.

Molly fing am ganzen Körper an zu zittern. Wenn sie noch einen konkreten Beweis gebraucht hätte, daß der alte Tattergreis nicht alle Tassen im Schrank hatte – das war er. Das war ein eindeutiger, ein unumstößlicher Beweis, ein Beweis reinsten Wassers: denn zum erstenmal, seit sie sich erinnern konnte (und sie wäre jede Wette eingegangen, daß das auf jeden in der Stadt zutraf, und hätte diese Wette gewonnen), hatte Pop Merrill, der nicht einmal Trinkgeld gab, wenn er in einem Restaurant essen mußte, das keinen Mitnahmeservice hatte, ein Geschäft verlassen, ohne auf sein Kleingeld zu warten.

Molly versuchte, die Hand aufzumachen und die vier Einser, das Fünfcentstück und die fünf Pennies loszulassen. Sie stellte zu ihrer Verblüffung fest, daß sie es nicht konnte. Sie mußte mit der anderen Hand herübergreifen und die Finger aufbiegen. Pops Wechselgeld fiel klirrend auf die Glasscheibe des Tresens, und sie fegte es auf die Seite, weil sie es nicht anfassen wollte.

Und sie wollte Pop Merrill nie wiedersehen.

Pops leerer Blick veränderte sich nicht, als er LaVerdiere's verließ. Er veränderte sich nicht, als er mit den Filmkartons in der Hand über den Gehweg ging. Er veränderte sich und wurde zu einem Ausdruck irgendwie beunruhigender Aufmerksamkeit, als Pop vom Bordstein in den Rinnstein trat ... und dort mit einem Fuß auf dem Gehweg und dem anderen in den Abfallhalden ausgetretener Zigarettenkippen und zusammengeknüllter Kartoffelchip-Packungen stehenblieb. Hier war wieder ein Pop, den Molly nicht gekannt hätte, aber mancher, der von dem alten Mann geneppt worden war, hätte ihn bestens gekannt. Das war weder Merrill, der Lustmolch, noch Merrill, der Roboter, sondern Merrill, das Tier in voller Blüte. Auf einmal war er auf eine Weise *da*, die er in der Öffentlichkeit äußerst selten zur Schau stellte. Soviel seiner eigenen Persönlichkeit in der Öffentlichkeit zu zeigen, war nach Pops Meinung nicht gut. Aber an diesem Morgen hatte er kaum Gewalt über sich, und es wäre ohnedies niemand dagewesen, der ihn sehen konnte. Falls doch, hätte der oder die Betreffende weder Pop, den leutseligen Scharlatan-Philosophen, noch Pop, den gerissenen Händler, gesehen, sondern so etwas wie die *Seele* des Mannes. In diesem Augenblick des völligen *Da*-Seins, sah Pop selbst wie ein böser Hund aus, ein Streuner, der zum Räuber geworden ist und gerade während eines mitternächtlichen Gemetzels im Hühnerhaus innehält, die Zottelohren aufgestellt, den Kopf schiefgelegt, die blutverschmierten Zähne ein wenig sichtbar, als er ein Geräusch aus dem Haus des Farmers hört und an die Schrotflinte denkt, deren Doppelmündung wie eine liegende Acht aussieht. Der Hund weiß nichts von Achtern, aber selbst ein Hund ist imstande, das düstere Symbol der Unendlichkeit zu erkennen, wenn seine Instinkte scharf genug sind.

Auf der anderen Seite des Town Square konnte er die uringelbe Fassade des Emporium Galorium sehen, das ein wenig abseits der Nachbarhäuser stand: das leerstehende Gebäude, in dem bis Anfang dieses Jahres The Village Washtub untergebracht gewesen war, Nan's Luncheonette sowie You Sew and Sew, das Nähgeschäft, das Evvie Chalmers' Ururenkelin Polly gehörte – einer Frau, von der wir ein andermal sprechen müssen.

Vor sämtlichen Geschäften der Lower Main Street waren schräge Parkplätze angelegt, und alle waren leer... bis auf einen, auf dem gerade ein Ford Kombi hielt, den Pop kannte. Das leise Dröhnen des Motors war deutlich in der stillen Morgenluft zu hören. Dann verstummte es, die Bremslichter gingen aus, und Pop zog den Fuß zurück, der im Rinnstein gewesen war, und verschwand verstohlen hinter der Ecke von LaVerdiere's. Dort stand er so still wie der Hund, der im Hühnerstall von einem Geräusch aufgeschreckt worden ist, einem Geräusch, das ein anderer Hund, der nicht so alt und weise wie dieser war, im Blutrausch des Gemetzels vielleicht überhört hätte.

John Delevan kam hinter dem Lenkrad des Kombi hervor. Der Junge kam zur Beifahrertür heraus. Sie gingen zur Tür des Emporium Galorium. Der Mann klopfte ungeduldig und so laut, daß Pop das Geräusch so deutlich hören konnte wie den Motor. Delevan hielt inne, sie lauschten beide, und dann fing Delevan wieder an, und jetzt klopfte er nicht mehr, er *hämmerte* gegen die Tür, und man mußte kein elender Gedankenleser sein, um zu wissen, daß der Mann stinkesauer war.

Sie wissen es, dachte Pop. *Irgendwie wissen sie es. Echt gut, daß ich die verfluchte Kamera in Stücke gehauen habe.*

Er blieb noch einen Augenblick stehen, und außer seinen schweren Lidern bewegte sich nichts, dann huschte er um die Ecke des Drugstore und in die Gasse zwischen ihm und der angrenzenden Bank. Er machte es so geschickt, daß ein fünfzig Jahre jüngerer Mann ihn vielleicht um die mühelose Behendigkeit der Bewegung beneidet hätte.

Heute morgen, überlegte sich Pop, konnte es klüger sein, durch die Hintertür nach Hause zu gehen.

KAPITEL SECHZEHN

Als er immer noch keine Antwort bekam, ging John Delevan zum drittenmal zur Tür und schlug so fest dagegen, daß das Glas lose im bröckelnden Kitt klirrte und er sich an der Hand verletzte. Diese verletzte Hand machte ihm erst deutlich, wie wütend er war. Er war der Meinung, diese Wut war durchaus gerechtfertigt, falls Merrill wirklich gemacht hatte, was Kevin ihm vorwarf – ja, je mehr John Delevan darüber nachdachte, desto überzeugter war er, daß Kevin recht hatte. Ihn überraschte jedoch, daß er seine Wut erst jetzt als solche erkannt hatte.

Heute morgen scheint die Gelegenheit dazusein, etwas über mich selbst zu lernen, dachte er, und das hatte etwas Schulmeisterliches an sich. Er konnte lächeln und sich ein wenig entspannen.

Kevin lächelte nicht und sah auch nicht entspannt aus.

»Sieht so aus, als könnte dreierlei passiert sein«, sagte Mr. Delevan zu seinem Sohn. »Merrill ist entweder noch nicht aufgestanden, macht die Tür nicht auf oder hat sich gedacht, daß wir Bescheid wissen, und ist mit deiner Kamera stiftengegangen.« Er machte eine Pause und lachte wahrhaftig. »Ich schätze, es gibt noch eine vierte. Vielleicht ist er im Schlaf gestorben.«

»Er ist nicht gestorben.« Kevin hatte den Kopf an die schmutzige Glastür gelehnt und wünschte sich von Herzen, er wäre nie durch sie eingetreten. Er hatte die Handflächen seitlich an die Augen gelegt, weil die Sonne, die über der Ostseite des Town Square aufging, einen grellen Glanz auf die Scheibe warf. »Sieh doch.«

Mr. Delevan hielt ebenfalls die hohlen Hände ans Gesicht und drückte die Nase an die schmutzige Scheibe. Sie standen nebeneinander, hatten dem Platz den Rücken zugewandt und sahen ins Halbdunkel des Emporium Galorium wie die verbissensten Schaufensterbummler der Welt. »Nun, sieht so aus, als hätte er seinen Mist hiergelassen, falls er sich aus dem Staub gemacht hat.«

»Ja – aber das meine ich nicht. Siehst du sie nicht?«

»Was sehen?«

»Dort an dem Pfosten hängt sie. Neben dem Schreibtisch mit den vielen Uhren drauf.«

Einen Augenblick später sah Mr. Delevan sie auch: eine Polaroidkamera, die an einem Gurt von einem Haken an dem Balken hing. Er glaubte sogar, die abgesplitterte Stelle zu sehen, aber das konnte Einbildung sein.

Nein, es ist keine Einbildung.

Das Lächeln verschwand von seinen Lippen, als ihm klar wurde, er empfand allmählich, was Kevin empfinden mußte: die unheimliche und beängstigende Gewißheit, daß eine einfache und doch schrecklich gefährliche Maschine lief . . . Und anders als die Uhren von Pop, ging sie pünktlich.

»Glaubst du, er sitzt einfach oben und wartet, daß wir wieder gehen?« Mr. Delevan sagte es laut, sprach aber eigentlich mit sich selbst. Das Schloß an der Tür sah neu und teuer aus . . . aber er wäre jede Wette eingegangen, wenn einer von ihnen – Kevin war wahrscheinlich besser in Form – sich fest genug gegen die Tür geworfen hätte, wäre das Schloß einfach durch das alte morsche Holz gebrochen. Er dachte am Rande: *Ein Schloß ist nur so gut wie die Tür, an der man es anbringt. Die Leute denken einfach nie nach.*

Kevin wandte das ängstliche Gesicht seinem Vater zu. In diesem Augenblick war John Delevan so mitgenommen von Kevins Gesichtsausdruck wie dieser vor nicht allzu langer Zeit von seinem. Er dachte: *Ich frage mich, wie viele Väter die Möglichkeit haben zu sehen, wie ihre Söhne als Erwachsene aussehen werden? Er wird nicht immer so verkrampft und nervös aussehen – Gott, das hoffe ich nicht –, aber so wird er aussehen. Und, herrje, er wird ein hübscher Kerl!*

Er hatte, wie Kevin auch, diesen Augenblick der Erkenntnis inmitten der Geschehnisse, und der Augenblick war kurz, aber er vergaß ihn niemals. Er hatte ihn stets in Reichweite seines Denkens parat.

»Was?« fragte Kevin heiser. »Was, Dad?«

»Möchtest du sie einschlagen? Ich wäre dabei.«

»Noch nicht. Ich glaube, das wird nicht nötig sein. Ich glaube nicht, daß er hier ist . . . aber er ist in der Nähe.«

Das kannst du nicht wissen. Kannst es nicht einmal denken.

Aber sein Sohn dachte es, und er war der Überzeugung, daß Kevin recht hatte. Zwischen seinem Sohn und Pop hatte sich eine Art Band gebildet. ›Eine Art‹ Band. Komm zu dir. Er wußte genau, was für ein Band das war. Es war die verfluchte Kamera, die da drinnen an ihrem Gurt hing, und je länger es dauerte, je länger er die Maschine laufen, ihre Zahnräder sich drehen und ihre häßliche Kolben stampfen spürte, desto weniger gefiel es ihm.

Zerbrich die Kamera, zerbrich die Verbindung, dachte er und sagte: »Bist du sicher, Kev?«

»Gehen wir nach hinten. Versuchen wir es dort an der Tür.«

»Dort ist ein Tor. Das wird verschlossen sein.«

»Vielleicht können wir darüberklettern.«

»Okay«, sagte Mr. Delevan und folgte seinem Sohn die Stufen des Emporium Galorium hinunter und durch die Gasse, und dabei fragte er sich, ob er den Verstand verloren hatte.

Aber das Tor war nicht verschlossen. Irgendwann im Lauf der Ereignisse hatte Pop vergessen, es abzuschließen, und obwohl Mr. Delevan die Vorstellung nicht gefallen hatte, über den Zaun zu klettern, möglicherweise über den Zaun zu *fallen*, und sich dabei wahrscheinlich die Eier abzureißen, gefiel ihm die offene Tür irgendwie noch weniger. Dennoch traten er und Kevin ein und gingen über den schmutzigen Hof von Pop, den irgendwie nicht einmal das herunterfallende Oktoberlaub verbessern konnte.

Kevin bahnte sich einen Weg zwischen den Müllhalden hindurch, die Pop hinausgeworfen, aber, da zuviel Mühe, nicht zum Schrottplatz gebracht hatte, und Mr. Delevan folgte ihm. Sie gelangten etwa zu dem Zeitpunkt zum Hackstock, als Pop aus Mrs. Althea Lindens Garten einen Block westlich auf die Mulberry Street kam. Der Mulberry

Street wollte er folgen, bis er zur Holzfirma Wolf Jaw gelangte. Die Holzlastwagen der Firma fuhren zwar schon auf den Straßen des westlichen Maine, und das Surren und Kreischen der Motorsägen durfte seit etwa halb sieben von den schwindenden Hartholzvorräten der Gegend aufsteigen, aber vor neun würde niemand ins Büro kommen, und bis dahin waren noch gut fünfzehn Minuten Zeit. Am Ende des winzigen Hofs der Holzfirma befand sich ein hoher Bretterzaun. Dieser hatte ein Tor, das verschlossen war, aber Pop besaß einen Schlüssel. Er würde das Tor aufschließen und so in seinen eigenen Garten gelangen.

Kevin kam zum Hackstock. Mr. Delevan holte ihn ein, folgte dem Blick seines Sohns und blinzelte. Er machte den Mund auf, um zu fragen, was *das* nun wieder sollte, dann klappte er ihn wieder zu. Er kam auch ohne Hilfe von Kevin langsam dahinter, was das bedeuten sollte. Es war nicht *richtig*, solche Einfälle zu haben, es war nicht *natürlich*, und er wußte aus bitterer Erfahrung (bei denen Reginald Marion ›Pop‹ Merrill selbst einmal eine Rolle gespielt hatte, wie Mr. Delevan seinem Sohn vor gar nicht so langer Zeit gestanden hatte), daß man leicht zu einer falschen Entscheidung kommen konnte, wenn man etwas impulsiv tat, aber das war einerlei. Obwohl er nicht in derlei Begriffen dachte, könnte man zutreffend sagen, daß Mr. Delevan hoffte, er könnte sich um die Wiederaufnahme in das vernünftige Lager bewerben, wenn dies alles vorbei war.

Zuerst dachte er, er hätte die zertrümmerten Überreste einer Polaroidkamera vor sich. Dafür war selbstverständlich nur sein Verstand verantwortlich, der versuchte, ein wenig Vernunft in der Wiederholung zu finden; was da auf dem Hackstock lag, sah eigentlich überhaupt nicht wie eine Kamera aus, Polaroid oder sonstwie. Diese Zahnräder und Federn konnten nur zu einer Uhr gehören. Dann sah er einen toten Zeichentrickvogel und wußte auch, was für eine Uhr es war. Er machte den Mund auf, um Kevin zu fragen, wieso um alles in der Welt Pop eine

Kuckucksuhr hierhergebracht und sie dann zertrümmert habe.

Er dachte noch einmal darüber nach und kam zum Ergebnis, daß er doch nicht fragen mußte. Auch diese Antwort fiel ihm allmählich ein. Er *wollte* nicht, daß sie ihm einfiel, weil sie Mr. Delevans Meinung nach auf Wahnsinn im allergrößten Maßstab hinauslief, aber das spielte keine Rolle, sie fiel ihm trotzdem ein. Eine Kuckucksuhr mußte man an etwas hängen. Wegen der Gewichte. Und woran hing man sie auf? Natürlich an einem Haken.

Vielleicht an einem Haken, der aus einem Balken ragte.

Beispielsweise dem Balken, an dem Kevins Polaroid hing.

Jetzt sagte er etwas, und seine Worte schienen aus großer Entfernung zu kommen. »Verflucht, was ist los mit ihm, Kevin? Ist er verrückt geworden?«

»Nicht *geworden*«, antwortete Kevin, und auch seine Stimme schien aus weiter Ferne zu kommen, wie sie so vor dem Hackstock standen und auf die zertrümmerte Uhr hinabsahen. »*Gemacht* worden. Von der Kamera.«

»Wir müssen sie vernichten«, sagte Mr. Delevan. Seine Stimme schien erst lange, nachdem er die Worte gesprochen hatte, an seine Ohren zu schweben.

»Noch nicht«, sagte Kevin. »Wir müssen zuerst zur Drogerie. Die haben sie im Sonderangebot.«

»Haben was im Sonderangeb . . .«

Kevin berührte ihn am Arm. John Delevan sah ihn an. Kevin hatte den Kopf gehoben und sah aus wie ein Hirsch, der Feuer wittert. In diesem Augenblick war der Junge mehr als hübsch; er war fast göttlich, wie ein junger Dichter in der Stunde seines Todes.

»*Was?*« fragte Mr. Delevan drängend.

»Hast du etwas gehört?« Aufmerksamkeit wurde langsam zu Zweifel.

»Ein Auto auf der Straße«, sagte Mr. Delevan. Wieviel älter als sein Sohn war er? fragte er sich plötzlich. Fünfundzwanzig Jahre? Herrgott, wurde es dann nicht langsam Zeit, daß er sich auch so benahm?

Er stieß das Seltsame von sich und versuchte, es auf Armeslänge zu bekommen. Er suchte verzweifelt nach seiner Reife und fand ein wenig davon. Sie anzuwenden war, als würde man einen völlig zerfetzten Mantel anziehen.

»Bist du sicher, daß das alles war, Dad?«

»Ja. Kevin, du bist zu nervös. Reiß dich zusammen, sonst . . .« Sonst was? Aber er wußte es und lachte zitternd. »Sonst werden wir beide wie zwei Kaninchen davonlaufen.«

Kevin sah ihn einen Moment nachdenklich an wie jemand, der aus tiefem Schlaf erwacht, möglicherweise einer Trance, und nickte. »Komm mit.«

»Kevin, warum? Was willst du? Er könnte oben sein, vielleicht hat er nur nicht aufgemacht . . .«

»Ich sag es dir, wenn wir dort sind, Dad. *Komm* jetzt.« Er zerrte seinen Vater fast aus dem unordentlichen Garten auf die Gasse.

»Kevin, willst du meinen Arm abreißen, oder was?« fragte Mr. Delevan, als sie wieder auf dem Gehweg standen.

»Er war da hinten«, sagte Kevin. »Hat sich versteckt. Darauf gewartet, daß wir gehen. Ich habe ihn gespürt.«

»Er war . . .« Mr. Delevan blieb stehen, dann setzte er sich wieder in Bewegung. »Nun . . . sagen wir einmal, daß es so war. Rein hypothetisch, sagen wir, es war so. Sollten wir nicht zurückkehren und ihn zur Rede stellen?« Und, verspätet: »*Wo* war er?«

»Auf der anderen Seite vom Zaun«, sagte Kevin. Seine Augen schienen zu schweben. Mr. Delevan gefiel das alles immer weniger. »Er war schon dort. Er hat schon geholt, was *er* braucht. Wir müssen uns beeilen.«

Kevin ging schon über den Gehweg und wollte über den Town Square zu LaVerdiere's abkürzen. Mr. Delevan streckte den Arm aus und packte ihn wie ein Schaffner einen Burschen, der versucht hat, sich ohne Fahrkarte in den Zug zu schleichen. »*Kevin, wovon redest du?*«

Und dann sagte Kevin es tatsächlich; sah ihn an und

sagte es: »Er kommt, Dad. Bitte. Es geht um mein Leben.« Er sah seinen Vater an und flehte mit seinen großen, schwebenden Augen. »Der Hund kommt. Es würde nichts nützen, einfach einzubrechen und die Kamera zu nehmen. Dazu ist es schon zu weit gediehen. Bitte, halt mich nicht zurück. Bitte, weck mich nicht auf. Es geht um mein *Leben*.«

Mr. Delevan unternahm einen letzten angestrengten Versuch, sich diesem schleichenden Wahnsinn nicht zu fügen . . . und fügte sich dann doch.

»Komm mit«, sagte er, hakte den Ellbogen bei seinem Sohn unter und zerrte ihn fast über den Platz. »Was immer es ist, bringen wir es hinter uns.« Er machte eine Pause. »Haben wir noch genügend Zeit?«

»Ich bin nicht sicher«, sagte Kevin, und dann, widerstrebend: »Ich glaube nicht.«

KAPITEL SIEBZEHN

Pop wartete hinter dem Bretterzaun und beobachtete die Delevans durch ein Astloch. Er hatte den Tabak in die Gesäßtasche gesteckt, damit er die Hände spannen und entspannen, spannen und entspannen konnte.

Ihr seid auf meinem Grund und Boden, flüsterte sein Verstand ihnen zu, und wenn sein Geist die Gabe zu töten besessen hätte, hätte er ihm freien Lauf gelassen und sie beide umgebracht. *Ihr seid auf meinem Grund und Boden, verdammt, ihr seid auf meinem Grund und Boden.*

Er sollte den guten alten Henrystutzen holen und auf ihre eingebildeten Castle View-Köpfe hauen. Das *sollte* er machen. Und er hätte es auf der Stelle gemacht, wenn sie nicht über den Trümmern der Kamera gestanden hätten, die der Junge angeblich vor zwei Wochen selbst mit Pops Segen zerstört hatte. Er überlegte sich, daß er vielleicht doch versucht hätte, sein Recht durchzusetzen, aber er wußte, was alle hier in der Stadt von ihm dachten. Pangborn, Keeton und die ganze Bande. Abschaum. Das hielten sie von ihm. Abschaum.

Bis sie sich mit den Ärschen in die Nesseln setzten und ein rasches Darlehen brauchten und die Sonne untergegangen war; so war das.

Spannen, entspannen, spannen, entspannen.

Sie unterhielten sich, aber Pop machte sich nicht die Mühe, darauf zu hören, was sie sagten. Sein Denken war ein brodelnder Schmelztiegel. Die Litanei hatte sich verändert: *Sie sind auf meinem verdammten Grund und Boden, und ich kann nichts dagegen unternehmen! Sie sind auf meinem verdammten Grund und Boden, und ich kann nichts dagegen unternehmen! Der Teufel soll sie holen! Der Teufel soll sie holen!*

Schließlich gingen sie. Als er das rostige Kreischen des Gartentors zur Hintergasse hörte, steckte Pop seinen Schlüssel in das Tor im Bretterzaun. Er schlüpfte durch und lief durch den Garten zu seiner Hintertür – lief mit einer für einen Siebzigjährigen geradezu unheimlichen Behendigkeit, hatte aber dennoch eine Hand fest auf den rechten Oberschenkel gedrückt, als litte er unter heftigem Rheumatismus. Aber eigentlich verspürte Pop überhaupt keine Schmerzen. Er wollte nicht, daß sein Kleingeld oder die Schlüssel in der Hosentasche klirrten, das war alles. Falls die Delevans noch da waren und irgendwo lauerten, wo er sie nicht sehen konnte. Pop wäre nicht überrascht gewesen, wenn sie genau das gemacht hätten. Wenn man es mit Stinktieren zu tun hatte, rechnete man mit stinkenden Tricks.

Er holte die Schlüssel aus der Tasche. *Jetzt* klirrten sie, und obwohl das Geräusch gedämpft war, kam es ihm sehr laut vor. Er sah einen Moment nach links und war überzeugt, er würde das glotzende Schafsgesicht des Bengels sehen. Pop hatte die Lippen zu einem harten, verkrampften Grinsen der Angst verzerrt. Es war niemand da.

Noch nicht.

Er fand den richtigen Schlüssel, steckte ihn ins Schloß und ging hinein. Er achtete darauf, daß er die Schuppentür nicht zu weit aufmachte, weil die Scharniere quietschten, wenn man sie zu weit aufzog.

Drinnen legte er den Riegel mit einer zornigen Handbewegung vor und betrat das Emporium Galorium. In diesen Schatten fühlte er sich mehr als heimisch. Er hätte im Schlaf durch die engen, verwinkelten Gänge gefunden ... *hatte* es sogar, doch das war ihm, wie überhaupt eine ganze Menge, vorübergehend entfallen.

Vorne im Laden befand sich ein schmutziges kleines Fenster, durch das man die Gasse sehen konnte, von der die Delevans in seinen Garten eingedrungen waren. Außerdem hatte man von dort einen spitzwinkligen Blick auf den Gehweg und einen Teil des Platzes.

Pop schlich zwischen Stapeln nutzloser, wertloser Zeitschriften, die ihren staubigen gelben Museumsduft in die Luft atmeten, zu diesem Fenster. Er sah in die Gasse und fand sie verlassen vor. Er sah nach rechts und erblickte die Delevans verschwommen, wie Fische in einem Aquarium, durch das schmutzige, billige Glas, als sie den Stadtpark dicht beim Musikpavillon überquerten. Er beobachtete durch dieses Fenster nicht, bis sie verschwunden waren, und ging auch nicht zum Schaufenster, damit er sie in einem günstigeren Winkel sehen konnte. Er vermutete, daß sie zu LaVerdiere's gingen, und da sie schon hier gewesen waren, würden sie nach ihm fragen. Was konnte die kleine Nutte von einer Verkäuferin ihnen erzählen? Daß er dagewesen und wieder gegangen war. Noch etwas?

Nur, daß er zwei Beutel Tabak gekauft hatte. Pop lächelte.

Dafür konnten sie ihn kaum hängen.

Er fand eine braune Papiertüte, ging hinaus, wollte zum Hackstock, dachte nach und schritt dann statt dessen zum Tor zur Gasse. Einmal unvorsichtig bedeutete noch lange nicht, daß man immer unvorsichtig sein mußte.

Als er das Tor abgeschlossen hatte, ging er zum Hackstock und sammelte die Bruchstücke der zertrümmerten Polaroidkamera ein. Er arbeitete, so schnell er konnte, aber gründlich.

Er hob alles auf, abgesehen von winzigen Splittern und Teilchen, die man lediglich als anonymen Abfall bezeichnen konnte. Das Untersuchungsteam eines Polizeilabors wäre wahrscheinlich imstande, einen Teil der verbliebenen Trümmer zu identifizieren; Pop hatte Fernsehkrimis gesehen (das heißt, wenn er sich keine Pornos auf Video reinzog), wo diese wissenschaftlichen Typen mit kleinen Pinseln und Staubsaugern und sogar Pinzetten am Schauplatz eines Verbrechens Sachen in kleine Plastiktütchen füllten, aber das Büro des Sheriffs von Castle Rock hatte so eine Einheit nicht. Und Pop bezweifelte, ob Sheriff Pangborn die Staatspolizei überzeugen konnte, ihre Spurensicherung zu schicken, selbst wenn Pangborn höchstpersönlich den Versuch unternahm – schließlich handelte es sich nur um einen Kameradiebstahl, mehr konnten ihm die Delevans nicht vorwerfen, ohne sich verrückt anzuhören. Nachdem er das Gebiet um den Hackstock gesäubert hatte, ging er wieder ins Haus, schloß seine ›spezielle‹ Schublade auf und verstaute die braune Tüte darin. Er schloß die Schublade wieder ab und verstaute die Schlüssel in der Tasche. *Das* war somit in Ordnung. Er wußte auch über Durchsuchungsbefehle Bescheid. Eher würde es in der Hölle schneien, bevor die Delevans Pangborn dazu brachten, beim Bezirksgericht einen zu beantragen. Und selbst wenn er verrückt genug war, es zu versuchen, die Überreste der verfluchten Kamera wären fort – *für immer* –, bevor sie den Trick durchziehen konnten. Wenn er jetzt gleich versuchte, die Trümmer wegzuschaffen, war das sicher gefährlicher, als sie vorerst in der Schublade zu verstauen. Die Delevans würden wiederkommen und ihn auf frischer Tat ertappen.

Lieber warten.

Denn sie *würden* zurückkommen.

Pop Merrill wußte das so sicher wie seinen eigenen Namen.

Später vielleicht, wenn diese Albernheiten und Torheiten vorbei waren, konnte er zu dem Jungen gehen und sagen: *Ja, stimmt. Ich habe all das getan, was du vermutest. Warum lassen wir jetzt nicht alles auf sich beruhen und tun wieder so, als würden wir uns nicht kennen... einverstanden? Wir können es uns leisten, so zu tun. Das verstehst du vielleicht nicht, jedenfalls nicht gleich, aber wir können es. Denn, weißt du – du wolltest sie vernichten, weil du sie für gefährlich gehalten hast, und ich wollte sie verkaufen, weil ich sie für wertvoll gehalten habe. Wie sich herausgestellt hat, hast du recht und ich unrecht gehabt, das ist deine Rache, mehr brauchst du nicht. Wenn du mich besser kennen würdest, wüßtest du, warum – es gibt nicht viele Männer in der Stadt, die mich je so etwas haben sagen hören. Es steckt tief in mir drinnen, will ich damit sagen, aber das spielt keine Rolle; wenn ich mich irre, halte ich mich gern für so groß, daß ich auch dazu stehen kann, wie schlimm es auch weh tun mag. Letztendlich, Junge, habe ich gemacht, was du von vorneherein machen wolltest. Wir haben alle am selben Tau gezogen, will ich damit sagen, und ich denke, wir sollten das Vergangene vergessen sein lassen. Ich weiß, was du von mir denkst, und ich weiß, was ich von dir denke, und keiner von uns beiden würde je dafür stimmen, daß der andere Grand Marshal bei der Parade am 4. Juli wird, aber das macht nichts; damit können wir leben, oder nicht? Ich will damit nur folgendes sagen: Wir sind beide froh, daß diese verdammte Kamera kaputt ist, also sind wir quitt und können uns in Ruhe lassen.*

Aber das war für später, und selbst dann nur vielleicht. Momentan würde es nichts nützen, soviel stand fest. Sie brauchten Zeit, um sich wieder abzukühlen. Momentan würden ihm beide am liebsten ein großes Stück aus dem Arsch beißen wie

(der Hund auf dem Bild)

wie ... nun, egal. Wichtig war, hier unten zu sein und unschuldig wie ein Baby auszusehen, wenn sie zurückkamen.

Denn sie *würden* zurückkommen.

Aber das machte nichts. Es machte nichts, weil ...

»Weil alles unter Kontrolle ist«, flüsterte Pop. »*Das* wollte ich damit sagen.«

Nun ging er zur Tür und drehte das Schild von GESCHLOSSEN auf OFFEN (und drehte es sofort wieder auf GESCHLOSSEN, doch das bekam Pop nicht mit und sollte sich später auch nicht daran erinnern). Na gut, der Anfang war gemacht. Was kam als nächstes? Es mußte wie ein ganz normaler Tag aussehen, nicht mehr und nicht weniger. Er mußte ganz Überraschung und Wovon-in-drei-Teufels-Namen-redet-ihr-da sein, wenn sie hereinplatzten und aus den Kragen dampften und bereit waren, für etwas zu sterben, das schon so tot wie Schafkacke war.

Also ... was war das Normalste, wobei sie ihn überraschen konnten, wenn sie mit oder ohne Sheriff Pangborn hereinkamen?

Pops Blick fiel auf die nette Kuckucksuhr, die am Balken neben dem hübschen Schreibtisch hing, den er vor einem Monat oder sechs Wochen bei einer Zwangsversteigerung in Sebago bekommen hatte. Keine besonders teuere Kuckucksuhr, wahrscheinlich ursprünglich von einem armen Teufel, der versuchte, wohlhabend zu sein, mit Tauschmarken erstanden worden (Menschen, die nur *versuchen* konnten, wohlhabend zu sein, waren in Pops Einschätzung arme Seelen, die in einem konstanten und vagen Zustand der Enttäuschung durchs Leben gingen). Trotzdem, wenn er sie so hinbekam, daß sie wenigstens wieder lief, konnte er sie vielleicht einem der Skifahrer andrehen, die in ein oder zwei Monaten kommen würden; jemand, der eine Uhr in der Block- oder Skihütte brauchte, weil die letzte günstige Gelegenheit den Geist aufgegeben hatte und der Skifahrer nicht begriff (und auch nie begreifen würde), daß eine weitere günstige Gelegenheit nicht die Lösung war, sondern das Problem.

Der Betreffende würde Pop leid tun, und er würde versuchen, so fair er konnte, mit ihm zu feilschen, aber er würde den Käufer nicht enttäuschen. *Caveet emperor*, das *wollte* er nicht nur sagen, sondern sagte es häufig *tatsächlich*, und schließlich mußte er auch leben, oder nicht?

Ja. Er würde sich also einfach an die Werkbank hinten setzen und sich mit dieser Uhr beschäftigen, mal sehen, ob er sie wieder in Gang bringen konnte, und wenn die Delevans zurückkamen, würden sie ihn dabei finden. Vielleicht würden sich bis dahin schon ein paar potentielle Kunden herumtreiben; er konnte hoffen, obwohl um diese Jahreszeit meistens Flaute herrschte. Kundschaft wäre auf jeden Fall der Zuckerguß auf dem Kuchen. Wichtig war nur, wie es aussehen würde: nur ein Mann, der nichts zu verbergen hatte und den gewöhnlichen Verrichtungen und gewöhnlichen Tätigkeiten seines gewöhnlichen Arbeitstags nachging.

Pop ging zu dem Balken und nahm die Kuckucksuhr herunter, wobei er sorgfältig darauf achtete, daß er die Gewichte nicht verhedderte. Er trug sie zu seiner Werkbank und summte leise vor sich hin. Er setzte sich, dann griff er zur Gesäßtasche. Frischer Tabak. Das war auch gut.

Pop dachte, er würde beim Arbeiten ein Pfeifchen rauchen.

KAPITEL ACHTZEHN

»Du kannst nicht *wissen*, daß er da drinnen war, Kevin!«
Mr. Delevan protestierte immer noch resigniert, während
sie zu LaVerdiere's gingen.

Kevin achtete nicht auf ihn und ging schnurstracks zum
Tresen, wo Molly Durham stand. Ihr Drang, sich zu übergeben, war verflogen; es ging ihr viel besser. Im nachhin-
ein schien die ganze Sache ein wenig albern zu sein, wie
ein Alptraum, aus dem man erwacht und nach der an-
fänglichen Erleichterung denkt: *Was denn, DAVOR habe
ich Angst gehabt? Wie konnte ich nur denken, daß mir DAS
wirklich passiert, selbst in einem Traum?*

Aber als der junge Delevan sein weißes, nervöses Gesicht am Tresen zeigte, da wußte sie, wie man Angst haben konnte, ja, o ja, sogar vor so lächerlichen Sachen, wie
sie in Träumen passierten, weil sie im Begriff war, wieder
in ihren eigenen Wachtraum zurückzutaumeln.

Tatsache war, Kevin Delevan hatte fast *denselben* Gesichtsausdruck: als wäre er so weit entfernt, daß seine
Stimme und sein Blick, wenn sie sie schließlich erreichten,
fast verbraucht waren.

»Pop Merril war hier«, sagte er. »Was hat er gekauft?«

»Bitte entschuldigen Sie meinen Sohn«, sagte Mr. Delevan. »Er fühlt sich nicht w . . .«

Dann sah *er* Mollys Gesicht und verstummte. Sie sah
aus, als hätte sie gerade beobachtet, wie ein Mann den
Arm in einer Fabrikmaschine verloren hatte.

»Oh!« sagte sie. »O mein Gott!«

»Waren es Filme?« fragte Kevin sie.

»Was ist los mit ihm?« fragte Molly kläglich. »Ich wußte
in dem Moment, als er reinkam, daß etwas mit ihm nicht
stimmte. Was ist es? Hat er etwas . . . angestellt?«

Himmel, dachte John Delevan. *Er WEISS es. Dann stimmt
also alles.*

In diesem Augenblick traf Mr. Delevan stumm eine
heroische Entscheidung. Er kapitulierte rückhaltlos. Er

kapitulierte rückhaltlos und gab sich und das, was er für Wahrheit hielt und was nicht, völlig in die Hände seines Sohns.

»Es waren Filme, oder nicht?« bedrängte Kevin sie. Sein verzweifeltes Gesicht maßregelte sie ob ihres Windens und Zitterns. »Polaroidfilme. Von *dort*!« Er deutete auf das Display.

»Ja.« Ihr Teint war so blaß wie Porzellan; das bißchen Rouge, das sie heute morgen aufgetragen hatte, hob sich deutlich wie hektische Flecken ab. »Er war so . . . seltsam. Wie eine sprechende Puppe. Was ist los mit ihm? Was . . .«

Aber Kevin hatte sich zu seinem Vater umgedreht.

»Ich brauche eine Kamera«, fauchte er. »Sofort. Eine Polaroid Sun 660. Sie haben sie hier. Sind sogar im Sonderangebot. Siehst du?«

Und trotz seiner Entscheidung wollte Mr. Delevans Mund die letzten hartnäckigen Reste der Vernunft nicht aufgeben. »Warum . . .« begann er, aber weiter ließ Kevin ihn nicht kommen.

»*Ich WEISS nicht warum!*« schrie er, und Molly Durham stöhnte. Jetzt wollte sie sich nicht übergeben; Kevin Delevan machte ihr Angst, aber nicht *solche* Angst. Momentan wollte sie nur nach Hause und in ihr Bett kriechen und die Decke über den Kopf ziehen. »*Aber wir müssen sie haben, und die Zeit ist fast abgelaufen, Dad!*«

»Geben Sie mir eine von diesen Kameras«, sagte Mr. Delevan und holte mit zitternden Fingern die Brieftasche heraus, ohne mitzubekommen, daß Kevin bereits zu dem Display gelaufen war.

»Nehmen Sie einfach eine«, hörte sie sich mit einer zitternden Stimme sagen, die gar nicht zu ihr paßte. »Nehmen Sie einfach eine und gehen Sie.«

KAPITEL NEUNZEHN

Auf der anderen Seite des Platzes war Pop Merrill, der glaubte, er würde friedlich eine Kuckucksuhr reparieren und sich so unschuldig wie ein neugeborenes Baby fühlte, gerade damit fertig, einen Film in Kevins Kamera zu laden. Er klappte sie zu. Sie gab ihr quietschiges kleines Surren von sich.

Der Scheißkuckuck hört sich an, als hätte er eine schlimme Kehlkopfentzündung. Wahrscheinlich ein Zahnrad abgeschliffen. Nun, dagegen habe ich ein Heilmittel.

»Ich bring dich wieder hin«, sagte Pop und hob die Kamera. Er brachte ein leeres Auge an den Bildsucher mit seinem haarfeinen Riß, den man nicht einmal sah, wenn man mit dem Auge ganz dicht davor war. Die Kamera war auf den vorderen Teil des Ladens gerichtet, aber *das* spielte keine Rolle; wohin man sie auch immer hielt, sie war stets auf einen gewissen schwarzen Hund gerichtet – kein Hund, den Gott je geschaffen hatte –, welcher sich in einer kleinen Stadt befand, die mangels eines besseren Wortes Polaroidsville hieß, die Er auch nicht geschaffen hatte.

BLITZ!

Das quietschige kleine Surren, als Kevins Kamera ein neues Bild ausspie.

»Da«, sagte Pop tief befriedigt. »Vielleicht kann ich mehr als dich wieder zum Sprechen bringen, Vögelchen. Ich will damit sagen, vielleicht bringe ich dich zum *Singen*. Ich kann es nicht versprechen, aber ich will es versuchen.«

Pop grinste ein trockenes, ledriges Grinsen und drückte wieder auf den Auslöser.

BLITZ!

Sie hatten den Platz halb überquert, als John Delevan ein stummes weißes Licht sah, das hinter den Fenstern des Emporium Galorium aufleuchtete. Das Licht war stumm, aber ihm folgte wie eine Druckwelle ein tiefes, dunkles Brummen, das aus dem Trödelladen des alten Mannes zu ihm zu dringen schien . . . aber nur, weil der Trödelladen des alten Mannes der einzige Platz war, wo es herauskommen konnte. Seinen *Ursprung* schien es unter der Erde zu haben . . . oder schien es nur so, als wäre die Erde selbst als einziger Ort groß genug, den aufzunehmen, dem diese Stimme gehörte?

»Lauf, Dad!« schrie Kevin. »*Er hat damit angefangen!*«

Der Blitz leuchtete wieder auf und erhellte die Fenster wie ein kalter Stromschlag. Wieder folgte dieses unterirdische Grollen, das Geräusch eines sonischen Dröhnens im Windkanal, das Knurren eines über alle Vorstellungen hinaus gräßlichen Tiers, das aus dem Schlaf getreten wurde.

Mr. Delevan, der sich nicht zusammenreißen konnte und fast nicht mitbekam, was er tat, machte den Mund auf, um seinem Sohn zu sagen, daß so ein starkes Licht unmöglich vom eingebauten Blitzlicht einer Polaroidkamera stammen konnte, aber Kevin war schon losgerannt.

Mr. Delevan fing ebenfalls an zu laufen und wußte ganz genau, was er vorhatte: Er wollte seinen Sohn erwischen und ihn packen und wegschaffen, bevor etwas so Gräßliches passierte, daß er es sich nicht einmal vorstellen konnte.

KAPITEL ZWANZIG

Das zweite Polaroidbild, das Pop aufnahm, drängte das erste aus dem Schlitz. Es flatterte auf den Schreibtisch, wo es mit einem kräftigeren Poltern landete, als bei einem derartigen Quadrat chemisch behandelter Pappe normal gewesen wäre. Der Sun-Hund füllte inzwischen fast den gesamten Rahmen aus; im Vordergrund war sein unmöglicher Kopf, die schwarzen Gruben der Augen, das rauchende Maul voller Zähne. Der Kopf schien in die Länge gezogen zu sein, er hatte die Form einer Patrone oder Träne, da die Geschwindigkeit und Nähe zur Linse des Hunde-Dings die Proportionen noch weiter verzerrten. Nur noch die Spitzen der Zaunlatten hinter ihm waren zu erkennen; die massigen gespannten Schultern des Dings beanspruchten den Rest des Fotos für sich.

Kevins Geburtstagskrawatte nebst Nadel, die neben der Sun in seiner Schublade gelegen hatte, war am unteren Bildrand zu sehen, wo sie einen staubigen Sonnenstrahl reflektierte.

»Ich hab dich fast, du Hurensohn«, sagte Pop mit schriller, brüchiger Stimme. Seine Augen waren vom Licht geblendet. Er sah weder den Hund noch die Kamera. Er sah nur einen stummen Kuckuck, der sein Lebensinhalt geworden war. »Du wirst singen, verdammt noch mal! Ich *sorge dafür*, daß du singst!«

BLITZ!

Das dritte Bild stieß das zweite aus dem Schlitz. Es fiel zu schnell herunter, mehr wie ein Stück Stein als ein Quadrat aus Pappe, und auf dem Schreibtisch schlug es durch die alte, ausgefranste Schreibtischunterlage, so daß erstaunte Splitter vom Holz darunter emporflogen.

Auf diesem Bild war der Kopf des Hundes noch verzerrter; er war zu einer langgezogenen Säule aus Fleisch geworden, was ihm einen seltsamen, fast dreidimensionalen Aspekt verlieh.

Auf dem dritten, das noch aus dem Schlitz unten an der

Kamera ragte, schien die Schnauze des Hundes, was eigentlich unmöglich war, perspektivisch wieder normal zu sein. Das war unmöglich, weil sie so nahe wie möglich an der Linse war; so nahe, daß sie wie die Schnauze eines Seeungeheuers dicht unter der dünnen Haut, die wir Oberfläche nennen, zu sein schien.

»Das verdammte Ding ist immer noch nicht richtig«, sagte Pop.

Sein Finger drückte erneut auf den Auslöser der Polaroid.

KAPITEL EINUNDZWANZIG

Kevin rannte die Stufen des Emporium Galorium hinauf. Sein Vater streckte die Hände nach ihm aus, bekam nur die Luft einen Zentimeter von Kevins flatterndem Hemdenzipfel entfernt zu fassen, stolperte und landete auf den Handballen. Sie rutschten über die zweite Stufe von oben und trieben ihm einen Schauer winziger Splitter in die Haut.

»Kevin!«

Er sah nach oben, und einen Augenblick versank die Welt fast in einem weiteren dieser grellen weißen Blitze. Diesmal war das Brüllen viel lauter. Es war das Brüllen eines wahnsinnigen Tiers, das im Begriff ist, seinen Käfig zu sprengen. Er sah Kevin mit gesenktem Kopf und einer Hand schützend vor den Augen vor diesem Stroboskoplicht erstarrt, als wäre der Junge selbst zu einem Foto geworden. Er sah Risse wie Quecksilber, die zickzackförmig am Schaufenster herunterverliefen.

»*Kevin, paß au . . .*«

Die Scheibe barst als Scherbenregen nach außen, und Mr. Delevan mußte den eigenen Kopf ducken. Glas flog wie ein Regenschauer um ihn hernieder. Er spürte es in seinem Haar und wie es beide Wangen zerkratzte, aber kein Splitter drang tief in den Mann oder den Jungen ein; die Scheibe war größtenteils pulverisiert worden.

Ein splitterndes Krachen ertönte. Er sah wieder auf und stellte fest, daß Kevin sich Zutritt verschaffte, wie Mr. Delevan es zuvor geplant hatte: Indem er sich mit der Schulter gegen die jetzt glaslose Tür warf und das neue Vorhängeschloß einfach aus dem alten morschen Holz herausriß.

»*KEVIN, VERDAMMT!*« bellte er. Er stand auf, stürzte beinahe wieder auf ein Knie, als er über die eigenen Füße stolperte, dann schnellte er hoch und lief seinem Sohn hinterher.

Etwas war mit der verdammten Kuckucksuhr passiert. Etwas *Schlimmes.*

Sie schlug immer wieder – schlimm genug, aber das war nicht alles. Sie war auch in Pops Hand schwerer geworden . . . und schien außerdem ungemütlich heiß zu werden.

Pop sah nach unten und wollte plötzlich mit Kiefern, die wie zugeschweißt schienen, vor Entsetzen schreien.

Er merkte, daß er mit Blindheit geschlagen gewesen war, und er merkte auch, daß er keine Kuckucksuhr in Händen hielt.

Er wollte den Klammergriff seiner Hände um die Kamera lösen und stellte zu seinem Entsetzen fest, daß er die Finger nicht biegen konnte. Das Gravitationsfeld um die Kamera herum schien dichter geworden zu sein.

Und das gräßliche Ding wurde immer heißer. Das graue Plastik der Kamera zwischen Pops verkrampften Fingern, deren Nägel weiß hervortraten, hatte angefangen zu rauchen.

Sein rechter Zeigefinger kroch wie eine verletzte Fliege auf den roten Auslöserpunkt zu.

»Nein«, murmelte er, und dann, flehend: »*Bitte* . . .«

Sein Finger schenkte ihm keine Aufmerksamkeit. Er kam zu dem roten Knopf und ließ sich darauf nieder, als Kevin gerade mit der Schulter gegen die Tür rammte und eindrang. Glas von den Scheiben der Tür flog umher und knirschte.

Pop drückte nicht auf den Knopf. Obwohl er blind war und spürte, wie die Haut seiner Finger zu schwelen und zu versengen anfing, wußte er, daß er nicht auf den Knopf drückte. Aber als sich sein Finger darauf gesenkt hatte, schien das Gravitationsfeld sich erst zu verdoppeln und dann zu verdreifachen.

Er versuchte, den Finger über dem Knopf zu halten. Es war, als wollte man versuchen, auf dem Planeten Jupiter einen Liegestütz zu machen.

»Fallenlassen!« kreischte der Junge von irgendwo vom Rand von Pops Dunkelheit. »Fallenlassen, *fallenlassen*!«

»*NEIN!*« schrie Pop zurück. »*Ich will damit sagen, ICH KANN NICHT!*«

Der rote Punkt glitt nach unten auf seinen Kontakt zu.

Kevin stand mit gespreizten Beinen da, bückte sich über die Kamera, die sie gerade im LaVerdiere's mitgenommen hatten, und die Schachtel der Kamera lag zu seinen Füßen. Es war ihm gelungen, den Knopf zu drücken, der das Vorderteil der Kamera an den Scharnieren aufklappte und den breiten Filmeinlegeschlitz freigab. Er versuchte, einen Film hineinzudrücken, doch dieser leistete störrisch Widerstand – es war, als wäre diese Kamera aus Sympathie für ihren Bruder ebenfalls zum Verräter geworden.

Pop brüllte wieder, aber diesmal keine Worte, nur einen unartikulierten Schmerzens- und Angstschrei. Kevin roch heißes Plastik und bratendes Fleisch. Er schaute auf und stellte fest, daß die Polaroid schmolz, wahrhaftig in den starren Händen des alten Mannes *schmolz*. Ihr eckiger, kastenförmiger Umriß gruppierte sich zu einer seltsam geduckten Form um. Irgendwie war das Glas von Bildsucher und Linse ebenfalls zu Plastik geworden. Statt zu bersten und aus dem zunehmend unförmigeren Gehäuse der Kamera zu springen, zogen sie sich in die Länge wie Karamel und wurden zu einem Paar grotesker Augen wie in einer Tragödienmaske.

Dunkles Plastik, das heiß und zähflüsig wie warmes Wachs war, rann in dicken Strömen über Pops Hände und fraß Rinnen ins Fleisch. Das Plastik dichtete ab, was es versengte, aber Kevin sah trotzdem Blut aus diesen Rinnen in Pops Haut fließen, bis es auf den Tisch tropfte, wo die rauchenden Tröpfchen wie heißes Fett zischten.

»*Dein Film ist immer noch eingepackt!*« bellte Kevins Vater hinter ihm und brach Kevins Lähmung.

»*Pack ihn aus! Gib her!*«

Sein Vater griff mit der Hand um ihn herum und rempelte ihn so fest an, daß Kevin beinahe umkippte.

Mr. Delevan schnappte die Filmpackung mit ihrer zähen Papierhülle und riß an einem Ende.

Er holte den Film heraus.

»*HELFT MIR!*« kreischte Pop, die letzten zusammenhängenden Worte, die beide ihn aussprechen hörten.

»Schnell!« schrie sein Vater und drückte ihm den ausgepackten Film in die Hand. »Schnell!«

Das Zischen von heißem Fleisch. Das Plätschern von heißem Blut auf dem Schreibtisch. Ein Ausläufer des heißen Plastiks strömte wie ein Armreif über das linke Handgelenk und zerfraß die Adern dicht unter der Haut, so daß das Blut wie aus einem brüchigen Schlauch spritzte, der erst an verschiedenen Stellen leck geworden war, nun aber unter dem beharrlichen Druck nach und nach zerfiel.

Pop heulte wie ein Tier.

Kevin versuchte wieder, den Film einzulegen, und schrie »*Scheiße!*«, als es wieder nicht klappte.

»*Verkehrt herum!*« blökte Mr. Delevan. Er versuchte, Kevin die Kamera zu entreißen, aber Kevin wich zurück, so daß sein Vater einen Fetzen Hemd in der Hand hatte, aber mehr nicht. Er riß den Film heraus, der einen Augenblick auf seinen Fingerspitzen tanzte und fast auf den Boden fiel – der sich, das spürte Kevin, förmlich danach sehnte, zur Faust zu werden und den Film zu zerschmettern, sollte er wirklich fallen.

Dann hatte er ihn wieder, drehte ihn herum, legte ihn ein und klappte das Vorderteil der Kamera, das schlapp hinabhing wie ein Tier mit gebrochenem Hals, fest in den Scharnieren zu.

Pop heulte wieder und . . .

BLITZ!

KAPITEL ZWEIUNDZWANZIG

Diesmal war es, als würden sie im Zentrum einer Sonne stehen, die mit einem einzigen, kalten Lichtblitz zur Supernova wird. Kevin war zumute, als wäre ihm sein Schatten buchstäblich von den Fersen gehämmert und in die Wand gedonnert worden. Vielleicht stimmte das sogar teilweise, denn die Wand hinter ihm war auf der Stelle vom Blitz versengt und von Tausenden irren Rissen durchzogen, abgesehen von der Stelle, auf die sein Schatten fiel. Dort war sein Umriß so deutlich wie ein Scherenschnitt abgebildet, ein Arm war noch angewinkelt und so erstarrt, während der tatsächliche Arm, der den Schatten geworfen hatte, das erstarrte Ebenbild hinter sich ließ und in die Höhe schnellte, um die neue Kamera vors Gesicht zu halten.

Der obere Teil der Kamera in Pops Händen riß sich mit einem saftigen Geräusch los, als würde sich ein sehr dicker Mann räuspern. Der Sun-Hund grollte, und diesmal war das Baßdröhnen laut genug, deutlich genug, *nahe* genug, daß das Glas in den Uhren und Spiegeln und Bildrahmen in flüchtigen Kristallbögen von erstaunlicher Schönheit auf den Boden gerülpst wurde.

Diesmal stöhnte oder surrte die Kamera nicht; das Geräusch ihres Mechanismus war ein Schrei, hoch und schrill, wie von einer Frau, die in den Wehen einer Fehlgeburt stirbt. Das Stück Papier, das sich aus der schlitzförmigen Öffnung zwängte und drängte, rauchte und schäumte. Dann fing der dunkle Ausgabeschlitz selbst an zu schmelzen, eine Seite sackte nach vorne, die andere ringelte sich in die Höhe, und alles zusammen fing an zu gähnen wie ein zahnloser Mund. Eine Blase bildete sich auf der glänzenden Oberfläche des letzten Bildes, das immer noch in dem klaffenden Schlitz hing, mit dem die Polaroid Sun alle ihre Fotos gebar.

Während Kevin starr dastand und durch einen Vorhang tanzender Lichtpünktchen sah, den die letzte weiße

Explosion vor seine Augen gezaubert hatte, brüllte der Sun-Hund wieder. Jetzt war das Brüllen leiser, nicht mehr vom Eindruck begleitet, als würde er von unten und überall gleichzeitig kommen, aber auch tödlicher, weil es *realer* war – mehr *da*.

Ein Teil der in Auflösung befindlichen Kamera explodierte als graue Kordel nach hinten, landete auf Pop Merrills Hals und dehnte sich zu einem Kollier. Plötzlich platzte Pops Schlagader auf. Sein Kopf rollte ungestützt hin und her.

Die Blase auf der Oberfläche des Bildes wurde größer. Das Bild selbst fing im klaffenden Schlitz am unteren Ende der jetzt enthaupteten Kamera an zu zittern. Die Seiten dehnten sich aus, als wäre das Bild nicht mehr aus Pappe, sondern aus einer flexiblen Substanz wie gestricktem Nylon. Es wackelte in dem Schlitz hin und her, und Kevin dachte an die Cowboystiefel, die er vor zwei Jahren zum Geburtstag bekommen hatte, und wie er die Zehen hineinwackeln mußte, weil die Stiefel ein wenig zu eng waren.

Die Ränder des Bildes berührten die Ränder des Ausgabeschlitzes, wo sie steckenbleiben sollten. Aber die Kamera war nicht mehr fest; sie verlor sogar jede Ähnlichkeit mit dem, was sie einmal gewesen war. Die Ränder des Bilds schnitten so mühelos durch sie hindurch wie die rasiermesserscharfen Schneiden eines Messers durch zartes Fleisch. Sie bohrten sich durch das ehemalige Gehäuse der Polaroid, so daß graue Tröpfchen rauchenden Plastiks in die Luft spritzten. Eines landete auf einem trockenen, welligen Stapel *Popular Mechanics* und fraß ein schwelendes, rußiges Loch hinein.

Der Hund brüllte wieder, ein wütender, häßlicher Laut – der Schrei von etwas, das nur Jagen und Töten im Sinn hatte. Sonst nichts.

Das Bild bebte auf dem Rand des durchhängenden, verfallenen Schlitzes, der jetzt mehr wie der Trichter eines mißgestalteten Blasinstruments aussah, und fiel dann so schnell wie ein Stein in einen Brunnen auf den Schreibtisch.

Kevin spürte, wie eine Hand seine Schulter packte.

»Was geschieht da?« fragte sein Vater heiser. »Allmächtiger Jesus Christus, Kevin, *was macht es*?«

Kevin hörte sich selbst mit einer distanzierten, fast teilnahmslosen Stimme antworten: »Es wird geboren.«

KAPITEL DREIUNDZWANZIG

Pop Merrill starb zurückgelehnt auf dem Stuhl an seinem Schreibtisch, wo er so viele Stunden sitzend verbracht hatte: sitzend und rauchend; sitzend und Sachen reparierend, damit sie wenigstens eine Zeitlang wieder funktionierten und er das Wertlose an die Achtlosen verkaufen konnte; sitzend und Geld an die Impulsiven verleihend, wenn die Sonne untergegangen war. Er starb mit dem Blick zur Decke empor, von der sein eigenes Blut heruntertropfte auf seine Wangen und die offenen Augen.

Sein Stuhl kippte, der schlaffe Körper fiel auf den Boden. Geldbörse und Schlüsselringe klirrten.

Auf seinem Schreibtisch zuckte das letzte Polaroidbild weiterhin unablässig. Die Seiten dehnten sich aus, und Kevin schien ein unbekanntes Ding, lebend und tot zugleich, in unvorstellbaren Geburtswehen knurren und stöhnen zu hören.

»Wir müssen hier raus«, keuchte sein Vater und zupfte an Kevins Ärmel. John Delevans Augen waren groß und panisch und ganz auf die zuckende, wachsende Fotografie gerichtet, die inzwischen schon den halben Schreibtisch von Merrill bedeckte. Sie hatte keinerlei Ähnlichkeit mehr mit einer Fotografie. Die Seiten wölbten sich wie die Wangen von jemand, der mit aller Gewalt zu pfeifen versucht. Die glänzende Blase, die inzwischen dreißig Zentimeter hoch war, pulsierte und bebte. Seltsame, unbeschreibliche Farben huschten unablässig über die Oberfläche, auf der eine Art öliger Schweiß ausgebrochen zu sein schien. Das Brüllen, voll Frustration und Entschlossenheit und verzehrendem Hunger, dröhnte wieder durch sein Gehirn und drohte, die Schale zu zerreißen und Wahnsinn einströmen zu lassen.

Kevin riß sich von seinem Vater los, wobei er das Hemd entlang der Schulter aufriß. Seine Stimme war von einer tiefen, seltsamen Ruhe erfüllt. »Nein – er würde uns folgen. Ich glaube, er will mich, weil er Pop schon hat, falls er *ihn* überhaupt wollte, und weil ich die Kamera sowieso als erster hatte. Aber damit würde er sich nicht begnügen. Er würde auch dich fressen. Und auch damit würde er sich wahrscheinlich nicht begnügen.«

»*Du kannst nichts machen!*« schrie sein Vater.

»Doch«, sagte Kevin. »Ich habe eine Chance.«

Und hob die Kamera.

Die Kanten des Bilds wurden eins mit den Rändern des Schreibtischs. Aber anstatt nach unten zu kippen, wuchsen und wanden sie sich weiter. Jetzt glichen sie seltsamen Schwingen, die irgendwie mit Lungen ausgerüstet waren und auf eine gequälte Weise zu atmen versuchten.

Die gesamte Oberfläche des amorphen, pulsierenden Dings blähte sich weiter auf; was eine glatte Oberfläche sein sollte, war zu einem gräßlichen Tumor geworden, von dessen knotigen, rissigen Seiten gallige Flüssigkeit troff. Er verströmte den unangenehmen Geruch von verbrennendem Käse.

Das Brüllen des Hundes war kontinuierlich geworden, das eingesperrte und wütende Kläffen eines Höllenhundes, der mit aller Macht herauswollte, und einige Uhren des verstorbenen Pop Merrill schlugen immer wieder, wie ein Protest.

Mr. Delevans panischer Wunsch zu fliehen war von ihm abgefallen; er fühlte eine tiefe und gefährliche Lässigkeit in sich, eine Art tödliche Schläfrigkeit.

Kevin hielt den Bildsucher der Kamera ans Auge. Er war nur ein paarmal mit auf Hirschjagd gewesen, wußte aber noch, wie es war, wenn man versteckt mit dem Gewehr wartete, während die Partner durch den Wald auf einen zugingen und dabei absichtlich soviel Lärm wie möglich machten und hofften, auf diese Weise etwas aus dem Unterholz und auf die Lichtung zu treiben, wo man wartete und in sicherer Feuerposition verharrte, damit die Schüsse schräg an den Männern vorbeigingen. Man mußte sich keine Sorgen machen, sie zu treffen, man mußte sich nur darauf konzentrieren, den Hirsch zu treffen.

Und man hatte Zeit, sich zu fragen, ob man ihn treffen *konnte*, falls er sich überhaupt zeigte. Man hatte auch Zeit, sich zu fragen, ob man es überhaupt fertigbringen würde zu feuern. Zeit zu hoffen, der Hirsch würde hypothetisch bleiben, damit man die Probe aufs Exempel gar nicht erst machen mußte ... und so war es auch immer gewesen. Das *eine Mal*, als wirklich ein Hirsch gekommen war, war Bill Roberson, der Freund seines Vaters, im Versteck gelegen. Mr. Roberson hatte die Kugel genau dort plaziert, wo man sie plazieren sollte, an der Schnittstelle von Hals und Schulter, und sie hatten den Wildhüter geholt, damit er sie mit dem Tier fotografierte, ein Zwölfender, mit dem man getrost prahlen konnte.

Wette, du wünschst dir, du wärst mit dem Schießen drangewesen, Junge, oder nicht? hatte der Wildhüter gefragt und Kevin das Haar zerzaust (damals war er zwölf gewesen und der Wachstumsschub, der vor etwa sechzehn Monaten eingesetzt und ihn inzwischen auf die Größe von einem Meter neunundsiebzig gebracht hatte, noch ein Jahr entfernt ... was bedeutete, er war noch nicht groß genug, einem Mann böse zu sein, der ihm das Haar raufen wollte). Kevin hatte genickt und sein Geheimnis für sich behalten: Er war *froh*, daß er nicht mit dem Schießen an der Reihe gewesen war, daß sein Gewehr nicht dafür verantwortlich war, die Kugel abzufeuern ... und wenn er den Mut zum Schießen aufgebracht hätte, wäre seine Belohnung lediglich noch eine lästige Verantwortung gewesen: den Hirsch sofort zu erschießen. Er wußte nicht, ob er in der Lage gewesen wäre, noch eine Kugel in das Tier zu jagen, falls es nicht auf der Stelle tot gewesen wäre, oder die Kraft, seiner Blut- und Eingeweidespur zu folgen, wenn es weglief, und zu Ende zu bringen, was er angefangen hatte.

Er hatte zu dem Wildhüter aufgelächelt und genickt, und sein Vater hatte davon ein Bild gemacht; und es hatte nie eine Veranlassung bestanden, seinem Vater zu erzählen, daß der Gedanke, der ihm unter seiner Stirn und der zausenden Hand des Wildhüters durch den Kopf gegangen war, der folgende gewesen war: *Nein. Das wünsche ich mir nicht. Die Welt ist voll von Mutproben, aber mit zwölf ist man noch zu jung, ihnen nachzujagen. Ich bin froh, daß es Mr. Roberson getroffen hat. Ich bin noch nicht bereit, mich den Prüfungen von Männern zu unterziehen.*

Aber heute war er im Schießstand, richtig? Und das Tier kam, richtig? Es war eine Killermaschine, die groß genug und böse genug war, einen Tiger ganz zu verschlingen, und es wollte *ihn* töten, und das war erst der Anfang, denn er war der einzige, der es aufhalten konnte.

Der Gedanke kam ihm, seinem Vater die Polaroid zu geben, aber nur ganz kurz. Etwas tief in seinem Innersten kannte die Wahrheit: Die Kamera herzugeben, würde darauf hinauslaufen, daß er seinen Vater ermordete und Selbstmord beging. Sein Vater glaubte *etwas*, aber das war nicht spezifisch genug. Die Kamera würde bei seinem Vater nicht funktionieren, selbst wenn es seinem Vater gelingen würde, seinen momentanen Schockzustand abzuschütteln und den Auslöser zu drücken.

Sie würde nur bei ihm funktionieren.

Daher wartete er auf den Test, sah durch den Bildsucher der Kamera, als wäre er das Zielfernrohr eines Gewehrs, betrachtete das Foto, das die glänzende, feuchte Kugel immer weiter und höher und höher trieb.

Dann vollzog sich die eigentliche Geburt des Sun-Hundes in diese Welt. Die Kamera schien schwerer zu werden und sich in Blei zu verwandeln, als das Ding erneut brüllte, was sich anhörte wie der Knall einer Flinte mit Stahlschrot. Die Kamera bebte in seinen Händen, und er konnte spüren, wie seine feuchten, schlüpfrigen Finger einfach loslassen wollten. Aber er hielt die Kamera fest und verzerrte die Lippen zu einem kranken und verzweifelten Grinsen. Schweiß lief ihm in ein Auge, so daß er vorübergehend doppelt sah. Er warf den Kopf zurück, schüttelte das Haar aus der Stirn und den Brauen und drückte das offene Auge wieder an den Bildsucher, während ein gewaltiger, reißender Laut, als würde dickes Tuch von kräftigen, langsamen Händen zerfetzt werden, durch das Emporium Galorium hallte.

Die glänzende Oberfläche der Blase riß auf. Roter Rauch, wie der Dampf eines Teekessels vor einer roten Neonröhre, quoll heraus.

Das Ding brüllte wieder, ein wütender, mörderischer Laut. Ein gigantischer Kiefer voll schiefer Zähne platzte durch die Membran der Blase, die jetzt in sich zusammensank wie das Maul eines verwundeten Grindwals. Die Bestie riß und biß und zerrte an der Membran, die mit gummiartigen Schmatzlauten nachgab.

Die Uhren schlugen rasend, irrwitzig.

Sein Vater packte ihn so fest, daß Kevins Zähne gegen das Plastikgehäuse der Kamera stießen und er diese um Haaresbreite auf den Boden fallen gelassen hätte.

»*Schieß!*« schrie sein Vater über das bellende Tohuwabohu des Dings. »*Schieß, Kevin, wenn du es erschießen kannst. ERSCHIESS ES JETZT, Heiliger Himmel, es wird . . .*«

Kevin riß sich von der Hand seines Vaters los. »Noch nicht«, sagte er. »Noch nicht ge . . .«

Das Ding *schrie*, als es Kevins Stimme hörte. Der Sun-Hund sprang von seinem Aufenthaltsort, wo auch immer, in die Höhe und verbreiterte das Bild noch mehr. Es dehnte sich mit einem Laut wie ein Stöhnen. Dem folgte wieder das belegte Husten von reißendem Stoff.

Und plötzlich war der Sun-Hund oben; sein Kopf ragte schwarz und vierschrötig und verfilzt durch das Loch in der Wirklichkeit wie ein unheimliches Periskop, das nur aus wirrem Metall und glitzernden, funkelnden Linsen besteht . . . nur war es eben kein Metall, sondern dieses drahtige, zottige Fell, das Kevin sah, und es waren auch keine Linsen, sondern die irren, haßerfüllten Augen des Dings.

Es blieb mit dem Hals stecken, die Borsten seines Fells rissen seltsame Sonnenstrahlenmuster in den Rand des Lochs. Es brüllte wieder, und ekliges, gelb-rotes Feuer leckte aus seinem Maul.

John Delevan wich zurück und stieß gegen einen Tisch, auf dem sich Ausgaben von *Weird Tales* und *Fantastic Universe* stapelten. Der Tisch kippte, und Mr. Delevan fiel hilflos dagegen – zuerst neigten sich seine Absätze schräg und dann rutschten sie unter ihm weg. Mann und Tisch fielen mit lautem Poltern um. Der Sun-Hund brüllte wieder, dann neigte er den Kopf mit unerwarteter Feinfühligkeit und riß an der Membran, die ihn festhielt. Die Membran riß. Das Ding bellte einen dünnen Feuerstrahl heraus, der die Membran anzündete und in Asche verwandelte. Die Bestie schnellte erneut hoch, und jetzt sah Kevin, daß das Ding um den Hals keine Krawattennadel mehr war, sondern das löffelförmige Werkzeug, mit dem Pop Merrill seine Pfeife geputzt hatte.

In diesem Augenblick kam eine große Ruhe über den Jungen. Sein Vater brüllte vor Überraschung und Angst, während er versuchte, sich von dem Tisch zu befreien, der auf ihn gestürzt war, aber Kevin nahm keine Notiz davon. Das Brüllen schien aus weiter Ferne zu kommen.

Schon gut, Dad, dachte er und nahm das zappelnde, kämpfende Tier deutlicher in den Bildsucher. *Es ist alles gut, siehst du das denn nicht? Es kann alles gut werden . . . weil der Fetisch, den es um den Hals trägt, ein anderer geworden ist.*

Er dachte, daß der Sun-Hund vielleicht auch ein Herrchen hatte . . . und dieses Herrchen hatte erkannt, daß Kevin keine leichte Beute mehr war.

Und vielleicht gab es einen Hundefänger in der seltsamen Nirgendwostadt Polaroidsville; es mußte einen geben, warum wäre die dicke Frau sonst in seinem Traum vorgekommen? Die dicke Frau hatte ihm gesagt, was er tun mußte, entweder aus eigenem Antrieb oder weil der besagte Hundefänger sie dorthin gestellt hatte, damit er, Kevin, sie bemerkte: die zweidimensionale Frau mit ihrem zweidimensionalen Einkaufswagen voll zweidimensionaler Kameras. *Paß auf, Junge. Pops Hund hat sich von der Leine losgerissen, und er ist böse . . . Es ist schwer, ein Bild von ihm zu machen, aber man kann es überhaupt nicht, wenn man keine Kamera hat.*

Und jetzt hatte er seine Kamera, oder nicht? Es war nicht sicher, auf gar keinen Fall, aber wenigstens hatte er sie.

Der Hund hielt inne und drehte fast ziellos den Kopf ... bis sein trüber, roter Blick auf Kevin Delevan fiel. Die schwarzen Lefzen entblößten die gewundenen Keilerzähne, die Schnauze gab den Blick in den rauchenden Rachen frei, und er stieß ein hohes, durchdringendes Wutgeheul aus. Die uralten hängenden Kugeln, die Pops Haus nachts beleuchteten, platzten eine nach der anderen, Milchglasscherben voller Fliegenscheiße regneten herab. Der Hund sprang, seine breite, keuchende Brust brach durch die Membran zwischen den Welten.

Kevin legte den Finger auf den Auslöser der Polaroid.

Der Hund schnellte erneut hoch, und jetzt kamen die Vorderpfoten heraus, und die tückischen Knochensporen, die wie gigantische Dornen aussahen, kratzten und suchten auf dem Schreibtisch nach Halt. Sie zogen lange vertikale Furchen in das Ahornholz. Kevin konnte das Poltern und Schaben der zappelnden Hinterfüße hören, die da unten Halt suchten (wo immer auch *da unten* sein mochte), und er wußte, dies waren die letzten Sekunden, in denen das Tier gefangen und seiner Gnade ausgeliefert sein würde; die nächsten konvulsivischen Zuckungen würden es über den Schreibtisch befördern, und wenn es sich erst einmal aus dem Loch befreit hatte, durch das es sich zwängte, konnte sich das Tier schnell und anmutig wie der Tod bewegen, den Zwischenraum zwischen ihnen beiden überwinden und Kevins Hosen, Sekundenbruchteile ehe es die Zähne in dessen warme Eingeweide schlug, mit seinem feurigen Atem in Brand stecken.

Kevin befahl ganz langsam und präzise: »Sag *Cheese*, du Pisser.«

Und drückte mit der Polaroid ab.

KAPITEL VIERUNDZWANZIG

Der Blitz war so hell, daß Kevin ihn sich später nicht mehr vorstellen, sich nicht einmal richtig daran erinnern konnte. Die Kamera, die er in der Hand hielt, wurde nicht heiß und schmolz; statt dessen hörte man aus ihrem Inneren in rascher Folge drei oder vier berstende Laute, als die Linse zersprang und Federn entweder rissen oder einfach zerfielen.

Im weißen Nachglimmen sah er den Sun-Hund erstarrt, eine perfekte Polaroidfotografie in Schwarzweiß, Kopf zurückgeworfen, jede Falte und Furche in seinem struppigen Fell deutlich wie die komplizierte Topographie eines ausgetrockneten Flußbetts. Seine Zähne glänzten nicht mehr schwach gelb, sondern weiß und ekelhaft wie alte Knochen in einer sterilen Leere, wo seit Jahrtausenden kein Wasser mehr floß.

Sein einziges aufgequollenes Auge, dem der gnadenlose Blitz das dunkle und blutige Loch der Iris genommen hatte, war so weiß wie die Augen im Kopf einer griechischen Statue. Qualmender Rotz tropfte aus seinen geblähten Nüstern und strömte wie flüssige Lava in den schmalen Rinnen zwischen den gefletschten Lefzen und dem Zahnfleisch dahin.

Es war wie das Negativ aller Polaroidaufnahmen, die Kevin je gesehen hatte: Schwarzweiß statt Farben, drei Dimensionen statt zwei. Und es war, als wäre man Zeuge geworden, wie ein Lebewesen durch einen achtlosen Blick des Medusenhaupts augenblicklich in Stein verwandelt worden war.

»Du bist *erledigt*, du Mistvieh!« schrie Kevin mit brüchiger, hysterischer Stimme, und wie zustimmend verloren die starren Vorderpfoten des Dings ihren Halt auf dem Schreibtisch; es verschwand erst langsam und dann immer schneller in dem Loch, aus dem es gekommen war. Es verschwand mit einem felsigen Tosen, wie ein Erdrutsch.

Was würde ich sehen, wenn ich jetzt hinlaufen und in dieses

Loch schauen würde? fragte er sich zusammenhanglos. *Würde ich das Haus sehen, den Zaun, den alten Mann mit seinem Einkaufswagen, der stumm staunend das Gesicht eines Giganten betrachtet, nicht eines Jungen, sondern eines JUNGEN, der ihn aus einem verkohlten Loch im dunstigen Himmel betrachtet? Würde es mich einsaugen? Was?*

Statt dessen ließ er die Polaroid fallen und schlug die Hände vors Gesicht.

Nur John Delevan, der auf dem Boden lag, sah den letzten Akt: Die krause, abgestorbene Membran schrumpelte, zog sich zu einem komplizierten, aber bedeutungslosen Muster über dem Loch zusammen und fiel dann (oder wurde inhaliert) in sich selbst hinein.

Zischen von Luft war zu hören, das von einem tiefen Stoßseufzer zum schrillen Pfeifen eines Teekessels wurde.

Dann kehrte sich das Innerste nach außen, und das Biest war verschwunden, ganz einfach verschwunden, als hätte es überhaupt nie existiert.

Als Mr. Delevan langsam und zitternd auf die Beine kam, konnte er sehen, daß der Luftschwall (oder Sog, je nachdem von welcher Seite aus man es sah) die Schreibtischunterlage und die anderen Fotos, die der alte Mann gemacht hatte, mit sich gerissen hatte.

Sein Sohn stand mitten im Zimmer, hatte die Hände vor dem Gesicht und weinte.

»Kevin«, sagte er leise und legte dem Jungen die Hand um die Schultern.

»Ich mußte ein Foto von ihm machen«, sagte Kevin unter Tränen zwischen den Händen hindurch. »Nur so konnte ich ihn loswerden. Ich mußte ein Foto von diesem verfluchten Hurenhund machen, das will ich damit sagen.«

»Ja.« Er zog Kevin noch näher zu sich und umarmte ihn noch fester. »Ja, und du hast es geschafft.«

Kevin sah seinen Vater mit unbedeckten, tränenden Augen an. »*So* mußte ich ihn erschießen, Dad. Verstehst du das?«

»Ja«, sagte sein Vater. »Ja, das verstehe ich.« Er küßte

Kevins heiße Wange noch einmal. »Gehen wir heim, Junge.«

Er verstärkte den Griff um Kevins Schultern und wollte ihn zur Tür führen, fort vom rauchenden, blutigen Leichnam des alten Mannes (Kevin hatte ihn noch gar nicht richtig bemerkt, vermutete Mr. Delevan, aber wenn sie noch eine Weile blieben, dann würde er ihn bemerken), und einen Augenblick leistete Kevin Widerstand.

»Was werden die Leute sagen?« fragte Kevin, und sein Tonfall war so prüde und altjüngferlich, daß Mr. Delevan trotz seiner flatternden Nerven lachen mußte.

»Sollen sie sagen, was sie wollen«, erklärte er Kevin. »Sie werden nie auch nur in die Nähe der Wahrheit kommen, und ich glaube auch nicht, daß es jemand besonders versuchen wird.« Pause. »Weißt du, niemand konnte ihn richtig gut leiden.«

»Ich *will* nie auch nur in die Nähe der Wahrheit kommen«, flüsterte Kevin. »Gehen wir nach Hause.«

»Ja. Ich hab dich sehr lieb, Kevin.«

»Ich dich auch«, sagte Kevin heiser, dann gingen sie aus dem Qualm und dem Gestank alter Sachen, die besser vergessen blieben, ins helle Tageslicht hinaus. Hinter ihnen ging ein Stapel alter Magazine in Flammen auf . . . und das Feuer streckte rasch die gierigen orangeroten Finger aus.

Epilog

Es war Kevins sechzehnter Geburtstag, und er bekam genau das, was er sich gewünscht hatte: einen WordStar 70-Textcomputer. Früher hätten sie sich so etwas kaum leisten können, aber im Januar, etwa drei Monate nach der letzten Konfrontation im Emporium Galorium, war Tante Hilda friedlich im Schlaf gestorben. Sie hatte tatsächlich etwas für Meg und Kevin getan; sie hatte sogar eine ganze Menge für die Familie getan. Als das Testament Anfang Juni verkündet wurde, waren die Delevans um fast siebzigtausend Dollar reicher ... nach Abzug der Steuern, nicht vorher.

»Herrje, das ist toll, danke!« rief Kevin und küßte seine Mutter, seinen Vater und sogar seine Schwester Meg (die kicherte, aber, da sie ein Jahr älter war, nicht mehr versuchte, den Kuß wegzureiben; Kevin war nicht sicher, ob diese Veränderung ein Schritt in die richtige Richtung war). Er hatte den größten Teil des Nachmittags in seinem Zimmer verbracht, mit dem Computer herumgespielt und das Testprogramm ausprobiert.

Gegen vier Uhr kam er ins Zimmer seines Vaters herunter. »Wo sind Mom und Meg?« fragte er.

»Die sind zur Kunstausstellung in ... Kevin? Kevin, was ist denn los?«

»Komm lieber mit rauf«, sagte Kevin düster.

Vor der Tür seines Zimmers wandte er seinem Vater das aschfahle Gesicht zu. Es blieb noch etwas mehr zu bezahlen, hatte der gedacht, während er seinem Sohn die Treppe hinauf gefolgt war. Selbstverständlich. Und hatte er das nicht auch von Reginald Marion ›Pop‹ Merrill gelernt? Die Schulden taten nur weh.

Die *Zinsen* brachen einem den Rücken.

»Können wir uns noch so einen leisten?« fragte Kevin und deutete auf den Computer, der offen auf seinem Schreibtisch stand und ein geheimnisvolles gelbes Lichtviereck auf die Unterlage warf.

»Ich weiß nicht«, sagte Mr. Delevan und kam zum Schreibtisch. Kevin blieb hinter ihm stehen, ein blasser Zuschauer. »Wenn es *sein* muß, könnten wir schon . . .«

Er verstummte und sah auf den Monitor.

»Ich habe das Textprogramm eingelesen und getippt: ›Der schnelle braune Fuchs springt über den faulen schlafenden Hund‹«, sagte Kevin. »Und *das* ist aus dem Drucker herausgekommen.«

Mr. Delevan stand mucksmäuschenstill und las den Ausdruck. Seine Hände und seine Stirn waren eiskalt. Dort stand:

Der Hund ist wieder auf freiem Fuß.
Er schläft nicht.
·Er ist nicht faul.
Er ist hinter dir her, Kevin.

Die eigentlichen Schulden taten nur weh, dachte er noch einmal. Die Zinsen brachen einem den Rücken. Die beiden letzten Zeilen lauteten:

Er ist sehr hungrig.
Und er ist SEHR wütend.

Richard
Bachman =
Stephen King

»King ist gleich Horror.«

»Eine unwiderstehliche
Spezialmischung«
SÜDDEUTSCHE ZEITUNG

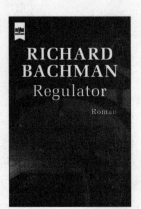

01/10454

HEYNE-TASCHENBÜCHER